三途之川
叹息

羽音 著

图书在版编目(CIP)数据

三途川之叹息/一弦羽音著.—重庆:重庆出版社,2009.7
ISBN 978-7-229-00661-7

Ⅰ.三… Ⅱ.一… Ⅲ.长篇小说-中国-当代
Ⅳ.I247.5

中国版本图书馆CIP数据核字(2009)第065854号

三途川之叹息
SANTUCHUAN ZHI TANXI

一弦羽音 著

出 版 人:罗小卫
责任编辑:朱子文 陈红兵
责任校对:李小君
装帧设计:重庆出版集团艺术设计有限公司·钟丹珂

重庆出版集团
重庆出版社 出版

重庆长江二路205号 邮政编码:400016 http://www.cqph.com
重庆出版集团艺术设计有限公司制版
自贡新华印刷厂印刷
重庆出版集团图书发行有限公司发行
E-MAIL:fxchu@cqph.com 电话:023-68809452
全国新华书店经销

开本:787mm×1 092mm 1/16 印张:22.5 字数:490千
2009年7月第1版 2009年7月第1版第1次印刷
印数:1~10 000
ISBN 978-7-229-00661-7
定价:29.80元

如有印装质量问题,请向本集团图书发行有限公司调换:023-68706683

版权所有 侵权必究

目录

【第一卷】血月 …… 1

【第二卷】纸鸢 …… 39

【第三卷】礼物 …… 79

【第四卷】碎梦 …… 119

【第五卷】王妃 …… 157

【第六卷】后宫 …… 197

【第七卷】彼岸 …… 255

【殷魅传】三途川前传 …… 317

第一卷 血月

神族历678年,幽冥结界破损,大神宗卷毁,夜叉族被迫迁徙……

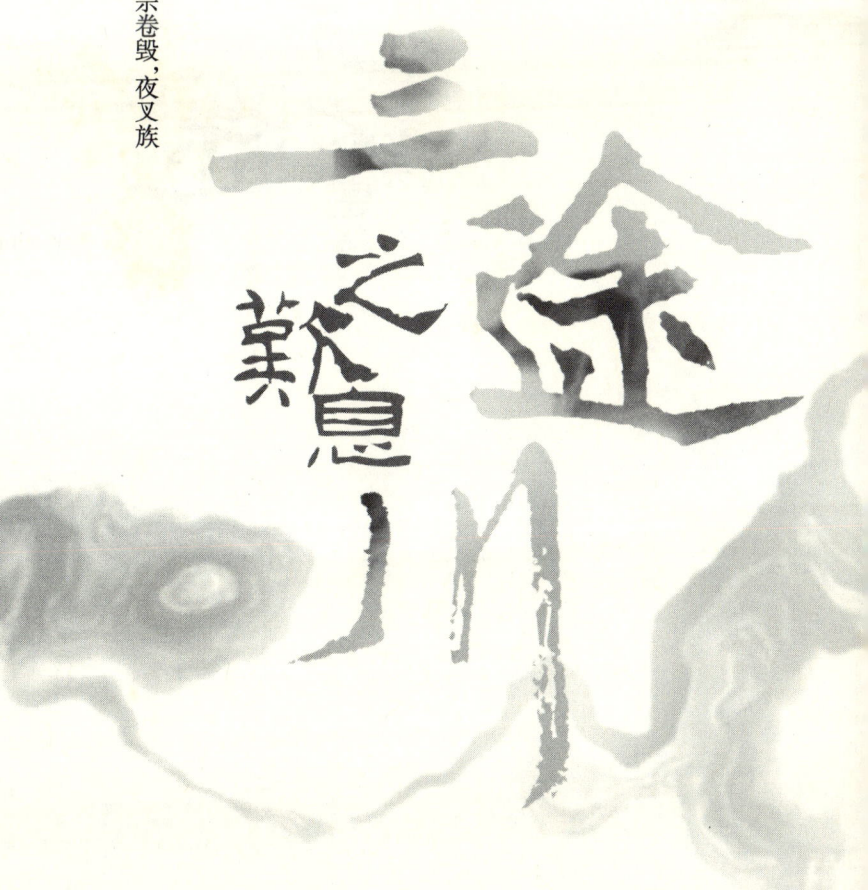

三途川之叹息

Santuchuan zhi Tanxi

No.1

梵语波罗蜜　此去到彼岸　解义离生灭
著境生灭起　如水有波浪　即名为此岸
离境无生灭　如水常流通　即名为彼岸
有生有死的境界　谓之此岸
超脱生死的境界　谓之彼岸　是涅槃的彼岸

"妈的,骚货。姑奶奶打你是看得起你,你还敢还手了!撕坏了衣服你赔得起吗?"

"穷坯子,勾引我男人,不过是贪钱,你看你那模样,也配站在校草旁边,也不撒泡尿照照——"

"哧哧——就你这身高,一米六不足的矮矬子,亲人家够得着么……"

讽刺的讥笑充斥着辰汐的耳膜,鼓动着、剧烈震颤着她的脑袋。脸颊肿得老高,一个红色手印格外显眼,轻轻地扯动连带着钻心的疼。嘴里铁锈的湿意,顺着高耸的半边嘴角流出。刚才那一巴掌搧得她飞出几米,伤的不仅仅是胳膊与膝盖,就连牙龈也开始大出血了。下手可真够狠的。

这毫无意义的刺耳叫嚣何时能结束,更或者她期盼的也仅仅是片刻的停歇,就短短的几天而已,难道也是奢望么?

听听这次指责的理由又是什么?校草,呵呵!鬼知道那位校草大人到底是谁,她连名字都不知晓,更别说亲人家!

骗钱?这条她也希望啊,当真有金主出现,她还犯得着逃课去补贴家用吗?

神说众生平等,却为何有人生来就不一样。有人什么都不缺,却喜欢高高在上地嘲笑努力上爬的弱者,再在那奋力抗争的背上随意地踩上两脚,如眼前的这些人。有人再怎么奋力生活却深陷沼泽难以逃脱,如她,辰汐。

三年,她全部中学生活都是在无止境的欺凌与唾骂中度过,倘若这也能称之为成长的话,她学到的是眼泪的逝去与麻木的对待,漠视无聊的凌辱,以及漠视自己……

水泥地面寒冷如冰,却比不远处那五个美丽如花的女生更加值得她靠近。一点点蹭触着地面后退,腿部大片的擦伤减缓了爬行的速度。手掌被粗糙的水泥碰得青紫,黑渍混着暗红色的血随着她每一下的触动,引发全身的战栗。

突然,她只觉眼前一晃,一只手抓起了她额前大把凌乱的头发,瘦小的身躯被迫从

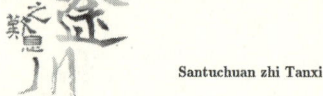

地面上腾了起来。缺少怜惜的手狠狠地纠扯着发丝，头皮仿佛要在挣扎之间脱离她的身体。

还未来得及反应，另一股狠烈力道紧跟而至。推搡之下，她的身体宛如凋零的落叶猛然被甩在了铁丝网上。下身在水泥上搓出血痕，上身也好不到哪里去。齐腰高的铁丝锈痕斑斑铁锈渗入破的半边脸颊，偏巧有颗尖利的锐刺突兀地探出头来，刮住肩膀的肌肤，"嘶"的一声响，肩胛的衣襟应声撕裂。

没有人能比她更倒霉了吧？

真难得此时她竟然能有幽默的情绪，自嘲地扯动嘴角。细微的动作牵连到伤口，突兀地阻断，原本应该咧开的嘴角却又僵硬地停住，抽吸。辰汐的表情就在一张一壑间变得扭曲难看，她的小动作在对方眼底却成为不可饶恕的藐视。

高过她一个头的女生眼冒怒火再次出手，这一次抓住她的领口，像提小动物般把她从地面上提起：

"贱货，你竟然还笑！我就让你笑个够——"

笑，她那哪里能算是笑，有谁能比她笑得更难看？

平静地，仿佛慢动作的镜头展现，辰汐望着眼前人高马大让她悬空的女生扬起另一只手。

一种近乎完美的抬手，在空中画出流线接近她的脸颊。她能够预测到，这一击将会给她的脸带来怎样的伤害，也许比另一边的肿胀有过之而无不及吧！牙龈这次看来在劫难逃了。

这样也好，也许摧残成这副德行，她那欠了一屁股赌债的老爸就不会想把她卖到夜总会了吧！丑陋的相貌是不讨喜欢的不是吗？

辰汐的眼睛眨也不眨地盯住那只抬高的手，眼底闪烁的不是畏惧，反而是一种期待。像是预料到一切一般，为那巴掌所带来的痛感与后果近乎淡然的漠视。

冷凝到事不关己的眼神，用一种略带无聊，稍许嘲讽的泰然阻断了那只落下的掌。

"你……"

手掌的主人不可思议地揣摩着对面这只可怜的小动物。辰汐疲惫充血的眼瞳里，本该存在的畏惧与惊恐竟无影无踪，更或者它们从不曾存在于这双黝黑的眸子里。以前没有，现在也没有。只是它的主人掩饰得很好，每每遭受凌辱的时候总是适时地低垂下刘海盖住一切，那副懦弱的卑躬屈膝欺骗了所有人。

停歇片刻，恍然大悟似的回过神来，被戏耍了的愤怒蹿腾，叫骂的女生们气焰更盛：

"靠，你吓唬谁啊——"

拉扯间，让人们忘了所处的地理位置——六层楼的天井。瘦弱的身躯大力地冲撞上一人高的围栏。

老旧的、颤颤悠悠的铁栏杆再也难以承受一次次迅猛的撞击，焊接在水泥墙壁上的螺丝终于松动脱壳，整片的铁丝网连同辰汐的瘦弱躯干失去了支撑，受地心引力的作用下滑坠落……

穿过缭乱飞扬的发丝，天井上探出头的惊恐的面容逐渐遥远。辰汐满足地闭上了

血月 【第一卷】

眼。她将要死去，在一个平凡无奇，有片片云朵的午后。天气还不错，日子也选得合适。也许刚刚过世不久的母亲正在奈何桥的岸边等她吧！

活了十六年，临死这一刻竟然无牵无挂啊！

不，也不全对，她记得还有重力学实验未曾完成。倘若这也能算是牵挂的话。那么铁丝网跟她谁会先落地呢？算了，那已经不重要了，反正她也不会知道了……

No.2

三途川，又称三途河，生界与死界的分界线。水流会根据死者生前的行为，而分成缓慢、普通和急速三种，故被称为"三途"。

很吵。一种奇特乐器所吹奏出来的声音在四周环绕，伴随着阵阵从遥远天际传来的魅惑私语声，刺耳诡异。

迷蒙间，她记得自己从六层楼上摔下去了。该是死了吧！这里是地府吗……

睫毛颤动，吃力地想要睁开眼。却因外部的明亮刺痛了双目，难以适应般被迫闭合，眉头蹙紧。

强烈的寒风吹鼓起身下的布料瑟瑟地响，宽大的衣袖难以裹住瘦小的身躯，冷意攀爬，渗入毛孔，迅速地传递到四肢百骸。

她能感觉到寒冷。鬼会有知觉吗？还是……

她仍活着？但，那怎么可能，六层高楼怎会有生还……

过了一会儿，双眼总算适应了外部的光亮慢慢睁开。

月全食，诡异的红光自被掩盖住的月亮边缘散出，且平添令人窒息的寒意。

月下，放眼过去，四周到处都是火把，几十乃至上百。晃得她低头避开。可这一低头，却被眼前的环境吓到了……

血河。稠密黏质的血水汇集的河流。南北走向，仿佛没有边际，不知从哪儿来，也不知要流向何处。

血的腐锈甜香充斥在看不到流动的却仍起波浪的水面上。令人作呕的腥甜滋味环抱住她，准确地讲，她置身在血水中央，悬空站立。一股莫名的外界力量摒除了重力，支撑住她的身体，可也拘束住了行动力。

这是幽冥鬼蜮？

寒意来袭，求生的意志促使她奋力地挣扎，妄图挣脱，但这却扰乱了支撑身体的力道，重心不稳。距离血水最近的足尖擦过、触碰到了表面。温热、黏稠的触感惹得她浑身战栗，鸡皮疙瘩顺着足尖涌上，一直传递到四肢百骸。

她敢打赌那血是新鲜的——

现在她能够推测到的只有两种可能：她已死亡，这里是地狱；还有就是她跳过地狱，抵达了另外的时空。

假如是第一种可能,那她是否应该表现得恐惧一些,好让自己看起来不那么另类,面对幽冥鬼蜮的恐怖画面,也仅仅只是不太舒服而已。

如果是第二种,那皆是她的不幸。

"别乱动!我可不保证会不会失控把你也扔进去——"

一个男声突兀地传来,冰冷没有温度,带着警告的意味,口气却似不耐烦。

"你是谁?是人是鬼?"

"你应该先担心你自己。想下来的话就给我老实安静地待在那里。等仪式结束,我自然会带你出来——"

"仪式?"

辰汐懵懂地呢喃着。地狱也举行祭祀仪式么?

顺着光源努力看清彼岸的灯火,强烈刺目的光亮阻断了辨识能力,只能依稀分辨对岸有人影伫立,黑压压的一片。

正对她的高地上隐约有座平台,上面几个人影在汇集某种力量,散发着暗黄色的光源,漫过她的头顶,抵达她身后的某个领域。

愣怔之际,却见平台上突然迸射出一道光,直逼她的面门而来,墨黑却又明灿的光亮,诡异得竟比两岸的灯火还要刺眼,速度奇快,要想避却已来不及,光束若闪电贯入她的额头。

灼烧的感觉顺着额头流入全身,完全不受阻挡。像是有人在身体里点燃一把火,难耐的气焰从血液内里一点一点地流蹿、蔓延。辰汐震惊地睁大眼,在突来的力量推动下,头被迫向上抬起。

身体仿佛下一刻就会爆裂开来似的,满载着热量却仿佛没有停歇的打算,源源不断地流入。她好想大喊,张开的嘴却发不出声音,嗓子灼烧般疼痛,声音吞噬在发散的热量之中。

这是梦寐么,一切均不在她的常识范围,却又触感真实……

灼烫的感觉似乎要折磨她很久,至少她是如是想。没有抵御能力的身体仿佛是承载的容器,一点点被填充汇满,等待濒临极限的爆裂,兴许下一秒她真的就会这样炸掉……

"该死——"男人的声音再次回荡在脑子里,却平添几许焦急:

"怎么回事?"

像是自语,似乎是某些事情超出了他的预料,对岸的男人改用吼叫,喑哑的声音带着愤怒:

"停下来,你这种吸食法会毁了肉身——"

这次竟然是用喊的。

祭祀仪式超出了他的掌控,听这口气,像是她本不该如此,灼烫的光亮应该在进入后就被外界力量阻断,仅仅保留少数的部分在她身体里。但是失控的又何止他啊!她也很想让这股怪异的感觉停下来。可惜徒劳无功。

对岸开始出现混乱的局面,嘈杂的声音她辨不真切。大意是阻止她这种猛烈的吸

血月【第一卷】

食举动,否则什么神器的将会毁灭。

先是血河,接着是幻听的男声,最后是现在还仍旧滚入身体中折磨她的黑暗力量,还有没有什么可以比这一切再令她感到无力的了……

No.3

过世不久的母亲这样告诉她:人不可以自杀。身体源自父母,倘若你孝顺妈妈,就不许自杀。

那么好,她又苟延残喘了六年,直到被人从楼上推下来的那一刻,她感觉欣喜,心怀感激。解脱般雀跃的心境,却在再次睁眼的刹那间全部毁灭。

一心求死,如今却不知道自己身处何处,天堂或地狱,请给她一个说法。不要在这种不知名的地方折磨她啊……

懊恼的瞬息,原本环绕在空气当中的诡异乐声顿住,对岸传来另一个男音。区别于之前喑哑深沉,这次却是平缓温润的:

"熠,结界快要支撑不住了,快点把她弄回来……"

"你以为我不想吗?那个鬼预见师要是敢骗我,这人类女孩假若不是光音的转世,看我不把她撕裂扔到三途河里喂鱼!该死,这小家伙到底要吸食能量到什么时候,这样会毁了大神宗卷的……"

突地,对岸的声音戛然而止,空气中的飞絮尘埃仿佛被某种力量卡住,瞬间停滞。她分明看到对岸跳动的火苗突兀地静止。好似黑洞爆裂瞬间的反噬,压抑、难以挣脱的,等待下一秒的空间扩张……

没有任何预警,震耳欲聋的雷声从她身后爆炸,响彻天际,撕扯着空间,扭曲着大气的粒子,碰撞变形最后毁灭殆尽。令人窒息的悲哀与恐惧从辰汐的身后扩散开来。被固定住身体的她无法回头,却能感触到后背寒彻脊骨的战栗。

最初是细微的哀嚎,渐渐地高亢。愤恨、哀怨、难以平抚的悲伤……好似人类所能拥有的负面气息都会聚在一起。一点点妄图冲破看不到摸不着的天然屏障,朝被困住身体的她倾泻下来……

"不要——"

她本能地抗拒。身体里的灼热感仍旧不停歇地反噬着她的骨血,丝毫没有放过她的打算。脊背却已被丝丝上蹿的凉意侵蚀,冷汗渗出了毛孔阴湿了后背。恐惧的战栗感几乎要把她逼疯。

眼前的一切对于她太过陌生与不熟悉,仿佛难以预料能否脱离掌控。而唯一可能提供援手的对岸人影却在此刻变得安静,没有最初的不耐,但此时似乎把她这个人遗忘了,没有半分讯息。

不知道是被身后奇特的空间吓坏了,还是忙着寻找解决办法,总之她就被这样搁置

了，在这个未知领域，顶着下一刻不知名的事物的侵袭，生生地被人撂在了血河面上。

辰汐总算有些不知所措了：

"在危险来临之前，怎样都好，做点什么，辰汐……"

轻声自语，自我催眠。

倘若一切都不在能力范围之内，那唯一还能操纵的也只有自己。坚强的意志抵御住了恐惧。深埋在心底的求生意识开始泛滥，带动着每一个细胞的兴奋跳动。本能成为唯一的执念，催促着她在威胁降临以前离开……

"离开，离开这里……"

宛如呢喃，又仿佛是鼓励的源泉。一点点地夺得掌控权。不知名的乐器的吹奏声再次响起，这次却有安抚人心的作用。身体中的热源伴随着乐声流滚从丹田涌上大脑，企图驱走寒战。可身后的屏障却也在增进着碎裂的速度，一波波的冷意颠覆着血水打湿了足尖。

冷，绝望的寒冷。毫无生存理念的灰白丝线伴随着哀鸣，像无数只张开的手从后面涌来，撕扯着、包裹住三途河上单薄的身躯，越织越密……

一遍遍地告诉自己挺住，似乎也在此刻开始初见成效。至少她已有了支配身体的力量。最初是手指，然后是整个手掌竟然可以随意地转动。

"快了……就快了……"

这样的希望给她些许安慰，苍白的脸孔上浮现笑意。可余光瞟到出现在她面前的人几乎笑不出来了，生硬地咧嘴，表情呆滞……

No.4

船夫，或称为摆渡人，血河上的摆渡人。

很难描述那是一种怎样的怪异画面，在这片毛骨悚然的暗红色水面上竟然也会有船夫。但眼前的人立足于破旧的小船上，手中执桨，身着斗笠雨披，这不是这血河上的船夫又会是谁。

画面当真诡异。正因如此，当巨大的斗笠被一双骨瘦如柴的手摘下露出脸孔的时候，辰汐几乎是难以控制地呼叫出声。

那也能称之为脸么？

苍白若纸茫茫一片。更或者压根就只是一片而已。朦胧模糊分辨不出五官。唯一能称做是眼睛的部位，被两团漆黑无光的洞代替，紧紧地对着辰汐，仿佛能吸进一切的空灵。而此时，她竟感觉他是在笑呢。没有五官，看不到上扬的嘴角，没有脸部肌肉的扭动，但不知道为什么她就是知道似的，或者说他是让她知晓是在冲她笑，不附带情感的微笑。

"老天！你果然考验我的神经——"

血月 【第一卷】

辰汐情不自禁地低呼。那人却在此刻发出声音,带着丝丝的死亡气息汇入她的大脑:
"容我自我介绍,大人——小人是虚,三途河上的摆渡人——"
"你说……三途河……这里是三途河……"突来的讯息让她不自觉地结巴。"那我背后的是地狱……"
"是的,大人。确切点说是幽冥界——"

现在是什么状况!辰汐像是被人掴了一巴掌,她敢肯定她绝不是在做梦,此刻是从没有过的清醒。就目前的局势而言,她是死了没错,而且已经半只脚跨入幽冥鬼蜮。现在不过是退后一步就心满意足地面对死亡,而上前一步呢……

头开始隐隐作痛。她不知是否所有经过三途河的灵魂都如她一般清醒,至少现在她是多么希望自己是浑浑噩噩的,不管是进是退,反正最终有个去向,不用在这倒霉的河面上折磨自己。

"那么,大人,既然现在您已经完全清醒了,您是否决定跟随我进入幽冥界,还是您打算留在这里?"
"等一下,我已经是死了,对吗?"

看来她并非是中大奖穿越,而是合理性死亡,不过她仍需要确定。

"您说笑了大人,万物均有寿命,生老病死乃之常理,就算是神也有消亡回归幽冥的一天。但……那并不包括您——"

辰汐突然有点反应迟钝,这才意识到,对面这个没脸的摆渡人虚从头到尾都在称她为大人。

"等等,你叫我什么?!"
"大人——"虚毕恭毕敬地欠了欠身,重复。

被一个诡异的没脸家伙称为大人那该是一种怎样的感觉,至少辰汐此刻有点发蒙。可是形势却已由不得她再深入地询问,身后的屏障"轰隆"一声巨响,彻底破裂。温热的血水仿佛潮汐来临般顷刻间暗沉,她明显地感觉到距离足底的水位低了几米。还未来得及反应,水又迅速回涨,没过了脚面,然后蔓延上小腿,吞食掉下肢,朝胸腹涌来。眼看她就将要被湮没在这看不到底的三途河中……

No.5

不知何时,对岸祭台上敞开的大神宗卷停止了光束的灌输,辰汐被血河吞并的刹那间,黑色的火焰冉冉腾跃迅速自燃。
"该死——"
"抢救神卷——"

呼喊声与咒骂声由对岸传来,燃烧的大神宗卷拉回了人们吃惊的目光,显然神卷难逃被毁灭的厄运。最后一刻吸引去太多的注意,反而让人忽略了河中央被吞食的女孩。

令人窒息的河水没过胸腹时辰汐悲哀地想,也许她该早点做出决定,假如能预料到结局,此刻也不会如此惧怕死亡。

听说三途河是用来吞噬亡灵的,入者灰飞烟灭,难道这就是她希望的吗……

就在她彻底绝望之际,鼻翼处一股暗香袭来,超脱了血水的腥臭。一只大掌抓住了她的手腕,像拎货物一般地把她揪出水面,辰汐被来人夹起向彼岸掠去。

飞旋间紫衫飘飘,修长的身姿匿藏在上好的华紫锦缎里,衣裹下的腰身结实精瘦。幽然馥郁的奇特花香从袖口处溢出,暗香袅袅地萦绕在她的鼻端。抬眼是温润如玉的一张面孔,巧琢天工的五官镶嵌在月白色的肌肤上,却被一副银色金属面具盖住上半部分辰汐看不真切。但那挺立的鼻骨就足以引得人想要去探究面具后的全貌。青丝妖娆被凌厉的风吹散打乱,却平添妩媚,散发着倾城的芬芳。

辰汐看得有些呆了,在愣神之际人已到达了对岸。还没回过神来,她却似垃圾一般,整个人被甩在了祭台上面。

"啊——"懊恼地惊呼,大理石质地的高台挫伤了她的肌肤,火辣辣的疼痛。

她抱怨地想,这人是好看了点,但脾性怎么这么差,刚想开口怒叱却被来人堵了回去:

"脏死了——"说这话的时候,竟然还狠狠地甩了甩刚才夹着她的袖子,柳眉蹙紧,面具后面的眼满是厌恶之光。

辰汐现在嘴张得能塞下一个拳头。

有没有搞错!她竟然这样被嫌弃了,还是被如此漂亮的一个男人。她的女性尊严顷刻间碎成千万片。从前被人欺负哪有人用过脏这个字眼,凭良心说她辰汐可是半个洁癖症候群,爱干净的典范。现在竟然有人敢嫌弃她脏。简直是不可饶恕。

猫也有亮爪子的时候,怒火熊熊张口就要反驳:

"你哪只眼睛看到我……"

"脏"字还没有吐出来,就被生硬得卡在喉咙里。

她的确很脏!身上仍旧是被挂破肩膀的那件校服,在血水的浸泡下完全湿透,紧紧地贴在发育不良的身体上,散发出腐朽的血腥味道。

真恶心——

连她自己都开始厌恶了,何况是别人。脸涨得通红,逃避似的闪开视线。心底暗自叹气,她的尊严是彻底玩完了。

还在哀悼自己的尊严时,那个喑哑的声音再次响起,这回却在几步之遥:

"哼!还有心情脸红,看看你干的好事——"

后面的话几近咆哮,反倒是辰汐被吼得有点摸不着头脑。

很明显对方不是冲着那紫衫帅哥,因为这位已似没事人般吊郎当地立在一边,看好戏般地瞅她。那么也就是说,这个"好事"是她干的。

不过她能干什么,她才刚刚脱离危险而已,连爬都没爬起来呢!怎么有能力让一个人抓狂到这般境界。

循声望去映入眼帘的一身墨衣的男子,健康的麦色肌肤掩盖在剪裁合身的戎装里,

血月 [第一卷]

性感的诱惑气息从胸口露出的半壁春光中隐隐浮现。刚毅不屈的面颊配上菱形薄唇，看那形状该是上嘴唇少许嘟嘴，只是此时被抿紧拉长。高挺的鼻梁配上一双修长魅惑的丹凤眼，霸气十足。可惜的是此刻那凤眼里的犀利足够杀死她千万次了。

辰汐忐忑地缩了缩身子，退无可退，身体已经抵上了祭台的栏杆。

"你……我……"

在那阴冷的眼神下，她很难组织起完整的句子。胆怯地回望，余光搜寻着让他震怒的源头。

男子犀利的眼神咄咄逼人，对于她的恐惧视若无睹。怒焰高涨，"啪"的一声从手中甩出一个物体，落在她脚边不远的地方，质问的眼神一刻也没有从她脸上移开。

辰汐怯怯地探身上前，借着灯火看个真切。

那是一副烧焦了的卷轴，依稀能辨识得出织锦质地面料以及轴承上的精致暗花。可惜真正有价值的部分此刻已经毁坏，卷轴被烧成两段，残破地躺在大理石地面上。

辰汐柳眉蹙起，烧毁的卷轴与她何干？

"跟我有什么关系？"

她疑惑不解地问道，单眉上挑迎上墨黑色的气焰，自己却瞬间被人揪住脖领从地上提起。火星肆意的瞳孔里跳跃着弑血的光，阴沉的话音自牙缝里挤出：

"你撇得倒是干净——我告诉你，就算是用倒的，我也要让你把大神宗卷的力量给我原封不动地吐出来——"

这人简直是莫名其妙。是他把她困在三途河中央，也是他催动的那个什么卷轴的。那股灼热感好不容易在血水涨潮之际被压下去。现在又说让她自己吐出来。她怎么知道怎么吐？从头到尾她都只是承受者好不好——

"放开，我怎么知道那个鬼玩意怎么弄出来——"

她烦躁地挣扎着。今天果真倒霉到了极点。先是想死没死成被幽冥界的恐怖氛围吓破了胆；随即被一个没脸摆渡人称为"大人"；接着好不容易出来个正常养眼的，反倒是自己在人家面前丢光了脸；最后这个更绝，"强买强卖"不说竟然还让她原封不动地吐给他看。

唉！她现在真的很无力。下颚微抬眼迎上怒焰，有本事他就自己倒个看看吧！她是不知道怎么吐啦！

差一点辰汐就要把这话道出来了，却闻紫衫男子一改优哉腔调，温润的声音透着紧张，眼神穿过她望向三途河面上：

"熠，我想……怕是已经来不及了……"

"熠，我想……怕是已经来不及了……"

什么来不及了？

辰汐扭头顺着他的目光望去，越过了祭台，会聚至三途河的对岸，整个人石化一般再难动弹。

说是吓的并不准确，更或者惊讶要多些。

那当真是之前在她身后所发生的空间异变吗？

水与天的接连处，由一副巨大的透明壁垒隔开，此时正有无数只白色冤魂模样的物质奋力地挤压撞击着表面扭曲了的空间。强大的冲撞力导致河水一改平缓的波动，被摇荡得上下起伏。水波在一次次的推高又拉低间失去控制，造成大幅度的潮汐。朱红的血水拍打着透明的空间屏障，再牢固的防御也难抵挡双面夹攻，破裂开来。冤魂总算得到释放，拥挤地钻出裂口，推搡间裂痕扩大，慢慢地演变到现在，足有百丈之宽。

"该死的，这么大的口子，没有大神宗卷怎么封印——"

还在揪扯她衣领的男子发出一声低咒，愤怒的口气里隐约夹杂一丝慌乱，很淡，辰汐听不真切。反倒是揪住她衣领的手松开了，回身对着一旁的紫衫帅哥道：

"洛，先带她走——"

一用力，辰汐已经跌入另一具怀抱。不过身后的人却没有那么好打发，随即又把她扔了回去。有点像是小孩子赌气，口气执拗地嚷：

"不行，熠。你又想抛下我，说好了生死与共，这一次说什么我也要跟着你——"

辰汐感觉自己就是人人唾弃的垃圾，被抛来抛去。在这当口，眼前这两位帅哥语气却流露着对对方的关切，难道他们……

正想着，被唤作熠的男子已经来到近前。剑眉聚拢，不容置疑的威严里却又有一丝无奈。而她倒霉地从垃圾变成了馅饼，而且还是带电压的那种。

"洛，听话——"

另一方更加执著：

"不要——"

纠缠不清的二人在辰汐看来反而有些暧昧不明，她狂翻白眼。

唉！为何这种棒打鸳鸯的事情一定要她来做！

辰汐清咳一声，不紧不慢地插话道：

"不好意思，打扰两位，我是不介意你们继续上演'深情对望'啦！不过貌似对面的怨灵有增无减，那个……祭台下面的人怕是顶不住了……"

突兀的馅饼女音拉回了深情对望的二人。环顾四周，飞蹿的怨灵啃噬着四周的人群，局面已经超出了控制。

紫衫男子最终妥协，满是不情愿地答应，再次夹起她朝三途河反向掠去。临走的时候，她突然想起什么，转头回望，目光流连于湖面，与仍立在船头的摆渡人虚对上了视线。

虚依然在笑着，这一次却别有深意。看到她正望他，轻微颔首道别，随后转身划着船消失在视线的尽头。

辰汐困惑地皱了皱眉头，有些疑问存留在脑海，下次有机会她定要问个明白。不过,这念头也只是一闪,再让她跑到三途河上,她宁可还是保留疑问的好。

No.7

亘古不变的大海,朝阳隐在海的背后。恍然间竟然成了千年精灵,挑起了尘世丝丝暖意,生灵繁衍不息,就这样默默地几百年,几千年,几万年……直到永远……

波澜起伏的海原,破晓出开,金色的阳光如同利剑还未出鞘却已光芒四溢,由天空汇入海里……

碧波荡漾的海面,大海的尽头矗立着冰晶砌造的宫殿。

穿过那通透的晶石墙壁,宫殿的深处,芙蓉纱绢纵横交错,夜明珠寒冰似的辉耀光亮让本就朦胧的景象变得亦真亦幻。

层峦的轻纱内,珊瑚床上一只粉雪藕臂探出帐外,纱帘轻挑露出内里的春光。慵懒的女音紧跟着扬起唤住了正欲上前的宫人。

"什么时辰了?"

早已候在屋外的女官几步上前,领首回话:

"回殿下,刚过卯时——"

"唔,展凝那边有消息了么?"

"展大人已在门外等候多时了,看您正睡着,怕讨扰……"

纱帐后的佳人嘴角上扬,笑得娇媚。一汪银潭深瞳中眼波流转,心思似已转过千回。清了清嗓子提高声音:

"展大人,你我早已是名义上的夫妻,哪还用讲究这么多……"

"四公主说笑了,公主是千金之躯,蒙公主看得起在下与我结为连理,但我龙族的等级规矩还是不可以破的——"

倚在珊瑚床上的女子,稍显不耐地拨了拨散落在额前的银丝。雪颜暗沉单眉上挑,小声嘀咕:

"臭石头,又拿规矩砸我!哼!等我当真坐上王位了,首先废的就是这个破规矩——"撩开帘子示意身旁的女官,"金鳞,去开门——"

房门开启之际,走进一个俊美冷肆的男子,青色长发随意扎在脑后,刚毅的五官宛如雕塑。一双碧眼深邃如海像是能包容一切。一夜的未眠让双眼稍显倦意,原本有些苍白的脸孔更添几分疲惫。

看在女子眼底,微微地蹙了蹙眉。起身上前想要免除烦琐的宫廷礼仪,展凝却似与她作对一般,单膝落下。她的手就这样僵在空中,半晌狠狠一抖,缩了回去。冷冷地问道:

"探到什么了?"

"回殿下,幽冥界的封印昨晚被打破了,封印幽冥界的大神宗卷遭到毁坏。"

"喔?那夜叉王呢?听说他弄来个人类女孩——"

"夜叉王琅熠从三途河上截下的人类女孩吞噬了神卷的力量,仪式失控。现夜叉族领地遭亡灵侵入已大乱。"

"能够吸收神卷力量的人类女孩?"纤手托腮,沉思呢喃:"实体出现吗?怎么可能?人界与神界并非处在同一空间,就算现在平衡紊乱,按理说也不可能有交集的啊——"

"据闻,弑冢楼的预见师红零曾提到,上代天族族长光音转世将会在月食之夜出现。而昨天正巧有月食……"

笑容在桃红唇畔洋溢,银眸中皎洁的光闪烁:

"光音的转世吗?事情变得有趣了!天族族长翔玠怕是还未知晓吧?就不知那家伙要是听说了会是什么样的反应?呵呵!我好想看看呢!"

下首的冷颜眉角抽缩一下,不温不火地提醒:

"公主,我龙族距离夜叉族的领地最近,依照现在亡灵的扩散程度,很快就将波及到我族——"

"那又怎样?我们住在水里,有本事就让他们自己潜下来啊——"

龙族四公主梨雪娇蛮地驳回。

展凝眉角再次跳动,语气透着隐忍:

"恐怕这种天然屏障只能抵挡实体物质,对于亡灵这种虚幻能量体,不过是徒有其表而已——"

梨雪这会儿总算有了点正常反应,了悟地偏头道:

"这样啊!没关系,来了再说——"

铿锵,水晶宫殿里传来重物跌落的声响,紧跟着黄鹂一般悦耳的嗓音传来:

"展凝,没事吧?难不成是昨晚熬夜累着了……"

……

黎光闪耀的蔚蓝海面上,点点晶莹剔透的粉红,跟着是橙黄,最后火日跃出天海相连的水平线。

尘埃的颗粒蘼芜,恍惚了视线,依稀有座水晶宫殿在日光所及的角落,但再去深究时,却似海市蜃楼瞬间隐没,仿佛不过是迷蒙幻影,惊鸿一瞥,但那璀璨的美却让人再难遗忘。

No.8

辰汐感觉很不舒服。

此时她正躺在手推的粮草车上,身下是厚实的干粮布袋,舒适惬意。车由专门负责粮草托运的士兵推进,速度恰到好处,既不会让她觉得晕眩也没有让他们脱离大军。

可她就是很不舒服。

昨夜那股流窜体内挥散不去的热量又再次泛涌,肆虐着她的神经。烧得她头脑昏

血月【第一卷】

沉，还有些轻度耳鸣。那滋味倒是很像高烧四十摄氏度的病患，脸颊手臂滚烫，泛着病态的红。

她是仰面朝上待着的。从这个角度刚好能看清现在的环境。当然假如"高烧"没有妨碍她的识别能力的话。可自几个小时以来，可视之物都不禁让她彻底地怀疑自己的视力。

比如现在，按照当地时间计算的话，这会儿该是白昼时分了。她却连半点光都没有看到。四周高耸的灌木丛，遮挡住头顶上方的光源，沼泽浓郁的暗绿色湿气弥漫在周围，充斥着让人难以忍受的刺鼻腥味，竟比不远处紧随而至的亡灵更令她担忧。

很难想象，这般没有边际的灌木丛林竟然居住了一个上万人的部族。毫不夸张地讲，夜叉族果然有不同寻常的生存能力。

"这里当真有白天么？"

已经不是第一次的呢喃了，推车的士卒完全把这抱怨当空气，连眼皮都懒得抬一下。辰汐哀怨地皱了皱鼻子，高烧泛红的身体让她开始感觉到冷，准确点说是忽冷忽热。

昨夜，阻隔幽冥界的屏障破裂之后，大军不敌，且战且退。跟着从边防撤回。毫无预警的状况下，军队整体拔营。一方面要抵御亡灵的扩张，另一方面要保证周围的族人有足够的时间撤退，主力军打得甚是吃力。

忘了说明的是，昨夜被唤作熠的黑衣男子乃夜叉族的王，全名琅熠。也就是他在祭台上催动夜叉族的上古宝物——大神宗卷，造成她现在高烧不退的状况。虽然那男人暴怒地控诉是她毁掉了大神宗卷，可她一点都不认为这是她的错。

另外，把她从三途河上救下来，戴着面具的神秘男子，似乎并不属于夜叉族，从人们的称谓上也不难发现。除了被夜叉王唤作洛以外，其他几乎是谜。她猜测，估计除了夜叉王恐怕也没人见过洛的全貌。

这些附带而至的讯息事实上一点也没有解决她整夜的忧虑。

她怎么会出现在三途河上？如果说夜叉王的神力能够让她重生，或者是将她带到这里。那么三途河上的摆渡人为何称她为"大人"……

虚弱的体质没有给她提供良好的思考空间，她快被这些问题扰得头痛欲裂。身体反复发热、逐冷，头晕眩，四肢无力。昨晚匆忙赶路，就连衣服都没有来得及换过。浸过血水的校服现在已被风干，却似疙疤粘在肌肤上。

也许真是这样，她在发烧。不只是体内莫名的能量反噬，或者也因焦虑过度引起的不适。

敌袭的号角又扬起，看来亡灵再一次赶上了他们。新一轮的战斗又将持续多久，她们还会不会有脱离的胜算，她已不在乎了。

身体上的折磨远远超过了她对眼前令人胆战心惊的杀戮的兴趣。反正不是死在亡灵的手里，就是被病魔折磨死，总归都将回归幽冥界就对了。

当她快要晕过去之际，突然感觉脖领处被揪住，身下一空，被人从车上提了起来，接着落入一副宽厚的臂弯里。身后强有力的心跳声传来，竟有安定人心的力量。

辰汐艰难地抬眼，对上琅熠深邃难懂的黑潭，蹙紧的眉头带着愠怒，依旧饱含着怒

Santuchuan zhi Tanxi

气,昨夜的火焰并没有因她可怜兮兮的脆弱模样而有稍许的减损。她有些无奈地叹息,兴许现在被扔丢下也不会让她有多少惊奇。

娇弱的身体被对方拥紧,力道温柔似是被珍视着。

突然的温柔让她难以适应,呆愣地睁大眼,宽大的斗篷却从头顶落下,包裹住她隔绝了天地。胸膛起伏,耳边磁性沙哑的声音低声倾诉:

"别睡……不许睡过去……"

呼吸瞬息停顿,明明是命令的话,语气却又窝心。鼻翼充斥着男性的气息,耳畔风声混合着刀劈开亡灵时绝望的啼鸣,她却在温暖的黑暗世界里,突然有想要哭泣的冲动。好似长期溺水的人,总算抓住了浮萍。哪怕被神所遗弃,哪怕前一秒这个人仍是在利用她。却在此刻将一切丢得一干二净。

伸出手环绕上温暖的胸膛,她能感觉琅熠的肌肉明显地一僵,辰汐的心脏因这细微的举动漏了半拍。她很惧怕被推开,小小的声音自心底涌冒着,乞求能够多停留片刻。

或许她的祷告真的起了作用,这个肯施舍温暖的男人并没有拉开他的披风。闭上眼,辰汐的唇角满足地上扬,不自觉的浅浅酒窝浮现……

No.9

不知过了多久,久到辰汐已经快要撑不住了,睡意不断地骚扰她的神经,眼皮沉重得几乎很难抬起,就连呼吸都变得吃力。她已经感觉不到热或者是冷。交替的不适并非过去,而是知觉麻木。

身下的马儿突然停歇,洛温润的声音带着焦躁的气焰闯进她的耳鼓,振荡得疼痛。似乎是说,大军快要支撑不住了,要迅速撤退才可以。话却好似说了一半,瞬息顿住。

辰汐有些迷糊,她不太明白因何停滞。要走就走,在犹豫什么?

艰难地从舒适的臂弯里抬起头,与洛的眸子交会,眼底的光让她一怔,厌恶的并且含有很深的敌意。

对方太浓烈的情感波动让她有些吃不消。他那是什么眼神?那种好似狮子对于侵占自己领地的愤怒气焰烧得让她顷刻间清醒不少。接下来的话倒是让她醒得更加彻底。

他说,亡灵的目标是她辰汐。

什么意思?难道是因为她他们才被一直追逐的么?这太荒谬了,那些没有思维能力的亡魂有什么凭据追逐她?他们根本是见到生命体就会攻击好不好!

"不……不是这样的……"

她想要展开辩解,力量却单薄得可怜。琅熠的眉显然已经凝结成川,在这种危急关头,人很容易去相信较为亲密的一方。他开始动摇了。那副冷厉的眼瞳里出现了斟酌的神情,考量地在她与洛之间徘徊。

他打算丢弃她了,她绝望地想。不管她多么不愿意承认,她都将面对这样的结果。

/16

血月 [第一卷]

现在她极度厌恶对面这个长得甚是妖娆的男人。

是美人又怎样？就算他曾救过她，现在也因为他怂恿琅熠抛下她，对他的好感彻底降至负分。她甚至开始诅咒他面具下的脸是有残缺的，丑人配黑心，这样才公平！

正当她用全部的精神和自认为阴狠的眼神试图"杀死"洛的时候，身子却被琅熠扳正。粗糙的手掌捧起了她的头，逼迫她把视线调回到他身上。用一种深邃难懂的眼光瞅她，看得她有些呼吸困难。她惶恐地碎叨着：

"你不可以丢下我！你不是想要回那个什么神卷的力量么，你要是敢在这里放下我，我一定消失得远远的，这辈子你休想再抓住我……"

下一秒，琅熠迅速地拗开她的牙关，塞入个药丸。辰汐警觉地睁大眼，没等她反应过来，两片柔软的唇覆了上来，强迫性地堵住了她欲吐的冲动，舌蛮横地侵入口腔，微微一施力，药丸顺着喉咙滑了下去……

"你给我吃了什么——"

辰汐恼怒地瞪他，伸手就要抠嗓子。两只胳膊却被琅熠压制反扭在身后固定。温热的气息吹拂在耳际，痒痒的，吐出的话语却让她冷到谷底：

"'月隐寒霜'，一年发作一次。解药只有我有。想活就乖乖地留着命等我。记住，不要妄想逃开我！"

心凝结成霜。温暖不过是昙花一现。老天对于她可真是吝啬呢！

马儿从身侧腾过，辰汐单薄的身子立在空地上，冰冷的、泛红的身子包裹在琅熠厚重的黑色披风下，却不足以让她抗拒寒冷。

耳畔处的马蹄声渐渐远去，慢慢地已听不真切。亡灵的鸣喧由远及近，她似乎已能隐约见到白色的悬浮物体穿过高耸入天的丛林缝隙向她奔腾而来。呼啸着、叫嚣着吞噬一切生命体……

似是药效已经开始发作了吧！仍有余温的披风不似刚才般暖和了。寒意透过骨头缝隙啃咬着她的肌肤，让她抖得如将要凋零的落叶，唇酱紫，虚弱的身体连站立都显得力不从心。

意识消亡的瞬间，眼前白影飘过。死亡竟然来得如此快啊……

No.10

雕花檀木床，温暖的蚕丝被。身上的不适已经退去。衣服也换了干净的纯白。

辰汐有片刻恍惚。不太确定地转动脑袋，红漆窗栏外的天空紫霞一片，夕阳的余晖穿过半掩的门缝投射进来，洒了一地的芬芳明亮。

她已经不是在夜叉领地了。她肯定，那里看不到这样漂亮的晚霞。那么也就是说她被救了！

门在此刻被一双纤细点缀蔻丹的手推开，一个手捧托盘的女子，莲步轻移挪了进屋

来。看到她醒了，长长舒了口气，笑颜似若春风，语气透着关切：

"你总算醒了。再不醒我都不知道该下什么药救你了。怎么样？有没有哪里不舒服？"

女子十五六岁的模样，一身粉装衣裙，把肌肤衬得宛如子夜绽放的海棠，娇艳欲滴。一颦一笑均透着温柔，让人不由想要亲近。

"谢谢你救我——"

辰汐对她的第一印象甚好，语气显得活络起来。

"不是我救你——"女子在床边坐下，熟练地打开托盘配药，"是我家公子救了你。不过药倒是我给你换的哦！"

"你家公子？"辰汐挑眉，救她的另有其人么？昏迷前她只记得眼前白影晃过，却分辨不出是亡灵还是人。

"是啊——"女子点头，却想到什么，解释道，"啊！看我，光顾着药了，忘了问你，姑娘你怎么称呼？怎么会出现在绿沼森林里，看你的穿着不是夜叉族的族人啊？"

"辰汐——我叫辰汐——"

来到这里后，头一次有人注意到她还是个人，不是被抛来挡去的沙包，或者是颓然多余的事物。认真地被他人对待，笑容淡淡地浮现在脸上，用一种友好的、平定的语气说出自己的名字。

晚霞从窗缝里投射在辰汐的脸庞上面，女子一愣，她似乎看到金色的光环绕住眼前的女孩，只是一瞬间模糊不真切，待努力想要看清时却又回归平凡，刚才的光环是她眼花么？

"我叫琉璃——"笑容和煦，带着秋季午后的干爽，有温暖人心的魔力，"小汐啊！你还没告诉我，你为什么会出现在绿沼森林呢！"

琉璃一边忙着手上的配药，一边却似不经意地询问。也许问得太过漫不经心，也许稍显迫切了，辰汐突然有种奇怪的别扭，说不上来。

"我……我也不知道……"

算是实话吧！她确实不知道自己怎么会出现在那里，更或者她为什么会出现在这个完全陌生的时空。奇怪的古代房屋，奇怪的大陆，以及奇怪的人。不似书本上任何一个朝代，也就是说她不是回到了过去。这些人有着东方人的相貌却又是多彩缤纷的发色与眼瞳。就比如眼前这个琉璃，桃红的长发配上东方人小巧的脸庞；好看是好看，但是仍旧让她感觉惊奇。

琉璃似没有打算继续追问下去，温柔朝她一笑，仿佛刚刚的急迫不过是出于好奇的关心。手里的配药准备就绪，示意辰汐脱去内衫，她打算上药了。

伤不算深，多数还是她自六层楼上跟人争执时的擦伤。至少现在这些仍能提醒她，她不是死亡而是穿越。身体依旧是自己的，但奇怪的是，伤口的位置是旧的，颜色却很诡异。

不是破皮擦伤该有的肉粉，而是褶皱纹路的墨黑。起初她以为是琉璃药的问题，可她手中握着的药物是透明无色的。

"这是用药后凝结的疤吗？"

她指着伤口上的黑，不大确定地问。

血月 [第一卷]

琉璃先是一愣，眼底紧跟着凝结，怪异地看了她一眼，道：
"不是。我以为是你中毒——"
"中毒？"辰汐惊讶地睁大眼睛，"只是普通擦伤而已——"
琉璃的手停顿，蹙紧了眉头，斟酌地自语起来：
"擦伤？不太可能！这种黑色物质只有接触到毒才会出现。我最初以为是伤口碰到了绿沼泽的毒气，所以给你敷的都是清洗沼气的药物。但似乎效果不大……"
室内突然陷入静默，琉璃的眉深锁，仿佛碰到了相当棘手的问题，沉思不语。辰汐却有些丧气地耷拉下脑袋。她的倒霉纪录被再一次的刷新了。
正当气氛变得有些尴尬之际，门被推开，一个男声从屋外插入，打破了沉静也解开了疑虑：
"是蚀毒——"

No.11

来人一袭白衫衣袂飘飘，一把折扇悠悠晃荡，举手抬足竟现温文儒雅之姿。天蓝色的发丝随意地梳起，瞳清澈宛如碧空般璨让人不敢逼视。精致卓越的五官，眉不画自黛，唇不点自朱。这样美丽的一个人要不是流线形下颚处凸现的喉结，辰汐很难不去怀疑他是女扮男装。
愣神之际，却见琉璃已恭敬地起身行礼。原来这就是她口中的公子，辰汐真正的救命恩人。
男子眼里带笑，玩味地打量辰汐。女孩呆傻地注视他，眼底毫不掩饰的惊艳。直接却并不讨厌。这让他好心情地微微一笑。合上了折扇，接过了琉璃手上的药，示意她先行退下。
直到琉璃的关门声响起，辰汐才从恍惚中回神。却见男子已来到了她床边，似笑非笑地瞅她。
"看够了么？"
笑温柔，却不带嘲讽。如他的人清新和煦，大方的态度让人舒心。
辰汐有些窘地红了脸，却没有移开视线。
"我……谢谢你救我……"
"不客气——"
……
突然，面对这样温柔的人，她除了道谢竟然找不到其他的语言。
"我叫辰汐——"
有些突兀，不过也许出于礼貌，她应该自我介绍。
"嗯——我知道——"

气氛有点僵,男子的眼光一瞬不眨地锁住她,深刻,眼底有种道不明的掂量。

"嗯……公子怎么称呼?"

碧蓝的眼瞳浓郁了几分,沉声缓缓道:

"血阑——"音一顿,语气放柔,随即笑得宠溺,"你可以叫我阑——"

气氛一下子变得柔和起来,笑容在辰汐的脸庞上逐渐扩大,娇俏的酒窝立现:

"阑——"

血阑一愣,被突来的笑容蛊惑了心神。

开始他只是觉得她有趣而已,先是傻愣的、不知收敛的露出仰慕的表情,让他突然有了邪恶的念头,想要看看当那张单纯没有心机的脸孔,得知眼前犯花痴的对象是人人畏惧的弑冢楼的楼主时,会流露怎样的反应。没想到那小人儿却突然笑了,一改刚刚畏缩戒备的模样,灿烂的笑颜瞬间点亮,如初绽的花儿迷幻了双眼,晃得他失神。

却不知,辰汐哪里知道弑冢楼是什么地方,楼主血阑又是哪位。她的笑只因血阑愿意让她使用较为亲密的称呼。一个美丽的人打破壁垒愿意亲近她,这让她很是开心。

轻咳掩饰愣神,血阑的目光又回到了伤口上,剑眉紧跟着蹙起:

"你怎么会被蚀毒伤到?"

"这是蚀毒吗?"

辰汐怔然,呢喃地重复。黝黑的伤口摸上去好似硬痂,不疼不痒。

"这种毒不会有疼痛感,但也没有愈合能力。"血阑解释道。

"也许是因三途河的河水……"她撇撇嘴。

血阑的眼底染上一抹玩味:

"喔?你去过三途河?"

被他盯得有点不舒服,那眼神太过热切了些。辰汐僵硬地点头。血阑却突然上前抓住了她的手,眼明亮:

"你是三途河上出现的人类女孩?"

这话怪怪的,不是人类是什么?她蹙眉看他。

血阑却了然地笑了,激动的情绪被这笑容遮掩,再次换上了儒雅的模样:

"明白了……那么一切都可以解释了……"

什么?她不明白啊?

辰汐满眼的疑惑,一副等待他作解释的好奇宝宝模样。血阑却只是微笑:

"欢迎来到天界,女孩。在那之前先好好休息吧——"

手抚上了她的额头,冰凉的触感很是舒服,竟让她有种昏昏欲睡的冲动。昏迷的刹那,模糊的是血阑笑语嫣然的脸,以及一堆不明不白的问号。就这样再次沉浸梦里……

不行,她醒来一定要问个明白……

血月 【第一卷】

No.12

　　转眼，一个月过去，辰汐竭尽全力去适应发生在她身上的一切。

　　蚀毒正如血阑所言没有扩散的趋势，但也没有愈合的能力。当然并非无药可救，能够救她的人，弑冢楼自然是有，但出任务去了，预计半个月后才能回来。这个困扰她的疙瘩也算是有解决的希望。

　　另外怪异的问题，是她的相貌。准确点说，是眼瞳，不再是一如既往的墨黑，换上了银晶通透的眼眸。

　　初照镜子那一刻，她吓得从凳子上摔了下来。惊叫声传得老远，震掉了琉璃手里的早点盘，惊醒了隔壁庭院里才刚睡下的血阑。

　　血阑衣衫凌乱赶到时，却见辰汐张大了嘴，指着镜子问他，她的眼睛为何是银色的，弄得紧张兮兮的二人哭笑不得。

　　在他们看来，这种银眸虽然并不多见，却也不算是什么新鲜的事物。但辰汐却一点也不这么认为。从黑眸转换成银眸，仿佛有一种突然间不是自己的感觉。

　　除了眼瞳，相貌却仍旧，平凡、苍白、瘦小。

　　倒不是说这样的变化有多么的令她讨厌，银色的眸子虽然很漂亮却冰冷。那是一种自然而然散发的残酷感，虽然她再如何对着镜子挤出笑容，却仍旧觉得寒澈，让她隐隐觉得不安。

　　可没人能说得清楚这到底是怎么样的转变，就连辰汐本人都不明白，似乎在毫无预示的状况下，就这样发生了。

　　除此之外，这里的日子还算舒适，上百平方米的宅院只有血阑自己居住，一个贴身侍女琉璃，再加上突然出现的辰汐，空间绰绰有余。

　　只是，血阑很忙，总是一整天不见踪迹，偶尔宅院有人气的时候，也是形色匆匆忙向血阑汇报事务的人，进入书房就是整个下午。这让无所事事的辰汐很是无聊。

　　平淡无奇的日子，一如既往的艳阳高照，连朵云彩都懒得出来透气。

　　经过几天来的思想斗争，辰汐终于打定主意，今天她要趁着血阑不在潜入他的书房禁地，探宝。

　　当然，为了确保计划的成功，首先要支开血阑的忠实侍女琉璃，她决定耍个小花招。

　　"琉璃姐姐，我想出宅院看看……"

　　"不行——"

　　预料之中的答案，打从进入这个宅院以来，她的活动范围就被规定在几百平方米的院子里，当然除了书房。

　　"可是……"泪眼汪汪委屈地看着琉璃，话停顿犹似哽咽。

　　"可我很想尝尝你所说的冰花酥……形容得那么好，我几乎迫不及待了……"

21

琉璃粉红色眼眸里满是为难，盈盈地望向辰汐，咬了咬嘴唇道：
"你要是不嫌弃的话，我去做好了。虽然很久没有试过了，不过味道应该还记得——"
嘴角添上浅浅的笑，宛如盛开的桃花，仿佛终于找到一个尝试做家乡糕点的理由，琉璃眼中似有期待，只等着辰汐点头。
"琉璃你真好——"
辰汐咧开嘴笑得灿烂，差一点冲上去亲人家一口。眼底跳跃的光走漏了心思，琉璃皱了皱眉，质疑地问：
"你有什么企图？"
"呃？"辰汐一愣，差点以为自己暴露，紧盯着她的粉眸却只是探究地上下打量，随即又收回了目光，眼睛眯起一本正经道：
"别想落跑喔！公子让你待在宅院里是有他的用意的，这是在保护你。我现在去做冰花酥，你乖乖地等我回来，听到没？"
睁大眼，十分诚恳地点头，目送琉璃转身离去。
对方不甚放心地前后停顿了两次，终究在院门口加持了一道结界，这才安心离开。
旋身迈步，推开虚掩的房门，辰汐笑得像只偷了腥的猫：
"书房，我来啦——"
抖落泛黄书面上的浮土，尘谢飞舞，呛得辰汐有点呼吸不畅。可这一点也没有影响到她窥看内容的好奇。这是她从血阑厚重的账本以及乱七八糟的地图里，唯一发现的感兴趣的东西，她可一点都不舍得不去翻它。
封面上朱砂印记有些褪色，依稀能分辨出名字：《浮生纪事》。听着名字有点像是八卦历史。嘴角翘了翘，正合她意。纸张也有些残缺，不过这倒不影响她的心情。给自己找了个舒服的地方，就这样读了起来……

No.13

弑冢楼，在天界它是一种势力，独一无二地脱离八大部族的存在。
自第二代血阑接任楼主始，运用卓越的政客手段，把弑冢楼的力量搬上了台面，挑明了告诉八大部族，它所持有的中立态度，从而受到整个天界贵族的保护，使那些自不量力妄图挑衅的暗势力望而却步。
弑冢楼行事诡异变幻莫测，所涉及的领域甚广。除了楼主血阑以外，还分别存在四个堂口：魑、魅、魍、魉，负责暗杀、盗窃、侦查以及祭司。服务于整个天界，渗入各大部族内部体系。
其中最为有名的要数魅堂堂主——殷魅。修罗族天才偷盗至尊。还未成年时就已扬名立万。可以说，这世上只有她殷魅不感兴趣的东西，没有她偷不来的东西。只可惜这位置没坐几年，就因为相中象征修罗族皇权的双子剑而被迫放弃了偷盗生涯。其后

血月 [第一卷]

爱上了人类,死在了战场上。她的逝去对弑冢楼来讲是最大的损失,后有不少好汉争相抢夺堂主之位,却均遭血阑的鄙夷,因天下能及殷魅万分者未有一人,所以直到现在魅堂堂主的位置仍旧留空。

其二,知名的要算是魍堂主——红零。天界数一数二的预见师。三百年前,曾在上代天族新年庆典上,预言族长光音将会被杀。此举震惊天界,虽然当时光音一笑了之并没有怪罪,红零却被当成弑冢楼的疯子。谁想,没过一个月,光音死,内廷军统翔玠篡位。这时才有人想起那个小小的魍堂堂主。自此,弑冢楼的名号再一次的震撼人心。

其三,魉堂堂主——焚剑。三大部族悬赏榜的榜首,当今排名第一位的刺客。唯一经他本人承认、影响最大的案例:刺杀上一代摩呼罗迦族族长蓝琊,造成几百年稳定的摩呼罗迦族大乱,直到现在摩呼罗迦族仍然处于军阀割据的动荡局面。

最后,也是最为神秘的一个人,魑堂堂主。据说他有着天下最美丽的容貌,就连天界第一美女紧那罗族族长裘诗都自叹不如,却没有人见过他真实的模样;据说他喜欢紫色,常着紫色长衫出现,半边脸颊却遮挡在银质面具后,让多少贵族少女心碎不已;据说他是夜叉王的情人,夜叉王为他至今仍未娶亲……

有趣。辰汐手不释卷,一张一张就这样翻阅过去。竟让她遗忘了时间,忘了所处的地点。直到一抹暗影悄无声息地出现在门口,挡住了房门口的光亮。

她猛然警觉,抬眼却满目的绚烂赤红。虽然来人着一身剪裁上等的贵族墨衫,把他那线条精壮的身材衬托到了极致。可不知道为什么辰汐最先注意的竟是他耀眼的红发。璀璨如火,在夕阳下闪烁着炙热的光,晃得她有些睁不开眼。再来是凝脂玉肌,棱角分明的下颚,高挺的鼻骨,唇娇艳欲滴,桃花眼底的风情在流转间媚态尽显,仿佛不经意间就将被吸去心魄,醉倒在这汪美丽的幽潭里再也不愿醒来。当然那汪潭水应是含情脉脉而非现在的满眼嬉谑:

"亏我紧赶着回来看看血这小子的私藏,没想到竟是个乳臭未干的丫头。真让我失望——"

乳臭未干?!

怒!他哪只眼睛看到她乳臭未干,虽然没到成年,但好歹也十六了。只是有点发育不良而已。这人怎么这样没礼貌。

"喂!你是谁?怎么进来的,这里设有结界……"

辰汐杏眼圆瞪。却换来对方的不屑:

"你是指门口的小孩把戏?下次换个高级点的吧!丫头,低阶空间术那能困住谁啊!"

……

满头黑线,辰汐沉默,别人她不知,最低阶的法术却足以困住她。

来人见她不回答,淳厚的嗓音悠悠地扬起,带着几分看好戏的味道:

"血的书房在整个弑冢楼算是禁地,这你该知道吧?"

突来的提醒,让辰汐恍悟了她所在的地理位置,立马没了与来人斗嘴的心情,暗骂自己疏忽,手忙脚乱地从太师椅上蹦了下来,力量却过猛,碰掉了羊毛垫子,推倒了桌

脚搁置半悬空的卷轴，滑落之际撞到地上摞得半人高的宗卷，坍塌一地……

天啊！她手忙脚乱地俯下身去捡，不去理会这一系列的举动娱乐了某个毫无同情心的男人。看看，那笑声那个夸张，恨不得传播到百里之外，生怕别人不知道这里发生了什么笑料似的。

等等，就一个月来的经验，有访客到来那意味着血阑也应该就已经在附近了。

啊——火烧眉毛，想着她加快了手上的动作，完全顾不得宗卷的顺序，乱码一通，却闻门口的男声凉凉地接口：

"来不及了，人已到门口了！"

果真，话音还没落，辰汐就已经看到了白衫飘舞，一眨眼血阑已在近前。

辰汐蹲在地上，手里仍旧握着散落的宗卷，眼睛睁大望着门口彻底呆滞……

No.14

"啊！辰汐小姐，你怎么在公子的书房……"

远处，伴随托盘落地的声响是琉璃的惊呼。抬眼却对上已立在房门口的血阑。碧蓝若水的眸子看不出喜怒，似是飞奔过来的，气息仍有些不稳。目光此刻紧盯着书房的狼藉，跟一脸无措的辰汐。

有那么一瞬间，眉不自觉地一凝，辰汐的银眸紧跟着一闪而过的慌乱。

随即，笑容取代了皱眉，声音温柔带着疼惜地埋怨：

"入秋地上凉，你怎么还坐在风口——"

她看到了。血阑一瞬即逝的皱眉表情，压迫着空气中急速凝结的寒冷，之后随笑容柔化，好似幻觉，但她肯定她看到了。

有些东西装作不知道并不表示不存在。虽然他极力地维护外表的平静，却被细微的神色出卖。

没有谁该对谁好的，当表面的利益丰厚到超出预期，意味着将付出的代价也许根本承受不起。只是她不很明白，她辰汐不过是个什么都不会的平凡女孩，之于血阑到底有何价值，需要他这般把她捧得像个宝呢！

还在愣神，血阑却已来到她身前，高大的黑影照下来，逆光看不清脸上的表情，那声音却透着宠溺：

"小猫儿，你在我的书房刨坑做窝么？"

手掌大而有力，小心地从卷轴里把她捞了出来，轻柔地揽在怀中。脸上的温柔晃得辰汐一怔，如果这也是作戏，那功力果真非凡。她似乎分辨不清了啊！

"你在这干吗？"

总算问到重点，口气没有责难，只单纯的好奇。望着满地的狼藉好笑地抿嘴。

"我在看这个——"

血月【第一卷】

她扬了扬手中的书,好在如此混乱的局面她却没有忘了握紧"证物"。

"《浮生纪事》?我都忘了还有这么一本书。说的什么?"

他问得随意,放她在空地上,眼底却尽是因他亲密举动微微泛红的可爱双颊。

"历史啊!讲这里的事情,还有弑冢楼呢!"提到她发现的"宝贝",转眼就变得意兴盎然起来,"阑,书上说你很厉害呢——"

抚开粉颊上缭乱的发丝,血阑眉眼间尽是笑意:

"那是野史,不算数——"

"啊……可是……"

"你想了解历史的话,倒不如来问我——"

辰汐皱了皱鼻子,压低声音呢喃:

"你那么忙,我哪里好意思整天拖着你给我讲故事……"

捧起她低垂的脸,他笑得爽朗:

"呵呵!没听错的话,我家的小猫是在抱怨我冷落你了吗?"

辰汐的脸通红,心脏的跳动瞬息慢了半拍,因那句玩笑话。

血阑看到她涨红的脸心情大好,拉过她走到门口,目光落在倚靠门站立许久,一直看好戏的人儿身上,对辰汐道:

"小汐,我来给你介绍,这位是名满天下的使毒圣手——骆公子,也是弑冢楼的大夫,你的蚀毒,他势必能解——"

淡淡的奇特花的香味被屋外的风送了进来,掩盖在药草味道里面不易察觉,却让辰汐愣了一下,禁不住抬眼多看了几眼。

他们应该头次见面才是,为何她会对他有熟悉的感觉呢?

No.15

午后荷塘边。

辰汐对着池水中的倒影,皱了皱眉头。

银色的瞳孔她仍旧有些不适应。说不出来那是一种怎样的感觉。毫无预兆走到镜子前面,却发现自己变得不再是自己了,那种从骨头里溢出的战栗感,到现在仍在飘游在她的肌肤里。别扭得紧。

摇了摇头,试图甩掉负面情绪。移开视线落在不远处整理花草的琉璃身上,有一搭没一搭地跟她聊天。

"琉璃姐姐,骆公子叫什么名字啊?"

"骆公子,就叫骆公子啊——"

"呵!这我知道,我是问骆公子的全名,骆应该是他的姓氏吧?"

琉璃停下了动作,琢磨了一会儿:

"唔……不清楚,好像印象中大家都这么叫,久而久之,没人记得他的名字了……"

"那……这么说,他在楼里很久了?"

"嗯!在我被楼主带回来之前,就在了……"

"这样啊……"

军情探测完毕,未果。敌人太过神秘,很难搞定。

不知道为什么,她总觉得对那个骆公子有似曾相识感,虽然到这里没多久,见过的人也屈指可数,其中绝没有红发赤目的,但这个人却莫名其妙让她起疑。

"这样漂亮的人,一定会过目不忘啊!怎么会……"

辰汐浸泡在池水里的脚一上一下晃动着,眉头蹙紧陷入沉思,完全没有注意到身后突然出现的身影。

"你在想我——"

极具穿透力的声响贯彻她的耳膜,吓得她一个激灵,脚一滑,扑通一声,掉进了水里……

池塘不深,只没过了膝盖,可滑腻的河沿很难下脚,一不留神跌坐在荷塘里,一塘的鱼儿飞速游窜,淤泥混淆了清澈,也弄脏了她的衣裙。

好不容易在水里站稳脚,辰汐震怒地旋身寻找罪魁祸首。却见骆公子一脸的鄙夷,桃花眼写满了不屑:

"脏死了——"

辰汐愣怔,傻傻地站在淤泥当中。这语气好熟。虽然那眼瞳的颜色不对,声音相对沙哑些,但神态简直跟在三途河上救她的紫衫男子如出一辙。

她有点不大确定地眨了眨眼。为何会把两个相貌完全不同的人联系在一起,她也不太明白,但那感觉……

岸上的人等得不耐了,柳眉收拢:

"喂!呆了还是傻了?我可没心情陪你犯花痴,看够了就自己爬上来去换衣服准备换药。真是的,你是邋遢鬼转世吗?"

辰汐银眸里瞬间点燃火焰,压抑地跳动着。这男人果真有挑起她怒火的潜质。每次他们相见就一定要怒目而视。是她自制力好,容忍他到现在,他不领情。那最好别怪她亮爪子,刮花那张不可一世的脸。

漫不经心地起身,跛上池岸,动作优雅温婉。好似她步出的不是淤泥荷塘而是烟气缭绕的浴池。

上前一步,靠近他,他嫌恶地后撤,拉开彼此距离。

辰汐也不恼,面对他仰首嘴角露出笑,皓齿洁白,酒窝浅浅。

骆公子刹那间地失神。眼前这个女孩虽然浑身湿透,就连头发都在滴水,却没有半分狼狈,仿佛水中的精灵带着清新的水露出现在他面前。笑容纯真到毫无瑕疵,仅仅只能算是平凡的一张脸却随那笑颜点燃亮丽的光,破晓般炫目。

沉醉在那笑容里,却忽略了银眸一闪而过的狡黠。辰汐扯起湿漉漉的裙角,轻轻一抖腕子,泥点飞出,溅到对面上好的锦缎绣袍上。脸上的笑意更大了。

血月【第一卷】

骆公子的咆哮声响彻天际,再去寻找,肇事者却早已不见踪影了。

很多年以后,回忆起那段过往,他仍旧恨得牙痒痒,又显得无可奈何。却不知每次提起,唇角不经意的笑,总是出卖他努力显得愤恨的俊美容颜……

No.16

辰汐近距离地对着给她换药的骆公子皱了皱眉。

她现在坐在床沿边,骆公子则是半蹲,从这个角度看,刚好看不到眉眼,发掩盖住了半张面孔,只有高挺的鼻梁以及棱角分明的下颌。

像!不像!

明明不是很像,为何她会怀疑他们是同一个人。

照《浮生纪事》记载,在三途河边出现,戴着面具与夜叉王琅熠举止亲密的男人,应该是传说中的魍堂堂主——洛。

骆跟洛,一个是姓一个是名,却未必不是一个人,这点也很可疑;样貌也可以用易容术,可一个人的神韵是改变不了的。众多迹象显示,这个骆公子很可能就是洛。

不知道血阑知不知道骆公子的身份。看样子他虽然人在弑冢楼,却并非是楼里的人,倒像是客,或者是血阑的朋友,并没有像以往出现在血阑书房的人那般听命行事。那么就是说……

"喂,丫头,有没有听到我说话,我可没那闲工夫一再给你重复,你最好一次记住——"

愠怒的声音不耐地在头顶响起,辰汐这才留意药已经换好,而他早就起身俯视她,颇为不爽她的愣神。

"呃?你说什么?"

火红色的眼瞳向上翻了翻,有些恼怒:

"我在说你的毒,再敷两三帖就好了,最近会有些痒,不要上手抓,否则留疤了可别来找我。"交代完毕,临了还添上一句,"不过你这皮像,有没有疤没有什么区别。要不是血特别交代,我可不舍得我的暮穗花。要知道这种花相当难找……"

碎碎念在耳畔没完没了,叨唠得辰汐有些无力。看在他的药真的管用的分上,难得她没有回嘴,这倒是反而增强了对方的嚣张气焰。话题转到了刚才弄脏了的衣服。

突然间,鼻翼再次传来熟悉的香味。辰汐困惑地挑了挑眉,想也未想就张口:

"魍堂堂主是不是你?"

出口就开始后悔,她太过鲁莽了些,是不是其实跟她没多大关系的。这么唐突的问法,万一逼急了被他一刀霍了怎么办?她可没有半点防御能力。有些畏缩地笑笑,极力地想把刚才的失误抹平:

"呵呵,我开玩笑的。你就当我随便问问……"

不抹还好,这话一接,刚才还无视她的骆公子骤然停下整理药品的手,定睛望她,炎眸里跳跃着看不懂的情绪。四周围的空气瞬息间阴冷,风阵阵从辰汐的后脊梁吹过,冷不了一个寒战。

好半天,他就这样目不转睛地瞅她,扣住了心魂一般,看得她难以动弹。强烈的压迫感使得她收在身后的手颤抖,狠狠地咬了咬牙,紧握成拳。

空气中弥漫的一股无形压迫感让她急于想要逃离,可身体却不受控制地难以动弹。她不知道这种芒刺在背的寒意算不算杀气,火瞳里闪烁的阴戾让她整个身体处于紧绷状态。

几步,他逼近她,灼热的呼吸刷过她脸颊上细微的绒毛,引得一阵战栗。近在咫尺的脸笑容满面,却未及眼底:

"好聪明的丫头,看来是我低估了你——"

No.17

"好聪明的丫头,看来是我低估了你——"

这么说他承认了!她一怔,有点不太相信地瞅他。

青洛勾起她的下颚,拇指有一下没一下地搓揉着纤细的脖颈,仿佛情人间亲密的爱抚,又似魔鬼的牙蹭过她的喉,不知道下一秒是会亲吻上她,还是用锋利的爪子撕裂她……

"血把你捧得像个宝,要想杀你也不会是在这里,虽然我早就想这么做了……"

眼底一闪而过的血腥,随即隐没,换作懒散随意,亲密地搂过她的腰身,挨着她坐下,好似恋人般枕靠在她的肩膀上:

"说说看,你是怎么猜到的,嗯?"

杀气瞬息间消失无形。像是突然得到释放似的,辰汐纠结住衣领大口的呼气,这才发现刚才几秒的停歇竟然连吐纳都忘了。缺氧状态的心肺难耐地疼痛。

"味道——"被她误打误撞蒙了个正着的就是这股特别的香味。"虽然被药草味掩盖住了,可近距离贴近仍是可以闻到的。"

贴靠在她身上的人突然笑了,悠扬婉转。周围弥漫的香气更胜了,仿佛已不需要刻意地隐藏而得到的释放。

奇特的男人,美得倾城不说竟然还有体香。

"你跟那个夜叉王……"

反正他都说不杀她,那干脆趁这会儿问个明白。

"丫头,你的好奇心迟早会要了你的命——"

他没有回答,淡淡地撂下一句,似是警告又似好心提醒。摸了摸她的发,接着道:

"我们做笔交易吧!作为你保守秘密的条件。"

他其实可以杀了她的,没有比死人更适合守住秘密。她迷惑地侧头瞅他。

"你不杀我?"

血月 [第一卷]

"很多人都想要你的命,但你活着对他们来说更具有价值。除非我疯了,让你的小命断送在我手上。"

辰汐自嘲地撇撇嘴:

"真不知道我这个什么也不会的人,对他们来说能有什么价值——"

扫了她一眼,语气冰冷:

"在我反悔之前快点说吧!你想要什么?"

"我要在这个地方活下去。我想要得到你的庇护——"

虽然她仍然记恨他在绿沼森林里怂恿夜叉王丢弃她,但直觉却让她信任眼前这个人。搭在她肩上的头移开,缓缓地起身。温暖的气息随他的离去被带走。辰汐一惊,以为他反悔了,伸手揪住了衣角。却见青洛回眸,眼底里透着讥讽:

"天真——"他冷冷地笑,"别把命寄托在别人身上,那将是世界上最危险的事,要想活下去只有靠自己,没人可以帮你。"

手是怎么松开的她忘记了,他的话语像是警钟击打着她的脑壳。是不是这一个月来日子太过舒适了,让她几乎忘了她还是辰汐,那个倒霉加三级的女孩子。从来都只有自己,凭意志力一点点抗过去的自己,怎么会那么卑微地乞求怜悯。

青洛凝望低垂头的辰汐,红瞳暗沉,皱了皱眉。辰汐的刘海遮挡住了眼眸看不到在想什么,可抿紧的唇却透露着倔犟,让人心疼的伤。逼自己别开眼,心却震颤。这种莫名的感觉让他惶恐,飞速收拾起东西离开。足到门边却停顿:

"你的茶水被动过手脚,自己留意……"

声音很轻,却清晰地传到她耳里。辰汐猛地抬头,眼底难掩的惊喜。虽然只是一句看似不经意的提醒,却让她感动,温暖了内心……

No.18

有人在对她下慢性毒药,可查不出是谁。每天使用的茶水经过太多人的手,从厨房到琉璃手上不知道已是第几道工序,太过烦琐。凭她的微薄力量根本无从查起。这种毒其实遇到之前夜叉王让她吞下的"月隐霜寒"根本不足以惧。某种意义上来说是被"月隐霜寒"给消化了,不会对她起到一丁点的作用,可仍然让她后怕。

这个世界太过陌生,而她辰汐又太过渺小,也许随便哪个人扔个低级法术就够她死上几十次了。她惧怕死亡,尤其是在体会过三途河的血腥之后,更加强烈地厌恶那种绝望,可又无能为力……

正当辰汐对着一河莲花不知第几次叹气时,却见血阑俊美的倒影浮现在碧波中,眯缝着眼笑吟吟地瞅她。温和的笑颜如春天的日光,驱走寒冷,滚烫在心上。辰汐一改之前的愁眉苦脸,愉悦地回眸嫣然一笑:

"阑,你回来啦!"

微笑着拉过她来到池中央的亭子里,宠溺地握住细腰轻轻一举,辰汐就已坐到了桌子上。血阑随意地找了个凳子坐在她对面,揽过小人儿困在他的臂膀里,扬起头饶有兴致地冲她笑。

宛如相处多年的情人,随兴自然,仿佛他们本该就是这样,相处了很多年。血阑碧空般柔美的眼底尽是温柔,那种丝毫没有掩饰的甜蜜情感,好似世间最上好的美酒,让人甘愿迷醉其中。

她很困惑,不由得皱眉。她不太懂他,可以说一点都不懂。她所有的讯息都只是他所提供的微乎其微的部分。比如她知道这里是天界,她所接触的所有"人",其实相对于她,都是被称为神。

"怎么了?"血阑看她突然皱眉,掩去笑容紧张地问。

"阑,我可以问你一个问题么?"

"呵!小汐想知道什么,我一定言无不尽——"语气漫不经心,掬起她的掌把玩,这似乎是他近来最喜欢的小动作。

"为什么对我这么好?"

"因为你是你——"血阑笑容不变。

模棱两可的答案。

"那么是不是我提任何要求,阑都会答应?"

她做最初的试探。血阑的眉挑了挑:

"那要酌情而论。"

"我想见预见师红零——"深吸口气,给自己勇气,"我想知道我为何会在这里……"

蓝眸目不转睛地锁紧她,仿佛要探入她的内心。

之后,好似有一个世纪般漫长,当她以为答案渺茫之际,他总算开口了:

"好——不过,出了宅院我不放心,我陪你同去——"

这是辰汐首次步出宅院,出了院门才知道,原来外面别有洞天,而之前她所居住的小小的百十平方米的地盘不过是弑家楼微不足道的部分。庭台楼榭纵横交错,大得让她晕头转向,有的地方转了弯景致却似相同;有些百转回廊却难以分辨是从第几道门庭开阔了视线,似是走着走着就真的从里面步出,回身却又辨不真切……

"阑,这里好大——"

她发自肺腑地感叹。

血阑揉碎了她额前的碎发,笑得狡黠:

"所以,小汐要小心别跟丢了喔!那,手借你——"

风吹拂过了血阑的白衫,挑起了青丝在风中舞蹈。一张骨节分明保养得甚好的大掌出现在辰汐眼底,邀请似的张开。她驻足愣怔,呆呆地瞅着。有那么一刻,心被填满,难以保持清醒地沉醉在他所铺设的柔情蜜意里忘了醒来。

他对她很好,几乎到达了溺爱的极端,有时似情人般呵护,有时又仿佛像是对妹妹般极其照顾。可似乎哪一样都不应该出现的,至少感情不应该突兀地在他们之间流淌。可又有谁能抵挡住诱惑。就算这将是天下间最烈的鸩毒,她也饮之似甘露。

血月 【第一卷】

　　手心交缠，掌纹融会。她仰头冲他笑，交出的是心以及信任……

　　小汐一路被血阑牵着，眼看已踏入魍堂的葵月亭了，却在此时被人拦下。来人气喘吁吁却是有急事来报。上前耳语了几句，引得血阑绛蓝色的眼波深了几许，侧目幽幽地盯着小汐，看得她有点摸不着头脑。

　　发生了什么与她有关系么？血阑的心思在碧空般的眼瞳里被隐藏得很好，难以揣测。转瞬，一抹无奈的笑容挂上脸颊：

　　"恐怕今天我们见不到红零了——"

　　"为什么？她不在么？"

　　通透的银眸眨了眨，疑惑地看着他。

　　"你的未婚夫找到这里了——"

　　未婚夫？她怎么会有未婚夫的？她才来这里多久啊！怎么凭空多出了个未婚夫？她辰汐自己怎么不知道？！

　　"我……没有未婚夫——"

　　不祥的阴霾笼罩心头，柳眉蹙紧，不情愿地挣脱刚刚还交握在一起的掌，反被对方攥紧，这让她有些恼。视线回瞪之际却见血阑的脸上挂上了苦笑：

　　"这个……还是先见了再说吧！你的'未婚夫'可不是我们能得罪得起的角色——"

No.19

　　辰汐是被血阑半拖着、拽进弑冢楼的前厅的。耍赖似的耷拉着脑袋，以及不情愿嘟起的嘴都是她的无声抗议。

　　一点都搞不明白，她不过是个来自人界的女孩，相对他们神族是相当卑微渺小的，这么个陌生世界里，怎么有那么多的人要企图跟她攀关系。

　　还沉浸在自我世界里，血阑紧握的掌却没有任何预示地松开。辰汐反应迟钝地后退，重心不稳差点摔倒，就在狼狈当口一双掌及时地托住了她的腰身，轻轻一带，接住了她的身子扶正。

　　辰汐不太高兴地皱眉，瞪了一眼斜前方的血阑，转身想对身后的人道谢，却对上一双火瞳。

　　"洛……骆公子？你怎么……在这里……"

　　话说一半没有后续，生生地被青洛寒冰般的阴冷眼神止住。红色眸子里莫名的情绪波动，猜不透也道不明，焦距越过她的脸落在几米开外处。随那视线望去，她整个人彻底僵硬……

　　黑发墨瞳，一身玄色戎装。不是夜叉王琅熠又会是谁！

　　辰汐突然有了想要大笑的冲动，青洛在此，她的行踪自然难逃夜叉王的掌握啊！谁让人家是"老相好"呢！虽然跟青洛未达到朋友的阶段，却未曾真正建立过信任。被出

卖的感觉不是特别强烈地左右辰汐的思维,只是觉得稍许失望。

青洛的手还落在她肩膀上;琅熠仍逍遥自得地端坐在客席中央喝茶;血阑依旧站在她不远处没有半分移动的打算。仿佛静止的镜头,空气中弥漫着寒流,似有看不见的物质在她面前一波一波混合扭曲撕扯着,最终有如袭击岩石的海浪自我消亡……

血阑动了,打破了诡异气焰的较量,唇如薄纱,齿若珠贝,缓缓迈步踱上前去:

"稀客啊!夜叉王怎会有兴致大驾光临——"

剑眉挑了挑,修长的手指捻起茶盖抚开悬浮在碗中的茶叶,神情悠闲:

"弑冢楼的茶叶一直是我的最爱,可惜每次却只能在天族的宴会上才能品到,真让在下甚为遗憾——"

白衫轻抖,血阑已自主位入座,漫不经心地摇着折扇道:

"我倒以为夜叉王并不欣赏敝楼的茶叶,兴许是这水冲得太烫了?怎么都不见您入口呢?!"

气氛再一次僵持,琅熠握杯子的掌忽顿。视线总算从茶杯上面移开,朝辰汐的方位扫来。一瞥间,笑了。眉眼间无尽开怀,却并未及墨瞳:

"骆公子是在下许久未见的朋友,真是难得会在此相逢啊——"

辰汐人在大厅中,却好似外人般冷观全局。看这形势,血阑与琅熠并非熟识,各自防备对方。而血阑不知青洛跟琅熠的关系。初见时分的暗潮汹涌自是以为骆公子在其中起到调和与协助作用,却不晓得青洛的本意。看来这场鸿门宴是谁宴请谁还并未知晓呢!

辰汐妄图隔岸观火,可她却忘了,自她踏入这里的那一刻就已深陷囹圄。

琅熠托起茶轻啜了一口,薄唇微扬眼光瞟向血阑:

"我夜叉族的王妃还真是顽皮,竟然打扰了血公子数日。这些天没给公子您添麻烦吧?"

"喔?夜叉王娶妻了吗?看来弑冢楼的情报需要更新了呢!不过这么大的事情,竟然没有昭告天下,可真是稀奇啊!"

血阑接口,眼光望向不远处的辰汐。安慰性的微笑,抚平了她眼底因那句"夜叉族的王妃"而引起的慌乱与无措。

琅熠搁下了茶杯,朝辰汐伸出了手:

"过来——"

语气柔情蜜意,却未及眼底,黑眸里的寒冷让她畏缩一下,倒退了一步贴近身后的青洛。温暖高大的身躯宛如一堵墙,未有任何揽护的动作,竟也未推开。可搁在她肩膀的力道却加剧,捏得她分外疼痛。

咬住唇角忍受着,她还没有傻到以为青洛是想保护他。下这么重的手仅仅是在发泄他的不高兴以及妒忌。像是被人抢去心爱玩具的小男孩,恨不得上去拼个你死我活才能平衡。他的恨意表达得这么明显,她不用问也能猜出来了。好吧!谁让他放过了她的小命呢!这点伤还是忍了吧!

抬眼望着空中伸向她的手,辰汐淡淡地问:

血月【第一卷】

"伟大的夜叉王啊！你的王妃如何称呼呢？"

对面的人明显地神色一僵，她心底暗自得意。她是笨了点，但是还没那么轻易屈服。他们只见过一面而已，从头到尾提到的无非是毁坏了的神卷，以及他逼迫她食下的寒毒。对于他夜叉王而言，她不过是一个容器。而谁又会去关心容器的名字。

No.20

"伟大的夜叉王啊！你的王妃如何称呼呢？"

辰汐幽幽地瞅着琅熠，表情淡然。

琅熠举在半空的手一僵，缓缓放下，无法回复的问题让那双黑眸里的阴霾更甚："怎么了我的王妃，被幽冥界的亡魂吓到了么？连自己是谁都不记得了——"

辰汐冷冷地望着他。笑话，她怎会不知道自己是谁。她不过是走错时空，想死没死成的一个平凡女孩而已。而加诸在她身上的磨难几乎全部是来自这个号称是她"未婚夫"的男人。给了她点甜头，就把她抛在了危险的亡灵嘴边，这事她可没忘。现在反倒想来跟她攀关系，门都没有。

辰汐对琅熠的敌意甚为明显，冷凝的目光惹得对方稍显不耐烦起来：

"好了，别再闹脾气了，讨扰血公子够久了，随我回去吧——"

"回哪儿？"笑颜如花，在辰汐的脸上绽放，却别有风情，冰瞳凝结成霜，"三途河上，还是亡灵军的最前线？"

墨眸漆黑宛如夜空不带半分情感，一瞬不眨地映出那张平凡苍白的容颜。低迷的气压随冷佞的寒意如潮水般袭来，几乎令她窒息。脸更加惨白，大颗的汗珠爬上了额角。她已分辨不清强烈的烦躁感来自眼前的夜叉王所带来的压力，还是身后青洛慢慢加重的手劲。身体似有某种力量被激起，叫嚣着妄图跃出她身体，灼热、滚烫。

就在辰汐难耐当口，沉静多时的血阑终于开口了：

"我想，小汐她似乎并不愿意随你回去。夜叉王是否搞错人了？你当真确定她是你的王妃么？"笑恣意，扇子一下没一下地摇曳，"在下是在夜叉族捡到这姑娘的没错，可当时却只有这么个乞丐般的小人儿。倘若真如你所言她是王妃的话，为何留她在如此危险的地段呢？"

"在下的家务事不劳血公子费心——"

琅熠已彻底丧失耐性，一个箭步跨上前去，就要夺去青洛对辰汐的掌控权。辰汐一惊，青洛根本是跟他夜叉王一头的，虽然再多么的不情愿，自是不会为难他。这样下去她岂不是轻易地又要落在琅熠手中。恐怕这回他不把她解剖了倒出大神宗卷才有怪。她辰汐是人不是神，可没有千年寿命供他玩。

就在千钧一发之际，琅熠的手从她肩头滑落，抓了空。一股透明的墙出现在她面前，阻断了琅熠的攻击，无色的壁垒包裹住她跟青洛形成保护层。她还没搞明白怎么回

事,血阑的声音就已响起:

"夜叉王,对女孩子要温柔——"

琅熠先是一愣,眼眸瞬间笼上杀气,回身冷酷地面对血阑:

"四维空间术,血公子你这是什么意思——"

血阑没半分惧意,依然笑得如沐春风:

"小汐是我弑冢楼非常重要的客人,做主人的自是有义务要守护客人的安全。而这姑娘似乎并不情愿随你走——"

琅熠冷哼一声:

"血阑,你是打算与整个夜叉族为敌吗?"

折扇"啪"的一声合拢,血阑脸上的笑意随即敛去:

"弑冢楼虽然不是什么大地方,也没有显赫的家族背景。但是若有人欺上门来,自是不会坐以待毙——"

嗜血的笑意在琅熠的面部扩大,刀出鞘,速度飞快地跃上前去,吻上了血阑的折扇。火光自交锋处闪烁。折扇不知是何等材质,在刀下防守有余,手腕回旋,反退为攻袭向琅熠。几个回合下来,竟然也不弱。

血阑身上杀气乍现,宛如亲临战场的煞神,与之前温柔如风的形象大相径庭。白衫飘逸,藏青的发丝飞扬,震惊了一旁的辰汐。

这才是血阑原本该有的样子吧!她想,如此狂放的杀气才应该匹配弑冢楼楼主的名号。他在她面前果真掩盖得太好,让她几乎以为这头沉睡的雄狮似猫儿般温柔可亲。自嘲的笑意爬上嘴角,不自觉地咧了开来。

"呵!看到两个男人为你打架,很开心吗?连嘴角都克制不住地上扬——"

冷不丁一个声音自耳后贴近她,脸靠得那么近,她几乎能感觉到青洛温热的鼻息吞吐在她脖颈处,引得一片战栗。

辰汐懒得去解释什么,他们之间的隔阂从开始就已存在,而刚才那声"夜叉族的王妃",使这距离更加遥不可及。青洛是所有人中表达情感最直接彻底的一个。爱也好恨也罢,都明明白白地放在表面上,不掖着不藏着。其实,她并不讨厌他,反而觉得他是他们当中唯一值得她亲近的一个,只可惜……

"洛,你抓疼我了——"

没有转头,就连视线都未曾变过。她低声倾诉。

肩头的掌猛地松开,却能感觉身后的人竟有点点的情绪泄露,窘迫以及懊恼。似是对于自己太过真实地袒露妒忌的不甘。辰汐仅是笑笑,淡然冷漠地扬了扬唇角。

过了一会儿大手再次附上,这次却是流连在她纤细柔嫩的脖颈,迫使她的下颌被迫抬高。青洛的声音似是蛊惑,带着微微的震怒,用只有她听得到的声音低声轻语:

"有的时候,我真想扭断你的脖子。你说我现在下手,对面那两个打得难分难舍的男人,表情该是何等的有趣啊——"

像是他说了多么幽默的笑话,彻底娱乐到了辰汐一般,清爽的笑声肆意:

"呵呵!唔!我也想知道,不如你试试——"

血月 [第一卷]

身后的人一愣，随即也跟着笑了：
"哈哈！丫头，你果然不同。我发现我开始喜欢你了——"
是啊！如你一般变态，当然与众不同。辰汐的银眸里一闪而过的伤，转瞬即逝……

No.21

红光信号穿透碧空，在天际炸开。琅熠身形猛地改变，退出几米远，刀归鞘，杀气收回。突然的转变让辰汐迷惑，低声问：
"洛，怎么回事？"
青洛的眉头蹙紧：
"夜叉族的专有信号，怕是军情有变——"
喔！那就是说，琅熠立刻会离开了。呵呵，对于她来说算是个不错的消息呢！
狂妄的笑声自夜叉王的身体中爆发，爽朗而愉悦，一扫刚刚的嗜血气氛：
"血公子得罪了。看来我的王妃还要在你这里再打扰数日。还望公子不要计较方才在下的鲁莽——"
折扇展开，笑颜再次挂上血阑玉儿般的脸颊：
"怎么会，小汐是我的客人。照顾她是应该的——"
一切仿佛回到了最初，刚才的拔剑相向不过是她辰汐眼花。面前的屏障也不知何时解开了，仿佛一切都未曾发生过，只有青洛的手仍停留在她腰际，以及肩上隐隐作痛的伤提醒她前一刻的惊险。

她有些愣怔，呆呆地站立着。琅熠何时离开的都不知道。直到青洛轻轻地拍了拍她的头，压低声音耳语，晚上会来找她，这才回神，却发现空旷的大厅里面只剩下她与血阑两个人。

血阑有些担心地靠近她，问得小心：
"没事吧——"
"没事——"辰汐回了个宽慰的笑，别开眼低下头去。
"小汐，抱歉。让你承受这些。可我没有直接抗衡八大部族的能力，所以……伤害到你了，对不起……"

她愣怔，银眸里满是惊讶，为血阑眼底的愧疚。他是真心的吗？她瞧不出半分虚假，也许她该相信他的。不论背后掩盖多大一层秘密，总归这一刻他是想要保护她。
"阑，谢谢——"
笑容明媚，宛如初升的太阳点亮了四周，光彩照人。迷幻了谁的心跳得剧烈。青色的眼瞳被她那笑容勾去了心魂，再难移开眼……

下午时分的神经紧绷，让小汐格外的困乏，很早就进入了梦乡。睡不踏实，半梦半醒间身体开始忽冷忽热，似是大神宗卷的力量复苏般侵蚀着她的肌肤，很是难过。

35

迷迷糊糊之中，感觉有人在低声唤她。本以为是做梦，想翻个身继续睡，却触及到肩膀上的伤，刺痛感袭来，惹得她呼出声音。这一折腾她却醒了。

睁眼之际，入目竟是青洛妖魅般的红眸，她想张口却又无力，身体滚烫，吐出的声音仿佛呻吟：

"洛……"

青洛的凤眼忧虑地瞅她，从袖子里掏出一粒药丸喂到她嘴边：

"吃下去——"

辰汐本能抗拒，没有松懈半分的戒备。她是怕了，喂到嘴上的通常都不能相信。

柔柔的声音首次从青洛嘴里吐出，磁性沙哑地诱哄她：

"乖，把它吃下去——"

辰汐顽强抵抗，身体上的灼热已让她快要崩溃了，却打起十分的精神奋力地摇晃着脑袋。

青洛定睛望向她，红眸里的心境复杂难懂。辰汐努力地睁大眼睛，抵抗着身体的不适，害怕自己一松懈就被对方得逞。可惜，男女的力量原本就悬殊，何况她又处在非常羸弱的时期。

唇冰凉柔软，贴上她的唇。霸道地撬开她的贝齿，灵巧的舌轻轻一卷，药丸巧妙地顺势滑进食道。

无力地闭眼，最后时分银眸里绝望与无奈收入青洛眼底。他的唇却瞬间失去了离开的意图。

不是为了达到目的的唇齿触碰，这一次只是单纯的想要亲吻她。唇不舍地徘徊在因发热而鲜红明艳的花朵上，轻柔甜蜜，带着淡淡的情欲，铺设下情网，穿过了厚重的心墙，击碎了百丈鸿沟的壁垒。

是谁的气息缭乱慌了方寸，又是谁的心房跳得飞快几欲迸出胸膛……

风卷起窗外浓郁的夜来花香，弥漫着醉人的芬芳。月光透过窗户洒在床畔，点点的晶亮……

渐渐地唇齿间的力道加重，似有什么脱离了掌控。宛如挣脱缰绳的马儿，失去控制。直到衣带松散，空气中的冷意袭来，辰汐才猛然转醒：

"洛——"

掌捧上青洛的脸颊拉开彼此，吐气如兰，气息喷洒在彼此之间。红眸里的情欲逐渐隐去，恢复如昔……

辰汐的银瞳里晶莹透亮，映照出他因情欲而沉迷泛红的脸颊。猛地反应过来，迅速从辰汐的掌中挣脱，尴尬地坐直身体，紧绷且拘谨。

"抱歉——"过了好一会儿，青洛才开口，声音沉闷。

血月 【第一卷】

No.22

　　冰凉的感触自胃部扩散开来,看来是药物开始发挥功效了。
　　辰汐晃了晃脑袋,企图甩开方才遗留在脑海中挥散不去的甜蜜亲吻。她不得不承认,青洛的技术很好,对于她这种初学者来讲,几乎能让她忘记他亲她的最初意图。不同于琅熠霸道的掠夺,反而是迷人的诱惑,让她沉醉了心神。
　　"那是什么药?"
　　辰汐想要缓和气氛,发出的声音却暗哑,好似麝香带着浑然未觉的勾引气味,引得青洛的身体一震。
　　"月隐霜寒——"青洛转头望向她缓缓道,"熠,下午时分其实是来送药的。"
　　银眸一暗,嘲讽地撇嘴。又是"月隐霜寒"。先后服下两颗寒毒,她竟然还活着可真是奇迹。
　　青洛轻声叹息,抚开了她额前被汗水打湿的头发,焰眸水盈盈地瞅她:
　　"丫头,他是在救你——"
　　辰汐的目光回到他身上,毫无神采,似已绝望,提不起半分兴致。眼瞳的交会不过是礼貌性地听他说话而已。
　　"凭你人类的身体是无法承受大神宗卷的力量的,只会被吞噬殆尽。'月隐霜寒'虽然是天下间最激烈的寒毒,却是唯一能克制住你体内灼热气焰的药物。"青洛无奈地笑笑,声音空灵带着淡淡的忧伤,"你要是知道这东西百年才产两颗,算是夜叉族的至宝。他却拿来救你,你该感谢他才是,而非深恶痛绝地怨恨他……"
　　"为何要解释给我听,我讨厌他不正合你意吗?"
　　辰汐的冷漠让梳理她额头刘海的手一顿,抬眼神情复杂地对上银眸。他无声地叹息,眼前的女孩子,宛如防御森严的猫,随时随地警戒着周围。彻底分辨不清什么是友善的触碰,什么又是真实的威胁。那种眼底流露出的紧张以及恐惧让人觉得格外的心疼。
　　唇角上扬,青洛笑得邪魅:
　　"你就当我是在帮他好了,反正你我之间从开始就已注定了敌对,我又何必在你面前演戏。"
　　被折腾得有些累了,银眸慢慢地闭上,唇角却似带笑。困意来袭,朦胧间她幽幽地道:
　　"谢谢你的坦诚……"
　　望着步入梦乡的苍白睡颜,青洛片刻的迷茫。却又快速地甩开念头,催动法术离开,只留下满室清雅的花香……
　　辰汐这一觉睡得格外踏实,醒来已是中午了。洗漱完毕,开始犯饿。好在琉璃并未让她等太久,一盏茶工夫,饭菜上桌。四菜一汤,竟然比平时丰富许多。
　　辰汐夸张地张大嘴,笑得狡黠:

"琉璃姐姐，今天有什么好事吗？"

"啊！没啊！没有——"

被捕捉到心事的琉璃慌乱地否认，却哪里躲得过辰汐的八卦。

"我才不信，肯定有，绝对的。快，告诉我，告诉我嘛——"

拗不过她的撒娇，琉璃只好承认，下午是弑冢楼十年一次的招新选拔，而琉璃期盼已久。女孩一脸的兴奋，开了头就似开了闸的河流，侃侃而谈：

"小汐小姐，你知道么，我等这一刻等了五年了。一想到有机会正式进入弑冢楼，我就兴奋……"

"你现在不就已在弑冢楼了？还是你最崇拜的血阑的贴身丫鬟。要是你去训练了，岂不是再难见到他？"

"话是如此，可……我想做能给公子帮助的人，哪怕一点也好。好过这样看着公子独自辛苦，而我只能得到他的庇护，一辈子干着急……"

"呵呵！琉璃姐姐好有抱负。看来是已经有目标了？"

"唔——"琉璃粉红色的眸子满是对未来的憧憬，"我要做魅堂堂主。前堂主殷魅可是我的偶像呢！那么小就成名于天下……"

环绕在琉璃的美好梦想里，辰汐考量着。这似乎是个机会，一个可以保护自己的机会。不用再弱小的被抛皮球般扔来扔去。她的命运操纵在自己手中，而非那些人手里的工具。

好！就这么决定了。

放下手里才吃了一半的饭菜，飞速地奔出屋子朝血阑的房间冲去，留下错愣中的琉璃，呆呆地忘了唤住她。

如鸟儿般悦耳动听的声音回荡在双层阁楼的楼梯上面：

"阑！我要去参加招新选拔——"

第二卷
纸鸢

神族历679年，天族吞并迦楼罗族，族长殉国，世子与小公主逃逸。

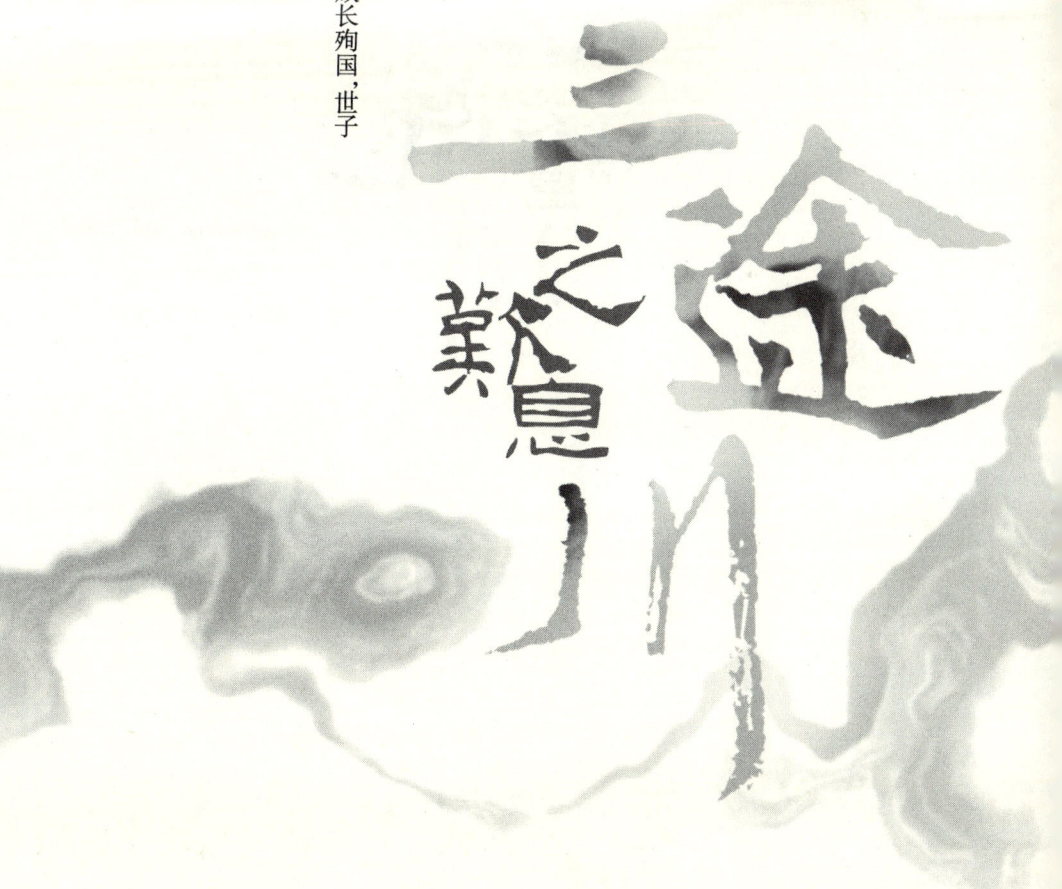

三途川之嘆息

Santuchuan zhi Tanxi

No.1

"阑,我要参加选拔——"
"不行——"
"为什么?你答应我的,不管我开什么条件你都满足我!你说话不算数——"
辰汐嘟着嘴耍赖。
"选拔严格而且危险,搞不好会送小命的。"
血阑严肃地皱眉。
"不管,我就要去。琉璃姐姐都能去为什么我不能?!"
"辰汐——"
他无奈地唤她,后者却睁着那双银色眸子委屈地回望。血阑悠悠地叹气,耐着性子问:
"小汐,参加选拔的意图是什么呢?想进入弑冢楼么?"
"我想要变强——"
想也未想,脱口而出。
"变强?"血阑笑了,眼神温柔得宛如碧泉:"变强而后呢?"
"而后,再也不受别人欺负。"
"小汐,曾被人欺负吗?"
"唔……算是吧……"不然她怎么穿越过来的。
海蓝色的眸子满是心疼,揉乱了她的碎发:
"再也不会了,我保证。有我在,没人会欺负你——"
这是第二次了,第二次血阑信誓旦旦地说要守护她。心的壁垒出现裂缝,辰汐陷入迷茫,她不知该不该相信他,从未有人这样对她好,突然出现在面前的温暖,让她惶恐,怕陷入的时分坠入万劫不复。

血阑却不知她所想，上前捏了捏她有些微红的面颊。
"好了，别犯傻，走吧——"
"去哪？"她有些反应迟钝。
"你不是要去参加选拔么？"
"你……同意了？"
"嗯！不过要先带你去见一个人，见过之后再做决定。"
辰汐是在后山见到蓝琦的。
百丈高的瀑布下面，一个年龄与她相仿的少年立于巨幅屏障的底部，消瘦的肩膀承受着猛烈的水珠。阳光洒在瀑布脚下的潭水表面，泛起晶亮的波纹，在他的肌肤上映衬出月白色的光圈，朦胧却又剔透。青绿色的长发被水打湿散在肩膀上，油亮宛如洗刷过的竹叶，纯净清雅。
听闻附近的声响，睫毛颤动几下，缓缓张开。碧眼宛如上好的水晶，盈盈地瞅过来。
血阑抬手唤他，这才步出了瀑布，眨眼间已到近前。速度快得让辰汐乍然。
"公子——"声音带着半分稚气，腔调却已老成。
血阑的脸上没有太多表情，人显得威严许多。揽过辰汐的肩，用没有太多情感的语气对蓝琦道：
"这个女孩将是你未来的主人。我希望你用生命守护她。能做到吗？"
少年明显地一愣，不可置信地瞪大双眼，欲言又止：
"公子，我……"
血阑的声音变得严厉，重复道：
"告诉我能或不能——"
少年的头低下，认命地接受，毕恭毕敬地冲着辰汐行礼：
"蓝琦发誓，将会用生命守护她，为她挡去任何威胁——"
"要是……我想要她的命呢？"
血阑的语气突然转冷，冻了辰汐一个激灵。只见蓝琦低垂的头瞬间扬起，视线越过她落在身后的人儿身上。冰绿色的眼瞳里聚拢了寒意：
"杀——"
"很好——"
笑容再次回到了血阑脸上，放低身影眼神转柔：
"好了，小汐。有他在我就放心了。现在你可以去弑冢楼任何你想要去的地方。"
"真的吗？"私人贴身保镖！辰汐的眼睛锃亮，激动溢于言表，"哈哈！阑，你实在是太好了！"
"呵，你喜欢就好。"宛如兄长般宠溺地揉了揉辰汐的发，"别玩太晚喔！记得回来吃饭——"
辰汐兴奋地咧嘴蹦跳着，不理会少年对于她如此不端庄的举动所冒出的黑线。
这少年看起来与她年纪相差无几，虽然少年老成，但碧瞳里的单纯是骗不了人的。应该不难相处才对。辰汐一双大眼睛眨巴眨巴地瞅着蓝琦，银眸里水汪汪的满是期待，连血阑何时离开都不去理会了。

"你好,我叫辰汐——"

冰绿色眼眸完全没有被她所感染半分的热力,浓眉跳动一下:

"喔……"

呃？什么状况？

"喂！互相报出姓名是礼貌吧！"这小子似乎比预想的难搞。

"公子刚才说了,你没听到么?！"

黑线！好吧！她收回之前对他的满心期待,他根本就是个古董,完全不能沟通,亏她还想说跟他做朋友。

"我知道——"

……

蓝琦沉默,看也不看她一眼,转身跳下巨石,开始穿衣服,好似没事一般把辰汐撂在了潭边的石头上面。

这可怎么办？她现在所在的石头有十米宽度,平坦但并不意味着如此的高度适合她轻易地降落在地面。上来时有血阑抱着她,自然不用烦恼。下去的话,恐怕……

"喂！带我下去——"

穿戴完毕,少年朝她不屑地瞥了一眼,淡淡地道:

"你不会法术吗?"

辰汐给了他老大一白眼。这不废话吗,会法术她还拜托他干吗！唉！她又被歧视了。弱小的感觉可真不好啊！虽然身为人家主子才不久,可她一点都没有威严。这么下去,她可以预见今后的关系,必定是被这臭小孩踩得死死的不得翻身了。

No.2

好吧！辰汐观察了一下地形,最终判定这么大一块巨石她是决计不可能自己下去了。谁让人家比她厉害呢！小女子能屈能伸,她也不拿架子,省得大家今后不好相处。随即,眼儿弯弯,眉语间无尽的笑意,仿佛花朵初绽般迷人。

"那个……小蓝弟弟啊！能麻烦你带我从这里下去吗?"

她开始跟他攀关系,却遭到对方皱眉。眨眼间,蓝琦又回到了她面前。眼睛闪亮,剑眉却拧成一团,也不说话,只是怪异地打量她。

蓝琦的目光仿佛看待处理的垃圾一般厌恶,让她心里毛毛的,不由得脸上的笑容挂不住了。

"你看什么?"

"你是人类?"蓝琦总算有所了悟,眉头却未展开。

"是啊——"她知道自己是异类,他也不用这么瞅她吧！

"喔——"

蓝琦从鼻腔中冒出一声，随即退开一步。看不出心绪的眸子转向别处，宛如对她的研究已经告终，彻底丧失兴趣，连继续沟通的必要都没有了。

尴尬的气氛在彼此间徘徊，搞得辰汐有点莫名其妙。她无力地叹息，跟木头说话果然考验耐力。为了不继续在这块石头上面再待下去，耽误了她好不容易才得到的自由，她只得再次打破僵局：

"小蓝弟弟啊！我们从这里下去好不好？"

疑问句成功引来注意，蓝琦的眉又纠结，不耐烦地道：

"我不是你弟弟。我比你大——"

辰汐怀疑地打量他。依照年龄十六岁的少年通常也会成长到一米七零左右了，可蓝琦仅比她高出一些，顶多一米六五上下。所以就此断定，他该是小过她的。

在辰汐的眼神下，蓝琦有些恼火，声音粗重地解释：

"人类，我已经成年了——"

"呃？"

看她一脸的茫然，蓝琦觉得年龄问题还是先说明白点好，继续补充：

"我是摩呼罗迦族的——"

唔——名字有点熟，但是忘了。来到这里才多久，对她有实质概念的也就只是夜叉族跟天族而已。也因此，辰汐完全没搞明白他的年龄跟他的部族有何关系。

看对方半天没有反应，蓝琦总算明白了自己在鸡同鸭讲。不说透彻了单依靠她浅薄的知识是不可能推断出什么的。

"摩呼罗迦族，也就是蟒族。只有在成年后才会以人的形态出现。所以，人类别试图混淆我的年龄，我起码大你两百多岁，要是折合成人类岁数的话，也该是步入青年了。"

辰汐嘴张得老大，难以掩饰的惊讶。两百多岁啊！对对！她忘了，这里是神族，这里人的寿命不是按照她的时间来计算的。不过他刚刚说什么？蟒族？那意思是……

"你……你是……蟒蛇？"她吃惊地上下牙龈打架，找不到正常的说话模式。

蓝琦看白痴似的瞅她：

"那是幼年形态，成年后为了方便自然会以人类形态出现——"

"那……那是说……你是蛇妖……"

"妖与神有差别吗？"剑眉挑了挑，一脸的鄙夷。

辰汐的腿开始不受控制地发抖，干笑两声：

"呵！呵！你骗人的对不对？我不相信——"

蓝琦很大力地翻着白眼，对于她的怀疑甚感侮辱，却没注意到辰汐因害怕颤抖的双腿。

为了印证他说的是事实，蓝琦蝶羽般浓密的睫毛眨巴两下，双掌闭合，在胸前结出了个奇怪的手印。青光瞬间闪过，立在辰汐眼前的哪里还有少年的影子，一条树干般粗壮身躯的巨型青色巨蟒盘绕在大半个巨石上面，银白色的花纹遍布在鳞片表面，点缀出美丽的图案；悠闲地吐着红色的长芯子，傲慢地瞅着被它身体包裹在中心一脸呆滞的女

纸鸢【第二卷】

孩子。

辰汐的脸色惨白如纸，唇变得毫无血色。她只觉身体里面的血液在那一刹那间反向倒流，头嗡的一声炸开，脑浆在身体里面碎成千片，难以拼成完整的思路线条。下意识地眨巴一下眼睛，似是不确定眼前的画面是在做梦还是真实。

青蟒布满鳞片的身躯冰凉地蹭过她的肌肤，好一会儿才回过神。之后，震耳欲聋的叫喊声响彻天际：

"蛇——啊——"

蓝琦被她的叫声吓了一跳，还没来得及反应，只见眼前的女孩两眼一黑，直愣愣地朝地上摔去。青瞳一闪而过的慌乱，尾巴轻扫，娇躯落地的刹那及时地将她接住。

待他探头查看，辰汐竟以一种非常没出息的姿势，吓得彻底昏了过去……

No.3

醒来时，辰汐已在床上。窗外如水月光洒入室内引得满地的清凉。

猛地坐起，她记得下午时分认识了个男孩，然后他变成了一条青色大蟒。

是梦吗？她迷惘，掀开被子奔到门口。想要去找人求证，却在开门之际愣怔。

青发少年倚在门边的廊柱上，目光清冷地望着月亮。听到门声，头幽幽微侧，安静地瞅她。

她一惊，收回了迈出的脚。

蓝琦碧波里泛起一片涟漪，似有她不懂的情愫流荡，宛如落叶掉落水面轻微的颤动，很快又消失恢复最初的平静。

"我……对不起……"

她虽然是被吓到了，可这并非蓝琦的错误。反而是她的恐惧伤害到他了，至少她仍能辨出淡淡的失望遗留在绿色眸子里挥散不去。

蓝琦移开了目光，一如既往地沉默。人虽在此却似已融入夜色当中。

辰汐突然不知该怎么办，握着门框的手泛白，却不敢上前半分。两人就这样一个坐在门口一个站在门里，静止了时间，相对无言。直到不远处出现在门庭处的婢女才打破了寂静，陌生的女声落入耳朵里：

"小汐小姐，你醒了？公子吩咐等你醒来，让我带你去用晚餐。"

不是以往熟悉的琉璃那青鸟般的悦耳嗓音，她这才记起今天下午她要去参加的选拔。

"糟糕——把正事给忘记了——"

一跺脚，箭步上前拉起蓝琦的手就往二楼血阑的卧室奔去，没走几步却被一双臂弯拦下。翡翠眼瞳里满是疑惑：

"你要去哪？"

"去找阑啊，下午错过了弑冢楼的新人选拔，除了楼主谁还能给我这个后门走啊！"

"你想要参加选拔？"

男孩的身高完全挡住了她，无奈下她只得彻底地解释，否则看样子他是不打算任凭她乱窜的。

"当然了。我要自力更生，可不打算一辈子被人保护——"

"你……"蓝琦犹豫一下，"就算公子应许，你也不可能通过的，选拔相当危险，还是放弃吧！"

辰汐笑得明媚：

"我知道危险啦！不过你会保护我的对不对？"

蓝琦因那笑容心神一荡，双颊微红低下头去，这才发现他们的手一直是交握着的。窘迫地试图甩开，却又被对方抓紧。

"你……不怕我了吗？"他问得小心翼翼。

"蓝琦，下午的事情对不起。我从没见过那么大一只……呃……蟒……"辰汐回忆起树桩粗细布满鳞片的身躯依旧有点畏惧，不过很快又恢复，"呵呵！下次变回兽态麻烦提前跟我打声招呼，让我有个心理准备。"

可不要再突然一下，她心脏可受不了，好像出现兽态时要结特定的手印，她要好好记住那个印记，算是给自己打预防针。

蓝琦清透的眼眸眨了眨，长睫毛忽闪几下甚是好看，好半天才挤出一个字：

"好——"

"呵呵！那我们走吧——"

迈步就要上楼，却又被抱了个满怀。这次她可没那么好脾气了，不都解释清楚了，还干吗？

"又怎么了……"

蓝琦剑眉单挑，似笑非笑：

"公子不在楼上，这个点是在用餐的前厅——"

汗！她彻底是被吓迷糊了。

No.4

"阑，我要去……"

"啊！张嘴——"

辰汐胡乱扒拉几口饭，刚想开口说话就被血阑夹起的肉堵住了嘴。她有点气，嘟着腮帮子咀嚼着。血阑笑吟吟地瞅她：

"食物跟你有仇吗？女孩子吃饭，怎么也要文雅些。"抬眼招呼立在桌边的蓝琦，"你也饿了吧！一起过来吃吧！"

纸鸢【第二卷】

"我……不饿……"

可惜肚子的叫声出卖了他。蓝琦红着脸，忸怩地往前蹭了蹭却未敢坐下，倒是辰汐光顾着自己扒饭，这才发现他一直都是杵在自己身后。伸出手自然地拉住蓝琦的袖口一拽，蓝琦就在她小小的"淫威"下坐下了。

虽然成年了，却还是个孩子，望着一桌子的菜也不免流口水。不过吃相却比辰汐好看许多，反而更像个贵族王子。

辰汐看得有些惊讶：

"小琦啊！你不饿么？这样吃法要到什么时候才能填饱肚子啊——"

蓝琦的筷子秀气地挑起拇指大小的饭团送入口中，仔细地咀嚼之后咽下，才开口："食物要经过观、闻、尝三个步骤，才能体会它的美味。你那种吃法，完全就是糟蹋。"

辰汐被噎得说不出来话。她可体会不了，辰汐的家庭条件哪里由得去品，食物对于她不过是满足肚子的最低要求而已。算了，他大少爷自己慢慢品吧！她还有"要事"在身，没空跟他辩。

转头对上血阑似笑非笑的眼，她又继续刚才没问出来的话，可这次却被血阑抢了先：

"你想求我让你破例入选？"

辰汐笑眯眯地点头，一脸期待。血阑放下了手中的筷子，敛去笑容神情肃穆：

"新人选拔的最低要求最少要会三到四个低阶法术。可是你连气息都没有，怎么通过呢！小汐，试练不同儿戏，能坚持下来者几乎凤毛麟角，大部分丢掉性命。我不会让你如此轻率地参加的。"

辰汐撇了撇嘴，有点懊恼：

"这些可以学啊！何况我又不是自己。蓝琦也是很想参加选拔的吧！"

这么说的时候，辰汐的眼神扫过身边的男孩，低头吃饭的人虽然没有抬眼，夹食物的手却是一顿。

进来弑冢楼的人有哪一个不想的。这是一个混杂地，但同时又是最快获得荣耀与地位的地方，它不存在朝廷那些烦琐的权力关系环扣链，以及贵族的血脉与头衔，这里讲的是个人能力。像琉璃那样的女孩都懂得要为自己争取机会，更何况是蓝琦。倘若下午没有她的出现，她猜想他现在怕是已经在候选名单里面了。可惜辰汐阻断了本该发生的命运……

"傻丫头，法术不单单是努力就能有用的，虽然必不可少，但它仍需要建立在得天独厚的气息上面。就像有的人拥有丰富雄厚的气，所以被挑选出来做祭司这一个行当。中等偏上的多数配合气的运用做了武士。当然，还有一些薄弱的，虽然也同样被挑中却是作为最为低下的兵种出现在战场上面。"

血阑的手轻抚过她的面颊，轻微地叹气，眼底闪烁着难懂的情愫，呢喃的声音细不可闻：

"小汐，接受我的庇护真的有那么难吗？"

望着那汪黑蓝，她突然不知该如何回答。不管怎么讲，血阑是出于善意的保护，没有一点委屈了她。可这些对她来说宛如镜花水月般虚无不真实，享受着却又警惕着，这

让辰汐内心很矛盾。有的时候她会恶劣地认为，温柔的背后所匿藏的真实一定是她所不能承受的，所以故意去忽略血阑的好，更或者她已经等不及揭穿他的真面目，可又不敢保证戳破外衣的那一刻她是否真能承受得起。

血阑眼底的失望并未维持很久，似是没有在这个问题上面绕圈子的必要。

"这样吧！我们从最初的气息运用开始，倘若你能在一个月的时间里学会我所教给你的，那么我允许你参加月底的试练赛。所有的候选者都会参加喔！"

血阑尾音上扬，颇为有趣地看着辰汐灵光闪闪的银眸。

"成交——"辰汐愉悦地击掌，却又想到什么，眼神黯淡下来：

"那蓝琦呢？他因为我错过了选拔，是不是没有机会了？"

眼波朝蓝琦的方向递过去，却见后者一脸期待。淡然的笑意浮上血阑的脸庞：

"怎么会，他可是我最看好的新生力量呢——"

"呵呵！小琦，听到了么，阑说你可以参加试练赛呢！"

百灵般悦耳的嗓音从红砖碧瓦的飞檐大厅里传出来，女孩的笑声传得老远……

No.5

三天过去了，辰汐已经从血阑说要亲自指导她气息运用的兴奋劲儿里冷静下来。表面上看，弑冢楼楼主做她的导师，可是拥有得天独厚的条件啊！可问题也因此出现了……

正如血阑所言，气息这种东西是一种与生俱来的才能，她一个人类又怎么可能具备。血阑第一步教得很明白，凝神、感觉体内的循环波动，使其会聚，之后散发出去。

可她没有啊！怎么会聚？

凝神，这简单，她很轻易就做到了，可这循环波动……就……

每一次，她感觉到的只是身体中有股热量在与另一股寒气打架，感觉似是在三途川上接收到的大神宗卷时刻那烦躁不安的灼热，才刚体会上涌的力量却迅速被逼人战栗的寒意压下，这兴许是那两颗"月隐霜寒"在捣鬼。

或许大神宗卷的能量是可以被她操纵的，她大胆地假设。所以她决定去找青洛想办法。

支开了蓝琦，拉着青洛的衣袖避开人群找了个隐蔽的角落，说出自己的想法，没想到却遭到沉重的打击：

"胡闹——"青洛的眉拧成结，一脸的不苟同，"你想寻死我不会拦你。我直白地告诉你，'月隐霜寒'是无药可解的。我青洛都解不开的毒，这世间就不会有解药！"

乍听寒毒无解，辰汐有种上当受骗感。虽然琅熠是为了保住她的命才会让她吞食寒毒，可当初他可是信誓旦旦地说他有解药的。

好吧！琅熠那样冷酷又容易变卦的人不值得她信任。她嘟着嘴，赌气地瞅着青洛。

纸鸢【第二卷】

火红色的凤眼完全不受诱惑，青洛双手抱胸，一副事不关己的模样：

"我是不知道熠怎么哄骗你的，既然你来问我，我就跟你说明白了比较好。每一种毒之所以有解，是因为在它们生存的范围内会有与之相生相克的植物出现。但炼制'月隐霜寒'的月紫苏是生长在夜叉族宫殿的后山，也是大陆最北端的悬崖峭壁上。那里除了月紫苏不长任何活着的生命——"

辰汐长长地叹气，她仿佛被人宣判了死刑般绝望。神情恍惚地离开了青洛。无精打采地跟在蓝琦身后，依稀他跟她说了什么，像是征求意见。现在的辰汐哪有心情听，随便地点头糊弄过去，任由蓝琦拉着走。竟不知怎的回到了两人初次见面的瀑布。蓝琦嘱咐她在岸边不要乱跑，自己脱去上衣来到瀑布下面。

是要打坐吧！她想着，蓝琦这三天几乎与她寸步不离，夜晚也是住在宅院里，早上一睁眼就能看到他，怕是三天来都没有好好练过功夫呢！

她又给他添麻烦了，辰汐愧疚地笑笑，也就静静地在潭边坐下。

后山的潭水不知道叫什么名字，冰冷入骨，在四季如春的弑冢楼属地，这种接近零度的水温实属奇特。

伸出手有一下没一下地拨动着清澈的潭水，凉凉的寒意顺着触觉扩散至全身，竟有平定心绪的作用。抬眼望着不远处的蓝琦出神。

她要是这里的人多好，有气息，能够学法术，能够有能力保护自己，不用整天提心吊胆怕被夜叉王抓走，逼她做不愿意做的事情。

兴许是潭水太过寒冷了，她冷不丁地打了个寒战，随即却感觉体内的灼热迅猛地蹿了蹿，竟有驱走寒意的感觉。

辰汐一愣，这暗示什么？难道……

她不假思索，扑通一声跃下潭水。水面不深，清可见底。阴冷入骨的寒意随着她落水的刹那立刻袭来渗入皮肤。她咬牙挺着，等待灼热的气息流动。

辰汐落水的声音惊动了闭目打坐的男孩。蓝琦慌乱地朝她跃来，语气焦急：

"小汐，你干吗？这潭水不比一般水温，会染上风寒的——"

冷！辰汐打着寒战，为什么灼热感还没有反噬上来？！

蓝琦看她不作声，更加着急，抓着她胳膊就要跃上岸，却被辰汐及时地按住。嘴唇些许发白，颤悠悠地吐出字眼：

"等一下，我不是要玩水。等……"

大神宗卷的力量没有辜负她的期待，以其迅猛的势头流蹿，灼热感很快压制住了寒意，可却有点刹不住闸。黑色气焰仿佛淘气的精灵，肆意在她身体里游走，惹得她大脑开始混浊不清起来。

可就身边的蓝琦看来却完全不是那么一回事。辰汐的身体突然被一股黑色气焰包围，眉头深锁像是在极度忍耐什么。

他慌乱地想要去抓她，却在触碰的刹那仿佛被无数的针扎到般刺痛了掌心。

"小汐，你——"

"快！教我……教我怎么把气息凝聚导出，快啊！晚了就来不及了——"

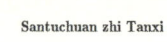

No.6

"快！教我……教我怎么把气息凝聚导出，快啊！晚了就来不及了——"

望着置身于黑色气焰中的辰汐，蓝琦彻底慌了手脚，直到她迫切的催促声传入耳鼓，才稍许显得镇定些。

"先要定神,感觉气息的流动。思绪跟随它……"

蓝琦的声音缓慢地引导着，带领着辰汐的精神集中于体内四处乱闯的气流。慢慢的肆意的气流有方向性地凝聚在腹腔，从几股变成一股，仿佛身体充斥着小型的能量球体，吸引着分散顽皮迟迟不肯聚集的部分，终于老实地待在那里。

"现在控制住气息，把它从腹部推移出来——"

气息听话地顺着辰汐的心意游走，转移到肘部，继续向前推进，最后自掌中爆发。黑色的气焰挣脱了拘束，在阳光下呈现诡异的光亮，擦过水面引起一片波澜荡漾。

"哈哈！我办到了——"

辰汐愉悦地跳脚，给对面仍处于紧张兮兮的人儿老大一个拥抱。

"小琦，你看到了没，是气息，我有气息喔——"

仍旧沉浸在小小的成就感里的辰汐，没有感觉拥抱着的身体明显地僵硬，要回搂她却又不好意思，手臂保护性地撑在她身体两侧，生怕她一个不小心滑倒跌入水里。

冰凉的水波泛着涟漪，倒映出男孩稍显消瘦的脸庞，碧绿色的眸子里溢满了温柔。过了很久怀里的小家伙总算安静下来，这才恍然大悟地睁大眼睛，脸烧得通红。

蓝琦的上身在下水的时候已是赤裸，辰汐个子矮，潭水阴湿了单薄的春装，紧紧地贴服在身体上，纤瘦的曲线完全地呈现。

辰汐白皙的胳膊还搂在蓝琦的脖颈处，身体随水波的浮动已经大部分重量都移给了对方，肌肤熻烫蹭过彼此……

"啊——"

伴随刺耳的尖叫后，是某物体滑落水中的响动，以及男孩紧随而至的抱怨。潭水边受到惊吓的鸟儿一跃而起蹿上天际……

跃出水面的蓝琦把辰汐拥在怀里，刚刚的矜持早已抛诸脑后，满心都是怀里的小人儿是否安全。

大口地咳出几口水，她像个做错事的孩童怯怯瞟向一旁无奈的绿眸。剔透宛如水晶般明亮的眼瞳里是她狼狈的模样。从头到脚湿了个彻底，泛黄的长发打绺地贴在脑后，脸上的水珠顺着额前滑落，头发上面竟然还零星粘了几片枯叶子，彻头彻尾的落汤鸡。这是否就叫做得意忘形！

爽朗的笑声自怀中的人儿身上扩散开去，紧绷着脸妄图散发出点威严的蓝琦，彻底软化在笑声当中。

纸鸢【第二卷】

怀里的辰汐好似潭水中的精灵，光在湿滑的肌肤上映出晕圈，晃得让人难以移开视线。微风轻轻地吹过潭水，带走了寒意，清澈的水波在温暖的阳光下一片金光璀璨，晃动了某人的心也跟着微颤……

辰汐一路奔回，连衣服都没来得及换，就朝血阑的书房而去。在庭院口被来人接住。

"这是去哪儿了？湿得还真彻底——"

抓住血阑的手，难抑的雀跃闪烁在银眸里，辰汐的声音格外地欢悦：

"阑，我会用气息了。你看——"

黑色闪烁着诡异光环的气焰从辰汐的掌中凝聚，在血阑的眼前跳动。蓝眸吃惊地瞪大双眼。她拥有人类的躯壳是不容置疑的，可能够运用法术却大大超出了他的思考范围。

辰汐对于血阑的沉默很不高兴，嘟着嘴问：

"喂！你那什么表情？"忽又恍然大悟，"喔！你从不相信我能用法术对不对，之前答应我的事情，分明就是给我的难题——"

倘若她当真不能运用出大神宗卷的力量，恐怕血阑会因此为由拒绝她参加弑冢楼的试练考核。难怪他答应得那么痛快。

血阑的眼底一闪而过的复杂，很快又恢复，虽然觉得辰汐不可思议，却也没有深究。摸了摸她的黑发，爱怜地问：

"从明天起，我会教你法术。小汐，你想学点什么呢？"

鹅蛋脸扬起，眼睛晶亮：

"自保——"

她既没有远大的志向，也不想逞强好胜，唯一的目的只是自保。

No.7

血阑说，小汐，自保的招数有很多：逃跑、投降，以及杀掉对方——

投降不一定能活，这是古今不变的定律。杀掉对方，辰汐是做不来的。那么只有最后一种——逃跑。

逃跑没有太多技巧，只要腿脚够快，依据血阑所传授给她的，挣脱普通的敌人并非难事。

辰汐身体当中有大神宗卷支撑，虽然与"月隐寒霜"相克，发挥不了足够的力量，但也属中等气焰了。

打从她那天嚷嚷着拥有气焰开始，辰汐就正式步入血阑的魔鬼式训练方式当中。其实，也并非多么艰苦，血阑教给她正确的引导气焰的方法，然后送了她一串奇怪的脚链。临了还嘱咐一句：一个月不管吃饭睡觉都不许拿下。

看着掌心的脚链困惑，这分明就是两串普通的珊瑚石头。只是做工精致些，石头并

非呈现以往的暗红,而成多彩的通透感,透光的部分放在阳光下,恍惚似有生命体一般缓缓地在石缝里流淌,煞是漂亮。

既然是"师父"吩咐的自是不敢怠慢,看这脚链模样不错,她想也没想就套了上去。然后……

嘭!哗啦——

重物砸地的声音伴随着桌布被扯落的瓷器碎裂声,一并由辰汐的房间传出。蓝琦神色紧张地闯入时,映入眼帘的是以极其不优雅的姿势趴在地上的少女,四周桌椅附近更是一片狼藉。

辰汐咧嘴笑得有些憨:

"呵呵!我没站稳——"

蓝琦一个箭步上前去扶,目光落在她撩起的裙角上,才恍然,笑着解释:

"不是你没站稳,是脚上的'踝链',这种脚链最初的用途是丈夫约束妻子的,后来经过改良变成了修炼气息的工具。你不在上面附着气息,是不可能移动的。"

啊!那岂不意味着,晚上睡觉翻身也要催动气息,否则只能保持一个姿势。辰汐对这突然乍显在脑海里的念头颇感头疼,讶然地望向解释给她听的蓝琦。

"'踝链'是修炼工具中的上品。它不同于一般的器械,表面上看似是用来提升脚力的工具,催动方可控制。除此之外它还有间接帮你控制气息的功用,让你在不觉间提升气息。"

宝贝。脑海中片刻反应的概念。

不管怎样,她的第一步还是要熟练操纵气息。

时间飞梭,转眼一个月就这样过去。辰汐的脚力进展顺利。从第一周磕到青紫的膝盖,到现在能够在蓝琦的手里随意闪避,应对有余,"踝链"的约束感也没有最初那么明显了,似乎在不知不觉时气息就自然而然地散放出来,顺理成章。

期间没有什么太大的变动,只是青洛来看过她一次,柳眉扣紧,并不苟同辰汐的大胆:

"你这是在玩火。命是你自己的,扰乱了药效,可别来找我——"

辰汐不以为然地挑眉:

"放心,到时候我会死得远远的,绝不让你骆公子看着心烦。还平白背上见死不救的骂名。"

炎眸如火深邃,狠狠地锁住她的脸孔,仿佛她说了多么没良心的话一般,最后冷哼一声,转身走掉了。

她还没来得及深究青洛眼底的怒火,就已近月末,试练日子眼看逼近。

纸鸢 【第二卷】

No.8

　　试练前夜,辰汐有些紧张。从浴室出来,银白色的月光洒在河塘边的大理石亭子上,泛着迷幻的色彩,让人有种不真实感。吸引去辰汐的视线,白色内衫外胡乱披了件外袍,莲步轻移踏上了亭子。

　　水中的月亮泛着淡淡的柔和的光,被淘气的鱼儿一扰,失去了清冷感反而平添几许哀愁。算算日子,从三途河始已经过去半年了。她竟然在这个世界活了半年,可真是奇迹。要不是血阑及时地出现在绿沼森林,她现在会是在哪里,她不禁好奇地假设,也许是三途河的彼岸吧!兴许与那些白色漂浮亡灵为伍了。

　　想到自己也可能是其一,冷意从脊椎爬上来,打一个寒战。

　　血阑磁性温和的嗓音此时从身后飘来:

　　"这里虽然是四季如春,可入夜风依旧寒冷。穿这么少跑来吹风,就不怕感冒么?"

　　好听的声音夹杂着关心,手上前亲密地为她拢紧衣襟。

　　没有回头,不自觉地唇角上扬。血阑特有的关心,总能让她窝心地感动。每一个不经意的小动作都透着温情。宛如上好的焦糖,入口满嘴的浓情蜜意,却又不会让人觉得太过甜腻,散发醇厚的芳香,一点点融化后,余味勾搭得让人忍不住还想要更多。

　　温情是一种可怕的毒,不知不觉间从内心深处开始腐蚀,当你意识到时,却再难离开了。食者,好似火间展翅的蝶,靠近却怕毁灭,远离又畏惧寒冷。

　　辰汐不开口,他也不恼。在她身后坐下,手轻柔地穿过她的发,有一下没一下地梳理着。似是喜欢上触摸的感觉,一时玩心大起,从袖子里掏出了梳子,竟真的为她梳起头来。

　　辰汐的发质不是天生的墨黑,偏向于棕黄,在月光下泛着淡淡的暗红。他执梳顺开了细丝的纠结,大掌托起柔软的长发在脸颊处各绑上一条天蓝丝带,简单而瑰丽,弱化了辰汐的苍白,平添俏皮。

　　大功告成后,血阑一手托腮慵懒地倚靠在梁柱上,另一只手抚过她的颊,笑眯眯的眼儿成线:

　　"我的小汐真漂亮——"

　　辰汐被那蓝眸中的情愫惊扰,恍惚了视线。心脏突然剧烈颤抖,她仿佛能听到怦怦的鼓动,似是立刻就要跃出胸腔。

　　粉红色的气息在辰汐的眉间流转,似又步上了对面的蓝眸。血阑的目光如水中倒映的月儿,柔情万种。

　　"阑……"

　　似是邀请,又似期待。辰汐的嗓音喑哑。尾音消失,淹没在迎面而至的吻中。

　　血阑的吻不同于琅熠跟青洛的寒冷。唇温润带着暖意,散发着淡淡的迷离的味道,

53

轻轻地描绘她的唇线,既不急于攻城略地,也不浅尝辄止。更像是勾引,一点一点使她打开心房……

天!心脏跳得好快,这是从未体验过的。

舌头不知何时舔上贝齿,慢慢地勾绘着形状,挑逗得她开启缝隙,长驱直入探进口腔与她纠缠……

吻如佳酿,惹得她晕眩。连呼吸都忘了。最后终于在她快因缺氧而昏倒的刹那,唇分开。

"呼吸——"

血阑的声音沙哑性感,搂紧她,仿佛要将她揉进身体中,她能感到他胸腔的起伏,听到胸口处心脏跳动的频率。这是否暗示他也如她般,因那吻紧张到了极致呢……

笑意自她头上传来,声音却有几分无奈,几分不舍:

"呵!小汐,知道吗,其实我哪里都不想让你去。去他的鬼试练,以及那些该杀的事务。"语气转柔,呢喃低语,"好想就这样抱着你,一直抱着。我不是弑家楼楼主,而你也不是谁的谁。你只是小汐而已,只是小汐……"

辰汐的心被捏紧的疼痛,虽然仍旧不明白他话里隐藏的无奈,可有什么东西似已冲破了高耸的墙壁,触碰到了内心。

水中的月亮晃动一下,隐了开去。不知何时有云飘过,遮住了光亮,夜空一瞬间黯淡下来,就连水里的倒影也渐渐消失不见……

第二天醒来时,蓝琦已等在门口了。辰汐犹记昨夜血阑抱着她说了一夜的话,具体有些什么她已经记不得了,只是甜蜜的感觉还萦绕在心上,唇上留着吻的余香。

踏出宅院门口的时分,她回眸瞭望。隐约见到二层楼上血阑的窗半掩,风吹过楼台,窗内白衣飞扬,画出漂亮的月白。

仰起脸,笑颜如花。不需要太多言语,不需要送别,她知道他就站在那里,看着她离开。她知道他的担心,正如他知道她会回眸让他心安一般。有些事情不需要语言,兴许一个眼神,一个暗号对方就会明了。

辰汐的身影消失在庭院的门口,发髻上还绑着昨晚血阑亲手缠上的蓝色丝带。二楼的窗户缓缓地关上了。只留下荷塘上的花儿开得正是娇艳……

No.9

弑家楼的试练考核召集地点在一座巨型椭圆形广场上。长宽百米有余,傍山而建,模样类似于古罗马的斗兽场,乍一眼看去,更像是在巨幅的高山脚下挖进一个椭圆形的大坑。呈半开口状的山壁整齐平滑,毫无镶嵌之物,又没有可观望的平台,辰汐猜测这里应该并非自然而成,但又困惑建造这么大一个凹陷的广场,可是相当大的工程,愚公移山,也要移动好久啊!

纸鸢【第二卷】

"这座广场平常也是用来考核新人的吗？"

辰汐顺着人流拥入广场，贴近身边的蓝琦，压低声音小声问。

"不是。"蓝琦的脸色不是很好，自进入这里后就更加阴冷如冰。好在这并不影响对辰汐解释广场的建造目的，"这里是魑堂的地盘，杀手堂的'至高荣耀之地'"。

尾音近乎咬牙切齿，这让辰汐有点纳闷。他很不喜欢这里吧！或者厌恶某个人！

"小琦，这里有什么让你特别厌恶的东西吗？"

身边的男孩嘴角抿起，拉成一条直线。沉默不语。她也就不再刨根问底，毕竟人人都有过去，揭人伤疤不是件好事情。

辰汐还沉浸在蓝琦的奇怪情绪里面，却闻身后有人唤她，熟悉的黄鹂嗓音不是琉璃还会有谁。再遇熟人，让原本忐忑不安的心平静稍许，或许是有更多的朋友在一起，能够壮壮胆子，步入广场时分的紧张已被遇见琉璃的欢喜感压了下去。

"琉璃姐姐——"

辰汐挥手招呼，琉璃一身雪衣莲步轻移飘了过来，身后跟着另外一位绿装女孩，婀娜多姿，柳条细腰一步一摇，分外妖娆。

好漂亮的女孩，辰汐感叹着。与琉璃的温婉大方又属不同类型，不单那粉妆脸颊的美艳，仅仅举手投足，就已满是优雅。

"呵！远远的我还不敢认，公子疼你疼得紧，怎会这般轻易放人。没想到竟然还真是你。"

随着清悦的嗓音，人已近前。辰汐微笑着，眼却没有从琉璃身后的女孩身上移开。

"这位是……"

漂亮的人谁不想认识，辰汐试探地开口。没想到女子却很冷，淡淡地扫了她一眼，就别过头去了。琉璃赶忙打圆场：

"这是我新认识的朋友，琴雅。"一转头对着琴雅道，"而这位就是公子眼前的红人——辰汐小姐。"

琉璃微笑着，分不清是刻意还是无心地说道，声音不是很大，却足够扩散到十米范围内。四周收到讯息的人，好奇地把目光聚集过来，辰汐立刻变成焦点。

她暗叫糟糕，自己本来没想这么引起注意的。保持低调做人，静观其变一直是她的处事态度。太过招摇只会招来不必要的麻烦。

感觉落在身上的视线越来越多，打量、探究、不屑，竟然还有恶毒的鄙夷。

她有些无力，心情彻底跌至谷底，对眼前的大美人也失去了想要认识的兴趣。抱歉地朝琉璃笑笑，拉着身旁的蓝琦钻入人群朝前方闪躲，避开那些不友善的目光。

慌乱逃窜之际，他们竟然来到了最前面。视线突然开阔，身边的众人都被前方的主考夺取了视线，哪有人再去关心刚才人群中部的骚乱。

"是魑堂堂主焚剑耶，没想到竟然是他亲自挑人。恐怕是因为前不久魑堂出任务，死伤惨重，现在非常缺人所致。看来这回进魑堂的机会要比其他三堂更大呢！"

"你怎知魑堂好进，且不说他们是否会破例招募更多的人，单是魑堂训练的手法就够人畏避三舍的。"

Santuchuan zhi Tanxi

这话引起了辰汐的好奇,探身过去想要听得更加详细,可与蓝琦相互交握的手却在此刻被大力地握紧。手中柔软的触感染上微薄的湿意,似是为了压抑某种情绪,虎口处的力道猛烈,握疼了她,他也不自知。

"小琦——"

辰汐吃疼地低呼,侧头凝望,却是一张带着浓郁恨意的脸。蓝琦的碧波一动不动地锁住前方立于广场中央一身墨黑的中年人。嗜血的杀意难以遏制地自他身体里面爆发出来,如击打在岩石壁垒上的海浪,每一波都如震天的擂鼓,惊慑人的心脏。

前方的人拥有对于外在威胁异常敏感的嗅觉,很快感应到了,黑瞳瞬间扫视过来。刹那,辰汐几乎在那双墨黑的逼迫下停滞了呼吸。暴戾跟缥缈同时具备在那张看似步入中年的消瘦、平凡的脸孔上面,如此突兀的气质在他的身上却一点都不矛盾。望过来的眼瞳冰冷,仿佛盯住猎物的豹子,残酷、毫不掩饰的暴虐欲,仿佛下一秒就会冲上来把对方撕得粉碎。

那人就是焚剑吗……

辰汐有点恍惚,更多的是惧怕。头一次看到这么黑暗的人呢!

No.10

辰汐怎么也没有想到,首次见到焚剑是在这种场合,最主要的是现在自己竟然有种落入兽嘴边的畏缩感。而这一切全拜身边的蓝琦所赐。

唉!辰汐无奈地叹息,假若他再继续释放杀气的话,她几乎可以预料焚剑绝对会冲过来撕碎他们。

"小琦,你冷静点——"

她试探性地企图唤回他游散的理智,之前他对于这里的厌恶是因为焚剑吗?虽然不清楚他们究竟有什么仇,可看着架势是小不了。树敌不用太多,仅一个天界第一刺客就够让她死上无数次。辰汐头痛地揉了揉额角,这下麻烦大了。

等等!蓝琦,蓝?这个姓氏有些熟悉,印象中在哪里听过……

愣神之时,却见焚剑望着蓝琦的目光中一闪而过的笑意,高深莫测。辰汐心里咯噔一下,身体稍倾,贴近蓝琦,后者总算意识到自己的失态,身边温软的身子传递着担忧。碧波有些恼,强迫得不从焚剑身上移开,随即杀气也跟着掩埋。

好在焚剑没有打算跟他一般见识,侧头向身后的人低声耳语,紧跟着后者恭敬地颔首,随后朗声宣布,试练赛正式开始。

每五年的试练都不同,通常按照需求而改变应征的比例。这一年的试练分两个回合。

第一回是认同关。其间新人可有一次机会向同是新人的应征者发出挑战以及接受挑战,被挑战者可以拒绝,但同时意味着放弃试练。当然自视甚高的也可挑战已获取资格者。打个比方,你可以试图挑战各堂的堂主,假如你果真实力惊人,非常幸运的获胜,

纸鸢 [第二卷]

或者得到对方肯定,那么你被直接获得通过资格。当然,这种获胜的可能性太低。往届也出现过此种人物,可大部分挑战者均以性命为代价葬送在自己的狂妄上面。

第二回合,不论通过第一关与否,所有人都必须参加生存考核。天界长期处于冷兵器时代,野外生存是必不可少的技能之一,所以这也算是进入弑冢楼的正当试练。没什么悬念地把一堆人扔到一个地方,最后存活下来的自然就是通过者。

辰汐很久以后忆起当时的试练,都不禁怀疑,其实最初根本就没有第一回合,而是焚剑突然加上去的,因为他料定了蓝琦会向他挑战。

当她使劲地拉着蓝琦的手,担心地仰望宛如绿色宝石的眼瞳时,脑海中却瞬间回忆起《浮生纪事》里出现过的一个名字:蓝琊——上一代摩呼罗迦族族长,死于焚剑的剑下。唯一经他本人承认、影响最大的案例。

蓝琊是他父王么?难怪他眼底的仇恨这般强烈,难怪他举手投足竟显贵族气质。可对方是天界第一刺客啊!焚剑的剑从来都不是吃素的,出鞘见血。蓝琦有多厉害她不知道,但她肯定他非焚剑敌手,两人分明不是站在一个级别上面。

交握着的手松开了,回应银眸里揪心的担忧,碧瞳却依然坚定与执著。他对她宽慰地笑,可她却一点都没有感染他的沉着。

"放心吧——"

低声的耳语在耳边呢喃,大掌掰开了柔纤,没有回头径直走出人群,错过了身后银瞳里的一片荒芜……

椭圆形的广场腾空出来,人群被驱逐出去,外围施放了一个空间系法术,阻断住可能因打斗而造成的伤害,算是起到了保护作用。可这么做却更加让辰汐本就七上八下的心提到了嗓子眼。

蓝琦的视线如鹰,从步入广场开始就再没从焚剑身上移开。碧绿色的瞳孔此刻染上浓重的霜寒,冻结成冰,原本清澈翠绿的碧波此刻变成厚重的墨绿,杀意也随之弥漫开来。

焚剑反倒显得颇为意兴盎然地抱胸站立,眼瞳没有落在蓝琦身上半分。似是认为实力的悬殊没有让他专注的必要,又仿佛这次的挑战不过是闲暇之余品尝到的甜点,悠闲自得的唇角竟然还微微上翘。可太过从容的外表并不意味着不曾暗含杀机。

风起,带起由焚剑身体中缓缓发散出来的白色气息,从最初的细密几缕,渐渐增多增厚,汇集成股,伴随着舞动的风,卷曲缠绕,朝远处的蓝琦压了下去。裹住彼此,宛如在泥土的地表画上老大一个圈,张开捕猎者的网,等待猎物上钩。

强大的气息波动压迫着蓝琦,汗珠顺着额角滑落,咬牙死扛着。

焚剑突地笑了。声音亲切仿佛熟识多年的老朋友。可目光却仍旧冷然:

"好久不见啦!小琦——"

对面的男孩嫌恶地咬了咬唇,声音从牙缝里挤出:

"是啊!好久不见了,师傅——"

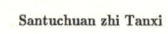

No.11

"是啊！好久不见了，师傅——"

蓝琦的声音带着隐忍，一字一句吐得极其缓慢，用以发泄愤怒跟怨恨。

焚剑的唇上扬，本就细长的眼睛此刻眯缝成线，看不到眼瞳所传递的讯息。光从那和蔼的语气中揣测，反而平添不真实感：

"是啊！一百年了呢！那之后你过得可好？"

"拜您所赐，劣徒长进不少。"

"呵！是么？看来当初饶你一命，你该感谢我才是——"

"哼！是您该悔恨放了我一条生路才对。"碧眸里似要冒出火来，"当初为何不杀我，你杀了那么多人，父王、母后，为何独留下我……不怕我回来找你报仇么……"

"不杀你——"焚剑唇边扬起残酷的笑，"是因为你并不具备让我拔剑的资格——"

怒火、悲伤、不甘、屈辱以及赴死的决心伴随青色炙焰朝焚剑的方向掠去，速度快得宛如脱弦的箭，闪电般已近前。手中的剑薄如叶片却锋利无比，毫不迟疑地，手腕翻转直逼焚剑的面门。

男人沧桑的剑眉一个褶皱也未有，向一旁微侧身，就这样轻巧地避开了。口气还带着戏谑：

"喔？！架势不错——"

蓝琦瞳孔收缩，见一击未中，足尖轻点越出几米，警惕地拉开彼此距离。左手结印，指尖触上剑面，瞬息剑身包裹上一层冰霜，泛着淡蓝色的光再次朝对方而去。

焚剑左手执剑套，抵御蓝琦来势凶猛的攻击，冰霜覆盖的刃敲击着墨黑色亚光剑套，每一次敲击都伴随着片片冰凌的掉落，却在下一刻似有生命般冰层又从缺口处覆上慢慢加厚。

在蓝琦疾风骤雨的攻击下，焚剑仍旧淡定从容，仿佛一只戏逗嘴边猎物的狮子掌控全局。

"拔剑——"

蓝琦对于他的轻视，感到前所未有的侮辱，恨不能一剑贯穿对方的咽喉，可力量悬殊太大，他反而打得甚是吃力。交锋百下有余，虎口已震得撕裂开来，血迹阴湿了剑柄，滑腻感让他有些握不住。

调侃声及时响起：

"小琦，你退步了呢！为师教导的第一课是握好你的剑，可你的手却如此抖，这样要怎么杀我。我可连剑都还未出鞘呢！"

绿眸阴霾，跳出激斗范围。蓝琦低咒一声，焚剑说得没错，他们起码打了有一炷香的时间了，可对方却连剑都未拔出，自己却先已经有些不稳了。

纸鸢【第二卷】

"这样吧！你只要能够让我拔出手里的剑，你的考核就算通过了。怎么样？"

焚剑语气里面不带任何感情色彩，似是谈论天气。场外的辰汐却顿时脸色惨白。剑出鞘必见血，他打算杀了蓝琦么……

似是回应辰汐的疑问，焚剑继续道：

"放心，至少现在我不会杀你。"

"哼——"蓝琦带着浓重的鼻音冷哼，"真没想到，一个为了钱出卖朋友的刺客，也有放过别人的时候。喔！也难怪，没人出钱买我的命，你自是不会做亏本生意的不是？"

焚剑神情一凛，笑容敛去。情绪脱离了轨道，杀意乍起，空气中的白色丝雾更加浓重了……

No.12

杀意压迫得蓝琦喘不过气，身法也被刻意地遏制了。白丝雾气层层包裹住身躯，动辄心扉的寒冷伴随死亡的恐惧，遍布整个广场内部，丝丝的缠绕阻碍着他的步伐，牵绊了动作。一个不留神后背吃了一击。剑鞘击打在背骨处，震荡的疼痛直逼大脑中枢，麻痹了整个后背。手脚也跟着颤抖，他几欲栽在地上。焚剑的声音不带感情，阴鸷且寒彻：

"太慢了——"

紧跟着尖锐的剑柄朝他的脸而去，镶嵌着椭圆藏蓝宝石的剑狠狠地击中蓝琦的太阳穴，力道猛烈迫使他凌空飞出几米后坠地。头嗡地晕眩，眼前一片墨黑，耳朵也跟着长鸣。

焚剑却没打算放过他，宛如鬼影欺身上前，足尖一抬，朝腹部踹了下去。

"哇——"

伴随着干呕，蓝琦很大力地咳嗽着，肺部疼痛难耐，好似要把整个肺掏出才能缓解不适。身体弯曲成弓，没握剑的手指节泛白，指甲陷入肉里。头低垂，发挡住了视线，掩盖住狼狈的表情。

场外的辰汐早已不忍看下去，头扭向一边，眼角带泪。

焚剑的暴虐却没丝毫停止的意思，揪住蓝琦的后脑，把他从地上提了起来。迫使惨白的脸贴近他的，语气冻彻入骨：

"你比你父王差多了——"

受到刺激的蓝琦眼暴突，化掌为刃朝焚剑的脖颈处逼去，后者一抹冷笑挂上嘴角，手一扬，蓝琦好似物件一般被抛了出去，重重地摔在地上。

刺激的话语再次传来：

"一身的武艺都是我教的，要如何杀我——"

趴在地上的身子抽搐一下，慢慢地爬了起来。抬手擦去嘴角的血迹，盯着焚剑的碧眸没有温度，突地残忍一笑，似有得意之色。

"戏差不多该演完了——"

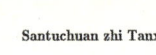

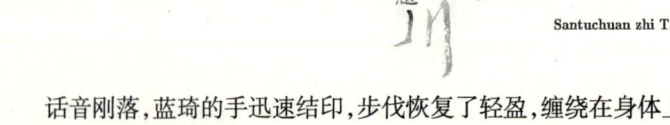

话音刚落,蓝琦的手迅速结印,步伐恢复了轻盈,缠绕在身体上的白丝瞬间崩裂消失无踪,反倒是此刻焚剑的身体被绿色丝线纠结,捆住了手脚。

"以彼之道还之彼身。还是您教导得好——"

刚才近距离的殴打,不过是提供给焚剑靠近自己的机会。他没有对方如此强大的气息可以让雾气弥漫直接浸入对方身体,只有近身小范围内才能很好地运用出来。贴近彼此,人的提防也就因此而减小,再加上他放低姿态任其挥舞拳脚。自负的焚剑又怎会将他放在眼里。

抓住破绽蓝琦抛开所有防御,以其迅猛之姿提剑奔去,他的气息阻隔不会维持太久,外部的白色丝线已经渐渐汇拢过来,短时间破坏掉捆绑是不可能,但很快也会失效。这点间隔他一定要抓住。

身法被囚禁的焚剑一愣,眼看蓝琦的剑逼近咽喉,被捆住手脚的身体竟然显得迟钝许多。冰霜包裹的剑身舔上皮肤的刹那,寒光一闪,剑出鞘了……

血似妖娆的花朵,大面积地自蓝琦的腹腔扩散。绝望地睁大眼睛,腹部温热的感觉传来,他竟连疼痛都忘了。

失败了吗?唇角企图勾起笑,却又吃力……

倒地的刹那,耳边传来辰汐带着哭腔的呼唤,以及焚剑沙哑的嗓音:

"恭喜你,过关了——"

No.13

蓝琦醒来时已近黄昏,方才打斗仍是晌午,看来他睡了两个时辰有余。纤长的睫毛眨动两下,映入眼帘的是辰汐一脸担忧的神情:

"醒了?要不要喝水?"

腹部的伤口已经被处理过了。焚剑又一次手下留情放了他。轻撇嘴角,看了一眼辰汐递过来的水,摇了摇头:

"不渴。你接受挑战了么?"

依照辰汐的性子去挑战别人根本不可能,最多也是人家选她。

女孩朝他嫣然一笑,带着自嘲的语气道:

"还没有比,不过有人已经发出了挑战。还不止一个。呵呵!没想到我这么抢手。我接受了其中一个,不过我希望等你醒来再去比试,他人不错,答应了。"说着辰汐抬手一指不远处立在一旁的人,"那,就是他——"

蓝琦顺着白皙的手指望过去,浑身一震。

很消瘦的一个少年,面色惨白如纸,唇近乎粉白。发色是暗沉的灰,没有一点光泽。长期缺少营养的模样,瘦得只剩皮包骨,皮下看不到肉,紧贴在骨头上面。颧骨凸出,眼窝深陷。一身无袖灰衣很是宽大的披挂在身上,风一吹鼓鼓作响,衬托得他的身体更加单薄了。要不是仍站立在那儿，蓝琦几乎以为那人已经死了。

"你挑上的他？"

蓝琦小声地问。

"嗯，他是所有人里面最弱不禁风的，其他的……"

挠了挠头发，辰汐笑得有点不好意思。想起方才蓝琦倒下后，一堆人争相要向她挑战，个个五大三粗。可怜娇弱的她立在人群中，泪眼带花地不知所措。料定强者身边一定是弱者吗？这帮家伙也太瞧不起人了！

少年感觉到注视的目光，头微侧偏向这里，灰黑色的眼睛却没有焦距，空灵虚无。

他看不见吗？周身又布满死亡气息却很是浓烈，不容小觑。不好的预感浮上心头，小汐这笨丫头选了一个最不好对付的啊！

蓝琦眉头一凛，伸手揽过辰汐的肩，用只有两人能够听到的声音低语：

"小汐，人群里面有很多是像我一样的变身兽族，一会儿不论出现什么都要冷静。太难抵抗的就投降……"

"投降？"他怎么叫她认输啊！辰汐惊得张大嘴，引得四周的人频频递来眼神招呼。

蓝琦眉头一凝，训斥道：

"废话，难道还要等死么？！"

手一捞，又把离开自己的小脑袋拉近，声音突然沙哑，气息吞吐在辰汐的耳骨处，染上一片嫣红：

"听着，我知道你爱逞强却又胆小。不敢拿刀子捅人，但这里是杀人地，不是你死就是我亡，想要保命就要抛开善良，这东西留着只会要了你的命……"

他的声音有些焦躁，牵动了伤口一阵咳嗽。过了好一会儿咳嗽总算停止，辰汐却已被点到了。

灰衣少年贴近他们，语气没有温度：

"走吧——"

辰汐仍旧有些顾及蓝琦的伤，把距离较远的水杯拉近，好让他伸手就能触及。起身之际手腕被抓住。疑惑地回望，正对上蓝琦炯炯的碧瞳，唇开合没有声音：

"小心——"

辰汐微微一笑，点了一下头。旋身步入广场……

No.14

夜幕降临，月光被乌云掩埋，低迷的气压中带着风雨欲来的泥土腥味。空气中的风轻颤，抖动两下，卷起落叶划过了地表，散了开去，突地广场安静下来。好像一瞬间声音被隔绝在了潮湿的空气外，冷寂，极具压迫感的停滞……

一开始是大颗的水珠，仿佛失去支撑的力道般狠狠地坠地，紧跟着大片的雨水掉

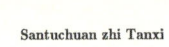

落,天地连成水线,雨铺盖漫天,模糊了视线。

辰汐立在雨水当中,对面不远处的少年身影已经迷蒙,只能隐约看到人影,却看不到动作。辨不清视线,听不到声音,让她处于被动的局面。紧握匕首的手抬起,做了一个防御的姿势。

灰衣少年看不到这她是知道的,但是听觉一定不会比她差,更可能强于她。当感官存在缺陷的时候,另外的部分将会异常敏锐来弥补不足。

突地眼前一晃,灰色身影已到近前。好快!辰汐大惊,来不及退后,身影霎时消失在眼前。

人呢?她警觉地回身,没有,背后没有人。急速转身,仍是没有。抬眼环顾四下,漫天的雨雾,哪里有灰色身影。恐惧涌上心头。这时一个声音自背后传来,遥远、缥缈,似是从很远的地方唤出,却又清晰可闻:

"怕吗……怕吗……怕吗……"

一声声呼喊从四面八方传来,宛如铁锤锤击着辰汐的耳鼓,连带着恐惧的杀气压迫着心脏跳动得猛烈。

他在哪?看不到人让她如何应付。眼底一瞬而逝的惊恐。很快的声音一转,尖锐、冷酷:

"要杀我吗……看不到怎么杀……看不到……看不到……"

辰汐乱了心神,举起匕首朝声音的方向挥去,没有悬念的落空。声音再次转移,她又挥出,反反复复。砍得心急了,她提声嚷道:

"变态,出来——"

像是呼应她的慌乱,低低的轻笑在空气当中晕开:

"看不到啊……好可怜……好可怜……"

雨水阴湿了衣襟,冷意侵蚀入皮肤,冷不丁一个寒彻。突地左肩像是被叮咬了一下,一道血口划开衣服,似是钩状一类的武器,舔食肌肤的瞬间撕裂了表皮,揪起时带下一小块肉,伤口不深却生疼。

辰汐捂住冒血的伤口,懊恼地皱眉,她似乎选错了对象,看似弱不禁风,却是很难应付的角色。

愣神瞬间,伴随着讥笑,腿部紧跟着吃了一击,疼得她差点跪在地上。冷意上袭,身体瑟瑟地颤抖。

不行,她得做点什么,这样站立只能等死。雨水的寒意勾起了大神宗卷的力量,黑色之气不自觉地扩散开来。

"啊——"

果然,大神宗卷的力量在她周围起了保护,近者必定被灼伤。右方雨雾里传来疼痛的闷哼,她心头一喜,找到了。足尖轻点,瞬步滑翔迅速贴近,灰黑色的身影落入视线,空洞的眼神感应到她的贴近,一闪而过的惊惧,企图躲闪。可惜步伐哪里能跟辰汐相提并论。如今的辰汐脚上的功夫已是佼佼。少年的衣袖瞬间被揪住,匕首的寒光一闪,舔上了他的喉咙。恐惧布上了灰眸,匕首这时竟然顿住。

她在干吗？置对方于死地吗？

脑海会聚的恐怖念头让她吓到自己，握刀的手轻微颤抖，下不了手。也因此错过了最好的时候，手劲用老，对方感觉到了她的犹豫，衣袖一抚，退出攻击范围，再次消失无踪。

该死，她的心软让他逃了。下一次可没有这么好的机会了。

阴冷的笑意再次出现在空气里：

"心软了……下不去手……没杀过人……"

她连只动物都没杀过，何况是人！

声音像是存心跟她作对，幽婉带着怜悯，听来却刺耳：

"真善良啊……善良……"

一声声善良像是讽刺，传入她的耳朵。她厌恶地皱眉，这些声音是什么，法术吗？麻痹神经让人丧失斗志。要是真如她想，这灰衣少年当真可怕。

No.15

"变态，出来我们公平地打，畏畏缩缩的是不是男人——"

辰汐暴怒地吼，银眸染上了寒霜。

"咯咯……咯咯……咯咯……"

笑声如孩童般愉悦，在辰汐听来却似地狱深处的啼鸣，毛骨悚然。身体四周的气焰又向外扩散了几分。这次对方学聪明了，畏惧她的气焰退到了安全范围，再没有近身，嚣张的声音却不停歇：

"气息会耗尽喔……会耗尽……到时只有等死……等死……"

尖锐的嗓音兴奋地颤抖着，口气透着期待。辰汐窘困地皱眉，她是不知道大神宗卷到底有多少够她挥霍，并没有刻意尝试过极限。她只是知道，力量运用有点失去平衡，压过了寒毒的冷源，似有冲破身体的趋势。青洛警告的话语突然飘过脑海：

"你这是在玩火。命是你自己的，扰乱了药效，可别来找我——"

呵！她冷笑，她什么时候变得不那么想死了，原本死亡之于她不是最好的解脱吗。她被改变了呢！

至少不会是死在这里——

她暗暗告诉自己，解脱与否也该是她决定，假若连这点权利都没有，她的生命也太没有价值了。

释放的气焰收回半分，只在身体周围附着淡淡一层。当心绪平静下来，眼前的一切都变得不一样了。雨仍旧下着接连天碧，视线却开阔，越过广场的巨幅空间壁垒，外部的景象一览无余。那里是干燥的，没有雨，月亮挂在当空中。

原来不过是法术而已。

少年感觉到了她气焰瞬息地缩小，以为是气焰耗尽，大喜过望，迅速上前。

这下灰衣完全暴露在她的视线里，手中的武器也一览无余。如预期的一样，是一把钩子。只是与一般钩子不尽相同，或者称为锁链更合适些。链身很长，自他身体中穿出，呈现人骨的月白色，质地坚硬，锁链的头部打制成拳头大小的钩子，折点成三角形状，外侧被打薄锋利无比。折点的尽头的钩尖泛着寒光。

这东西做得可真够损的，难怪划开身体时出奇的疼。辰汐怨愤地皱了皱鼻子。天生的缺憾没有让少年有机会判断辰汐的心境，再加上辰汐从头至尾都没有半点杀意，这些外部条件让战局瞬间逆转。灰衣少年像个没头没脑的苍蝇朝墙壁撞了过去。

锁链吻上肌肤的瞬间，女孩伸手迅猛一抓，包裹着黑色气息的掌覆上锁链，手腕一转使劲一拉，想要夺取他的武器，却闻厉人的惨叫声：

"啊——"

辰汐吓得一怔，抬眼是少年因痛苦扭曲的惨白容颜，大滴的汗珠顺着额角滑落，滚过凸出的颧骨。

难道手掌中的骨头是真的？

她一惊，手一颤，牵连着锁链抖动，回应她想法又是一阵凄惨的呼声。

骨节被人握在掌心，那滋味岂是语言能形容的，必定钻心般疼痛。可这家伙怎么想的啊！用骨头战斗肯定会被揪住吧！这个世界的变态可真多。

辰汐暗自翻了翻白眼，咬牙妄图显得凶狠些：

"认输我就放手——"

少年枯瘦的脸痛苦地拧成一团，嘴角却奇特地上翘，突兀得仿佛不是脸部的一部分。笑声尖锐嘲笑着辰汐的手软，挑衅地问：

"呵呵……杀我啊……你不敢吧……"

大滴的冷汗布上了她的额角，好在混在雨水里分辨不清。看过受虐的，没见过这么求着受虐的。他明明已经痛到极限了，却依旧抵死不认输。

银眸揽上一片阴霾，放声吼道：

"你就这么想死吗？来到这里到底为了什么？认输不一定会被淘汰啊！还有第二次测试……"

她妄图规劝他，可惜对方一点都不领情。

"杀了我——"这一次，声音与以往不同，清爽好听。苍白的脸颊上带着对痛苦的隐忍。

呃！辰汐猛地睁大眼，不同的声音是这灰衣少年发出来的？

"呵呵……动手啊……"

又是那奇特诡异的尖锐。难道是她幻听。

"杀了我——"

清新悦耳。

辰汐下巴差点掉下来。天！她快崩溃了，这人有双重人格，还是同时出现的那种！

清新悦耳跟尖锐诡异的嗓音交替地出现在她耳朵里，辰汐无力地闭眼，额角抽痛。

纸鸢【第二卷】

她可真会挑对手,上来就遇到个有人格分裂的变态。现在她非常后悔,当初应该选择一个五大三粗的才是,赢了也好在不杀死对方的前提下,让对方求饶。可现在……

"唉——"

长长地叹气,握住骨链的手松开,跃出几米开外。朗声道:

"我认输——"

按照规定,一方认输比试就不可继续。她输了,输给了自己的善良和软弱。让她为了一个测试去杀人,这事她做不来。

步出广场时分,背后有人唤她,是那个清新的声音:

"谢谢——请问怎么称呼?"

脚底一滞,回眸一笑:

"辰汐,初辰之水——"

少年略带苍白的唇畔笑意一逝而过,灰眸空灵些许温婉的优雅:

"寤寐——"

"那——"辰汐突然想到什么,叫住想要转身离开的他,"另外一位……我是说,那个他……"

表达有些困难,辰汐懊恼地撇嘴。对方明了地微笑:

"我是寤,他是寐——"

寤寐,分别指昼夜。辰汐望着远去的少年,轻微地皱眉,呢喃自语:

"希望当真如昼夜一般交替出现才好……"

"输了——"

给的是陈述句,倚靠在石头边的蓝琦,剑眉挑了挑,一脸了然的表情。

辰汐笑得羞愧,朝他吐了吐舌头,近身揽过他的手臂绕上自己的肩,分担他部分重量,虽然他气色恢复了一些,可遭受那么重的伤她依旧不放心。

贴近时分,碰触她肩头的伤口,碧瞳暗了暗,语气微恼:

"受伤了?"

辰汐却不大在意:

"没事,包扎一下就好了。跟你的比起来,小巫见大巫。"

"笨——"

蓝琦淡淡地送她一个字。辰汐好笑地翻着白眼,他比她更笨吧!伤口大得快要波及性命了,还敢说她。算了,看在他是伤患的分上,不跟他争辩。话音一转,语气轻扬:

"第二场要一周以后,我们今晚去骆公子那里蹭药怎么样?"

蓝琦一脸黑线,吃药还这么开心,她果真是有够脱线……

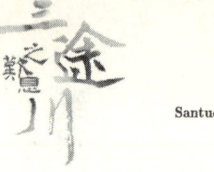

No.16

昨晚以龟速蹭到青洛的宅院时已是午夜了。很大力地敲醒睡眼惺忪的青洛。辰汐笑得有些不好意思。犹记之前撂狠话说，死也不需要人家照顾，现在受了点伤却又跑来求人家。她没骨气地望着脸色铁青的青洛，笑得痞痞的：

"帅哥，借点药如何？"

迷蒙凤眼欲开还闭，冷哼一声。侧身让他俩进入屋内。扔了一个白色药罐给她，就置之不理补觉去了。弄得辰汐哭笑不得，他倒是交代一下啊！打开瓶子研究，药膏状物质看来是涂抹的。大夫不在她就姑且试试吧。

好在她没用错。青洛的药十分管用，才两三天蓝琦的伤口就已开始结疤，下床走动也是没有问题。辰汐总算长长吐出口气，身体也跟着放松下了。

这天午后，慵懒地躺在房顶上，小宅院的景色看了个全。

青洛的院子坐落在距离弑冢楼较远的山腰上面。称之为宅院姑且有些勉强，更像是茅屋，只不过是砖墙砌成而已。院子共有房间五间：主卧、炼丹室、书房、客房、灶房。客房不过是名义上的有张床，大部分空间填满了杂物，医书以及瓶瓶罐罐。

青洛自那晚以后就出门了，辰汐也因此占领了小宅院。主人喜静，连个下人都没有，一切的伙食全是辰汐一肩扛，好在病人对于她的饭菜没有半点挑剔，虽然感觉奇怪不同于这里一般上桌的食物，却也吃个新鲜。

"无聊啊——"

对着无云的碧空，她大呼无聊。距离下次测试还有两天，身心都很放松，虽然上次考核没有通过，但第二场要是过关，同样也会被录取。就这点来看，辰汐觉得弑冢楼其实还挺人性化的。不过，放假一周天天吃睡的日子就……

看了看碧蓝的天，银眸一转，突然想到了打发时间的好方法。提高声音对窝在屋里吐纳的蓝琦道：

"小琦，我们去放纸鸢吧——"

蓝琦疑惑：

"纸鸢？那是何物？"

长短两支竹条削成三毫米宽厚，横竖打十字绑在一起。再用宣纸裁成菱形大小，刚好够竹条骨架长宽，用细线包边跟骨架粘连。尾部用细线绳子挂上纸穗，跟着放飞的提线。大功告成后，大笔一挥在上面描上两点加一个弯弯的月牙弧度。

蓝琦最初很是新奇，每一步都仔细地盯着看，到最后辰汐画描时微微蹙眉：

"这是什么意思？"

"笑脸。那，眼睛跟嘴巴。笑的时候眼睛是眯缝成线，小如逗点。嘴唇扬起漂亮的月牙，这才笑得开心啊！"

侧头想了一下,碧瞳仍旧困惑:
"为何没有鼻子?"
辰汐被问恼了,抬手给了他一击爆栗:
"笨,哪有人用鼻子笑的——"
被砸到脑袋的蓝琦也不恼,睁着大眼睛望着她微笑,灿烂得让辰汐一阵恍惚,脸颊微烫:
"小汐是用鼻子笑的。笑的时候翘鼻会微微皱起。就像这样——"
说着执起笔在中心加了两道,洋溢的笑脸上多出两行细小的褶皱,乍看反倒有些像鼻子上的脏东西。
辰汐暴走,追着他打:
"你鼻子才长这么难看——"

No.17

万里无云的碧空连风都没有。纸鸢好半天才被辰汐捣鼓上天,还是借助蓝琦的法术送了点小风过来。二人玩累了,随意地在树桩旁坐下。女孩把线塞到男孩手里,自己落得清闲。

艳阳高照,古树下传来阵阵蝉鸣,光透过叶隙在四周洒下一片斑驳,盈盈泛着七彩。辰汐挨近蓝琦找了个舒服的姿势,坐着坐着竟然有些困乏了。蒙眬间有一搭没一搭地聊天:

"小琦,你很恨你师傅吗?"
提到焚剑,蓝琦的身体一僵,闷闷的不说话。见对方半天没吱声,她轻声叹气:
"对不起,我不该提……"
好半天,蓝琦的声音总算响起,带着丝丝伤感的味道陷入回忆:
"师傅曾是我父王的生死至交。那会儿我还很小就被父王扔给师傅做徒弟。父王还曾开玩笑说,就当自己儿子练,练成什么样都随你……"
辰汐哑然,那该是非常亲密的朋友吧!
"呵!"蓝琦惨然一笑,声音缥缈,"师傅算我半个父亲了。兽态幻化人形那会儿是生命最脆弱期,师傅几乎是天天守着我。部族势力动荡,父王虽贵为一族族长,却并非拥有全部军权,还有一半在叔父手里。来暗杀的人很多,平均每天三到四批。真难为了叔父能找到这么多刺客,怕是现在整个魍堂加起来都不够用吧……"
不喜欢他自嘲的语气,辰汐伸出手握了握蓝琦的。
"师傅背后有道深可见骨的疤,那是为了救我留下的……"
碧眸恍惚一下,转淡入深宛如水潭的墨绿色:
"可要不是我亲眼看到他的剑刺穿父王的胸膛,我怎么也想不到最后血洗皇宫的人

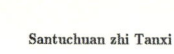

竟然是他。怎样也没料到他竟会是魍堂的堂主……"

"小汐，人是会变的吗？友谊这种东西也会变质吗……哪怕是生死至交……"

"也许他有不得已的苦衷……也许不是背叛而是……"

辰汐莞尔，她不知道如何答，做任何事情都有原因的，私欲兴许是背叛的最佳理由，可往往这些理由都不能让人原谅。假如连友情跟亲情都因时间而变质的话，那还能够相信什么是永恒的……

"也许什么？"蓝琦笑得讥讽带着恨意，"你也为他找不到辩驳之词吗？小汐，我所有的亲人都死了，活下去的唯一动力只是复仇而已……"

辰汐的心脏因他的话一紧，隐隐的不安传来，试图劝慰：

"小琦，仇恨并不能给我们带来任何救赎，反而会迷失心境，最后伤害的仍将是自己……"

"或许吧……可不为了复仇而活着，那还能为了什么呢？"

蓝琦带着几分酸涩、几分绝望、几分哀伤吐出的话语，竟然让她无言以对。这种事情不论发生在谁身上，都不可能用理智去衡量。蓝琦只是在做他认为对的事情。为了复仇而活，对一个眼睁睁看着亲人死在自己面前的孩子来说，这并没有错。也许没有了这些，他连将生命走下去的勇气都会丧失……

抬手抚去他眉语间的褶皱，头轻轻地枕在他的肩膀，懵懂间喃喃地道：

"也许时间能够改变一切，但请你相信，我不会变……"

困意来袭，银眸渐渐闭合，错过了少年盈满了感动的脸。睡梦中不是很安稳，隐约听到蓝琦暗哑的嗓音在她耳旁环绕：

"小汐，谢谢你。你是我见过最漂亮的女孩子……你的善良让我觉得自己是多么的肮脏……"

梦里的唇角不自觉地上扬，他夸她漂亮啊！可听到后半句却又皱眉，肮脏！她讨厌他这么说自己。蓝琦该是那个立在潭水边的美丽少年，古怪的执拗变幻出粗壮的大蛇，把她吓个半死，却又个性忸怩地说不出半句道歉。

他该是属于阳光的，而非坠入黑暗……

No.18

第二关，幻象迷阵。此阵利用空间术产生变幻莫测的多重空间断层，让原本单一的空间平面成为几个乃至多个平面重叠在一起出现。简单点说，就是不同的人虽然位于同样的地点，由于所处的空间不同，有可能并不能相互见面或者沟通。关卡的要求听起来很简单，不携带任何武器的条件下在这里生存七天，并集齐三样"暗语"，方可过关。

"暗语"是在进入迷阵时被授予的秘密物件。每个挑战者持有的"暗语"不尽相同。"暗语"被偷或者被抢都会因此而失去通关资格。简而言之，除了自身携带的一样"暗

纸鸢 [第二卷]

语"以外，还要从其他竞技者身上夺取两样，三选一的淘汰赛。

辰汐的"暗语"是一把生锈的月牙铁片，大概有半个手掌大小。得到之际她深感莫名其妙。这么个破玩意作为"暗语"不起眼倒是没错，谁没事去偷这种东西啊！虽然不会引起别人的窥视，但也太破了点吧！

不知道蓝琦的是什么？她不禁好奇。

由于进入迷阵的时间不同，每个竞技者都会有半炷香的时差，防止被窥探到"暗语"，所以辰汐要比蓝琦先进入迷阵。进来后，她曾试着在入口处碰碰运气，可非但没有碰上，反而招来陌生人企图夺取她的"暗语"，吓得她虚晃两招，立马借着脚力好逃脱了纠缠。

在葱郁的矮灌木地段晃荡了一天了，夜幕逐渐转浓，高耸的草垛里隐约传来野兽的呼啸，辰汐冷不丁畏缩一下。

"可恶！蓝琦掉到哪个空间去了？这个破地方走了一天连个人影都没有。要我怎么去赢剩下的两个'暗语'啊！"

辰汐一边虐待着手边的草丛，一边抱怨地嘟囔着。突地驻足，风中似有淡淡的血腥味传来，夹杂在泥土和草叶的芬芳里，显得肮脏不堪，与银白色月夜里的平静祥和格格不入。

先是兵器交接声，跟着是惨叫声，最后是秃鹫寻到食物满足的鸣叫声，混在血腥气味里，扰得辰汐厌恶地皱眉。

心底警告着远离危险，可身体却充满了好奇，未能做出理智的判断，猫腰靠近。

暗红的血腥浓，挂在践踏过的草垛上。尸体，或者根本不能称之为尸体，被极大力撕扯开的肉块零星遍布在草垛上面。腐朽的气味引来七八只掠食的秃鹫。头顶部光秃的毛发泛着血红，眼神透着对于食物的满足。

满足？辰汐一愣。那该是人类的情感吧？她怎么会运用到兽上面。不对，这些秃鹫也太大了，每一头都有两尺的身长。猛地恍然，让原本受血腥味影响张口欲呕的嘴生生闭上。

这七只秃鹫是兽族——

念头一闪而过，冷汗瞬间阴湿了后背。怎么办？逃吗？秃鹫的耳朵一向很敏锐，她距离它们已经太近了，稍有动作就会惊动对方。刚刚靠过来时没有被发现是侥幸。现在要回去，恐怕……

正想着，突然感觉身后一股陌生气息靠近。辰汐迅速进入戒备状态。暗暗在掌中注入力量，等待对方贴近。一步之遥时，霍地转身，掌朝对方的脖颈袭去。贴近细滑的肌肤那一刻对上一双熟悉的粉色眸子，手也因此停住。

琉璃！她震惊地睁大双眼。

琉璃做了个噤声的手势，目光越过她对着尸骸皱了皱眉。手指了指自己又指了指她，意思是说，她先动用隐身术，然后辰汐负责瞬移的部分，合两人之力方能逃脱。

虽然有点冒险，但总比在这里等着被发现好。她点了点头，得到回应的琉璃朝她微笑，那笑容柔美竟有鼓舞的作用。

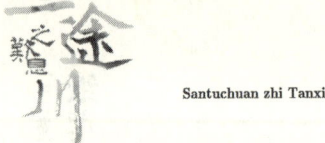

伴随着手间的转动，粉色眼瞳敛去笑意，透明气壁包围住她俩。

辰汐心底暗暗佩服，不愧是跟随血阑的人，她的法术在同年龄里算是优秀的了。血阑是空间系的强者，辰汐也因此相对了解些。空间法术分为四个阶段，层层递升。血阑在与琅熠对决时运用的"四维空间"，是在所在空间中凭空塑造出另外一个存在，可见却不可触及，这是空间系的最高级别；魍堂广场上防止气焰外泄起到防护作用的空间术属于最初级；而琉璃现在使用的是空间法术里面的第三层，制造气壁隐去身体，虽然不能达到彻底脱离所在空间，可有隐藏不被发现的优点。

手印一经完成，辰汐立刻抓住她的手臂，释放气息飞速逃离现场。气息撩动惊扰了嗜血的秃鹫，嘶鸣着释放杀意，却明显因目标不明确而自乱阵脚。辰汐的脚步却没有放慢半分，秃鹫依靠散发的气焰找到她们是在所难免，只有尽可能地拉开距离才能抹去气息的痕迹。

带着一个人跑要比单独行动累好多，气息的分散也相对难以控制。她几乎使出了全力，半个时辰后方才敢停歇。确定身后没有秃鹫这才一屁股坐在了地上，大口地喘气。

"累死我了。这些家伙真难甩掉——"

琉璃露出抱歉的表情：

"辛苦了，要是你自己的话应该会很快甩掉对方吧——"

"那怎么行？我怎么能把你撂在秃鹫嘴边。何况要是没有你的空间术，我也没有把握迅速甩掉它们，说不定还没跑几步就被分了——"

一想到分尸，刚才看到的画面立马涌上了辰汐的脑袋，胃部抽筋，难耐得干呕起来。

No.19

甩掉秃鹫，辰汐这才有工夫仔细打量周围。

不清楚自己具体跑了有多远，辽阔的草丛地已远远地被甩在身后，被岩石峭壁替代。明月高悬，迅猛的飓风穿过岩石发出鬼魅般的哀鸣，撩动着地表的黄沙掠过山谷岩石的夹缝散了开去，平添诡异的气氛。

平直的岩壁没有可以躲避的洞穴。辰汐跟琉璃找到一处风力相对较小的巨石遮蔽，点了一堆篝火取暖。除了脑袋顶上的月亮跟附近的篝火这些仅有的光源以外，都不能抹平心中对于局限住视野的夜色所平添的不安定因素。

捅了捅篝火，让火烧得更旺些。两个女孩相互依偎在一起聊天。

"小汐，你还没有告诉我，你用什么办法求公子让你来参加试炼的呢——"

辰汐笑了笑，委婉地说：

"唔，也不算是多么困难啊！只是小要求而已。"说着，脑海中突然闪现血阑看到她会用法术时刻，一闪而过的诧异表情，虽然不相信她这点很让人不爽，但那蓝眸圆瞪，一脸难以置信的样子，她就不自觉地眉眼上扬。

纸鸢【第二卷】

"呵！没看过那种惊诧表情的阑呢——"

幽幽呢喃，余光却瞟到身旁粉眸里一闪而过的微妙变化，转瞬即逝，快得让她难以把握。还没待反应过来，就听琉璃转移了话题：

"辰汐小姐，那个'暗语'好古怪喔，你不觉得吗？"

话锋转移得过快，不免让人怀疑。不安充斥在辰汐的身体里，对于危险与生俱来的敏感让她撒了个谎：

"是啊！我的竟然是石头，真是莫名其妙，竟然拿这种东西作为考核的关键。还要攒齐三个。哎！我只有自己的啊！你呢？有找到吗？"

琉璃的鼻子皱了皱，像个刚刚发了一笔小财的可爱孩子：

"呵呵，托刚才秃鹫的福，我从分裂的尸体中找到两个。你看——"

毫无心眼地摊手给辰汐：一个圆状首饰，半张地图残片，一个杂色玉佩。

兴许是自己的"暗语"也太过离谱了，看到眼前的这三件，竟然未露惊讶之色。只是暗自苦笑自己的防备，对刚刚撒谎的愧疚。人家没有半点心机地摊给她看，而且还是收集齐了"暗语"，只等天数一过，空间术消失就可以顺利通过考核了。她还防着人家，像只疑神疑鬼的兔子，深怕靠近的目的具备利用性质。

暗自叹息，刚想解释什么来救赎内心中的小小罪恶感，却忽闻巨石背后传来秃鹫的声响。

月亮瞬息隐没，秃鹫巨大的身体盖过了光亮，宽厚的翅羽扇动着，黄沙随之飞舞撩起地上的火堆，点点金星散了开去，熄灭了仅有的火源。

"是秃鹫——"

琉璃惊慌失措，回头盯着巨石顶部，秃鹫的鸣叫声近在咫尺。辰汐感到锋芒在背，尖利的爪子下一秒即要上前撕裂她的肩膀。

"走——"

身体自觉做出反应，扣住琉璃的手腕，急速朝前方奔去。心脏跳动得飞快，没有逃脱的把握，却也不想变成秃鹫嘴里的亡魂。

No.20

耳畔的风呼啸，分不清是岩石狭缝中的悲鸣，还是身后多次朝她们俯冲下来的秃鹫羽毛拍打的气流震荡。午夜时分风起，沙尘暴铺天盖地降至，尘埃逆向舔过肌肤，粗糙的颗粒打在身上生疼。辰汐却不敢放缓步伐。头顶上方秃鹫锋利的爪子蹭过岩壁造成的破坏力，令她心惊。那爪子落在她身上可不是几道血痕就能完事的，骨头不碎裂才怪。

要找到回避攻击的地段才行。边跑边想着。

拐了个弯眼前豁然变得狭窄起来。平滑陡峭的岩石壁垒像是从上空劈开一刀，百丈之深的裂口直插入底。而她们正巧位于底部，狭窄的宽度勉强只够一人通过。

71

三途川之叹息

Santuchuan zhi Tanxi

秃鹫巨大的身体加上双翼足足有三米以上,根本无法穿过峡谷,明显失去了优势。停止了追随,落在石壁上冷眼俯视。泛红的眼瞳里投射出浓烈的讽刺。

暂时性的安全,辰汐长长吐出一口气。也不跑了,在峡谷中段处停歇,大口喘气调整呼吸。

"这些家伙可真是穷追不舍。这么躲何时才是个头啊!"

柳眉微蹙着抱怨。秃鹫们从百丈峡谷顶部幻化人形下来是不可能,光滑的岩壁没有提供落脚的踩踏点。但是她俩也因此被困在了峡谷的底端。

"有没有方法既可以摆脱纠缠,又可以出去?"

辰汐呢喃着,余光瞥见琉璃仰头望向停靠在头顶上方梳理羽毛的秃鹫皱了皱眉头:

"我想它们是冲着我来的。或许是为了我手中的三个'暗语'。毕竟那是它们的战利品。假如我还回去,它们也许会放过小汐小姐吧——"

声音低低的,带着视死如归的哀伤。

辰汐一怔,愣愣地注视她。她其实也有想到过这一点,秃鹫不可能没有缘由一直跟了这么远还不放手,除非是有既定的目的。琉璃拿出"暗语"时她就更加肯定了,毕竟她是偷了原本属于它们的战利品。

不过,要不要抛下她呢!也许光是自己,凭借自身优势是可以离开的,可……琉璃势必会被秃鹫分尸,连个骨头都不剩下。更何况,她是如此地信任自己。抛弃她也太没有道德了。

一想到这儿,辰汐立刻否决了她的提议:

"不行,要走一起走。拿都拿了,你送回去它们也不见得放过你。既然都逃了这么久,现在放弃的话,前面做的一切都没有意义了不是么——"

粉眸微微呆愣一下,目光一瞬不眨地凝视她。不敢相信她的话,以为自己听错。辰汐被看得有点不好意思,羞涩地笑了笑,笑容唤醒了呆滞的琉璃,眼底水汽上涌竟是感动:

"小汐小姐——"

"我们是朋友嘛——"

眼看接下来就要转变成戏剧性的泪流满面了,辰汐赶紧打断她。暗自汗颜,原来她也有被当做依靠的一天,真是风水轮流转。

揉了揉酸疼的小腿,既然在这里不能长期停留,那还是赶快转移好了,眼看岩缝里的气温越来越低,再休息下去怕是自己的小腿要开始抽筋了。

前后掂量一下,相对于来时无法隐藏身体的巨石乱岗,前方的未知世界仍显得有些缥缈,不过却也有五成赢的机会,她赌一把好了。

抬眼望了望休憩的秃鹫,似是对于她们一个时辰的停歇放松了警惕,自顾自地梳理起羽毛来。辰汐嘴角微扬:

"正是时候——"

趁其不备,拉着琉璃把气息提到最满,蹿了出去。

要在秃鹫追上以前冲出岩缝,否则在出口处被堵住的话,就别想要命了。

纸鸢【第二卷】

秃鹫的嘶鸣声划破夜空,巨大的翅膀张开一跃而起,咆哮着尾随而至。一声声愤怒的吼叫仿佛催命符音,直逼内心。

快点,再快点。就要见到出口了。

黎明的光从地平线上跳跃出来,眼看着原本只是一点点的光逐渐在眼前扩大,她们也越来越接近夹缝的光源。

"看到辰光了——"

笑容在跑在最前方的辰汐脸上放大,希望近在眼前,旋身找寻秃鹫的身影,却瞥见身后琉璃眼底划过的阴狠。那目光血淋漓的满是仇恨,震得她脚步铿锵。

未明了怎么回事之际,却见琉璃伸出手,猛地一推。辰汐脚底踩空,这才发现岩缝的尽头,不是生的希望,而是绝望的悬崖而已……

苦笑留在嘴边,她后悔了,干吗要赌呢!自己的运势一向不好,不是吗……

No.21

辰汐现在处于极度郁闷当中……

她的身子挂在悬崖边缘,靠单手扣住石壁支撑。俯视是望不到底的悬崖,抬头是一脸怨恨表情的琉璃;附加徘徊在她背后的七只秃鹫,一脸忠心耿耿地等待琉璃的发号施令。

哎!她暗自叹气,她可真是笨啊!怎么从头到尾都没看明白,他们原本就是一伙的呢!相对她后背被秃鹫锋利的指甲划开皮肉的痕迹,琉璃从头到尾就没有遭到过攻击。这么大的破绽都没看出来,她真愚蠢得可以。

还真以为自己上升了能力,能够保护别人了。原来不过是幌子。苦笑挂上嘴角,望向琉璃漂亮的粉瞳,幽幽地问:

"我是否可以知道为什么?"

琉璃秀气的脸上一瞬而逝的伤感,快得未能抓住就被恨意取代:

"为什么?你还问我为什么?你一点都不知道吗?不知道我喜欢公子,不知道我做了这么多到底为何!"语气转悲,身体像是突然间失去了支撑的力量,跪坐在地上,满脸的绝望。

"你一个人类凭什么夺去公子全部的注意。那本该是我的啊!是我的……"

"呵,我也很想知道,血阑出于什么目的。如你所言我不过是个人类而已——"

辰汐笑得无奈,原本以为的真心不过都是谎言,虽然也有丝丝的警觉,但拆穿的刹那间心也不可避免地刺痛着。

"辰汐你好笨,连敌人底细都没有摸清就敢乱闯。该是夸你有胆,还是该鄙视你无知呢?"

"你,还是说我无知吧!有胆,这绝对不是我的优点——"

轻蔑的笑划过琉璃的唇角，缓缓道来：

"死到临头了还有工夫自嘲，你可真是让我刮目相看啊！我不妨让你更明白些，否则枉费我的用心——"

说着她站立起来，以一种居高临下的气势俯瞰：

"我是迦楼罗（凤）族最小的公主，而秃鹫是迦楼罗王族世代的守护兽族。看到秃鹫族就该知道附近会有迦楼罗族了。这样的常识误区你都会犯，真是无知得可以——"

汗！她怎么知道？她是新来的嘛！哪像他们待了都几百年了。

"不过人类，你很让人稀奇呢！我在你茶里下了那么久的毒，你竟然没事！这让我很诧异啊！"

"呵！你分量不够啊！下一次记得用最狠的，慢性那种对我无效——"

当真是她！虽然之前只是怀疑，偶尔还会自我检讨或许是自己的防御心太重了，应该多相信别人。朋友本就没有几个，好不容易认识了琉璃，她以为她是他们当中唯一真心相待的。可……

不失望是假的。原本她们可以是朋友呢！看来，只是自己妄想而已。

茶杯里面的毒；试练开始时别有深意地叫出她的名字引来窥视；再加上有意无意地探知她的"暗语"，原来没有一样她是猜错了的，虽然她多么希望她是。

"哼！嘴还这么硬，我看你能撑到什么时候——"

随着一个眼神的传递，盘旋辰汐头顶上方的秃鹫，瞬间俯冲而下，朝她过来。眼看就要近身了，她畏缩，可以预料那疼痛感：

"等一下——"

辰汐高喊。

"怎么？莫不是胆怯了？"

琉璃粉眸带着讥讽，扬手阻断了秃鹫的攻击。

"我何时说过我要跟你抗衡来着？"辰汐妩媚地笑，"我们来做笔交易吧！你手上的'暗语'其实没有攒够吧！给我看不过是想诈出我的而已。不如我用'暗语'跟你交换命如何？"

"哼！你凭什么跟我讲条件？反正你不过是块石头，杀了你我也能拿到——"

"你怎知我告诉你的是实话？"

辰汐打断她，试图用心理战术突破对方防线。似乎有点成功，琉璃动摇了：

"你……哼！没想到竟然也留一手。好，先把'暗语'交出来，我就拉你上来——"

狡黠的光闪过银眸：

"那你可要接住喔——"

凌空一抛，一块黑色石头向高处飞去，借机吸引去对方全部的视线。抓握在崖壁边的手松了开来。

再赌一次吧！兴许下面不是乱石荒岗也不一定……

纸鸢【第二卷】

No.22

蓝琦恶狠狠地盯着正前方的雪色豹猫。

没想到他堂堂摩呼罗迦王族竟然栽在一只豹猫手上。虽然这种皮毛的豹猫很少见,半人高的豹猫就更加稀少了,可那并不表示它有资格跟他打成平手。

说起来他就郁闷。明明不过就是一只纯兽,连幻化成人形的可能都没有,偏偏肌肉发达,反应异常灵敏。他左肩膀延伸到胸前的伤就是它的杰作。

为了争夺能够遮蔽的岩洞,他们打了将近三个时辰未分胜负。开始时,蓝琦没当回事,自己摇摇晃晃地想找个地方过夜,误打误闯进入人家地盘,自负得以为几下就能打发走它,没想到竟然持续了一个晚上。

他气喘吁吁地靠在墙角,要不是傲气跟戒心支撑身体,他怕是早就累得闭上眼睛了。在一只随时准备上来撕碎他喉咙的豹猫眼皮底下,确实很难睡得安稳。

琥珀色的猫眼眨巴两下,露出蔑视的表情。像是在嘲笑他的体力不支。这严重伤害了蓝琦的自尊。咬牙活动一下筋骨,握紧拳头,打算开始下一轮的进攻。

猫眼突地扩宽,身体一滞,耳朵抖动两下,没了与他斗气的念头。转过注意力望向洞外的碧湖。

被忽视的蓝琦一恼:

"喂!看哪里……"

话音没落,只见天上顷刻掉下个人,朝湖面砸去,扑通一声引得水花飞溅。紧跟着,猫身一跃而起朝湖里跃去。

该死!蓝琦皱了皱眉头,那落入湖水的身影为何他会如此眼熟,不祥的预感划过心头。

别是辰汐才好——

随着轻微的呻吟,浓密的睫毛颤动,眸慢慢张开,环顾四下的银色的瞳孔里盈满了茫然。几十平方米的奶白色的钟乳石岩壁,附着淡淡的水汽。洞口不大却有一人高,外面的天已经亮了,照耀着不远处的湖面金光闪耀。

她应该是被救了吧!动了动身体,并没有多少不适,想要坐起身来。

突然一人一猫的脸在眼前放大,距离她不过毫厘,吓了她一跳,条件反射地叫出来:

"啊——"

蓝琦撇了撇嘴,收回长久的担心,语气嘲弄:

"叫得跟野鸭子似的,看来是没事——"

拉开距离才发现是熟悉的人,顿觉安心地大大松了口气。

"呼——贴那么近干吗,吓死我了!"

心安了下来,她可算遇到蓝琦了。

"喵呜——"

受到忽略的豹猫适时地呼喊,声音却带着讨好的意味。这让一旁跟它相处了一晚上的蓝琦诧异万分。没反应它瞬息的温顺,呆滞地瞅着身旁的猫。

一声猫叫成功引起辰汐的注意。这才发现这里除了蓝琦还有这么一只大型动物。纯白的皮毛宛如冬季的第一场大雪,柔润清爽。豹纹的斑点分散在脸、背以及尾部,平添煞气却又恰到好处地与雪白融合在一起。半人身长的猫儿前腿蜷曲趴在她脚下,完全没有方才厉人的气焰,讨好似的蹭蹭她的手心。温热带着湿气的鼻子扰得辰汐痒痒的,掌一翻落在它的头部,轻轻地抚摸起来。猫儿满足地闭上双眼,发出幸福的呜呜声响。

"呵呵!好乖——"

一旁的蓝琦下巴差点脱白。现在什么状况?这只可恶的猫刚刚还凶神恶煞地跟他抢地盘,现在却跟真的似的趴在辰汐脚下满脸臣服。这也太扯了吧!

抬脚,试探性地踢了踢豹猫的尾巴。猫儿也不生气,递过来一个"懒得理你"的眼神,又继续享受辰汐的抚摸。

蓝琦这次彻底被激怒了,它那是什么表情啊,刚才是哪只动物一副找人打架的不爽模样,又是谁的爪子在他肩上落下不小的伤口。现在反而装起乖巧来了。

"喂!死猫儿,给我起来!就算她是你救的也不表示刚才的账咱们清了。我肩上的伤还没跟你算……"

话没说完,就遭到辰汐的白眼:

"小琦,你跟个猫儿计较什么?怎么跟小孩似的。好了,好了,别欺负我家融雪——"

她的?什么时候这个该死的猫是她的了?还有,小孩子?他哪里像小孩子。明明是那只变脸比翻书还快的猫……

绿眸瞪得老大,恨不得把趴在地上的那只巨型豹猫吞噬入腹。好!他忍。他蓝琦已经是个有涵养的人了,不是兽。没必要跟这种畜生一般见识。

辰汐完全没有注意到蓝琦铁青的脸,爱怜地抚摸着豹猫的雪色毛发:

"融雪,叫你融雪好不好?喜不喜欢?"

"喵呜——"粉红色的舌头伸出来舔了舔她的手心。

"呵呵!那是喜欢咯!那今后就叫你融雪喔!"

No.23

辰汐从悬崖上面坠入,却误打误闯打破了两空间的壁垒,坠落在湖里被豹猫救起。琉璃是不会追过来了吧!她想。从悬崖上摔下来之际,她随手抛出个石头吸引他们注意。这会儿估计在研究石头的真假吧!

无奈地笑了笑,琉璃这个朋友她是彻底地失去了。也许她也有错,从头到尾都没有发现她对于血阑的情感已远远超出了崇拜那么简单。单纯的爱恋引发的仇恨、嫉妒有

纸鸢【第二卷】

时可能失去很多东西。她只希望,假若有一天她爱上某人时,不要也像这般失去理智才好。

"在想什么?"身边的草垛凹陷,蓝琦贴着她坐下,递给她烤好的鱼。

"没什么——"摇了摇脑袋,不想让他看出发生过什么,转移话题,"小琦,你的'暗语'收集得怎么样了?有缺吗?"

"算上自己的两个。一会儿吃饱了出去转转,估计还能再弄来一个。还有两天,怎么也能收集齐全。你呢?还差几个?我去帮你弄——"

融雪爬上辰汐的腿,喵喵地对着鱼两眼放光。辰汐掰下一块,递给它。揉了揉它的毛,缓缓道出自己的打算:

"不用了。"说着,掏出自己的"暗语"放在蓝琦手心,"收好了哦!"

蓝琦微微一怔,随即腾地站起身居高临下地注视她,眼底有些许火苗跃动:

"你……你这是什么意思?"

唇角微翘:

"你看到的意思。我不想完成测试了。就这样——"

"为什么?你之前不是抱着极大的信念来的吗?是谁说要变强的?是谁嚷嚷着要自保的?虽然第一关没有通过,但只要过了第二次测验就好了啊!还有两天而已,我肯定能攒齐我俩的分量。为什么你不肯相信我?!"

望着用愤怒的口气质问她的蓝琦,辰汐伸出手,温柔地拉住他,拇指轻微地摩擦着掌心安抚他激动的情绪,淡定地道:

"我相信,我相信要是我向你要求的话,小琦能够弄来两人分量的'暗语'保证我们一起通过。但是那不是我要看到的。"

声音顿了顿,辰汐轻轻地叹气,

"也许是我把一切都想象得太过简单了吧!原本以为通过了测试进入弑家楼就能够达到目的,却忽略了中途要付出的代价,那些是我承受不起的。就像你说的,我抛弃不了对于生命的怜惜,让我去为了自己的目的杀人,我做不到……怎样都做不到……在我看来不论对错,生命都该是被尊重的,他们有决定自己生存与毁灭的权利……这项测试对于绝大多数人来说不过是争夺'暗语'而已,但对我来说是杀戮战场。"

蓝琦的手攥紧指甲陷入肉里,低头不语。辰汐笑笑接着道:

"我说开始的时候我以为'暗语'是用偷用抢能够拿到的,你会嘲笑我吧!呵呵!是啊,可我真的是这么想的。愚蠢的想法,没有拷打以及逼问谁会说出'暗语'是什么。原来把这东西弄得这么不起眼是这种目的,现在我才明白呢!所以……我放弃了。这样通过考核我做不来。我也不想小琦为了让我通过去做这些事情。"

一直保持沉默的男孩,意识到什么突然抬头:

"小汐,我……"

"我知道,不用告诉我。蓝琦是一定要通过考核的。之前你手里的'暗语'怎么得来的不用感到愧疚,做都已经做了,我相信小琦不会让他太痛苦地死去。所以你更要把我的'暗语'收下。"银眸闪闪发亮,盈盈地瞅着碧瞳:

77

"小琦有必须去完成的事情，那么就去做吧！只是你要记得，很多事情不一定肉眼看到就是真，人是用心去看的。不要被仇恨蒙蔽了双眼，要了解全部再去做决定……"

她真的希望他不要太早坠入黑暗，假若在彼岸的边缘可以拉回他，那她绝对不会任他毁灭。

纤长的睫毛颤动，蓝琦白皙的肌肤被篝火分成光影两面，看不真切。只是注视她的碧波闪烁着莫名难懂的情愫，安静地瞅她。突地伸出手臂把她抱了个满怀。与她差不多高的男孩没想到力量却大得惊人，勒紧的臂膀几乎要把她镶进身体里。

"小琦，你……你弄疼我了……"

她困惑地挣扎，反被拥得更紧。声音喑哑从头顶上方传入耳朵：

"别动！就一会儿，让我抱一会儿……小汐，你身上有我母后的味道呢……很温暖……谢谢……认识你真好……"

第三卷
礼物

神族历680年,天族族长翔玠向弑家楼发出了寿辰宴邀请,官方肯定了弑家楼的存在。

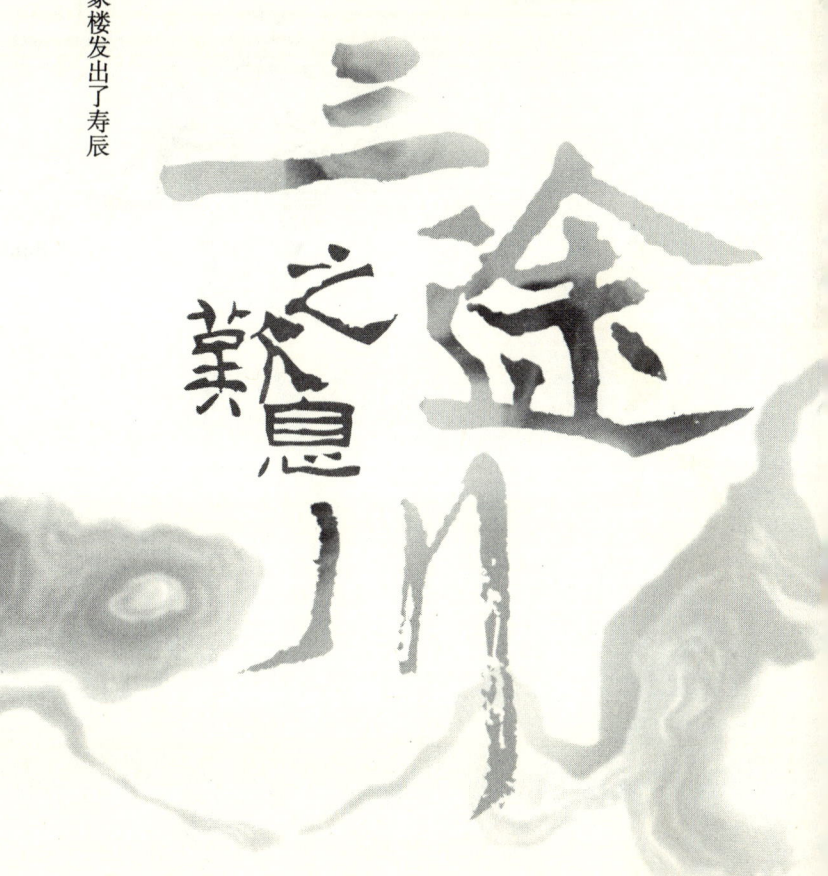

三途川之叹息

Santuchuan zhi Tanxi

No.1

　　辰汐的试练以失败告终。七天之后,一人一猫出现在青洛的宅院门口。
　　自打从试练场出来,融雪就寸步不离地跟着她了。黏人功夫一流,就连睡觉都守在辰汐床边,生怕被抛弃一般。这让她打消了把它送回山里的念头。好在血阑一如既往地宠着她,眼神颇为有趣地在她跟豹猫身上转了两圈。对于她身边突然多出的宠物未表一词。顺理成章地接受了这个大麻烦。
　　要说融雪是麻烦可一点都不为过。几天来抓伤了三个出入血阑书房的侍卫,五个为辰汐清扫的侍女,外加打碎一瓶价值不菲的古董,咬掉一池荷塘的荷花……
　　罪状十个手指头都不够数,要不是看在蓝琦已被弑冢楼收纳,并不能时刻守护在她身边,融雪顽皮的同时也有守护作用,她想血阑肯定要把它扔回山里了。她曾多次看到血阑抽搐的嘴角以及不停揉搓着太阳穴。
　　哎！她这个主人不太尽责,管教不严之过。
　　"融雪,一会儿你要乖乖的哦！不可以胡闹,要是他看你不爽对你下毒,我可救不了你——"
　　踏上楼梯的辰汐温柔地警告,雪色豹猫瞪着一双无辜大眼睛,发出咕咕的声音。辰汐摸了摸它的脑袋,就当它听懂了。深吸一口气,抬手叩门。
　　哐、哐、哐——
　　没人应答。
　　哐、哐、哐——
　　依旧没有反应。秀气的眉头微皱,呢喃自语:
　　"不会啊！阑说洛回来了啊——"
　　继续,哐、哐、哐——
　　辰汐有点急了:

哐哐哐哐……

持续性的没人应门。

怎么会？难道……

柳眉蹙起，偏了偏头，再一次抬手，刚要落在门板上却闻砰的一声，融雪一跃而起朝门扑去。木质结构不敌粗暴的猫爪应声碎裂，这下彻底报废。肇事者完全不知道自己已经闯了祸，得意地晃晃尾巴，邀功般朝她喵喵两声，炫耀它的丰功伟绩。

辰汐的手僵在空中，傻了眼，呆呆地看着突发事件。

她是否该开始祷告，青洛今天不在家外出了。这样她还有时间唤人来重新装一个门。可惜，人生不如意之事十有八九。好的不来，越坏来得越快。

"丫头，几日不见力气见长啊！"

青洛的声音凉嗖嗖地从主卧门口传出来。说话间人已到近前。衣衫微敞挂在身上，露出精壮的胸膛上半壁雪色肌肤，几缕红发未经打理随意地散下来披散在肩头，带着几分撩动心弦的怡人，几分摄人心魄的魔魅。懵懂的睡眼微张，惺忪地看向门口的一人一猫。

辰汐被这种不温不火的腔调逼得冷汗直冒，连欣赏美好春色的兴趣都没有了。干笑两声道：

"呵呵！失误，失误而已——"

青洛单眉挑了挑，不置可否。红色眼眸闪烁着点点光亮分辨不出喜怒。扫了一眼豹猫，停顿几秒又回到辰汐身上。漠视那只具有躁动倾向的猫儿挑衅地朝他磨蹭着爪子。

辰汐眼尖，及时拉住了企图再次闯祸的融雪。面露讨好，开门见山：

"魍堂今年没有招收新人吗？"

火眸从辰汐身上移开，落在某处，话语狂妄：

"挑人而已，怎会需要我亲自出马。我魍堂的人可没有焚剑那里那么蠢，三五不时就挂掉了。"

"喔——"

她应得漫不经心，手在猫儿脖颈处搔着痒：

"洛可曾想要收徒弟？"

青洛一愣，眼跟着瞟了回来，惊诧：

"你想学用毒？"

辰汐没有答，单眉上挑，定睛望回去。

凤眼眯缝成线，冷淡地回绝：

"没有通过考核，不能入我的堂口。"

"谁说我要入你堂口了？！"

青洛厌烦地一摆手：

"不入魍堂我是不会教你用毒的，你死心吧——"

"我有说我要学用毒么？！"

转身离去的脚步一滞，旋身惊讶地回望，阳光下少女的脸庞拢上一圈金色光芒，眼

礼物【第三卷】

底闪烁着坚定,微笑地抬起低垂的头:
"我想学医术——"

No.2

用毒的一定会解毒,能够致命的毒药同时也可是救人的良方。

辰汐用了一整天的时间求青洛教她医术,在答应修好他的门以及负责三餐饮食的情况下,青洛勉强默许了。

青洛当然不会是个好师傅,但一定是最严格的。光看他带着几分高傲几分不屑扔给她足足有两人身高的书籍时那副"你自找的"的表情,辰汐就知她的痛苦日子不过是刚刚开始。

"一个月之内,你要认识后院花园里所有的药材——"

辰汐从煮饭的炉灶边探头出来,俏脸疑惑地仰视火瞳。

花园?这小宅院有花园吗?她印象中这里除了几座屋宅,就空空的只剩下土地了,哪里来的花园?

"院子后面的那片禁止出入的树林,就是我的药材种植地。"

后山树林她是有印象的,之前曾跟蓝琦去放风筝。虽然不算是大山,但好歹也是个丘陵,往返怎样也要一天之久。当时就觉得甚为奇怪,放眼大片的奇珍异草会聚一堂,原来是刻意培植上去的。

她震惊地瞪大眼,煮饭的汤匙咣当一声落在了地上:

"你……你是指……后面那座走上一天才能横穿的树林是你的后花园?"

青洛艳红的眼眸闪烁着戏谑的光,笑得阴险:

"答对了丫头,你要是完不成,就可以收拾铺盖滚回血阑那里了。我其实更加期待你受挫的脸,不要让我失望喔!"

一个月,一片树林,两人高的药材书籍。天哪!简直就是不可能完成的任务!他青洛成心让她感到挫败,她就偏不如他的愿。不知道为何青洛总能适时地挑起她的怨愤的斗志与之抗衡。当然对抗这种怪物要有足够的心理素质才行,她不会被这么"大点"的问题打击倒的。

好在辰汐竟然对药材有得天独厚的天赋,就连她自己从前都没有发现过。闻识一次的花草竟能牢固地印刻在脑海里,仿佛早在很久以前就是熟识,不过被遗忘了许久,现在又从记忆的深处唤醒了一般。

在规定时间里完成了指定的功课,本想在青洛脸上找到一点惊讶的痕迹,可却让她失望了。

尽管红眸一如既往的淡漠,阴柔俊美的脸庞却隐隐透着期待。宛若发现了宝贝似的如饥似渴地盯住辰汐,不发一句。

83

被那双深邃的眼眸长时间锁定，看得辰汐直发毛，条件反射地后退两步：
"你……"
还没"你"出个所以然就被对方打断，火瞳里一闪而过的算计：
"你的猫儿今天出奇地乖巧啊！"
嗯？他不说，她都没有留意。平常融雪到了午后这会儿一定是喵喵直叫闹腾得不行，要不就踩躏青洛后花园的花草。怎么今天午饭过后一点动静都没有？
"融雪——"
心底涌上一丝不安，低声唤着。豹猫的耳朵是非常灵敏的，尤其是对于她这个主人的呼唤，总能在众多声音中分辨出，迅速地来到她身旁。可今天……
"融雪——"
她又提高嗓音唤了一次。开始有些着急了，满宅院地翻找起来，最终在客房的床铺边发现了委靡不振的豹猫。原本神采奕奕的小脑袋如今可怜兮兮地耷拉下来，看到她也不再是兴奋地上蹿下跳，前爪连抬起的力气都没有，软绵绵地趴在地上。蚊子一般微小的声音轻轻带着委屈的情绪回应她。
心底一疼，眼泪在眼睛里打转。对着青洛吼叫：
"你对它做了什么？"
青洛沉默，柳眉上挑，似笑非笑。眼睛从她身上游移至床脚处那只可怜的猫儿，满意地见到一直挑衅他忍耐力的豹猫接触他目光的刹那瞬间的畏惧表情。慵懒纤长的身子倚靠上背后的墙壁，笑容宛如天使，话语却似恶魔：
"没什么，下了点毒而已——"
"丑男，你——太过分了！解药——"
青洛的无所谓彻底激怒了辰汐，顾不得些许，平常只敢私底叫叫的外号脱口而出。忽视他乍闻外号那一刻眼睛里的暗潮汹涌，脸色阴霾。她想也未想就伸出手向他讨解药。
红眸隐去火焰，语气冰冷：
"那是你接下来要考虑的。解药自己去配吧！"旋身避开辰汐挡在他身前的手，慢慢地踱出房间，"好心提醒你，猫儿三天后就会毒发，你要抓紧时间了。"
三天要她在爬满整面墙壁的医书里找到配制解药的方法。他是故意要报复融雪摧残他的花也不应该用这么卑劣的手段吧……
怒火在银眸底燃烧，这个男人上辈子一定跟她结怨很深，这辈子依旧没完没了，彼此就好似火源碰到炸弹一点就爆。手捏紧成拳，压下想要冲出去向他挥舞拳脚的冲动：
"青洛，丑男人，我诅咒你下辈子难看得没法出门——"
震耳欲聋的咆哮声冲破屋顶，错过了踏出房门的俊美容颜难得放柔的唇角……

礼物 【第三卷】

No.3

　　整整三天,辰汐像是疯了一般,埋在了书堆里面没日没夜地搜寻着。有时看得倦了,转头瞟向伏在角落里病怏怏的融雪,就立刻被心酸的疼痛惊醒睡意全无。要不是为了融雪能够挺得长久一些,她恐怕连做饭的工序都省下了。

　　每每饭菜出锅的时候,她总是冒出邪恶的念头——在青洛的饭菜里面下毒。不过也只是限于想想,一个使毒圣手又怎会怕她这点小伎俩。所以,她最多也只是在饭菜里面加点不干净的东西而已,比如泥土,比如拍死的苍蝇……

　　也不知道青洛是不是知道,或者不知更好,辰汐也只是有这么点时间来调节一下自己怨愤的心情,却没有鉴定成果的空闲。

　　眼看今天已经是最后一天,融雪的状况非常糟糕,从早晨开始就一直没有醒来过,身上油亮的雪色花斑毛皮掉得比前两天更厉害了。胸腹下面有明显大范围的脱毛迹象。趴在地上一动不动,没有一点精神。呼吸微弱不可闻,偶尔会出现间歇性的停顿。

　　辰汐拿书的手有些抖,翻阅的速度加快着。焦躁的情绪左右着她的思路,让本就缺乏休息的大脑更加神经紧绷,整个人有些摇摇欲坠的脆弱感。

　　她几乎已经翻遍了所有书架上的书籍,其中有一半的药理知识,另一半是配药以及制药的方法,就连最偏门的罕见毒药她都有印象,可偏偏就是没有一种是针对融雪身上的毒。有些看似相同的病症,却又出现不同反应。这样无从下手的她更加困惑了……

　　她肯定有什么是被忽略掉的——

　　辰汐颓废地坐在地板上,身边散了一地的书,七零八落地被抛掷在地板上面,萧索得犹如置身其中的女孩。银眸里却没有绝望,带着几分思量,几分不确定,目光从半空的书架上移到门外……

　　古老苍郁的梧桐树下,一位玄衣男子随性地立于阴影处,面朝她的方向站立。锦缎针织的华服被风撩动起,带来几分寂寥的味道。光在脸部打下阴影,看不清眼瞳,分不出她看他的同时,他是否也在回望。只能从微微扬起的下颚处透出丝丝的孤傲……

　　这样一个几乎可以说是孑然一身的男子,他最在乎的是什么?友谊?情爱?抑或别的什么……

　　似乎都不准确。他既不曾向她确定他与夜叉王琅熠的爱侣关系,也不曾在别人面前流露出一丝一毫的内心情绪。似乎除了她以外,没有哪个人能看全真实的他。

　　青洛展现给琅熠的是否也如此真实她不知道,假如是爱着他的话,或许更加不可能露出全部的自己吧!就像每个人都希望呈现给喜欢的人最完美的一面,怕是在真正爱上了隐藏会更多才是。假如他们彼此只是友谊,那呈现在给她厌恶情绪又是什么呢?在乎么?

　　或者那小小的情绪壁垒的塌陷,只不过是她出自有意或者被迫的,试图挑战他的高

傲不容侵犯的自尊。令他失去控制地想要除去眼底的这粒沙子。无所谓因爱意萌生的厌恶，不过是对于在和平划分出地盘后侵入的另外一头狮子表现的示威手段而已……

这不是爱恋跟情意的问题，而是男人那极端的自尊问题！

这样一个自负的男人，会用什么方法让她产生挫败呢？这些地上躺了一堆的医书之于他根本就是毫不相干地扯淡，一个极度自恋的人自然不可能用别人的东西去击败敌人。唯有用自己的才会显示出成就感，所以……

银眸飘了回来，唯一的答案不过是躺在不起眼角落里那本青洛手写的笔记。她真是笨得可以，绕了这么大的弯子，唯独不屑去查阅青洛的那本手稿。看来她也同他一般狂妄啊！对那些直接示好的玩意儿不屑一顾，却忘了那是用来扳回战局的关键。

嗤笑出声，是她想多了，也许只不过是青洛想要教导她，却难以放低身段罢了……

抬手拾起被几本厚重的书压在底部的手稿，随手翻阅。一切立刻变得简单起来，辰汐就越来越肯定自己的猜测。他是想要教导她的，手段也许恶劣了些，语气也不算太好，可心地骗不了人……

起身执着手稿，朝树下步去。穿过榕树的瞬间没有停，却微微上翘嘴角，眉眼中带着笑意和些许温情的味道。

接触银眸的刹那红瞳眼底跳跃着莫名的光来不及掩饰，尴尬地咳嗽着：

"咳咳，找到了吗？"

"嗯——"

应得极轻，似所有的怒火均已随风飘散，让青洛迟疑地愣怔。娇小的身躯擦肩而过，从容淡定竟让他有些不知所措。他又在她面前泄露了心思吗？再一次被窥探到内心深处的惶恐让他多少有些狼狈。转身的时刻，一直背在身后的手藏躲不及，青花瓷瓶反光一瞬间晃过辰汐的眼，虽然收放及时却也被捕捉到了。

一个整天忙得看不到人的家伙突然拿着个药瓶站在树底下对着她的屋子观望许久。呵！她是白痴也能猜到。

他是想要救融雪的吧！口是心非的家伙啊！

不过她的宠物理应让她来救才是，找药材的本事她已轻车熟路了不是……

No.4

融雪的身体基本已无大碍，除了比以前更加黏她，却已不敢放肆地蹂躏花草，对青洛也畏忌三分没有开始时的张扬跋扈，见了青洛像只受挫的可怜虫只敢躲在辰汐的身后小声地叫唤两声以示不友好。

渐渐习惯了青洛表达关心的方式，辰汐似乎也不似之前那么的讨厌他。日子在平淡中度过，整天以药草跟食材混日，辰汐的厨艺也跟着与日俱增，当然这也要拜某位挑嘴的公子所赐。像是要报复她之前在饭菜里面混杂"下料"似的，青洛变得挑嘴得不得

礼物【第三卷】

了，常常稍嫩稍老都要计较半天。人在屋檐下，辰汐也只好忍了。

一晃三个多月过去，这天院门口来了个不速之客，打破了辰汐平静的学医"生涯"。

淡紫色的劲装包裹住玲珑有致的身段，少女如含苞初绽的花儿耀眼得在阳光下摇曳。粉晶的眼瞳没有温度，冷冷地穿过门槛传递过来。

梧桐树枝上抱着书小憩的辰汐，脊背一阵寒意，睁开眼睛拿下了遮挡光亮的书，朝门口的人儿回望过去。

琉璃，她来干吗？

心底的疑惑未至眼底，淡定地瞅着门口。未说话，不变应万变。树下的融雪被太阳照顾得很好，看来人没有杀气，懒得动身体，团了团身体又继续它的美梦。琉璃淡粉色的眼波落在豹猫身上几许，难掩的惊讶。不过很快就收敛回去。终于打破了沉默：

"公子有事找——"

"喔——"

辰汐不紧不慢地应声，不接话，随即没了声响。琉璃愤恨地咬了咬唇，声音透着焦虑：

"你不信？"

鹅黄的衣裙抖动，轻巧地一跃而下。辰汐岔开话题，重点落在了她具有特殊标志的紫衣上面：

"你入魅堂了？恭喜——"

琉璃的眼眯缝成线，面无表情又重复了一遍目的：

"公子找你——"

银眸射出犀利的光芒，好似能穿透人的内心，直勾勾地瞅她，仿佛有种与生俱来的威慑力压得对方喘不过气。那冰冷的感觉瞧得琉璃心惊，原本的盛气凌人突地像是泄气的皮球统统不见了。那银眸分明没有半分敌意，却照得琉璃难以与之对视，尴尬地避开。

刹那间，胜负已分。辰汐随手放下了医书，换回了最初的温婉：

"那还等什么，走吧！"

不敢相信刚才还这般难缠的辰汐竟然这么快就答应了，丝毫没有质疑的味道。粉眸睁大，愣怔地瞅她，一时忘了迈步。

单眉上挑：

"干吗？不是阑找我么？"

同意跟她走，不表示她仍旧信任她。只不过料她不敢把她怎么样。从骆公子的房门出来要穿过大片的树林，她现在有上千种毒死她的手段，虽然这些是她辰汐不屑一顾的。当然，她相信，琉璃身后趴在树枝上的四只秃鹫也有想要撕碎她喉咙的动机。彼此势均力敌，谁也讨不到好处，相信琉璃也是知道的。

姣美的容颜黑了黑，侧身走在辰汐的前面带路。

融雪抖了抖身子跟了上来。树杈上的秃鹫初见辰汐时，眼底凝聚上嗜血的杀气，翅羽扇动欲有俯冲的姿势。未付诸行动，却见身后跟随而上的豹猫，瞬间刹住，恐惧的光闪过，畏缩地收去杀意。豹猫琥珀色的眼优雅地流转扫过头顶上方的枝头，没做表示前，秃鹫一跃而起，嘶哑的鸣叫划破长空带着惊慌恐怖的味道，臣服讨好地低头。融雪不置可否，扬起尊贵的头，好似兽王般欣然接受膜拜。

"你的猫，哪里捡的？运气果然不是普通的好啊！"

语气酸溜溜的，琉璃眼底阴沉的光更加厚重，粉眸变得灰暗。自己的驱使兽还未交手就已败下阵来，她面子又怎会好过。辰汐却浑然不知初显时分胜负已分的对峙。摸了摸融雪，可爱地扬起的脑袋，笑笑：

"九死一生，祸福双至。说起来还要感谢你，要不是悬崖一别，我也遇不到融雪呢！"

辰汐一脸的无所谓，仿佛说的是很久以前的事情。走在前方带路的琉璃脚下一滞，驻足停歇。

"请你，一会儿不要在公子面前提起那件事情。"

声音压抑地颤抖，分辨不清是畏惧还是愤怒。

"你怕吗？"

兴许是跟青洛待久了，语气也开始变得漫不经心、懒散随意。出口却有戳穿人内心的力量。琉璃难以抵御如此轻巧的四两拨千斤，把问题转嫁回来。温柔的语调突然失控，声音听起来像是捏住脖子的鸭子，沙哑且尖锐：

"辰汐，别往自己脸上贴金，放你一马不过是因为看在公子的面子。我现在有上千种方法能够置你于死地，最好不要挑战我的耐性。"

"给公子面子啊——"尾音拉得老长，辰汐笑得随意，"杀我？你杀得了我吗？杀了我你又该如何？人生真是奇怪，想死的时候没死成；这会儿不想死了，反倒有一堆人想要杀我。相信我琉璃，你不是唯一也不是最后一个想要我命的。不过，却是治好我轻生想法的那一个。从悬崖摔下去的时候，我突然觉得自杀的念头很是荒谬。一切自有天数，有些事情是由不得你的……"

琉璃的眼睛缝成线，看不到粉眸似有若无的情绪波动。

辰汐的话语一转，变得轻松许多：

"所以，我们之间有什么秘密么？试练的时候我曾遇到过你么？"

宽恕来自心灵，跟一个曾经要杀死自己的人计较，是人之常情。可之于辰汐却没有任何意义。琉璃不过是众多有企图的人中不起眼的一个。只是她们曾经友好，只是生活过一段时光，只是因一个爱着另外一个人而做过傻事。就算现在低声下气也不过是为了讨好那个人一样。没有什么是不可原谅的，兴许再也回不去以往，她却能够体谅她的心思。

鹅黄色衣裙被风吹拂得噗噗地响，包裹住辰汐瘦弱的身躯。太阳的光线穿过树的缝隙洒落下来在她的身上拢上光圈。越过前方的琉璃，辰汐自顾自地走着，以一种平淡的处事态度柔化了琉璃片刻的跋扈以及无措的愤怒。

拉开几十米了，才发现琉璃没有跟上来。旋身回望却见站在原地错愕的女孩，有些犯傻地瞅她。提高声音提醒道：

"太阳快要落下去了，不是要赶在天黑之前到达阑那里么，还不快走——"

礼物 【第三卷】

No.5

血阑邀约的地方并不是以往的宅院,却是辰汐从未到过的魍堂堂口。魍堂虽然一直由青洛掌控,却并非全权由他打理。大部分事务都分配得当,或许也因如此,魍堂的人脉网络出奇的复杂,但却秩序井然。

琉璃是刚刚通过试练的新人,以学徒的身份进出魍堂,她们在门口处等待许久才得以进入。

堂口不大,没有红零所处的葵月亭那般烦琐的庭台楼榭、轻纱幔帐,也不曾比魍堂的肃杀与庞大,反而更多是大面积的空旷地。兴许是因窥探情报这种技术活更多的需要不同类型的训练,魍堂的总堂更加像个训练营。

辰汐边跟着引路人穿过一个个空旷的广场,一边好奇地打量。特务集中营该是什么样子?辽阔的训练场吗?也许这根本就不是魍堂,不过是用于遮掩的幌子。哪有人那么笨把秘密组织设置成据点公开等着别人上门的。

银眸微眯,嘴角挂着了然的笑意。越过百米的巨型广场,红墙尽头转了个弯,眼前的景象突然变得不一样了。

不再是广场类型建筑,却是平台水榭。七彩的轻纱幔帐悬挂在棕红色的木制雕栏圆柱上面,风起撩动了一片妖娆。脚下的鹅卵石一路从门口延伸入里,脚边的水流不知是从何处汇集而来,顺着石缝溜走洗去暗沉,平添清雅。左手边搭建起一个露天平台,几个女孩子三三两两地围聚在一起,偶尔扭动几下腰身,讨论着。看样子是在切磋舞艺。

平台下方几步的距离,白衣公子摇着折扇眼底含笑远远地朝她的方向凝望。身边低首立着一位优雅婀娜的女子。

疑惑地眨眼,脚下赶了几步越过引路者以及琉璃。辰汐很好奇,血阑约见她的目的。

"阑——"

轻巧如蝶飞入花丛。鹅黄色翅羽的辰汐虽没有四下女子的娇媚多姿,没有玲珑柔软身段,没有夜莺般婉语柔肠。可就是那冰凌似的银眸下溢出的神采飞扬吸引住血阑全部的视线。自那抹鹅黄衣裙进入视线里,原本没有太多表情公式化地应付手下的蓝眸,瞬间柔化。手臂一揽,成功地把不安分的蝶儿纳入羽翼。

"气色不错,最近吃得可好?"

笑容温柔,关心地问道。

"嗯。基本上骆公子后花园的药材能够有益健康的我都拿来下锅了。"

"呵!我的小汐长本事了,骆公子的药材可都是极品,他也真舍得——"

"阑找我何事?可是想我了?没有我跟融雪给你捣乱,日子肯定无聊吧!"

血阑哭笑不得地刮了刮辰汐的翘鼻,一脸的无奈:

"拜你的宝贝猫所赐,之前打碎的那个古董花瓶偏巧是要给天族族长寿辰进贡的贺

89

礼。前两天我才知晓。这下可好,看来贺礼要另行筹备了。"

"喔!"

没有半点愧疚,血阑既然找到她肯定自有应对方案。却不想,头顶上方血阑的声音忽然顿住,带着几分犹豫,几分难懂的欲言又止。疑惑地抬头,银眸印出血阑碧蓝宛如深海的眼瞳,用一种说不出道不明的眼神看她。许久以后,像是下了很大的决心一般,敛去笑容正色开口:

"弑冢楼会献上一支舞,我希望小汐来做主舞的部分——"

"跳……跳舞?"

辰汐惊讶地睁大眼,她是有做好赔偿贺礼的心理准备,但并不包括在一族族长的寿宴上面跳主舞。这……太超出自己的能力范围了吧!

"你刚才是说让我在族长的寿宴上跳舞?"

不太确定自己听到的,辰汐试探性地问。

千万别是真的!心底有个声响暗暗涌动。先不提她不算太好的运动细胞,只说长这么大她从没在任何一个大型的公开场合展现自我。一想到要站在千万人的面前,她就已经有些腿软。

可血阑却给她肯定的答案:

"是的。在寿宴上献舞。届时,我会让人给你做专门的指导。不要一副苦瓜脸,不算太难的。我相信小汐一定没有问题。"

说着向她引荐身后的一直颔首立在一旁的女子:

"这位是琴雅,舞技是这里最出众的。她将会教给你主舞的部分。"

琴雅!她记得她,琉璃的朋友,初次相见是在第一场试练赛上,气质完美,冷艳高傲。如今依旧的清冷,虽然向她做着颔首礼仪,却没有半分低人一等的模样,更像个尊贵的公主履行一个颇为不符合身份的礼节。

琴雅金色的眼瞳没有温度,随着睫毛的轻颤,淡淡地传递过来落在辰汐身上,与银眸不期而遇,一如既往的冷。辰汐不以为意只是友善地回以微笑。

突然想到什么,银眸转向血阑:

"阑,为什么是我?既然有琴雅,相信完成整个舞是不成问题的,当然会远远地超过我。为何还要我跳主舞?"

蓝眸带着温柔,笑意无懈可击,左顾言他诱惑着开口:

"小汐不想见预见师红零么?她的人现在可是在天族哦!因为某些原因走不开……"

他开始运用她的价值了,她隐隐感觉。可……红零的诱惑却太大了,大得足以让她默许血阑的利用。谁说她不也是在利用他呢!利用他获知自己到达这里的原因。

礼物 [第三卷]

No.6

舞蹈对于初学者来说的确不是件容易之事。轻柔飘逸的部分辰汐很难把握。有些地方对于身体的柔韧度要求很高,往往琴雅十分轻易完成的伸展以及翻转,对于辰汐却是酷刑。身体没有经过长时间的拉伸以及弯曲的训练,突然掰扯出超负荷的地段,辰汐感觉自己像是要被大卸八块了一般。

水榭里不时传来惨叫的呼号。辰汐艰难地立在平台上,对着下首处的琴雅很不好意思地祈求能否更换动作。这已经是几天来第几次了,她都懒得去数。可这些的确不在她能力范围以内。

琴雅秀气的柳眉微蹙带着丝丝不耐。紧那罗族的身份赋予天生的好身段,任何舞蹈对于她都似信手拈来,很难理解辰汐哭叫连连的痛苦感。终究训练在难以忍受的刺激耳膜的鬼叫声中断,休息半个时辰。

辰汐长长嘘出口气,就几天的经验来看,一般中段喊停意味着琴雅会去改动舞蹈,舍弃她难以完成的高难度动作,求整体完美,一般怎样也要花上半个多时辰。

灌了几口水,在打盹的融雪身旁坐下,揉搓着豹猫温软的毛发,对于它适意的睡容竟然有些嫉妒。做猫都比她命好,不用天天被人这般折磨。当初没通过试练果然是明智的。依照她的性格和条件,刺客是不可能,祭司先天条件不足,偷窃嘛没准有望,不过看似只有特务比较适合她。可惜魍堂的这种训练方式简直不是人受的。先是被青洛变态地集训医术,现在又拉来练什么舞蹈。要是当真学全了,她还不挂掉才怪。

突然间有点想念蓝琦,不知道他好不好?进入魍堂暗部已有三个月了,不知依旧在当学徒还是升入正规部门了。跟自己仇人待在一个地方,日子铁定不好过吧!

"唉——"长长叹了口气,搔了搔猫儿的下颚,"融雪想不想蓝琦啊?没有他在日子好闷喔——"

回应辰汐的小小感伤,豹猫琥珀色的眼瞳迷蒙半开,伸出小舌头舔了舔辰汐的手心,热热的气息搔得她一阵痒。

"呵——"

伸出手臂抱了抱猫儿,借以吸取点温暖,忽闻身后三两围聚的舞者们好奇地呼喊:"快看天空,那是什么?"

"好怪啊!是布还是纸?飞起来了,还有线拉着——"

猛地抬头,雨后的碧空中一只半大不小的风筝越过了高耸的红墙飞进水榭的领域。菱形的翅翼上歪扭地绘着一张长了"雀斑"皱着鼻子的笑脸。悠悠扬扬地在领空中飘浮。

是蓝琦的风筝!辰汐兴奋地站起身来,咯咯地笑出了声响。融雪也被骚动吵醒,对着天空新奇的事物舔了舔嘴巴。

风筝晃动两下,长长的穗尾处一个豆芽大小的纸球拍打着风筝的竹签发出呲呲的

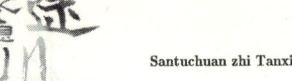

声响。声音彻底吸引了猫儿的兴趣,弓起身子一跃而上。灵巧轻盈的几个起落跃上了房顶,飞速一扑叼住了风筝。跳下屋顶时,回眸对着墙壁后面挑衅地低吼。熟悉的冷哼声传来,惹得辰汐嘴角微翘。

这两个家伙还是如此爱斗,看着豹猫摇头晃脑地炫耀嘴上的战利品,辰汐的脑海中突然浮现出一猫一蛇对打的场面,一道菜名跃上脑海——龙虎斗。

不自觉地银眸冒着算计的光,盈盈地瞅着融雪。后者完全不晓得它的主人脑子里面满是怎么把它做成菜,两只大眼水汪汪地眨巴着。

辰汐劣质地娇笑,取下了风筝。那个在空中看宛如蚕豆的纸团,真的拿到手上却也不小,蓝琦为了减少负载刻意揉团使之中空。展开纸球,蓝琦的字迹映入眼帘:

"通过、晚饭。"

通过了学徒关,正式进入魑堂。今天晚上会找她庆祝。

辰汐轻叹一声,他果然适合暗部,连留字条都这么小心谨慎像是打哑谜。不过蓝琦总算正式进入魑堂了,的确是值得庆祝的事情。

揉碎了纸团,辰汐提高嗓音:

"琴雅,晚上我要请假——"

No.7

蓝琦出现在青洛宅院的时候已经是午夜时分,饭菜温了又温。好在辰汐的手艺一贯的好,几番加热并不影响美味。

月儿挂在梧桐树的上方,矮木桌下三人一猫分外惬意。酒一盅接着一盅下肚,辰汐苍白的小脸上染上一层粉红,平添几分妖娆。桌边的融雪早早就吃饱了,依靠在树桩下打着盹。蓝琦露出难得的笑容,话也变得多起来。讲述着最近三个月来的趣闻,那些没有辰汐参与的部分。一旁的青洛并不打岔,安静如昔,只不过红眸越喝越亮,闪烁着晶莹的光,小口地吃着菜,余光偶尔扫过辰汐微醺的笑脸,带来温暖的气息,柔化了俊美妖魅的面部线条。

难得和谐的午夜,连夜空都变得分外的祥和起来。辰汐喝得兴起了,举起酒杯,笑得豪爽:

"小琦,这杯敬你,恭贺你达成心愿。"

说着一仰而尽。蓝琦的碧瞳里闪闪发亮,掺杂着莫名的情愫盯着那张因酒精微微泛红的笑脸。声音有些哽:

"小汐,假若……我是说假若……假若有来年的话,你是否仍愿意坐在这里陪我喝酒……"

"什么话——"打断他的话,辰汐微恼,银眸弯如明月,"一定会有来年的。刚进入魑堂怎么能说这么丧气的话。"

礼物【第三卷】

男孩的嘴角扯出个笑容,带着涩意:
"呵!你答应就好。别到时候不认我了啊——"
"怎么会?"银眸从对面的人儿身上移开,顺着粗壮的树干一路攀升,声音缥缈,似是说给自己听:
"不论今后你变成什么样子,只要你还是蓝琦,再难我也会把你拉回来。所以……放心去做吧!我认识的蓝琦,是不会违背自己的心的……"
她不是救世主,不是多么伟大的神仙。但是她却想竭尽所有去帮他。如果最初的命运他并不能选择,如果一路上仍要继续着错误,她只希望最后时分带给他的是最初的宁和的心。假若整个心都被染上黑色,只盼望有个角落仍旧没有变。
笑好似徐徐春风,自辰汐那张平凡略显苍白的脸庞上洋溢开来,温暖了对面的碧瞳,以及那颗带着冷意的心灵。
突然蓝琦上前一步跃过桌子,单膝跪在辰汐面前。掬起辰汐的左手。女孩被突来的举动吓了一跳,不知该如何是好:
"小琦,你……"
碧波般清澈的眼眸笼上一层水汽,闪烁着坚定的光芒。朱红的嘴唇畔露出两颗虎牙,轻轻地朝着辰汐的手臂咬了下去。
并不很疼,却有丝丝麻痒感。
血顺着牙印落入蓝琦的口中,在嘴边开出妖异的花朵。辰汐不敢动,傻傻地任由他咬着。
"这是……"特定的仪式么?她想问却又被碧瞳中如火的情感震慑住了。
过了许久,蓝琦总算放开了她,粉嫩的舌头卷起唇边的血渍含入口中,在那张刚刚成熟的少年脸庞上格外的妩媚。喑哑的声音悠悠地自唇边吐出:
"摩呼罗迦族——蓝琦,以月神为证,愿侍此女为主,以命交付……"
这是……这是驱使兽认主的誓词,他怎么能用在自己身上。哪有八大部族的王子做驱使兽的?
辰汐震惊得合不拢嘴,低下身子就要去搀扶跪在地上的少年。却被对方握住了后脑,冰凉的唇带着血腥味道贴敷上来,浓烈得好似桌子上的陈酒,一点点地吸入她口腔的蜜汁,夺取空气。霸道地撬开贝齿,不似一如既往的冰冷,火热如斯,挑唆着她随他沉醉……
蓝琦何时放开她的没有印象,只是依稀记得她在那一吻中睡着了。风暖洋洋的,仿佛是谁的身体温度贴着她的侧脸。胸膛上规律的心跳声让她心安。梧桐树枝上的蝉鸣很轻很轻,用一种低不可闻的声响鼓噪着……
蒙眬睡不安稳,鼻翼处传来阵阵香气,身体落入另一具臂弯中。青洛淡淡地责怪:
"你咬得太深了。还好她身体里面有抗体,否则摩呼罗迦族特有的毒牙伤,还真是不好解。"
"对不起——"
蓝琦的手轻柔地抚过她的面颊,带着歉意。身体被抱起,向着屋里走去。二人的声音却没有中断。

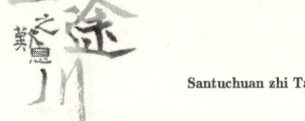

"最后一餐吗?下次见面什么时候?魑堂有这么缺少人选么,竟然派两个新人执行资深级任务。真是乱来——"

"任务是我……硬要接下的。"

"喔——"

青洛的声音乍然,听不出情绪。好一会儿,蓝琦打破了沉默:

"骆公子,小汐……拜托了……要是……要是我回不来……请你不要告诉她——"

"哼!能瞒多久!到时候这丫头闹起来,怕是血也拦不住。"青洛叱鼻冷哼,话音突转,"活着回来见她,既然答应她明年的酒,就活着实现承诺。"

"嗯——"

蓝琦闷声应道。过了一会儿传来带门的声音,他告辞回去了。室内只剩下青洛身上的花香。

辰汐的眼皮沉重,有些担心蓝琦,却又爬不起来。感觉手臂被人小心地清洗、包扎。青洛的声音似水在耳边流淌:

"丫头,我知道你醒着呢!再过一周就是那个男人的寿宴了。我能帮的就只有这么多,以后只能看你自己。记得……不管发生什么,在你没有足够的筹码之前,不要跟他起正面冲突……他不是你能掌控得起的角色……"

哪个男人?他是谁?

她想要张口询问,却因蓝琦的牙毒扰得头脑昏沉。直觉上青洛特指的那个男人不是琅熠。那又会是谁?

似乎她正迈向一个巨大的黑洞,却又没有喊停的权利,只有一步步走得心甘情愿。谜底是不是也在洞的底端呢!她难以知晓啊……

No.8

三天以后,辰汐带着她高不成低不就的舞技,跟随血阑迈上了通往天族领地的道路。

融雪被留在了青洛的宅院。忆起它一脸不情愿以及可怜兮兮的模样,辰汐就觉得愧疚。可此行事关重大,血阑是怎么也不会带着它的。抱着猫儿好说歹说,这才松开了揪住她不放的爪子。

那夜之后,蓝琦就再也没有出现过,就连送行都没能露面。怕是先她一步离开了弑冢楼。烙印在手臂的伤口很深,愈合得极慢,造成她一直要绑着绷带。血阑问起,辰汐首次没有照实回答,谎称跟融雪玩闹的时候弄伤的。

不知道为何,开始对血阑有所保留。那双凝视她散发着温柔的光,明知道她说谎却没有生气的眸子,她竟然没来由的一阵哀伤。他们之间从什么时候起出现隔阂了呢!一路以来,蓝眸眼底淡淡的迟疑,以及面对她时的欲言又止,像是一张网包裹住她,捆手捆脚。憋得她几欲大叫。

礼物【第三卷】

好想对他吼,对他大发脾气。想要告诉他,她是喜欢他的,喜欢到愿意被利用。虽然不知道自己能够承受的极限在哪里。至少当他抱着她说,愿意守护她的时候,她是相信他的。可血阑却铁了心地隐瞒。总会在特定的时候支开她,遇到涉及的话题也是轻巧地转移。兴许是弯路转得笨了些,也许她辰汐太过敏感,那些明显的回避却让她感觉是刻意地做作。

终于在抵达天族王宫的第二天,徘徊在崩溃边缘的辰汐决定脱离弑冢楼的保护,独自去散散心。

绕了几个回合,花了半个时辰甩掉了跟在身后的随侍。总算大出了口气,心情也变得好起来。

天族的皇宫很别致,分为春夏秋冬四季,不同的宫殿景色奇异。比如夏殿四季繁花,紧贴着的冬宫却常年白雪皑皑。辰汐是从分属客宅的春殿出来的,误打误闯却走到了冬宫。

冬宫又分两座内宫以及一座外宫。两座内宫传说是囚牢以及冷宫。外有严密的守卫,很难进入。倒是外宫,偶尔用来留驻喜好安静的客人,也有提供给王者的宫殿。

巧的是辰汐误闯入的殿堂,正留宿着一位上宾,也是辰汐极力想要找寻的人——预见师红零。

亮出了弑冢楼特有的腰牌,踏入了殿门。扑面袭来的雪花落在肩头,冷意惹得她一阵寒彻。无暇欣赏四周银装素裹的白色世界,紧了紧衣领加快了脚步。

迈入内里时与一女子擦身而过。银色的长发抚过辰汐的眼前,风情万种的气质却又一身劲装打扮,弱化了柔美强化了她的英气,吸引去辰汐全部的视线。

同时,相视的银眸略带趣味地也在打量她。最初是微愣,紧跟着了然的微笑。那笑容让辰汐驻足,疑惑地回身。

"请问……"她迟疑地唤住女子,微微蹙眉,"我们认识吗?"

话突兀得很,惹得女子身后的随侍怒意萌生拔刀相向:

"大胆,你可知这位大人是谁?竟然如此不敬——"

辰汐扫了一眼落在脖颈处的刀,挑了挑单眉。眼光又落了回去:

"我们是否曾见过?"

与她相同的银眸,明明首次见面,陌生却又熟悉。一时想不起,似乎尘封许久躲在角落里面的记忆,勾搭着一点点地溢出封条,却又不肯一次倒出,冒出点头绪却又缩了回去。

纤纤玉指卷起耳畔的一缕发丝把玩着,惹得辰汐疑惑地蹙眉,就连这个细微的动作她竟然也觉得熟悉。那调皮的细发在玉指的掌中缠绕的弧度,嘴角间的似笑非笑,惹得她困惑不已。

"你……"

对面的银眸一闪,风雪狂骤,震开了架在辰汐脖子上的长剑。六角晶体的雪花厚重浓烈从女子的身体中扩散,掩埋了天地。银发在风中飞舞,唇角带笑,张扬跋扈。美得宛如降临人间的冰雪女神,眼底的狡黠却又出卖了纯净的气质,平添几许妖魅。

突地,她凌空跃起,带着寒意朝辰汐迎面而来。

"梨子，别闹，好冷——"

想也未想脱口而出，辰汐错愕地捂嘴。恍神之际，却被对方抱了个满怀。明明是风雪漫天的寒冷，却带来熟悉的温暖。女子的嗓音清脆愉悦传递入心：

"小音，再见到你真好——"

No.9

小音，再见到你真好——

辰汐傻傻地立在风雪中忘了寒冷，耳畔还遗留着女子愉悦的呼唤。对方的身影却早已消失不见。

她是谁？为什么如此亲密地称呼她，仿佛认识了很久很久。可唤出的名字却又不是她。

兴许是对方认错了吧？她笑着摇了摇头。收回了视线，转身继续她的行程。却在踏入房门的刹那停歇。略微迟疑地向守门的官员询问：

"刚才那个女子是谁？"

"您是指银发的那位么？那是龙族王储——四公主梨雪。"

"梨雪——"

辰汐揣摩了一遍，她的记忆库里面确实没有出现过这号人物。可为何会有似曾相识的熟悉感。站在台阶边她背对着风雪皱了皱眉。

愣神的刹那，内堂传来呼唤声，涵盖着尊贵、典雅，不忍亵渎的庄严。明明温柔如斯却让闻者肃然起敬：

"门口的那位大人，既然已经来了，为何迟迟不进来呢？"

被她这么一唤，拉回了辰汐稍显涣散的神智，忆起此行的初衷来。正了正身子挑帘步入。

堂内宽阔且温暖，屋子的四角点着热气蒸蒸的火盆，照耀着整个屋顶笼罩上朦胧的火红。印得四周侍女的脸庞不真切的微醺。顺着轻纱幔帐往内里步去，穿过了中厅的檀木桌椅，挑开雪纺纱，低矮的木质席台不足五米高，却由上好的木头砌成。一位女子半倚在织锦席间，眼儿微闭，神情慵懒，像是等待她许久了。等得有些累了，轻轻地眯缝起双眼，疲惫爬上了没有半分血色的消瘦脸庞。

女子的神情让她有些不忍，立在席台的下首，不忍扰乱了她的小憩。却是对方打断了平静。眼仍旧半闭，话音却传递过来，空灵夹杂着沧桑的味道，幽幽地自那两片几近无色的唇边吐出：

"大人请坐。红零等了您很久了……"

疑惑爬上了辰汐的眸子，抬脚步上席台，挑了块柔软的垫子坐了下来：

"你在等我？"

礼物 [第三卷]

红零感慨地叹息,几分无奈,几分忧伤:

"是啊,等了很久了。五百年……呵!兴许对于我们神族来说不过瞬息,可我却以为这百年竟有千年之长啊……"

五百年?要不要这么夸张!辰汐震惊地合不拢嘴,一时间竟不知该如何应声。

红零像是知道她心底所想,淡然一笑:

"想必大人是有事求解,才会找到红零吧?"

银眸闪烁着光亮,点头称是:

"他们说,你知道我为何出现于此。我是说,相对于你们神族,我应该是人类才是。该是死了吗?死在三途河上。可又为何被卷入天界?我也曾翻阅过一些记载,虽然天界与人界偶尔会出现时空交接,但总是以幻象出现,两个时空的生命体是无法以实体接触的。可为何我不同?"

仿佛终于找到了吐露内心疑惑的渠道,辰汐一股脑儿地道出。红零静静地听着,微微一笑,半闭的眸子却在此时缓缓张开。

苍茫,本该大而明亮的眼睛在蝶羽般浓密的睫毛下一片苍茫。辰汐微愣,惋惜地别过眼去。

室内的火炉燃得更旺了,却瞬息失去了温暖的感觉,火光通明的顶棚此刻反而分外的寂寥。红零的声音再次荡漾,似有讽刺的味道:

"神,无所谓神仙,不过是不同人类空间的存在。就人类而言,寿命更加长些。几百年或者是千年。外表看似不会老去,却终归会有衰势。自创世女神开拓三界以来,神族作为最为优秀的种族存在,长久的寿命以及灵力视为骄傲的本钱,免不了沾沾自喜。耗力过多的女神消失后,神族失去了赖以约束的统治,更加肆无忌惮。八大部族先后崛起,与此同时带来漫长的战争。战火持续了近万年,直到千年以前天族族长携仲裁权杖降生才稳定了天界。"

红零略微侧头,带着崇敬的神态:

"我的师祖见证了那场大战,每个部族虽然各自持有牵制对方的圣物,却最终臣服于天族的光音。那是自心底而发的膜拜,对于近乎大神力量的归降。很厉害是不是,我一直这样觉得。几乎持续万年的和平统治,由那具小小的身体一肩扛下……"

话锋一转,突来哀伤:

"兴许和平的年代太过漫长了,让人不禁以为那位大人是不会经历兴衰的创世神。我相信,其实很多人是这样希望的,要是她是创世神该多好。可……不是……"

红零遗憾地叹了口气,衣袖一抖,手中托起巴掌大小的水晶球体,慢慢地放在隔开两人的桌子上面。没有太多情绪的苍白瓜子脸上乍现一抹绝望的悲。声音突兀地停顿了,仿佛陷入很久以前的回忆当中,眉头深深地蹙紧。

伤痛感染了辰汐,没有刻意地追求故事的答案。端起桌边的茶壶各自斟满。热乎乎的白烟在杯子上方飘荡,她沉默地轻抿了一口,任由香气顺着喉咙一路流淌。

过了许久,红零的叹息声传来:

"有的时候,我真的希望自己的预言是错误的。尤其是明知道结局,却又无能为力。"

只能用两只眼睛去印证它的发生,那感觉分外残酷……"

No.10

　　茶香弥漫,热气循着流动的空气缓缓上升,在二人头顶上方散开。红零空灵的双目穿透辰汐看向远方,继续着久远的故事。
　　"每当无法更改的悲剧发生之际,我都不明白我们这些人存在的价值……说不说出口又有什么不一样,死亡根本避免不了啊……"
　　湿意染上了红零的双眸,两行清泪流过悲伤的雪色脸庞:
　　"那位大人的尸体躺在我身边的时候,骄傲自负的我从没如此痛恨自己的天赋。"
　　不适时的笑声自那副泪流满面的脸庞上爆发出来,搅得人心绪莫名的伤:
　　"哈哈……被自己的贴身的随侍刺穿胸膛,这样的笑话兴许会发生在任何一个部族里面,可不该是那位大人身上……她是最接近大神的存在啊!为什么?为何那时我如此狂妄地以为自己的预言是既定的,藐视那些嘲笑我的人……"
　　绝望的光笼上红零的脸,像一个无助的孩子伸出手一把抓住了辰汐的胳膊,寻找崩溃情感的支撑力量。肌肤冰冷的触感惹她一阵战栗,却心软得没有挣脱。辰汐的声音带着怜悯的腔调,试图安慰对方:
　　"你只是说出你力量所能达到的领域,做出正确的预言。那个时候,改变预言并不能改变最终的结局。预言是给上位者的警示,在特定的环境下做出理性的判断。你又怎能妄自菲薄自己的预言没有价值?你现在的地位就是最好的证明啊!"
　　"地位?"
　　苍茫的眼眸一怔,错愕地咀嚼着辰汐的话语。突地,笑声爆出,竟有些许恐怖的尖锐。注视着对面笑得几欲呛住自己的女子,让人觉得分外可怜。
　　就算是天界最有名的预见师又怎样?她的成名源自于预见光音的死,但就刚才的对话看来,红零更多的是希望自己所崇敬的那个人仍旧是活着,而她依旧是那个站在不起眼角落里面笑得纯真的小小祭司,体会那仰视光音的幸福。
　　突然不知该用什么样的语言去安慰对方,没有被紧紧握住的手轻轻地覆上趴在她胳膊上笑出眼泪的女子。温柔地顺着柔软的淡紫色长发轻抚而下,沉默地任由她发泄。
　　淡淡的叹息声自红零头顶上方传来,发被人温柔地触碰着。这感觉似曾相识,惹得她停歇了哭泣。泪眼婆娑地抬头,看不到的眼睛睁得老大,奋力想要辨识眼前的人,却徒劳无功地垂下。
　　笑声戛然而止,红零瞬间变得严肃。伸出手覆上了辰汐的脸庞,沿着眉骨一路向下摸索起来。辰汐对于她突然的转变仍有些不适,微愣地眨了眨眼睛。可没有推开对方任由她在自己的脸上摸了个来回。
　　红零空洞的眼猛地睁大,双唇颤抖:

礼物【第三卷】

"好像……真的好像……"

"什么好像?"

辰汐疑惑皱眉,直觉上认为那个答案至关重要,似乎与她有关。对方没有回答她的问题,反而抛了新的给她:

"大人的眼睛……是否是银色的?"

"是。自从来到这里就转变成了银色。"

辰汐点了点头,却见红零的手也跟着抖起来。声音带着稍许兴奋:

"发呢?发是否也是银色?"

"那倒不是,仍旧是人类的墨黑……"

"喔——"

声音摒弃了兴奋,几许失望。幽幽地叹了口气。嘴角竭尽全力地扬了扬,却又不自觉地垂下。清了清嗓音,缓缓地道出:

"大人的疑惑我不知道该不该解,您的命理我怕再一次引起混乱啊——"

红零的语气有些迟疑,话到嘴边却又不敢挑明。惹得辰汐焦急起来,那些困惑她许久的答案昭然若揭,可身为最强预见师的人却踌躇,这对她来说简直是一种折磨。

"什么叫再一次?我能到达这里就是为了要见您一面啊!期盼许久,所有的希望都仅限于此。您不能在这样关键的时刻给了我全部希望,却又紧跟着把我打入地狱,这样是不公平的。请您务必要告诉我——"

红零持续性的沉默几乎让辰汐丧失希望,很久以后,叹息声传来,几分萧瑟,几分无奈,还有淡淡的离愁。仿佛是下了很大的决心,终于两瓣没有血色的唇开启:

"您是上一代天族族长光音的转世——"

No.11

"您是上一代天族族长光音的转世——"

光音的转世!震惊溢于言表,辰汐只觉自己的头"嗡"的一声隐隐疼痛。她不懂,为何听到这个名字跟自己联系在一起时,首先浮现在脑海里面的竟然是血阑欲言又止为难的表情。

是她多心了吗?心底有个讯息极力地冒出头角,她却竭尽力气想要压下怀疑。

"不……不可能,你骗我——"

太荒谬了,她不相信这一切是真的。不相信血阑抱着怎样的目的刻意让她出现在天族族长的寿宴上。倘若颠覆整个天界命运的那个上位者真的是杀了她前世的凶手,那现在岂不是被送到了人家的嘴边!

红零的叹息声持续传来,仿佛锤子一声声敲击着她的心脏:

"您不能否认命运。您的长相简直跟光音大人一模一样,除了发丝。我想那是因您还未有完全觉醒的缘故……"

辰汐已经没有心情再听下去,怀疑以及难以置信折磨着她,仿佛点燃的火焰燃烧着她的脑子,啃噬着心脏。

起身之际,一阵头晕脚下铿锵差点栽倒,却执拗地拒绝搀扶,跌撞地步下席台。不理会身后红零的呼唤声,身体中似有阵阵火热的气息狂烈地流窜着,仿佛挣脱缰绳的马儿奔腾驰骋,烧得她难以理清原本就混乱不堪的思绪。

挑帘步出大门之际,红零清如泉般的声音幽幽传来:

"大人,请您不要逃避命运,再次带给这片土地和平,这是您躲避不了的责任……"

责任,她连小命都被人捏在手心里,哪有能力去拯救世界!

怒意闪过辰汐的心头,红零身侧的水晶球霍地迸裂,引得惊呼一片。难以压抑的力量已经波及到了四周,她急需冷静……

逃亡一般跃出了红零的屋子,站在落雪的宫墙旁,心冷寂,身体却灼热。指甲深深陷入肉里,不知是疼痛还是大雪纷飞的天气让她的头脑渐渐恢复清醒。

她该逃吗?可又能逃到哪里去?普天之下是否能有容身之地。天族是八大部族之首,弑冢楼的情报网络又遍布整个天界,她根本没有抵抗的力量。突然有种颓然的无力,比死更可怕的竟是没有生存的空间。

是不是自杀更好些,可现在却连自杀的权利都没有。命不是自己的么?为何她却没有决定权。假若现在划开手臂的动脉,她会去到哪里呢?三途河上吗?然后被那个没脸的摆渡人告知自己压根就死不了,因为她是光音,她有不能逃避的责任……

"哈哈——"

悲怆的笑声在空旷无人的雪地里爆发开来。心底的伤挑拨着极度上蹿的大神宗卷力量,一股股的火热气息全力翻涌着。"哇"的一声,鲜血顺着嘴角滑落,腿一软跪坐在雪地里。

身体超出负荷了吗?

辰汐懊恼地扯动嘴角。情绪失控时总会引得体内力量失衡,这是她最近发现的。当然在爆发以前遏制是有可能的,像这样大的情绪波动却是很久没有发生了。

上次是何时,琅熠跟血阑讨她的时候吗?忆起当初,背负着得罪夜叉族的压力也要袒护她的血阑,她宛然觉得可笑。难怪对峙时没有低半分气焰,有天族这么个后台撑腰,弑冢楼自然不会怕内部混乱的夜叉族了。

此时,身后突然传来呼唤声,伴随着熟悉的脚步,人已靠近:

"辰汐小姐,你怎还在乱跑。寿宴就在今晚。距离不足两个时辰了。您该准备换装了——"

冰冷带着几分高傲的声音不是琴雅还会有谁。

看来,该来的仍旧躲不了啊!随手一扫,抹去了雪地里的点点嫣红,旋身之际,清瘦的脸上挂上决然的神情,淡淡地应声:

"那还等什么,走吧!"

礼物 [第三卷]

No.12

单色水蓝裙裳,宽边金缠绣丝带在腰部打成结,衬托出纤细感。同样色系窄袖短衣在肘部被喇叭口粉色轻纱替代,抬手投足间,纱织飘舞宛如灵动的仙子。面纱遮住了半边脸孔,使得她整个人朦胧不真切。长及腰部的黑发没有作任何装饰,只是在鬓处用蓝丝带掬起两绺青丝,莲步姗姗时,青丝跟着微微摇曳。

辰汐被舞者拥在中心,跟随引路的宫人穿过百米长的走廊,在春殿的宫门口转了个弯,眼前豁然开朗。空旷的广场上一抹红月才上枝头,硕大通明。

初见月色,辰汐的脚步踉跄,脸色白了几许。

血月,上一次的血月是什么时候?整整一年了么?她竟然到达这里有一年之久了……

没有星辰的缘故,再加上暗红色的月,天空宛如巨大墨黑的布,遮住了所有光亮。压抑沉闷。可前方美轮美奂的宫殿却被无数盏灯火点亮,难掩金碧辉煌。

踏过大理石的台阶,扶手上一座座小型狮子雕塑慢慢从身侧落走,辰汐的心脏突然猛烈地萎缩一下,纠结的疼痛。寒意袭来,身体中大宗神卷的火热感仿佛消失一般无影无踪,全部被冰冷替代。"月隐霜寒"的力量主导着身体的温度从心脏处一点点扩散开来……

眼迷蒙,脚步一滞,险些栽倒。好在身后的舞伴贴心一拖,关切地压低声响:

"怎么了?身体不适?"

赶忙回头,感激地道谢:

"没事,绊了一下而已——"

二十三、二十四、二十五……

辰汐从踏上台阶的那一刻开始,禁不住一层层数着。心绪慢慢平静。心悸那一刻开始游走在身体中的寒意也仿佛不似真实。

"别担心,头次参加大型场合都会出现怯场,你已经很好了……"

耳边传来同伴的安抚声。把她数台阶的动作当成了紧张。她淡淡一笑,脸颊带着持续性的苍白味道,没有辩算是应了。

她不是怯场的紧张,只是想要知道背叛的确切距离……

终于数到一百零五阶时,她们走到了尽头。轻轻的叹息声传来,辰汐莞尔一笑,呢喃自语:

"竟然这般短啊……"

身侧响起啼笑:

"呵——小汐还嫌短,我们走得腿都开始疼了……"

一百零五步,确实太短了啊——

辰汐依旧沉默地微笑，眼睛亮亮的仿佛夜幕下的星辰，留给台阶最后一瞥。随着大殿朱红色的门一点点地被推开，丝竹洞箫的高亢乐声飘散而来，扰乱了殿外空野的宁静，也打破了辰汐惋惜的心绪。

旋身之际，哀伤不复存在。白皙如雪的面颊上不带任何感情色彩，谁的寿宴她不在乎，没有刻意讨好的笑容。从不是虚伪的人，这般奉承的容颜她做不来，也不会去做。随着舞群莲步轻移，踏进了厅堂。

弑冢楼的舞姬是天界顶级的，妆也是数一数二。对于一贯平凡的辰汐来说，能收到四下惊艳的眼光，也许换了地点换了时间，怎样也会是愉悦的。可此刻这些满足女孩小小虚荣的目光，根本不能左右她的半分意志。银眸穿过四座，直接落于最靠近王座的右手位置。

那个人就在那里，似雪的白衣，蓝如碧空的长发，还有深邃的眼眸。不用去辨识，哪怕是几十丈的距离，她也能准确地找到他。心有灵犀，银眸准确无误地落入那汪似海碧潭中……

乐起，琴声悠悠。舞群随乐前移，辰汐眼底的蓝眸更加清晰起来……

手腕一抖，袖口的粉纱流转在空中划出弧线，藕臂若隐若现……

祝寿的乐曲，欢悦的舞蹈，气氛高涨的大殿，一抹水蓝倩影翩然起舞，推动庆典的高潮。可舞姬的脸上却没有半分笑容，表情似冰，却不及寒毒带给身体的分毫。

冷，顺着心脏攀爬，随着肢体的动作一路流淌。仿佛汇集在血液里，又似导入筋骨间的狭缝，温热的气息被一点点地消磨殆尽，带走每一分正常的温度。身体的扭动完全不能温暖她，就连神经末梢也逐渐麻木，最顶端的小指已经彻底失去了感觉……

可银眸一瞬都不肯离开蓝瞳。血阑的眼中带着氤氲的气息蔓延，夹杂着一股莫名难懂的情意，很浅很浅，被酒精的作用淡化开去，难辨真伪。曾经不离扇的手如今握着酒壶，一杯接着一杯饮着，望向银眸的眼却没有半分醉意，反而越喝越亮……

也许仅仅是个舞蹈而已。心中有个小小的声音鼓噪着，妄图说服自己。这样想着，面纱后面的唇咧开，不由得笑了，暖意似也回来几分。蓝眸沉溺在她蛊惑的笑容里，手中不稳酒溢出了杯子。

他依旧是在乎她的。笑意扩大，就连完成最后一个动作时，都没有停止上扬的嘴角。直到乐声顿住，一个没有温度的男声带着戏谑的嘲讽，插入了进来，彻底粉碎了她的幻想：

"血楼主，中间这位女子就是你要送给孤王的礼物么？"

No.13

辰汐的笑容僵在脸上，心似被打入地狱般寒彻入骨。血阑如水的目光仿佛最尖锐的刀子，带着几分愧疚，温柔地刺入辰汐的心脏，片刻间百孔千疮。

回忆的思潮一股脑儿地涌入心田，失去控制的奔流，带来绝望难以名状的伤：

礼物【第三卷】

午后的长廊尽头，他背着光对她伸出手握紧她的，用一种极度溺爱的语气，不要她跟丢；坐在饭桌的对面信誓旦旦地要保护她，不让她受到丝毫伤害；夜晚的荷塘边，紧紧地抱着她，舍不得放开手……

心窒息般疼痛着，寒意猛地顺着打开了的闸门钻入脑子。辰汐的脸色煞白，面纱后的唇失去了颜色，近乎透明。可冰瞳却一点都不肯示弱，璀璨如宝石带着伤痛的痕迹，一瞬不眨地凝望血阑。

兴许是血阑吸引去她太多的注意，惹得上位者很不高兴。高台上面传来声响，透着尖锐的威严与霸气，似有淡淡的愠怒：

"过来——"

不允许质疑的王者气焰自男子身上散发出来，殿堂的丝竹声戛然而止，欢声笑语像是突然被抽空了一般，四下安静得可怕。一双双眼通通聚集过来，有疑惑的、紧张的、惋惜的，更多的是看好戏……

荷叶边的裙摆优雅地轻轻提起，裙下的粉足因舞蹈的要求未着木屐。此刻冰凉毫无血色，泛着淡青的光泽。这些其实都不影响到辰汐，悲伤的银眸强迫性地从血阑身上带开，替上清凛的神采。抬足踏上了金丝绣线的朱红地毯，一点点离开了血阑的视线……

纠结的疼痛已随目光的剥离而渐渐平复，更多的被眼前的男人吸引去视线。

乍一眼，魔魅的感觉猛地砸来。精瘦的身体懒散半倚在王座上，像极了一头小憩的豹。极度俊美的容颜，眼波如斯，鼻翼似朗山般挺拔，唇若含朱，却又好像泣血般润泽。一头乌丝随意地被绾起，扣上金质环扣，狭长的凤眼后的黑眸眯缝成线，透射出隐隐的寒光，似是在生气。

辰汐在龙椅前最后一节台阶处站定，既没有行礼也未作颔首，不卑不亢。银眸直视过去。

眼前这位就是杀了她前世，篡权夺位的男人么……

别样的情感划过心口，快得令她诧异，没有恨意竟是怜悯。他们该是熟识吧！就如同在冬宫遇见的龙族王储梨雪一样，身体里直接反应出前世的情感，迅速且真实。

两侧的守卫见她不动，亮出了刀朗声吼道：

"大胆！见到王还不行礼——"

女孩视而不见，仍旧保持最初的姿态。欲冲上去的守卫却被王座上的男子扬手拦下。

男人微怒的皱眉，却不是因她的无礼，而是彼此的距离：

"过来，别让孤重复第二次——"

辰汐迟疑了一下，定睛观望。在对方的眉头纠结得更紧之前，踏出最后一步。男子的呼吸舒缓下来，王座边的烛火猛地晃动几下，明暗交替间，玄色在眼前一晃，她的面纱随之掉落……

窒息的抽泣声响彻四下，就连王座上的男人也止不住地震惊，眼睛豁然睁大，却又很快恢复到最初的波澜不惊。

她跟光音长得尤为相似吧！刚刚的反应就是最好的证明。粉白的唇讥讽地撇了撇：

"你是翔玠？"

辰汐抢先一步开口。绮丽的光华一闪而过对方黑色的眼瞳,托腮的手放下,倾身贴近她,距离不过几寸,温热的呼吸吞吐在她的脸颊附近,引得一阵红润:

"你……记得我?"

声音放得很轻,用只有他俩听得到的音量问。"孤"也换成了"我"。

女孩蝶羽般的睫毛忽闪两下,侧脸避开了颊边的搔痒,缓缓地摇头。"月隐寒霜"的毒爆发得比以前一刻更加迅猛了,仿佛涨潮的水铺天盖地倾泻下来。她的嘴很努力地抿紧,深怕一开口牙齿就会失控地打颤。手捏成拳背在身后极力抵抗上蹿的寒意,身体无意识地颤抖。

辰汐压抑的动作在翔玠眼底却被误解为惧怕。黝黑的瞳孔收缩,唇边挂上玩味的笑言:

"你怕我?"

No.14

"你怕我?"

翔玠饶有兴致地询问。

低垂的头抬起,辰汐先是一愣,跟着沉默地摇头。冷意侵蚀进入脊骨,连摇头都非常吃力了。

对于她的解释翔玠是一点都不信,笑容敛去怒意浮现,沉声道:

"不诚实的姑娘——"

说着,抓住她手腕衣袖一带,娇弱的身躯顺势落入他的怀里,跌在王座上。

温热的怀抱却带来别样的情绪,灰暗的感觉瞬间袭来,悲伤、哀愁、绝望,以及愤怒……这些极端的情感波动像极了她在三途河上的感触。身体四周包裹的暗黑感太过浓烈,扰得她气血翻腾,怕是再多待一会儿就真的难以抵御寒毒的力量。她一惊,反射性地挣扎:

"放开——"

下意识地抬掌朝对方胸口拍去,不期待击中,只是想借力避开他的气息。可她太过藐视眼前这位看似"无害"的男人。漫天的杀意瞬息爆裂,莫名的风带动着烛火摇曳一下,辰汐一怔,才惊觉危险降临之际,人已顺势飞了出去……

水蓝的娇弱躯体仿佛被折断双翼的小鸟,失去了飞翔的能力,狠狠从王座上被抛落砸在了血阑的脚边。

最后凝聚在心口的大宗神卷力量也因这一击被彻底打散。辰汐已再难控制住"月隐寒霜"的毒,喉咙一阵腥甜,殷红的血顺着嘴角滑落。身体冷得更烈了,仿佛每一个毛孔都在散出寒意一般。人似置身冰窟中,冻得不受控地颤抖着。多么期望能够在这一刻晕过去,这样接下来的话就不会对她起到任何伤害。可惜,她是辰汐,命永远不太好的辰汐。

"血楼主,你送给孤的礼物似乎没有被驯养好啊!"

她听到翔玠的质问。心咯噔一下,眼下意识地抬起望向距离她最近的那抹熟悉的幽蓝。心底仍有一丝微小的火种在燃烧着，希望血阑会救她。可蓝眸却连一个眼神都吝惜给予。声音平淡无波，一贯的悠闲自得：

"此女子不过是小臣在绿泽森林捡到的。听红零说此女乃光音转世。小臣自当不敢扣留太久，所以这才打算在此刻借花献佛，呈现给陛下——"

呵！多么委婉的用词，顺利地跟她撇清关系。借花献佛？当她是什么，物件吗？她辰汐原来仍旧逃脱不了被丢来丢去的命运啊……

背叛竟是这般痛苦，死亡都不及分毫。身体冰冷如置身腊月的雪地，心却冻得麻木，连眼泪都掉落不出……

头低垂，刘海遮掩住了悲伤的脸孔，屈辱地不愿面对。绝望爬满了银眸，接下来会怎样发展，她已释然了。那个在荷塘边掬起她的发为她梳头的男子，不过是场梦，现在梦醒，灰飞烟灭……

就在她以为一切已成定局时，一张修长白皙的手缓缓地伸向她，悦耳动听的声音在头顶上方响起：

"你还好吗？"

辰汐眼瞬间睁大，她记得这个声音。猛然抬头果不其然落入一双银眸里。

"四公主……"

辰汐愣在那里，此刻人人都极力地与她撇清关系，恨不得躲得越远越好，可为何眼前的这位龙族王储却一点都不介意，仍旧笑意融融，一副无所谓的样子。

傻愣地看向梨雪，直到对方贴近她的耳朵，用细微的声音调侃：

"小音，你变笨了——"

辰汐无奈地扯动嘴角，挣脱了她上前搀扶的手，努力地想要起身，却又无力地跌坐回去：

"公主，你认错人了——"

他们一个个都搞错了，就连她也弄错了人。她不是光音，不管是不是转世，至少她不是那个神通广大的神。

梨雪皱了皱眉，似乎对于辰汐冷淡的反应有些不知所措。却又没有放弃的打算，压根不给她半点撇清的机会：

"好吧，你现在叫什么？嗯……我是问你的名字……"

No.15

手指尖传来的温暖仿佛是三月的春风，清新带着希望的光亮。碰触的刹那，让辰汐有种错觉，好似认识多年的亲密老友，曾一起走过最艰难的岁月，也曾历经繁华。就因这突来的感觉，她没有推开梨雪。借助对方的力量总算站了起来，勉强地笑笑，好意提醒：

"我会牵连你——"

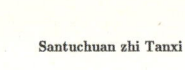

作最后的婉拒,远离她对她是最好的选择。

对方却不为所动,笑容明媚,坚定地重申询问她的名字:

"梨雪,龙族四公主。你的名字——"

幽幽叹息,看来她是执意要蹚这潭浑水了。

"辰汐——"

话音才落,大殿之上涌入百名持剑侍卫,把她俩围了个水泄不通。明晃锋利的剑尖一支支都指向一个方向。只等族长翔珩的一个命令,那反射着灯火的通亮剑身就会舔上她俩的喉咙。

梨雪的眼笑弯了角度,对于危险视而不见,随性得仿佛站在慵懒的夏日午后,优哉地跟辰汐说笑:

"哎!再转世也一样,老毛病依旧没变。不过是个名字而已,哪要这么苛刻,真是小题大做。好啦,好啦!小汐是吧!这一回转世,我可比你辈分大喔!想让我再添什么后缀头衔,什么什么族长大人的,想都别想。上一世我可被你整惨了。这辈子,嘿嘿!你要听我的……"

爆竹一般滔滔不绝,听得辰汐糊里糊涂的。恍过神来才感觉托起她手臂的双掌正源源不断地传递着热量,温暖她的身体压制住气脉中不断流窜的寒冷。心底的感动宛如泉水一点点冒出,她们不过才见过一次面,就算看在前世的情分,做到这个地步却也不易。反而某人极力地撇清关系更显得让人寒心。

还来不及多想,翔珩不温不火的声音就传来,眼神眯缝成线,高深莫测:

"龙族四公主,你身边的女子刚刚意图刺杀孤王。还是……阁下要遗憾地告诉孤,此事跟龙族脱不了关系……"

辰汐绝望地闭眼,料到了会有诸加之罪。抱歉地对梨雪笑着,挣脱了唯一的温暖。旋身,用仅存不多的力气提高嗓音:

"放了她,我们不认……"

还未说完,就被打断。梨雪清冷的嗓音不卑不亢,没有半分惧意:

"真有意思,我倒是没查阁下那一笔篡权烂账,你反而算计到我头上了。不要告诉我,你没看出来她是谁!怎么?这次打算直接当着我面解决光音转世?好啊!我倒是很想领教领教传说中的武神力量……"

眼看翔珩的脸越来越阴霾,辰汐不禁汗颜。挡在她身前的女子完全是个行动派,说话都不过脑子。虽然这么护着她,她是真的很感动,但这样下去后果可是不堪设想啊!

侧眼,右方不远处白衣的血阑此刻低垂着首,回避着她的视线。

苦涩的味道流转过辰汐的喉间,甜腻而腥,那是血的气息。大脑渐渐钝拙,身上的寒毒不知道怎样能够止住,希望仅仅是折磨她一夜而已。看来今晚她是没可能回去找青洛想办法了。现在只能硬扛,最好在她维持清醒时把伤害降到最低。

抬眼仰望高座上的翔珩,而对方恰巧也在看她,玄眸带着几分玩味、几分探究,似是等待着一个结尾。既然如此,那么就让她来做这场闹剧的收场好了。

"怎样你才肯结束这场无聊的戏呢?"

礼物【第三卷】

"无聊吗?孤倒看得正在兴头上呢!"

银眸覆上一层霜寒,在翔玠面前她几乎是不知所措的,她猜不透他。连一个小小的突破口都未知。而他,却似无比熟悉她。一出口胜负已分。此刻她一贯灵敏的脑袋瓜完全想不出一个详细具体的方法,别说全身而退,就连保住身边的人恐怕都是个问题。

接下来会怎样发展,天族与龙族大打出手吗?龙族是目前唯一能与之对抗的部族,不论是从军事人数、掌控权势、经济实力都不亚于天族。可真的开战起来,势必生灵涂炭。看两族族长的模样均是一副跃跃欲试的表情,迫使辰汐眉角抽痛,此刻仿佛一盘僵死的棋,等待一个转折点。兴许眨眼间改朝换代,同样的也会因此颠覆整个天界。

该怎么办?眼前这个男人要的到底是什么……

辰汐艰难地上前迈出几步,拒绝了梨雪想要去搀扶她的手。头昂高,眼底投射着乞求:

"你要什么?屈服还是我的命?"

那男人突然笑了,俊朗的脸上满是愉悦的表情,如春风沐浴:

"聪明的女孩,这你理应知晓,何必来问孤——"

深深吸了口气,裙边轻微提起,膝盖一软,砸在了红地毯边缘。隐隐的疼痛传来缓解了部分寒霜感,脊背却反倒挺立得笔直。身与心在此刻是分开的:

"求陛下放了龙族……"

声音很低,牙齿跟着打颤。头开始晕眩。支撑脖颈的脊椎仿佛扎入一根刺,凉意尖锐地刺痛。力量在渐渐被抽离,她坚持不了多久了。耳鸣声嗡嗡骚扰着神经,混杂着身后梨雪愤怒的咒骂,背对着对方,辰汐歉意地微笑着。

假若事情总要有人来承担的话,那么就让她来吧!为了刚刚唯一愿意伸出的援手,这点自尊又算得了什么,她辰汐不过是个小角色而已。

冷酷的男声从头顶上方传来,几分得意:

"大点声,听不到——"

攥紧衣裙的手指陷入肉里,心脏剧烈的鼓噪声一下一下碰撞着胸膛,好似即将不再属于她一般。眉蹙紧,身体颤抖着几近虚脱,声音却又不得不被迫提高,声嘶力竭:

"求……陛下……"

她说不下去啊!在最后时刻黑暗降临之前,熟悉的白晃过眼前,一双有力的臂膀把她从地上提了起来。喑哑声音带着急躁,不停地在她耳畔呢喃着:

"该死的,你给我清醒点……"

身体中的力量像被掏空,无力地依附着身后的热源。迷茫间眼前只剩下一片耀眼的白,朦朦胧胧的自身旁搂紧她的人身上扩散,一个绚丽的光圈扩大包裹着他们,形成乳白色的壁囊,从最初态的薄雾开始逐渐加厚……

气息的壁囊推拒开距离辰汐最近的士兵,大殿上乱成一片。兵器交融的声音混着咒骂,以及翔玠的震怒:

"血阑,你想造反吗?禁卫军拦住他们——"

短短几秒钟之内,一个加持防御的三级空间术完成,白光爆裂闪烁,两人就在众人

的眼皮底下消失不见。徒留下眼神阴戾怒火中烧的翔玠，以及梨雪优哉地掬起头发，别有深意的笑……

No.16

辛辣的酒水顺着舌头灌入喉咙，呛得辰汐一阵剧烈的咳嗽。抗拒而想要吐出，却被人堵住了唇，强迫性地抬高她的下颌。

身体软弱无力，只能任凭摆布。一波波袭来的寒意仍旧骚扰着她的神经，多么希望自己是昏睡过去的，可神智却分外清醒。

她知道血阒自天族把她抱回来的每一个细节。包括大幅度地运用三级空间术造成他一时半刻的气息不顺，提高声音命令弑冢楼进入备战状态的气势都显得有些不稳。

紧闭着眼不愿睁开，可惜却不可能维持太久。烈酒冲上了她苍白的小脸，泛着微红。好不容易止住了咳嗽，抬眼对上一双布满血丝，震怒中的蓝眸：

"该死的，什么时候中的'月隐寒霜'为何不告诉我——"

那样关切的语气，仿佛她的隐瞒是多么十恶不赦的大罪一般，恨不能一口将她生吞下肚来得痛快，手却又怜惜地轻拍她的背，帮她顺气。

也许今晚以前，她会觉得这样盛怒中的血阒是窝心的。可此刻只觉得好笑罢了，不过是打一巴掌之后再揉两下的惺惺作态。

酒水流窜进入胃部，带来稍许的暖意，总算有了说话的力气，抬手轻轻推开附在背上的手掌，语气疏离：

"何必呢？血公子，把我救回来是赔上整个弑冢楼，这样的买卖不划算。还是趁早送我回去吧！既然你都已经把我打包送给翔玠了，落子悔棋可不是你的作风。还是我对你来说，仍有更为有利的用途？"

头微偏，一副思索的模样，突地顿悟般恍然睁大双眼：

"难道下面要转手送与另外一个部族，哪一个？龙族，夜叉族，修罗族……目的是什么？让我猜猜，八大家族争夺战？哈！你太高估我这副牌的力量了，不过是个转世身份而已，能有好多用？还能再用……"

话音失声，辰汐仓皇地睁大双眼，焦距落在衔住咽喉的手上面。呼吸一点点地被抽离，逐渐失去力气……

他想要杀她吗？还好，终于打算放过她了……

血液冻结成冰，心却平静无风，失去了涟漪的理由。冰冷咸湿的某样东西顺着脸颊滑落，那是她仅仅能够哀悼的，为了曾经坍塌的心房，为了所剩无几的信任，为了付出过的爱恋……

笑意勾勒在嘴角，带着血腥的甜香，银眸缓缓地抬起，穿过扣住她脖颈的手掌，瞪着寒若冰霜的血阒。水蓝色的眸有那么一瞬间杀意流过，却在落入银眸中的水雾时被悲

礼物【第三卷】

怨替代。宛如一头受了伤的兽，恨意跟爱恋纠结，自责却又怨悔交替地划过蓝眸，手无意识地猛烈收紧……

可视的光伴随着肺部的氧气逐渐消失，辰汐认命地闭上双眸，等待着最后的时刻。耳畔却传来血阑温柔的叹息声。三分无奈、三分哀怨、三分爱意、一分怨恨，融化在唇齿间，抚过辰汐的脸颊：

"他要你啊……我不能拿整个弑冢楼作为赌注，那是两万条人命。小小的一栋楼对于八大部族算什么……什么也不是，抬手就能捏死的蚂蚁……可是你……该死的你……"

脖颈处的钳制松了开来，接住下坠的辰汐，抓住她的掌贴在心口上：

"这里……填得满满的都是你……你何时做到的……为什么不通知我一声呢……为何在我把你送到他面前才意识到，自己犯了多么严重的错误……"

沉默，当意识再次回来的时候，她能做的只剩下沉默。说什么，此刻说什么都是多余。她没有反驳他的理由，这原本就合情合理。可心却被撞出老大一个伤口，源源不断地泛着青紫的血光……

血阑无措地伸手揽过她没有一点力气的身子。抱得紧紧的，霸道蛮横，仿佛要将辰汐揉入身体里。语气却卑微，哽咽地沙哑：

"小汐，对不起，对不起……忘了这一夜好不好……我命令你把这段记忆消除掉……我们回到最初好不好……"

"回去……"

辰汐眼瞳失了焦距穿过血阑落在远处，呢喃着微愣，诧然地重复。

突然，暴戾的笑声从嘴角洋溢，越笑越高亢，不断涌出的腥味更加的猛烈，就连呼吸都开始不顺畅。她能闻到鼻腔里填满着血的味道，可却怎么也止不住。

辰汐的失控彻底让血阑陷入慌乱，想要去擦拭她嘴角的血，但没想到完全没有停歇的迹象，反而越来越多：

"别笑了，别再笑了！"

很久后，笑声停歇，女孩颓废地坐在地上，水蓝色衣裙上面早已血迹斑驳。摄人心魄的银眸没有一丝温度，淡薄扫过颓败得站在远处的男人，清冷的嗓音幽幽地弥漫在厅房：

"信任，像是制作精良的瓷器，哪怕只是一道裂痕就足以毁灭整副作品。这样的我们要如何回到最初的完好……"

No.17

宛如被打入地狱般，血阑颓然地站在几步远望着跪坐在地上的女孩。那片好似蜜饯般香甜的红唇中缓缓吐出的话语，彻底宣判了他的死刑，不留余地……

身体僵硬,连动都难以动弹。哀伤而绝望。他自找的不是么?一切计划原本是如此顺利,转机却出现得措手不及,怎么也没有料到自己会动心。也未曾料到她一句回不去,竟然让他伤得这般痛心,自食其果啊……

怒火蹿了上来,打翻了一贯自恃骄傲的冷静:

"我不准!听到了么……为了你打破了与天族的和平,你却一句回不去就想逃离吗?想都别想。我给了你太多自由了小沙,多到令你几乎以为我的包容是可以无限的,令你胆敢践踏我摆在你面前的心……你是喜欢我的对么……为何要收回去,为何不愿意原谅这一次……一次而已……你的爱就这般单薄吗……"

笑,浅浅地浮现在辰汐的唇角,沉默地摇头。爱是建立在信任的基础上的,她要如何让他懂……

她好累,连动一下都吃力。好想就这样睡过去,多希望再没有体内不停翻滚着的寒意;再没有背叛的伤痛;再没有令她伤心欲绝的他……

可神志却又出奇的清醒,就连太阳穴跳动的脉搏都体会得深刻。求求老天,不管是谁,出现一个,拯救她吧!哪怕是带走眼前这双悲怨的眼睛。这一切她再也不想面对了……

难得辰汐的祈祷有了灵验的时候,空气中传来细微的花香,独特、淡到几近难以察觉。可瞒不过她一贯灵敏的鼻子。璀璨的笑浮现上苍白毫无血气的脸颊,不期然地巨大踹门声响起,跟着是青洛焦急地呼唤:

"丫头,今天是血月日——"

血月日,月隐寒霜的毒发日。他记得,她也记得。所以他才冲得如此急迫连一贯喜爱整齐的习惯都抛下,衣衫凌乱;所以看到她满身是血跌坐在地上,少了惊讶却多了怜惜。

"嗨——"

辰汐努力地扬手跟他打招呼,竭尽全力维持清醒的模样在对方看来却惊诧,转念吁出一口气:

"很好,在我想出办法之前,千万别睡过去——"

箭步上前就要去抱她,却被房内另外一位挡住了视线。红眸一怔,这才注意到房内还有血阑,刚刚太过急迫地寻找辰汐,对于以外的事情忽略了个彻底。

"让开,她需要治疗——"

青洛有些薄怒,语气不甚友善。

"她现在被禁足了,哪里都不许去——"

血阑一点没有退让的意思,固执地杵在两人之间。这举动惹得青洛的红瞳刹那间幽暗,深邃不见光彩,隐隐的寒彻乍现:

"不怕告诉你,她体内有两颗'月隐霜寒',你想让她死在这里,就一直坚持好了。不过我可不打算眼睁睁看着这丫头挂掉,非要逼我动手我们就试试看,刚用完顶级空间术的你,是否能挡得住我的'水雾阵'——"

嗜血的光流淌过血阑的眼角,眼底风雨欲来的阴霾。衣袖一抖,爆出气息直逼青洛的面门……

轻蔑的笑容挂上青洛倾城的脸颊,瞬间整个屋子布满了灰白色的雾气。阴冷的湿意弥散开来,袖口处银光一闪,手刀急速朝血阑的胸前攻去。

带辰汐回来发动的三级法术已经消耗掉血阑太多的气息,如今哪里是青洛的对手。仅有的气息只够提供防护,险险地避过刀尖,重心后倾,被迫错步向一边闪去。这正好给青洛提供了足够空当,手刀在未用老之前,挥袖收回,疾步穿过阻碍,衣襟一带辰汐已落入怀中。再想攻进的血阑再难有任何夺回的机会。

横抱起虚弱的小人儿,步出门口的刹那,脚步顿了顿,没有回头地叹息:

"对于饥饿的人,真要是为她着想,教给她狩猎的方法远胜于片刻的好心施舍。囚禁也许是办法,但能困住她多久?!天下尽知她的去向。这仅仅只是开始而已,小汐将要面对的不是你我能够左右的。真要为她好,就从心底放下吧……"

火红的长发消失在水蓝视线里,仅仅是几步的距离,他却丧失了追上前去的勇气。手捏紧成拳狠狠地砸在红木梁柱上,一片阴湿。木头的碎屑一颗颗扎进血肉里。就像他心头的那颗刺,带给他极度锥心的痛,却没有一丝拔掉的念头。心甘情愿地永远让它存在在那里,好让每一次疼痛都不断地提醒他:

他曾与那双美丽的银眸失之交臂……

No.18

"丫头,醒醒,不要睡过去——"

青洛聒噪的嗓音像蚊子一般,不停在辰汐耳畔嗡鸣,扰得她不得安宁。想要抬手打掉,才恍然顿觉手臂好似有千斤重量。头脑清醒了不少,寒毒的冷意立刻阴魂不散地附着上来,身体神经质地哆嗦着。

"冷……"

喉咙干涩得发不出太多声音,听起来更像呻吟。

环住她身体的强劲手臂紧了紧,安慰道:

"快到了,再坚持一下——"

托住她背的手掌源源不断地灌输着气息,保住了心脉。呕血的现象已经停止了。

辰汐其实不太想知道会被带到哪里。反而是在落入青洛的怀里那刻,心像是落下颗巨大的石头,踏实许多。精瘦的身体中散发出的花香竟有安定她神智的作用,困乏来得轻易。但对她来说,这是足以致命的。倘若真的睡过去了,可能就再也别想见到明天的太阳。

"洛……这毒会一直持续一整晚吗?"

辰汐试图借助说话分散困意。

"我想是的。血月是极阴之月,恐怕会一直这样。不过熬过今夜就好了,一年就一次……"

原本是持积极的态度面对辰汐的不确定感,可说到最后却又说不下去了。俊颜略

带惭愧地扭曲,好在辰汐连眼皮都难以抬起,自是没有发现他的别扭。

　　脚下的步伐跟着加快几分,出了弑冢楼的主要建筑群,朝后山的别院而去。拐进院子稍作停顿,又再次奔向山顶。

　　夜晚山路崎岖,虽没有多陡峭,但为了避免一些有毒花草,仍是费了不少工夫。

　　子夜朗空,一向四季如春的山峰,顶部反而积雪皑皑。越过了密密麻麻的柏树林,转眼却别有洞天。

　　百米宽广的温泉豁然步入眼帘。在一片苍茫的大地上泛着白烟袅袅的热气。温泉的四下专门做过整修,除了木质遮挡的栅栏以外,角落里还摆放着精致的家具。另外还有一副简单的饮水设备,小火炉灶中的炭木用了一半,用来温酒的器皿也蓄满了水。看来主人似是经常光顾此地,一切都被打理得井然有序。

　　抵抗住身体的寒意,辰汐苦中作乐地调侃:

　　"呵,我还以为上面有什么食人花草呢,原来一直被你禁足的山顶这么棒——"

　　青洛不理会她的玩笑,火红的眼底一片清冷的严肃。抱着她站定,手却来到了她不盈一握的柳腰,轻轻一带,支撑整个衣服的腰带褪去,染血的外衫顺势敞开。

　　辰汐瞪大双眼,头脑也清醒不少:

　　"你……干吗?!"

　　青洛的神色不变,眼没有停留在任何地方,只是单纯的与银眸交会,语气平淡:

　　"当然是洗澡。你满身都是血,难道还想让我直接把你抛下去不成。我的温泉还要呢!"

　　"你……你……你是男人啊!你怎么可以脱淑女衣服——"

　　红瞳笼上不屑,完全无视辰汐的抗议,手上没有减弱半分。没两下就把她扒了精光。伴随女孩刺耳的尖叫,手臂一带,就这样毫不怜惜地把她扔到了水里。

　　比人体温度高出四五度的水温,要是在平时她一定会觉得烫手,可现在却刚刚好。温暖透过肌肤传递到四肢百骸,抗衡着体内翻腾的寒毒。长长叹了口气,身体朝下缩了缩,让水淹埋住她整个身体,只露出头部在外面。

　　身体舒适不少,精神也跟着恢复几许。耳朵竖起随时注意四周动向。背对着青洛不敢转身,脊背僵直。

　　过了许久,身后一直没有传来动静,她谨慎地刚要回身,却闻扑通一声,撩高的水花溅得模糊了双眼。

　　"啊——"

　　慌乱的惊叫声后,是青洛饶有兴致的讥笑:

　　"叫声中厚十足,看来寒毒已经不打紧了嘛!你大可安心,我对你那几两排骨没兴趣——"

　　抹去眼前的水滴,才发现刚刚落水的不过是戏弄她的石头而已,气鼓鼓地瞪回去。偏头顿然发现她身体中的寒意确实去除不少。心中一喜,试图运气寻找消失无踪的大神宗卷力量。可胸膛却似压着一颗沉重的石头,憋闷难耐,猝不及防地一口淤血顺着喉咙再次喷出……

　　"不太有效啊……"

礼物【第三卷】

辰汐擦拭着唇角的血渍,笑得勉强。青洛的红眸暗了几分,站在岸边悠悠地皱着眉头不说话,只是瞅着她发愣。突地蹲下身子,脚下一滑,这次真的跳进了温泉……

No.19

烟雾缭绕的温泉使得靠近的俊美容颜在辰汐眼中变得梦幻不真切,柔光的水汽弱化了刚毅的线条,雪色的肌肤被热气蒸腾泛着淡淡的绯红,浸在水中的衣袖随波漂浮轻晃着,柔软的布料滑腻地抚过辰汐的身体,一双强劲的手臂趁她还在恍神之际环绕上来。

乍醒,辰汐好似受到惊吓的兔子,奋力挣扎着。可惜力道有限,体力也不怎么好,没能挣脱反而造成虚弱的晕眩。瘫软当口头顶传来闷闷的警告:

"别乱动,否则会发生什么可不是我能掌控了——"

脸颊染上嫣红,将信将疑地杵在青洛怀里不敢轻举妄动。过了很久,头顶上方传来叹息声,好似大大放宽心。贴在后背的掌这才缓缓地向她身体里注入力量。

不似之前保住她心脉的炽热感,这一回的气息流动在身体里慢慢地滚过经脉,淌入肌肉缝隙,与寒意抗争,最后会聚在丹田处,凝成股,逐渐越滚越大……

他在帮她调理受阻的气息。青洛的气息借由碰触的后背导入她的身体,唤醒沉睡的大神宗卷力量,齐力抗衡着"月隐寒霜"带来的冰冷。

闭上眼,静静地体会奇特的感觉。心灵在此刻突然间相通似的,明明闭着双眼,她却能感受到他心底每一个细微的触动。躲在心脏角落里有个地方冰凉的湿意,有着疼惜却又似说不清道不明的情感,那是专属于她的。

辰汐的心霎时漏掉一拍,不敢深入地去剖析它。

就让它留驻在角落里吧!她鸵鸟地想着。耳畔却响起青洛幽幽的叹息:

"真的不能原谅他吗?"

谁?血阑吗?

闭合的睫毛轻轻扇动,辰汐沉默。她不知该如何答,对于血阑的背叛其实是有准备的,兴许是太过敏感,也太过执著,才会奢望事情的不存在,所以面对时仍旧伤得这般重。

她追求的爱是绝对的,给就要给得纯粹,宁愿伤痕累累,也不要委曲求全。划开的口子是缝补不上的,就算愈合也会一辈子在那里,时时提醒着她,没有一丝一毫的安全感。

"我没有怪他,他有他的立场……"

"是么……"呢喃的嗓音低沉,有着磁性的沙哑感,"不诚实的丫头!你的心可不是这么告诉我的喔——"

"呵——"苦涩的笑布上辰汐的嘴角,她不想在这个问题上打转,尤其是自己也理不清头绪的时候。话题带开:

"洛,你该是最想要我消失的那一个,为何要一而再再而三地帮我?跟琅熠有关吗……"

琅熠想要回大神宗卷的力量,自然是要让她活着。青洛与其交好,她这样直接地怀疑不无道理。

青洛的身子蓦地一紧,竟微微染上怒意:

"我青洛做事随自我脾性,救谁杀谁不由他人支配——"

貌似自己的一句疑问惹恼了对方,辰汐赶快道歉:

"我以为你跟琅熠有不一般的关系……"

话音却突兀地顿住。暗自吐了吐舌头,好似有煽风点火的趋势。他们的亲密关系也仅仅是野史八卦的猜测,其实并没有论据。这么直白地问,铁定更加惹毛青洛吧!

腾出一只手掌捧起辰汐的小脑袋。凤眼半合半开,些许迷离的色彩。唇角覆上似有若无的笑意,红唇吐出的话语仿佛天籁迷音:

"丫头,你这是在质疑我的性取向?"

待在他怀里的辰汐被红瞳迷惑去所有心智,蝶羽般的睫毛忽闪几下,未作表示。青洛的大掌从她脸颊移开,脸颊挂上坏坏的表情,抓住柔荑覆上自己,顺着坚实的胸膛一路向下……

光洁的肌里、滚烫的热度煨贴着她的手心,锦缎般的触感让辰汐的掌留恋不已。她的脸烧得通红,却又着了魔一般不舍得从青洛的大掌中挣脱。随着凹凸的胸肌滑至平坦的腹部,还要继续时才恍然回神,逃似的抽离掌握,眼睛却依旧流连忘返。

笑声在头顶响起,这才发现自己是被戏弄了。脸比刚才更红了几分,此刻她恨不得找个地洞钻进去。要不是背部还覆盖着帮她调息的大掌,她真想给他一拳。

嘴嘟得老高,银眸闪烁着怒焰瞪了回去。没想到青洛柔软的唇却落下,冰凉的、存在着疼惜的滋味缓缓地抚过她的额头……

没有情欲的色彩,像是被捧在手心的宝贝,有着醉人的芳香,那一吻虽落在额头,却似落在心上,舒心、惬意……

雪花飘然而下,在眼前汇成漫天飞舞的羽毛。青洛的耳语融化在白雪里,游荡在湿润的空气中,带来别样的滋味……

他说,丫头,想不想听听我的故事……

No.20

"番外——青洛"(上)

雪花纷飞,散落在冒着湿气的湖面,青洛的嗓音有着点点哀愁的味道。记忆的时间轴回旋,带出那百年前的过往……

我的母妃曾是乾达婆族的长公主,可那也是在我出生以前的事情了。乾达婆族世代以母系为主,但没有夫姓的王是不能继承正统的,而我降生自此从未知晓父亲是何许

礼物【第三卷】

人。这无疑是摧毁母妃王者前途的关键。

很快，支持母妃的长老倒戈相向，全力上书推翻母亲长公主的地位。部族的王权被二公主取代，母亲被迫让出了皇储的位置。

新王登基二十三年，邻国夜叉族遭受旱灾，波及至我国。王未能做出正确判断，提高了苛税导致暴乱。辅政的母亲上表亲自带兵镇压，王却唯恐母亲势力做大，扣留了奏章，搁置了暴乱，造成暴军以年计算高速增长。我族的统治弊端也于此呈于天日。王权与兵权的分散影响到了最终决策。

眼看暴军的势力已囊括八个地域，十五个城池的故土分离了一半之多。母妃盛怒，私自下军令状，命我强行调出了镇守在边疆的十万兵卒。

那会儿我才行完成年礼不久，哪里懂得什么宫廷斗争。手握重兵，又是头次上战场，自然越战越勇。带领十万精兵一路清剿而出，三个月间就打回了宫廷。自以为平定暴乱有功，今后且是平步青云的官路。可谁想到，麻烦也因此出现……

我手上的这十万精兵就因为是久经沙场，镇守边关多年许久不得归家，只等我拿着母妃的手谕一路平乱可以看望亲人。总算打到家门口了，可面对他们的不是亲人欢庆的鲜花笑语，却是紧闭的城门以及城墙上严整以待的内廷军。

一头热的我总算醒悟过来，对于安宁多年的乾达婆部族来说，三个月平定战乱已是功高盖主。收我、杀我才是关键，根本与预想中蒸蒸日上的官路没有一点关系。

圣旨下，母妃以违抗圣命跟通敌叛乱双重罪名被下入狱，而我就是从犯。盯着一脸鼠相，趾高气昂地指使我的部下缉拿我的传旨太监，我的气就不打一处来。单是违抗圣命，说大可大说小可小，我的部队凯旋而返，在长老院是可被赦免的；可通敌叛乱这帽子扣得可就大了……

且不说我族边防这几百年来，除了夜叉部族骚扰不断以外，却与摩呼罗迦族跟修罗族一向交往甚密，联盟关系稳定怎可能突然爆发侵略。那么罪名只有可能是一个：堂堂乾达婆族长公主通敌卖国联合夜叉企图谋反。

几万双眼睛都在看着我，等着他们的主帅的一个决定。

降？不降？

降，那就是认了罪状，不降，不也是谋反？二者有何差别。王上想拔母妃这根心头刺很久了，此事不过是借题发挥。既然结果是一样，那么何不将错就错！

人有时是被逼上巅峰的，站在那里早就身不由己。

滚烫的血溅了我一脸，手里的刀总算挥出，解决了从那太监踏入军营那一刻我就想干的事情。

耳边传来副帅鼓舞士气的吼声，万人的兵卒已从刚刚的错愕中醒悟，高喊着"一不做二不休，攻入城门"。

站在营帐门口，我笑出了声。前一秒的不确定通通抛诸脑后。

打回去！为了母妃打回去，既然早就被认定了是叛军，那就要有叛军的样子！

乾达婆皇城只有禁军八万，可以说实力相当。城的防御亦称完美，易守难攻。硬上并非良策何况还有母妃在他们手里做人质。

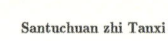

翌日清晨,东方才露鱼肚白,我方兵力就已将整个城围了个水泄不通。困死了皇城三座城门。鼓楼上的守卫初露身影,震耳欲聋的喊杀声自城下十万精兵发出。盾与矛相互敲击发出摄人心魄的鸣响,一声一声仿佛来自地狱的催命符,吓得城楼上睡眼惺忪的士兵一个激灵。窜得比兔子还快,仓皇地跑去禀告,嘴里恐惧地哀嚎着:

"反了,洛王子真的反了——"

我立在正北大门百米处的马上,嘴角轻微上扬,一抬手止住了喊杀,顷刻百里肃静。好似刚刚不过是海市蜃楼的幻象而已。

拔腿落跑的传讯兵没几秒又狐疑地奔回,战战兢兢地探出个脑袋。

我打马上前立于城下,声音洪亮,霸道地穿过厚重的城墙,狂妄地喊:

"叫王出来,我要跟她谈判——"

一个时辰之后,来的不是王,却是禁军统帅——延将军。

面对马上的百年老将,被藐视的侮辱感涌上心头,我不悦地挑眉。

"殿下,还请殿下三思,谋反是重罪。请殿下及时收手回头是岸啊……"

眉峰蹙紧,我没空跟个统帅废话。剑出鞘直指对方咽喉。

"回去告诉我那最尊贵的姨母王上,她最好赶快放了我母妃,否则我可保不准冲动起来平了皇城——"

延将军中年发福的身体气得幽幽颤抖:

"你,你,你这是叛国——"

欲加之罪,何患无辞。

我笑而不答,冷冷地看他,仿佛盯一个将死之人。剑又向前探了探。

但凡还有脑子就该懂得我的意思,延将军无奈地长叹一声,策马回去。没想到,这一去就是两个时辰。

No.21

"番外——青洛"(下)

烈日位于头顶的正上方时分,城墙上轻微一阵骚动,一抹白丝宫纱顺着藏青色的砖墙飘荡下来,轻柔地在空中打了圈,摇曳几下飞离皇城,缓缓地飘高不见踪影。

我的心咯噔一下,不安聚上心来。才要上前,下一秒整个人僵硬在马上。

草席里雪色的绸缎一角露了出来,明亮地刺伤了我的眼瞳。那衣服再熟悉不过……

恨意袭来如漫天浪潮,涨到极致,倾泻而下。浇得我的身体冻结到麻痹。霍地抽出剑,高举过头顶。握住剑的手抖着剑光隐隐泛着杀气,照耀着我的瞳,烈火一般通红……

杀意四起,万马奔腾。

坚持什么,为了什么,突然间都变得不再有任何意义。满腔充斥的全是绝望以及恨

礼物【第三卷】

意。哪里去管战斗阵势以及技巧,勒紧缰绳,第一个冲了出去,骑兵誓死跟随。

怒意彻底让我崩溃,犯了攻城最大的忌讳。

进入弓箭射程内,才转醒却已经迟了。眼看马蹄声一片混乱,身后紧跟的骑兵毫无防御地直接遭到大面积攻击。接应的步兵随后,可失去防御能力的弓箭手,没有能力向前跃进,步入射程范围。也就是说这么打下去我的弓箭兵卒是作废的,骑兵部队会消耗惨重。步兵根本没有爬上高墙的能力……

我低咒,悲愤地迅速抄起母妃的尸首,从牙缝里挤出声音:

"撤军——"

当夜,修书一封致夜叉族现今的二王子——琅熠。没想到第三天就见到了回复,让我惊讶的来人竟是本尊。

没有丝毫乔装,大刺刺就这么出现在主帅的营帐内。我暗自苦笑,不知该怨整个精锐的乾达婆士卒警惕太差,还是归咎为他高傲得压根没把十万大军放在眼里。

黑色披风下一身的戎甲,一点都不拘束地落座在我的营帐里,眼神迷蒙微醺,掩住了隐隐外泄的霸气以及野心。嘴角噙着笑意,肆无忌惮地看着挑帘愣在门口的我。

倘若这普天之下,有两人是我绝不期望与之为敌的,那么眼前这个就是其一。看到本尊时我更加肯定了内心的想法,他的确有高傲的本钱。

天族族长光音身边有个号称天下第一武学奇才的战神翔玠,能与之齐名的就是眼前这位降生在沙场,生来就是为了杀戮的战鬼琅熠。

打帘的手传来酸疼感,这才恍然自己还愣在门外。眉一紧,稳了稳心绪,跨了进去……

之后,我们达成了一笔买卖:他助我报仇,而我帮他夺得王位。

三天之后的傍晚,反攻开始。

箭如雨从天降至,绑着火种点燃了城头。火势蔓延,城头上敌袭的号角吹响之际,伴随着嚎叫,我方早有准备的攻城阶梯紧跟而上。城头的禁军慌了手脚,紧急调来的祭司手忙脚乱地汇集着水球企图灭火,却被提刀冲在前方的琅熠横劈一斩破灭开去。

战鬼的刀所到之处尸骨如山,黑眸没有半点光亮,仿佛坠入黑暗的墨。热血飞溅,却似在饮茶般惬意,看不到杀气,却似早已融入于心;没有爆焰,却似整个人就是杀戮的恶鬼。提刀飞旋,直取前锋将帅首级。

手中的头颅依旧保留在临死刹那的恐惧表情,他毫不在意地站在墙头,提起头颅高举过头顶,黑眸炯炯,似笑非笑地俯视我,几分炫耀的得意、几分生死与共的情意,竟还有几分挑衅的味道。

我手里号令的剑抬起,气势绝不逊色的嚣张。我军瞬间膨胀到了极点。宛如达到沸点的油锅,轰地一声炸开。攻城器一路没有遇到丝毫停滞,生生撬开了朱红色的城门。破城的刹那,一丝庆幸流转过心房,还好是友非敌……

没有想到,我竟然能将战士最脆弱的背部交于杀戮之王——战鬼。

很久以后我曾问他,为何来的是他自己。真的自信到了这般程度么?他的回答云淡风轻,却又重得让我愿意把自己的后背永远交付。

117

他说,洛,你为何要杀王,报仇?还是叛国?今天我若带上了十万夜叉精锐,那么你的罪名就是谋反,是输是赢对我来说都无往不利。赢,你这个新王欠我个人情;输,乾达婆起码十年不振,岂不更顺了我族的意。可我要的不是人情,我要的是"义"。

政和殿的台阶有些高,尸骸遍野。再见姨母是在阶梯的尽头,脆弱的身体团在龙椅脚下,惊恐万分地注视着我。唇咬出了血痕,却努力佯装愤怒的威严。好似弱小不堪一击的动物,颤抖着伸出爪子反抗,眼底却饱含了明知是徒劳无功的绝望。

弑母的恨意在对上姨母七分相似的脸孔时,消散不少。提起剑的刹那迷惑了。

"为什么?我只想知道,你为何要赶尽杀绝。她是你亲姐姐——"

"姐姐?"家族血统里遗承的红宝石眼瞳一瞬间笼上诡异的光,讥讽的笑声飘荡,"生在帝王家,哪里容得亲情。试问她可有把我当过妹妹?!前夕是我得了势,才能登上王位。可我的姐姐可曾承认过我?!没有,从没有……这不,今朝她儿子攻了来,却又可笑地质问我亲情?!哈哈……"

"闭嘴,别笑了!"

我暴戾地冲她吼,那笑声太过刺耳扰得我心烦意乱,自己竟然开始向她解释:

"母妃从没有计划过谋反,你找到半分她通敌卖国的证据了?!她是一国长公主,摄政王,为何要扣下这么肮脏的名分给她?你明知道她有多看重名誉。王位就是跌在名誉上,同样的错误又怎会犯二次——"

"呵呵,"姨母王上笑得连眼泪都流了出来,眼穿透我迷离没有焦距,"有了长公主,摄政王干吗还要我这个虚设的皇上?!是啊……这位置本来就是她的,不管是何种身份,终归实质都是她的……那,现在我还给你……还给你……拿去啊……拿去啊……"

姨母整个处于濒临崩溃状态,一把上前攥住了我握剑的手,就要把剑刃朝脖颈抹去。我的手却本能地后缩,人愣住……

自己是来杀她的么?剑已触及脖颈,为何犹豫……

杀了她又该如何?不用质疑的,乾达婆要改朝换代,可这王位我要坐么……

冷笑滑过唇齿间,城破了,战赢了,我却突然发现一切都那么没有意义。剑倘若落下了,我跟眼前这个人又有何区别……

剑从手指端坠落,砸在大理石地板上面铿锵地鸣响。引来身侧琅熠诧异的注视。

不杀她吗?下不去手?

不是,突然间不想杀了——

就这么结束了?

对,就这么结束了。

那以后去哪里?

跟着你啰,不是要去抢夜叉族的王位么?

好。那走吧!今后怎么称呼?

青洛。当然我不介意你随旁人称我骆公子——

哼!

呵呵,天下间再也没有乾达婆大王子朱洛殿下了……

第四卷
碎梦

神族历 680 年冬，天族大军驻扎弑冢山下咽喉峰，企图兼并其势力……

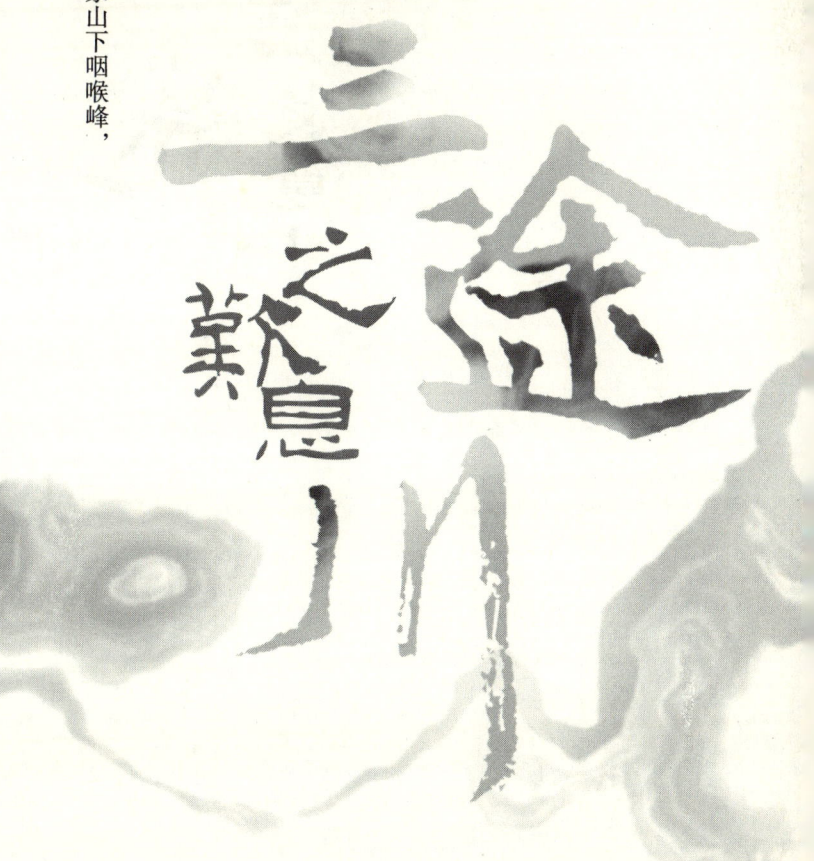

三途川之叹息

Santuchuan zhi Tanxi

No.1

　　窗外传来清脆的鸟鸣,脸蛋处一阵瘙痒,扰得她再难安睡,这才蒙眬转醒。睡眼惺忪半睁半闭,入目是融雪期待的大脑袋。辰汐这才恍然悟到自己已经回到了青洛的宅院。

　　怎么回来的完全没有印象,最后的记忆是青洛轻声慢语地诉说很久以前一段故事,不知怎的她就睡过去了,一觉醒来身体的寒意都不见所踪,昨夜仿佛南柯一梦。可这梦真的太过漫长,长得让人喘不过气来……

　　伸手搂过融雪毛茸茸的脑袋,贴着凉凉的微带湿意的鼻子轻轻地蹭着。脑海里全是血阕决绝的模样,想忘却又忘不了。闭眼,牵挂在心的又充斥着惆怅万千的蓝眸,纠结着疼……

　　他伤害她在先,却又掏出整个心给她看。那句"这里填得满满的都是你"还游荡在耳边。泪难以控制地滑落,大滴大滴地落入融雪的皮毛里。豹猫敏锐地感觉出主人情绪的变化,不安地躁动,却被辰汐抱得死死的。

　　"别动——"

　　窝在温暖皮毛里的声音闷闷的,细微的抽吸从屋内传来,让正要敲门的青洛,手里一滞,生硬地停顿在门板上。

　　这还是她来这里第一次哭,就算是生死边缘都没能让她这般失控。可却又不敢放出声音,压抑的啜泣震慑着青洛的心脏,仿佛水滴穿过石坎,一滴滴击打出小小的坑槽,越汇越大,越集越深……

　　他们隔着一扇门,她在屋内,而他立在门外。不忍踏入扰乱她,却又心疼地发现,自己因那悲泣声乱了心境……

　　很久以后,哭声暂歇。他才暗暗吐出一口气,叩响了门。

　　"早饭——"

　　刻意不去看她努力掩饰的神情。放下手中的饭菜,转身又出去了。

辰汐窝心的暖意，他站在外面许久了吧！虽然并不希望被窥探到心事，也没有刻意想要隐藏。青洛却很细腻地注意每一个环节，虽然人别扭些，可相处久了慢慢懂得这是他关心她的方式。

狠狠地拭去眼角的泪，下定决心不去想那些恼人的事情。失恋而已，有什么大不了的呢？下了床，莲步轻移，朝食物走去。今后怎样打算从来都不由她决定，她唯一可以做的就只有等……

好在事情没出一周，就有人按捺不住。六天后的下午，院子门口来了位不速之客。对着朱门口那抹熟悉的淡紫色身影辰汐笑得清冷。这场拉锯战沉不住气的不是她，也不是血阑，却是另有其人。

站在门口的粉眸泪眼婆娑，神情哀求地看着她。辰汐暗自摇了摇头。

她这是何解？按照琉璃的性格，听到她与血阑闹翻该是拍手叫好才是，怎么站在门口哭得像个孩子。该哭的是她辰汐才对吧！

琉璃的粉眸流转，环绕了一下四周寻觅其他人的影子，发现只有她俩时，安心地吐出一口气。大步朝她奔来，用力地捏住辰汐的胳膊，声泪俱下：

"汐，我求你，去看看公子吧，他……他需要你啊……"

银眸一凛，淡然以对。等待下文。琉璃似是不敢相信她的冷漠，泪滑落得更加凶猛了，声音哽咽：

"公子……公子把自己关在宅院里，喝了很多酒。完全不理事务……这样下去……这样下去……"

辰汐的心酸涩地震动一下，却又决绝地扬起下颚，冰眸没有温度：

"他硬要这么折磨自己，与我何干？有些事情做了就不能挽回……"

粉色的晶眸一怔，转为悲愤，抓住辰汐的指甲深深陷入肉里，恨不得撕了她痛快：

"小汐，凭良心公子这一年对你如何？他哪里有对不住的地方。不过是把你献给天族族长而已。既然你是弑冢楼的人，为弑冢楼效力有什么不对！你清高，你的人生是自由的。那么我们的呢？整个弑冢楼的呢？你知不知道，为了你的清高跟你所谓的自由，现在整个弑冢楼将要面对前所未有的劫难。天族的战士已经在路上了。呵呵！十万精锐，就算拼上所有也不够塞牙缝——"

苦涩的笑挂上唇角，眼前那张梨花带泪的容颜在她眼前突然变得平凡无奇。

兴许早该释然了，只要一天身处弑冢楼，她就该有做好舍生取义的觉悟。在这里没有她所容身的角落，人与人的关系不过是最原始的利用。

"你走吧——"

衣袖一拨，轻易地甩开了钳制。退后几步，远远地看她。琉璃愣住，不敢置信地瞪她，似是没想到辰汐能够轻易地挣脱她，打乱了她的计划。不过很快地做出下一个动作，放低身段准备去拔腰间的刀……

银眸冷凝的光一闪而过，淡淡一笑：

"你是在找它吗？"

扬手，琉璃的镰刀却已落入她手。轻轻地叹了口气：

碎梦 【第四卷】

"知道为何骆公子没有在宅院设下结界吗？"

粉眸慌乱，嘴抿起。

"因为已经不需要——"

镰刀在辰汐的手中转了圈，轻盈一甩，落回了琉璃身前，以一种宛如溪水的音质陈述："试练的时候你能够推我坠入悬崖，并不是我比你差多少，而是我对你过度地信任以及友好。而今一切均已不复存在，这种温情戏码就达不到效果了。不要眼泪汪汪的时候还在惦记四周的环境，那只会让你破绽百出。回去吧！这事我自有打算，不劳你操心——"

琉璃狠狠地咬了咬牙，挫败地拾起地上的武器，转身步出宅院，临了回首加上一句："就算你用整个弑家楼陪葬，到了也逃不过此劫。做好觉悟吧！"

灿烂的笑容挂上辰汐的唇角，回敬她一句：

"谢谢，我会考虑拉你一起下地狱的——"

No.2

琉璃消失在她视线里许久，而辰汐仍旧保持最初的姿势。柳眉蹙紧完全不复刚刚的决然表情。

还是在乎吧！听到血阑虐待自己的时候，心脏传来的收缩，虽然极力克制，却并不太成功啊！

突然觉得她自己所坚持的一切根本不堪一击，轻易地就被几句话打散、打乱。那么她之前的愤慨到底是怨什么？！

若非出于纯粹的善意就不值得信任么？别人要是对自己不够好，就是错误的么？

相信对方与背叛是没有关系的。就像自己对待别人的方式与别人对待自己的，并没有实质上的关联，世间的感情不是等价交换。

生命教会的不是记恨而是原谅，既然可以原谅推她坠入悬崖的琉璃，为何不能原谅利用她的血阑呢……

人要怀抱感激的啊！假如没有血阑搭救，她早该死在了绿沼森林。假若没有弑家楼的庇护，或许如今不知身在何处。会不会有温暖的床以及供挡风遮雨的屋檐……

突然间，心绪豁然。不自觉嫣然一笑，正巧撞见从外面回来的青洛。红眸因那抹醉人的笑意脚下一滞，傻傻地愣在门口。很久才恍过神来。

"有人来过？"

青洛敏感地蹙眉。

"嗯——"

"干什么的？"

"劝我这个小女子去挽救苍生——"

青洛佯装不以为意地朝内走,神经却没有丝毫的放松:

"那么最终决定呢?"

"既然我一个人能抵上两万条命,为何不换。这买卖赚大了啊——"

朝里走的脚步停顿,旋身,定睛望向她,眼底没有半点戏谑:

"丫头,命不是用对等价值交换的,对每个人来说都不一样。兴许你在血阑以及翔玠眼里它脆弱得可以抛来丢去,但对于我来说却很重……"

音一顿,似是说得太快,泄露了某个昭然若揭的秘密,话音转得突兀,像个闹别扭的孩子:

"它可是我用大半生功力救回来的,我可不希望夭折得这般迅速——"

银眸流转,扑哧笑出声来。他明明是关心她,却又嘴硬。

纯净的脸上带着感激的笑容,缓缓朝他踱了过来。伸出纤细的手臂温柔地搂住他结实的腰身,感觉对方明显地震动一下,肌肉绷紧。

这是她第一次主动搂别人呢!太优待青洛这家伙了,不过看在他救了自己一命的分上,就让他得意一次吧!

"知道我为何会来到这个世界么?"

对方沉默地任她抱着,安静地听。

"是被人从楼上推下来摔死的。不过,我并不觉得埋怨,反而庆幸终于如愿。或者说那件事其实算半自杀吧!"

青洛的脊背瞬间僵硬,心疼地搂了回去,似是给予她温暖,又像是害怕,死命地缠住她的身体恨不得镶入怀里,直到辰汐吃疼地低呼,这才放柔力道,却不肯她挣脱怀抱。

辰汐只好任由他搂着,继续讲道:

"最近我才发现自己当初多傻,以为富有极大勇气的人才会去自杀。毕竟从那么高的地方摔下来,确实需要一定恒心不是……"

嗅着青洛身上香气,辰汐莞尔一笑:

"其实要烙下生命没有存在价值的烙印很容易,死是一件多么简单的事情,不过是抹脖子眼一闭就过去了。可那是逃避——"

她想要活下去,活着的人永远比自杀者更需要勇气,那是生存的勇气。原来的她竟是如此可笑且懦弱啊!

抬起头,银眸闪烁着夺目的光,晃得红眸炫目。

"所以,放心吧!我会让我自己活下去。好像我是光音转世吧!不会那么快玩完的——"

大掌轻轻捧起她的脸,温热的气息喷吐在她的鼻翼一阵瘙痒。青洛一点都不受她冷笑话的影响,眼瞳里盈满了担心:

"记住我提醒过你的,那个男人,与琅熠齐名的战神。假如你没有足够的筹码,不要试图硬碰硬。最好能躲多远就躲多远。真若避不过的话,要尽量顺着他,兴许腻了、厌了就会放过你吧……"

碎梦 【第四卷】

"嗯——"

辰汐听话地点头,心底却通透无比。她见过翔玠,那样邪气的男人,当真是会放过她吗?这事儿,谁又说得好……

No.3

午夜,朗月当空。

辰汐身着天蓝色雪纱踏入熟悉的宅院,穿过百米长廊,从绿油油的荷塘到双层建筑的中心主楼。在入口处停顿,大力地深吸一口气。

过往的场景又似昨日般历历在目,她记得这片宅院里每一个画面:

初遇那天,他推开了朱红色的门,一袭白衫温文儒雅,眼儿带笑地看她,声音柔润如沐春风。他说,你可以叫我阑……

左手边不远处的书房,他似抱小猫儿一般把她从书堆里捞出,宠爱地问:你在我这里抛坑做窝吗……

出了庭院门的百转回廊,虽然现在她早已走得轻车熟路,但依然犹记某个午后他对她伸出手,笑得狡黠:借你手,别跟丢哦……

还有外堂,他与琅熠的对抗。之后苦涩地让她原谅,他没有保护她的能力……

向她引荐蓝琦,好似大哥哥一般拍着她的头说,早些回来吃饭……

她说她想参加试练,他却委屈地问,接受他的照顾有那么难么……

试练的前夜,掬起她的发为她绑上丝带,那一吻火热滚烫,穿透了她长久建立的心墙……

可为何蓝色的丝带仍然在发髻,而心境却已不复存在……

悠悠叹息,抛开了杂念提裙踏上木梯。辰汐走得极慢极轻,老旧的梯子依然发出咯吱咯吱的声响。没踏出几步,血阑沙哑烦闷的低咒伴随着一阵酒气传了过来:

"出去。不是说了没我命令不许进来……"

"是我——"

乍闻辰汐的嗓音,血阑一怔,酒醒了不少。却又怕是自己幻听,傻愣愣地注视着出现在他面前的人儿,好一会儿还反应不过来。

以往朗空般脱尘的蓝眸里附着上一层黯昏,混着忧郁的伤,深邃难懂。兴许那片灰暗一直都在,只有她像个自欺欺人的傻子,看得到湖面的清明却料不到湖底的淤泥。执著于表面的幽蓝却忘了通透是靠深不见底的污泥烘托出来。

她到底喜欢的是血阑这个人,还是自己制造的幻想,突然间迷惘。一度认定了温柔的他,自欺地要求百分百对待,可世间又有几个百分百。

如果不曾被伤害,兴许她也不会醒悟,可惜爱意不在,剩下的只有荒芜。如今那些好的坏的在心上变得模糊,没有泪水没有恨意,为留下苍白的一个笑颜。

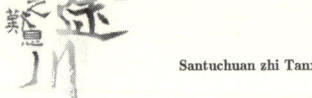

辰汐娇小的脸庞上挤出不算漂亮的笑容,惹得蓝眸一滞,即刻笼上惆怅。那曾经属于他的璀璨光亮如今彻底走了样,再如何努力也于事无补。酸楚的味道钻入心底,悲伤且绝望。

避开了视线,拿起手边干净的空杯斟满,缓缓地开口,语气好似多年不见的老友,试图亲密却又恐惧,疏离地紧张:

"楼里新制的佳酿,过来尝尝——"

莲步轻移,挑在血阑对面坐下,执起杯一饮而尽。水漾的银眸通亮,粉颊微醺:

"好味道,毫不辛辣,入口留香。叫什么名字——"

血阑缭乱的青丝散了下来,几缕淘气地落在了棱角分明的颊边。单手托腮,醉眼惺忪:

"还没有名字。十几瓶下肚,却仍旧想不出个合适的。不如你来起吧——"

红唇上翘,从怀里掏出一个白瓷药瓶。执起筷子沾了少许放入酒壶里涮了涮。即刻银眸转回了视线,笑语嫣然:

"这酒兴许这样喝会美味许多。不信你尝尝——"

风撞开了半掩的窗户,伴随一阵清凉的荷香,洒得满地的银色月光。好似他对面人儿的眼,温柔却又冰凉。想也未想,执起酒壶仰头就往口中灌了下去。蓝眸深深地锁住她,没有丝毫的犹豫。兴许喝得太快太猛,几滴琼浆顺着血阑晶莹赛雪的脖颈流淌而过滴入微张的领口,洇湿了小片锦缎,衬出胸膛肌理绮丽的弧度,随着呼吸上下起伏……

别开眼,她问得不经意:

"不怕我下毒吗?"

落在桌面的酒壶已空,蓝眸眼底的笑意却由淡转浓:

"入口时,我期盼它是。可……你令我失望了……"

蓝色绮缎下的手微颤,捏紧成拳。这才是血阑,温柔却又暗含慑人的尊贵王者气焰。只是她一直被爱情冲昏了头脑没有看清楚罢了。

微薄的唇带着醉人的笑意,眼神渐渐涣散:

"恨我吗,不想杀了我吗?"

辰汐的小脑袋轻晃两下:

"不恨,也不想杀你——"

"呵呵……哈哈哈……"他最终连恨也未能得到啊……

笑声自奋力起伏的胸膛中爆出,明明是笑着的,却让人觉得分外的悲怆绝望。银眸染上怜惜的色彩,静静地注视着,似要把那熟悉的模样深刻地烙印在心底,怕自己遗忘。

很久以后,笑声缓和了下来。女孩温婉的叹息匿藏在平淡的语气里:

"那不是什么毒药,我只是加了点迷魂草,帮助你入睡而已……"

她仍旧是不舍得啊,看着他爬满血丝的眼,心柔软。

晕眩传来。血阑竭力地控制清醒,在倒下的最后时分,执拗地拉住辰汐起身的手腕:

"名字,酒的名字……"

"碎梦。加入迷魂草后,它就叫做碎梦吧……"

碎梦 【第四卷】

随手拾起落在地上的外衣,披在了伏案的高大身影上。合上窗,踏下了木梯……

夜风抚过荷塘,一池的碧叶晃动,迷蒙幻境中,他听到一个声音轻轻地附在耳畔说:

阑,你可知就在这满池碧波的塘边,有人曾对你的吻怦然心动过……

可我们再也回不去了对么……

走不回最初看着满室月夜,你为我轻轻绑上蓝丝带的心境。但我会一直记得,所以也请你偶尔想起……

愿我此行能保你平安无事,这是我最后能为你做的事……

狂风乍起,天空突然下起淅沥沥的小雨。就连天也呼应着她的感伤。

水沾湿了天蓝色的裙摆,在墨黑的发髻上点缀出晶莹的雾气。银眸却没有半分的犹豫,用尽了全身的力气,推开紧闭着的朱门。吱呀晦涩的响声惊动了夜巡的哨岗,伴随一片火把的缭乱是难以入耳的咒骂。

仰起脸,冻得稍许苍白的容颜朝远处奔来的队伍笑笑,取下腰牌,扔了出去……

明黄的木牌在空中画出美丽弧线,落入领头人手中时,大门又再次闭合,哪里还有天蓝身影。

手举火把的男人恍惚地眨了眨眼,捏了捏掌中多出的物件,金色的木牌上暗雕一个"阑"字。这次确定不是自己的幻觉,可又迷惑,问向身边的同伴:

"这姑娘哪个堂口的,怎么半夜出巡。腰牌却是楼主大人的字……"

"这你还不知道?"伙伴鄙视地瞪了他一眼,"能持'阑'字腰牌的自然只有楼主本人跟那位姑娘啰——"

"呲!说跟没说一样!到底哪位姑娘?"

"能停住门外十万天族精锐的那位姑娘……"

No.4

出了弑冢楼,沿着山路一直向下,就能看到村落,那也将是翔玠抵达弑冢楼的最后一站。

辰汐握着青洛给的情报跟地图朝山下迈进。原本这样的山路对她来说不在话下,可天凑巧下起雨,而且越来越大。阴黑的树林变得朦胧不真切,高耸的树木妨碍了视线,地表泥泞难行,造成她的移动速度大打折扣。

努力寻找可以下脚的地段,一边低咒这鬼天气。早不来晚不来,偏在此时下雨。弄得她狼狈不堪,还有迷路的趋势。眼看墨绘的地图洇湿了大半,几乎快分辨不清。辰汐心底更加着急起来。

自认为走得潇洒帅气,可装样子的苦只有自己清楚。哎,连把伞也没有带,这下湿个透顶啊……

还在低头叫苦,却忽觉四周水汽凝结成霜,寒冰一般汇成豆大的颗粒,伴随急速奔

流扩散的杀气朝她砸了下来。

　　银眸一紧，险险地侧身避过了偷袭。还没站好另一波就已紧随而上。冰霜宛如箭雨凌厉凶狠打得措手不及，造成辰汐完全置身在危险区域中。不但没有间歇去确定暗处敌人的方位，也难以调整内息建立防御屏障。

　　耗了一炷香之后，体力开始下降。左肩出现轻微擦伤，裙边也有部分撕裂的迹象。依旧没有逃离的可能，不过好在已经发现了敌人的位置——高木大树的顶端。

　　笔直滑溜的树干直冲云天，树顶却又密布着繁茂枝叶，是隐藏的绝好位置。敌人的这种从上而下的打法，占尽地理优势，反倒是对于辰汐来说，脱身相对辛苦。

　　脑袋急速运转，脚下也没闲着，闪躲的方位有了一定的趋向性。可惜缺少实战经验的计谋很快就被识破，冰霜更加密集。几个回合就打乱了她的阵脚，最终一击硕大的冰刀从天直射下来，朝向才刚避过袭击的辰汐飞速而去……

　　脚下才站稳的辰汐心底一慌，霜刀的速度太快，个头也远远超过之前。而她踏足的位置四周凑巧都是竖立着的冰，身体被困在了狭小的范围内难以做小范围的移动。

　　暗道这下完了，没想到她这么倒霉，早死不死会死在这里。想要逞英雄却并不顺利，被半道杀出的程咬金给挂掉……

　　突然，朗空一声震耳欲聋的豹鸣，冰刀被一个迅猛的动物撞偏了轨道，扎入她身旁的树根，碎裂解体。

　　"融雪——"

　　辰汐震惊地睁大眼。不远处的豹猫杀气腾腾地仰首，一声长鸣响彻树林。惊动了林子里躲藏避雨的飞鸟，惶恐地被迫飞起，臣服地附和着吼叫。顷刻间，整片林子的鸟儿同时展翅腾跃，百鸟齐和。

　　震耳欲聋的高亢鸟鸣敲打得辰汐耳鼓生疼，敌方的攻击停滞，不再有冰霜降下。距离十米内的树木开始剧烈地抖动起来。好似在豹猫的威慑怒火下，难以平息的战栗。

　　融雪琥珀色瞳孔眯缝成针状，进入备战状态。雪色毛皮根根竖立。呜呜的低吟自那具足有一人多高的动物身上发出，身体团成半月，宛如蓄势待发的弓，下一秒就要攀升上树干。

　　时间一秒一秒地流过，鸟儿的鸣叫不知何时戛然而止，黑暗仿佛突然吞灭了所有声音，只有雨点坠落的滴答敲击。树林里一片死寂。豹猫仍旧没有起跳的动向，颤抖的树枝也不再摇曳，好似在等待着某个契合的时机。

　　渐渐地，四周的空气压抑的沉重。群居野兽刺鼻的腥臭慢慢从树林深处飘散过来。气味越来越浓烈。漆黑难以视物的树林，两点幽绿色的光闪烁一下，紧跟着以难以想象的速度增加，很快她们就被围了个水泄不通……

　　心脏被提到了嗓子眼。十、二十……她们被不下三十头巨型黑狼包围了，每一头都足有辰汐一个身长……

　　手心冰冷潮湿分不清是水还是汗，强迫地捏紧拳头阻止颤抖。神卷的内息在身体中游走，神经的警觉提到了制高点。

　　她，一个人类加上一头稀有豹猫，对抗三十只黑狼外带暗处不明的敌人。胜算有多

碎梦【第四卷】

少，只有天知晓……

No.5

  暴雨仍旧不断在地表溅起水花，光洁高耸的树干泛着水汽。一人一猫立在三十头黑狼群里，静止不动。猫儿呜呜的低吟混在狼群粗重的呼吸里，杀意似绷紧的弦，等待到达张力顶端那一秒的崩裂。

  "嗦——"

  伴随一声沉闷的撞击，树梢上一个物体笔直地摔了下来，砸在了泥泞的混着污浊雨水的草地上溅起一片水花。霎时，辰汐右方的狼群动了，三只急速跃起朝着坠落物扑了上去。还没待辰汐反应过来，坠地的物体已经血肉模糊分辨不出原本的模样。

  紧跟着，躬身的融雪瞬间收势，第二声吼叫撕扯开凝结憋闷的空间。十米范围内，接二连三地有动物坠落，黑狼幽绿的眸子跳跃着嗜血的光，一拥而上……

  才要采取防御的辰汐站在那里忘了反应，搞不明白刚围剿她们的狼群为何冲着落地的飞禽类动物而去。僵硬地转头，发现狼群里的头狼对着融雪前爪半蹲，头成颔首状，眼底哪里有嗜血的光，分明就是臣服。

  晕眩！闹了半天，狼群是融雪招来的，她还以为……

  呃，好吧！自己的宠物到底是什么，到现在她还是没搞清楚，说出去确实有点丢人。回头她可真要好好研究一下，什么动物的幼态是融雪这副模样的。

  树上的动物该是被吓到僵硬，才会笔直地坠地的吧……

  紧绷的神经松懈下来，银眸好奇地朝进食的狼群瞥了一眼，她很想知道到底是什么动物攻击她的。不看还好，这一瞥差点让她吐出来。狼群嘴下怎可能还有全尸，灰色的毛皮混着污血，尸体被撕扯得一块一块，依稀能分辨出羽毛跟大腿，似乎是有着人形模样的鸟人。

  别开眼，她放弃对尸体的探究。既然是飞禽类的动物，自是跟迦楼罗（凤）族脱不了干系。不过这就让她不甚明白了，她所认识的迦楼罗族只有琉璃一人。琉璃是想要她命，但现在却是希望她活着见到翔玡。就算要杀她，起码也会等到保住全楼的命才会下手。

  那这些鸟人的指使者又会是谁呢……

  还在想着，手臂传来温凉的湿意。融雪乖巧地磨蹭鼻子。琥珀色的大眼睛水汪汪地瞅着她满是委屈，像是在控诉她的不告而别。哪里还有半点王者架势。

  辰汐颇为无奈地抚着它的脖颈处的绒毛，规劝道：

  "我不是去玩。不能带上你——"

  豹猫摇了摇灵巧的尾巴，不甚了解地眨巴着大眼睛。随后躬起身子龇了龇牙，好似在显示它不弱的身手，弄得辰汐哭笑不得。

Santuchuan zhi Tanxi

"融雪乖,此去凶险未知,我连自己都保护不了,无法顾及到你。你乖乖待在这里,不久我就会回来了——"

像哄一个小孩子,那些无望的许诺自己都说得心虚。她一狠心,放开了豹猫转身就要离去。融雪哪里肯干,死命地纠缠着裙摆,任辰汐怎么拽就是不肯松嘴。惹得她微怒,凶巴巴地扬起了手掌,威胁:

"再不松口我就打你了哦——"

豹猫甚是无辜地忽闪着睫毛,嘴却固执地不肯放开,仿佛怕一松口辰汐就会抛弃它似的。那副可怜兮兮的模样扰得辰汐怎么也下不去打它的掌。

"唉——"她叹息着蹲下身去,狠狠地抱紧它。动物皮毛传来的温暖,促使她一阵脆弱:

"融雪,我好怕。但是我真的不能带你走。我知道你很棒,但是你还没长大啊,我不能让他拿你作为要挟我的借口。我的弱点太多,每一个都是致命的。留下来等我好不好?等你长大了,去救我好不好?虽然我不知道你到底是什么,会变成什么模样。但是我相信我一定能认得你。不管是丑了,还是……"

豹猫似乎听懂一般,说它丑了,很不乐意地皱了皱眉,烦躁地甩了甩尾巴作为抗议。"呵呵!好吧,不是变丑,是变漂亮。那么你是答应我啰?"辰汐强迫地让它接受,"那,我们说好,你要变漂亮,变厉害来找我哦!否则,呵呵……啊——"

威胁的话被融雪扰乱,好半天才止住它不停在她脖颈处拱来拱去,弄得瘙痒难当。"好啦!我保证还不行,绝对不会不要你,绝对不会再次抛弃你。只此一回——"

穿出茂密的树林时,淅沥沥的雨已经停了。落日的朝霞映出一片金华璀璨,洒在山脚下的村落,隐约能看到炊烟袅袅。

辰汐不舍地回头眺望,豹猫立在树林的边缘,远远的一小点。昂着首,在身后群狼的衬托下尊贵无比。

脚下没有停,只是转身挥了挥手,算是道别。

夕阳在身后打下阴影,越拉越长。迈入村子之际,忽闻一声嘹亮的豹吼,随即是狼群的齐鸣。才把焦点落在她身上,好奇打量她的村民,被这壮观的鸣叫吓得惶惶不安。交头接耳以为有狼伏击。抄起手边的家伙就要去打狼,却很久等不来狼。庆幸之余,不忘多给了辰汐几分诧异的目光。好心肠地跑来问道:

"姑娘是从林子里来么?可有受到狼的攻击?"

辰汐笑眯眯地摇头否认。伏击是没有,只有群狼的送别。不过她还是不要说出来为妙,否则吓到人可就不好了……

No.6

一壶酒,一座酒棚,一个女孩。

碎梦 [第四卷]

辰汐坐在弑冢楼山下、村子外的酒棚里,拿了把破旧的芭蕉扇,优哉游哉地扇着小炭炉。炉火上的酒温得正热,酒香四溢,百里飘散。

弑冢楼所在的山本是无名,山脚下的小村落原本只有村民百人。一年来往旅客不到二十。村子外的这座酒棚据说没开张多久就因为客流问题关门了。

偏巧辰汐没地方去,也就在这里住下了。酒棚前面用做营生,桌椅凉棚一应俱全。后面勉强算栋屋子,虽然简陋了点,但是还可以住。好在她不挑,收拾了收拾第二天就开张了。

既是营生,当然要有赖以生存的手段。而辰汐决定卖酒。

承得青洛真传,想要调配出一壶味道出众的酒,自是不在话下。也因此有了百里飘香的前话。

好酒就算是隐没在僻远深巷里,也自会美名在外。小村落的人流一下子多了起来。五天下来酒棚里来来去去竟不下百人。

不过看似并非冲着酒而来的……

手中的芭蕉扇扇得裂开了口子,女孩撇了撇嘴,倒了下手,又继续。通透的银眸百无聊赖地从冒着白烟的酒壶上面移开转向棚子外面的十几个着商人打扮的大汉上。

刚开始她还真的以为是自己的酒香吸引了远道的客人,可……她还是太天真了啊……

商人?哪有商人不带货物,反而持刀的?

对,就是这个表情,阴狠的、贼眉鼠眼的偷偷往她这边瞄。她可不以为是盯上她酒壶里的酒了。昨天那群号称是浪人的三十个男人尸体怎么消失的,她还真不太了解。似乎在外面躺了一夜,第二天她再看就凭空消失了。连点声响都没有。

啊!他们怎么死的?当然不是她杀的咯,杀人她可干不出来。

银眸辗转,瞟向棚里阴暗处的一桌,墨衫、千年不变的扑克脸。

柳眉蹙了蹙,很奇怪的男人,他是她的第一位正常客人,打从她开张以来几乎每天都会光顾。点一壶酒,喝到太阳下山,然后离去。第二天又再出现。看似他是唯一一位为了喝酒而来的,可做的事情却又一点也不像。

还记得他出现的头天傍晚,酒棚几乎已经满座,个个是杀气腾腾,连她这愚钝的人类都能察觉得出。而正当她彷徨无措想不出脱身之法时,他出现了。

冰霜的脸上没有太多表情,只在酒水下肚后,才染上微醺的红。两只玄眸亮闪闪的,踱到她面前说,他没打算交酒钱,不过他可以帮她干掉外面所有的杀手。

除了最初的对白,两人再没有其他交集。好似形成一种定律,她为他煮酒,而他帮她去除敌人。

终于,这天下午,他桌上的酒快要见底时,女孩笑眯眯地闪到他面前:

"那个……帅哥平常有助人为乐的嗜好?"

男子微愣,随即笑了。这是辰汐头次见他笑,略微消瘦的脸庞上散发出柔和的光,宛如秋季午后的凉风。

"呵,在下还没这么无聊——"

Santuchuan zhi Tanxi

"哦,等人么?"她继续跟进。
"不算,是找人。"
"那找到了吗?"
黝黑的眼瞳炯炯有神,看向辰汐时,深邃的认真表情:
"嗯,找到了——"
他是来找她的,在辰汐的意料之中,这座老旧的酒棚、锦衣的女孩、神秘的男子,以及来去的刺客,没有人会无故出现在此。只是对于他,她还摸不透而已。
无视屋外的乔装商人,她重新取来一壶新酒,顺手抄了个酒杯。今天她突发奇想,打算跟这个陌生人畅饮一番。
"你仇家不少——"
男子的手轻柔地转动着酒杯,散出浓厚的香气。
"嗯……也不都是仇家。据我几天来的观察总共有三路人马,一路是直接想要我命的,一路是要抓我的,另外一路嘛,似乎是来监视的。不过这三路人马似乎都不太喜欢对方……"
辰汐贴近他,冲外面努了努嘴,压低声响:
"那,现在这伙就是来监视的。"

No.7

男子执起白瓷酒壶,自斟了一杯。另一只手抚上了用灰布包裹住的剑身。
剑长三尺,灰黑色的麻布裹不住隐隐发散出来的寒意。白丝状的雾气一经触及,瞬息从布缝中外溢开来,顺着男人的手臂一路攀爬。幽暗的黑眸一凛,苍蓝的气息自身体中蹿出,迅速地压制住了剑气。
傍晚的天边暗红,夕阳如血。空气中的雾沉重地静止。树梢上飘落的叶子垂直坠下,咻的一声,裂成两半。
杀意乍现,酒棚外不远处的树林里闪出一伙黑衣死士,手持月形弯刀,直奔酒棚而来。三十个乔装商人一阵慌乱,还没回过神来,打磨得锃亮的刀身已经舔上了脖颈。血如泉涌,染红了土地。顶棚被踩踏得晃动两下,三名黑衣死士从天而降。
酒才下去一半,酒杯却已空。
这几天来的杀戮对于辰汐来说已经见惯不怪。眼没有离开男子半分。柔荑握住酒壶,微笑着斟满酒。男子手中的剑恰巧在此时出鞘了……
雾丝会聚而成的剑气自通透宛如水晶的剑身中爆裂,剑气如虹,剑身未至,人却已在白丝气息中尸骨无存,被吞噬殆尽。
嗜人的剑发出高亢的鸣叫声,剑柄顶端托起月光石的人像展现出妖娆的笑颜。仿佛一场迷幻的独舞,此刻执剑的男子不过是被操纵的木偶,而它才是这场屠杀舞的真正

碎梦【第四卷】

掌控者。

目光落在剑柄上的银眸暗了几分,眉头蹙紧。这剑自打头次在她面前出鞘,她就似被引诱般暗含淡淡的嗜血欲。如今贴近了观看,更加挑拨她的情绪,配合刺耳的鸣叫,让她几乎压抑不住妄图跃出身体的大神宗卷气息。

当男子手中的剑吞噬掉最后一名黑衣死士后,入鞘的刹那,她反射性地伸出白玉青葱,止住了收进剑鞘的大掌。

男子的玄眸一尘不变的淡然,落在辰汐身上的目光却带几分别有深意的探究。出乎辰汐意料的,那眼瞳深处却少了本因出现的疑问。

"能否借我看看——"

她试探性地问。

男子没有直接地拒绝她,只是那黝黑的眼底带着几分担忧,同时又存在几分玩味。

此剑杀戮深重,白丝就足以伤到敌人,连他都需要借助气息才得以压住它的霸气。而眼前的小女子握剑时分却没有运用半分气息。

抬头,迎向他的银眸秉持顽固的执拗,手却丝毫不曾退缩。

大掌以一种极其缓慢的方式递向她,雾丝也随之聚拢上来。像个好奇的孩子,撩拨着、试探着,在辰汐身体附近会聚,却不带一丝伤人的杀气……

黑眸中惊奇的光一闪而过,交握的手放心地松开。柄端的月光石在交汇的刹那光芒乍现,晃得睁不开眼。黑眸里难掩的惊诧,月光石突如其来的炫目发光是他从未见过的。

眼前娇小的躯壳内不知孕育着何等强大的力量,煞气腾跃的白雾归顺地萦绕在她左右,没见到丝毫企图吞噬持有者的迹象。

"这是……双子剑?"

握于手中的银色剑柄形状成正反两面,分别雕刻着悲戚与欢悦两幅人像,二人双手高举托起末端的月光石。石头明亮扎眼,难以隐藏的纯洁气息像是被开启的尘封印记,滚动流淌,传递出淡淡的冰凉。

另一头的剑身清澈通透,宛如明镜,缠聚盘绕的剑气在她交握的瞬间,乖顺地包围住她,除了让人寒彻的冷,却没有半分的杀气。似是被月光石散出的光净化一般,变得老实服帖。

男子惊讶地睁大双眼,随之了然地注视眼前的少女。

"你果然有净化它的能力……"除了惊讶多了几分惆怅,呢喃自语,"呵,为何是在此时……要是早些见到你……"

叹息声传来,唤回辰汐的注意,单眉上挑,疑惑地看着对方。

黯黑的眸子深邃,宛如晴朗的夜空,完整的颔首礼,薄唇吐出的话语带着清凉的温柔:

"容我介绍自己,我的女神。我是修罗族第十四代族长——无玥。"

No.8

听到"女神"二字,辰汐的眉不自觉地微蹙,苦笑一下:

"很高兴认识您,修罗族族长大人。不过……女神我可担当不起……"

黑眸投射出别有深意的光:

"我于天族初遇红零,她指引我来寻找能够解开双子剑煞气的女神……我看我要找的,现在已经找到了……"

"我?"

握住剑柄的手一颤,眼睛睁大难以置信地看着无玥。开什么玩笑,说她是光音转世姑且还可信,能净化剑气,可她一点都不觉得自己神通大到这个地步。

"我想你也看到了,我不过区区一介人类——"

无玥惭愧一笑:

"光音的转世竟然是人类,初次相见我也并不敢相信。"话锋一转,眼光落于剑上,"不过,方才看到你展示出的卓越能力,确实令在下钦佩——"

"能力?"说得辰汐莫名其妙,她可是什么都没做啊!连气息都没有动用,只不过握住剑没有被其所伤而已。

无玥清秀的眉宇间带着笑意看向一脸好奇地琢磨剑柄的女孩。俏丽脸庞上的疑惑尽收眼底,他耐心地解释道:

"双子剑杀戮深重,剑气具有腐蚀能力。没有足够气息是无法压制住它的。说来惭愧,就算是认主多年,也不曾见它如此乖顺过——"

辰汐翻来覆去地把剑身看了个仔细,白丝雾气不带半分冲击力,冰凉温柔的水汽触感缠绕上肌肤,游戏般顺着她的胳膊嬉戏,惹得她嬉笑出声。方才出鞘杀人时分,左右她心绪不宁的嗜血感如今已消失无踪。剑仿佛不过是个讨主人喜欢的宠物。

"呵,我不知道自己是否真的像你说的有这般神通。或许这剑跟我有缘吧!"

无玥的剑眉挑了挑,似笑非笑:

"那不如找个人试剑如何?"

"试剑?"

辰汐的疑惑还未道出,遮盖头顶的草棚承重不稳地摇晃两下,轰的一声坍塌。无玥反应敏捷地握住辰汐的腰顺势一抄,闪了出去。

终于明白他所说的找人试剑是何意。继之前两拨人马,再次出现了第三方。不同于前面两种的乔装商人以及蒙面刺客,二十几人完全摒弃伪装,着戎甲由正前方直奔过来。灰黑色的盔甲,惹得辰汐眉头微蹙。

这套行头她是见过的,正是夜叉部族的铁甲精兵,属于琅熠的部队。可他们为何出现在这里?

碎梦【第四卷】

还在思索，耳畔传来无玥压低声音的耳语：
"握牢剑柄，它会教导你如何运用——"
哦？他……他这是什么意思？难道这回打算让她辰汐自己冲上去！
还没回过神来，身体被无玥轻轻一送，递向冲过来的人群。
啊！她不要啊！杀人可不是她的强项——
"喂，我……"
回头试图求救，身后的男人却已退到了几米远的安全距离，双手抱胸事不关己的模样。

辰汐懊恼地咬唇，靠人不如靠己，她也不可能总是依赖别人，从弑冢楼出来就该有所觉悟。手中的双子剑嗅出逐渐靠近的杀气，兴奋地剧震。剑仿佛有了自我意识，护住了辰汐，月白剑光虹，扬手一抖，划了开去……

剑通透如明镜，照映出辰汐略显苍白的娇俏模样。双子剑遇到杀气仿佛有了自主意识，白丝雾气缠绕上藕臂，带领着辰汐挥出剑式。通透的剑身在空中舞出亮丽的光霞，霍地朝飞身而上的敌军而去……

仿佛是天地间的一场唯美的杀戮舞蹈，舞剑的人随剑而起。掩去往昔令人窒息煞气的双子剑，保护着持剑的主人，挡去一切可能存在的威胁……

眼看锋利的剑尖就要划开胸膛，剑身倒映出敌人临死瞬间绝望的模样，对方惊悚表情吓得辰汐猛地闭上了眼，逃避似的不去看。却在瞬间，双子剑隐藏住的杀意因辰汐的闭目失去了控制。

嗜血杀意暴起，撩人的白雾蒸腾，从剑身处裂开，卷起最近的敌人。缠绕、扭曲、撕裂……

哀嚎声短暂却凄厉，仿佛就在她耳畔处陨灭。仅仅一刹那，剑气就已消化掉最近的敌人。食得血腥的剑愉快地发出欢悦。

辰汐惊醒，为时晚矣。

银眸茫然地睁大，无措地失去焦距，颓然地站立。拿着剑的她，没有想要去杀谁，就连敌人的刀距离她一寸时分，她也不曾存在杀意。可如今，那终极的力量简直让她惶恐。这并非她所要的……

女孩停下了身法。抬眼保存着一线奢望，恍惚地寻找，可哪里还有方才冲向她的敌军的身影，被双子剑吞了个干净。握剑的手颤抖，分不清是恐惧还是气恼。燥热的血液在身体中翻腾。一丝厌恶爬上眼角，黑色气息自身体中散开……

剑是利器，有人当做用来杀人的工具，到底不过是剑奴罢了。她不要如此。

大神宗卷的力量弥漫，幻化成一张铺天盖地的玄布，张开罩下，妄图压住杀戮腥重

135

的白雾。受到威胁的双子剑，最初还似耍小孩脾气般嘶鸣，不依地回扑几下，弹跳着想要捕食黑焰范围以外、吓得不敢上前的敌军。黑焰却毫无退势，好像一只精明的豹霍地一跃咬住了猎物的咽喉。白丝再难逃出黑焰掌握，黑白两色气焰纠结，拧成股，碰撞、融合……

渐渐地，白丝的杀意不在，平息了暴烈的血腥味，变得安静平和。置身雾气中的女孩银眸一柔，白丝顺着黑焰的波动游荡，随黑色气焰一同纳入身体。

四周的士卒被气息压迫得难以动弹，有些定力差的早已站不稳身子跪坐在地上。还能站着的也是一脸的恐惧，看鬼似的盯着眼前娇弱的女孩。就连逃跑的力气都已失去……

大神宗卷的能量肆无忌惮地被释放出来，陌生的冰冷短暂地占领了辰汐的脑海，片刻的抽空失去自主意识……

银瞳中的清冷又加深几分，染上淡薄的寒霜，透出隐隐慑人的高贵，宛若降临人世的神，等待着信徒的膜拜。侧身倚在树旁的无玥因那银眸的转变，不自禁地站直了身体，肃穆取代了方才的随性。

双子剑成功被净化了，可无玥略显苍白的面颊上却没有多少欣喜。惆怅笼上了剑眉，假若他能早点遇到辰汐，兴许双子剑就不会带走殷魅——他的所爱。可历史的脚步却又注定。

光音的死亡天界的轮盘转动，双子剑才会得以净化。也许眼前这个渺小的人类将要带给这片万年沉睡大地的礼物，不仅仅只是光音做到的部分。而他跟殷魅都不过是这场轮回里不足为道的尘埃而已……

银眸犹似刹那的恍神，失去的人类情感再次回到了辰汐的身体当中。清冷的高贵宛如昙花乍现，很快被汇上眼底的银光水汽取代，似悲似悔盈盈地瞅他。明明就快要哭出来了，却硬是把眼泪强迫地逼了回去。让人揪心地怜惜……

不自觉地靠近，手掌覆上了娇嫩的脸颊，触碰刹那的冰冷冻得他的掌心轻颤一下。像是个为了妹妹什么都愿意做的哥哥，语气带着疼惜：

"为什么哭？"

"我没哭——"

心底某个她极力想要忘却的脸浮出水面。如若看到自己哭，那个人也是这般温柔吧……

突来的温柔，惹得辰汐的泪落了个彻底。咬着牙逼自己冷硬，却逼不回泪水。

"好吧——"无玥无奈地叹气，"那么为何难过？"

银眸一怔，颓然般空洞，迷茫地反问：

"我方才，是不是杀了人……"

碎梦【第四卷】

No.10

水汽迷蒙了亚银色的双眸,哀怨的悔恨,却同时有倔犟和固执。

女孩挣开了无玥的怀抱。带着歉意的表情朝企图掠走她的敌军踱去。

方才释放的力量仍旧没能让这些人缓过神来。看到迎面走来的辰汐,几个身着精甲的士卒反射性地退后拉开距离。

辰汐的脚顿住,一闪而逝的悲伤,不知该进还是该退。她不是想要去继续屠杀,应该说原本就没有一点这种念头。她是来上前道歉的,可又有谁会相信,杀完人后还要弥补道歉的人呢?就是说了,也会被认为是惺惺作态吧!

握剑的手掌一松,双子剑"哐当"落地的声响震得畏缩的士兵又是一阵激灵。为首队长模样的男子是唯一还能秉持剑的人,防备地移到辰汐面前,却因受到方才气息的影响,双手微微颤抖,没有丝毫的战斗勇气。

女孩轻微地叹息,水雾缭绕的眼瞳带着愧疚的光:

"你们……是夜叉族的铁甲吧……回去告诉你们的王,不要再试图让这些原本该战死沙场的士卒浪费性命了,我是不会跟他走的……"咬了咬唇,迟疑一下,"还有,之前的杀戮,我很遗憾……"

死亡的恐惧到达了顶端时分,则无所畏惧。女孩的道歉让夜叉族的队长一呆,惊讶于她的愧疚的口气,惊恐很快被愤恨的笑声取代:

"少玩花样,你要杀就杀。我等岂是怕死之辈。技不如人,我们认了——"

视死如归的话煽动性地感染了身后的士兵,先后从地上爬起,虽依旧战栗着,目光却坚定。但对辰汐来说,却是一种被误会、哭笑不得的无力感……

果真会被当成假意啊——

幽幽地叹息,身畔无玥隐含射出的杀意,比方才更加强烈了。她勉强扯动着嘴角,怜悯而无奈。

"我并不真的想要杀人……"拾起地上的剑,解释,"这把剑你们该是认识吧……如果修罗族的军队已经对你们构成了威胁的话,那么就此停手吧!回去告诉琅熠,就算掠走我也不见得能增大战争的胜算。"

银眸一眨不眨闪烁着耀人的光芒,仿佛坠入尘世间的精灵,用自己独特的纯净博取前方拿刀的信任。

似是逃生的希望太过诱人,更或者当真愿意相信辰汐。夜叉铁甲军队长转身之际朝辰汐一抱拳:

"谢不杀之恩。任务失败,倘若仍有下次交手机会,姑娘不必手下留情。因为在下也不会。"

辰汐无奈地微笑,眼底是敬佩的光,忍不住开口:

"阁下怎么称呼？"

离去的脚步一顿，没有转身：

"铁甲军第三军队长——祁珧。"

无玥带着似笑非笑的表情注视着辰汐，目光中强烈的探究味道惹得辰汐回眸。

"怎么了？"

玄眸里晶莹透亮如上好的黑曜石：

"你怎么猜到我族的军队就在附近？不怕我也是来掠走你么？"

屏除颓然表情的辰汐笑得狡黠，瓜子脸庞上的秋波流转，聪慧中透着娇娆：

"殿下，您的人都在这里了，修罗军还会远么？！至于掠走我嘛，显然您比这些人具备更高的胜算。可是毕竟没有这么做不是么？哪有强盗去询问被抢者是否要被抢的道理。很显然您不属于三伙人的任何一方。"

辰汐的声音一顿，柳眉作沉思状，自言自语：

"既然抢人的是夜叉族，修罗族未作表示，按兵不动的监视者应该是天族才对。那么暗杀的又是谁呢……"

这一点她始终疑惑不解。跟她接触过的八大部族有限，除了点到的几个就还剩下龙族，梨雪是不可能来杀她的。弑冢楼更加不可能，现在他们命系于此，保住她都来不及。难道她还另有仇家……

No.11

无玥露出赞许的表情，眼前的人类女孩虽说是光音的转世，但也只不过是个孩子。心思能如此缜密，这大大出乎预料。平凡瘦弱的一张脸庞，初遇时如此不起眼。却在银眸灵动的刹那间，迸出绝世风华。

无玥的嘴角浮现笑意，眼神隐隐带着血光，轻描淡写地把这几天的战事道出：

"夜叉族与天族大军交锋在咽喉峰。十二万对十万僵持不下。双方频繁有小规模冲突，却没有正式攻击的迹象。而他们两军交战的地理位置恰巧是我族边界……"

突地，话题一转，眼波回到辰汐身上，唇角放柔，微微上翘：

"不要一句一个殿下，叫得我好别扭。不如直呼名字吧！我很久没有听人喊过了……"

"辰汐，今后请多关照——"

似是不远处的战事就这样被带开了主题。辰汐并不深究。顺着他的话儿继续。白皙的面颊上面，笑容如花儿一般芬芳。真诚地朝他伸出了右手。无玥先是一愣，没有反应过来。随即了然地笑了：

"这是人类表示友好之意么？"

"嗯——"女孩肯定地点头，握住了缓缓伸出的大掌，"很高兴认识你，还有谢谢你支

碎梦【第四卷】

持我自酿的酒。"

"哈哈,在下的荣幸——"

无玥爽朗的笑声飘扬得好远。

多久了,自己能够如此畅快地笑。像是隔了一个世纪般,让他几乎遗忘他原来也是会笑的……

月上柳梢头。

酒壶已尽空,手端起凑到耳边摇了摇,失望地放下。

"这是最后一壶了啊——"

辰汐叹息。

他同她讲述那些深藏在心底深处的过往,她安静地听,虽然知道他与殷魅的故事,但从本人口中诉出却令人别样感伤。

她与他分享来到这里的经历,还有人类世界的奇闻。

他们一见如故,边喝边聊,不觉间一晃竟然耗过了两个时辰。

空壶落下,细数酒瓶起码有八个以上。今天才发现她辰汐居然酒量十分不错。咧嘴冲无玥傻乐。

黑眸温暖仿佛三月的春风:

"酒都喝光,你没有支付我的酬劳了。接下来怎么打算呢?"

收敛了傻模样,银眸闪闪发亮:

"我想知道现在局势如何?"

无玥浓密的睫毛扇动,盈盈地瞅她半响后,站起踱到她身边,做邀请状。辰汐伸出手,落在大掌中的刹那,传来无玥低沉的声音:

"此行,将不会只是死一个士卒那么简单——"

抬眼坠入漆黑的碧空眼瞳里。心暗沉,眼底却全然无波。

她已有心理准备。不知自己是否能承受真正的战争,却必须硬着头皮而上。有些事情是逃不过的,总要面对,不过是早晚而已……

眼底闪烁的坚持宛如磐石,跟随着无玥的脚步,步出了酒棚。

回眸,这也许是她最后的宁静之所。她会记住这里,弑冢楼就在茂密树林的深处,被高耸天际的苍树遮挡住了视线,辨不出。

也许不能再见上一面了吧!遗憾地暗自轻叹……

旋身之际,眼底再没有困惑。

咽喉峰位于无名小村的东面。穿过前方茂密的松树林,朝着冷月的方向一路向东,在山的尽头,无玥放缓了步伐。抬眼眺望,山的顶端中断裂开一个缝隙,像是有人从中生生劈成两半,平滑的断层一直延长百米,深入谷底。

立在峭壁的顶端,辰汐的心轻颤着,连呼吸都变得细微起来。俯首,远远的山谷脚下,零星的营帐篝火分别占据南北两端。间隔太过遥远,看得并不真切。隐隐有人影穿梭。手中的火把好似辽阔碧空下的星星。

夜色下,两军静得可怕。失去了声音的山谷,压抑到极点,等待临界点的爆发。

身后的无玥扶上了辰汐的肩膀,朝下方一指:

"南面持星月图腾的是天族翔玠的直属军团,十万人;通过我们脚下的咽喉峰,目的地是身后的弑冢楼。北面黑色鬼面图腾是夜叉族的铁甲军,十二万;自从幽冥界天然屏障破碎后,夜叉族一路南迁,想要绕过龙族的青玉海,只有通过这里。"

"龙族的青玉海?"

辰汐疑惑地侧头,等待解释。无玥纤长的手指放高朝向西南方:

"天族军队的后方,天的尽头。"

梨雪的青玉海该是怎样一幅景象。憧憬的眼眸缝成线,不自禁地笑弯了嘴角。身后的男子像是知晓她的心思,声音放柔,贴近耳畔呢喃:

"正西,穿过这片山谷就是修罗族的领土……"

希望的光瞬间点燃,无玥低沉磁性的嗓音里透着诱惑的气息,辰汐的银眸随着他的手瞭望,穿过脚下的杀戮战场,天与地连接的那里将是最接近自由的方向。可……

悠悠的叹息声自身后传来,她听到他用极轻的语调低吟,带着疼惜的味道:

"小汐,只要你愿意,你便可远离这里——"

没有算计,没有利用,只是简单出自真心的诚意,飘入耳中震颤了她的心。

天地的尽头暗藏着的修罗军队仿佛是漆黑暗夜里闪烁的希望之光,温暖了被峡谷的冷风吹得快要冻僵的娇弱身躯。笑意浮现,她相信身后的人儿能够做到,带她穿越这片混战的乱世,远离纷争……

但,弑冢楼的两万条人命,又该怎么办……

咽喉峰的夜风凛冽,吹乱了她的青丝,乌黑的发在风中飘荡,模糊中几点银光乍现,却又很快隐了开去……

No.12

手揽过纷飞缭乱的发丝,旋身,银眸光华耀眼:

"谢谢,可我不能——"

无玥诧异于她的坚持,蹙眉凝视:

"小汐,你一个人的力量并不能阻止这场战争——"

唇角笑得苦涩:

"我知。可至少我一条命能够换两万人平安……"

微醺的怒气会聚黑眸:

"这种借口你也相信?真不知道该夸你太过聪明,还是笨蛋得可以……翔玠可以找出上千种攻打弑冢楼的理由,只要他想……"

"我知道——"辰汐打断他,"可是我跟你走了,弑冢楼怎么办?探子早晚会找到我的下落,到时候死的就不是两万人而已……"那会赔上整个修罗族。

碎梦 【第四卷】

"我修罗不是贪生怕死之辈——"

无玥挑眉,一脸不屑。辰汐懊恼:

"修罗有多少兵力?联合龙族又能有多少?二十万?天族呢?你估量过吗……"银色月光的眼眸,闪烁着怒意,"你想接下来爆发八族大战吗?"

"哼,那不过是早晚的事——"

明知道她说的是事实,却又赌气地别过头去不愿承认。

叹息自辰汐的胸腔里跃出,悲伤且绝望。

"自由原本对于我就遥不可及……"

无玥沉默。

转过身去,辰汐面朝山谷下的大军,声音平静无波、轻柔地缠绕在风里:

"我知道你并不想看着我去送死,可我们为何不往好的方面想呢?如果能够有一线生机就该去尝试。我的前世是不是光音我不知道,如果换作是她,会用尽一切可能阻断战事吧……"一个控制八族平衡的女神,怎样也不会希望爆发战争的。

无玥不苟同地摇头,却又在她坚持的眼神下欲言又止。无奈地叹息:

"或许你是对的……"淡然一笑,"是我太过心急,毕竟多少我也存在私心。现在的你并不适合统领万人大军。既然已做了决定,那么我就再等等吧!希望下次再见面时,你已经有独揽一面的勇气——"

笑温和,迷幻了辰汐的双眼,玄瞳眼底的疼惜仿佛是放不下妹妹的哥哥,忧虑且担心:

"小汐,自由不是别人给予的。真正的自由不受时空与地域的限制,它是心灵的救赎。哪怕你身处地狱,也没人能够捆绑得住……"

狂风卷起了尘沙,呼啸而过。再次睁眼时,咽喉峰上只剩下一抹娇小的身影。男子不打一声招呼就这样消失在她眼前,如来时一般。

女孩疑惑地皱眉,还在思考男子最后话语中的寓意。片刻,一笑了之……

她仍有足够的时间去烦恼这些,站在这里不如步入山谷从做囚徒的角度去看待问题,也许能更快地找到答案……

顺着蜿蜒的小径一路向下,朗月爬上正空时,辰汐顺利地出现在咽喉峰的谷底。十米来宽的山谷缝隙,狂风咆哮,声音好似鬼魅的啼鸣。要是换了一年前,她或许会被吓坏了吧!

拿自己打着趣儿,脚下的步伐也不自觉地轻快许多,不觉已经迈入了两军对垒的中段……

再走上几百米就是天族的军营了。面对即将而来的命运,心态平稳得连自己都惊讶。不知道翔玠对于她主动送上门的举动会是何等表情!想着,不自觉地唇角上扬。加快了脚步。

突然耳畔传来嗖的声响,一个物体快速从她腮边蹭过,插入前方的土地里。

箭!

待看清时,笑容僵在脸上。左眼皮细微地跳动两下。

还未来得及反应，身后夜叉族的马蹄兼并着喊杀声穿破了夜空，扑了过来。

箭雨漫天，盖过了明月的光亮，在她的头顶飞过，直指天族的营帐……

预警的号角紧跟着响起，前方天族兵营里一片咒骂声，混在杂乱的军令下，人影攒动。

跑。她的第一反应闪过脑子。可该往哪里跑？后面是夜叉族，她会被当做天族的人直接干掉；前方天族自然以为她是夜叉的先锋，不用说结果。生死关头竟然犹豫了……

驻足的片刻，天族主帅营里玄色衣衫的翔玠晃了出来。金色眸子穿过了前线的冲突，直直射入她的瞳仁。

有人能认出她，就应该不会被当成敌军嗜杀。心中一喜，就要释放气息朝目的地而去。翔玠的剑眉却在此刻皱紧，眼神从她身上移开，飘向她的背后……

不好的预感爬上心底，猛然回身，死亡的恐惧笼罩上心田……

不远处，高大的骏马上一身铁甲的琅熠，拉弓上箭，化身死神。打磨得锃亮的箭尖直抵辰汐心脏……

No.13

耳畔的厮杀，穿越了山谷飞扬的黄沙。死亡的气息在身边弥漫，黑色的夜叉铁甲，金色的天族大军。尸体急剧增加……

满眼的红随着身前身后的杀气蔓延开来，冲击着辰汐的感官。身边不停地有人倒下，惊恐的哀鸣声穿破耳膜，眼前是一张张放大了的濒临垂死的脸。对于死亡的概念在脑海中无限扩大，好似铺天盖顶的一张网困住了她。拘束住了手脚，立在当中，无措地颤抖。

大神宗卷的气焰自主地散开，形成防御屏障，护住了身子。风乍起，吹得发丝纷飞。银眸难以置信地穿过了沙粒的尘埃，落在远处马上的人儿上……

墨黑的铁甲笼上昏暗的光圈，乌黑的发被风撩起遮住半边刚毅的颊。深邃的晶瞳带着难寻的光。箭搭上弦。

突地阴狠一闪而过，箭瞬脱离了掌控，穿破夜空……

恐惧划过银眸，冰冷没有温度的箭尖撕裂了辰汐反射性建立起来的防御气壁，眨眼瞬息没入羸弱身躯里，开出耀眼的花。血的甜腻芳香自胸口散播，炽热的刺痛感一瞬间袭来，极大的穿透力惹得脚底踉跄……

眼茫然睁大，探寻着，想要从琅熠一片墨黑的心湖里找寻到什么，可那片黑色汪洋却只是深不见底的湖海，看不到一丝波澜。

恐惧爬上心底，她突然觉得那汪幽潭无比的危险。逃跑的念头闪过脑海，拉扯着神经，可身体的疼痛却拖累了自己。

箭没得很深，锐利的尖穿透了身体，稍小的动作都会撕扯般疼痛。牵连得她整个神

碎梦 【第四卷】

经麻痹,眼神开始迷离。盲目地想要移动却失衡地难以站直,神志渐渐涣散、抽空。意志却又不允许自己倒下,强撑起身体,作最后的挣扎。

前方,翔玠的身影模糊,她已经分辨不清是自己沉重的眼皮造成的,还是心底的希望越见渺茫。拖动身躯前行的吃力感,让她萌生起好笑的冲动。明明对翔玠的感觉如豺狼虎豹,此刻带给她的远远比身后的琅熠要安全得多。

脚下如灌铅般沉重,昏晕来临时,身后的夜叉军杀出一骥骠骑,为首的军士单手掠起她,掉转马头奔回。

翔玠愤怒的咆哮传来,可早已丧失先机。

好累,仿佛身体跟心志分离才能缓和她的不适。辰汐抵抗着晕眩,试图维持着清醒。出于好奇,她努力地想要从臂弯里抬起脸来,寻找琅熠此刻的表情,但却越来越力不从心。渐渐地,身体因太多血液的流失变得分外寒冷。

昏晕的刹那,似曾相识的声音在耳畔响起:

"女神大人,感谢您的不杀之恩,我们又见面了——"

疼,像是有人在她胸膛上破开一个洞,猛力地拉扯着,身体不自觉地弓起试图缓解疼痛感,却牵动了伤口,撕心裂肺。

耳畔模糊传来咆哮声,似是琅熠的:

"为什么止不住血?养你们这些祭司一个个都是打诨的吗!"

"殿下息怒……臣,已经尽力了……人类的身体无法承受过多的气息。此女身体中存在两种不同的能量,超过了身体负载。所以,臣的治愈术无法灌入分毫……"

"说那么多废话干吗?!我是问你怎么治——"

"臣……无能为力……"

"废物,拖出去给我砍了——"

伴随祭司的求饶,另一个沉稳的声音插了进来,是抱着她的那个军士:

"殿下,殿下息怒。我军的祭司有限,还望陛下手下留情——"

深沉的呼吸声,压抑的怒气:

"好。你给我想出个法子,我就饶他一命——"

"您的旧识——使毒圣手骆公子,传说他的医术了得,尤其是用药方面。前些日子,据闻他在弑冢楼落脚……"

空气中弥漫着暗沉的冷意,琅熠的声音似寒冰:

"行了,我知道了。你们都出去吧——"

话被打断的人,诧异的愣忪。随后顺从地称是。跟着众人离去。

屋子里突然只剩下他们,辰汐的意识模糊又清醒。她能够听到他的轻微带有一丝悔意的叹息声,却怎么也醒不过来。身体冰冷,仿佛只有胸口处流出的血液是温热的。

会不会就这样死了……她有些不确定地想,在青洛来以前,死去……

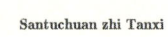

No.14

雾气缭绕,分不清身在何处。眼底一片朦胧,看不到光亮。也许自己也融在其中。耳畔一个女声或近或远,笑声刺耳,带着隐隐的刻薄:

"笨女孩……笨……"

"谁,谁在那儿——"

雾气里,可视范围太过狭窄。她连自己都看不真切。

"在哪儿?咯咯,你又知道自己在哪儿?"

"你是谁?出来——"她焦躁。

"咯咯,你又是谁?"

"我,我是……"我是谁?突然间愣怔,她是谁……

"想不出来了么?咯咯……"

怎么可能?怎么会有人不记得自己是谁?慌乱爬上眼角。

"你杀人了啊!害怕得想要忘记。没想到连自己也一并忘记……"似是陈述,又似嘲讽。

杀人?好像是,她好像是杀了个人。之后被箭刺中了胸膛。然后她就记不得了。这是在哪儿?可她又怎么知道?!

"你怎么知道?你是谁?"

"我就是你——"

"你是我?那你一定知道我是谁,告诉我——"

"笨——"声音有点不耐,"你自己都不知道自己是谁,我又怎么会知道——"

她沮丧地叹息:

"哎,我们在哪儿?能不能出去,我不喜欢这里——"这里阴沉沉的,让她觉得冷。

女声短暂地停歇,没有直接回答她的问题,小声地贴近:

"嘘,你听,他们来了——"

讶然惊愣,谁来了?

恍惚中有人触碰上她的肌肤,冰凉的手指划过脖颈,轻柔的叹息吹拂在脸颊,暗含点点疼惜:

"怎么又搞成这样?小汐,你真没良心,我才救起你啊——"

青洛——

她熟悉这个声音,记得他。逐渐地记忆由模糊变得清晰。朦胧的白雾散去,回神试图去寻找方才的女声,却在她想起的刹那消失无踪,仿佛从未存在在梦境里。

"洛……"

半梦半醒间,身体沉重得宛如灌千斤,难以动弹分毫。胸腔要裂开一般,疼到麻痹。

碎梦 [第四卷]

"嘘,我会治好你的……相信我……"

嗯,细微地扯动着嘴角,她当然相信,一直都相信着。

一路以来,他们约好的啊,他总会在危急的时候出现在她身边。可这一次牵扯上琅熠,他又会不会如从前……

前襟被小心地剪开,尽量避免扯动到伤口。空气中弥漫着淡淡的用于止血的紫珠叶的味道,混杂在浓烈的血腥芬芳里。伤口滚烫,好似火烧,突地中药味转浓,一片清凉敷上灼烫。

睫毛颤动,她突然很想看看为她担心的青洛模样。他该是被琅熠以骆公子的身份"请"来的吧!没有修饰的青洛一直是妖冶动人心魄的,怕是此刻外面早已迷倒一片夜叉族的小女孩了。

然而眼皮太过劳累,难以抬起。止血药开始发挥功效了,恬适感袭来,梦渐沉。迷蒙间,身旁的人换了,隔床而立,目光寒若冰霜。惹得她手臂的肌肤一阵战栗。

琅熠么?起先她不太敢确定目光的主人,直到暗沉低哑的嗓音响起,呢喃自语:

"你在乎的是他吗?多在乎……愿意为他死去吗……呵,没关系,不久我们就会知晓了……"

咽喉峰,峡谷的风呼啸而过,撩起尘沙,铺天盖地地穿过一栋栋帐篷。凛庚的声响惹人战栗。挑唆着世间纷争,暗含杀机……

No.15

奇怪的女声没再骚扰她的梦境,因此辰汐复原得甚好。三天后的中午,银湖秋波悠然睁开之际,青洛俊美的容颜落入眼底。

此时,巨大圆顶帐篷里只有他们二人。暗红色的凤眼里带着点难以捉摸的深邃,柳眉蹙紧瞅着她发愣。就连她的转醒都未能影响到他的思绪。

她似乎很少有机会这样注视青洛。亮红的发看似随意地扎起,金属质地的发扣镶嵌着夺目的猫眼石,晃动时缝隙随光线的明暗变幻交替。刘海儿斜斜地覆上额头,为白皙的面颊平添几许顽皮的气息,却不能阻断棱角分明的轮廓所带来的英气。微薄的唇角时而抿起,带着点诱惑的味道,跟随眯缝的凤眼灵动,百媚横生。

终于,红瞳的主人被辰汐盯得诧然一愣,这才恍惚回过神来。尴尬的语气却带着关心:

"醒了?有没有哪里不舒服?"

摇了摇头,没有出声,仍旧盯着他看。

"渴吗?我去给你倒水——"

辰汐的视线太过炽烈,像是能穿透他的心房直抵深处。惹得他喉咙干涩,说话的声音略微喑哑,逃逸似地避开去取水。

茶杯的热气顺着掌心流窜汇入身体,辰汐的头微微低垂,眼睛落在蒸腾的水汽里。持久性的沉默后,耳畔传来青洛低沉的声音:

"对不起,小汐。我替他向你道歉……别怪他,他也是逼不得已……"

明知道青洛碰到琅熠终归如此,却仍旧不免有些失望:

"不得已吗……呵……"

嘴角挂着笑意,略带讽刺。抓住她的手掌那么牢靠,不免让她深信他会一直如此,几乎让她忘记,这双掌也会有放开的时候,只是之前没有遇到契机。

一面是兄弟情谊,一面是……她是他的什么呢?也许什么也不是……

"我会尽量劝服他的……"

青洛的声音带着几分无奈的疲惫,这让她肯定,一切不过是他自己不切实际的期望跟面对她时的无能为力。

安慰的话如此苍白,可足以让她面对残酷的事实。

"要是劝服不了呢?"她突然问,语气咄咄逼人,"呵,你要知道整个弑冢楼的命都在我身上啊!我是无所谓,可翔玠却不是我能掌握的……"

皱紧的剑眉一怔,似是被她冷凝的语气冻到,却又不忍放弃自己理想化的观点:

"至少待在这里你是安全的,比那个男人怀抱安全许多……"

这话惹得辰汐扑哧笑出声来,反问回去:

"你怎知道呢?你又怎么知道琅熠不是又一个翔玠,或者不是下一个血阑……"

讥讽的语气惹怒了对面的男人,声音提高了八度,辩解道:

"我了解他,他不是你所看到的那样……"

竭尽全力地想要说服,到头来却分不清妄图说服的是她还是自己。

辰汐的脸上平添一抹柔媚,那是他从未见过的风情。注视他的银眸忧伤且怜悯:

"哪样?洛,你的心如此寂寞。那个人,你在乎他,比谁都要在乎,把一整颗心都奉献给了义气,闭上双眼不愿去看清事实,并不表示事实不存在。一个杀戮疯子,真的在乎那么一点兄弟情谊么……"

啪——

话音戛然而止,被突如其来的巴掌打断。扬起的大掌还停留在空中,打偏的侧颊此刻定格般瞬间静止。

红肿迅速浮现在辰汐苍白的脸上,隐隐阵痛。心脏处传来一阵酸楚,突然有种想哭的冲动。低着头,刘海儿遮住了眼。

青洛自己也是一愣,呆呆地盯着手掌,没想到竟一时失手,甩了她一个耳光。悔意爬上眼底,低垂着头的辰汐却错过了。

没有道歉,也没有解释。任何语言此刻都显得无力,室内静得可怕。最后,青洛没有留下任何言语,挑帘走了出去。

碎梦 【第四卷】

No.16

  是她仍旧学不会委婉,也许方才的话真的说得有些重了。面颊火辣辣地疼,只有她一人的帐篷此时大得吓人。想要做点什么来缓解心中的失落,手里依然握着的杯子,此刻已经转冷了。

  艰难地起身蹭到桌边,提起茶壶却发现壶已尽空。

  这是虐待囚犯啊!辰汐长叹口气,踱出营帐打算去弄点水来,却在门口愣住,撞上了倚靠在廊柱旁的琅熠。

  黑眸闪烁着探究的光,脸上却挂着笑意。看似在此等候多时。她不知道他听到多少,她与青洛吵得那么凶,估计很难逃过谁的耳朵。

  无所谓,她是来做囚犯的,不是来讨好他的。无视对方戏谑的眼神,嫌恶地侧身避开。琅熠却一点都没有放过她的打算,伸手一带轻巧地把赢弱的身躯揽入怀中。胸前才刚愈合的伤口在拉扯间裂开,染红了衣襟。

  咬紧牙关抗衡着,无力挣扎,只得任由他抱着,男性温热的呼吸吞吐在她脖颈处,引得一片战栗的疙瘩。

  琅熠此时像只衔住猎物的狼,对于猎物面对危机不温不火的态度,稍许有些不满。妄图引起更多的反抗,勾起他狩猎的欲望。

  "你嫉妒——"

  话猛然砸在心口,她喜欢青洛么?不,只是面对他能够敞开心胸、直言不讳而已,只是这样。身体抗拒地僵硬,极力想要否认:

  "没有,我不喜欢他——"

  满意于自己制造出来的效果,琅熠开心得嘴角上扬:

  "我有说你喜欢他么?不打自招——"

  辰汐狠狠地挺直脊背:

  "这跟你有关系么?"

  仿佛她问了一个多么显而易见的问题,黑眸里夹杂着鄙夷,笑意正浓:

  "当然,你的心是我最好的牌。祷告吧!我的小女孩,祈望你自己有我利用的价值。否则,青洛那家伙……"

  辰汐反手一把揪住他的前襟,震怒地贴近:

  "你敢!你要是伤害他一分一毫就算我穷尽所有也要拆了你的骨头——"

  突来的勇气使得琅熠饶有兴趣地大笑:

  "小不点,你凭什么跟我斗!你连人都不敢杀,还想放这种要打要杀的狠话。好啊!我等着你。恐怕是到最后我真的动了青洛,你也未必敢拆了我的骨头——"

  银眸聚上怒火,暗潮汹涌。什么兄弟情谊,去他的,不过青洛一人从头到尾地自作

多情。她为他悲哀啊，一心为琅熠着想，可人家呢，把他利用了个彻底，连性命都算上了。她敢打赌，就连最初协助青洛的报复，也只是眼前这个战争疯子步步为营的诡计。

他俩的过节似乎不止于此。

第一回，不经过她同意强迫灌入大神宗卷力量，虽然补救了两颗"月隐寒霜"，可副作用戾人。这一次，困住她，既牵制住了青洛，对翔玠又何尝不是种威胁。每每他总是忘了征求她的意见。既然如此，那就让她亲自告诉他好了……

嘴角扬起好看的弧度，银眸平添几缕诱惑的娇柔，迷幻了黑眸，一阵恍惚。

诡异的光一闪而过，隐没瞬间琅熠方才警惕，心思暗沉，却失去了先机。

怀里的女子宽口的衣袖划过面前，带出一片暗香。他暗叫不好，防备其散出的气息，可仍有少许吸入体内，不多却足够使他片刻地头脑晕眩。

趁着当口儿，辰汐提气撤步，旋身退出了掌握。同样持黑色气焰与琅熠的防御屏障在空中撞击，擦出一片夺目光亮。

辰汐孤注一掷，刹那间令体内的大神宗卷力量爆炸一般完全释放，形成巨大的壁囊。雾气缭绕极具杀伤力。身侧的帐篷被卷入气流瞬间化为乌有，只剩骨架铿锵坠地的嗡鸣。相较于她的蛮力，琅熠的力量释放自如，控制得刚好防御住身体。远望去，一大一小两朵雾气仿佛两片黑云交汇、碰击、撕裂……

"啧啧，果然低估了你，小不点。起初我以为你不过是强迫被注入的力量，没想到竟能够运用它了，可真是了不起。不过，你要是打算用这来杀我，似乎还不够……"

他微嘟起的唇吐出来的话语带着讥讽，眼神似笑非笑倒是更像在看好戏，几许期待流淌过黑眸，把辰汐故意制造出来的巨大空间术一点都不放在眼里。

被对方歧视的怒火没能影响到女孩，辰汐的目的并非在此。眼看巨幅的气壁吸引来更多的士卒，笑意揽上眼底，两片薄唇一开一合，宛如夏日的牡丹娇艳芬芳：

"翔玠看着你抓走我，他失去了动弑冢楼的借口。而你，不管你打什么算盘，我都不会让你如愿的……想要这大神的力量么，那么就拿去吧……"

伴随着话音，冲天的黑雾似是从瘦小的身体中炸开，急速蔓延。包围上来的铁甲军被逼退得节节后退。琅熠的状况也好不到哪儿去，不停增厚防御依旧挡不住辰汐的气息。

但凡稍有理智都不会采取这种拼命的战术。

剑眉会聚成川透过厚重的浓雾盯着前方的少女，前襟早已一片血红，却又咬牙死撑。愤怒地凝视着他，像是要将他生吞下肚才能罢休。而攻击力十足的气息却奇怪地不带半分杀意。推挤着试图靠拢的人群，造成释放的雾气只是凭空摆设，好似出现在场中央的雾风。虽不足以伤人，却能伤己……

突然明白她要做什么，低咒一声。

"该死，你想毁了自己吗——"

碎梦 【第四卷】

No.17

黑雾中心的娇弱身躯笔直地站立着,发丝飞散。银色的瞳孔失去了光泽,嘴边仍旧噙着笑意。人却在过度耗损中失去了意识……

琅熠的心脏几乎提到了嗓子眼,连带着愤怒的火焰顷刻在体内流窜。

眼前的女孩用了最极端的手段清清楚楚地告诉他,她是多么的不甘愿。执意的怒火暗含着另一种昭然若揭的情感:她可以为青洛付出生命。

他们已经是恋人了吗……

揣测着,眉纠结,讨厌这种说法。那种陌生的暧昧使他十分不舒服,他必须斩断它。

刀通体漆黑,闪着寒彻的光。手腕一抖,冲破刀鞘瞬间好似骤然绽放的烟火,散出耀眼的华彩,毫不犹豫从雾气的正面劈下。宛如锦缎裂开的撕扯,又似金属碰撞间的啃咬。近十米的黑色雾气呜咽着开出一条近两米长的口子。

气息仍旧没有因裂口而减弱许多,一波波聚拢过来,冲撞着琅熠的防御壁垒。好在他没有显示攻击力,大神宗卷的气息仅仅是蹭过防御壁就掉转了方向。

这叫他着实松了口气,当真蛮干起来,他没有绝对的把握能够毫发无伤地离开。

一步步贴近站立在雾气旋风中央的女孩,血红的前襟惹得他蹙眉。失去意识的眼穿过他,不知望向何处,空洞、麻木,像是灵魂已经脱离了躯壳,飘荡无踪。

他似乎玩得有些过头了。愧疚在琅熠的墨瞳里一闪而过,疼惜流淌在胸口,怜悯地轻触辰汐因失血过多而泛白的唇,低声呢喃:

"小气量的家伙,我也只是说说罢了。你犯得着这么大阵势让我明白你的心意吗?!好了,我认输,把气息收回去吧!"

没有握刀的大掌覆上她纤长浓密的睫毛,酥麻的感觉令手掌泛着痒,传递入心。银眸跟随着手指缓缓地合上。黑雾,声势减小,逐渐回归体内,一切看似平息了……

当琅熠撤去了防御,正准备长长叹出一口气,上前去搂抱她的刹那,一股带着强烈嗜血的气息,从辰汐胸前泛着血红的伤口处涌冒出来。形态宛如白丝绸带却又呈现透明,闪电般舔上了铁甲……

对于危险异于常人的敏锐力救了他,未看清前已察觉到了杀气。脚底迅速地做出反应,白丝蹭过盔甲,腐蚀的浊气溶解了坚硬厚实的铁甲,却未伤到肌肤。

疑惑地皱眉,忆起早先祭司宣称她体内存在两种力量,当时一心只关注伤势,反而被他忽略掉了。这白丝应该就是另外的力量,凛冽杀戮感与辰汐的性格大相径庭,她是从何处得来?

还未来得及做进一步的探究,白丝就似昙花一现隐没了回去,伴随而至的是女孩呼吸不畅剧烈的咳嗽。

清醒之际,痛感排山倒海般袭来,再也支撑不住身体的重量,腿一软跪了下去。与地面接触的瞬息适时地被拥入一具温暖的怀抱。

神志逐渐模糊,头有些沉了。男性的低咒声飘荡在耳际:

"该死,青洛那家伙应该没走多远,我派人把他押回来。你撑着点……"

琅熠欲开口唤人,反被她抓紧。黑眸狐疑地回望不明所以。

唇干涩,几乎拼接不出完成的句子:

"我……会用药草……不用……不要让他回来……"

她现在不想面对青洛。救她很多,也帮她很多。她当他是朋友所以直言不讳,但也许真的不了解他们百年来的友谊,更或者完全了解他,所以才会在不觉间伤害对方,同时也伤到了自己……

喜欢他么?当被人问起,脑海里只是诧然。她不懂怎么去表达对于事物的欢喜,更不要说对人。或者说,做人这么多年来,有上顿没下顿的日子,让她无从体会那种同龄人拥有的青涩初恋味道。哪怕是面对血阑,隐藏在命运无奈下的温柔爱意,她的反应也只是逃避……

黑暗袭来,辰汐在琅熠的宽厚臂弯里失去了意识。

拥着她的男人嘴角挂上无奈的笑,自言自语:

"希望洛那家伙能留下点配好的药草,否则伤患医生只能去冥界医自己了……"

No.18

青洛没有回来,好在辰汐的医术也不差,伤势渐愈。七天后,已经可以走动。琅熠没有派大批的军士监视她,只吩咐自己的贴身侍从跟随左右。想是知道她的气息耗得所剩无几,有待复原,一时半会儿也闹不出新鲜花样来;更或者,这个贴身侍从有不容小觑的能力。

祁珖,在酒棚处试图掳走她的铁甲军队长;也是在两军阵前抱她上马的那名将士。难怪当时她觉得声音似曾相识。枉她再如何挣扎,到最后仍旧落在了对方手里。回头看那些过往,要是料得了此处,她会不会当时就束手就擒跟他走了呢?

靠在帐篷外的辰汐眯缝起眼,隔着金灿灿的阳光侧首打量站立在她身旁,宛如树桩的男人。

一个人怎能保持如此安静,悄掩声息到让人在不知不觉间就忽略他的存在。很难感觉到对方的气息,哪怕是现在这种近距离的姿势。不说话、没有什么动作。假如辰汐要在这里坐上一天,他就能贴近她立上一天。她猜测,要是哪天她真的逃跑,走出半里地自己也不会发现祁珖跟随在身后面。那命运……

"哎——"她悠悠地叹气,庆幸自己没有太多逃走的念头,否则跑了半里路再被抓回来,那可丢人丢大了。

想要找点事情打发时间,正在左顾右盼之际,军营的入口处警报声扬起。

碎梦【第四卷】

这几天，天族频繁攻来，但奇怪的是每次攻打之前都会做预警。号角长鸣三声，一炷香后才出现在军营前。一般以三到四个小队为单位，叫嚣几声之后又撤了回去。不像是真正意义上的偷袭，更像是例行公事的试探。

夜叉族未遭受半点影响，一如既往的安宁。越是这样，辰汐的心就越加地没底。战事仿佛风雨欲来的平寂，压抑得连夜晚的风都微弱，弥漫着杀戮前的恐惧，扩大了开去……

明明艳阳高照的天气，靠在营帐旁的小人儿突然感觉丝丝凉意，顺着脊骨攀爬上来，冷不丁一个寒战。

不行，她要在琅熠出卖她之前做点什么，哪怕无力改变也要问个明白。

想通以后，即刻朝会议室而去。她可不管这时段有什么重要军事会议，在她辰汐看来，天族都叫嚣到门口了，琅熠仍不为所动，只有一个可能——下面将会有一场大的战役。往往谁先沉不住气，谁就先露出败象。

夜叉族虽然先前是随军大迁徙，但早在前两天就已经撤离咽喉峰的峡谷。唯独剩下她，势必有所用途。琅熠永远赤裸地把欲望摆在桌面上讨价还价，几斤几两称了才能算数。有时如此坦诚，也不一定是缺点，至少够明白不是么？！

笑挂在略显苍白的脸颊上，重伤才愈的身子骨更加单薄。可挑帘迈入时分，清澈锐利的眼神却一点都不逊色于会议桌尽头的男子。银眸扫过营帐，一室的男人都因突然出现在门口的女孩呆了呆，片刻安静下来，扭头好奇地打量她。

这时候外面的守兵总算意识到自己的失职，提着粗重的嗓音就要上前架走门口的惹事者，却被身后暗处的祁珧拦截了下来。

辰汐头也没有回，眼神在室内走了一个来回又重新落在了琅熠的身上。对面的黑眸深不见底，未露怒气，却在施加精神压力，仿佛一汪墨潭紧紧地吸住她，拉进水底，不给她半分呼吸的权力。

脸上的笑容不在，银眸转暗，由亮白变为浅灰，隐隐透着寒光没有温度地直射回去。在人前表现懦弱只能被更残酷地对待，这点是她坚信的。没有相互较量的实力又怎样，至少她辰汐不怕他……

No.19

几十平方米的帐篷里，琅熠的目光穿越了长桌，传递到帐帘的尽头。

身高一百六十公分，消瘦得宛如一阵风就能刮跑的女孩，似乎比上次在弑冢楼见到她稍长得高了些，可仍旧不及他下颚。身子骨比原来结实许多，但却因重伤的缘故虚弱无力。气色算不上好，病态的苍白，反而平添几许娇弱，远胜于那银眸中展露的疏离，让人想要去呵护……

明明迎面的女孩冷若冰霜，没有半分好颜色，他却不觉慌了神。

右手处，副将含蓄地咳嗽提醒为主的琅熠，方才唤回因辰汐分散去的注意。一摆手，会议就这么散了。不一会儿，帐篷内变得空旷，仅留下相视的二人。

银眸流转从黑潭里移开，被他身后挂起的地图吸引去了视线。

那是……

还没来得及看个仔细，琅熠猛然警觉，佯装不经意地随手取下了地图，卷起塞入了身后罗列着众多相似卷轴的桶里。

回身之际，幽暗的黑眸转变为关心，高瘦的身子越过长桌朝门口的辰汐踱来。语气温柔半带埋怨，真实得几乎让人不禁愿意去相信：

"怎么出来了？伤口才刚愈合，小心再度裂开。"

没有做过多的反抗，并不表示不警惕。她看到了，那是天族领域的版图，可他要这东西干吗？！虽然疑惑，脸上却未露分毫。任由他的手轻轻地抚过她的发丝。

柔滑的触感在指尖游走，似是满意她的乖顺，微笑挂上刚毅的脸颊，狭长的凤眼微眯，粉红微嘟的唇洋溢出迷人的弧度。

霸道、自私、却又偶然展现温柔，矛盾的综合体。他难以捉摸，她也懒得去了解。声音平淡，好似在谈论天气：

"你打算如何处置我？"

卷动发梢的手一顿，漫不经心地答：

"到时你自然会知道——"

嘴角夸张得上扬，笑得虚假：

"计划说出来，我才好配合你。一部戏，演员知道剧本才能演得更逼真——"

像是她说了多么有趣的笑话，惹得对方难得地开怀：

"呵呵，相信我，你绝对会是个好演员——"

掩去笑意，咬着唇，眼神阴霾。好难缠的男人。与他相较量，她没有多大占据上风的可能，就算是平手，也可能是对方相让而已。论心机她差之千里，根本翻不出他手掌心。

正当懊恼时，军号忽鸣。紧跟着帐外一阵骚乱，怒骂咆哮声伴随急促的马蹄由远及近。琅熠剑眉蹙紧，箭步上前把她拢在了身后挑帘迈了出去。

百米开外的军营口，尘土飞扬，一骠骑身着天族白色盔甲打马扬鞭急速跃进。鞭子舞得劲猛，一时间竟然没人能够拦下。

孤身一人独闯敌营，看来是传信使臣，可这横扫千军的架势却一点没有半分礼貌。笔直地朝主帅营帐而来。站立在辰汐身侧的门卫慌了手脚，高喊着"敌袭"，同手同脚想往上冲，却又惧怕地畏缩不前。看得琅熠怒火蹿腾，扬手提起他甩出老远，侧脸吩咐身后的辰汐退到安全距离，高声唤道：

"祁珖——"

不知隐没在哪里的身影悄然无声地闪入视线，背光的脸颊棱角分明，光影间夹杂着杀意，衣袖一摆，墨绿色的火焰朝马儿撩去。不会伤人，却足以让对方摔下来。

眼看白马畏惧突然闪现的火焰，前蹄高扬嘶鸣阵阵，把身上的主人悬空甩了出去。来人的长鞭舞动，敏捷地绕上祁珖的腰身，借力翻身，竟然平稳落地。反倒是鞭子上身

碎梦【第四卷】

的祁珖脚下铿锵几下,方才站稳。

辰汐的嘴张得老大,傻愣地盯住前方的来人。持鞭的天族将士头盔因翻身施力甩了出去,金色的长发炫目,眼神高傲宛如公主,不是琴雅又是谁……

No.20

"琴雅——"

辰汐睁大双眼,震惊得呼出声音。

思绪因眼前的人儿停滞,眉心打结。不祥的预感笼上心头。

本该属于弑冢楼魍堂的琴雅身着天族盔甲,大刺刺地出现在夜叉族军营。这是何意味?!是如往常一般,弑冢楼的人被八族雇佣,还是另有原委?难道天族已经在短短时间里冲破了咽喉峰的天险,攻破了弑冢楼?!

辰汐的心骤然一触,思绪混乱,企图从几米开外熟悉的人脸上找寻线索。可惜,高傲的女孩冷若冰霜,不带半分感情,金黄如烈日的眸子好似注视着陌生人般看着她。唇抿成线,似有几分倔犟的不屈。

忽而转醒,似有心思跃然。辰汐的眉舒展。

天族不会那么快攻下弑冢楼。那样的话,夜叉族会在第一时间收到消息。既然平静如初,说明假设不成立。

自上次在天族宫殿里面献舞,她就再也没有看到过琴雅。那会儿,血阑孤身带她逃离,其他人该是被当做人质扣了才对。翔玠没有杀她,反而收纳所用。所以才会出现在这里,这么解释也许说得通。

担忧换上好奇的表情。对于翔玠那个暴君肯留琴雅一条活路,她不是没有兴趣的。

金灿的眼瞳仅是轻轻一瞥,巧妙地化解开落在辰汐身上过多的自我情绪。目光转到了她身前的夜叉王身上,颔首行礼。吐出的话语礼貌却未丧失半分的傲气,得体地传递消息:

"因军情紧急,请您宽恕我的失礼。吾王陛下已经同意了您谈判的请求。陛下现在如您所希望的,未带兵卒在两军中心等候大驾。"声音一顿,瞥了一眼辰汐继续道,"当然,还有辰汐殿下——"

眼皮跳了一下,银眸流露出疑惑以及困扰。她何时称呼变成殿下了?!在这些神族眼里,越是尊贵表示越危险,尤其是像她这种难以自保的类型,说白了就是供人家娱乐的兔子,稍微不留意,被烤来食之都不知道。

抬眼,遇上琅熠若有似无的笑。黑眸虽未落在她身上,心思却已知晓少许。带上她,该是在他计划之内,可他要把她怎么样呢?想着不由问出了声:

"戏要开场了吗?"

对方一愣,对上单纯的银白,清澈如水。一丝动容闪烁,迅速地陨落,替上算计的

光,笑容迷人又性感:

"是。看,如我方才应许你的,没让你等太久吧!"

这种时刻,还在展现风度。好比狼要吃了兔子前,询问它疼不疼一般虚假。

辰汐杏眼眯缝成线,笑得看不到眼瞳。巧妙地掩饰住内心的真正想法。

"那我们走吧,还等什么——"

黑色战马很快被牵了过来,琅熠一跃而上。高大俊美的身姿立于马上,金色的阳光从身后打下阴影,看不真切脸孔,只有棱角分明的下颚与鼻梁染上古铜色的晕辉。俯下身朝她伸出了手。

"怕吗?"

手臂收紧,抱她在怀里。温热的气息在耳边搔得一阵痒。

要是平时,被如此呵护早已感动,可此时却未有半分柔情蜜意,只有麻痹的冷漠。怕又有何用?她只知晓,此行自己不会死就已足够。不论是对琅熠还是翔玠,她都仍有价值,每个人很清楚,除了她。好在他们都不吝惜告诉她,争相地把可以利用的价值摊开来挑明白。

得不到回答,琅熠以为她是畏缩,握在她腰上的手臂紧了紧,打马时分,轻轻地耳语:

"别怕,我会保护你,不会让你有所闪失。"

这一次,她几欲想笑出声来,唇抿成线才克制住。好在背朝着他,掩饰住了她的心思。不过却被几步远的琴雅捕了个正着。金色的眸子复杂地瞅她,太多情感辗转,让她厘不清,只是笑容僵持在嘴角,尴尬得顿住。

来不及探究,马儿嘶鸣,一白一黑两匹骏马奔出了夜叉族军营。由琴雅引路朝约定地点而去……

No.21

狂野的风撩动着青草幽幽地颤抖着。空旷的原野中,琴雅、翔玠、琅熠以及她,四人三匹骏马飞驰在辽阔绿野之上。

黑色的斗篷裹住了辰汐羸弱的身子,琅熠坚实的臂弯紧紧地锁住她。马速极快,风吹打在脸颊上,刮得生疼。眼睛迷蒙半开,余光瞄向身侧与之平行跃进的男人。

残阳如血,照映在月白色的战甲上,反射着耀眼夺目的金亮。发丝纷飞,在空中幻化成柔光,又似沾了太阳的波痕,想要融在夕阳里。似美神般英俊的脸颊投射着思念的深情,由灿金的眸子中挥洒出来,摄入辰汐的心底。

如果两军拼杀时的惊鸿一瞥不算的话,这是她第二次近距离见到翔玠,与第一次截然不同的感触。头回灰暗得感觉似鬼,这一回明媚得如神。一个人身上同时投射出两种矛盾的气质,怎能不让人诧异。

她的愣神换来对方的侧目,莞尔一笑,足以倾城。辰汐皱了皱眉头,心思暗沉。

碎梦 【第四卷】

神抑或魔？！谁能分辨得清楚。也许就连上一代族长光音也分辨不清吧！那夹杂着几许柔情的目光，让她困惑。这男人她一点不懂，上一次想要她的命，这一回却轻易地答应了琅熠的条件，为的不过是交换她这个"人质"。不过她还没有傻到依旧对任何戴着温情面具的暗示抱有幻想。冷漠地回视，未置可否地保持沉默。

未得到任何回应，翔玠倒也不恼，脸上的笑意不变，胜券在握地从她脸孔上掉转了视线。是猎物就逃不出他的牙缝，不过是早晚而已，这点耐性他还是有的。

前方的草地渐稀，眼看就要进入一大片荒漠地段。看来他们已经奔离了两军对垒的咽喉峰峡谷。正朝夜叉族领地迈进。

根据二位王达成的协议，拥有天族王能力的翔玠将协助琅熠填补夜叉族边境幽冥界的漏洞，成功后交还辰汐。

大神宗卷毁灭造成隔离幽冥界的结界破裂，如今低阶孤魂野鬼冲破了拘束，恣意横行在夜叉族的领地。琅熠无计可施才采取转移。可自远古以来夜叉就是镇守幽冥边界的神族，迁徙并不能解决根本性问题，唯有填补住破洞才是治本之法。

而天族是八大部族之首，族长不仅仅是掌控一族，更责无旁贷被赋予维持天界平衡的职责。这是自光音稳定八族后定的章法。失去大神宗卷的结界，灵魂侵蚀入神界，置之不理只会让灾难每况愈下，最终不仅仅是一个夜叉族的地方，其他各族也会遭到波及。

这份协议何其荒谬，是不是？辰汐满眼的不屑。

不错，她是"迫使"大神宗卷烧毁，取得了部分能量。可她一点都看不出这次谈判的行动有她多少参与价值。

琅熠在交代计划之时，连翔玠都不免诧异。直到听闻大神力量被保留在她体内，整个人就立马变了。眼神炯炯，灼热得几乎能够烧穿她。复杂且包含某种特殊情感的眼眸让她连忽视都难。

长时间地凝视以后，口气急躁非要验证：

"证明给我看——"

一句话后，某位合约者为了要展示他的诚意，强行把力量灌入她体内，引出了自几天前暴走后，她以为消失无踪的大神宗卷力量。琅熠为了保全实力，没有敢太过逼近，不过仅仅是那么一会儿，也足以让辰汐受的。大神宗卷的气力来得快退得也快。外界力量一旦撤离，立刻又不知隐藏在了何处。寒毒可就没有这么好对付了，迅猛地反噬而上，也就是为何现在她裹在厚厚的斗篷里也依然抖得宛如即将凋零的落叶一般。

哎，她暗自叹气，起初是厌恶大神宗卷的燥热，可吞了两颗"月隐寒霜"之后却开始怀念高温发烧的感觉。热总比冷来得让人可以忍受。

缩在琅熠怀里，眼神漫无目的地飘荡，穿过眼前的荒漠再走几个时辰就是夜叉族了。天幕漆黑，繁星似锦。空气中弥漫着黄土的味道。马匹脚下偶尔有几丛无主的幽灵飞过。三匹马儿被训练得甚好，完全没有受到任何干扰。也或者它们压根儿看不到吧！

那真好！不知道真相的时候往往是最幸福的！

嘴角不禁扬起莫名的笑，迷离的眼瞳似真似幻。正巧被低头的琅熠捕到，沉醉了心神。连带着在她耳边的耳语都带着丝丝蜜意：

"在想什么,笑得这般迷人,嗯?"

"在想……"香甜的嗓音一顿,"在想,夜叉王大人完美计划的漏洞。哦,也许对于你来说并不存在特殊意义,但是对我,或许不同……"

"哦?"单眉挑起,一脸疑惑。

"您是否想过,导出大神宗卷力量后,我会如何?别忘了,拜您所赐,我身体里面寄住着的不仅仅是大神力量,还有两颗寒毒'月隐寒霜'。"辰汐的声音瞬间变得空灵、冷寂,"哦,您或许压根儿不在乎吧!我不过是个容器,谁在乎倒空了酒水的瓶子呢?!"

自嘲的话语说得如此流利不带丝毫感情,她似乎已经练就了不被伤害的本事,不抱希望,自然不会有所失望。这条命本不该再逗留多时,何必浪费心神去造就不可能。正如没人或者神知道吞了两颗寒毒是否可以压下大神宗卷的力量一样,这些都不是她能够左右的事情。这个世界,她太过渺小无力抗衡半分,不如就坐下来观看,一场关于她的戏,脱离却又身在其中。

显然,身后的男人一点都没有预计过后果,至少在她说出来以前是如此。宽背明显地僵硬了几秒,紧跟着沉默地收紧了搂住她腰身的手臂。用力得几乎让她难以呼吸。

没有回头也未露丝毫的表情,辰汐依然冷冷地注视着前方。拥抱代表歉意么,大可不必,至少她没有埋怨的意思,这样的矫情并不能让脚下奔跑着的马儿停下来不是么……

来时,她还有自信自己不至于死掉,可这会儿,并不确定了……

第五卷
王妃

神族历681年,夜叉族与天族谈判破裂,两族原本就紧张的关系再度降到冰点……

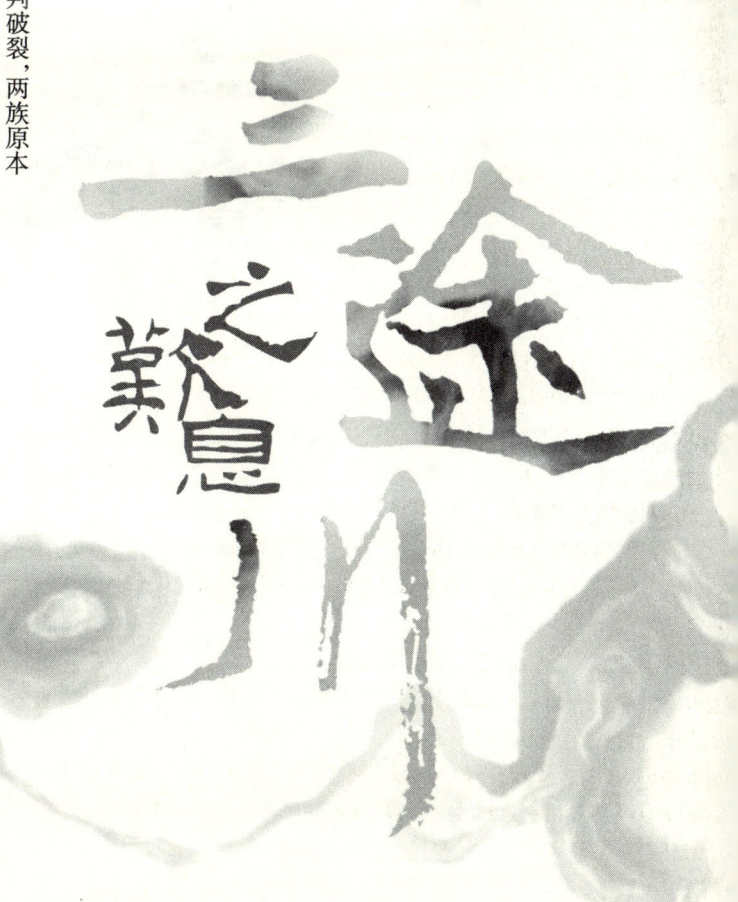

三途之叹息川

三途川之歎息

Santuchuan zhi Tanxi

No.1

人总试图把自己陷入困境,当意识到之时,却又无力挣脱……

世间的事情往往难以预料,几天来从咽喉峰出,越过荒漠,一路上风平浪静。谁想进入夜叉族领地不出一个时辰,他们就遇到了偷袭。

清一色的黑衣蒙面刺客,不下数百,从绿泽树林的入口处包抄上来。持有的武器没有任何氏族标志,很难辨识源头,三人原本就不甚稳固的关系,开始疑云密布。

最初是翔玠,眼底闪烁着阴冷,风雨欲来:

"夜叉王,这是何故?在你的国土遇袭,我很难相信你的诚意。"

琅熠的表情也强不到哪里去,剑眉深锁,原本微翘的唇如今用力地抿紧,满眼的不耐:

"天王陛下,这样大面积的精锐暗部,除了弑冢楼的魖堂再难找第二支。传闻,前不久这支精锐刚刚归属于你门下。一路风平浪静,只此埋伏,违约栽赃的手段不甚高明……"

琅熠的话突兀地被打断,恍然惊觉怀里的人儿此时瞪着一双碧海银眸,傻愣地揪住他领口,诧异得霍然张大嘴:

"等一下,这是真的吗?"

魖堂归降了!

乍闻消息,辰汐的心咯噔一下,魖堂是弑冢楼主要精英,此举如同折翼断臂。怕是迟早弑冢楼会被吞个干净。

小琦还在魖堂。距离上一次分别,不知现在好不好……

牵挂的心,使她略显浮躁。翔玠没有付出任何交换的承诺,可以说就算她今天乖乖来到他身边,皆没有十全的把握保住弑冢楼。可拒绝的话,后果……不是她能预料的。

"什么时候降的?"

159

眼底难掩的忧虑,质问的语气很是急迫,后者不答话,高深莫测的眼神瞅她,似笑非笑。炫目的眸子,深邃复杂的栗色里面似是能看穿她的内心。

下一秒,未待辰汐继续追问,刺客就已蜂拥上来。

最先是密集的火系法术攻击。小朵的火球如雨急下,并非具有强大杀伤力,却足以阻碍他们的进退步伐。遭遇火,马儿惊恐地尥踢,不愿跟进半分。四人只好下马,进行清理"障碍"的工作。

第一队试探者二十人左右,敏捷地近身,未及五米就反被琅熠释放的气息反弹回去。翔玠紧密跟进,冰系法术迅速冻结了火焰,几秒之后空气中只剩水汽雾蒙。

敌人首次出击落败,不再试探集体蜂拥而上,刀光剑影,阻击拉开了序幕。琅熠与翔玠左右立在辰汐两侧,琴雅以攻为守灵敏地穿梭在防御范围内。

被守护在中心,没有太多自保能力的辰汐好整以暇地站立,明明身处危险,却无半分担忧。能够让天界武神与战鬼作贴身护卫,她还有何畏惧?!天界最强的两人合力杀敌,这可是百年难得一见的场景呢!

并非初次经历杀戮,虽没有习惯,但却亦不至于吓得发抖,仅仅只是因飞溅的鲜血皱紧了眉。

此刻她反而有些担心刺客的出处,眼神飞快地搜索着,终究没有找到熟悉的蓝眸,这才大大地出了口气。表情变得漠然,事不关己地冷眼旁观。或许这本就是她最初的模样,面对纷争心如止水,哪怕身在其中。笑意攀爬上嘴角,眼底却未有半分温度。

女孩迷离的表情收入一对金瞳里,区区几百刺客并未能引得他多大兴致,只是杀戮的深瞳稍许暗沉,却没有影响到半分好心情。余光瞟见她眼底的笑,一抹不可思议滑过眼角,语气轻佻:

"可喜欢?"

辰汐初是一愣,不明所以。

翔玠手中的剑挡下两枚暗器,挑高手腕回旋递出,剑身刺穿紧贴上来的胸膛。姿态优雅得好似在喝下午茶,轻巧地化开凶险,竟似有与她聊天的兴趣。

"你嘴角甜蜜迷人的笑,可是为这嗜血的屠杀——"

原本还淡定的笑,顷刻僵住,染上怒气:

"别把我归入你的行列。我们有本质上的区别。"她怎么能跟这头嗜血的魔王相提并论。

"哦?"嘴边玩味的笑意更浓,"我以为这并未有何不同。我在用剑自保,也在保护你。音儿,你那两片红唇怎么就不能带些感激,对于为你拼死杀敌的效忠者呢?!"

"效忠?!呵!真是可笑,你怎么知道他们的目标是我呢?最想置我于死地的人不是你么?我没看出来你的半点臣服。何况我也不是光音,没有本事令堂堂天族王者臣服——"

辰汐咄咄逼人的口气毫不示弱,对方不怒反笑,狂妄欢悦的笑声从胸膛中爆发:

"哈哈!有意思,你除了模样像光音以外,就连这高傲的语气也半分不弱啊!"

敢顶撞他就算是高傲了!辰汐暗自翻着白眼,她是弱小,并不表示没有骨气。眼看

王妃 【第五卷】

杀手有增无减,她无心在此话题上争论不休,凉凉地回了一句:

"看好你手里的吧!小心蛟龙遭遇浅滩——"

"呵,你关心我——"仿佛面前的杀戮都不及她小小的一句话来得吸引他,男人兀自停下了挥剑的冲动,掉转了身体,痞痞地冲她笑,俯下身躯,空闲的一只手掬起她的柔荑,落下轻柔一个吻。

"喂,你……"

辰汐被他突如其来的反应,弄得莫名其妙。就这样全凭个人喜好,弃战场于不顾,让她震惊地傻在当口儿。

翔玠忽然撒手不理,转来与辰汐调笑,造成方才分属两人的攻击能力大大减弱,如今全数归于琅熠一人,天平呈现一面倒的趋势。为此,他不得不抛出几个终极法术方能顾及另一边的空当。

琅熠不免恼怒,虽战局仍在掌握之中,但口气却凉飕飕的:

"两位好兴致,竟有空打情骂俏——"

翔玠坦然一笑,云淡风轻:

"区区百人,并非需要我们二人联手。不如一人先行离开,一人殿后可好?"

这是个不错的主意,可那是要建立在信任基础上。

提刀扫平障碍的琅熠冷哼一声,满眼的不屑:

"鉴于两族的关系,我并不相信你能遵守承诺——"

"哦——所以,这里才会有一万夜叉军埋伏么?"

翔玠的声音清冷,尾音被拉得很长,最后近乎低语似的呢喃,看向琅熠的冰瞳却一点没有慵懒的味道,杀意隐现。

瞬息,一金一黑两股烈焰爆噬般沸腾开来,形成巨大的气壁,几米内企图攻上前来的刺客猛地被反弹出去。与之相比,方才的不过是开胃菜,此刻的较量才是正餐。

辰汐被翔玠揽在怀中,看着炙焰在空气中擦出璀璨的火花,还未反应过来,远处绿泽森林里身着黑衣战甲的伏兵立现,成扇形包抄了上来,刺客见不敌,舍弃了逃亡的机会,在敌军迈进之前,自尽身亡。剩下琴雅被俘了个正着。

仅仅只是一眨眼工夫,局势扭转。四周已经被黑衣铁甲围了个水泄不通。唯有翔玠依旧淡定自若立在包围圈中央,满不在乎地盯着不远处的琅熠。

棋走到了王牌相见的时刻,气氛刹那间僵死,等待着下一刻的契机,撕裂对方,抑或被对方撕裂……

No.2

金灿的光笼罩在身体周围，强大的煞气自身前的翔玠身上释放，没有温暖却是浓烈的死亡气息。嗜血的气味顺着辰汐的肌肤渗入，撩动着她的神经，挑起掩埋在深处躁动不安的气息。

不知为何此时她竟有莫名的兴奋感，有股气焰似要从身体中跃出，爆裂开来。那是一种她从未体验的杀戮快感，张狂跋扈得企图主宰她的神经。

太过热烈，以至于蹙紧了秀眉，额角沁出汗珠。

并不在乎谁在这场争夺战里面占上风，她只不过是个"战利品"，没有说不的权利。不过在那以前，她只想弄清楚一件事：

"告诉我，这些是不是魑堂的人？"

消瘦的小脸带着病态的柔弱，银眸写满了担忧。

楚楚可怜却并没有赢得翔玠的好感，狂妄的男人略显不悦，压在她肩头的手攥紧，捏得她生疼。

"阑没有告诉过你，魑堂的人只有战死、没有自杀么？！一个优秀的刺杀者，就算面对的是千军万马也要死在敌人刀下，哪怕是经历最严酷的拷打，也不会面对自己的刀……"话锋一转，语气也跟着变了，"何况，我对于你身体中存在的大神宗卷力量也很有兴趣。"

言下之意，不论翔玠是否接手了弑冢楼，这批人马都不在他的管辖范围内。

辰汐大大松了口气，银眸汇集上雾蒙，压低嗓音，用只有他二人听得到的话音道：

"我们来打个商量，好不好？我帮你脱困，但请你放过弑冢楼——"

金眸化作幽潭，别有深意地瞅她。随即，俯身邪魅一笑，脸贴得那么近，辰汐能感觉他的呼吸吞吐在腮旁，引得一阵麻痒。明明那一笑美得倾城，语气却残酷得宛如冰刃划开她的心脏：

"我的女神啊，你似乎总爱跟我讲条件呢！知道么，说得越多，越是暴露你的致命伤。弑冢楼对不对？怕我吞了它？嗯？"

翔玠的双眸仿佛是剧毒的蛇，缠住猎物，让对方丧失了逃脱的勇气。辰汐无助地颤抖着，银眸一闪而逝的绝望。

"只此一次。"

带着点愤怒地咬牙切齿，吐出的声音却很轻。随后，冰凉的唇蹭过了她的脖颈，似蛇吻，致命。此刻对于辰汐来讲却是给予唯一的生机。不管翔玠的承诺能维系多久，短期内她相信他会兑现。

不远处的琅熠已经失去了耐性，提升了气息贴了上来，眼底布上阴狠：

"玩够了，就把你手里的人放下——"

王妃【第五卷】

面对急速靠近的敌人,翔玠一如既往的从容,淡定一笑,玫瑰色的唇散发着罂粟的芬芳,声音似天籁:

"是啊!这种好脾气的把戏,我确实已玩腻了——"

笑意未灭,杀气却从身体中暴戾而出,窒息的妖异气焰完全不似出自高居天族族长的大神,带着死亡的光辉越过辰汐,直袭琅熠面门而去……

方才还掬起她的手、沉迷在温情中的翔玠,变脸如翻书,耐心用尽,一瞬间已是嗜血的妖魅。辉耀的金色长发在风中飞扬,璀璨的眸子宛如夜间的繁星,却闪烁着残酷的烈焰,手中的巨剑杀意转浓,急速向辰汐的身后刺去。

刀与剑在紧贴着辰汐的背部交锋,煞气相遇,两种完全不同的能量惹出一片刺目的辉彩,撕裂般啃咬在一起,杀伤力惊人。处于二人中间的辰汐,难以躲避地成为牺牲者。

"啊——"

后背一阵燎火般的炙热感,舔上她的肌肤,锥心的刺痛直抵心脏。

剑气与刀锋撕裂的伤口好似繁花,瞬间开出炫目的红,宛如云霞的血液喷洒而出,映在如月般寒彻的兵器上,顺着锋利的刃滚落。

身后传来暗哑的低咒,手中的刀却没有放松半分。气焰高涨,两件兵器仿佛磁石,难舍难分,不肯抽离。气焰的杀意在空中划出点点星火,带着血液的猩红,顺着肌肤与血液流窜进入辰汐的身体,勾搭着一缕缕急速涌冒的杀戮快感。

剑的嗜血,战场的杀戮,隐隐地直抵内心,似有什么要蹿出体外。冰凉却又灼热,哀伤却又喜悦,朦胧却又真实……

迷蒙中意识渐渐薄弱,恍惚听到受伤时梦里徘徊在雾中的女人,用温柔却又蛊惑的声音呢喃:

"咯咯,你不甘愿吗……不甘愿啊……"

是,她不甘愿,没有人愿意如此。

"恨吗……你恨吗……恨这命运吗……恨他们吗……"

恨吗?她不清楚。她只是闹不明白,她只不过是个平凡人类,不是什么大神,也不想拥有大神宗卷的力量。为何要似夹缝一般,苟延残喘地生存,被一个个势力瓜分,争夺……

"咯咯,杀……杀了他们……"

杀,杀了他们——

不,等等。她没有想过要杀人,那不是她本意。这女子是谁,在说话的人是谁,蛊惑她的又是谁……

"你……你是谁……"

"咯咯,我是你啊……是你啊……"

"不,你胡说……"

辰汐有些茫然地摇头,目光没有焦距,穿过了身前的翔玠,不知落向何方。背后虽已血肉模糊,却似突然丧失了疼痛能力,中断了所有感官。一切都变得不真实,她开始分不清自己真正的心,那些怦然跃出的杀戮感,是否真的出于本意。

"不,不对,那不是我……"

站在原地的女孩目光呆滞,面色苍白,嘴唇呢喃着。失焦的银眸望向远方。

身体里的这股力量很熟悉,似曾相识,可却不源自大神宗卷。它是温和的,反之呼之欲出的嗜血感更像是那把诡异的双子剑。仿佛自握剑的那一刻开始,它竟在不知不觉间归入体内,时不时捣搔着她的神经,企图成为主宰。

真把她当成上好容器了吗?

秀丽的眉不悦地皱紧,呢喃的声音清冷:

"你不过是把剑而已——"

她厌恶被别人控制,何况是把剑……

No.3

黑、金双色气壁在百米的空地上形成两座小型气壁,锋刃相交汇处,刀与剑引得一片火花,带着女孩背后的一片血红,给灰蒙的天染上别样的华彩。

旗鼓相当的武神与战鬼,气壁厮咬得难分难舍。直到第三股力量的介入。

辰汐背部的血液仍旧模糊,失血过多的辰汐,看似已经没有多少支撑身体的力量,要不是翔玠攥住她肩膀的手,恐怕那般娇弱的人儿此刻早已晕倒在地上。可那双纯净的银眸此刻却是异常清醒着。

最初只是唇角的微翘。随后,那笑容逐渐扩大。仿佛是午夜降临时分,迎接黑暗的昙花,一点点地打开淡粉色的花瓣,用一种极其优雅的、妖娆的、挑拨人心弦的摄魂夺魄之美,绽放。

伴随着笑,冰冷蚀骨的气息自辰汐皮肤中溢出。起先是无色,慢慢地越来越浓厚,汇集成纯白丝线,扩散开来。明明是清澈纯净的白,却带着血的腥甜芬芳,以及浓重的杀戮之气,所到之处满地死灰。

极具杀伤力的白丝朝距离最近的物体攻去,迅速地打破了黑、金双色气壁,胜过任何一种气息的亮白顷刻间反噬将剩余在空气中、收回不及的能量吞咽了个彻底。柔软的白丝卷起入侵气息,层层缠绕、挤压、扭曲,最后融合……

对于突然扭转的局势,二人均大惊失色。反应过来时,经验老到地退开几丈之外,却依然慢了半寸,翔玠长及腰际的发丝,尾部被气息扫到,落了一地的金黄。琅熠也好不到哪里去,胸前的战甲一片稀疏的口子,再慢一步怕是将会伤及身体。

丧失目标的丝线,宛如触角朝更远的方向延伸了出去。

眼神空洞,丧失了灵魂,诡异的气息成为主宰。感知仿佛脱离了身躯,雾状白丝缓慢地侵蚀扩散着,辰汐自己却没有丝毫的不适。杀戮的、仇恨的、嗜血的欲望似在此时都得到了难得的宣泄,仿佛本就蕴藏在身体里面,这一刻终于萌发了出来。

白丝飘散,寒气漫天。天空此时开始下起小雪,纯白晶莹的六瓣花纷纷扬扬地随风

王妃【第五卷】

舞动。树林中游荡着的灵魂,受到死亡气息的诱惑,被吸引过来,飞蛾扑火一般,呼啸着高歌,融入其中……

没有光,灰黑色的天空苍茫。

冰冷的白丝包裹住风雪中心娇弱的身躯,墨黑的发纷飞,淡蓝色的衣裙鼓噪着,哗哗地舞动,好似蓝翼的蝶,展开翅膀欲腾空逃离这风雪,却浑然不觉漫天的冰霜她才是那缔造者。

朦胧中,见听到有人在朝她大声地呼喊:

"我的天,辰汐,清醒点——"

是琅熠沙哑的咆哮,焦急、惶恐。紧跟着她听到刺耳的高音女声从自己身体中发出:

"咯咯,喜欢么……喜欢你所看到的么……那是我,也是你……"

她的眼前开始变得虚幻不真切,一张张惊恐万分的脸庞都似模糊。耳畔声声的哀嚎不再那么刺耳。似有生命侵入她的领地,却又快速地被吞噬殆尽,幻化成烟雾,消失不见。心底萌生排斥感,却又说不上来哪里不好。

"不,一点都不……"

银眸迷离地半开半合,理智游走在半梦半醒间,本能地她讨厌这种被主宰的感觉,血腥以及杀戮,那并非真实的存在。

她能感觉不断地有黑衣铁甲冲向自己的气壁里,可那根本就是徒劳,很快融入在白丝雾气中,化成烟灰。

这些不是她希望看到的,从来不是。秀眉蹙了蹙,白丝因主人的不快跳跃了几下。

"所有人撤离百米范围——"是琅熠强硬的号令。

心底两个声音在叫嚣着,一个努力要压制住沸腾的气焰,另一股却想要彻底地喧宾夺主,占得她意识的上风……

"够了,给我停下来——"

张狂的双子剑气焰彻底地惹怒了主人辰汐,伴随着银眸霍地张开,一片幽深、华美的墨黑自体内散了开来,大神宗卷的能量似腾跃的水柱,瞬息裹上白丝,闪电般的速度令其染上了黯黑。

耳畔传来女声高亢愤怒的嘶叫,混在大神宗卷的平稳音符下,融于一体……

白色气壁消失不见,被透明的灰取代。漫天飞舞的雪花更加浓密了,穿透气壁飘落下来,附在女孩的肩头以及发上。

辰汐有些冷,下意识地抖了抖发上的雪,原本乌黑的长发瞬息幻化成灰白,隐隐泛着黯黑的光。

回过神来的银眸抬眼落在不远处的翔羿身上,幻金的眼底一片幽深的光亮,看着她的目光变得难以捉摸。

女孩的眉挑了挑,气息紧跟着传递过去:

"还不走?"

俊美的脸庞先是一愣,没有反应过来传音术的由来,随即恍然一笑:

"音儿,你越来越让我感兴趣了。我竟不舍得离开呢?怎么办?"

辰汐的额角汇上黑线，眼神透着几分无奈：

"记得你的承诺，翔玠。我帮你挡住琅熠，其他的铁甲应该不在话下吧——"

"下一次，别想让我放过你——"

精光流淌过眼底，笑得有些无赖，倒也好脾气地未作留恋。剑挥出一片光耀，夺了被俘的琴雅，脱身而去。

与其相隔百米的琅熠低咒一声，提刀就要追。却被身前辰汐的灰色气息绊住了手脚，只得眼睁睁地看着对方逃脱。

墨黑的瞳孔闪着憎恶的火焰，恨不得上前将辰汐捏死。面对她失血过度近乎透明的脸孔，却又狠不下心收紧伸到脖颈处的手。

渐渐体力不支，力气耗尽时，耳畔传来琅熠咬牙切齿的咆哮：

"信不信我杀了你——"

苍白的唇角扬起妩媚的弧度，昏迷的刹那，微笑着摇头。

她一点也不信。她死了，大神宗卷也会跟着消失，那他连最后的牌都将没有了……

No.4

梦，恍惚。半梦半醒间，后背火辣辣的伤痛，捣搅着她本就不甚安稳的睡眠神经。

几日的奔波，承载的马车晃荡得厉害，时不时崩裂背后的伤。此后便被人珍视般抱在怀里，伤口也因此得到了细心的照看。

不过噩梦仍旧不断，时而是张狂喧嚷的尖锐女声，撕心裂肺地冲她吼叫，一连折磨她几个时辰；偶尔梦到大神宗卷的力量被夺走，寒毒发作，冷得她全身麻痹般抽搐；还有一次梦到血阑出事，浑身是血地站在不远处，她哭得肝肠寸断，想要去拉他，却被狠狠地丢下。

似乎没有什么算作好梦，怕是没有梦，才会比较幸福吧……

只有最后一次，她睡得很沉。朦胧中，双子剑用一种从未有过的落魄声音轻声哭泣着，哀伤、心碎……

她不知该如何哄它，只是坐在角落里静静地等它发泄，像以前一样，又是几个时辰。临了它说它要离开了，然后委屈于辰汐的漠不关心。她只好开口询问，却被它冰冷地拒绝答复。心想真是难伺候的一把剑啊！似是心意相通，双子剑也以凉凉的语气感叹，说她是相当难伺候的主人。

她笑得柔媚，眼前突现一片纯白，缓缓地汇入深处的黑暗里，变成一小点，最后消失无踪……

转醒时分，竟是午夜。

放眼，是粉纱幔帐，她半趴在被褥间，温暖舒适。一只雪臂露在外面，冻得有些麻痹。

房间不大，似是个隔间，门帘后回转该是正厅。左手畔两盏红烛将尽，一缕麝香却

王妃【第五卷】

烧得正旺。

最后的意识,她栽倒在琅熠的臂弯里。不知昏迷了多久,中途该是有一段时期的长途奔波,这里难道是夜叉族的王宫?!

很快猜测便得以证实。没多久,宫廷装束的女子轻手轻脚地举着托盘踱进屋子。看见她醒了,先是吃惊,反应快速地作揖行礼后回身又出去。

一炷香时间,辰汐再次见到琅熠。

卸去战甲的王者身着七彩绣缎织锦,袖口处一条银灰纹龙缠绕上左臂,龙头贴近心脏处,怒目而张。劲装把精瘦的身材衬得甚是完美,哪里还有战场上张扬跋扈的狂放,斯斯文文的好像一介儒生。当然这要忽略他抿紧的唇角,以及黑眸里隐隐跳动的火焰……

换过药的侍女退出了房间,昏黄的屋子此刻只剩下她与琅熠两人。

没有人开口,屋子里有些沉闷的尴尬。辰汐懒得抬眼看他,扫过屋子的摆设后,半合着眼,假寐。

琅熠在茶桌边坐下,不紧不慢地给自己倒了一杯,水是新换的,顷刻间茶香满室,混在麝香里,淡淡的幽婉。

就算如此,那汪黑瞳打从进来就没有从她身上移开分毫。

她知道他想说什么,原本可以一箭双雕的计划,既能修补幽冥界屏障的漏洞,又能在翔珏损耗过度之时下手捕获,可如今却被她破坏个彻底。怕是此刻他恨不得把她拖出去卸了痛快。

可是她并不想向他道歉。

"伤口还疼吗?"

终于,琅熠打破了僵局,听不出太多情绪,确是真诚的关心。辰汐撇了撇嘴,缩在被褥里的嗓音喑哑:

"不疼——"

"你睡了七天。"磁性的声音放柔,些许无奈地轻叹。

"哦——"她不知痛痒地应声,自己睡了这么久?这样都没挂,真是奇迹。

"想不想吃点东西?"

"不饿。"

"……"

气氛再次僵住,黑眸眼底的火光更浓了。不用抬眼她也知道,此刻那汪深潭是如何注视着她的。那种欲望抵达制高点的瞬间崩溃的怒焰,想必烧起来足以让她死上无数次。

趴卧的姿势造成脖子有些酸疼,不适地扭动几下,一缕发丝随着甩动滑落。

灰白。长及胸部的发从最初的墨黑变成此时的灰白。

她愣了几秒,有些难以适应。起先是眼睛,这一次竟然是头发。

不高兴地皱了皱眉。她不喜欢这种颜色。不如银丝,白得这般纯净,偏灰,像是雪里掺入了杂质。相比之下不如之前黝黑来得漂亮。

"想知道为什么会变色吗?"

Santuchuan zhi Tanxi

冷不丁地，琅熠已经来到了床边。望着她的幽潭泛着别样涟漪。退去了怒焰，却染上了一层她所未知的东西，但却是她曾经见过的。在血阑利用了她以后，一边愧疚地说对不起一边想要囚禁她。那个时候，水蓝色的眼眸荡漾着相同的情感。

不好的念头笼上心头，她本能地想要抗拒，却又身不由己。男人宽厚的肩膀压了下来，左右臂膀扣住了锦被边缘把她困在了怀抱里。

"为什么？"

辰汐畏缩地朝被子里挪了挪，要不是被子被控制，她恨不得整个钻进去。避开他火焰般热烈的眼神。

"发，源自气息，你的气息不再是单一的大神宗卷，另有一股融入进来。它们现在都属于你，谁也夺不走……"

大掌无限温柔地掬起发丝，任由绸缎一般的灰白顺着手指尖滑过。被褥外，乳白色的皮肤好似瓷器，吹弹可破。若不是伤口失血过多，变得苍白，或许本该带着淡淡的粉红才是。

她变漂亮了呢！不仅仅是气息的成长，就连人，也在不知不觉间蜕变。仿佛是只丑小鸭，相信有一天终将成为天鹅。

发梢的乱窜带来微微的瘙痒，流连在女孩的脖颈与颊边，秀眉不耐地蹙了蹙。琅熠没有错过她每一个细微的表情，包括不悦时的皱鼻。不甚整齐的小皱纹被她扭在一起，可爱得忍不住想要去咬上一口。

当初他怎么就没发现，她是块宝呢？！不过，现在也不晚不是么……

脖颈处的瘙痒惹得辰汐不快，想要挣脱桎梏，反被抓住了手腕。琅熠磁性嗓音幽幽传来，下一秒，令她整个人呆滞。

"好好休养，下个月初，夜叉族将会迎接他们的新主人，我的王妃——"

如情人般的亲吻落在她的柔荑上。本该是温暖的被褥间，却似置身风雪中，顷刻，令她寒彻入骨……

No.5

胭脂扫过双颊，柳眉如黛，唇若含朱。

红纱罩上凤冠，金丝绣边一直垂及腰际。挡住了视线，朦胧不真切。侍女们不胜欣喜地端详着"作品"，扶起新嫁娘，又令她转了个圈。最后，笑成一团。

辰汐像个木偶一样，自午夜就被人从被子里抄起，梳洗折腾，直到现在一切完毕足足耗时两个时辰。严重缩短了她的睡眠时间不算，更令她冻得半死。

大陆最北端的天气不比四季如春的弑冢楼那般舒适。动不动就大雪纷飞。养伤这几周以来，她所见识过的雨雪就不下三四次，有时会整整持续两三天。

冷并非太过难以忍受，相比之下，侍女们看她的眼神，反而让她异常别扭。

王妃【第五卷】

她们说她是这世上最幸福的新娘，拥有夜叉族勇士的全部感情。

呵——这是她听过的最好笑的笑话。琅熠那种男人，怎么可能……

满脸的不信，却遭到侍女们的众口一致的驳斥。

"吾王，从未带任何一位姑娘回宫过。这宫里进出的美人，除了魍堂堂主，就只有殿下您了。之前我们还以为……呵，幸好，幸好……"

以为他有断袖之癖。呵，他俩确实值得怀疑。辰汐暗自加上一句。

"殿下您昏迷的那几天，吾王寸步不离地守护着。听将士们说，您的伤口第一天因颠簸的地势缘故一度裂开。吾王自此没有离开过您的马车。我们俊美的王啊，就连身受重伤，都不能被迫使他弃马……"

原来，昏迷那几日一直守护在身边的温暖竟然是他。有些许惊讶，表面却不动声色。语气带着讥讽，凉凉地问：

"你们英明伟大的王难道不知我是人类么？！神与人能通婚？"

侍女们先是一惊，诧异地睁大双眼：

"殿下您别开玩笑了！"说着撩起了红纱，推她到了镜子前面，"您哪里像人类？！银发与银眸就连神族都罕见，更何况是人族——"

面对镜子前的自己，辰汐愣怔。依然是自己，却变得陌生。发丝虽仍旧夹杂一些灰黑，但眼瞳……人类的眼瞳绝不可能是银色。这一年多来，她似乎连模样都变化了不少。长高了稍许，个子现在有一米六五了吧！习武的缘故，有些细小的肌肉，但一如既往的娇瘦。皮肤白皙透明，取代了最初营养不良的饥黄。

她已在不知不觉间改变了种族么，这太可怕了……

莫名的恐慌会聚心头，虽无法用语言形容哪里被自己排斥着，但恐惧仍旧徘徊，挥之不去。

屋外的丝竹声鸣起，侍女们的神情变得肃穆。新娘的红纱被盖了下来，裘狐外衫披上了肩膀。

屋门霍地打开，寒意伴随着小雪飘了进来。门廊处一地的浮雪。给深褐色的木质地面附着上淡淡的白，延伸到青玉碎石小径的尽头。低首，莲足轻踏，身后流落下一串脚印。

耳畔，搀扶着辰汐的侍女贴近低语提醒：

"殿下，您两颊的蓝色丝带——"

之后，有人慌乱得就要上手去摘下，却被辰汐挡了回去。

"可是……这与喜服不搭啊……"

"不碍事——"

血阑的蓝丝带呵——

那是她心头的伤，岂是说摘就能摘得掉的……

乐器吹奏的声响震得辰汐的耳鼓不适地嗡鸣。加快了脚底的步伐，几度门庭回转，总算抵达了宫殿的正门。黑衣铁甲在门口等候多时。

"迎娶王妃需要禁军护航吗？"辰汐困惑地嘟囔。

Santuchuan zhi Tanxi

  琅熠的直属禁卫队长祁珖，翻身下马，来到近前。从侍女手中接过了辰汐，扶她步上双轮马战车。恭敬地行了个军礼，朝她解释：
  "王在祭祀神殿等候，我军将随行穿过城市主干道，大约一个时辰抵达——"
  辰汐颔首算是应了。除了不解并不做过多的询问。肉在案板上，哪里容得说个不字。天灰沉，看不到半分日光。
  雪花飞舞，滴落在红色的面纱上面，慢慢地化成一小点消失不见。棕黄的裘皮拢上单薄的湿意，几缕会聚在一起，反射着水光。
  黑衣铁甲部队严严实实把她保护在中心，倘若不是马战车上点缀了几缕喜庆的红色彩绸，她还以为是在押解重型囚犯。
  道路两旁挤满了前来观望的夜叉族子民。刚遭遇战争与远途迁徙的部族以老幼妇孺居多，一眼扫过去青壮年所剩无几，怕是有能力的均已被召集入了兵户。
  马儿行走得缓慢，辰汐甚感无聊地四下观望。入眼是百姓各异的目光，好奇、惊艳，多数却是掺杂着怨愤。有些竟是咬牙切齿般恨不得扑上前去把她拽下马车。
  这是禁卫军护航的目的？她因那一张张愤恨的脸孔呆愣。
  明明是一场婚礼，却听不到祝福的声音，四野压抑的沉闷，没有人欢腾的呼喊，就连低声的私语都遥不可闻。气氛肃杀。
  突地，眼角处一不明物体朝她飞了过来，正巧穿过两匹骑兵的空当，下意识地想要避开，却慢了一步，擦过了辰汐的太阳穴，落在马车上。
  猫腰拾起，竟是一粒石子。额角的疼痛传来，火辣辣地疼痛，想必是破相了。
  四野猛地一片骚动，禁卫军停了下来。前方领队的祁珖几步来到近前，目光停留在辰汐的眉角稍许，剑眉迅速收拢。
  很快，主谋者就被逮到，推搡出来。定睛，竟是个还未成年的男孩。手臂被反绑着抬高，跪在地上的身体被迫压低，一张稚气的脸几乎贴到了地面。纯净无瑕的眼瞳死死地不肯从辰汐脸上移开，黑眸里竟满载了强烈的愤恨。嘴里不停歇地咒骂着，不属于年龄的污垢言语，令男孩看起来面目狰狞。
  眉头蹙紧，太过浓烈的情绪，令她委屈。她不懂他们哪来这么多恨意。
  这场婚礼不论是从自身，还是从民意来看，都像是一场玩笑。她显然闹不明白琅熠的意图，或者从来都活在自我世界里的辰汐，不愿去发现身外的状况。
  "奉吾王口谕，大婚期间扰乱秩序者，斩立决——"
  杀意扩散，黑衣铁甲军的刀出鞘了……

No.6

  "奉吾王口谕，大婚期间扰乱秩序者，斩立决——"
  眼看铁甲军的刀出鞘，辰汐恍然转醒：

王妃【第五卷】

"不要——"

刀落下的当口儿，红衣迅速晃到男孩身前。高大的黑衣铁甲当中，一抹娇弱的红分外耀眼。

"这是王的口谕——"

祁珧冰冷的声音自不远处的马上幽幽地传递过来，暗示性地警告。

辰汐的银眸里此时全是男孩绝望的表情：紧闭的双眼，以及倔犟抿起的唇，明明害怕地颤抖着，却又不肯求饶。不悔，又畏惧死亡，弱小又如飞蛾般扑向火焰……

"这里，什么也没有发生——"女孩清泉一般的声音流淌在寂静的街道上。背挺直，下颚抬高迎向马上的祁珧：

"禁卫军长，这突然跌倒在我车前的男孩是谁？我们难道要为了一个顽皮的孩童阻碍了典礼进程么？"

诧异闪过马上人的眼睛，明明前一秒还是弱不禁风的女子，此刻却威严无比。轻描淡写的一句话，瞬息压制住了军队的煞气。持刀军人的手虽如方才静止不动，脸上却已再无杀意。

顷刻间，扭转乾坤。

辰汐的心反而悬吊在嗓子眼儿，并不确定抹灭事实的招数是否有用。不过很快悬着的一颗心放下，军人的刀收回了刀鞘。男孩被释放了。

离去的时候，男孩眼底仍旧保留着对她莫名的怨愤，但也多了些许复杂的光，隐隐含着感激。这已让她满足，虽然依旧不明白这些摸不着头绪的哀怨出自何处，可只要是她能够阻止的，就一定不会愧于良心。

雪不知不觉间停了，阳光透过乌云的狭缝露出一角，几缕温暖映在雪地上。

祁珧策马来到她身侧，提醒道：

"典礼继续，还请王妃上车——"

"谢谢——"

再次回到车上的女孩，侧脸对他嫣然一笑，银眸满是善良、柔和以及感激。仿佛这雪地上的阳光，温暖了冰封的心脏。有种让人怦然心动的美，刹那再难移开眼。

那一刻，征战沙场的男人脸竟然染上红霞，好在恰巧地隐藏在头盔后，无人知晓。只有尴尬地奋力从那抹笑容里挣脱的眼，泄露了点滴心事。

伸手，锦帕落入辰汐的面前，银眸诧异地回望，不明所以。

"额角——"

惜字如金的男人一脸不耐，扣住手腕强行塞到她手里。在她还未回过神来时，策马逃离。

嘴角的笑容扩大，原来木头男也有可爱害羞的一面——

抵达神殿的时候，刚好午时。

洁白的大理石阶梯好似延伸至天际。二十根巨型的浮云柱托起一座神殿。完整的玄色天鹅绒布沿着阶梯一路落下，直到她的马战车停靠处。而另一头，夜叉族的王者一如既往的黑甲，披风却似朝阳般鲜红，威风凛凛地等待着他的新娘。

黑衣铁甲一字排开整齐地立于两侧，一位身着白衣的女祭司来到她近前，微笑着朝她伸出了手，引导着她踏上了台阶。

完成最后一层时，手被交付于等在尽头的大掌中。琅熠的手很暖，碰触的刹那，惊诧于她的寒冷，不悦地皱眉。掬起另外一只，贴上了他的面颊，企图温暖她：

"你该多穿点——"

磁性的嗓音轻柔地吹拂在耳边，令辰汐片刻地失神。窘迫地想要抽离，反而被抓得更紧。

"你抓疼我了——"

她小声抱怨，这才得到一点活动的空间。望向她眼瞳的霸道却未减分毫。仿佛她是他的专属，不允许一丁点的抗拒。黑眸眼底的占有，令她战栗，典礼梦幻般的美好，瞬息瓦解，从天堂坠入现实。

一切不过是场戏，琅熠的局铺给谁看的她无从知晓，只道是自己在夹缝中求生存，退与进均不由她。

乐声响起，转身的刹那，余光瞄到殿堂下的人群里一抹紫衫闪过视线，待努力想要去搜寻时，又消失不见。方才是青洛么？她不确定地错愕。

感觉她的停顿，琅熠探身低语：

"怎么了？"

"没事，认错人了——"快速地应道。但愿真是她认错才好。

婚礼庆典比她想象的要顺利。整个过程除了没有太多人参与，让她深觉奇怪以外，一切均充满好奇。神族的婚礼，祭司的祝福，英姿飒爽的黑衣铁甲……都是那么的令她应接不暇。

当然唯一不幸的是，她是参与者不是旁观者。事情的演变有些脱离掌控，抛开满载的新奇念头以后，问题也就跟着来了：

从夜叉族法律角度来讲，她跟这个族伟大英勇的王，已是合法夫妻——

天哪！那意味着今晚，她要跟对面这男人"共用"一张床。

褪去了遮盖着小脑袋的红纱，在身后的巨型大床前，跟对面捧着杯子一口一口地灌着酒的男人之间徘徊。

但愿他喝醉，最好不省人事。望着不停抬起又落下的酒壶，辰汐暗自祷告。可幸运之神再一次地忽略了她，辰汐永远是那个不被看好的倒霉蛋。

琅熠的酒虽越喝越多，眼睛却越喝越亮。

已入夜，空旷的室内独留下他们两人，安静得有些诡异。红烛的蜡油滚落，滴答在檀木桌面，印出一汪蜜汁痕迹。辰汐的心跳动得剧烈，与外部的冷凝形成鲜明对比。

过了很久，冷不丁地，琅熠开口：

"怎么受伤了？"

突然的响声，吓了她一跳。反应迟钝地对上黑眸。对方没有握杯的手指了指额角。

"哦！摔了一跤——"

彼此心知肚明的谎言，正如明知真相他依然会问，明知他知道一切却依然会撒谎一

王妃【第五卷】

样。

　　望着她的深邃幽潭,掩盖了所有情绪波动。他一直死死地盯着她,那种炙热的眼神,仿佛已把她剥了个精光似的。

　　手不安地拢了拢领口,回避他的注视。幽灵般的声音紧随而至:

　　"那个男孩,孤已命人处决了——"

　　"你——"

　　乍闻消息,辰汐陷入震惊当中。难以相信耳朵所听到的。

　　"你怎么可以?!他还只是孩子——"

　　白日里,男孩带着憎恨的年轻面容浮现在眼前,那么旺盛、朝气的生命力,此刻却再也不会展现了。她傻愣地想着,毫无意识地战栗。

　　琅熠却不带一点同情心地继续:

　　"孤在那个年纪,已经统领十万大军——"

　　冷冷的话语抛了过来,点燃了辰汐的怒火:

　　"那是你的族人啊!琅熠,没想到你竟残忍至此——"

　　她今天糊里糊涂地嫁给了什么样的男人。

　　"我残忍!"一记冷哼挂上孤傲的薄唇,"辰汐,你又好到哪里去——"

　　"至少,我救了他——"他怎么可以把她与他同齐。

　　"哈!多么慷慨的施舍。"琅熠一个箭步跃到她身前,眼底的火花扑朔迷离。手扣住了咽喉,另一只覆上了她的脸,顺着眉一路下滑来到唇角:

　　"瞧瞧,我娶了怎样一个女人啊!这双眼满载了天下间的纯净,这唇宛如盛开的桃花,可这心却似寒毒……辰汐,你这个妖精,你到底对我施了什么法术?"

　　面对眼前怒火中烧的男人,辰汐简直想大笑出声:

　　"法术?我的王啊!你真是高看我了!是谁把我弄到三途河上来的?又是谁非要娶我不可?从头到尾你可有问过我愿不愿意?!现在你又凭什么对我大呼小叫。这场婚礼原本就荒谬得可笑——很好,很高兴我们总算达成了共识,现在我不干了——"

　　打掉了勒住她脖子的手,凤冠一甩扔到了地上。她受够了,秉承"附和"态度乖乖被利用,反被指责全是她的错。既然这主儿如此难伺候,那么她总该有权说不——

　　阴霾爬上了琅熠的黑眸,风雨欲来:

　　"这场婚礼荒谬可笑?辰汐,你听着,全天下都可以唾弃它,唯有你不能——"四周低迷的气压暗沉,一点点地贴近,"小不点,你果真不知好歹。你可知长老院半数以上的反对票,我是顶着何等压力去完成它的。原本愧疚没能给你最好的,可你,却一点都不稀罕。天杀的,你这个女人简直没心——"

　　难怪站在祭祀神殿上她会纳闷人如此之少,难怪出行需要禁卫军护航。原来一切不过是他的一相情愿。

　　"琅熠,不要拿我作为成就你野心的借口——"

　　火焰沸腾在黑眸里,此刻恨不能一刀霍了她痛快。上前迅速地抱起她,朝门外而去。辰汐惊慌失措地挣扎,企图甩掉纠缠。可男女力量实在悬殊太大。身子被琅熠半

拖着前行，脚不沾地。

"你干吗？！"她反抗着，在他身上连踢带踹，对方却似蚊虫叮咬，置之不理。钳住她的腰身，迫使她贴近他，话语从牙缝里迸出：

"你不想知道上午被处死的男孩为什么用石头砸你么？我就带你去领略一下——"

No.7

风在耳畔呼啸着，午夜的北方冷得让她牙齿打战。刚下过雪的天气，湿意顺着外衫渗入肌肤里，钻心刺骨的寒。

宫殿设在夜叉王城的北面，位于绿泽森林的尾段。琅熠出了皇宫继续朝北掠去。沿路犹见流淌而过的三途河。偶尔有毫无方向感的游魂贴近，不过很快就丧生在琅熠的气息中。

他们可以说是沿着三途河一路朝下游跃进。头顶上方弦月倒挂，落影在缓缓流动的血红色水面上，映出昏暗的模样，恍惚了辰汐的视线。河水的黏稠感依稀残留在脑海中，不免一阵恶心。掉转过头尽力克制自己去观望水面的动向。

她不喜欢这里，阴冷、绝望、带着浓烈的死亡气息慢慢地从河面上飘散过来，周围呈现没有生命的灰黑，就连不远处的树木都枯黄干瘪，地面上寸草不生。

她恨不能赶快躲得远远的，可很明显，琅熠没有轻易放开她的打算。不好的预感笼罩着辰汐的心。他要告诉她的，一定将是令她难以接受的事情，越靠近三途河的尽头，不祥的念头愈加强烈。

"你要带我去哪儿？我讨厌这里——"

缩在琅熠怀里的小人儿颤抖着。河面上的黑暗气息一直不停地侵蚀着她的神经，逼得她不得不提升自己的内息来抗衡。

琅熠无视于她的哀求，抱着她的手紧了紧。并没有停止脚下的速度。

把脸转向温暖的胸膛。幽幽地叹息，几分无奈。耳旁，传来规律的心跳声，似有安定情绪的作用，抚平了她不停颤抖着的身体。

许久以后，辰汐感觉琅熠的步伐在放慢，但耳边的风却比以往更加凛冽。诧异得从怀抱里探出脑袋想要看个究竟，却先对上琅熠蹙紧的剑眉，那双眺望远处的墨黑水晶，掺杂着怨愤、无奈以及忧伤，透过纤长蝶羽般的睫毛，投射在不远的前方。

侧头顺着他的视线眺望。

三途河的尽头，高山峦嶂，血红的河水从正南方向生生将巨石山峰劈开两段，渗入岩石的缝隙消失不见。算算时辰差不多该是接近黎明时分，此刻却见不到一点点光亮。昏暗、厚实的黑云遮住了整片天空。就连下弦月此刻也不见所踪。时间仿佛被无边无际的阴霾笼罩着，看不到半点希望。

琅熠在位处山脚下五米高的岩石上放下了她，突出的灰黄石头成倒立的三角形，切

王妃【第五卷】

面光滑,承载两人绰绰有余。

朦朦胧胧,有人影在河川的岸边游离。这样偏僻的地段,寸草不生,怎会有人?

好奇心作祟,小心翼翼地探出头去。刹那间呆滞。

尸坑。

仿佛刚刚经历了一场大屠杀,刺鼻的腥臭混在血的甜腻芬芳里,飘散开来。

河流的尽头,山川碎石间,漫山遍野的尸体。逐渐腐烂的与新鲜的混合在一起,有些甚至不能称之为完整。灰布质地的衣服,平民的装扮,各族的都有。偶尔还能分辨得出兽族。

死亡气息弥漫在空旷的遍野里,透明的亡魂游荡飞散,聚集量远远超过以往在河面上的。仿佛被尸体的气味吸引过来一般,徘徊在上空不肯离去,越积越多。

零星的尸堆中有人影晃动,用一种奇怪的姿势缓慢地从累积的厚重的尸体碎片中爬出,拖动着疲惫的步伐艰难地穿梭在碎片乱岗里,低下身躯找寻着什么。偶尔被飘浮的亡灵攻击,穿堂而过,身体一怔,直挺挺地倒了下去……

辰汐震惊得难以合拢嘴,焦急地拉动着琅熠的袖子询问:

"他们……那些人,救他们啊!这样下去会被亡魂吸光精气的……"

琅熠神情复杂地对上银眸,没有动,任由她推搡着。黑眸里透着无尽的悲伤,从身边的满脸焦躁的女孩脸上移开,淡淡地道:

"你以为,下面还有活着的生命么……那些,不过是丧尸而已……空有血肉之躯,早已被亡灵吞噬了灵魂……"

银眸不可置信地睁大,用极其缓慢的速度回到了尸坑里。只见方才倒下的人,不一会儿工夫又再次站了起来。用一种诡异的身法向前方移动,在几具较为新鲜的碎尸附近停下身子。斟酌了一下,挑起一具孩童的臂膀,咬了下去……

鲜血顺着泛黄的牙齿滴淌下来,滑过上下滚动的咽喉,一路向下洇湿了衣襟。那一排牙早已不再正常,锋利得足以撕扯血肉,甚至咬碎骨骼。

辰汐仿佛能听到咯吱咯吱的咀嚼声,传入她的大脑细胞。胃里一阵翻腾,哇的一口吐了出来。

过了很久,她几乎已经把整个晚饭都倒空了。再难抵抗虚弱,靠着岩石滑落身子。

这就是琅熠要她看到的。为何婚礼上的男孩会不要命地冲过来用石头砸她。该是有理由恨的。如若不是她,这里恐怕也不会这般景象吧!至少,不会这么多……

兴许他是对的,之前的计划她或许不该放走翔玠。如果那样,今天的场景就算依旧不堪,她的心里会不会因此好过点呢?

眼底聚上朦胧的水雾,带着自责的语气轻轻地问:

"是因为大神宗卷遗落的缘故吗?这里才会……"

她说不下去,不知该用什么形容词去描述眼前所呈现的。

背对着她,俊朗的身子迎风站立,不经意地为她挡住了寒意。听不出情绪的声音混合在风里:

"预见师红零曾在前年的红月夜来访我族,告知一年后,三途川上将会经历一场灾

175

祸。远远比我族之前经历的都要庞大。唯一能够解救的方法，只有在下一次的红月夜等待神启。我只是服从天命，在规定的时间到达那里。"

磁性的嗓音染上些许温情：

"说实在的，小不点，你的出现完全出乎我预料。呵——恐怕不仅仅是我，就连翔玠那家伙也是吓了一跳吧！传说你与那位女神长得尤为相像。可惜我并未见到过光音，夜叉一直以来都与天族抗争，几百年了，我不知道……或许很久了吧……"

宽阔的肩膀笔挺地迎着寒风，几许萧索，又添几许豪气：

"统一天下与其说是欲望，不如说是梦想。夜叉与天族有何差别，同是大神的子民，为何我们被困深渊沼泽，而天族却年年五谷丰登。生命既没有给予公平，我们总该去争取。到那时，我的族人将不再忍受这样的苦难。后代也将不再活在战火的恐惧里……"

突然间，心的一角颤动。一直以来她都以为他不过是个战争贩子。观念里，除了杀戮、残暴不再出现别的字眼。今天，有什么不一样了。

温暖的感觉在心底发酵。过去的她好似寄居蟹，永远地活在自己世界里，外面发生的任何事情都不去理、不去关心。遭受挫折只会缩在自己的壳里自怜自哀。唯一的志向不过是活着，如此单一、渺小。

而不管是血阕还是琅熠，生命对于他们来说从属于整个部族。与其相比，她那些微薄的负面情绪，伤害以及悲凉又算得了什么。竟是如此的不足挂齿……

No.8

雪，晶莹剔透，轻巧地纷飞陨落，扑了一窗的纯白。伴随着阵阵寒意挤进了屋子。很快地，透彻心扉的冰霜扫过了屋内的炉火，零星晃动几下吹熄炙焰。

雪纺白纱衣裙的女孩斜倚在黑木窗台旁，与身后覆盖的苍茫融成一体。维持着同样的姿势不知到底站立了多久。倘若不是唇边细微的哈气，以及飘舞着的灰白发丝在风里绘出波纹，兴许当真融入一幅水墨。

辰汐的头半倚在窗棂上，失去温度的肌肤近乎透明，似是雕工精美的瓷娃娃，愉悦地站立在躲避风雪的角落，等待下一次天晴。可蹙紧的眉反而褪去了快乐的心境，沉重得让人揪心。

如何回到王宫的记不起了，半路上就已经昏迷。隔天清醒后却不如浑噩的昏睡，前夜的画面徘徊在脑海挥之不去。以至于整天都没有吃下去任何东西。对于她这种从小就填不饱肚子的穷孩子，浪费食物是罪过的。可望着满桌的菜发呆，眼前反而不停地晃过丧尸的牙撕裂孩童胳膊的画面。紧跟着，难以克制地大口干呕。

有种苦是说不出道不明的，无力且绝望。宛如寄居蟹只活在自己的天空下，关闭了视线不听不看，并不意味着不会被波及。

当初得到大神宗卷力量时，厌恶多于震惊。从没想过走到今朝运用自如反而要被

王妃【第五卷】

剥离，竟会涌出不舍。不管是身体中的寒毒还是活在这个世界的武器，她已然完全依赖它了。一旦失去，自己又会如何？那是她不敢想象的。可手中的力量却是左右整个夜叉族的兴衰命脉。而她不过是个拿了别人东西的"小偷"。

幽幽的叹息声回荡在空旷的房间里。算算日子，距离下一个红月日不远了。假如有人能够告诉她该怎么做那该多好；抑或琅熠在她被惊吓之余就该逼出大神宗卷的力量，填补结界的漏洞。那么一切是不是会简单许多，至少她不用在此劳神了不是。

突然很想念血阑，不知他现在过得可好。很想告诉他，失去他保护的天空，她活得有些累了。也许当初她该乖乖地服从他的安排，留在他身边。就算曾经被背叛，就算结果是颠覆整个弑冢楼，也不用再一次面对抉择。

上一回两万性命换她的自由，她还能够走得大义凛然。但这次十几万夜叉族换她的命，她却当真不知何去何从。原来人都是自私的，没有显露出来，只是未及底线而已……

窗外的飞雪更大了，傍晚时分的天空灰蒙蒙的，没有一丝光亮。放眼望去，百米视线里只剩下苍茫的白。门外，寂静的院子中，零星几株梅花开得正艳，雪覆在树干上厚厚一层，唯有粉白的花瓣从冰雪的缝隙里露出脑袋，半开半掩。院子里听不到一点声音，看不到半个宫人影子。就连以往在身旁晃荡的宫女都不知道躲到哪里去了。

这也未免太过安静了些。银眸猛然转醒，警惕性地眯大，总算意识到不对劲。

丁零——

脆响划破夜空，黑影在雪地上一扫而过。院门外，顷刻间喊杀一片：

"失火了——"

黑烟以其迅猛的速度自左手边百米处的宫墙外飘了进来，混乱的嘶喊声穿透了宫墙，逸入辰汐所在的庭院。可此刻，她的屋外却一如既往的静。有种不搭调的诡异的冷寂，隔开了时空，囚困于不知名的结界当中。

"辰汐——"

琅熠的呼唤声此时自身旁响起，就在这百平米的院子中发出。声音那么近，她几乎能够感觉到对方的气息紧贴肌肤而过，可却又看不到半个人影。除了天空飘落的雪，以及覆盖着素白的景物，什么也没有。恐怕这小小的结界中，她是唯一活着的生物。

雪地上再一次晃过影子，眨眼间落下两排脚印。速度飞快地朝她站立的方向掠来。

辰汐反射性地后退，却已躲避不及。看不到身影只辨得出脚印，惹得她惶惶不安。张嘴呼唤，瞬息被一只手捂住了嘴，声音就这样卡在喉咙里。

"嘘！小汐，是我——"

身后的人影变得清晰，白衣在雪中飘荡。温热的呼气扫过脖颈，熟悉得不能再熟悉的嗓音吹拂在耳畔。

"小琦——"

辰汐几乎不敢相信自己听到的，惊诧地眯大双眼，低呼出声。

蓝琦的声音变得与从前不一样了，多了低沉的压抑因子，却带来成熟的磁性沙哑感。身高也比之前高了，搂住她腰际的胳膊半垂，该是比她高出半个脑袋了吧！

可不管怎么变,她依然能够分辨得出。

眼前的雪花会聚成股,纷飞。瞬息,另一个身着白衣的少年即刻也浮现出模样。白布蒙住了半张脸孔,几缕暗灰的发丝从高耸的颧骨处散出。身子瘦弱如柴,单薄得仿佛一阵风就能被吹走。唯有那双深灰的眼瞳透着炽热的精光,警惕性地护在她身前。

寐寐——有双重人格运用自己骨头作武器,在试练场上与她比武的少年。只需一眼,她就立刻认了出来。

来的竟是弑冢楼的人么?那么,血阑……

还没来得及多想,眼前的雪景开始纷乱,雪铺天盖地混着地表上突然扬起的风,刹那模糊了视线……

身后蓝琦的低咒传来,带点谐谑的味道:

"被发现了!寐,你的空间术有待改进呢——"

前方的少年不耐地冷哼,阴阴的视线扫向他们,一副还不赶紧走的表情。

搂住辰汐腰身的手紧了紧,轻轻的声音荡漾在耳际,有种心安的感觉:

"汐,我们回家——"

No.9

地表的雪被狂风卷起,雪花在落地的瞬息间上扬,三四米的高度与另一股力量相撞,轰的一声炸了开来。

雪模糊了视野,风呼啸,灌入鼻腔,难耐的寒意。眼前看不到事物的辰汐被蓝琦抱在怀里,几个起落,人已脱离院子,来到了房顶,离开了百米结界的范围。

此时院子里风停,扬起的雪在空中静止,下一秒,失去了支撑力,坠落。跟着,梅花树下,琅熠焦急的身影显现。

怕伤到院子里的辰汐,动用破坏空间术的气息收敛了许多。也因此减缓了速度。结界一经打开,他即刻想要上前,可屋内早已空旷无物,哪里有辰汐的身影。

墨黑的眼神闪烁着几许慌乱,搜索的视线触到屋顶时,顷刻寒彻冰封。

娇小的身影缩在蒙面少年怀里,手依赖地圈住对方的脖颈。不是被俘,而是营救。

刀漆黑如夜,划开雪地苍茫,惊天动地般洪亮的嘶鸣。撩起了雪白的飞絮,混着玄色的气息卷起了屋顶的琉璃瓦,如天空中劈下的闪电,带着琅熠愤怒的火焰朝辰汐的方向划了开去……

杀气恣意蔓延,冲破了百米的宅院,以破城斩将之势直面冲了过来。

脚下的屋顶摇摇欲坠,伴随着硝烟尘土,瞬间化为荒芜。

反应迅速的蓝琦脚底一滑,身体挡在她面前,搂住辰汐,侧身向右带开。险险地避过正面气焰,却仍稍许撕裂了背部衣襟,转眼一片血红。

蓝琦不算壮硕的胸膛贴着她的侧脸,保护欲十足将她抱紧。气息撕裂背部的刹那,

王妃【第五卷】

慌乱的银眸震惊地抬起,却对上盈满笑意的蓝眸。那眸子中包含着温柔的思念,仿佛是多年未曾见面的亲人,刹那间,粉碎了尘世的烦扰,只剩记忆中的甜美融化在那一眼间。

瞬息,欲喊出的呼唤,生生卡在了喉咙处。泪润湿了眼角。这几个月来承受的所有委屈都似已不再,宛如春风拂面,难得的笑意夹着泪水浮现。

白衣翩翩,银丝在空中飞舞,幻化成蝶。蔷薇色的唇角勾勒出迷人的弧度,带着芬芳的气味绽放。淹没了琅熠的杀意,举起的手顿住,呆愣了双眼。

不再是蓄意的假笑,不再是麻木的嘴角上扬。一种与世无争的单纯美好,朗朗如夏日的碧空,温暖直抵银瞳。

那笑容是他从未见过的风景,那银眸中浓烈的依赖也不是因他。悲伤来不及思量,猛地撞击上他的心脏,急速紧缩,抽痛。不得不承认他沦陷了,就在惊鸿一瞥的瞬间遗漏了爱恋。

不知何时,雪停了。太阳冲破了云层露出半边侧脸。太久未见阳光的玄眸难以适应地眯缝成线。眼前的人儿却突然变得恍惚不真切。

再次睁开眼,残垣断瓦间只剩废墟一片。唯有记忆中的银眸带着复杂的神情,包含着几许抱歉,回眸一瞥,消失在阳光的尽头。

身后朵朵梅花抖落了雪的沧桑,开得正艳。香气来袭,难掩欢悦,却衬得黑衣肃杀的男子一身的萧索幽怨。

刀熄灭了气焰仍在手边,低垂的发丝遮住了眼眸,辨不真切。像是持续思考着什么,又似有难解的心结。孤单地立在雪地中一动未动。

很久之后,一抹诡异的笑会聚上了薄唇,幽幽浮现。喑哑的声音化作呢喃:

"我美丽的凤凰啊,你以为逃离了我就挣脱了牢笼了吗……下一次,我要你心甘情愿……"

No.10

火,染红了宫殿的半壁,硝烟漫天,遮住了才露头角的阳光。耳畔混乱的呼叫声挡不住脚下的步伐。确定琅熠不会追上来后,少年们放宽了心,把大部分气息聚集脚底,确保用最快的速度撤离。

近到城门的时刻,身边已由最初的三人扩展到了二十个。为隐藏,均已白衣蒙面。守军但见一排白影伏地而过,号令放箭的声音未出,刺客的队形急速转变。七八个眨眼间朝箭楼而去,紧跟着五人蹿上了城门,门口的守卫还未看清刀光,就已做了冤魂。

城门破。辰汐、蓝琦与瘠寐三人并肩前行,厚重的红门后旷野辽阔,慢慢地展现在辰汐眼前,喜悦爬上眉梢。才想从缝隙中挤出身子,但见门外十几米处一抹熟悉身影:

墨黑铁甲、左手执剑,不是铁甲军统领祁珑还会有谁。

才舒展的眉再次笼上阴霾。她了解对方的实力,却不知他们这方的。自己就不用考虑了,具体法术不会,好比持有满瓶的水,可却封死了瓶盖倒不出。将就着大开杀戒,效果是不错,可那就注定困死于此。怕是只能依赖他俩了。

与小琦分别将近一年之久,此刻达到何种程度,不得而知。以之前的了解判断,蓝琦加上瘖寐倘若是最佳状态或许还能够全身而退。如今却带了她这个拖油瓶不说,还负了伤。这要如何逃离?

蹙眉担心地望向蓝眸,却收到对方沉稳回视。握住她的手掌包裹着她的柔荑,稍稍施力:

"跟紧,别丢了——"

短短几个字竟有抹去心头慌乱的作用,似可托付全心的依赖。随蓝琦的步伐直面朝祁珖而去。

黑焰腾跃,包裹住前方的男子。剑自手中悬空,在掌中流转,划出一片剑影。眼底的杀意正浓,宛如猎食的狼等待绝佳时刻,给予猎物致命一击。

白衣萧萧,穿过了气焰。十米、八米……

蓝琦手依旧握着辰汐的,身体遮住了大部分的杀气。脚下却未有半分犹豫,冲破了黑焰的壁垒,跃进敌人的剑光攻击范围。

贴近的刹那,疑问划过辰汐的小脑袋:会死么……

讶然失笑,死亡降临的瞬间,她竟未惧怕,哪怕敌人的剑已在眉宇间。对于小琦,她从未怀疑半分。

剑影落下的时刻,蓝琦的步伐变了,朝她的位置侧身,轻巧一带,眨眼工夫他俩滑出了厮杀地带。辰汐还没来得及惊讶,不知何时蹿到身后的瘖寐显现,白骨镰刀泛着锃亮的光,霍地挥下……

兵器撞击,在空中打出火花,星星点点。长剑飞旋划出光圈,一时间好似几百把同时舞动,煞是好看。

可此刻却非欣赏的时机。十几个魈堂杀手哪可能抵住上百守军。城楼上重兵压境,形势立即扭转。不一会工夫,弓箭手重新整装,上弦的箭朝向下方瞄准。远离厮斗的辰汐与蓝琦此时倒成了绝佳靶子。

方才停止追击的人也出现在了城墙上方。这一回刀未出鞘,只远远俯瞰,抱胸站立,目光沉着。就算是隔开了遥远的距离,辰汐也能猜测出他嘴角上隐隐的笑意。

看好戏么……女孩的银眸染上愠怒,嘴角抿起。

男人手一扬,收到讯息的箭离弦,朝他们的方位扑面而来。蓝琦护在她身前,虽挡住了攻击却不能持续性移动。瘖寐遭遇强敌也同样被绊住了手脚,寸步难行。

前无援助,后是上万敌军。眼看他们即将困死于此。忽闻身后丛林里马蹄声由远及近。眼前垒起几丈高的蔚蓝气壁,隔断了箭羽。随后,火红的球体紧随而至。跨过了高耸的气墙朝城楼而去……

倘若这世上有什么人是她想见却又不敢见的……

又有什么人是她分外挂念的……

命运往往总与她开着玩笑……

王妃【第五卷】

转身之际,绛蓝的发丝抚过耳际。一柄折扇撑开挡住了千万支箭羽。月白衣襟飘飘。人已来到身前。

不远处马上,一抹紫衫的男子,半张银质面具闪着夺目的光彩,遮住了脸孔,却遮不住一身的雍容。

情近情怯,回眸瞬间,心底波澜一片……

No.11

箭,如雨,纷飞舞动。从灰砖赤瓦的夜叉城楼上跃出。雪后蔚蓝的碧空,刹那间犹如覆上了一层黑布遮挡住了光。金属的箭尖跃上了最高点,在空中画出炫目的弧线,跟着坠落,朝辰汐与蓝琦的方向砸了下来……

少年反射性地提剑用身体挡住了她,眼底却已落下了必死的决心。

咻——

千钧一发,锐利的箭端在百米高的方位遭到了阻拦,一张巨大的气壁在二人面前张开,生生隔断下了箭雨。箭尖击打在通透的结界上,迸射浪花,折了锐气反弹回去,散了一地的落魄……

身后多了一股熟悉的气息。温暖的肩膀靠得如此近。白衫被风吹鼓得喷喷地响。那一刻,辰汐却好似失去了听觉。耳畔只有心脏如雷般震动的颤抖声。一下一下剧烈得仿佛要蹦出身体,就连她的指尖也似跟着轻颤起来。

她想念他,非常。身体中每一处细胞都在诉说着思念。就算再如何隐藏,都遮不住这份心意。

情,伤了,错了,但依然浓烈。所有隐埋在深处的情感,在刹那间崩塌,如排山倒海般倾泻下来,砸得她躲避不及。

娇俏的下颚微侧,银眸落入碧波幽潭一如既往的温柔,她听到那温玉一般的人儿用满含沙哑的嗓音轻轻地在她耳边低语:

"我来晚了,对不起——"

那汪绛蓝深邃,盈满了她的模样。女孩蝶羽般的睫毛眨巴几下,似是在努力看清他每一个表情,生怕错过任何细节。

他也惦记着她,那不变温柔里的挂念是骗不了人的。可……蓝眸后所隐藏的心事,却在目光交汇的刹那,掩盖不及遗漏一角……

原来……

呵,这才是血阑,全部完整的弑冢楼楼主。他没有变,一直都没有。变的不过是她辰汐而已。不是心意,而是换了另一种角度来看他。不再迷恋,拉开距离后,在她眼前的这个男人变得实体化了。只是……

或许是她并不愿面对现实吧……所以才会觉得失望……

笑从辰汐柔美的面颊上扩大，由最初的一点，渐渐地两枚酒窝浮现。不知是那阳光过于刺眼，还是愉悦的笑扩展到了整张面容。杏眼因那笑容眯缝成线，刹那竟看不清那内心深处的光。

蓝眸一怔，片刻地迷失。清醒时分，城楼上第二轮的攻击也紧随而至。

旷野深处，马蹄声起。马上的紫衫在雪地上映出别样的风景。

起先是单骑白马，火球术自那戴着银质面具的男人身体里发出。倚靠强大的气息操纵，百丈距离，却毫无偏倚地砸在城墙上，压住了城楼的箭雨，战局扭转，箭塔上因突来的火球一片骚乱。

楼门顶端的王者顷刻变了脸色，似有若无的笑被愤怒取代。

戴着面具的青洛是弑冢楼的魑堂的堂主，却也是夜叉族的贵宾。此举分明就是直面向他挑衅，同时也撕裂了长期的盟友关系，兄弟反目。

怒火中烧的琅熠一把夺过身边士卒手里的弓箭，拉弓就是一箭，朝马上的青洛而去。太过愤怒反而忘了运用气息，跃出的箭毫无威慑性，贴近的刹那被对方轻轻一挥打落在地。

骤然，旷野四面一阵骚动。人影飞速闪现，树上，草丛里，足足不下万人。均已白衣蒙面。没有硝烟，没有喊杀，就这样悄无声息地闪电般逼近城墙。

No.12

时至今日，没有一个部族胆敢轻视弑冢楼的力量。倾巢而出之时，足以与八大部族任何一支势均力敌。

风吹草低，人影分成三股：最前沿的暗部魑堂人数不多，速度却惊人。眨眼间逼近城墙；魑堂部众紧随其后，猛地看过去人形杂乱却自成章法，适当地掩护了身后欠缺防御力的魑堂祭司。

夜叉族的弓箭替换频率远远及不上魑堂杀手的速度。远程攻击失去了效用，很快敌军压境，眨眼间上千只锁钩就已挂上了城墙。

城楼上的琅熠迅速调配兵卒，撤下了弓箭手，确保拉开敌我距离，避免近身肉搏。要知道对于杀手来说，那才是他们的强项。

此时，城墙脚下祭司的法术攻击逐渐成形，伴随着大幅度的火球跃上墙壁，亡灵术引来附近飘散的魂魄，一时间打压得对方难以抵抗……

自血阑出现以后，祁珖就遭到了瘩寐与蓝琦的双向夹攻。瘩寐的镰刀阴狠毒辣，配合着蓝琦得天独厚的气焰，竟逼得他连连败退，一点点朝内撤去。对方却哪里肯罢手，援军已到，局势扭转，信心大增，越战越勇。

站在中心地带的辰汐，眼看大量的亡灵被利用，攻击着夜叉黑甲铁骑。娥眉微蹙，心底冒出别样的情绪，与煞气血腥的战场格格不入。

王妃【第五卷】

三途川尽头那一幕涌上脑海,大量迷失了心智的夜叉丧尸彼此啃咬着,就如此刻一般,那些飞聚盘旋在空中被利用的亡魂,毫无意识攻击着自己的族人。婚礼上,带着怨恨表情的男孩与远处琅熠凝聚了满腔怒焰的玄眸重叠,逼迫得她愧疚地闭紧双眼……

她做不到……让她此时抛弃大神宗卷的力量,她根本做不到……

对不起,她辰汐不是神,自私且懦弱。就算是她欠他琅熠的,亏欠整个夜叉族的。她会还的……终有一天,只是不是现在……

逃逸似的,如此迫切想要离开这里。连拉紧血阑袖口的关节都微微地泛着白:

"阑,我想……"

似是明白她要说什么,血阑安抚地轻拍着她的手掌,笑容狡黠:

"别怕,骑士马上就到——"

音方落,青洛的马儿竟真的抵达跟前。臂膀一捞,轻巧地将她抄上了怀抱。方才落座,缰绳就被拉紧,接受主人号令的马儿抬高前蹄嘶鸣长啸一声,轻松地回转了方向……

没有半点支持的女孩,重心不稳差点翻下去。吓得赶忙抱紧青洛。藕臂收紧却感觉脸颊处的胸膛迅速地上下起伏。银眸狐疑地挑起,恰巧捕到了面具下方微扬的唇角。愠怒地皱鼻,这个时候他竟仍有心情戏弄她。却不知,小小的一个玩笑,却也让她的恐惧消失无踪。

"抓紧了,我可没手顾及你——"青洛用惯有的恶劣口气在她耳侧道。之后,嗓高嗓音冲远处快要踏入城门里的蓝琦与瘀寐发号施令:

"穷徒莫追,掩护撤离——"

战到兴头上的二人,一脸的不甘愿。临了补了两记狠招,这才恋恋不舍地追上了青洛,左右护航,三匹马儿前后逆军行进。

渐渐地,夜叉城消失在视野中,缩在青洛怀里的辰汐,探出个脑袋,看着远远被他们抛在身后的血阑,不确定地呢喃:

"阑他,可以的吧——"

听闻她低语的青洛,肌肉明显一紧,随后嘲弄地笑:

"与之相比,我倒觉得你更需要担心我们——"

我们?他们不是脱离夜叉城了吗?

疑惑不解地抬眼瞅他,却见青洛面具后面的脸色难得的凝重,浅紫色的眼瞳里隐隐投射着防备的杀意。转头再探,身侧两匹骏马上的少年兵器均已紧握于手中。

原来只有她自以为虎口脱险了,一切不过才开始而已。

四周茂密的松柏林中,寂静得可怕。暗藏着的危险的气息伴随着夕阳的落幕,慢慢朝他们会聚而来……

No.13

　　夜幕遮住了松树林的视野，冷寂的林子里，隐隐地投射出月的幽光。

　　野兽混杂在草垛中，忽远忽近辨不真切。昏暗小径望不到尽头，风雨欲来的无声压迫人的感官，远比直面袭击更能刺激神经。

　　自青洛提醒她危险靠近以来，马儿已经跑了一段里程了。可却好似怎么跑也逃不出重围。他们如同被困在一个巨大的狩猎圈中，前后改变方向多次，却怎么也冲不出去。敌人难得地耐性好，潜藏伏击，不时有人影快速地晃过，试探性地出手却又并不做绞杀，仿佛逗弄般，拿他们耍着玩。等待猎物自己丧失求生的勇气。

　　这样变态的手段，只有一人能想到。辰汐现在异常肯定。所以下一秒作了个决定。

　　"把我放下来——"

　　她的声音很稳，带着点隐约的赴死决心。让青洛一愣，诧异地看她：

　　"现在？你疯了——"

　　"是的，现在。否则我们谁都别想活——"

　　口气有些愠怒的咬牙切齿。围堵猎物是自大的翔玠惯用的招数。他想要的只是她。放下她，或许其他人还有生路。蓝琦与瘖寐护在左右两翼，承受主要攻击，这会儿身上均已挂彩。再拖下去，只不过是困兽之斗，到头来结果还是一样。

　　对于她的提议，青洛片刻的沉默，手里的缰绳却未曾松开。辰汐见他未作表示，不安地扭动起身子，想要跳下马去，反被青洛扣紧了腰身，狠狠地拥入怀里，执拗得可以。奇异的花香充斥在她的鼻翼，令她想起方才面对夜叉部族时他的从容，无奈地叹息：

　　"洛，你这个笨蛋，比我强不到哪里去啊！还戴着面具来，这不是明摆着被阑利用吗——"

　　打见到血阑的那一刻就隐约猜到，只是不愿承认而已。

　　血阑那双令她分外怀念的温柔碧波下隐藏的讯息，掩盖在思念潮水背后的是争夺天下的"野心"。一直以来，埋藏得甚好，温文儒雅的笑掩盖住了心机。却在恍然回眸间，泄露了秘密。对于辰汐来说，那眼神太过熟悉，翔玠、琅熠，他们每一个落在她身上的热切目光不尽相同，想要忽略都难。

　　可叹的是，她压根儿不明白他们能从她身上获取什么样的好处。

　　曾有那么一刻，她愿意相信血阑是来救她的。可很遗憾，她离开弑冢楼时，天族大军压境，那会儿他没有能力对抗天族，任她独自离去。半年后弑冢楼倾巢而出，与夜叉一战。只能证明，血阑最终受降了。

　　而她为他所做的一切，这几个月来遭受的苦，到头来变得没有半分意义。

　　自作自受，多此一举。她自嘲地笑，嘴抿成奇怪的曲线，比哭还难看。

　　突地，脸颊处传来温润粗糙的触感，青洛的大掌不知何时覆了上来，轻轻地碰触上

王妃【第五卷】

她被冻得些许发青的小脸。

"还疼吗？"

声音别扭的低沉，却不减温柔。他在为上次发生在夜叉军营里的那一巴掌道歉。耳朵贴近胸口，那是最靠近心脏的地方，暖意流入辰汐的心田。

"不疼——"

那一巴掌不单单只是他的错，也有她的不对，如若不是受伤的她倔犟得似只刺猬，不懂婉转，也不会如此。琅熠对青洛来说何等重要，她知，性命交托的对象。如今他却愿意为她背弃这份情谊，反倒是惹得她愧疚。

道歉的话还没来得及说出口，树林中即刻传来一声长鸣，弑冢楼与夜叉的对决终结。

听到信号的青洛暗自低咒，扬鞭策马，嘴上也未闲着，对身边护航的二人道出利害关系：

"你二人听着，楼里的任务如今结束。接下来可以选择放弃追随，吾主血阑实际已降，天族不会把你们怎么样。倘若继续，我不能保你二人安全——"

"不用说了，我自当护小汐周全。"蓝琦声音从右侧插了进来打断了青洛的话语。侧头对上辰汐沉重、担忧的银眸，笑得纯粹，少年的眉眼透着坚定的华彩，似天地间没有什么可以拉回那副为之赴汤蹈火的决心。

青绿的发在风中飘荡，宛如夜光底的冥蝶，舞出绚丽的光辉。微微又偏了偏脑袋，对并肩的伙伴啼笑：

"倒是瘖寐，此行已无关任务。若是怕了，不如现在放弃。晚了被天族劫杀，到时可不要哭着埋怨我——"

一抹沉重的冷哼自左侧灰衣少年身上传来。拥有双重人格的少年，白天的瘖已经沉睡，随着夜晚降临寐也自体内清醒。嗓音已不再清冷，多了几许高调的尖细，但少年本身不弱他人的傲慢却一如既往：

"别把我与瘖那家伙相提并论。我寐何时输给过你。且不要一会儿是你躺在地上向我求救才好——"

看着二人气定神闲地斗着嘴皮，你来我往一点没有退缩的意思。辰汐反而更加不安。如今劝服不了青洛，本希望蓝琦与瘖寐收手，能保住一个是一个。可她却不知，少年们赴死的勇气，却不是如此轻易就能拦阻的……

"你们……"

生死攸关，哪里容得意气用事。辰汐无奈地叹息，才想说什么，可却已经晚了。象征天族军队的星月旗扬起，在前方不远处耀武扬威。树林间的士卒从阴暗处蹿了出来，将他们困在中心。拦截了去处，也切断了退路。

翔玠对于围剿猎物失去了耐性，打算直取咽喉，痛快彻底。

凛冽的寒风吹得星月旗在风中瑟瑟地响，震荡着辰汐的心脏。隐没多时的月光从树缝间探出头来，洒在万人大军的包围圈上，泛着阴森的寒意。正前方，一白马骠骑缓缓地自人群里闪现出来。头盔下的眼瞳噙着势在必得的笑意。倾城容颜下的两瓣红唇上下开合，带着阵阵惋惜的腔调，幽幽地感慨。那话音里的字句却没有半点情感，仿佛

是来自地狱的催命咒语。
"真是可惜……"
骤然间,辰汐宛如置身于冰窖中,从头凉到底……

No.14

"你应该听她的话——"
翔玠的声音宛如午夜的鬼魅,淡淡地带着戏谑的笑意从正前方的人群里传了过来。令坐在青洛怀里的辰汐冰透得彻底。抓住紫衫的手指关节泛白,纠结着锦缎蹂躏出一道道的褶皱。拥着她的手臂一如既往的踏实,没有松开半寸的意思,此时却不能给予多少安慰。辰汐的嗓音沙哑中透着急躁:
"洛,放下我!求你……否则……"
他们可以为她面对万人大军,这样的恩情足够了。她不愿,也不想看到有人死在这里,谁也不行。
窝藏在胸口的小脸抬起,眼底投射着乞求的光看向青洛。后者却没有与她目光交集。嫣红的唇角挂着嘲讽的笑意,水晶般通透的眼瞳里盈满了桀骜不驯,穿过敌军直抵不远处的翔玠。
瞬间令辰汐的一颗心沉到谷底。
金穗的发丝被月光映出点点晶亮,白马上的人儿身着月白战甲,气定神闲打马而来。凤眼眯缝成线,嘴角噙着势在必得的笑意,仿佛不过是沿途偶遇上迷人的风景。
蓦地,眼光落在依偎于紫衫怀里的辰汐,带着迷离水汽的银眸里载满了担忧望着面具后的男子,却已容不下他人。金瞳暗了少许,触怒了心弦,戾人的杀意却骤然自翔玠月白战甲下的身躯里弥漫散开。
翔玠突然爆炽而出的杀意,直接影响到了他们的坐骑。敏感的马儿难以忍受地喘着粗气,开始躁动地抖动着蹄子。蓝琦与瘖寐一跃而下,各自放走了战马,亮出了兵器。
银眸辗转于前方笑得没有丝毫情感的俊颜,悠悠地叹息,向身后的男人作最后的规劝:
"洛,你还记不记得你跟我说过的……假如没有把握,就不要正面对上他……那时的话,难道你忘了吗?"
青洛的神色却未有半分变化。手轻轻地安抚着胯下的骏马,探身用只有辰汐听得到的声音低语:
"丫头,记不记得很久以前我们的交易?"
回避了她的质问,语气充满了疼惜,把彼此的思绪拉回很远。
那一天,她首次发现他的秘密,弱小的她像是溺水的人儿急于抓住浮萍,寻求保护。他似情人般摸着她的发,语气反而冰封,他对她说,我们做笔交易吧,作为你保守秘密的

王妃【第五卷】

条件。

他明明可以杀了她,却没有,始终没有……

那时他不曾真正答应她,可却从未放弃守护她。不知不觉间她早已变成他的责任。

不祥的预感笼罩上心头,还未来得及反应,却在下一秒,青洛扳开辰汐的手一把塞入缰绳,跃下了马儿独留下她。

突来的变化搞得辰汐仓皇急迫地转身想要看清他,迷雾却自他身体中飘溢开来,白茫茫的雾气迷蒙了双眼。马上的人儿慌了手脚,旋身再去寻时紫衫却已消失在视线中。

"青洛,小琦——"

呼喊声传得老远,却似错开了空间,得不到丝毫的回应。独留下眼前的苍茫。

分不清方向的辰汐不知该往哪里行进,身下马儿不安定地来回晃动着身子。忽地,谁的手扬鞭扫过了马儿,一声嘶鸣,失去了控制,载着她朝迷雾中狂奔而去。

"丫头,跑,走得越远越好——"

青洛的气息回旋在耳际,她觊觎辨识,却拉不住疯了似的朝前飞驰的骏马。

朦胧的月夜,树林间一片乌黑。迷雾中血的腥甜味道自未知方向逐渐蔓延,兵器撞击的响动隐没在昏暗的雾气里,混杂着隐约可辨的喊杀声朝身后的某个方位汇拢。翔玠狂妄的笑声冲破了潮湿的雾气,带着煞气直逼她的心脏。

说不怕是骗人的。翔玠的力量庞大得让她难以抵御,在加上气息深处浮现的黑暗物质,第六感总是在不断警告她逃得远远的。此刻的辰汐比谁都想转身走掉,可……丢下青洛跟蓝琦,她又能去哪里……

生活中一贯的唯唯诺诺,害怕冲突,害怕挨骂,害怕会被更加残酷地对待。

兴许那并非是胆怯,单纯的懒惰罢了。对于辰汐来说,与人针锋,不如沉默来得轻松,安静的配合,远比引发对立更利于保护自己。

可惜这一次牵扯到太多人与事。不是明哲保身掉头走掉就能够终结。她也有想要去守护的责任。就算自己的力量是如此微不足道,哪怕结果仍旧注定,可至少不会背负悔恨一辈子……

手中未握紧的缰绳懒散地上下颠簸,骏马感觉到身后的威胁跑得极快。首次骑马的辰汐,不知该如何让它停下来,低下身体轻拍马鬃:

"对不起,我要抛下你了。只希望别让我摔得太惨才好——"

马儿像是听懂似的,步伐竟然放慢了些许。辰汐借势身子一滑,滚下了马背。

好在脚下是蓬松的灌木,摔下去皆不是很疼。只不过几缕尖锐的树枝撕破了衣襟,在肌肤上留下浅薄伤痕。现在的她哪里有空去管理这些,凭借着方才的记忆朝喊杀声的发源地而去。

枯枝覆在潮湿泥泞的土地上面,下脚处,咯吱咯吱地响动。迷雾遮住了双眼,三四米处才能辨识得清楚。手中握着一把自地上捡起的剑,胡乱地挥舞着。太过厚重的雾气遮住了视线,青洛的绝技——水雾阵单枪匹马应对多人攻击的确占尽优势,如今反而给她带来不少麻烦。她像只没头的苍蝇,迷迷糊糊闯入了天族的重兵区,鼻翼处血的芬芳越来越浓重,连带着心也紧跟着暗沉。

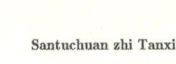

剑对于弱小的她来说着实有些力不从心，单手并不能很好地控制。每一次双手握紧朝敌人砍去时，飞溅的血花总是让她莫名地颤抖。她干脆找了块布条缠绕上了手腕，把剑与右手捆绑在一起，希望挥下去时分，肉与皮肤撕裂开的声音，不至于抹杀自己拔出来继续前进的勇气。

忽而忆起，几个月前修罗族族长无玥临行前的忠告：此去皆不是一两条人命那么简单。

剑挥下去时，死亡的恐惧也接踵而至。虽然倒下去的不是自己，但生命陨落时的震撼远远比她自己悲观地想要自杀来得更加压迫人心。剑尖穿透胸膛瞬间，眼底的不甘与弱小，让辰汐胆怯。

战场上，生命之于每一个人都是一样的，平凡且脆弱。不同的，是拥有多少想要守护某件事物的勇气，是那一股无形的力量使人变得强大。

世间没有既定的神，只有背负他人性命的英雄。可以掌控的生命越多，身上的担子也就愈加沉重。站在另一个角度来看琅熠或者血阑，一栋楼、一个族，上万个生命，他们每一个人所承载的都远远多过于她。责任宛如枷锁，她要比他们自由许多。

她不是神，也做不成英雄。不能体恤他人的悲苦，但求保住为她去赴死的生命……

No.15

入夜的树林寒气逼人，凛冽的风顺着肌肤蹿入身体，冰冷彻骨。脚下遍地尸骸，站在上面的女孩全身抖得宛如即将凋零的落叶，分不清是因那寒冷的天气还是面对死亡的恐惧。

浓郁的雾气缠绕在树梢上，冻结了叶片间簇绒的积雪，瞬间化成点滴冰凌。血的芬芳里飘来青洛身上似有若无的花香，淡薄细微，却足够辰汐分辨得出。原本快要失去希望的银眸瞬息染上华泽。身体没有动，昏暗的白丝自体内积聚成股，一点点融进雾气当中。以漫天遍野的水雾作为掩盖，她的丝线仿佛伸展的触手，轻巧地搜寻着暗香的出处。

天空此时开始飘雪，纷纷扬扬的六瓣水晶自头顶上的黑幕里坠落，四周的温度又降低了几分，寒意夺走了稀薄的空气，似连声音也一并带走，幽闭般死寂。凝神闭目倚靠气息探知外界的娥眉蹙紧，急于想要找寻同伴的下落，却不知危险此刻已经逼近。

倏然，一抹凌厉的剑气斩断了她的白丝，劈开层层迷雾，朝女孩的面门飞速旋转而来。掩藏在蝶羽睫毛下的水样银眸猛地睁开，急速倒退，想要闪躲可惜却已来不及了，霸道的剑气远远比她的脚力胜过许多。

眼看就要舔上她的鼻翼，另一股碧蓝的剑锋插了进来，宛如澎湃的海浪碰撞上岩壁，击出几多耀眼的水花，千钧一发之际化去了威胁。紧跟着咚的一声闷响，似有物体撞上了粗壮的树干，捶出空洞的响声。

犹在惊魂未定之时，鼻翼处的暗香突地消逝。水雾也跟着散去。隐藏在迷雾中的

王妃【第五卷】

景致乍现于眼前。

眼前空旷的雪地里，仅剩下三人依旧站立着。

两点钟方向，血染的金甲伫立在白色天地里，丝丝剑气仍旧徘徊未曾散去，给翔玠那似神非神的气质平添几许魔魅。金瞳经过血的洗礼，沉淀成橙黄，神情带着讥诮的玩味，微微朝辰汐的方向侧目。扎得女孩的心一阵恐惧，慌乱地避过头去。

目光沿着脚下堆积的尸骨一路朝左，瘶瘃那瘦弱的身躯靠一柄长枪支撑着依然站立，可神志却早已不清，灰黑的瞳孔涣散，单凭意志力在死撑。

辰汐的眉纠结，心思沉到了谷底。

瘶瘃身后的蓝琦看起来比他好些。不过也仅仅是看上去。刚刚挥出仅剩的气力瓦解了方才她面临的危机，此时大口大口地吞吐着，已经再无力气。看向辰汐的目光掺杂着错综复杂的情感，几分无奈几分担忧，却无力再说出半分话语。

青洛，站立着的人中唯独少了他。骤然意识到了什么，辰汐的心脏瞬间提到了嗓子眼。

"洛……呢……"

单音节的呢喃，银眸闪烁着不确定的慌乱，抛弃了仍该提防危险的防御，蹒跚着向蓝琦靠近。

"小汐……"为什么回来……她本已不该出现在这里……

蓝琦的嗓音似是哑住，蓝眸一瞬不眨地锁住逐渐朝他靠近的倩影。最初还以为自己产生幻觉，要不是刚刚感应到她的气息，下意识地破了翔玠的剑气，此刻怕是眼前的人儿只剩尸体。还好……最后一刻，还来得及……

"洛呢……"

辰汐又重复了一遍疑问，身影已到蓝琦近前。懵懂的眼瞳闪烁着迷茫的光，似有绝望的哀伤隐隐浮现，却又死命压抑着不愿让它凌驾于情感之上，奢望地期盼着蓝琦给予一个能够接受的答复。

水晶般通透的碧波漾起一片哀伤的涟漪，唇欲张微张。怎么也吐不出半个字，最后缄默地避过头去。不祥的预感充斥着辰汐的心脏，先是呆滞了一秒，随后蹲下身子，开始拼命地挖抛着四周的尸体。

不，她不相信！他是青洛啊！紧那罗的王子、魍堂堂主、施毒圣手……这么多头衔难道都是插科打诨的么……

"咣当——"

一声清脆的金属落地声惊醒了辰汐，半张银质面具从前方的树上掉了下来，滚到了脚边。柔荑颤抖地几欲抓住它，缓缓地站起身子，目光顺着树干上的血痕一路向上，泪一瞬间自眼眶里崩溃……

她找到了他，可却不应该是这样……

青洛好似枯叶蝴蝶，悬空被一柄长剑生生钉于树干上。紫金绸衫在风雪中恣意飘荡，在冰洁的雪色世界里画出潋滟的波纹，一下一下被夜风吹鼓着。血红的花儿自胸口处漫溢开来，仿佛不满意那单调的紫，惹恼似的非要渲染出别样的色彩，艳丽地、大面积

地扩散着。几滴染红了突兀的光洁剑身,颓然地坠入地表,在白雪间开出璀璨的红;再有稍许滴答于垂落的发梢,黏稠地粘在一起,贴着惨白的肌肤自脸颊处滑落……

腾空的手难以置信地捂住呼出的声音,却止不住冰晶的泪滴,沿着手指缝间无声地流淌。

他还活着吗?可她闻不到他身上的花香,被血腥味掩盖了,还是……

不,那结果太过可怕,她连想都不敢去想……

手伸出颤抖着想要去触碰紫衫衣襟,却又恐惧地停顿在空中。她怕触碰到一掌的冰冷。

像是回应她的质疑,翔玠嘲弄地开口,语气凉凉的:

"他还没那么快断气——"紧绷的心才要放下,后面的话却又把她打回地狱,"那点血,还能再熬半个时辰——"

浅笑淡然的语调,仿佛不过是在谈论天气。幽暗的橙黄瞳眸邪魅深邃,犹如难以捉摸的夜空。不温不火地继续道:

"魈堂主的水雾阵果然完美得无懈可击。可惜心乱,方寸乱——"

辰汐一怔,狐疑地回眸。银瞳倒映的橙金流露出惋惜的光,语气却又戏谑:

"隐术与雾术配合得非常完美,他差一点点就成功了呢!直到……"

"闭嘴——"

蓝琦暴戾的语气插了进来,打断了翔玠。后者也不恼,金眸别有深意地瞅着辰汐,话就此停在了关键处,却已然足够了。辰汐的脸色转白,呼吸变得局促:

"说下去——"

翔玠的眼底弥漫着诡异的雾气,盈盈地瞅她,但笑不语。那眼神分明在问,她是否当真打算刨根问底,不知晓或许对她来说比较幸福些。他越是如此,辰汐也越是想要获悉详情。

"是我害的吗……"

"不是——"

风雪落在灰白的发梢,一片苍凉。女孩温润的声音幽旷,夹杂着愧疚,细微不可闻。却终究被蓝琦狠狠地打断,碧波目光如水,注满了担忧。

是她的过错!不用再多问,那眼神已经说明一切。蓝琦担心她自责,极力否认,愈是如此答案愈清晰浮于水面。

依照四下分散的尸骸,可以推出刚刚的战况。青洛先是动用雾气隐藏住气息,再配合暗杀手法穿梭在敌军里,加上蓝琦与瘴寐的相助,只要雾气的覆盖面广、控制得当,成功从敌军里脱身是没有问题的。就算对手是翔玠这种战神级别,偷袭未必不会成功。可却在千钧一发时,她的气息干扰到了雾气,最先反应过来的青洛为了保护她,暴露了自己的位置,这才会让翔玠得了手。

她应该听他的话,跑得远远的。是她自作聪明又返了回来。如今,竟是最糟糕的结果……

深深地用力呼吸,胸口却沉闷地疼痛,牵连着整个心脏也跟着窒息般抽痛。脚下一

王妃 [第五卷]

跃而起,握住了剑柄,用尽全力拔了出来。血溅了她满身,眼却未眨一下,眼底一望无垠的死寂。青洛顺势滑落,宛如残破的树枝坠下。

辰汐紧跟而至,低下身子在衣袖间摸索,小心地避开伤口。很快,在夹层处翻到了药瓶,令辰汐长长出了口气。不愧是"骆公子",救命的玩意儿理应强过他人。辰汐置于鼻子下面闻了闻,确定药性后,放心喂他吞下。

青洛伤得很重急需治疗。药只能维持一段时间,能不能逃走她无从知晓。瘰瘶就不用说了,早已晕过去了。蓝琦是唯一凭借意志站着的。对手是翔玠,她没有能力带走他们所有人。所以她决定……

No.16

风骤然而起,雪花漫天飞舞,混在煞气逼人的白丝气息中旋转,腾跃。风雪掠过少女灰白的长发轻触一下又融化成雾,隐在水汽蒸腾的白丝当中。仿佛吞噬一般,风雪愈刮愈大,周遭的视线渐渐辨辨不真切。仿佛借于风雪的张力,带动了身体中的能量迸裂而出。

立在暴风雪中心的辰汐,银眸滢澈如琉,往日的辉耀却已不再,附着上暗沉的杀意。嗜血的欲望在身体里叫嚣着,这一次不再是因为无法掌控的双子剑,所有的愤怒都来自内心深处。

长剑在手,锋利的刃还流淌着青洛的血。极慢的速度转过身来,银眸与金瞳交汇的刹那,没有温度的笑会聚。

空气中的每一点细微的变化都逐渐清晰,她隐隐听到耳畔处风带来的金戈铁马。眼眸流转间,四周平添许多白衣。

弑冢楼的人马还挺快的嘛——

心里暗自嘀咕,人群里远远地就瞥见一抹蓝发,恍惚地在风中摇曳。或许是相隔太远看不清模样,也兴许她逃避似的一扫就从那张熟悉的脸孔上带过,忘记了留恋,也忘记了心底似有若无的哀伤。此时,她整颗心都牵挂着身后青洛的安危,以及怎样与蓝琦离开,无暇顾及其他。

"汐——"

暴风雪外的碧眼少年担心地望着她。她对他报以微笑,让他宽心。蓝琦却怎样也放心不下,无声地朝她摇头。她没有说话,抬起左手腕子,冲他晃了晃。

"小琦,你还记得牙印么……"

水色银眸璀璨如夜空下的星火,镶嵌在浓密的睫毛下,一眨一眨。

"从那天起,我们的命是一体的,你的、我的还有洛的。原谅我的擅作主张,如若用你们的生命去交换我的,那我活着也没有任何意义……"

蓝琦的碧波盈盈地感动,不再试图劝阻。卸下了担忧,换上视死如归的坚定。

银眸自同伴身上移开,落在不远处的翔玠身上。她一步步地靠近,用平生最缓慢的速度缩短距离。眼中不再有多余的情感,仿佛世间的蹉跎已经自那副瘦小的身体里退去,剩下的只有淡定的执著:

"我要他们活着——"

清朗的声音透着几分倨傲的王者风范,不是乞求只是陈述命令。

翔玠先是一愣,诧异于她身上狂躁怒放的杀气。随即莞尔一笑,映出邪魅的华彩,语气轻佻:

"想杀我?"

"我要他们活着。"

所答非所问,银眸眼底的执念不减,犀利的风雪又迅猛了几分,似有同归于尽的架势。突兀地,妩媚一笑,倾城倾国,美得缥缈,似真似幻:

"翔玠,我只是个小人物。没有什么太远大的理想,也没有野心。不过也许你并不相信。无所谓,我的命曾经只是我的,那时候我连自己都不想要它。如今它却已不单单只属于我一个人……"

翔玠橙黄的眼眸荡起一阵涟漪,沉默地注视着她,等待下文。点点雪花在她与他之间开得奢靡,明明只有一寸的距离,她却仿佛距离他很远。纯净的容颜似梨花般娇艳却又似融雪般寒冷,那感觉熟悉又陌生,他讨厌这种疏离,懊恼地蹙眉。

"我不在乎你把我怎样,但是今天你要是杀了他们当中的任何一个,我会倾尽所有也要毁了你——"哪怕是毁了这世界,她也全然不在乎——

唇边溢出魅惑众生的笑,翔玠的声音慵懒:

"可以啊!"

辰汐愣了一下,没想到他这么容易就答应了。紧跟着,他的后话接踵而至:

"你要跟我走——"

"行——"她痛快地答,似是怕他反悔一般。

对方的剑眉挑了挑,眼底流淌出一丝不快,质疑于辰汐的爽快。算计的光一闪而过:

"我这里没有人手搬动将死之人——"

他要她放弃青洛。这个小人,辰汐心底暗骂,早知道他不会这么轻易地答应。银眸转动了一下,继续讨价还价:

"可以,不过我要借用一下你的力量……帮我引来大量的游魂……"

翔玠起先以为她要他救青洛,刚要报以嘲讽,没想到她竟然开出了个奇怪的条件。犹豫了几秒,眼神流连于躺在树下的半死人身上,想是如何辰汐也不可能耍出花样,最终好奇心占了上风,点头答应。

辰汐如释重负,收回了释放的杀气。风雪掩去,空地上的气流也随之回归宁静。倾身在翔玠身后黑压压的弑冢楼人群中搜寻了一下,角落中捕到了熟悉的蓝眸:

"血楼主,能否教我空间术的结印咒?"

未能适应她疏离的称号,走出人群的血阑,眼底转瞬即逝的落寞。辰汐绚丽翩跹的睫羽后,已不复往日的天真纯净。笑容依旧,却再也找不回属于他的恋慕。他嘴角扬得

王妃【第五卷】

牵强，温柔却不减分毫：

"当然，只要小汐提的要求——"

辰汐恍神，往昔的画面浮现于眼底：那时的她说，是不是她提任何要求他都答应；他应着，只要是合理的。

胸口一阵刺痛，悄无声息。眼笑得眯缝成线，没有人能看到那银眸的忧伤，她现在已经学会用笑来掩盖一切情绪。可那胸口传来的痛又是何故……什么时候才能连心底的痛也一并掩盖了过去……

狠狠捏了一下自己，打消那些负面情绪，她还有正事要做。强迫性地收回纷扰的心事，专注于空间术上。

这么短的时间，并不够她学习转移空间术那种大型法术，只够她建造一座气壁。就像之前试炼的时候，魃堂用于防护格斗场的那种东西。

然而站在这里的人，除了小琦，她此时谁也信不过。蓝琦的气息所剩无几，只能她这个初学者上阵。况且她身体里独具的大神宗卷力量，抵御接下来团聚的游魂，应该不成问题。

对于辰汐这么短的时间就能顺利建造防护空间，血阑皆不稀奇。似乎任何超出常理的事情牵扯上她，都变得正常了。只是他并不太明白她的用意：

"为何要引来大量的游魂，这样岂不是平添危险？"

纤长蝶羽下的双眸淡笑不语。

让翔玠他去救人比登天还困难，但是要让他杀人却易如反掌。所以引来游魂反而比救青洛更加有把握。

大量的游魂脱离了散漫的行动方式聚集于一处，必然会引起夜叉族的注意。之后，一切将简单许多。

琅熠却不同，他是不会狠下杀手的，就算是曾经在他大门口叫嚣，只要仍有价值，他是决计不会让他死掉。她相信，洛的命终归会保住……

No.17

番外——弑冢楼篇

今天是辰汐离开的三个月又十二天。桌边的空酒坛累积得快赶上一面墙高了。新酿出的"碎梦"缺少了她临别时掺杂的迷魂草，仿佛失去了醇厚的芳香，竟微微带着些许苦涩，怎样也喝不醉。

血阑摇了摇手边见底的酒壶，懊恼地挥手打落。精致的白瓷飞出了桌面，砸在木质地板上，粉碎。少许琼浆沿着碎片洇湿了一片，秋凉的如水月光反射出点点晶亮，艳丽的颓废。

不觉间已是四更天，残烛泪滴晕出光圈，随着深夜的清风舞动几下腰肢，纤细的烛

芯跳跃着作最后的挣扎,终究逃不过宿命,陨灭在火光中,独留下轻烟一缕,衬在昏黄氤氲的月光下,孤寂的萧索。

雪色的衣裳胡乱地被他披在身上,懒得去打理。脚步蹒跚踱到窗前,任由寒月洒了一身的冷霜。

楼下的荷塘里,荷花的季节刚刚过去,满池坠落的花瓣漂得一池的粉白,浮在碧绿的荷叶上面,煞是好看。要是辰汐还在的话,这会儿一定窝在荷塘边的亭子里睡着了。娇小的身子蜷成团,抱着膝靠在柱子角落,永远忘记加件衣服,只着内衫在屋子里晃来晃去。怕是只有饿的时候才记得照顾自己……

想着,微微泛白的唇角不自觉地上扬,蹙紧的眉心也跟着舒展开来。

他很挂念她。三个多月了,不知道她过得好不好。曾在山脚下的凉棚里住过一段时间,日子甚为艰苦。之后辗转于两大部族之间,最终落于琅熠之手……

听说夜叉王最近要娶亲了。蓝眸一闪而过的惆怅,几分哀愁,几分落寞,混在一起纠结疼痛。

他,太过软弱,虽拥有一栋弑冢楼却不足以抗衡一个部族。说好了要守护她,到头来却是她在为他牺牲,甘不甘愿都从没说过一句抱怨的话。

她,很好很好,值得一个王者倾尽所有,真心与共。但他却配不起她——

惨笑挂于唇角,逃避似的离开窗棂,想要去找酒。转身之际,却见楼梯口的人影,瞬间愣怔。

少女娇小的身躯只着白衫内衣,外面凌乱地裹着一件蓝锦缎长衣,银丝半干随意地散在肩头,才刚刚沐浴的模样,仍有淡淡清香飘散出来。似是秋夜的气温对于她来说太低了些,羸弱的身体频繁地打着哆嗦。伴随着俏丽的小鼻子皱了皱,紧跟着一个喷嚏。

"怎么不多穿点——"

血阑反射性地脱口而出,语气难掩的关心。

水漾的银眸楚楚可怜,脸蛋泛着娇羞的红润,怯怯地皱眉,却又不语。

血阑眼底汇上温柔,宠溺地朝她摆手:

"怎么了?做噩梦么?"

晶莹剔透的银眸笼上一层水雾,先是点头,紧跟着又摇头。莞尔一笑,朝空中的大掌伸出了手。

女孩用极其缓慢的速度,一点点地靠近。未着寸履的粉足,轻巧地踏在木质地板上,引得老旧的木头发出咿呀的响动。触碰了深埋心底的某根弦,难耐的痒。想要去挠,理智却又压抑地克制,愈演愈烈,痒到疼痛……

冰凉的柔荑距离温暖的大掌咫尺,顿住。月光在女孩浓密的睫毛上晕染出一层淡薄的光圈,矮他半个头的小脑袋;颔首,欲语还羞。

她的手迟迟不肯落下,血阑的手也就这么悬在半空中,极富有耐心地等待着。

最终,一声清冷、满含情愫的叹息,幽幽地回荡在阁楼上面,似悲似喜,又有几分无奈。女孩的肩随着那声叹息垮了下来。耳畔随之扬起血阑干净如风的嗓音:

"做不到是吗?你的幻术已经很好了。只差一点点,你就骗过我了呢!琉璃——"

王妃【第五卷】

苦笑挂上嘴角,幻彩的光辗转过肌肤,眼前的女孩瞬间换了模样:

"可是,最终没能成功不是么……"

淡粉色的眼瞳饱含了太多的深情,来不及收敛,赤裸裸地呈现在对方面前。不求回应,只求他懂。

血阑冰薄的唇角扯出一个不算太过冷酷的笑,失望的光隐没在寂寥的眼底。最初,曾有那么一秒,他希望眼前的一切是真实的,可惜……奢望罢了……

大掌覆上女孩柔软的发,安慰性地揉了揉,很快又收了回去,抱于胸前。蓝眸挂上恍惚的深情,陷入回忆中,语气缥缈:

"小汐不笑的时候,很平凡,容易让人忽视她的存在。反之,仅仅是一个最淡然的、浅显的唇角上扬,就足以融化万年冰霜。那种慈悲到不含心机的和善,是别人学不来的……"

不用再多的话语,她已知道自己输了,输得彻底。她所崇拜的男人被另一个女人夺去了全部的关注,一并遗失了心房。没有给别人留下一丁点空隙。

方才的她不过是在自取其辱。黯然取代了秋波里的光华,转身就要离开,却又想到了什么,步下楼梯时分,蓦然回首,眉头深锁。

"你是想说,天族的大军已经攻入了峡谷?"

血阑了然微笑,眼眸幽深如夜,恢复了往昔掌控全局的精明,仿佛方才的失落不过是昙花一现。粉眸一阵恍惚,呆呆地点头。没有动,下意识地等待他的指令。

"传令下去,全楼无条件投降——"

深如沧海的眼瞳绽放出绝世的光芒,没有半分该存在的落寞。语气淡静如云,面对窗外眺望远方。尊贵的气势宛如君临天下的王者。

琉璃被那气势震慑得好半天才回过神儿来,错愣几秒。随后奔出楼去。刚刚方有些人气的屋子,一下子又安静下来。

好半晌,血阑的声音再次荡漾,空灵般带着些许忧郁:

"出来吧——戏已经演完了,还想看到什么时候?"

缓缓地转身,一抹紫衫落于眼底,银色面具在月光下泛着金属的诡异光亮。蓝眸并未显露出太多诧异,莹澈一如既往。

"我方才还在想,七八壶碎梦下肚,楼主是否已经醉了……"

青洛戏谑的语气暗示给对方,他来了有个把时辰了,自然没有错过精彩的部分。

血阑剑眉单挑,眼底的笑难以捉摸:

"这身行头我有日子没见了,都快忘记骆公子的另一个身份——"

面具后,绝尘的凤眼一僵,笑得尴尬:

"还是,瞒不过你——"

"我也是近些时日才知晓,"血阑笑着摇头,"你在夜叉族的营帐里跟小汐争执得那么激烈,看情景,那丫头是发现得比我早?"

炫目的紫金眼瞳,眯缝成线,俊朗的笑容里平添几许温柔:

"那丫头,某些方面聪明得叫人汗颜——"

身体对味道出奇的敏感,又在一个月识得满山的药材,就连他青洛都做不来。

"不过,你打算这身装扮随我去接小汐?不怕夜叉王暴跳如雷,把你大卸八块?"水蓝的眸子透着讥诮的光亮,宛如山崖边绽放的白兰花,美得恣意。

面对他的嘲弄,青洛只得苦笑:

"对于琅熠,何等的扮相,并没有本质差别——"

青洛抑或骆公子,对抗的都是他。

"你大可不必表露身份,弑冢楼虽摧毁不了一个族,但救一个人还是有把握的——"

"不用规劝我,我……欠某人的一份承诺……"

"不会后悔么?"

"那是将来该考虑的,现在……谁能知晓……"

良久,血阑再次开口,轻微得犹如叹息:

"我却有些后悔了……后悔放开某人的手……"

她在他身边时没能给她所有,等离开才意识到自己已经沦陷。不过好在还不算太晚,他还有信心为她建造普天之下最稳固的城堡,守护住那天下间纯净的笑……

晨光自地平线上露出一角,光彩夺目。给倚在窗棂旁的血阑身上酝出一圈绮丽的金穗,嘴角不经意的笑容里映射出争霸天下的野心。看在青洛眼底,无声地摇头……

自古坐拥天下时,总会出现相配的凤凰。如今,凤凰已将她的羽翼抖出展现给世人,却无人知晓,那羽翼后的心灵,真正所想……

第六卷 后宫

神族历682年,天族攻入弑冢楼,楼主血阑降……

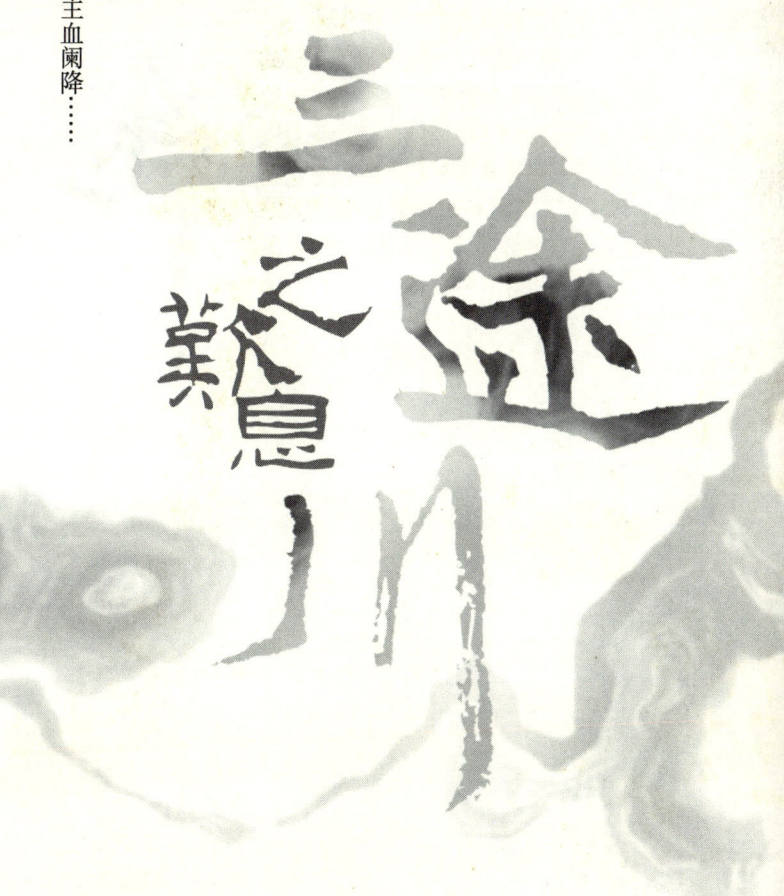

三途川之叹息

Santuchuan zhi Tanxi

No.1

　　蓝琦与寤寐伤得很重。寤寐一直都未曾清醒过，蓝琦也没能够撑多久，当辰汐收回了气息后，体力耗尽也晕了过去。

　　辰汐还没来得及进行必要的救护工作，人就被翔玠拖着远离两人。弑家楼的祭司一拥而上，挡去了她的视线，暗部的人随后而至。人群里，但见焚剑的脸铁青，背在身后的手攥紧成拳，握得骨节啧啧地响。

　　女孩被这阵势吓了一跳，茫然微愣。紧跟着银眸闪动着不安，愠怒地质问翔玠：

　　"你答应放过他们的——"

　　对于她的控诉，男人不置可否。紧握她手臂的大掌却不知怜惜地狠狠施力，在娇弱的藕臂上烙印出一圈红，引来吃疼的低呼。他也不看她，自顾自地朝前走。

　　辰汐有些恼，不耐地开始甩动着胳膊，试图从他魔爪的钳制中挣脱。

　　"放开！你这个出尔反尔的浑蛋，一族之长怎么可以这样？！且不说一诺千金，这般不守信用，今后如何使他人服你。天族的十几万部众，倘若知道他们的王竟是这等小人，定不会安然。哪天揭竿而起……"

　　"住口——"

　　背对着他的俊颜，前一刻还维持着冷静，此时额角却已青筋浮现。停下脚步，冷冷地回视意欲挑衅的辰汐，咬牙切齿地道：

　　"你再多嘴，信不信我现在就让人杀了他俩——"

　　金瞳闪烁着嗜血的压迫感，冰冷噬骨，隐隐未发的怒焰夹杂在犹如焰火跳动的眼眸里，极具威慑地冲她吼。

　　辰汐一怔，她似乎戳到了他的痛处。真难得他竟然也有弱点。不再开口，冷冷地瞪回去。心底却暗自计量，翔玠性情乖张，阴晴不定。方才虽然答应了她，自己却并没有十全把握。此刻就算抓住他微小的弱点，却并非适宜运用，一个不小心，可能连那原本的几成希望也破灭。

心思辗转千回,眼底却未流露出半分的示弱,心底记挂着身后的蓝琦,硬是扬起下颚,对抗到底。

月光在金甲上浮现一层淡淡的流光碎晶,蕴藏着暴风雪的金瞳一瞬不眨地锁住银眸,稍许,笑颜逐开,捏住她抬高的下颚,语气却略带讥讽:

"音儿,你太看得起他们了。两个孩子而已,还不需要我亲自关照。不过,我倒是不介意让血楼主加大惩戒的力度……"

头被迫抬高,拉近彼此的距离。她能感觉对方温热的气息吞吐在脸颊,引得战栗一片。挥掌狠狠地打落了钳制,从跳跃着火光的灿金中移开视线,落在不远处的血阑身上。后者也在注视着她,幽蓝的双眸承载着别样的情愫,淡淡氤氲。

辰汐心一紧,想要求他放过蓝琦,却发现自己没有太多立场。殊不知陷入深海蓝眸的心思并不需要过多的言语,血阑似有若无地朝她一颔首,这才令她悬在空中的心放下。

旋身离去时,乍见焚剑朝她这边望来,黑眸阴霾,隐隐的肃杀,却不是冲她,而是前方拖着她前行的翔玠。似是察觉到有人在关注他,玄眸快速地隐去心事,扫过一脸好奇的辰汐,背转过身去。

秀眉疑惑地挑了挑,这个男人她其实并不太了解,所知也仅限于曾是蓝琦的老师兼杀父仇人。可方才一闪而过的怒焰分明透露着对蓝琦的在乎。那暗藏在仇恨中的真相,似并不简单呢——

No.2

回程这一路来,翔玠快马加鞭,把她看守得死死的,寸步不离,好像怕她溜走似的。其实,他大可不必如此,辰汐虽然谈不上一诺千金,但答应的事情自当做到。何况又有把柄落于他手,自是不会甩甩衣袖掉头走人。

蓝琦与瘸寐的伤势,这几天渐有起色。辰汐虽不知他们到底会接受怎样的处罚,不过看焚剑的样子,应该不会施以重刑。谁会把人从地狱拖回来再费事地亲手送回去呢!

这些消息是她"偶然"遇到血阑时获得的。一进入天族皇宫,翔玠就没再给予她靠近弑冢楼的机会。直接把她押进了皇宫。对于迎接他归来的十几个靓丽华贵的嫔妃们,冷冷地撂下一句:

"这女子是孤新立的辰妃,好好伺候——"

说完连个招呼也未打,转身就走,把辰汐与一干嫔妃们就这么撂在了后宫。

前两天还是夜叉王妃,今天就换了头衔。让辰汐有些反应不及,傻愣在当场。两只杏眼睁得硕大,在突然出现的众多美女脸上流转了个来回。心底暗自嘀咕:

这翔玠也不事先打声招呼让她有个心理准备,那句"辰妃"立刻给她树了个众多敌人。这里不比琅熠的地盘,空空就她一个;看这场面,今后的日子怕是有得热闹了。

后宫【第六卷】

大殿上静寂无声,眼前千娇百媚的脸,半是妒忌、半是嘲弄地瞅她。辰汐也不恼,面无表情地立在当中静观其变,迎接这场没有硝烟的战争。

过了几秒,似是总算有人醒悟过来了,一声清丽的娇喝打断了大殿的沉默:

"都愣着做什么,还不参见辰妃?"

这下,众口悠悠,一声声"辰妃"回荡于殿上,低下身子收回了放肆的目光,唯独说话之人依然挺立,嘴角挂着半真半假的笑,嘲弄在眼底波涛暗涌。

女子墨玉般的黑发插雀屏饰。一身淡紫纤裳,内衬金丝抹胸,恰当地露出销魂锁骨。广袖镶了一圈绒毛滚边,不失端庄却又妖娆。柳条细腰被七彩绸带托起,裙摆成半月形开旗,由膝盖处一路从左侧向右倾斜,盖住右脚脚面,雪色玉腿随步伐移动,若隐若现。

好一个华彩牡丹,辰汐暗暗兴叹。方才那声威严的娇喝该是出自她的口中。看样子,不是六宫之首也是个颇有地位的妃子。辰妃的头衔纯属挂牌,也不知眼前这女子该如何称呼,索性从容地但笑不语。

面对辰汐的淡定恬静,女子一怔,紫晶眼瞳闪过惊讶。随即笑容如花,缓缓地上前一步,貌似亲切地搭上辰汐的藕臂:

"吾王也真是,什么也不交代就这样把你扔在这儿。妹妹如何称呼?下人们是可以整天辰妃、辰妃地叫,做姐姐的总不能也跟着这么喊吧?"

那笑容宛如盛夏开得正艳的玫瑰,语气却没有半点友好,绵里藏针。明着是埋怨翔玠处理不周,暗地里是要告诉她,在这宫里是谁说了算。

要是换了一年前的辰汐这会儿怕是连刚刚的下马威都未能挺住,早就被人生吞下肚。可这会儿,小小的序曲对她来说不过尔尔。生杀荣辱,处变不惊。

笑,温婉,仿佛清风拂过。语气轻轻柔柔的,却不卑不亢:

"辰——汐——不知姐姐如何称呼?"

"呵呵——"愉悦的笑声环绕在宫殿里,乍闻来,略微刺耳了些,"原来是最近名噪一时,光音的转世。本宫,迦楼罗(凤)·烨烨。女神大人,请多指教咯——"

话音里的讽刺惹得辰汐暗自皱眉,表面却不动声色。眼神清冽,淡淡地反攻回去:

"原来是背井离乡投奔了敌军的迦楼罗族大公主,辰汐叫声姐姐,在情在理都是应当的。谈何指教——"

No.3

翔玠坐上王位后,为了稳固兵权,首先攻打距离天族最近的迦楼罗族。

迦楼罗族虽位处天族与乾达婆(香)族的夹缝,却是龙族的附属。光音在位期间,龙族与天族两大部族交好,迦楼罗并未遭受威胁。光音一死,乾达婆内战,翔玠的魔爪直接就伸向了渺小的迦楼罗。

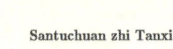

族内，大部分长老主战，而长公主婞烨却主和。偏又面临老族长打算退位，绝大部分兵权落于婞烨之手。出兵事宜争执不下。眼看天族长驱直入，主力军却仍旧按兵不动。直到敌军杀入内城，婞烨才被迫上了战场，战事未开，一眼便看上了翔玠，合谋了一场部族婚姻。不久后，迦楼罗族亡。

这是辰汐认为翔玠打得最漂亮的一仗，不过要是问他本人却不一定会承认，看似是武力取胜，却不排除翔玠出卖了部分色相。

那一句"离乡投奔了敌军的迦楼罗族长公主"，瞬间令婞烨的脸白了白，辰汐其实也并不想真的跟她过不去，见好就收，带开话题：

"吾王让小汐暂住这后宫，叨扰姐姐了，还请姐姐不要计较——"

辰汐着重了"暂住"二字，含沙射影，希望对方能够明白，辰妃的头衔不过是暂时的，迟早她都会离开。可却低估了女人的嫉妒心，婞烨眼底的凌厉未减分毫，反而似有增势。怕是以为她索求的不仅仅是一个辰妃吧！

"妹妹来得突然，这宫里一时半会儿也腾不出个地方来。只有冬殿较为空闲，平时有客来往，自是打扫得妥当。不过倒是要先委屈妹妹，等这春宫腾出了地方，本宫命人清理干净了再去请妹妹，你看可好？"

辰汐暗自叹息，后宫中的钩心斗角果然可比沙场，你来我往均是刀光剑影，一不小心怕是怎么死的都不知晓。这才几句话，婞烨就要把她直接扔出后宫，幸亏她并非真的是翔玠的嫔妃，这种玩法，自己迟早会送了小命。她自叹能力有限，避而远之才是上策：

"冬宫甚好！上次来时，我曾去过，对于那里也多少了解些。我看风景不错，就那里吧——"

说得婞烨又是一愣，没想到她如此轻易地就答应了下来。不明白这女子是真傻了还是大智若愚。冬宫对外是接待贵宾，对内可是冷宫，有哪个嫔妃真心愿意前往。这样大刺刺地把她送去冷宫她婞烨倒是不敢，但却已是出了春宫的大门，再想进来怕是很难了。

看对方发呆，银眸疑惑地眨了眨，小声地唤着：

"姐姐？"

"嗯？哦！"

反应过来自己的失态，婞烨局促地拢了拢发髻，掩饰尴尬。又寒暄了几句后，唤来侍女领着辰汐前往冬宫。

望着渐渐消失在视线里的银发少女，困惑蓄满紫眸。这女孩，淡然沉静，仿佛是午夜的融雪，给人一种安宁感。她虽没有见过光音，怕是传言中的光音气质也与辰汐不差。据说翔玠极其迷恋光音，因爱生恨才杀了她。那么，这女孩……

一缕不安笼上眉梢，但愿只是自己胡乱猜测而已……

后宫 【第六卷】

No.4

银雪飘零,轻触水面的刹那,融入在深邃的墨绿里,弥散、消逝。

一缕月光穿过叠嶂的碧叶,在池塘里洒下斑驳的影子。想要伸手去接,却在触碰水面的瞬间,穿透了指尖,震碎了月光,随着一圈圈流转的涟漪荡漾开去。

天族的冬宫乍看与琅熠的皇宫并未有何不同,四季皆白雪皑皑。只不过这里的植物却常年碧绿,仿佛寒冷并未对它们造成多大的影响,若逢花季,缤纷璀璨,入眼的白下姹紫嫣红。

晚膳过后,辰汐百无聊赖倚在冬宫的池畔,逗弄那一池的鲤鱼。眼神慵懒,时不时地打着哈欠。跟在左右的侍女疑她是有些累了,赶忙递来一件外衫,她随手接过,却未披上,抱在怀里。脸颊触上衣领处的毛绒,痒痒的暖。身子挪了个较为舒服的姿势,思绪飘荡。

记忆中的某个地方也有那么一池的荷塘,湖面上覆盖了满满的碧绿荷叶。半夜睡不着总会偷偷跑到亭子里,听那鱼儿游动的轻响。总在半梦半醒间,伴随着叹息声,白衫拂过视线。接下来,会是一具温暖的怀抱,轻轻地生怕惊动她似的小心翼翼,披上了薄裳,抱起她回到卧室……

如今人已不在身旁,再没有为她披上衣裳的那一抹白影。池塘不见荷叶,放眼浓重幽沉的墨绿池水,空空的,似是连心也跟着空洞起来,鼻子微酸,淹湿了眼角。

这时,突兀的声音插了进来打乱了她纷飞的想念。院外的侍女来报,陛下有请。

吸了吸鼻子,逼回了泪水,换上另一副面孔。心底好奇,他翔玠把她朝后宫一扔,少说也有七八天了。真是难得还能记起有她这么一号人物。

抖开外衫穿上,唇角一抹淡笑,朝传话的侍女道:

"劳烦带路——"

侍女引着辰汐出了冬宫,未经春宫直接步入的秋宫。

辰汐甚感困惑,这里是天族族长执政的地方,虽然料到翔玠不会在春宫等她,却没想到自己被唤到大殿。

这会儿已是傍晚,正殿的大门闭合,她们绕到了旁门进入。

主事的公公一听是辰妃,行了个礼,从偏门领着她进了内殿。一路上叮嘱她要放轻声音,这倒是引起了辰汐的好奇。怎么她也是一介妃子,进入正殿本不合时宜;非但如此,鬼鬼祟祟的像是做贼。辰汐看着前方公公诚惶诚恐地要她放轻的样子,心底一阵好笑。对于翔玠的目的,原本还有几分芥蒂,现下完全被新鲜感征服,她倒是想看看这家伙卖什么关子。

长廊尽头,转了个弯,即是正殿。他们却未抵大门,拐入一旁虚掩的小门。

辰汐一怔,眼前别有洞天。不大的一座雅间,仅一桌一椅,入眼大幅的一张深红纱

203

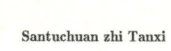

帘占据了整整一堵墙。房间有些怪异，似是由主殿隔离开的。

难道……正想着，就听纱帘后面传来洪亮嗓音，带着些恼怒的抱怨：

"陛下——臣请求陛下立即下旨杀了那女子。"

看似是一场好戏。纱帐内的少女柳眉轻挑，踮起脚走到了桌子边，坐了下来。

紧跟着，翔玠不温不火的嗓音悠扬：

"可——她是孤新册封的辰妃。"

哦！竟然是要杀她。

"陛下——"方才请命的声音又再次响起，这回显得有些急躁，"我军因此女平白损失了一万人马，真乃红颜祸水。如若放任，势必将造成更大的威胁——"

"祸水？"翔玠莞尔一笑，声音拉长，"她也算是祸水吗……"

此时纱帘背后的女孩脸色黑了黑，略带愠怒。虽然不满别人称她威胁朝纲，但更不喜欢翔玠不以为然的哂笑。薄唇撇了撇，憋住火气，继续听下去。

"长老院只是这样说的么？还有什么？"翔玠懒懒地问。

"臣……臣不敢妄语……"声音这次惶恐地微颤。

"说——"

翔玠逼迫地下令。间隔了几秒，那声音才再次开口：

"据闻此女极像上一代族长，不少祭司认为她是上一代的转世。有人猜测遗失的审判之杖很可能就在此身上。更有甚者……居然提出要立此女为主，直接将陛下您取而代之……"

咣当——

座椅的掉落声震碎了一室的空静，从映着斑驳晚霞的红纱帐后面响亮地传递到了正殿，说话的男人未有半分犹豫拔剑暴喝：

"什么人？！"

辰汐吓了一跳，还未从方才的谈话中回过味儿来，愣然地被惊醒，畏缩地撤步。倒是身旁的公公反应迅速，轻挑帘子，步出，躬首微颤：

"陛下息怒，是奴才高德。奴才刚刚看梁柱上有个麻雀窝，想要去捅，却没站稳一不小心摔了下来。扰了陛下与沙门将军，望陛下恕罪——"

隔着一层红纱帐，煞人的寒意肆无忌惮地传递过来，如若置身寒风般凛冽，拂过肌肤留下一片战栗。好强的杀气，她暗暗感叹。

这位被唤作沙门将军的男子，她略有耳闻。是最近几年的新生力量，由翔玠一手提拔，战绩雄厚。可以说是翔玠的誓死追随者。显然沙门并不相信高公公的说辞，杀气腾腾贴近红帐。剑柄穿过了纱帘，露出镶嵌的宝石，大掌触上血色纱帘，眼看下一个动作就要冲进来，一刀霍了她。

辰汐紧张地攥紧拳头，额角沁出细小的汗珠，不知是该进还是该退。翔玠的声音适时地插入，轻如翅羽，却极具威慑力：

"高德啊，那只扰人的鸟哄走了么？要是没跑远了，就命人抓来送与沙门将军，我们将军对那只淘气的鸟甚感兴趣。"

后宫【第六卷】

挑帘的手一僵，落了下来，沙门的声音有些许惶恐：

"臣不敢——"

衣袖一摆，扫平了凶险。语气又换上了慵懒：

"如若没有其他事情，就退下吧——"

待沙门将军铿锵的步伐渐渐远去，辰汐这才长长舒了一口气。对于化解危机的高公公满含感激。千钧一发，若不是他挺身而出，稍不留意这会儿怕是殿上要乱作一团了。虽是自己不好，打翻了凳椅，可罪状扣下来却不是一条性命而已。

还在愣神，却见高公公已撩起了纱帐，巨大的殿堂展现在眼前。银眸底映出灿金幔帐，水漾华彩的大理石从高座的悬台延伸至紧闭的木雕门尽头。庞硕的天族星月图案阴刻在铜铸的雕塑上，千盏红烛闪烁着灼热的光辉，照亮了百平米的大殿。

辰汐上前一步，轻声朝领首的高公公致谢：

"辰汐谢公公解围——"

"辰妃娘娘，说哪里话，奴才为娘娘顶着罪名是奴才的福气——"

冠帽遮住了眼，辨不真切。倒是那苍白面颊上的唇挂着冷冰冰的笑。虽是卑微的语气，想那眼底未曾有过半分的敬意。

相比之下，她辰汐还是太过单纯了些，挂念着别人对自己的好，却忘记这深宫尽头，每一步皆非这般容易。高公公是翔玠的人，办的事情自是上头的旨意，怎会平白蒙受了冤屈。领首的卑躬屈膝，反而是衬出她的笨拙。

辰汐面对他的无理，泰然一笑。是非之地并不适合她，她敬谢不敏。不想争什么，让一些人看了笑话又何妨。

水色衣裙飘飘从高德身边走过，未再看他一眼。声音却悠悠传递了过来，似并非说给谁听：

"公公的恩情，辰汐记下了。来日终会还与——"

领首的高德一怔，嘴畔上扬的冷笑僵硬地定住，诧异地抬眼。女子的身影却早已走出老远，独留下柔弱的一副背影。

好生奇怪的女子……

空旷的大殿之上，只有辰汐与翔玠两人。

脚下，大理石上的星月图案像一只安睡的野兽，优雅地匍匐在上位者的脚下。辰汐立在月亮的尖端，淡然旋身，目光如水落扫过大殿最后落在图腾上，微微蹙紧了眉头。

这星月她是见过的。首次是在两军交战的杀场，光耀的辉金宛如朝霞衬在血染的旗面上，肃杀又壮丽。这会儿躺在大殿上的大理石星月，表面浮着一层淡薄的黑，沉重得让她十分不舒服。

"为何不是金色？"柳眉微蹙，呢喃自语。

"哦？音儿喜欢最初的金色吗？"

话音落，一身宫装打扮的翔玠已从台阶上踱了下来，立在她身侧。颇有兴味地打量她。

"原本是金色吗？"

她疑惑地抬眼，不知是不是受到战旗的影响，她总觉得这大理石星月该是灿金色更加和谐些，至少与撑起整座殿堂的八根雕花玄柱呼应。

"是啊！可惜我不喜欢。那么大面积的金，太过晃眼。所以都命人涂成了墨黑。"

辰汐仰首，眼睑缝成线，望向身边的翔玠。四周红烛上的灯火在他刚毅绝美的脸庞上投射出光影的痕迹，从高挺的鼻翼处分开。光与暗的交汇，仿佛是灵魂深处难以逾越的鸿沟，明明靠得那么近，却又好似远隔万里山川。

这男人很奇怪，性格乖张，阴晴不定。开心的时候，喜欢降低身份用"我"来称呼自己；不高兴了，视人命如草芥。偏偏恶魔又配上一张巧夺天工的容颜，华光潋滟的金瞳里透着荼蘼的色彩，艳丽夺目的粉唇吐出的绝非警世箴言。

"翔玠，你想从我这里得到什么呢？审判之杖吗……还是……这些并不能够满足你……"

这些人真的是神么？辰汐有时闹不明白。神该是无欲的，色界欲界之外的存在。也许他们被人类幻化得太过完美了些；也许正如预言师红零所述，不过是较为长寿的物种而已。除去那光环下无尽的生命旅程，再也没有什么可以炫耀的。反而伴随而至无法承受的寂寞，难以抗衡，所以厮杀、选择争斗，跟着生命延续。

无视于她的发呆，翔玠嘲弄的笑意穿透银眸：

"你该知道我要什么！"

那话音太过玄奥，辰汐辨不真切。橙黄眼眸里的光深邃难懂，让她的心脏一阵悸动。

"我不是光音——"

她畏缩地退了一步。他跟进：

"你是她的转世。"

这男人一遍遍地重复着，像是笃定了预言，在她身上套上光音的枷锁。就算别人利用这枷锁来反他，他也毫不在意。

银眸染上怒意，不耐地提高声音：

"你凭什么这么肯定，在此之前，我还是个人类……"

"现在不是神了吗？"他答得理所应当。

"那又如何？连我自己都搞不清为何来到这个倒霉地方，怎么会变成这副模样。我身体里面到底有没有什么审判之杖……"

她近乎歇斯底里地地吼，之前，是琅熠问她讨大神宗卷，这会儿又变出一个讨审判之杖的人来。

面对她的怒气，翔玠也不恼，反倒是笑得别有深意，伸出大掌覆上银丝，幽幽地开口，语气好似有十全的把握：

后宫【第六卷】

"没关系,我知。不过我相信你会帮我找到它的。对么,我的乖女孩——"

No.6

审判之杖长什么模样,到哪里去寻,她不知道,不过宫廷到底有多黑暗她算是有初步了解。最先是鸿门宴。敬的是宫妃,谢的是王,金戈铁马却是朝向她。

自秋宫星月殿堂事件之后,辰汐就一直被关在了冬宫,这下总算逮住个机会出来放放风,也不失为一件好事。翔玠在春殿宴请嫔妃,明里是行召辰汐入宫之礼,暗里为堵宫外悠悠众口。

倒是顶着上代族长转世的身份,不上不下的尴尬、退居后宫的辰汐一副无所谓的样子,反正他们打他们的,这皇宫翻一个个也与她无关。接到翔玠的口谕随意挑了件素色的裙衫,便踏入了春殿。

放眼望去,灯火斑斓下的宫殿里,百花斗艳,姹紫嫣红。相较于她的素颜,就连侧身随侍的宫女都比她的装扮要好上许多。本想放低姿态,瞒过众人的眼,溜达一圈即刻撤离。这一招素颜示君好像做得有些过了,反而没有预期的效果。

朱红小嘴撇了撇,有些窘迫。既然来了,做戏理当做全套,挺直了身板,坦然接受一双双流连在身上的鄙夷。

冰蓝绮罗在玄武岩上留下晕晖,穿过广场,粉足才踏上殿堂外的台阶,突发状况猝不及防。

一排托着食盘的宫女自通天长阶尽头出现,衣袂飘舞如蝶影浮动,二十几个人行色匆匆却整齐如一。近身时仿佛是冰泉自身旁流淌而过,清新亮丽。

突地,不知是谁的衣摆缭乱了谁的眼,迷蒙了双眸,队伍尾部一位小宫女脚步铿锵,重心不稳撞击过来。手中的漆红器皿斜了角度,手一滑滚烫的汤汁倾盆而下……

"娘娘——"

身后侍女的惊呼,队伍前后宫女们的尖叫,撕裂夜幕中的清冷幽僻,碾破殿堂里的袅袅弦音。

汤汁泛着白气,抛高、坠落。不知是谁恶意地推了一把,宫女踩绊上自己的衣角,朝前方的辰汐扑去,汤汁就在头顶,惊恐盛满了碧波,手足无措地抓住了辰汐的袖口,眼看下一刻灼热的水汽就要将二人淋个彻底。

未假思索,辰汐揽上少女的腰身,粉足在玄武岩上画了个圈,轻轻一带,拂袖撤步,躲过了泼洒的剩菜。只在衣摆处染了少许,有惊无险。

惊吓过度的小宫女还未缓过神来,懵懂地睁着双眼,流连于地板上的残骸,一阵后怕,好一会儿目光才回到救了自己一命的女子身上。有些呆滞,看到辰汐的着装,一时辨不清她的身份竟然傻愣当场。直到辰汐身边的侍女怒喝,才惊觉自己闯了祸,伏身高呼饶命。

不知是有意还是无意，四下看好戏的嗤笑声压制在锦缎粉帕底，格外刺耳。

秀眉轻蹙，银眸扫过一干人等，立于左右的宫女均恍若大梦初醒，低下身去行礼。刘海儿遮住了众人的脸，她想要去找刚刚一闪而过的"偷袭者"，却早已没了线索。

微微叹息，并非什么大事，兴许是自己多心，她自我安慰。看向俯在脚下的认为自己犯错的宫女，雪瞳里如新雪簇绒般的纯朗。柔荑搭上宫女战栗的肩，声音如和煦的风安抚道：

"没事的！命人收拾一下就好——"

仿佛是夜空中一缕挥洒而下的月光，透着几许隐隐的霸气，穿透了金碧辉煌的殿堂，投影在脚边，驱散了惶恐的心惊。诧异还留在女子惘然抬起的脸庞上，辰汐水蓝衣摆已轻抚过朱红门槛，转身旋进正殿。纤尘不染的衣袂摇曳出迷离的幻梦。

"她是哪位娘娘？"

"你不知道么？她可是今日的主角——"

宫女的私语被抛诸脑后，这段临时上演的插曲是谁给她的下马威，她不甚在意，反而有些雀跃，接下来的好戏。听说这场宴席是迦楼罗（凤）·姝烨亲自为她恳求翔玠的。那么今晚铁定不会寂寞了……

朗夜的月色正圆，仙鹤烛台上的灯火通明。清风一过，杳杳如梦，仿佛画中婀娜多姿的美人，看得表相，却辨不清真假……

No.7

高台之上，居位首座的男人一身荣贵的淡紫，长发随意地束在脑后，额前的几缕零散地坠在颊边，些许性感的流离华彩。似是几巡浊酒后，金瞳挂上微酣，百般无聊地扫过下面的莺莺燕燕。对于中堂卖力演奏的婀娜乐师也提不起半分兴致。直到门口一抹水色身影的出现，孤傲而不羁灵魂方似打开了尘封印记，狭长的凤眼诱惑地眯起，透出邪魅的光，嘴角挂上似有若无的笑意，幽幽朝她伸出了手掌。

这男人有倾倒众生的资本。不论是权势、力量、容貌皆是上品。怕是天下间能与之抗衡的少之甚少，更不用说他几乎集所有于一身。虽然在座的嫔妃大多是出于政治目的嫁与翔玠，钩心斗角排挤他人之时，又有谁不是因爱衍生出的妒忌呢！这些人虽然可恨，却也可怜！

辰汐暗自叹息，莲足却未犹豫，轻巧地踏上高台。

整个后宫只有她与姝烨两位贵妃，其他均是未有名分的美人。上首，正中是翔玠；右手处，姝烨正襟端坐，左手位置留空，想必是留给她的。辰汐先作了个福。起身之时目光踌躇。

翔玠挪出了地方拍了拍身侧的黄锦，那意思再明白不过。可自己要是真坐过去，接下来，她便成了众矢之的。一时间，坐也不是，站也不是，好生尴尬。

后宫【第六卷】

面前隔着一张长桌,翔玠的黑眸逐渐犀利,眉宇间染上愠色。与此同时,左边讥讽的眼神肆无忌惮地传递过来,那样浓烈的嫉妒,让辰汐假装忽略都难。为此,她有些恼怒。原本打定主意低调处世,可他们却似不依不饶,定要你推我攘把事态白热化,方才甘心。那好,她也豁出去了,到最后反正伤心的又不是自己,她有何畏惧?!

想着,眉宇舒展,睫毛上跃动着璀璨的光点,银眸下星云流转,聚拢妩媚的娇柔。唇角扬起绮丽的弧度,两抹浅显的酒窝挂上粉颊,一瞬间,如漆黑苍穹下绽放的白莲花,美得出尘。

突来的惊艳,令翔玠一愣,慵懒的玄瞳片刻地恍惚,呆滞了许久。直到辰汐走到身边坐下,才恍过神来。细细琢磨这才发现,晶亮的眼瞳中反倒有一丝不易察觉的揶揄跟嘲弄。银眸越过他,似有若无地飘向身侧的婡烨。

此时,恼羞成怒的婡烨再也坐不住了,躬身上前:

"陛下,宫中女子坐于君王身侧,并不合规矩——"

男人饶有兴味地挑眉,宛如恶魔般妖媚,仿佛看着他的女人为他拼得你死我活,是极其有趣的事情。玄眸斜睨辰汐,暗示她继续戏码。

后者无奈地翻着白眼,一边同情众嫔妃的不幸,一边替自己庆幸。心底虽然如是想,做戏却也要做全套。银眸笼上惶恐,像一只受了惊吓的小鹿,惊慌失措地赶忙站了起来:

"妹妹初到宫里,连春宫也不常出入,并不懂这后宫的规矩。如有冒犯,还望姐姐不要怪罪——"

婡烨芳华绝代的娇颜黑了几许,却不减雍容。声音渐沉:

"妹妹这是怪姐姐照顾不周了?怕是妹妹忘了,冬宫是妹妹应了姐姐我的。当初说得好好的,待姐姐收拾妥当了,亲自迎你归来。偏你不肯。这会儿为何要在陛下面前嚼舌根……"

梨花带泪的容颜,难掩的委屈,说着就朝翔玠靠了过去,一副掩面欲哭的模样。女人的战争,哭得肝肠寸断的不一定就是败者,亘古不变。眼看翔玠顺水推舟,美人在怀的模样,辰汐就甚为不爽。虽然那眼瞳里全无掩饰地漠然,事不关己地等待她的反击。

这场表演该落幕了,看戏的津津乐道,演戏的却已没了兴致。

唇瓣的笑容恣意绽放,云淡风轻:

"妹妹没有埋怨姐姐的意思,向陛下澄清,这冬宫确是妹妹自己要过去的,与他人无关。"衣袖一拂,兀自举起了面前的酒杯,"宴席是姐姐亲自为辰汐准备的,感激还来不及,辰汐哪里可道姐姐的不是。如若姐姐觉得委屈,妹妹自罚一杯,了了姐姐心头的阴郁。"

说着,仰头,饮尽。

辰汐的豪爽大气,令婡烨一愣,半晌说不出话来。这一来一往,反而显得她小家子气。眼看戏已落幕,婡烨被放置在了一个不高不低的位置,自己甚感无趣,撩了衣裙从王座上撤下,返回原处。辰汐想顺势在左手边的空椅上落座,手腕却被捏住,轻微一扯,跌在了翔玠的胸怀里。

殿堂中的舞乐声起,辰汐再没有挣脱的可能,无奈地挺直身子,接受隐隐传递过来的怨恨。男人仿佛全然不觉,兴味正浓地递来食物,黑眸里珍视得宛如手心的至宝:

"啊,张嘴。不要只顾着喝酒——"

灌酒那是拜谁所赐?想来辰汐就火气蒸腾。压低声音宣泄她的不满:

"很高兴我娱乐了你——"

温香软语,吐气如兰,拂过翔玠的脖颈,低低的私语掩埋在高亢悦耳的琴声里,却仍然辨得清晰。斜睨她的墨黑眼眸闪烁着晶芒,深邃难懂。出其不意间,大掌来到她的颊边,掬起蓝丝绒锦带缠绕的发梢,仿佛亲密恋人般呢喃:

"相信我,我不是想要这样的结果……"

玄瞳一瞬不眨地锁住她,好似罂粟花的毒,致命的魔魅隐藏在香气袭人的外表下,令人心悸却又迷惘,无形中沉沦了心志,恍然清醒时剧毒攻心,痛彻心扉。

那话里有话的暗语她辰汐听不懂,也不想明白。他们的距离宛如一条宽阔的三途川,而她从未想过到达彼岸。

笑自女孩纯净的脸庞绽放,仿佛是夏日的朝露,清透怡人。新月一般的眼眸迷离,泛着淡薄的水汽:

"陛下想要什么样子的结果?成为众矢之的还不能让您满意吗?"

银眸倒映出的幽波,漆黑如垠,穿透了时间的纷扰,仿佛是上古混沌之初的黯黑,透着点滴孤寂的味道,令辰汐的心脏颤抖地收缩。一霎,某种怦然跃出的情感在二人之间流淌。

耳畔的乐声消失,眼前灯火变得朦胧不真实。

忽而,远方传来杳杳的呼唤:

"音儿……"

低语声似真似幻,想去寻找时却已无踪。好似蓄了千年的泉水滴落在光洁的大理石地板上,发出清脆却又悠远的脆响,猛地又乍然隐了开去;又好似极薄的玻璃触碰的瞬间,脆弱的碎裂陨灭,消失不见……

眼前的光一晃,方才的幻象隐没,辰汐又被带回了现实。翔玠早已掉转开了视线,饮酒观舞。大厅里乐声高亢悦耳。一曲作罢,四下谈笑声阵阵,哪里还有方才失神刹那的呼唤。

或许是她的幻听,辰汐暗笑自己笨,不以为意地挑了挑眉。这般微弱的声音她怎可能在纷乱的大堂里听到,分明就是幻觉。

这时,下手的嫔妃人群里走出一位佳人,金发束成高尾,白纱掩面,一身的广袖缭绫,莲足未着寸履,仿佛是出世仙子,踏过满地的乌烟酒气,步入悬高的舞台,旋身领首,朗声道:

"臣妾紧那罗·琴雅,为陛下献上一舞——"

啪,辰汐手里的食物掉落,惊诧得合不拢嘴。弑冢楼心高气傲、舞技卓越的"公主",早先是随军的女将,这会儿化身为翔玠的嫔妃。这女子,竟有千般姿态,令人张目。

未及多想,但见她广袖轻扬,大殿之上的灯火霍然熄灭,只留下四方舞池周围的一

后宫【第六卷】

圈烛光。乐声轻拂,池中的女子宛如置身于朗夜下的精灵。

烛影月寒,点滴星光宽袍水袖,猎猎飞旋,好似鸿鹄展翅,欲穿透暴风雨跃向天际,美得摄魂夺魄。忽地,音转,和乐渐歇,放慢了节拍,只剩一支竹笛嘶鸣在墨黑的苍穹,支撑着放弃生存希望的鸿鹄。

灯骤明,佳人的面纱陨落,一笑如白莲,道出霜华今昔。莲心蕊吐,雪似飞花轻声入梦,带来暗香浮水,震碎了一池的万千恼人碧波。纠结得人的心也跟着轻颤起来。

笛声不休,乱花欲坠,一曲无涯,纵有相思几许却似海浪淘沙。争不过繁华……

舞出天地苍黄,谁愿与共。衣袖挥洒,千秋霸业换不回笑靥如花,空剩牵挂……

No.8

铜兽顶部的朱红泪断如珠线,坠落,在地板上会聚轻烟一缕,幻灭。

一柄竹笛奏出霸业千秋,一曲舞却诉说着女子的红颜命薄。分明是不同的意境,却又有异曲同工之妙。曲终舞罢,满堂的寂静,被那绚丽的身姿夺去了心魄。

待佳人拢袖踏上了台阶,辰汐才恍惚转醒。

耳旁传来翔玠爽朗的笑声:

"好——不愧是弑冢楼最美的舞姬。"

不知是有意还是无意,琴雅自允臣妾,翔玠却只称她是弑冢楼的舞姬,连四下会聚的嫔妃都不如。正欲上前的莲足,僵硬地顿住,脸色刹那间雪白。

四下鄙夷的目光宛如利箭,齐数射来,一根根扎入心脏,娥眉蹙紧。

王座上的辰汐惋惜地叹息,这样出色一名女子,待在这深宫院里,太过屈才了。虽不知她是出于什么目的接近天族上位者,可那双金瞳里曾经闪闪发亮的斗志,如今均被浓烈的不悔爱意掩埋,徒留下残灰一片。

爱在错误的时间发生,懵懂转醒间,却已失去挣扎的能力。

好在翔玠皆不吝啬地给予赞美,低首的琴雅脸庞染上艳丽的粉润,仿佛初绽的桃花,美得动人。说到兴头上,翔玠挥手招来侍者:

"去,将凤羽霓裳取来,孤要赐予此女……"

啪——

话音未落,席间酒壶落地的清脆响声,震碎了满堂的寂静。

仿佛是安排好的情节,又似期待已久的戏剧,婞烨那张雍容的脸庞瞬息间变了颜色,惨淡如纸,幻化上梨花带泪,凄楚的娇容。扑通一声跪了下来:

"陛下,凤羽霓裳乃我族的瑰宝,陛下怎能轻易赠与他人……何况,此女不过是区区紧那罗族的一届嫡出。凭何配得起我族的凤羽霓裳?"

冷。阴霾的寒意自辰汐身旁的男人身体中逐渐溢出。仿佛要吞噬世间一切的温暖。金属的光亮眼眸此刻拢上一圈鬼魅的笑意,让人不寒而栗:

"你,这是在教训孤咯?"

翔玠似笑非笑的怒火令婼烨一震,跪在地板上的膝盖,朝后移开半寸,却发觉怎么移都移不开头顶上方的怒焰。血色褪尽,颤抖不已。

"臣妾不敢——"

身侧的男子悠闲地朝椅背靠去,手臂随意地揽过从头至尾都保持着安静的辰汐。神情仿佛不过是在谈论无关紧要的事情。可那压低了声音的轻语却没有半分戏谑:

"孤的话,几时需要你来干预了?"

下手的女子膝盖一抖,几欲稳不住身子。眼底一片颓败。刘海儿掩埋住了视线,却未能隐藏住全身散发的恐惧。

"陛下恕罪,是臣妾造次了……"

头未敢抬起,那声音下却难掩地委屈。

辰汐的银眸里一片寂静,冷漠地面对眼前的纷扰。拥住她的手臂在腰身处收紧,有些许疼痛,她也似浑然未觉,不冷不淡地扭头扫了一眼。翔玠的目光略带讥讽地穿越她,落在下方的婼烨身上。

"既知她是紧那罗族的嫡出,也该知道紧那罗早在百年前就被孤灭了。如今跪在你身侧的女子,是弑冢楼的贵客,你皆该好生招待才是。这般善妒,让孤如何放心将后宫交付于你——"

辰汐一怔,戏演到这里,突然似是恍然明白了些什么。木讷地从翔玠俊朗的面孔上转开了视线,再次落在一前一后跪在地上的两名女子身上。

十二支圆木支撑的大殿静得宛如深山幽谷,忽有风从门框的缝隙里飘过,传来呜咽的悲鸣,扰得殿堂顶端的风铃清脆地颤抖,牵连着人的心也跟着难以平定地烦躁起来。

悠悠的叹息声轻不可闻,从翔玠怀中的女孩身体中散出。

这一场闹剧,不管是独霸专权的婼烨,还是为博君颜顾的琴雅,皆没有谁是既定的赢家。好似赌局,每每看似已胜券在握,下一刻却足以倾家荡产。

这么好的戏码,他又怎么能够放过了她!

不出所料,翔玠冰澈一般的眼瞳一转,柔情似水。倾身贴近她:

"音儿,你说,孤该如何处置她俩呢?"

声音不大,好似情人间的呢喃,却偏偏足够让所有人听见。

他这是要将她拉下水,看不过她的孑然一身,冷眼旁观。再后来,不管她如何挣扎地试图摆脱,终究逃不开他的掌握。

下一秒,端坐在王座上的辰汐忽地站了起来。眼眸在翔玠脸上打转,片刻后笑颜逐放,不卑不亢:

"陛下,臣妾恳请陛下赐一名贴身仕女,方便进出。"

所答非所问,没头没脑地蹦了出来。

辰汐脸上的笑意未减,淡薄地拢上一圈光晕。心底暗自思量,既然翔玠决定把一整座后宫的麻烦丢给她,绊住手脚,她怎能坐以待毙,理应奉陪到底。

现如今,局势扭转,变成了她与他的买卖。

后宫【第六卷】

"陛下,"媚眼流星,别样风情,跟他谈条件,"把我困在一个地方,让辰汐如何为你找到你想要的呢?"

男子的金眸却瞬息收缩一线,眯缝着眼打量起她。

见对方没有动静,她举步跟进,压低声音补充,反而画蛇添足显得虚假。毕竟这种事情,她并非老手,沉稳不足,少许急躁便露了破绽。

随即,翔玠笑了,好看的笑容似是春水,点点的朱红唇角宛若烟花团缀。那洞悉一切的眼瞳直直射入她的心魄里。看得辰汐不寒而栗,额角渗出汗珠。脸上却未敢有半分示弱,一如最初的娇柔。

"音儿看上谁了?大胆说,孤允了你就是——"

半是宠溺的口气,惹得辰汐一愣,没想到他如此痛快地答应。颔首卑恭的头不自觉地抬起,对上深邃幽暗的金色才恍然明白,那胜券在握的笑意,分明是在戏弄她。

在他眼底,她的那些小心眼儿均无处可藏,赤裸裸地袒露在表面。仿佛是逃不出黑暗的孤雁,走至穷途末路。即便如此,她也要搏上一搏。

"琴雅姑娘与臣妾是旧识,说起来也算半个老师。陛下可愿意将她割爱……"

"陛下——"

话未说完,对方就已不愿。一声娇呼,内含的情感,似悲似怨。辰汐不用回首,也知道下手的女子此刻定是一副绝望哀怨的表情。

她明白她的不甘愿,如若换作她辰汐自己,遗失了一颗心,也定是这般悲戚。可她却有自己的打算。

银色的眼瞳未因那一声凄婉动摇,心湖沉静无波,势在必得。

翔玠一瞬不眨地凝视她,像是试图将她剖析一般。作为妃子,她向他讨了个美艳的舞女,如若这等事件放在他任何嫔妃身上,哪怕是婞婞,都可以解释为合理的嫉妒。可,她却不是别人。那一刻,他竟然看不穿她所想。

瞬息,一抹勾魂夺魄的笑自翔玠完美无瑕的脸庞上绽放:

"孤就答应你——"

明知她在朝他耍心眼儿,即便如此,那又怎样?想玩,就由她。或许发展将更加有趣。

辰汐喜上眉梢,躬身答礼。却不知,一双怨毒的目光,自背后不远处射来,仿佛毒蛇的牙,逼近她的咽喉……

No.9

晨光穿透雕花窗棂的缝隙洒得满室的温暖。纤纤玉手撩开了白纱幔帐,一张懵懂待醒的小脸打着哈欠探出头来。阳光在睡眼惺忪的睫毛上笼上一层幻彩光晕,粉嫩的双颊被热气熏得比平时稍显红润,仿佛是三月里初绽的桃花,娇艳欲滴。

守在床边的侍女立即递来外衫。辰汐摆了摆手,没有要穿的意思。随手拿起丝巾擦了把脸，命人将窗子打开，未起身，半卧在床上，悠闲地看起书来。

昨夜的宴会闹到很晚才结束，到最后把辰汐累得连眼皮都难以抬起。幸得终了婼烨略施手段的"盛情相邀"才把翔珩给拐跑。看着那张得意扬扬蔑视她的脸，辰汐不由得好笑。

别人捧得像个宝，在她却似瘟神一般，巴不得赶紧躲得远远的才好。正想借机溜走，却在散场时被捕到。翔珩临走特地嘱咐她迁入春宫，迫于淫威，辰汐当晚就携一干人等搬入了春宫的曦泉院。

辰汐手中的书还未翻过一页，但闻屋外传来乒乓砸东西的响声。

"外面出了何事？"

"回娘娘，是昨晚新召入院的琴雅姑娘。怕是不习惯这里，不小心撞倒了东西……"

银眸先是一愣，随后柳眉上挑，转头斜睨倚在她床边的侍女。只见那女子低垂着首，眼神些许闪烁。明知对方说谎，辰汐却也不恼，饶有兴致地调侃：

"这撞东西的频率还挺高的嘛！想必是这曦泉院的东西彼此挨得有些近了，一碰逐个倒。这样算来，却是负责清理的婼烨娘娘处理不周……"

女孩咚的一声跪了下来，吓得声音哽咽：

"娘娘，开恩。奴婢哪敢嚼婼烨娘娘的舌根。实在是……实在是……"

年轻的脸庞挂上泪痕，焦急地企图从窗户处眺望。一双稚气未脱的大眼难掩的担心。合上手里的书，对于自己突然弄哭的女孩，颇有负疚感。叹了口气道：

"别哭。我随便说说的。"手搭上女孩的肩，施力将她带起，撩起袖子擦去了双颊的水汽，放柔了声音：

"告诉我，你叫什么名字？"

"清露——"

像是没见过这般温柔如水的娘娘，不由得有些呆了。喃喃地回答。

"你与琴雅同属紧那罗？"

"是。奴婢是琴雅公主的伴读——"

提到琴雅名字的时候，清露白玉般清透的小脸挂上崇敬的光亮。忽觉自己说错了话，扑通一声又跪下，绝望地死命磕头，嘴里断断续续地念叨着什么，含糊的，听不清。

眼看光洁的额头没几下就要见红，辰汐赶忙一个箭步上前，拦下：

"行了，别磕了。我这里没这么多外面的规矩、章法，出了这屋子，兴许是株连九族的大罪，但跨入了这门，一切就得听我的。既然跟了我，从今天起，这三跪九叩就给我省了吧！"

忙说着，辰汐心疼地掏出药，为她消肿。待一切整理妥当，外面的乒乓声依旧断断续续地传来。辰汐冲她无奈地笑：

"你们公主的火气从来都是这么大吗？"

清露见她没有怪罪，胆子渐大起来：

"娘娘莫怪，奴婢虽然不懂为何您要把公主留在身边，不过总比让她去伺候陛下的好。清露知道，公主只不过是逞一时之气，等她想通了，即会明白娘娘是为她好……"

后宫【第六卷】

辰汐静静地听着，淡笑不语。眼前清澈如溪的眸子一瞬不眨地凝视着她，单纯的眼神里盈满了信任。那光晃得辰汐惭愧。这女孩的经历也许并不比她好，灭族、失去亲人、屠杀、战争……每一项，都足以毁灭那双眸子里的霞光，可没有……星辰依旧，没有因任何外在的侵蚀而陨灭。

她要比她洁净、善良许多。

在此之前，留下琴雅的目的，自己也不甚明晰，却肯定不是以救人为前提。或许是想反将翔玠一军，或许是为了压制婼烨。而这一刻，为了那双清澈的眼睛，她决定帮她一把。

No.10

"二十二……二十三……"

琴雅气闷地瞪起金眸，目光穿过春光无限的桃花庭院，落在中亭里的银发蓝衣的女子身上。女孩优哉地吹着风，不时地接过侍女手中的水果，送入口中。听着身边的人为她列数自己这一上午的战绩。

才举过头顶的青花瓷罐，突然变得有些吃力，虽没有方才摔碎的巨大，手臂却隐隐传来酸痛感。才要放回去，亭子里就传来恭敬的汇报声：

"禀娘娘，琴雅姑娘这回一共摔碎瓷器二十三个，共计损失五千两——"

"哦——"

女子不冷不热地应着。眼皮都不抬一下，随手摘下一粒葡萄送入口中。琴雅火气腾地一下又猛蹿上来，松懈的手举高，大力地向地板砸去，上好的青花罐被她摔了个粉碎。一片片滚下了宅院的阶梯，乳白色的碎屑，散了一地。

"第二十四个。共计损失五千五百八十——"

仿佛是故意一般，汇报声紧随而至。琴雅的脸色一阵青白，冰冷的眼瞳狠狠地射了过去。对方却浑然不将她的威胁放在眼里，无所谓地一笑：

"姑娘可是累了，要不过来喝口水，歇一歇，再继续？"

说着，执起手边的茶壶，斟上两杯。和和气气地撩手做了个请。

金眸一怔，犹豫了片刻。抬脚跨过碎屑步入亭子，也不行礼，拉开凳子一屁股就坐了下来，将茶一饮而尽。这些连贯动作间，眼瞳却片刻未从辰汐脸上移开。

宛如星辰的银眸带着稍许淡薄的笑意，似乎能够看穿她的一切心思，又似无形的屏障，隔绝了红尘以及内心的真实世界。明明有包容天下的慈悲，却偏又拒人于千里之外。

琴雅最先憋不住，口气微冲：

"你到底想怎么样？"

"这话该是我问你才对——"银眸波澜不兴，笑意未减，"皇宫这种地方，就盛产瓶瓶罐罐，姑娘摔得高兴了，自然就拿去。反正这账目又不算在我头上，总会有人愿意付这

笔开销。今天姑娘就算是把这曦泉院的瓷器都摔碎，明天立即会有新的补上。你要是看着不乐意，接着摔就是了。不过，姑娘难道就只有摔盘子的志气？！那倒是让我辰汐高估了你——"

"少拿迂回战术忽悠我。弑冢楼那点本事，你也仅学得了皮毛。"明知对方说得在理，嘴上却也不肯示弱，"皇宫这种地方不是小女孩办家家酒的游戏。还是趁早回去。躲开这是非，或许还能保存性命。"

"的确如此——"

辰汐不再多言，悠悠地回了四个字，掺杂一丝无奈。眼睑低垂，遮住了银眸的光辉。似是这个话题就此中断了，端起面前的茶啜上一口，身体微微后倾，换了个角度，移开了视线。

适才话音有燎火之势，恨不能与对方拼个死活的琴雅，仿佛是火山遇到了冰雪，此刻顿时卡住，满腔怒火无从发泄，骤然哽在了喉咙里，憋了回去。面露愠色，无趣地执起茶壶斟满，一杯接一杯地饮起来。待辰汐回神，斜睨她那副受气的模样，不由得扑哧乐了出来：

"茶是喝不醉人的，你这么灌法，不过是水饱胀了肚子。"

"降火不行吗？"金色的眸子冰冷地瞥她，话音一转带着困惑，"辰汐，你我素无恩怨。之前夜叉军营的交集，我也只是听命行事。你又为何困我于此？"

"我不知道——"辰汐耸了耸肩，一脸的无辜。

乍闻答案，琴雅差点被茶呛住，将信将疑地瞅她。想要从银眸里探知说谎的成分，可清澈如水的眸子里却未有半分虚伪，盈盈地回视：

"老实说，我不是为了拘束你才向翔玠讨了你。只是，你真的以为一曲舞就能蛊惑得了那个男人么？况且亡族公主的身份，你要如何驰骋后宫？"

"那是我自己的事情——"琴雅不领情地顶嘴，金瞳眼底却透着若有所思的考量。

"迦楼罗·婵烨的势力你也看到了。虽然同样是亡族公主，她却是不容小视的角色。能够坐到妃子的位置，难道单凭美色？！依翔玠的性子，身边哪有无用之人。"辰汐狡黠一笑，贴近几分，用只有两人听得到的嗓音低语，"报仇？我看你该先考虑自保。就比如，毫无戒心地在我这里饮下数杯，你确定我未曾在茶水里动过手脚？"

金瞳霍然睁大，一脸不可置信。刚刚赌气之余压根儿没考虑这么多，被她一说，才后悔自己大意。辰汐是骆公子亲授的徒弟，她怎会这般不小心，疏于防范。

抬眼，但见对面俏丽的脸庞挂着似笑非笑的表情，这才顿悟自己被耍了。仿佛是一个完美的圈套，从她坐在亭子里看她的"表演"开始，自己在盛怒之下，就这么浑然未觉地跳了下去。

琴雅气得双颊染上艳丽的粉红，正要发作，反被对方抢了先：

"放心，我根本没有下毒的理由。"

此刻的辰汐笑得像一只淘气的猫儿，杏眼迷离，透着些许妖媚。上扬的唇角反而挂着清新纯净的味道。

她转变许多，熄灭怒火的琴雅若有所思地凝视她。记忆中，上一次相见，辰汐还似

后宫【第六卷】

一个不懂世事的小女孩，无辜地立在两军阵前，用微薄的力量抵挡身外强大的伤害。而如今，懵懂、脆弱的小女孩不见了，平添几许灵气，以及抗争的勇气。这样的辰汐，非敌似友。

"为何要帮我？"琴雅道出疑虑。

辰汐嫣然一笑，柳眉轻扬，眼神清冷穿过身边的琴雅落在亭外不远处，嗓音变得空灵：

"帮你？不，我仅仅也是自保而已……"

No.11

午夜，如雪月光泻了一室的冰凉。屋外的桃花香气顺着门窗的缝隙送了进来，熏得满床的幽沉暗香。

圆木桌上的灯芯散着昏黄的光，渲染上辰汐俏丽的脸庞。宁静的、带着点悠然的味道，纤细的玉手滑过书页，悠闲地消磨时间。

骇然，星火跳动一下，陨灭。

轻烟还未散尽，桌边就多了一抹熟悉的白影。方才还淡定从容的辰汐一愣，翻书页的手也跟着顿住。

"好吗？"

轻轻的，温柔得好似床边的月光。仿佛世间的言语都太过浮华，道不出他内心的真实所想。唯有短短的两个字，引出积压在内心深处的牵挂。像是在胸腔里沉淀了许久，也彩排了许久，问出了声，人也跟着长长地呼出一口气来。

无波的银眸因那声问候激起一番水样的旖旎，很快又隐去。藏在蝶羽般的睫毛之下，颚慢慢地抬高，眼底映出记忆中的白衣。亮蓝的眼眸此刻似水盈盈地瞅着她。

"阑——"

辰汐像是被突来的人儿惊住，呆呆地小声呢喃，怕自己一不小心震碎了绮丽的美梦。

俊朗的眉间一怔，随即笑颜逐开：

"呵，好在你没有再称我为楼主——"

玩笑的轻巧带过话语间的无奈，惹得辰汐的心弦颤动，忽而忆起什么，银眸闪过疑惑：

"你……如何进得来？这里是……"

"哪里有我进不来的地方？"

直到大掌温柔地触碰上她的发，辰汐才能真正感觉眼前的一切并非梦境。

沉静宛如大海的蓝眸里盈满了思念，猛然冲上礁石，激起浪花点点璀璨。可她却突然退缩，有如寄居蟹，难以再负荷猛烈的冲撞，退居于包裹严密的贝壳中。

银眸逃避似的带开，望向他处：

"我倒是忘了,阑的空间术举世无双。"
面对她的男子身体瞬间一僵,竟不知该如何承接下去,索性沉默。空气中糜烂着微妙的氛围,几分酸涩、几分无奈。很久之后,也许安静压抑得太久,两人又异口同声:
"你……"
"你……"
"呵,你先说——"
辰汐的笑里带着清凉的味道,淡淡地开口。血阑心疼地蹙眉,下意识伸出手臂想要去抱她,却被对方躲开了。张开的双手突兀地留置在空中,颓然无力地又落下。
俊颜失落地别过头去,不再看她。折扇轻轻地送来微风,掩藏住内心的寂寥。压下相思,转到了正题:
"你可知翔玠因何要你?"
"琅熠为了大神宗卷,至于翔玠……"娥眉挑起,银眸流转,斟酌地停顿数秒,答,"他说,是为了仲裁权杖——"
忽闻最后几个字,血阑惊异:
"难道仲裁权杖也在你身体里?"
兴许是那语气太过急迫了些,辰汐竟然有种被逼问的感觉。
他真的是为了想见她才来的? 还是……心底骤然涌上质疑,初见时分,觊觎的那么一点思念瞬间陨灭。
"呵!我这个容器哪里能装下这么多零零碎碎啊——"
啼笑半嗔,一笔带过隐藏在暗处的疑虑。反倒是让血阑愣松,惘然自己问得唐突。
"抱歉,我不是那个意思。只是,我以为仲裁权杖该随光音之死消逝。没想到仍在这世上……"
"或许吧……可能哪天真的被我找到也说不定……"
她有意无意地点拨,撩搔着对方。仲裁权杖岂是只有翔玠一人想要得到的。
银眸在漆黑的夜空中晶亮宛如星辰,直视面前的血阑。像是要探知什么,又似无意识的凝望。空灵碧透的眸子在他的心里撞了一下。像是怕被看穿一般,快速地移开了视线,背过身去。
他在害怕,她肯定。怕她揭穿他的想法? 还是怕他们之间丝缕相连的淡薄情感,会在这一来一往的窥看中燃烧殆尽呢?
曾经何时起,他们之间竟然间隔如此遥远了。不是月下长亭里的那对璧人了么?
低低的叹息声回荡在耳畔,带着悲凉的味道。血阑蓦然回首,任月光在刚毅的脸庞上打下阴影,看不清眼底的关切,话音间却不缺浓烈的在意:
"我不在你身边,要自己小心。这深宫里不比弑冢楼,太过复杂。有事切莫心慈,到最后反而伤害的会是自己……"突地,又一笑,倾国倾城,"不过,小汐你变了,成熟许多。或许当初囚困你的念头,的确是一个错误。还好,你没能让它实现……"
正如来时的悄然无声,走时也未留下任何线索。她还在因最后的话语心悸,白影就在眼前消失无踪。

后宫【第六卷】

屋外第一缕阳光爬上了窗角,居然在不知不觉间天亮了。

一夜无眠,却未有太多疲惫。合上手边的书,打算去弄些水来清洗。起身的刹那,一张折成奇异形状的纸自她裙摆上掉落。

诧异数秒,疑惑地拾起摊开。工整的隶书体墨迹跃然纸上,熟悉的笔迹,让辰汐瞬间惊喜万分,疲惫一扫而空:

【吾已出夜叉管辖地,近日内会赶往天族,勿念。——洛留】

洛他没事了。而血阑的到访,其实是为了第一时间让她知晓这个。感动在胸腔里满溢,不觉间洇湿了眼眶……

No.12

将近三个月,仲裁权杖的下落没有半点线索,反而身处权力旋涡,自己无望挣脱,就这样被困住了手脚。翔玠这一招,可比血阑跟琅熠高明许多。倚靠辰汐现在的本事,想要从后宫逃跑,并非只是妄想。计划得当,或许能够成功。可惜,牵绊又太多。

自打上次宴会后,翔玠将后宫掌控权扔给了辰汐,曦泉院一改门可罗雀,到访者络绎不绝。绝大多数为谄媚奉承而至,少部分是来看热闹的。

姝烨几日也曾来过这三四次,多是耀武扬威,炫耀她如何集三千宠爱于一身。手段的确令人佩服,可惜却用错了挑战的对象。辰汐压根儿就不在乎,对于她那些暗示皆是一脸漠然。原本来挑衅的姝烨反而碰了一鼻子灰,无趣地拂袖而去。

辰汐只是一笑了之,但求院子清静。琴雅却对此愤愤,看不惯她趾高气扬的嘴脸。对姝烨态度明显地抵触,话语间兵戎相见的较量。对此,辰汐只能暗自无奈地叹气,她倒是真像给自己揽了个麻烦,明明极力想要挣脱旋涡,却无能为力。

好在这段日子很快就过去,踏破曦泉院门槛的局面渐渐好转,像是人们总算意识到巴结错了主子,辰汐不过是一介架空的幌子,真正的枕边人仍旧是能够呼风唤雨的姝妃。墙头草于是又转了回去。

这天午后才过,曦泉院难得清静。

太阳烤得人身上暖烘烘的。没有风,树梢上的鸟儿啾啾细语,忽鸣忽歇。身边的侍女也不知哪里去了,独留下辰汐独自在花园里。

百无聊赖,抱了本书窝在假山石头后的阴凉处,才经过阳光洗礼的石头仍留着温度,躺上去让她有些昏昏欲睡。当上下眼皮开始打架的时候,耳边隐隐传来小声的低语,似是从假山的另一头传递过来。

"你不是在宴会献舞,接近翔玠的吗?怎么落得了那人类的随侍?"

声音耳熟,一时却又辨不出。听着说辞对方是约了琴雅,辰汐心生疑惑,不由得隐去了气息,打算探知个彻底。

"前因……说来复杂……先不提。事情办得如何了?我哥他……"

琴雅的声音稍显急迫，谨慎地又将音量压低几分，近乎耳语。辰汐断断续续地辨出一些，后面的几乎听不到了。好在来人却没那么在意，仅仅是放小了音量：

"放心吧！我已寻到了你大哥，不出差错的话，半个月后就是红月。红月夜的前一周，翔玠功力最弱，到时候……等你信号起兵……"

等等，琴雅要刺杀翔玠？银眸霍然睁大，诧异于自己听到的秘密，一时间竟然以为自己听错。愣神之际，搁在身上的书滑落，弄出了声响。

"谁在那里？"

伴随娇喝，一抹淡紫晃过眼前，熟悉的粉晶杏眼，杀意正浓。

"嗨，琉璃，好久不见——"

没有半点偷听者的自觉，被发现的辰汐懒散地从石山上跃下，无视于对方背身拔刀的威胁，捡起地上的书掸了掸，嬉笑着打招呼。

"你听到多少？"

眉宇煞气乍现，声音暗沉，一脸防范。

"不多，全部吧——"

乍见故人的惊诧隐没在低垂的眉宇间。能够助琴雅的人自然是出自弑冢楼，而琉璃与她走得最近，出现在此，自是在情理之中。只是，对方是琉璃，站在主观角度，原本就不被看好的刺杀行动，如今成功率又再次打折。

"你——"

琉璃弯刀出鞘，架上了辰汐纤巧的脖颈，还未落下，却被一人挡在了身前。

"你干什么？"护在辰汐身前的琴雅，怒叱。

"干什么？自当是杀她灭口！"

"你疯了。她要是死了，不出一个时辰，整个天宫就要炸开锅。翔玠那屠夫，不把后宫翻个底朝天，决不罢休。到时，计划还未实施，我们都得被抓。还谈什么刺杀——"

阴鸷爬上琉璃的粉眸，冰冷的光穿过身前的琴雅，射向一脸无所谓的辰汐。那副没心没肺的模样令她的脸，又黑了几分。

"那就毒哑她——"

她俩可真是水火不容的冤家。辰汐暗自翻着白眼，这等阴狠的手段她琉璃都想得出，变着法地折磨她。一副弄死最好，弄不死半残也能解气的架势。看来自己事不关己的态度确实要改改，否则又被对方当做病猫。谁强谁弱，早在上次较量就已经有了分晓，偏她总是不记得，这可不太好。

"怕是不太可能呀！"一直不开口的辰汐，凉凉地接话，眼神嘲弄地扫了一眼愠怒中的琉璃，"你那点使毒的本事，怕是不出半个时辰就被我搞出解药。不过是浪费药材而已，我劝你还是算了……"

辰汐睁着无辜的大眼睛，面对漆黑了容颜的琉璃。言语中的戏谑却再明显不过，气得对方恨不能立刻砍了她泄愤。眼看二人剑拔弩张，一触即发。院子门口却传来宫女的嬉笑声。

琴雅朝琉璃使了个眼色。她赶忙收起了出鞘的弯刀，施术隐藏住自己，离开曦泉院。

后宫【第六卷】

直到琉璃的气息彻底在周围消失，琴雅才缓缓吐出一口气，背对辰汐的身子转了过来。秀气的柳叶眉皱了皱，不确定地问：

"你……应该会保守秘密吧？"

辰汐淡然一笑，狡黠的光似流星自眼底闪过：

"我为何要说呢？再说就算我泄密给翔玠，对我也没有任何好处。相反，我却巴不得他忙得不可开交，没空答理我。"

她没有用受伤或者刺杀成功一类的词语去限定这件事情，反而语气不过是看待翔玠即将面临的麻烦。琴雅注意到了，眉心纠结：

"你不认为我们能够成功？"

"并不看好——"银眸收敛了嘲弄，正色答。

琴雅沉思数秒，似是要抵消辰汐的怀疑，劝服一般地解释：

"这一次与任何一次都不同。我族所承载的压力不是你能体会的。为了复兴紧那罗族，翔玠一定要死。"

她没必要向她解释的，如此这般，反而倒像是稳固自己摇摆不定的信心。辰汐静默地听着，他们一个个地在她面前提到光复氏族总能够振振有词。她却怎么也不能理解，杀了翔玠，一个氏族就真的得以自由了么？！

"你不需要向我解释。"悠悠的叹息声，轻不可闻，"我只想奉劝你慎选盟友而已。"

金色的水样眼眸一愣：

"你是指琉璃？"

辰汐点了点头：

"你可知她复姓——迦楼罗？！"

迦楼罗·琉璃，拥有两只秃鹰驱使兽。单就这等排场，在迦楼罗的地位定是举足轻重的。身份不详，加入弑冢楼的目的是血阑。为了一个覆灭的氏族得罪翔玠？！那不该是她的个性。

"她是我的朋友……"

琴雅的金瞳闪闪发亮，一瞬不眨地注视着辰汐。刹那间，她明了，此刻对方已经听不进去任何善意的规劝，何况是来自一个不相干者。

"朋友"这两个字，有的时候像是锁链上的环扣，牢固地牵绊住彼此，外力很难割开双方；有时又似潮水拍打岩石激起的泡沫，还未开花就已幻灭。

蝶羽般的睫毛轻轻颤抖着，掩盖住银眸里的光辉。既然对方已经打定了主意，她就不便再多说下去。转身待离开时，听到琴雅又唤她，狐疑目光落在为难的脸颊，辰汐温和地笑了笑：

"但说无妨，只要我能办到。"

贝齿咬了咬红唇，一向傲慢的公主，竟然语气带着恳求：

"如果……我是说如果……我真的回不来，能否拜托你照顾清露那丫头。她从小与我一起长大，是我的伴读。之前我一直以为她死了，却没想到能再次遇到……我希望，这一次不要牵连到她……"

221

银色的光转暗，眼眸深邃，神情犹如浮云翩跹：

"你可知，刺杀天族族长是株连九族的大罪！"

背负着他人的命运，作出一个决定是需要何等的勇气。她承认自己没有这样的勇气，同时却希望作出决定的人，也该拥有觉悟才是。否则愧对于全心信任对方的心情。

"我……知道……"

琴雅的目光凄凉，带着几分无奈，更多的却是赴死的决心。

"既然知晓，那就该明白，她也逃不过这一劫——"

银眸漠然于她的执著，却震撼于她的决然。

"所以我恳求你收留她——"午夜海棠般娇白的脸庞因激动的情绪，染上淡淡的粉，金眸里盈满了哀求，"这里没有人知道她的出身，她一定能生活得好好的……"

辰汐低垂的眼眸扫了一眼琴雅，带着些许淡薄的哀伤，单纯得不带任何怜悯的哀伤。她知道但凡是一道轻微不可察觉的怜悯都会让对方自尊心遭到撞击。这一点，琴雅与青洛很像。

水蓝色的衣裙在地表划出凋零枯叶的痕迹。远去之际，辰汐清冷的声音悠悠地传递过来：

"那就活着回来吧，没有人可以取代另一个人在别人心中的位置。我亦如此——"

No.13

三日后的午夜，辰汐才要睡下，曦泉院却来了一位不速之客。

翔玠踏入院子之时，屋外的新雨才刚刚过去。露珠点缀在粉黛色泽的花瓣上，香气混着泥土的芬芳传递过来，沁人心脾。紫金纹龙的长衫还未曾换下，似是才从议事厅回来，眉宇间难掩的疲倦。身姿转过亭宇，被这桃花香气感染，嫣然一笑，疲惫顷刻间退了一半。待看到姗姗走出的辰汐，温软的光辉不觉爬上眼角，竟是风情万种。

没料多日未曾见到的人儿，竟然突然来了兴致前来探望。听到通报，疑似虚妄，衣裳随意一裹，蹦出了内里。对上翔玠深邃黯敛的凤眼，一时愣在了门口。

"几日不见，孤的爱妃竟这般娇润可人起来。"

几分轻佻，几分戏谑，金瞳流转，落在了辰汐衣衫半掩的粉肩处，不由得金色转暗，幻化成浓重的琥珀。

辰汐被那放肆的眼神震慑住了神志，心头一紧，人愣住。耳边随即响起侍女的调笑：

"娘娘是见到陛下高兴，您瞧竟然连鞋都来不及穿——"

猛然回神，这才发现自己衣衫不整。方才跑得急了，连鞋也忘了穿。本意是不敢相信院外通传的消息。瘟神一个月将她扔下不理，怎会在午夜时分出现在自己别院。惊吓之余，冲得快了，连鞋子都忘了，更别提衣衫。

这下被侍女曲解，反而倒显得她急迫地想要见到翔玠。眼看对面的金眸瞬息间笼

后宫【第六卷】

上欣喜,辰汐的心咯噔一下,闪躲不及地别开眼,粉白的脸顿时红云密布。

领首整顿衣襟之际,身子却突然被人打横抱起。入目的淡紫晃过眼前,淡淡的麝香扑鼻而来,女孩嫣红的芙蓉面烧得如浴朝霞。刚要抱怨,男性温热的气息却扫过脖颈,引得一片细碎的红潮:

"入夜,地上凉——"

平静无波的心湖刹那间荡起涟漪,记忆中有个人也曾用这般温柔的语气,轻轻地训斥,语气中无奈又宠溺。柳眉梢一点相思流淌而过,恍惚中,蓝影竟与眼前的人儿重叠了模样,不由得那名字就要冲出樱唇,却在骤然变色的金瞳下,生生地吞了回去。方才会聚剑眉的兴奋被阴霾取代,低迷的气压随即笼罩在眉宇间。震得辰汐一个激灵。

她究竟在想什么?

暗骂自己愚蠢,明明此刻的处境如临大敌,自己怎么会在这当口儿迷失了心志。这男人可是擅长魅惑之术么?疏于提防,总会迷失了自我,忘了处境。她该随时保持警惕才是。

压下心悸,表面不动声色,任由他抱着进了屋。当他把她安置在座椅上,命人取来鞋子,这才缓缓开口,语气似是不经意:

"今夜,因何而来?"

为她亲自套上鞋子的手一顿,抬首对上银眸。似笑非笑:

"怎么?一定要有事才能来看你吗?"起身之际,桀骜不屈碾过唇角,"孤来看望自己的妃子,何须理由。"

领首低眉,纤长的睫羽盖过了银眸中的情绪。少顿片刻,再次抬首,笑得顾盼生辉:

"当然,这是你的后宫……来人上茶……"

卷翘的睫毛下一双鹰眼辨不清情绪,注视着气烟蒸腾的茶水。粉润樱唇开了又闭合,才刚以为有话欲讲,却突然捧起手上的青釉杯,小口地抿了下去。高温的水触碰唇瓣的刹那,染得那抹淡色朱唇更加浓郁了。冰肌玉颜在蒸气缭绕的烟雾中,朦胧不真切。犹似出水的花精,妖冶芬芳。

辰汐淡然地扫了一眼对面正襟危坐的翔玠,美是美了些,可惜用在男人身上,或许有点过了。瞧这副红颜祸水的模样,一个喝茶的动作,就已经勾去了她院子里大半女子的魂魄。她才刚刚笼络的人心,几下恐怕就全军覆没了。

那副欲言又止的表情,定是满怀心事,既然人家不想说,她也没兴趣知道。辰汐不是爱打听的人,比忍耐力,这方面自是不弱。想到这,她也执起手边的茶啜了起来。

茶壶里的水续了三泡,眼看半个时辰算是过去了。她就这么与翔玠耗上了,不吭不响。大厅沉静无声,唯有午夜的敲更声,远远地传递过来,惹得身边陪侍的侍女们连连打着哈欠。辰汐却不困,茶香浮在手边的杯盘里,熏得她安然自得地微笑。翔玠的眼流连在女孩上扬的唇角处,仿佛看得痴了,呆呆地发愣。

"咳——"终于有人按捺不住,一声轻咳,扰乱了宁寂:

"陛下,娘娘,这茶怕是凉了,女婢给你们换一壶新的去——"

身后站立的琴雅移到近前,恭敬地行礼。说完,就要去捧桌上的茶具,却在手指碰

223

触瓷器的刹那被翔玠按住。金瞳从辰汐脸上移开，别有深意地凝视琴雅，目光狭长锐利：

"姑娘在这里住得可习惯？"

琴雅未作他想，躬身答礼：

"谢陛下关心，娘娘宅心仁厚，对女婢照顾有加——"

他揣摩般望了她许久，接着道：

"那就好——"说着站起身来，掸了掸衣襟，"这么晚了，孤也该回去了。音儿你早些休息吧！"

"陛下慢走——"

辰汐迅速地反应。听到他要走了，心底大大地吁出一口气。脸上却未流露兴奋，笑脸相送。可惜那上扬的嘴角咧得稍许大了些，被对方捕了个正着。琥珀色的眸子似笑非笑，辰汐的表情眨眼间僵硬。

作弄般，他朝她诡异一笑，转身步出厅堂时，有意无意地撂下一句：

"听闻最近有人纠集紧那罗族余党起事，明日孤要去平乱，这里的内务你多担待些……另外自己小心……"

咔——

没有声音，辰汐清晰地望见近前琴雅心底的某根绷紧的弦断裂，发出破碎般清洌的鸣响。脆弱的身体在她眼前开始摇晃，虚弱得连站立都无比艰难。

琴雅脚下一软，眼看就要跪在地上。手里托着的杯碟，重心不稳相互撞击发出丁零脆响，翔玠却还没有走出屋子，辰汐脸色一变，箭步上前，使力托起了绝望中的琴雅。

银眸紧张地锁住水样金瞳，无声地摇了摇头。

庆幸翔玠没有回头。辰汐不知道他精明的辨识能力是否能闻到身后的剧变。不过，这些不重要了，此次到访目的已经达到。

No.14

指尖在漆木椅扶手上刻出浅浅的痕迹，琴雅晶芒顿失的眼没有焦距地穿过辰汐，迷茫空虚中散乱着绝望的灰。贝齿咬破了红唇，几滴斑驳留在苍白透明的肌肤上，突兀的殷红。

她像是一个被人夺去希望的孩子，空寂的眼神里充斥着虚幻的影像。好似坠落黑暗瞬间，放弃了自我救赎的天使。

嘴开了又合，声音消失在唇齿间，喑哑得难以言语。

琴雅的恐惧顺着手指尖的触感传递过来，连带着辰汐也跟着蹙紧了双眉。她支撑着对方几乎全部的重量，银眸警惕地流连在回廊上面，直到确认翔玠的身影消失不见，才放心地扶她坐下。

遣走了闲杂人等，亲自掩上了门。这时贴身侍女清露带着哭腔的焦急呼唤低低地

后宫【第六卷】

回荡在屋子当中。面对惨遭重创的主仆二人,辰汐竟不知从何安慰。

过了半晌,缓缓道:

"他还没有派出人手,说明还未查明,也许不过是诡诈……"

金眸一闪而过的辉耀,随即又黯淡下来。摇头领首:

"不,你不明白……他不会放过我的……翔玠从不善待背叛者……"

泪水如同冰晶在杏眼中打转,近乎泣不成声。她好似置身于寂冷的海里,沉浮已不由自主。脆弱得一个浪头就足以淹没消逝。

辰汐被这副模样的琴雅吓住了。在她印象中美艳孤傲的公主该是高高在上的,却非泪眼婆娑满腹悲凉的小女子。那眼底极力想要隐藏的爱意,掩埋在惧怕底下,却又难以抑制。太阳般亮丽的眸子盈满了想要爱,却又顾忌的矛盾。而相思反被沉重的氏族枷锁拘束着,纠结得令仅有的自信消磨殆尽,就连骄傲都所剩无几。

她爱着他,又惧怕;想要踏出,却又被桎梏。她已经无可救药地沦落。如今又被爱人背叛,万劫不复……

这般失去抵抗能力的琴雅脆弱得令辰汐震惊,弃械投降的模样也让她愤怒。

啪——扬起手,没有犹豫,一个巴掌落下。霍在了琴雅苍白的脸颊上。辰汐提起了对方的脖领,冲着神经接近麻木的人吼:

"你给我清醒点。你到底在畏惧什么?做了,就该有勇气面对。当初难道没有想过他会还击么?!我不信!还是在祈盼他会顾念往日的情?!"

明显地感觉琴雅的身子一僵,辰汐的心急速降温。到了这个时候,她的幻想令她深觉悲怆。爱情竟令人傻到这种地步……没有救赎的可能……

拉扯间,手指被慌乱不明所以的清露掰弄着,眼神徘徊在纠缠着的二人身上,不甚明白。只想奋力地分开她俩,泪眼汪汪地哀求:

"娘娘……娘娘……您放手……这样您会勒死公主的……"

突地,半天没有说话的琴雅总算有了反应,惨然一笑。眼睑渐渐地合上,盖住了痛哭中决绝的伤:

"娘娘,这些与你何干?!事已至此,避而远之才是上策。何必硬要掺一脚,惹得一身腥……"

仿佛心死了,一切皆无所谓,连带着命也可以随便丢弃。银眸一怔,抓住对方脖领的手颓然落下。

可不?!人家的死活干她什么事。此时,避而远之不是她一贯的态度么?何时转了性子。难道不愿再看到有人死亡,所以出手相救?!还是怜悯琴雅爱得痴傻,永不能如愿的心境?!

凭她的力量,此时能救得了几人?从翔玠手里抢一个亡族,她没有与之抗衡的能力;至于琴雅,谈不上感同身受,爱情来过又走,虽然自己也曾迷惘,却不敢妄称爱得如此刻骨。

也许是同情吧!那身体里少得可怜,隐藏在最深处的善良作祟。

震怒之后,化成一声悠叹,混在佯装冰冷的语气里,轻不可闻:

"以死谢罪，恐怕你还要再等等……紧那罗的起义军，除了你，又有谁能救？！"

No.15

细雨潇潇，一连几天。没日没夜。昏黄乌黑的云遮住了霞光，暮色阴郁未有半分转晴的迹象。

坐在回廊尽头的女孩放下了手中的书卷，轻轻地叹息。没想到这春宫的雨下起来竟然这般肆意，不知什么时候才是个尽头。奔波辗转的琴雅，今天想必也因这场大雨吃了不少的苦头。眼看晚饭时间将近，宫门快要关闭，却仍未归，辰汐不免有些担心。

仔细斟酌来，琴雅的起义计划里，如此迅速破灭的可能唯有内鬼。琉璃便成了首当其冲被怀疑的。只是让她想不通的是，如此明显的行为，却不存在太多动机。

借机讨好翔玠或许可以构成一种理由，但是却不能够彻底地解释原委。似是什么讯息昭然若揭，就在嘴边，却一时忘记了。

"迦楼罗·琉璃……"

单手托腮，倚在栏杆旁的女孩，嘟囔着，自言自语。

印象中，她似是在不知不觉间与迦楼罗族结下了仇怨。虽然自己也不明白是怎么回事，就被无故诛杀了多次。从弑冢楼下山开始，在森林遭到阻击；再到山脚下的茶棚；最后出现在琅熠挟持她前往三途川的路上。

最后一次偷袭虽说没有显露出蛛丝马迹，但是普天之下，能够拥有这么大的暗杀势力，除了弑冢楼，就只剩迦楼罗族与摩呼罗迦族。尽管不排除摩呼罗迦的可能，但怎么看迦楼罗的几率仍旧要大些。

难道是翔玠派的兵？可是，这又解释不通，他既有意留她，又为何要杀之？让她消失的方法，最简单快捷还不如自己动手，一刀毙命，何须大费周章派遣暗部？

那么，这隐藏在暗处的敌人到底是谁？

还在对着满庭的雨水发呆，门口晃出素衣身影，琴雅脚步有些蹒跚，气息混乱。辰汐心思一沉，旋身来到近前。对方神情惶惶不安，贝齿咬破了嘴角，似是强忍着痛楚。待往下看，目光扫过消瘦的锁骨，这才发现右手手臂呈现怪异的垂落姿势，大臂脱臼。明显地被人拉扯后所伤。

"谁把你打伤的？"

突来的剧变，令辰汐震惊。上前欲去搀扶，反手却被抓住了衣袖：

"清露……看到清露了吗……"

"她不是今早与你同出，怎么……"辰汐奇怪地瞅她，清露黏琴雅得紧，俨然一个小跟屁虫，今早出门时候还在一起，"怎么回来就只剩下你，难不成遇到袭击走散了？"

辰汐一边询问，一边矫正她脱臼的胳膊。剧痛已让琴雅的额角冒出了汗珠，却依然咬牙强忍，看得辰汐也似感同身受，暗自咬紧了贝齿。

后宫【第六卷】

"忍着点，一下就好——"

说话的当口儿，轻轻一拽，紧跟着一提，只听骨缝间摩擦发出嘎巴的脆响，脱臼的胳膊顺利复位。

减轻痛苦的琴雅点头致谢，神情仍旧紧绷，牵挂着清露：

"清露她……"欲言又止，懊恼地叹息，"哎，这丫头，怎么这般鲁莽……"

话落，漠然转身就要出院，却被辰汐拦下。

"去哪？"柳眉蹙紧，不苟同于她的鲁莽，"现在是上灯时分，宫中人多，守卫森严。翔玠不知身处哪个殿堂，你这样硬闯，岂不是自投罗网……"

贝齿咬紧粉唇，又气又急：

"自投罗网总比她往枪口上撞好些——"

琴雅满心惦记着走失的清露，哪里顾得了那么多。扒开了拦住去路的手，头也不回就要往外冲。

辰汐却被这话说得一愣，云山雾罩不明所以，反被对方挣脱了束缚。回神之际，琴雅却已提气跃上房顶。

突地，眼前会聚上大片乌云，遮住了原本就阴沉的天空，夺去了光亮，转瞬黯黑遮住了视线，辨不清景致。空气中野兽的腥臭体味混在泥泞的雨水当中，搅上了宅院。杀意隐隐，由四面八方砸了过来。

"小心——"

才要出声提醒急躁欲走的琴雅，针尖般细小的金属物质顷刻间如雨急下，蓄意蕴藏在瓢泼细雨的间隙，迅猛，致命。

辰汐本能的迅速反应，脚下一滑移出攻击范围。冰晶质地的针尖蹭过她的面门坠入泥土里，顷刻融于雨水消失不见。独留下地表上密集深陷的坑槽。

琴雅比她强不到哪里去，狼狈地从房檐上摔了下来。还未站稳身子，冰针紧随而至。

暮雨浙沥，杀意正浓。

转眼间，天空中多出十几只墨灰色的秃鹰驱使兽，碧波犀利阴鸷，闪烁着幽光锁住猎物。伴随着轰隆闷响，沉重的身体降落在屋檐上，锋利的爪抠住砖瓦，撩了沙尘纷飞，碎成星点，掺杂在磅礴的雨水里，混淆了视野。

秃鹰刺耳的咆哮声划破了长空，仿佛是恐怖协奏曲的颤音，戾人般惊心。

被冰针胁迫滚下房梁的琴雅，还未辨识出攻击的方位，下一轮的危险紧随而至。宛如细雨般无处不在，打得她难以脱身。身形晃动得飞快，却只是擦过致命的伤害，狼狈地闪躲，无所适从。她此时好似被捆住了手脚的兽，急欲挣脱，却反而如闷头苍蝇看不清方位，乱了阵脚。

与琴雅遭受的密集型攻击相比，围困辰汐的仅仅只是妨碍住了手脚，并不具备威胁性。此遭迦楼罗族的阻杀目标不是她，冰针蹭过衣衫，巧妙地避过了致命的威胁。

唉——

有些无奈的叹息。帮忙吗？接下来势必麻烦上身。如此大张旗鼓地在天族宫殿里杀人，必是受了翔玠的首肯。她若插手，与迦楼罗族的矛盾皆会进入白热化。可袖手旁

观……

仍在犹豫之际,遭困的兽却已经稳不住阵脚。几番围堵,血液冲上了头脑,怒火中烧地吼:

"迦楼罗·琉璃!出来,我知道是你……有本事光明正大地跟我打……"

不远处,结印释放出空间术的辰汐,闻此,不苟同地蹙眉。这样大的阵势,她不以为是琉璃所能调配得了的。据她所知,琉璃的驱使兽仅仅也只有两只,就算她们将近一年未见,她也并不相信,依靠她的能力可以做到统领相当于族长级别的兽群。

反而,这样的阵势,倒有可能是她所认识的、迦楼罗的另一位公主。

仿佛是为了印证猜测,清冷却不失妩媚的笑声骤然自暗处响起。撕裂了骤雨空洞的沉闷,宛如灰暗天空下的一抹娇艳欲滴的花儿,香气袭人,悠然地传递过来。可没有半点沁入人心的功效,却反而带着些许讽刺:

"呵,那丫头尚有这等本事,何须要与你攀亲道故。还是省些力气随我去见陛下,没准还能赶在你那愚笨的贴身随侍行刺之前,求陛下赦免你族人的死罪……"

劲装打扮的婞烨迎面自暮色中走出。一把淡粉油纸伞掩去了半张面庞,却遮不住嘴角上扬的嘲弄。身影渐近,油纸伞下的冰瞳显露出来,穿过了琴雅,落在结印的辰汐身上。眼底的警告意味再明显不过,此事与她辰汐毫不相干,无须揽上身。有意袒护的话,她自是不会手下留情。

可惜,偏巧这副威胁递错了对象。过往自己无端遭到的阻击看来均是源自此女。方才仍在犹豫不决的银眸,聚上愠色,她一贯讨厌遭受威胁。冰眸猝然笼上霜寒,仿佛湖水表面的冰凌花,伴随着气息的释放,自辰汐体内一路凝结了空气。

黑暗盖过了缠绵细雨的暮色天。时间似是在刹那间戛然而止,墨色气息自银眸少女的身体中暴射而出,阻断了天空中冰针的袭击,包裹住了琴雅,循序朝向前方的婞烨……

No.16

当灰暗代替了光明,谁会知道下一刻,降临世间的将会是什么……

黑丝如水,穿过了层层冰雨,覆盖住琴雅伤痕累累的身体。碧波因突然降临的黑暗,迷茫了视野。晶瞳骤然笼上防备,却在肌肤触碰的时分,安然舒出一口气。庞大的黑丝带着草药的香气,悠悠地熨帖过伤口,奇迹般消除了疼痛。

她终于还是出手救了她,当琴雅深觉自己穷途末路之际。像是黑暗中有一双温暖的手,从身后拥住了她,缓解了危机。

黑丝自身后而出,在眼前收聚,朝前方瞬间变了脸色的婞烨而去。执伞的女子哪里还有闲情顾及优雅,以伞为器,企图切开磅礴席卷天地的雾气。交锋的瞬间,华耀光辉自黑暗中涌出,仿佛冲破黑暗的银白色太阳,夺目的光令人睁不开眼。

后宫【第六卷】

　　随之,还未待琴雅看清发生的事情,银光撕碎了伞,急速朝烨烨面门而去。紫晶眼眸闪过恐惧,反射性地后退,释放出气息抵抗,却晚了半步,霸道迅猛的白丝转眼袭来,卷起了烨烨抛了出去。

　　突来的转变,猝不及防。跌落在地上的女子,盯着蓝衣少女的眼盈满了难以置信:

　　"你……不过是个人类……"

　　"谁说我不是?"

　　银眸眯缝成线,少女莞尔一笑。已来到近前,银眸居高临下俯瞰对方。淡薄的银白包裹住柔弱的身体,投射出隐隐似有若无的王者气焰。只眨眼工夫,局势扭转:

　　"现在,命令你的兽群从这里给我退出去——"

　　前胸的疼痛令烨烨蹙眉,难堪地缓缓扬起了头,脸色森然,却不失沉稳,缓慢戒备地从地上站起,冷冷地提出警告:

　　"紧那罗·琴雅犯的是叛乱重罪,陛下亲自下的口谕。妹妹你想清楚了,抗旨不遵、窝藏钦犯……每一项,我都可以判你死罪……"

　　雏菊般层叠浓密的睫毛低垂,沉思片刻,悠然抬眼,银眸晶亮,无所畏惧:

　　"我想我们不如都面对现实吧!烨妃!你杀不了我,正如我无法对你痛下杀手……何不让一切变得简单一些呢?"

　　阴鸷聚上烨烨的眼眸,不甘地朝远处保护在次元空间里的琴雅睄了一眼。心底涌上惧意,能够维系三级空间术的人,普天之下少之甚少。何况辰汐又拥有两种以上的气息。虽头次交战,烨烨对眼前敌人的了解却不亚于那些熟悉她的人。大神宗卷的力量已令她今非昔比,另外浮动白丝的急速攻击,也同样深不可测。如若交手,自己皆没有几分胜算。

　　可就此放手,却又让她心有不甘。紫晶眼眸镀上一层霜寒,冷冷地哼了一声:

　　"那又如何?你想要带走她,也非易事!"

　　笑意自辰汐脸上敛去。她说得没错,这样僵持下去,拖得愈久对自己也愈不利。对烨烨她没有杀心,再次施放一个空间移动,助琴雅逃离,势必会给对方有机可乘。

　　天幕阴霾,时间如沙自指缝间流走。仿佛是一场纠缠的迷局,难堪僵持不下的纷争局面。眼看天色逐渐转暗,烨烨的脸上显露出得意之色。大神宗卷的能量流逝在空气里,融化成雾。原本厚重浓郁的黑,黯淡下来,变得淡漠、稀薄。

　　辰汐的眼眸紧闭,面无表情地矗立在风雨里。仿佛化身于黑雾里的神像,融入冷寂的苍雨里,安静得好似连呼吸都隐没了开去。

　　房顶上的秃鹰撤去了冰针攻击,严守以待,幽眸虎视眈眈地锁住下方的敌人,等待主人的命令。烨烨却显得颇有耐心,时间拖得越久,对她越是有利,她自是深知这一点。

　　被空间术加持的琴雅反而有些心浮气躁,牵挂着侍女清露的安危。急于脱离,却又恐扰乱了辰汐的空间术。身形几次想要移动,却又忍住。眼眸不安定地扫视着场四周。

　　烨烨嘲弄的眼神流连至琴雅的身上,眼底的杀意暗涌,黯黑的气息隐隐浮动,仿佛在看一只将死的猎物,几分戏谑,几分血腥。

　　冷锋般犀利的眼神似是秃鹰的牙舔过琴雅的脖颈,她被那目光激得一阵寒意,颤抖

着。

终于，压抑的神经在下一秒断裂。琴雅的身影掠起急速朝烨烨攻去。

得意的笑自对方娇艳欲滴的面颊上绽放，仿佛暗藏已久的花蕾，等待第一场春雨的降临。纤细的手臂以一种诡异又不失优雅的方式伸长，白皙手腕转动，伴随气息的散开，一株株紫荆花朵在手中飘浮而出。如流云般风华，看似缓慢，却又快速。似雾非雾，贴近琴雅……

花穿透了辰汐搭建的黑雾屏障，以一种难以抵挡的势头靠近。时间停滞，恐惧自琴雅的脸庞上放大。眼前的花似带着剧毒的蛇，吐着红色的芯子，扭动着冰冷的身躯，攀上在劫难逃的猎物……

No.17

妖异的紫荆花带来死亡的气息，穿过漆黑的迷雾，飘浮在风雨交织的雾气中。宛如幽冥鬼界的催命符，恣意绽放，贴近琴雅。

黯黑的空间壁垒被打破、搅散，以一种不可方物的姿态，洗涤多余的黑气。

突地，狂风骤然而起，花儿摇曳，气壁被风吹散，消失在雨水里，空间术瞬间瓦解。

紫荆花再也不用拘束于空间的阻隔，肆无忌惮地飞向琴雅。伴随着房梁上的秃鹰，霍地掠起，俯冲而来。

恐惧划过心头，她已退无可退，手中持短匕的杀招递出，未近烨烨的身，却将遭遇幽白的花朵。

那花太美，诡异的白带着血腥的味道。

不知名的慌张爬上心口，深知危险，身体却似失去了控制。眼看花儿逼近，欲收的手却生生定在那里。

砰——

花接触肌肤的刹那炸开，碎裂成淡薄的冰晶体，扎入血肉之躯。窒息的疼痛感传来，手再难握住匕首，当啷一声脆响，坠落地面。

秃鹰恣意的鸣叫自头顶上方响起，混杂着女人得意扬扬的戏谑，仿佛是乐曲的终章，高昂、嘹亮。

面对俯冲而下企图撕裂她的秃鹰，金眸显露出绝望的光。

最后睇了一眼，前方不远处的蓝衣少女。覆盖身体上的黑雾已不见，如她一般彻底暴露在雨水攻击里。伴随着秃鹰的俯冲以及紫荆花儿的炸裂，冰凌划破了衣衫，血滴坠落，似是已经失去了知觉，颓败地矗立。

琴雅任命地闭上了双眼。天幕低垂，风撩起了发丝，不再做任何抵抗，化身为绝望的蝶，安静地等待死亡降临……

蓦然，风止。

后宫【第六卷】

迟迟未来的疼痛，被阻拦在冰冷的透明物质外，消逝不见。

眼前秃鹰的翅羽一瞬间被无形的力量揪住，杀戮的白丝缠绕上棕黄的羽毛，失去了飞翔能力。纠结着，骨骼发出碎裂的闷响。一个个张目暴愤，被捏住了咽喉，压抑地痛苦呻吟。下一秒，巨大的身体被撕开，鲜血伴随着雨水降落于尘世。染红了泥泞的土地……

眨眼工夫，掠杀的敌人独剩下远处张目结舌的姊烨。

琴雅愣悚，转向唯一沉静的辰汐。

此时，少女的眼睛已经睁开，冰瞳炯炯，清澄透彻。

忽而，清泠悦耳的女音传入琴雅的耳朵：

"清露的下落我已经查到……要救她，怕是不易……"

导入身体的气息传递来新的讯息。琴雅的嘴下意识地开合，想要说什么，却又因震惊难以理清。

原来方才辰汐刻意放任姊烨的攻击，是在引开视线，找寻清露的下落。感激之情溢满琴雅的心脏。

"姑娘的情意，琴雅与清露此生无以为报，来世……"

少女的柳眉微蹙，不愿听到生死遗言：

"行了，我先送你过去。我会帮你拖住姊烨。但是你要记住，在我赶去之前，一定不能死……"

琴雅宛如永别的话语惹得辰汐内心分外不安。能够从姊烨手中救出她，却没有把握令翔玠释放紧那罗族人。她对他的影响皆没有达到左右他的决定。那样说，不知道是安慰对方，还是自己。

白丝渐密，琴雅眼前可见的事物慢慢地变得不再清晰。

面对前方的蓝衣少女，笑意浮现于唇角。

也许将是最后一面了吧！这个没有半分女神架子的人类女孩，有些懦弱，有些胆小。可到最后，忍不住让人喜欢。

风再次撩起，琴雅的身影消失在迷雾中。轻微的低语声悠悠回荡在旷野上，朦朦胧胧地说着什么，恍恍惚惚，被风吹散……

姊烨简直难以相信自己所看到的。

就在一瞬间，大朵的白丝暴噬般自辰汐的身体中释放，卷起天空中的驱使兽，纠缠中撕裂了躯体，活生生地化成骨血。眨眼间，她的猎物琴雅也跟着消失不见。那是她无法想象的力量，可怕得令她颤抖。

清泠的叹息声悠扬，晶莹剔透的双眸汇上哀伤。没有杀戮后对血的渴望，闪烁着动人光泽的银眸洋溢着不忍。

立在遍地尸骸残片中的少女，宛如神裔。

"你……"

一丈远外的姊烨身体僵硬，眼神颓然睁大，不能接受瞬间的形势扭转。

骤然矗立，看着接近她的白丝，连抵御的能力似都失去，胡乱挥舞着手臂，连连后

退。脚底铿锵，颓然跌落在泥泞的地面。华衣被水染上了污渍，她竟似未觉，全不理会。

连续使用两次高级法术的辰汐额角已隐隐渗透出汗珠，可挥洒在空中的气息却丝毫不减。与其说她强大，不如说她压根儿不会掌控收放的力度。上成的气焰奉主人意识而动，接近敌人，却并未采取攻击，防范地包裹住烨烨，困住手脚。

面对烨烨的银眸无波，幽幽转暗：

"现在只剩下你我。有些恩怨，我想不通……希望你能解释清楚……"

强大的白丝吓到了对方，已经听不到辰汐在说什么，只是无措地摇头。

一族的首领竟然这般脆弱，倒是让辰汐诧异。狐疑地撩起一丝气息，试探地接近。对方反应像是受到惊吓的小动物，畏缩地躲避。

辰汐的柳眉挑了挑，她从没试过与翔玠这类高级战士以外的人交手。没想到自己的杀伤力竟然这般惊人。

强大的力量令她安心，可暴戾屠杀后的血腥却令人厌恶。无奈地叹息，有些事情就算她再怎么想要避免，却难如愿。正如这世间的生存之道，又有谁能违背。

既然问不出个结果，辰汐就不愿再浪费过多的时间。收回了白丝，转身即离去。

被释放了手脚的烨烨，神情恍惚。对于突然收势欲走的辰汐的惊讶度，不小于瞬间碾断她十几只驱使兽的震撼。

紫晶眼眸空洞、呆滞，呢喃地问：

"你，不杀我？"

远去的辰汐脚步一顿，缓缓地转身反问：

"我为何要杀你？！"

涣散的神志逐渐清晰，阴狠的光闪过烨烨的眼眸：

"今日的仇，他日我定不会善罢甘休——"

笑意汇集上唇角，冰凌般的银眸没有温度：

"你我的仇怨，又岂止这一遭？！细数来，你该是早就认识我了吧！自我离开弑冢楼后的几次暗袭，如果我没猜错，该是迦楼罗族所为。而我，却是最近才知道你……可你我，究竟有何仇怨？"

烨烨的下颚微扬，眉宇间深深的倔犟。眸宛如朝露，染上粉红色彩。突地，笑了，几分无奈的哀伤：

"天界有个传说，拥有上古神器的八大部族才有能力统领天下，所以各部族均奉为至宝。可神器的能量却不均等。我族的霓裳羽衣，不过是件华丽的外衫；摩呼罗迦族的流光眼，其实是个没有功用的玻璃球……"

紫晶眼眸凝聚上欲望的水汽，从地面上爬了起来。缓缓贴近辰汐，眼光带着怜悯的光辉：

"多好，什么都不懂多好？！他让你为他找到仲裁权杖么……唯有它，才足以统治天界……"

他？是指翔玠吧！

伤痛爬上烨烨的眉，令人怜惜的悲渲染在眼底。冰冷的手指伸出，触上辰汐的脸

后宫【第六卷】

颊。眼瞳迷离。

辰汐站在原地不动,对于她的碰触,厌恶地皱眉,却也并不避过。冷漠地看着她。

"你很像她,气质、眉眼、长发……只是我看不到那眼眸的神采……"

辰汐愣神,一抹念头爬上心口。按时间,烨烨出生是在光音死之后。可……

"你见过光音?"

"嗯,算是吧……"对方莞尔。

"在哪里?"

恍惚的神情被辰汐质问得一怔,退后一步,警惕地瞅她。而后,又笑了,讥讽的味道:

"你以为他因为光音的缘故才视你为珍宝吗?别妄想了,那个男人谁也不爱,他要的只是权力。要不是你有可能找到仲裁权杖,今天你又岂会站在这里?"

银眸流露出无奈。原来她是以为自己紧张于光音的存在,威胁了地位。她太过于高估翔珩的魅力了。

辰汐耐下性子,欲擒故纵:

"不管怎么说,我的几率都要比你大出许多,至于光音,已是死人……"

"我呸——你以为你能代替得了她吗?"紫眸爆射出怒焰,脸孔因嫉恨而扭曲,"光音她根本没死,只是睡着了!躺在冬宫的后花园里……"

辰汐狡黠一笑,很好!这才是她想要的答案。

"多谢——"

脚底一点,动用气息跃上房顶。不给对方留下任何痕迹循迹。

No.18

寻找光音的事情先放一边,辰汐直奔秋宫搭救琴雅。

紧那罗一族如今谋反罪定是跑不了的,重则株连九族,轻则全族充奴。就看怎么判决了。光音她是不知道,却了解现在掌控者那个杀人如吃盐般轻易的家伙,定不会善罢。她没有多少把握,形势怎么看都觉得严峻。

足尖越过飞檐,直奔正殿。心底焦急,脚下飞快。途遇往来监察的士卒,未有半分停歇,风似的掠过。

卫兵只见蓝影一晃,还未来得及喊叫,辰汐的人就已踏入了内务广场。

还要向前奔入大殿,却在此时遭到了拦截。

飙风迎面而来,苍莽的玄黄气息被一柄钢筋骨伞抡起,宛如深秋里的沙尘暴,带着浓重的杀戮味,迅猛、狂烈、令人窒息。

辰汐大惊,急速后退。试图形成黑丝雾气屏蔽阻挡气焰,可惜之前消耗太多,难以负荷如此暴风骤雨的偷袭。交锋的刹那,两股势力背向冲击。羸弱的少女失去了支撑,被巨大的冲撞力反弹了出去。

身体如空无的芦苇飘然坠地,骨骼撞击地表的瞬间,似要碎成千段。胸前被反噬的气息压迫性地撕绞着,一股难以抵御的血气上涌,哇的一声,吐了出来。

唇边的血殷红,脑袋有些晕晕沉沉的。迷惘间,不远处响起洪亮的怒喝:

"大胆卑妾,秋宫正殿,岂是你等擅自来去的地方?!"

辰汐一怔,这声音好熟悉。才要争辩,身后却传来公公的呼唤:

"啊呀——娘娘,您怎么跑到这里来了?"

说着辰汐被人搀扶起来,待看清来人,柳眉挑起。正是当初在正殿为她解围的高德,高公公。没想到,又让她遇见。

"既然是位娘娘,就该知道这宫里的规矩。擅自闯入正殿,按理应当即处死……"

洪亮的声音靠近,杀气腾腾。

"沙门将军,使不得——"

沙门将军?!猛然忆起这个名字,也是出现在这殿堂里。那位急躁地要铲除她、翔玠的誓死亲信。

今天也不知是什么日子,该出现的人物一个一个全都到齐。

擦去唇边的血渍,嘴角弯起不屈倔犟的弧度。低眉颔首,恭敬地行礼:

"辰汐,见过沙门将军——"

魁梧的男子高出她一个头,身着天族金色战甲,好似一堵墙,威风凛凛地立在她面前。一头棕黄的发被风吹起,袅袅地抖动。琥珀晶瞳闪烁着凌厉,得知她的身份后,先是错愕,紧跟着阴狠布上眼角。

"你就是辰妃?"

"是——"

沙门的眼眯起,如腊月寒霜。

"你可知这里是何地?"

对于他的明知故问,辰汐暗自翻了翻白眼,要不是为了寻翔玠,她何须闯正殿。无畏地睨了他一眼:

"当然——"

该问的均已经问完,辰汐的罪状让他有了充分处死她的理由。

一抹戏谑的笑意爬上沙门刚毅的脸庞,手中的巨伞张弛。灰黄的光迅速汇拢,下一波的攻击即将到来。

辰汐一愣,愠怒地蹙紧双眉。这沙门可真是个急性子,她身边还有位手无寸铁的公公,巨伞挥出,必定伤残。翔玠的手下果然与他如出一辙,视人命如草芥。

眼看身边高公公的脸色颓然素白,辰汐的火气蒸腾。

冰霜般的细丝宛如一条巨型浓雾绸缎,自辰汐的身体中蹿出。纯粹的意识驱使,未经过复杂结印,轻而易举地圈起她与身旁的高公公,丝带飞舞幻化成影,顷时退出百丈,移出了攻击范围。

沙门的气息还未会聚,眼前的猎物就已成功逃脱。

玄黄的沙暴滚滚腾跃,以沙门为轴心形成飓风旋涡,卷起四周的泥土,越积越厚,推

后宫【第六卷】

怂着,朝外侧扩散。附近的绿色植物被连根拔起,失去了重心卷入飙风,化成了灰烬。

立在暴风圈外的辰汐冷眼观望,暗自忧虑。天族四大主将手中的骨伞可不是吃素的。

沙门已然对她起了杀心,硬碰硬,吃亏的定是自己。可是躲又能躲到哪里去?!紧闭的正殿大门在左手边几米处,她一动,必定牵扯整个暴风地段。眼神未敢从飙风中心移开,却感觉身边的高公公仍旧惊魂未定。辰汐有些无奈,平白牵连了一位公公。这些驰骋后宫的宫人,看似站在权力边锋如鱼得水,遇到了真正沙场上的将士,肉搏上阵,方昭显弱小。

如今空间法术她已经游刃有余,但却在气息上输了一筹。刚刚消耗过度,现在并没有十全的把握战胜沙门。体力有限唯有速战速决。

黑丝泉涌,快速裹上身边的高公公。白雾会聚成朵,在手心开出绚烂的冰花,愈积越长,最终幻化成三尺剑身。模样倒有些像原型双子剑,投射出逼人的寒光,只是暗花浮动的气息,穿梭在剑的内部,影射出它的实体。

沙门微愣,很快桀骜的笑意放大,眼神透露出兴奋的光彩:

"哈哈!小姑娘,看来本事不小嘛!来来来,我们好好过几场。沙门我很久没有遇到这样的对手了——"

直腕垂落,纤细的剑身仿佛是少女手臂的延续,光华洁白,却暗含杀机。

辰汐自知对方实力,哪里敢怠慢,提气强攻,一击铆足了气力。

剑与伞在空中击打出绚丽的霞彩,两股锋利的气息表面散出火光点点,映在黯黑的雨夜里,宛如烟花般耀眼夺目。

沙门的气息霸道沉稳,隔着保护的黑丝隐隐地渗透进来,灼烧着辰汐的肌肤。教唆着方才被击伤的内息,吃力地向外反噬。血腥味道顺着胃部袭向喉咙,难耐的一阵恶心。

强忍着难过,辰汐的势头很快不敌,败下阵来。对方气势不减,强攻猛袭,巨伞击打在剑身上,逼迫得她连连后退。

沙门似是吃定她了一般,面露凶狠,嗜血的欲望充斥在双目间,嘲弄道:

"不用全力的话,会死在这里哦!小姑娘,仁慈并不适合杀场。分散气息保护一个奴才,可是要以性命为代价,值得吗?!"

少女冷酷一笑,毫不在意对方的挑衅:

"值不值得,我自己有数,不劳你费心!"

"哼!好个倔犟丫头。今天就让我给你上一课,善良用在战场是多么愚蠢——"

令人窒息的杀意遍布沙门的气息中,一直幽闭的骨伞豁然撑开。飙风撩起了泥沙,扇动着屋梁上的砖瓦发出颤动声。偌大的广场快要承载不下风的侵蚀,坚实的房屋将会在下一秒崩溃。

风凛冽,辰汐眯缝着眼,看不清几米之内的物体。沙土颗粒舔过肌肤的触感,艰涩难耐。杀戮的气息混着风沙扑鼻而来,仿佛有一双无形的手捏紧了心肺,窒息的阻压让她难以呼吸。

黑丝与白雾被风缭乱,难以会聚,更别提形成屏蔽墙抵挡飙风。

她会不会死在这里?

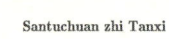

一个念头转过快要放空的脑袋，猛然挥去。

身体却似已不听使唤，黑暗来袭，渐渐地快要失去意识……

No.19

辰汐的头脑逐渐晕沉，丧失了抗争能力，手中的剑隐去，企图聚拢保护主人，却似失去了精神控制力，变得委靡。

身体一点点被逼得后退，不可视物的广场上传来陌生侵入者的哀嚎。附近进出的侍从，不小心闯入了禁地，未预警就已丧命。

"娘娘？娘娘——"

高公公迫切的呼救声自身后某处发出，带着惶恐、不确定地询问。紧跟着，被沙门的狂啸掩盖：

"哈哈——还不打算好好跟我打吗？小小一介宫妃，就算是光音的转世，也太看不起我沙门了！今天我定让你吃点苦头……"

越说越得意的沙门，加剧了手上的力度，风撩起了发，面部因嗜血的兴奋变得狰狞。骨伞掌控着飓风，袭向辰汐。

女孩快要被风席卷得飞起，神色逐渐迷离，脸庞因缺氧而苍白得近乎透明，却仍然咬牙伫立在风的前端，抵死不肯谦让一步。

羸弱的身后，空间术依然完好，手无缚鸡之力的高公公却早已吓得丢失了魂魄。

少女的呼吸渐淡，眼缓缓闭合。除了身后唯一牵挂的空间术凭借意志力支撑，人却似已经放弃了生存的希望，死寂般立在场中央，不做抵抗。

沙门的唇瓣溢起笑意，等待这个契机已经很久，眼看辰汐进入昏迷，终于抛开了她身份的顾忌。

妖异的金属光亮晃过眼前，身着金甲的将军以迅雷不及掩耳的速度贴近。

就在利器戳上辰汐心脏的那一刻，强风将发丝吹散，冰瞳豁然张大，澄清的银白被湛蓝取代，至尊王者的霸气从瞳孔中迸射，强烈的震撼直抵人心。

霎时，眼前的辰汐仿佛变了一个人，柔弱的少女蜕变成不容侵犯的女神。

空气中弥漫着的依旧是黑白两股气息，却似不再分明，缠绕在一起。骤然一瞬，尘世的情感都一并消融，独剩下圣洁之光。

银发褪去了灰黑，纯净如雪，恣意在风中飞舞。宛如天地苍穹间至高的神裔，冷漠地窥视一切。

风洗涤了空气中的黄沙，融入黑白气息间，乖巧地臣服其中。

掌不知什么时候钳住了沙门的咽喉。男人的眼惊恐地颓然睁大，不知所措。怎么也不明白，为何短暂的几秒，眼前的女子竟似变了一个人，强大得令他难以抗衡。一股无形的压迫感冲击着他的大脑神经，膝盖不自主地想要跪下，身体却被禁锢。

后宫 【第六卷】

叹息自娇柔的身体中发出,幽幽的,有着悲怜的味道。包含同情,却也难掩不容亵渎的威严。银色的眸子轻蔑地藐视苍生的弱小。仿佛眼前的男人,不过是指缝间的蝼蚁,轻轻一捏,即有可能丧命。

蓦地,女神的眼揽上一圈流光,醺然魅惑。像是被其他事物吸引去了注意,眼神从沙门身上移开,睇向左手边的正殿。

紧闭的殿堂,朱红大门此时被一股强劲的内力从里冲破。泅湿、黏稠的氤氲气息随即一跃而出,弥散在广场上。纠结、翻滚,自外围缭绕,压制女子的气焰。

水汽氤氲滑过冰眸,玩味地爬上了眉梢。呢喃地吐出名字:

"翔玠……"

空旷静寂的夜空下,琵琶声起,搂捻之间,幽婉謦心,缥缈如一雾轻尘,掠过人心。

静谧深邃的蓝眸,因那音节的起伏一阵恍惚,蓦然一笑,松开了沙门咽喉的钳制。

广场中,气息的驿动退去。

冰蓝的眼瞳又一次恢复到了银白,仿佛刚刚的幻象一切不曾存在过,氤氲殆尽……

辰汐一阵晕眩,憻然回神,世界仿佛另一番模样。

扫视四周,气息浮动不再,沙门也不似前一刻的嚣张跋扈,畏缩恐惧地瞅她。见她回望自己,本能地朝后缩了缩身子。

正殿的门不知何时开了,内里漆黑一片,唯独门廊处两盏宫灯被风吹拂得来回晃悠。

悠扬动听的琵琶声轻奏,温婉如同夏午后吹进来的凉风,带着舒缓惬意的音符,舞过叮咚脆响的清泉,静谧深邃,隐隐传递过来。

辰汐微微蹙眉,忆起方才,似是有短暂的思绪间歇,头脑一片空白。好像被什么蛊惑,又似有谁潜入了她的意识,扭转了战局。

从前,双子剑不规矩时,也曾出现过,但后果多数会死伤惨烈。这一次,没有人死,仅仅只是散布出惊人的威慑力。

双子剑归顺于她已经是很久以前的事情了,尖锐的女声自此以后,再也没有出现过。那又会是谁潜入了她的潜意识?!

被人掌控的感觉,令她厌恶,不耐地甩了甩头。

琵琶声这时停了,自殿内走出一位翩翩公子。素雅的白衬出一脸书卷气,长发工整地盘于脑后,怀抱白玉琵琶,恭敬地朝她领首:

"多罗谢辰妃娘娘手下留情——"

辰汐秀眉一挑,好奇地打量对方。

多罗将军,天族四大将之首,竟是眼前这么一位文质彬彬的玉面书生。琵琶清凉彻骨,净化了尘世的杀戮,引回了迷失神志的她。

要不是那乐声,兴许沙门早已血溅广场。

斜睨了一眼匍匐在她脚下惊魂未定的男人,大势已去,此战不论她辰汐如何取胜的,终究也是胜了。既然对方已经没有了战斗的能力,她也不想再继续无谓地杀戮。掉开了视线,声音带着几分冷意:

"翔玠可在里面?"

对于辰汐直呼王的名讳，多罗未表示半点惊诧，依然倾身恭敬地答：
"陛下，正在等您——"
蝶羽般浓密的睫毛低垂，掩去了眼底思忖的心事。
莲足踏上殿门之际，厅堂的灯火在白皙的双颊上洒下斑驳多彩的霓虹，光影交错间，眼前的蓝衣少女似是不再真实。
杀戮已随风消逝，气息不再张狂不驯。却难掩那眉宇间的冷漠。面无表情地自多罗身边走过，余光扫过垂首的白衣男子，几许好奇流过眼底，不由得足尖顿了一下。
"你的琴很好听——"
笑意温和，爬上娇艳欲滴的唇角。
多罗一呆，不敢置信地抬眼。
辰汐这才发现他额角细密的汗珠，握紧琵琶的十指竭力克制着颤动，却因过度用力溢出泛白的迹象。方才她散发出的威慑力犹存，恐惧不能遏制，极力冲破神经。
多罗尴尬地躬身，不明辰汐是否真心夸奖，欲语又歇，揣测不出对方何意。立在一旁，身体僵硬。
疑云密布心底，她到底方才被什么附了身，把这些大将吓成这般模样。
暗自思酌，除了气息消耗殆尽以外，自己的身体倒是没特别的反应。
心下奇怪，脚步却不敢停歇，没有忘记此行目的。纵然眼前漆黑一片，看不到半个人影的殿堂，她也毅然决然地踏了进去。

No.20

双脚迈入时分，身后的大门紧跟着关闭，夺去了唯一的光源，黑暗蔓延。
辰汐的眼睛费了很大的力气才适应黑暗。虽然之前早已窥探过翔玠的具体方位，却仍然被眼前的黑暗震慑。未知的不确定令心头布满阴云。每一步都小心谨慎。
阴气顺着脊椎渗入骨髓，惹得内伤隐隐作痛。十二根巨型梁柱仿佛十二桩高耸天地的神木，怒目暴戾的巨龙攀爬附于柱上，锋利的爪子弛张，下一秒像是就要扑上前去撕裂猎物。
双手下意识地环抱住身体，企图驱走寒意，却反而打了一个哆嗦。脚下的步伐不敢怠慢，避开了巨龙的俯瞰，顺着藏红色的地毯奔入内室。
刺鼻的血腥味，芬芳浓郁，混在杳杳麝香中，飘散过来。
低迷的啜泣，压抑在被烛火晕染成昏黄奢靡的宫殿里。仿佛是幽闭冷宫中的鬼魅，哀怨的诅咒回荡在高耸的双重门廊殿宇中。
月色迷离，云与月纠缠，昏暗的光顺着木格窗投射下来。地板上明暗交替，露出一个女子的背影。
琴雅的背佝偻，紧紧地搂抱着一具娇小的尸体。血水散了大片，溅得满地的殷红。

后宫【第六卷】

就连几米远的烛台都印上斑驳的血迹,景象触目惊心。

"清露……"

低吟的猫喃,自门槛处的辰汐身上发出。她还是来晚了么?

脚底宛如灌了千斤,辰汐迟缓地上前。

清露纯净的大眼睛光彩褪尽,颓然闭合。唇瓣边的笑意仍在,血却已冰冷。短匕划破了咽喉,雪色脖颈处破了老大一个窟窿,血流涌注。连接身体的头颅摇摇欲坠。

抱着尸首、满身浴血的琴雅费了极大的力气想要把头颅拼凑回去,却怎么也无法办到。最终无力地跌倒在地板上,泪流无声,似连哭泣的力气都随清露逝去。

眼前脆弱生命的陨灭,仿佛是这尘世间渺小的一段插曲,却又无法抹去。悲伤充斥着心脏,辰汐不忍再看,别过眼去。

月亮照不到的阴影处,翔珃孤傲的身影立在案几旁,烛火袅袅,背光的脸此刻看不清表情。冷峻的磁场包裹住他,感受不到七情六欲。只有丝丝弥漫在空气的阴寒,投射出点滴心境。

银眸错过翔珃,来到下手处,一抹粉红身姿步入眼帘,愠怒染上眉梢。

琉璃,她最不想看到的人此刻就这般大刺刺地站在翔珃身侧,手里握着的正是天族将领的兵符。脸庞上难以抑制地得意,居高藐视辰汐,语言挑衅:

"辰妃娘娘不在后宫享受荣华,来议政厅所为何故?"

辰汐冷漠以对,不屑与之较量。银眸透着寒霜,穿透了前方放肆地用言语攻击她的女子。

迦楼罗族,攀附天族生存。不论是琉璃也好,烨烨也罢,她们总归令她厌恶。讨好翔珃不惜出卖族人、朋友,这些她辰汐视作珍贵,对方却弃之如粪土的一群族类。难怪总要置她于死地,恨得咬牙切齿。道不同,又怎能与谋。

懒得再给予关注,辰汐的眼从那张没有任何意义的粉颊上移开。面对案几旁的男子,语气不卑不亢:

"放了她——"

辰汐的桀骜不驯,带给琉璃难堪,粉颜扭曲,狰狞地怒目:

"大胆辰妃,纵容宫中侍女刺杀吾王陛下,却依然无半点愧疚之色。反而袒护求情……"

这个的声音令辰汐不耐,蝶羽般的明媚大眼,瞟了一眼琉璃。冷冷地开口:

"翔珃,你就不能让你身边的这只乌鸦闭上嘴巴么?!"

"你——"

乍闻辰汐的嘲讽,琉璃面红耳赤。压不住上蹿的怒火,反手朝背后的刀柄探去,一副欲要上前拼命的架势。箭弩相见时分,反被一双大掌压制。一直未开口的翔珃总算有了回应,扬手令琉璃退下。

不甘愿的怒气充斥着琉璃的粉眸,狠狠地瞪了辰汐一眼,退至案几的后部阴影处。

"音儿对于紧那罗族的是非感兴趣?"

翔珃自案几后缓缓踱步上前,低首窥视辰汐。眼眸中异样的光彩瞬去。唇边的笑

容温柔得不真实。短暂的疑问句，如同一位宠幸妃子的王，谈及到美丽的某件贡品。等待红颜一笑，即刻双手奉上。

那温柔太过突兀，不该出现在对方脸上。柳眉微蹙，冷然面对身前男性释放的压迫感，沉默以对。

对于她的安静，翔玠恣意微笑，似是恍然大悟般：

"呵呵——错了，错了。音儿不是感兴趣。只不过，心地善良又碰巧撞上了事端。避之不及，只好硬着头皮扛了下来。孤说得对吗？"

银眸一闪而逝的颤动，璀璨宛如星辰。仰首对上翔玠深不见底的金瞳。狡黠如狐魅，隐没在幽暗的炫金里。似有火花跳跃，暗含杀机。

她以高姿态闯入禁地，又百般不给面子地忤逆他的决定。懵然意识到翔玠这副温婉的表情如此熟悉，第一次相见，她竭力挑战他的权威时，也是这般轻佻的语气。接下来，将会是暴风雨的序章。

似乎，她的出现没有给紧那罗族带来多少希望，反而令事端纷争加剧，愈演愈烈。

她应该放低姿态的。幽幽的叹息声回荡在空荡荡的殿堂。这男人太难掌控，情绪阴晴不定，宛若天气。虽然身体中每一个细胞都在极力地燃烧着怒火，她却没有硬碰硬的半分胜算。傲骨在这一刻，被摒弃：

"求陛下，放过紧那罗族——"

啪——

膝盖一软，娇躯跪在了翔玠面前。

一个部族有多少人？如果这一寸大理石的屈辱真能挽回错失的性命，那么尊严又算得了什么。

室内静如止水，就连琴雅的哭腔都被遏止，不敢置信辰汐竟然会为了自己的族人做到这般地步。明明眼前的女子自事端初始就一直在不断地打击她，那么冰冷不带感情的银眸里面，驳斥的语意犹似暗含着讥讽，等待着看她的好戏。

而今，却谦卑地跪在议事厅，为一群重罪犯乞求法外开恩。凤眼金眸笼上诧异，傻愣愣地看向辰汐，忘了反应。

"你的臣服竟是为了一群半只脚踏入坟墓的人们？！"

翔玠的语气没有太多震动，不温不火，听不出情绪。低首的辰汐却瞧不见金眸里闪烁的炙焰，失望、悲哀、落寞，混杂着点滴嫉恨。她自顾自地乞求：

"是！臣妾乞求陛下开恩，放过您愚昧不明事理的子民。给他们重生的机会……"

"屁话——"

压抑的怒火爆射而出，手豁然扣住辰汐的咽喉，一把将她从地面上提了起来。双脚不能落地，咽喉被人卡住，辰汐宛如受到惊吓的兔子，奋力地企图掰开翔玠的手，却又徒劳，失去力气。氧气流逝，暴戾的怒吼充斥着她的耳膜：

"我的子民？我何时承认过？为什么你的臣服永远都仅限于此？竟然这般难驯，我就这么不值得你放在心上？今日你所袒护的生命，你认为是值得悲怜的。却又是否想过，就算今天痛下杀手的人不是我，终有一日，他们也会自相残杀，破灭陨落——"

后宫 【第六卷】

是!他说得没错,每个部族的兴衰不都如此。可那并不能给侵略戴上伪善的面具。

渐渐缺氧昏晕的辰汐,已无力开口。翔玠却像个善妒的屠夫,生生控诉着她莫名的罪行。没待她挣扎,整个人就似沙袋一般被对方抛了出去,摔在了地板上。

身体再次撞击大理石,引发刚刚与沙门打斗时的内伤,克制不住地一并发作。血伴随着咳嗽顺着蹿入口腔与鼻腔,呼吸难耐。

翔玠却不给她半点喘息机会,厉声下令:

"来人,把紧那罗族三公主给孤拖入刑场,准备裁决——"

绝望的光芒掠过琴雅的眸子,笑意自苍白没有半点血色的脸庞上扩大,仿佛终于得到了解脱般,淡然朝辰汐颔首,睇上最后的答谢。

辰汐大惊失色,忍着伤痛从冰冷的地板上爬起,企图阻拦不知从哪里跃出的士兵。羸弱的身子骨拗不过三四个壮汉,几经推搡,脚下踉跄不稳,身体向后倒去,坠落地面前被一副手臂及时地拦腰搂住。

翔玠的双臂牢牢地困住了她,怒火中烧的辰汐奋力地扭动着身体。臂弯却似钢筋铁骨,阻断了她的动作,任凭脆弱的琴雅消失在视线里。

"放开!你这个屠夫——"

恨意自唇瓣溢出,冻结着他与她之间的空气。

身后的胸腔瞬息僵硬,慑人的煞气积聚,空气中密布着低迷的气压。翔玠没有温度的声音自身后传来:

"紧那罗族叛乱,按天族律法,株连九族。我至高无上的女神,法典可不是我立的——"

愤愤挣扎的女孩僵住,没想到在光音统治时代,部族间的叛乱就已经形成如此残酷的法例。

"我不是光音——"

"哈哈——"翔玠怒极反笑,"现如今还在否定身份,是否太晚了呢?刚才在门外与沙门的精彩战况,我可不以为你能蒙混过关——"

银眸怔然,傻在当场。翔玠所指的是当她精神力量被取代那一瞬间,出现在自己身体中的人是光音!

悲喜交叠涌上辰汐的心脏,悲的是当真应验了预言师红零的话,喜的是也许可以利用这层关系解救几百名紧那罗族人。

旋身回眸,杏眼笼上水雾。苍白近乎透明的小脸上,楚楚可怜:

"他们能否被免除死罪?你是陛下啊!法令是可以更改的。"辰汐循循善诱,秉着最后一线希望,"如今的紧那罗早已对天族构不成威胁,几十年,甚至百年,妄想壮大到打击天族根本不可能。能否法外开恩?"

银眸闪烁着乞求的光芒,明知道或许打动不了翔玠,却宁愿一试。

"法外开恩?"

对方玩味着话语,金眸深邃通亮,却看不明心事。

有那么一刻,辰汐感觉自己像是被钳住咽喉的猎物,绝望的寒意自脊椎流淌传递到

大脑,不自觉地打了一个冷战。

终于,很久以后,翔玠提高声音:

"琉璃传诏,紧那罗族一干族众,死罪可免活罪难逃,明日午时,处极刑——"

极刑?那是……

幽魅的霞光流转过琉璃的眼眸,一丝别有深意的笑难耐地溢出嘴角。刚要放下的心咯噔一声,不好的预感拨动着心弦,娥眉颦蹙。

也许,希望不是她所想象的那般……

No.21

纵然再多言语,也难以乞求一份救赎,何况是从吝啬的翔玠手中。

当辰汐冲破了禁足的宫殿,赶到刑场时分,已是午时三刻。

偌大的广场,百十座竹木架子,挂着残破不堪的尸体。也许在三刻以前仍旧苟活,但如今多数不忍酷刑的凌辱,气绝身亡。

血红漫天,点燃了朗日下的碧空。连春季温润的风中都夹杂着腥甜的味道,散得满山遍野的湿意。

眼前仿佛是罗刹的屠宰场,主谋者一身肃杀的白,带领着他的屠夫们立在突兀的巨石上面,俯视平地下的野蛮景象。

"为什么……"

辰汐的心脏纠结拧在一起,疼痛得连呼吸都吃力。酸楚蓄满了鼻子充斥着眼眶,殷红,却流不出泪水。

仿佛是一具行尸走肉,缓缓地移动靠近,穿梭过岩石上的士卒。耳边似有咆哮的呵斥声,妄图阻拦她的进退,却充耳不闻地扬手打了过去。

白丝如锦缎,击打在上前欲推开她的士兵身上,刹那,清了个干净。

随后,没有焦距的银眸,移动到素白的翔玠身上,丧失灵魂的躯壳突然间被怨恨取代,泪顺着脸颊滚落:

"为什么……"

他既已答应了她,为何仍旧……

"极刑,本就如此——"

懦弱的民众抗不住刑法,造成血流成河的局面,他皆没有义务向她解释。只是银眸里闪烁的哀伤恨意令他一阵心悸,不自觉地添上一句。

以为童话中的战神因爱生恨刺杀了女神;以为他对光音仍抱有执念;以为哪怕是残缺不全的宠爱,她仍可以善加利用一点点……

可,一切都是假的!

镜花水月破碎之际,她的愚蠢输掉了一族人的性命。

后宫【第六卷】

就算无法挽救,他们也不该被这般对待,该堂堂正正战死沙场,作为英雄被世人敬仰,而不是背负着屈辱,被折磨到含恨而终。

越过了翔玠,企图从巨石上跳下,手臂却被抓住。偏头迎上幽深的金眸。不确定的担忧流淌过翔玠的心,他突然间莫名地害怕起来:

"去哪?"

辰汐冷漠地回望,眼瞳迷蒙没有灵性,仿佛不是在看他,而是在面对一团毫不相干的死物。

一瞬间,空气中某根看不见的弦断裂,消逝在云雾里,他们的联系也跟着飞散,想要抓,却颓然自掌中溜走,再难寻觅……

"翔玠,如果折磨我能给你带来众多乐趣的话,那么很高兴我娱乐了你。"

恨意闪过冰瞳,脸色宛如严冬。

手,缓缓地放下,翔玠怔然立在那里,忘了反应,任凭辰汐跃下巨石,朝杀戮彼岸而去。

银眸在尸体林海中游走,最后落在尽头的素衣少女身上。

蓄满泪水的眼无力地睁大,喉咙仿佛火烧般哽咽至疼痛。

琴雅暴露在外的肌肤已经没有多少完好的部分。手脚筋均被挑断,黏稠带血渍的发贴在脸颊上,脖颈难以支撑住沉重的头颅,无力地耷拉着侧向一边。

那个曾经用一支舞惊艳世人的少女如今却似残破的娃娃般凋零,耳畔仿佛仍旧能闻到丝竹的鸣响,却再也看不到风姿绝世的美。

辰汐苍白的手颤抖着伸出,小心地拨开失去光彩的金发。触碰间,微弱的呼吸抚过手背,银眸倏然一颤,挣断了捆绑的木桩,接住了下坠的躯体。

"琴雅……"

私语的呢喃带着哭腔,谨慎得生怕惊吓到她。

过了很久,挂着血迹的唇嚅动了一下,从苍茫没有失焦的远方拉回:

"是你……"

希望点燃了辰汐的眼眸,抹去了泪水,破涕,扯出不算太过难堪的笑:

"太好了!你还活着。坚持住,我带你离开这里。总有办法治好你的伤……"

她自顾自地说着,却被琴雅打断。气若游丝的女子眼眸哀伤地凝望她:

"辰汐,谢谢!不用费心了……我的族人都死了……我没有生存的理由……"

慌乱爬上银眸,抱住她的手臂收紧:

"你不相信我能够救你?!"失望转瞬即逝,皆不放弃,"再信我一次好不好?三年……不,一年,我定能让你恢复如初……"

"我信!我相信……我从一开始就该相信你的……只是……"笑温婉,望着她的凤眼金眸已无生命的痕迹,"辰汐,我已经完了,你看不懂么……曾经那么信誓旦旦,却是自己骗自己……我根本不可能救得了我的族人……这一场叛变,从开始就输了……我爱他,爱到下不去手……你不明白么……辰汐,假如一个人连灵魂都一并死去,活着的不过是一具行尸走肉的空壳,这样……你要怎么救……"

243

琴雅的笑容似开到荼靡的矢车菊，灵魂却已随风逝去：
"如果……你愿意原谅我曾经对你的无理……那么，请结束我的苦难吧……让我随我的族人一起……"
声音哽在喉咙里，辰汐只能无助地摇头。
"你不肯原谅我吗……"
她听到她如是说。
血液一并腾涌，沿着唇角滑落，疼痛侵蚀着琴雅，折磨着她的神经，蹙紧了双眉。
不忍占据了心田，双子剑气随意志隐现。明明是没有实体的剑此刻却犹如千斤般沉重。手腕颤抖，冰晶泪珠断线般，穿过了似雾非雾的剑气，滴落在琴雅的胸膛，开出璀璨的花朵。
剑垂落，缥缈的道谢声隐没在雨中，殇扩散，撕裂长空的哀鸣游荡山谷……
辰汐的心底有些什么也跟着死去，被新生的事物取代。
闪电划破了天空，雨骤然直下，洗刷了大地的悲苦，带走血的哀伤……

No.22

天族部落面临一年里的二度梅雨季节。
部族的北边传来洪涝灾情，乃天族千年噩耗。百官乱了手脚，憋在秋宫的殿堂，如热锅上的蚂蚁，等待王者的决断。
议政厅的大门紧闭，只见入不见出。慌乱不知所措的宫人，岌岌可危地来去，大气不敢喘一下，生怕惹怒了殿堂内里的一干人众。
杵在门口的高德公公，悠悠地长叹。垂老的身子缓缓地移动，盯着阴霾的天空，无奈地摇了摇头。
服侍天族的权贵已经几百年之久，从来天族昌盛兴旺，五谷丰登。这是他头一次遇见本族遭遇灾害。
"难道真如预言般，吾族惹怒了创世神，亡矣——"
喃喃自语声被身边的少年捕获，才刚入世不久的脸庞满是好奇：
"您说什么？可是陛下屠杀紧那罗惹怒了辰妃。我听说，有传闻她是光音的转世。至于上代族长光音，传闻她是……"
"呸！别瞎嚼舌根！小心哪天丢了这小命才长记性！去去去，给我干活去——"
斥走了一脸不甘的少年，才定下心智。却见后宫的执事宫女慌乱地出现在门口，吵嚷着要见陛下，却被门卫拦下。狐疑爬上老者的眉间，小跑来到近前。
宫女愤愤于拦截自己的侍卫，横眉冷对：
"大胆！陛下有旨，辰妃娘娘一醒，就要即刻通报。误了事，担待得起吗？"
门卫左右环顾，一副为难模样。不是不想放人，可秋宫却不允许女人穿行。上次辰

/244

后宫【第六卷】

妃独闯议政厅,他们可是被沙门将军劈得很惨。鞭伤仍未愈合,再添新的上去,不要了他们半条命才怪。

正在为难,却闻高公公的声音自身后响起,如蒙大赦。

"出了什么事?"

见得来人,执事宫女的气焰立刻消去不少,躬身作礼:

"回公公话,辰妃娘娘醒了。陛下令及时通报。这两个小卒却阻拦。望公公做个见证——"

"算啦!执事——"苍老的面容挂上笑意,摆了摆手,"他们也是怕了!身上的鞭痕还隐隐作痛呢!你就放过他俩吧——"

宫女冷冷一哼,不再言语。算是卖了个人情给高德,高德岂会不知。拉着执事来到一边,压低声音询问:

"辰妃醒了?"

"是!身子还有些虚。才吃了粥,这会儿正在服药呢!"

高公公思忖一下,道:

"陛下正忙,这事我替你传吧!你先回去——"

"可……"娥眉一蹙,为难地看着老者。

"放心!要是怪罪下来,有我顶着。倒是你,鲁莽行事硬闯了进去,到时受过的可不止你一人——"

见高德面色暗沉,执事宫女也不好多言,只得答礼告退:

"那有劳公公了——"

待执事宫女一走,高德闪身从侧门朝后宫走去。

纯净的雨水洗涤了屋檐上的尘土,一滴滴如珠帘,挂在房檐上,垂吊下来。

雨随风舞,撩动了桌上的书页,打湿了门口的青石板。

坐在门廊处的辰汐安静地看着,视线无焦距地落在庭院里。手边的药凉了,随侍在旁的宫女小心地提醒,她却似未闻,抬手接过了药碗,扬手洒落在花丛里。

"娘娘——"侍女大惊。

"告诉你们的王,我没病,不用再派御医来了。"

冰冷的声音不带感情,眼都未抬一下,转手将空碗递回。

"是——"

拿着药碗的宫女满腹委屈,院子里又恢复了宁静,只闻得雨点坠落泥土的声响。

匆匆赶来的高德正巧撞见这一幕,睇了一眼空空如也的药碗,遣走了宫女。上前一步,来到辰汐身后,还未行礼,女子沉静如水的声音已然在耳旁响起:

"高公公么?不用行礼了,我这里没那么多繁文缛节。"

"谢娘娘——"不惊讶辰汐的敏锐,世故的眸子闪烁着敬畏的光。

"有事么?"

"小奴特来答谢娘娘的救命之恩。"

蓄满雨水的手一颤,水如泉般洒开。旋身正坐,银眸落在高德的身上。淡淡地道:

245

Santuchuan zhi Tanxi

"公公也曾救过我,辰汐只是回礼罢了。公公不必放在心上。"

苍老的双眸一怔,忆起当初在大殿上,藏身在帘帐后的少女,还似青涩的丫头,坚定地凝望他说要答谢他。当初不屑地只当是玩笑,未想……

恭敬行礼的身子又低下几分:

"谢娘娘抬爱——"

拘谨的高德令辰汐叹息,一脸疲倦,无力地挥手:

"算了,没事的话,下去吧——"

"小奴不打扰娘娘休息——"

行礼退下之时,唇边扬起微笑,没头没脑地留下一句:

"姑娘命小奴给娘娘留的东西,小奴给您放在衣橱里了。小奴告退……"

"姑娘?"

辰汐一怔,斜睨高德。但见对方诡笑不语,打哑谜一般,躬身行礼转身离开。留下不明所以的人儿。

猝然想到什么,跃下门廊朝屋里的衣橱步去。

木质精雕的暗格一经打开,明黄锦缎映入眼帘。

这是……

辰汐的心漏了半拍,不太敢相信自己的猜测,解黄锦的手微微颤抖着,直到彻底翻开的刹那,仍旧因震惊几欲呼出声响。

霓裳羽衣。半透明的白纱质地,丝锦如融雪般细腻,明暗花纹交替排列遍布在白纱间,随着光影晃动闪现出炫彩的斑驳。袖口与领口处,金丝绮罗包边,映衬着白纱底,凸显雍容。触碰间虽然感觉不到任何法力,单就凭借这般举世无双的模样,不难成为各族争相掠夺的对象。

辰汐小心地掬起没有半点重量的霓裳。藕臂穿梭在轻盈的羽衣间,白纱似流水贴拂过肌肤,宛如云朵般缥缈。笑意情不自禁地浮现,转了一个圈。

忽而又忆起衣裳的主人,眼底蓄上悲伤。用低不可闻的声音自语:

"琴雅……谢谢你的礼物……"

No.23

当辰汐还沉浸在霓裳羽衣的瑰丽中,难以自拔时,中庭却传来喧哗的吵闹声。忽高忽低的争执,沸沸扬扬地传递至耳中,引得她柳眉蹙紧。

不用说,这般大张旗鼓地迈入她的地盘,闹得鸡犬不宁的,定是娉烨没错。

心头一阵厌恶,此女怎的还不学乖。平定紧那罗族的叛乱,她迦楼罗族是头功没错,但撒野也要有个限度。这般嚷嚷着要抄查琴雅的遗物,无非是冲着霓裳羽衣而来。

怒意乍现,白丝流转轻微地释放出来。

后宫【第六卷】

出其不意地，丝线触及霓裳羽衣的刹那，锦缎骤然蒸发，宛若阳光印在雪上，消失无踪。

这倒让辰汐讶然，怔松了几秒。

待再想去察看，身上除了平常所穿戴的蓝衣外，哪里还有白纱覆盖。倒是忽觉自己还未复苏的气息增进不少，一切仿佛均又回归如初。

那惊鸿一瞥的瑰丽，如是昙花乍现，想要去寻，却再难复还。

这时，闭合的门被人一脚踹开，呼啦一下跨入几十个宫装打扮的执事。领头的正是婞烨的贴身宫女。

未待辰汐呵斥，自家院子的侍女就先开始哭诉：

"娘娘恕罪，婞妃说是要抄查紧那罗族赃物，不由分说就……"

娥眉单扬，声音冰冷地给予关注：

"那你是如何带的路？这抄查怎的都查到我房间来了？"

"奴婢说了，可……"

侍女一阵颤抖，自己主子平常一向和蔼，难得发火，她竟有些不知所措。面色惨白，低着头一脸委屈。话音却被婞烨的侍女打断：

"回娘娘话，吾主接到陛下旨意，勘察可疑人等……"

"哦？这么说，我也属于可疑人等了啰？"

冰眸冷凛，蓦然睇了过去。只一眼，方才还气焰十足的侍女立即收敛，赔上了笑脸，话音转得极快：

"辰妃娘娘哪里话，只因吾主是奉旨办事，还望娘娘行个方便。"

厌恶闪过冰眸，正过身子，辰汐这才把目光落于婞烨身上。

她是随着宫人一并进入的，从事端起到现在，未发一词。眼底只流连在辰汐身上，似是暗自掂量对方的恢复程度。

辰汐岂会不知，打着勘察的旗号，一是为图霓裳羽衣，二是为了探她的底。

这第一项，婞烨是捞不着任何好处的。也不知怎么，这些上古物件遇到她，一定会出现点状况，虽然遗憾于霓裳羽衣的消失，却暗自得意，令煞费苦心的婞烨扑了个空。

至于第二项，算是她较为头疼的。沙门给予她的内伤仍在，气息虽然在复苏，却速度缓慢。自今早起，连绵阴雨，令体内很久没有发作的"月隐寒霜"开始反弹。如今她必须集中大神宗卷的能力去控制寒毒，其余的双子剑力量修复内伤，根本没有与人拼斗的能力。

内息虚无，却不能输了气势。眼底波澜不惊，嫣然一笑：

"我当是谁，原来是婞妃娘娘。娘娘好彩头，迦楼罗·琉璃这一等头功，必定光宗耀祖了吧——"

事件牵扯上的人，都知晓这功勋因何建立。背叛，虽是极其有效的建功立业法子，却并不光彩，何况琉璃做得太过招摇，婞烨的面子岂会好过。脸此时一阵青白，皮笑肉不笑地回嘴：

"让妹妹见笑了！倒是妹妹，身边的人出了这档子丑事，心里定不舒坦吧！这贱婢，

枉妹妹这般疼她、护她。到头来，却倒打妹妹一耙。要我说，这种忘恩负义的人早就该杀了了事。不过，好在妹妹是陛下的心头肉，陛下怎会让妹妹受苦，这不，只好由我来收拾这烂摊子。"

她无非是警告她，如今她是特赦的罪人，照子放亮了行事为妙。

琴雅的死俨然成了辰汐心头的疙瘩，隐忍着怒焰，银眸一闪而逝的黯光，迅速隐没。可现在也不是还击的时候。似有若无的虚伪笑颜挂上辰汐的嘴角：

"既是陛下的旨意，辰汐岂敢阻拦，姐姐仔细搜便是。"

娎烨目的是迦楼罗族的瑰宝，怕是接到她苏醒的消息，赶在翔玠之前到达，且并未经过他的旨意。她自是料到，大方地侧身谦让，做了"请"的动作。

没想到辰汐如此，娎烨反而有所顾忌，不敢上前。这块欲到嘴边的香饽饽，不是那么好吃。搜罗成功，或许自己还能捞到好处，但要是失败，辰汐反咬一口，她可是无从脱罪。

尴尬一笑，呵斥手下：

"没规矩，妹妹的寝室能窝藏什么，这帮奴才真是越来越放肆了。行了！统统回去！辰妃娘娘身子虚，都给我小心伺候着！"

半真半假地关心，临了别有深意地睇上一眼。

辰汐眼儿眯缝成线，咯咯地笑：

"姐姐说笑，我睡这一觉睡得太过长久，醒了却又闷得慌。早先听说姐姐那儿有些用来嬉耍的奇珍异兽，不知好玩不？能否借妹妹一只？"

明知故问，一针扎到她痛处。辰汐杀了她所有的驱使兽，如今再想另觅恐是难事。娎烨的脸色顷刻惨绿，冷哼一声，不再言语，带着一干人众挪出了屋子。

辰汐一直目送她们离开了小院，脸上的笑容才缓缓退去，疲惫之意渐上眉梢。

身边的侍女满腹牢骚，开始嘀咕起娎烨的"罪行"。她突然觉得好累，后宫的钩心斗角，已逐渐上手，却深觉疲惫。来到这里个把月了，她无时无刻不在怀念过去的单纯时光。被她遗落在绿泽森林的青洛是否安好？还有覆灭于江湖的弑冢楼，血阑与蓝琦的安危……

什么时候开始，她竟任凭翔玠切断了她与外界的联系，不留痕迹地拘束住自己。这样下去，也许终将有一天，她将变成另一个娎烨吧……

突来的念头令辰汐一阵寒栗，甩了甩头努力将其摒除。她哪里有空去胡思乱想，有件事情急需去做，就是去寻找昏睡在冬宫中的光音……

No.24

冬宫的后花园位于内宫的东南，冷宫的前院。被翔玠下令封存，门口虽没有专人把守，却设有结界。

后宫【第六卷】

幽闭、老旧的木门,一把锈迹斑斑的铁锁骤然锁住了室内的风光。

立在门口的辰汐皱了皱眉。后花园的外围结界她已经查看过了,结实严密。施咒的结点就是木门上的这把铁锁,进去的方法很简单,打开它。可是她却犯愁用什么咒。

眼前的结界恐怕不能按照一般空间术来解,反而令她没了主意。对着铁锁胡乱释放气息,成果甚微,几乎都被反弹了回来。

辰汐有些沮丧,只恨自己修行的法术太少。空间术是临时抱佛脚,其他高等元素系的法术更是一窍不通。

她自顾自地思忖,却又想不出办法,只得在门口徘徊。

忽而,耳边漾起低声的呼唤。

"汐……"

辰汐一怔,疑似自己幻听,驻足张望,短促空灵的声音却似烟花,消失无踪。晃了晃脑袋,才想嘲笑自己的神经过敏,呼唤声却又再次响起。

"汐……"

幽暗低沉,自院内传来。带着诱惑的迷离,发出邀请。她有种预感,打开这扇门之后,她的世界将会变得不同,仿佛有什么在等待着去开启。

手伸出触向门闩的刹那又犹豫。不知怎么,熟悉又陌生的感觉充斥着内心,被某种神秘力量牵引着,仿佛眼前的景象她似曾相识。眉间纠结,却又莫名喜悦。

花园的屏障是不用任何法术就能开启的。

心底涌冒出的想法令她自己也为之怔然,惊讶地停顿数秒。闭上眼,奇妙的感觉滑过心田。

辰汐满载着好奇,鼓起勇气,手指触上了冰冷的铁闩。

没有丝毫玄机,铁闩应声而裂,发出沉闷的响声。木门透出一条缝来,院内的风景顺着脚下阡陌的小路延续开去。

"汐……"

缥缈在风中的声音又再次扬起,这一回依稀能辨识出性别。幽婉的女音深远,牵引着她踏出了脚步。

漆黑的木门背后,满室的好春光。

入眼是开到荼蘼的木棉花,浓郁的、大朵大朵的绚烂粉红遍布在碧绿的叶片间,顺着阡陌小路两旁栽种,蜿蜒流转,遮住了视线,看不到尽头。

辰汐不禁惊叹,开得这般繁荣的花儿,理应被珍惜照料着。可这里却百年未曾踏入过一个人。光是木门上的灰尘,就已堆积得厚厚一层。

庭院里的风景却大相径庭。时间在百年前静止,停顿在主人离开的瞬间,定格于那一时分的凄美。

花木的尽头,水榭楼台,纵横交错。亭栏深处,有一大片的荷塘。荷花开得正是娇艳,可荷叶下的池水却奇异地冻结成冰。

风似有若无,沁凉入骨,送来木棉花的清香,吹得冰层上的荷花摇曳生姿。

辰汐被眼前的美景迷住,忘了呼吸。

"汐……"

如泣如诉的女声似是贴拂过她的耳朵,令失神的女孩懵懂转醒。面对满池冰霜的辰汐,蹙紧了娥眉。

眼前的一切已然大大超出了她的预知,那呼唤她的女声,却似从冰层覆盖的荷塘下面传递出来。身体被施了咒语,脚边没有喊停的权利,一点点地接近。

足尖踏上冰层,她隐隐担心不知深浅的冰封,会不会刹那间碎成千块。好在担心是多余的,足底的凉意顺着小腿攀爬而上,伴随步伐的移动,发出咯吱咯吱的响音。挑拨着她的心弦颤抖。

寻觅的身体伏下,手指穿过了覆叠的碧叶,触上冰墙。隔着厚重冰封的另一面,锦缎罗衫的衣角显现。

如水的银眸一怔,难以抵御的好奇,不顾冰层传递而来的阵阵寒彻,冻得红肿的手指沿着浮动于水底的衣衫方向,拨开屏蔽。

最先是苍白的手臂,毫无血色的肌肤泛着透明;之后是银白色的纤长发丝包裹住的羸弱身姿;再后来,一张瓜子小脸浮上眼底。那眉、那眼,肃然的典雅。唇边的笑意仍在,眼睑微闭。仿佛只是睡着了,安详、平和。

满池的荷花开得正是娇艳,仿佛自冰封的躯体中吸取的养分,格外的嫣红。

辰汐的心脏一瞬间停滞,纠结着呼吸难耐。

不用猜,眼前的女子是光音没错。那眉眼,不像!她与她根本一点也不像,只是那眼神与气质,却难以抹杀的雷同。

有那么一瞬,她竟然怀疑自己是被对方召唤来到这里,为了就是能够找到她,另一自己,被冰存的自己。

辰汐还没有压下胸口难以抚平的震惊,熟悉的气焰却随之将近,带着震怒的温度,来势汹汹袭了过来。

翔玠比她预计的要来得早了些。

澎湃的炙炎半点不留情,杀意蹭过幽曲小径的地表,揭起满地的落花,直袭辰汐。

重伤未愈的她,暂且放弃了修护心脉的能力,被迫调动身体中所有的气息全力抗衡。气焰暴愠而出,双锋交汇的刹那,震碎了满池的冰封。

打破了的水镜白光耀眼,厚重的冰层碎成千片,混在池水中,泅湿了辰汐的衣衫。她大惊失色,企图挽救冰存在池底的尸体,可水汽漫天的世界里,哪里还有半点沉睡少女的影子。

伴随着照耀天地的白光,眼前的景致犹如海市蜃楼般幻灭。

眨眼间,光音不再,冰池不再,就连满园的繁花也随风消逝。百年的尘埃附着上了花园的墙壁,断壁残垣四散在角落里。

犹似空梦一场,梦醒时分,做梦的少女讶然地立在灰尘中,瞪大双眼看沧桑幻变。

光的这头立着辰汐,另一头隔着翔玠。连匆匆赶到的他也是满脸的震惊。

冬宫的花园是个禁忌,不单只是对于宫里的所有人,其中也包括他。这里是他唯一迈不进去的禁区。自光音消失以后,他曾多次试图打破结界,却均未成功。没想到,今

后宫【第六卷】

日却被小小的一个女子开启。这怎能不令他愤怒。

隔着二人的光芒仿佛是无法穿越的墙，驳回了翔玠来势凶猛的袭击。下一刻，如大神宗卷与双子剑的能量一般，蹿入辰汐的体内，消失无踪。

被突来的力量灌入体内，辰汐只觉得身体中一阵寒彻，感觉好似冰冷全部侵入体内。

气息凶猛如兽，无法掌控。自己体内原本尚存不多的两股能量无法压制住，即刻被喧宾夺主。寒意挑起了深埋的月影寒霜毒，牵连着未愈的新伤，血液冲破了咽喉，哇的一声，鲜红渲染了衣衫，身体不堪负荷，跌坐在空池内。

翔玠此刻，心思难测，脸色阴森。低迷的气压笼罩着他，缓缓朝辰汐伸手：

"拿来——"

蹿入身体中的能量，太过猛烈，辰汐的身体好似被打散卸下，使不上半分力量。唯独精神高度集中令她保持清醒。冰眸回望：

"什么？"

不耐流淌过金色的眼眸。翔玠向前几步，逼迫：

"仲裁权杖——"

辰汐动容，隐约地明白方才融入身体中的能量源自何处。只是这股气力太难掌控，连她自己都不能抵御，何况是分离它，交给翔玠。

无力地摇晃着脑袋，苦笑挂上带血的唇角，她决定装傻：

"不知你在说什么！"

"不要跟我耍花样！我的耐性一向不好。"翔玠的脸孔变得扭曲，一点点地接近辰汐，"或许你真的是音儿的转世，但权杖并非小孩子的玩具。拿来，把它交给我。兴许我会对你网开一面……"

杀意笼罩着辰汐，仿佛是围捕猎物的兽，一点点地逼近。可怜的小动物如今似已偎贴上了对方的牙缝，僵直的脊梁骨连动都不能动一下。四肢被寒毒侵蚀得几近麻痹。意念绷紧，虚弱的笑意浮现：

"我要是不给呢？！你能把我如何？撕碎生吞下肚么？！说老实话，我皆不知该如何分离力量。如果你有本事早就拿到了，何苦向我讨要。"

翔玠沉默，冷凝如霜。

辰汐如临大敌般瞅着对方，心思百转千回。

起初她还以为这结界是翔玠设立的，转念却知自己蠢钝。寻物之人何苦要先藏起东西，令自己烦恼。光音是怕他得到它，才将它藏起来。

事到如今，她已无路可退。翔玠已经再无半分迂回的耐性。杀意汇集上右臂，炫目的金丝冲破了身体，朝此时毫无招架能力的辰汐打了下来。

仲裁权杖引起了寒毒，侵蚀着五脏六腑，压抑住温和的大神宗卷以及护住心脉的双子剑。身体中提不起与之抗衡的力量，恐惧盘旋在脑海当中。

她也许会死在这里……

No.25

就在辰汐以为自己会被翔玠射杀的当口儿,突然漫天的雪飞扬,一瞬间,凝结了大地的苍茫。迎上翔玠的能量,抵消殆尽。

温顺的白羽,轻柔得似情人般的爱抚,偎贴上辰汐的脸庞。熟悉的味道弥漫,银眸眼底乍然闪过晶芒,转眼希望的光点燃了晦暗的天空。

羽毛落入掌心,哪里是六瓣的雪,分明是动物的绒毛。纯白混在大雪中,竟然难辨真假。

风拂过辰汐缭乱的银发,眨眼间,灰白隐去,纯色的银丝飘舞。手背擦过唇边的血渍,笑意浮现,暗含着思念的味道,自唇齿间吐出:

"融雪,是你吗?"

亲昵的呼唤,天空中的气压瞬息万变,一只巨型猛兽霍然降落在地面。入眼,羽翅硕张,足有一丈之宽,长在一头通体纯白的雪豹身上。豹身长三尺有余。身型巨大,却行动敏捷。一跃,落在辰汐身前,保护性十足地隔离了危险。琥珀色的瞳孔警惕地盯着翔玠的一举一动。

继而,带着警告味的长啸,震慑四野。惹得冬宫殿堂微伏的鸟儿,惊悚般展翅逃窜。刹那,没头没脑地纷飞,胆小的,连翅膀都未能展开,就已坠下了树梢,活生生被吓死。

对于突来的闯入者,二人的反应各异。辰汐是悲喜参半。喜的是,一年不见,融雪竟然长大了许多,差点令她认不出来;悲的是,内心充斥着极度的不安,不希望它受到伤害。翔玠反而对于出现在眼前的兽,分外诧异,一时间掩藏了杀意,金眸微眯,若有所思地盯着这只庞然大物。不知是顾忌还是怎么,竟然无意再下杀手。

杀意缓和,突兀的咒骂闯入了战局:

"死猫,要降落也不提前知会一声。再弄坏我一件衣服,我就拿你去做药引——"

懵然,熟悉的嗓音自辰汐身后响起,难掩的狂喜闪现在少女苍白的脸上,染上一层异样的红润,挣扎着想要爬起。

但见身后,一抹紫衫华服的男子,悠闲自得地掸了掸衣角的灰尘,信步走来。红发束缚,眼底闪烁着不耐,冷眼冰鸷,扫过豹猫融雪。庞大的巨兽闻声颤抖一下,眼神流露出畏惧。俯首,贴上辰汐的手臂,轻巧一勾,借力将她扶起。

成功后,即刻转变为得意扬扬,炫耀似的对姗姗来迟的男子发出呜呜的低鸣。

依靠融雪站立着的辰汐,此时却没空理会豹猫可爱的"狐假虎威"模样,一门心思都放在了紫衫男子身上。

青洛,是他吗?她竟然不敢确定。虽然早先已从血阑那里得知他安然无恙,再次相见却依然忆起倒在血泊中奄奄一息的模样。霎时,泪泅湿了眼眶,手指捂住了唇,害怕哭泣的声音惊醒了梦境。

后宫 [第六卷]

没有戴面具的俊俏脸庞触及辰汐欲哭的眼，不解地蹙起了眉头：

"丫头，你这是什么反应？！我以为你好歹也该良心发现，冲过来说句'对不起'才对！"走近，对上辰汐的眼眸，却又大惊失色：

"你的眼睛，怎么变成了冰蓝？"

这一问不要紧，瞬息令若有所思的翔玠苏醒了过来。眼瞳锁住辰汐的样子，震惊与难以置信，夹杂在被欺骗的愤怒里：

"好个音儿，利用时空封印封住了仲裁权杖不过是个幌子，实则为了卷土重来。今日我就毁了你的分身——"

残酷的笑意在阴霾的俊颜上扩大，情绪起伏不定的眼眸带着几分寂寥的味道，夹杂着恨意，呢喃自语。

冰蓝恐怕是属于那水底一直闭合着眼睛的光音的。辰汐寻思，看来他误会她了。

眼看，暴愎的翔玠再一次催动了气焰，毁灭性的能量负载着怒焰一起铺天席地打了过来。未动以前，身侧的一人一兽配合无间先她一步反扑了回去。

融雪巨大的翅膀忽闪而起，紧跟着青洛搂过她的腰身，一跃而上豹猫的宽背，略施了几个炎系法术，抵消了部分威胁。

翔玠深知今日放走辰汐，明朝定成后患，哪肯罢休。怒火中烧之际，掠杀的能量暴增，仿佛在地表上陨落的巨石，溢起了四下的砖瓦，碎裂声此起彼伏，尘土飞扬，漫天纷扰了视线。

融雪驮着辰汐二人奋力朝上空跃去，企图挣脱沙尘的包围。可叫嚣的土质灰尘扩散可比它要快上许多。眼看沙石就要没过他们的小腿，袭向上身。搂住辰汐的青洛低咒一声，命令辰汐抓紧，自己却要翻身朝沙尘中心跃去。才有念头，衣襟却被一双小手牢牢地抓紧。

被牵绊住手脚的青洛面色愠怒，才要发作，却对上一双固执的双眸：

"你想都别想！"

她太了解他了，也因为了解，所以愤怒。

"笨蛋，我们会一起死在这里——"

手抓得太紧，粉颊贴得又如此的近。丝丝带着怒意的温热气息吹过鼻翼，惹得他的心脏漏了半拍。脸色依旧铁青，狠狠地吼了回去。

辰汐执著于指尖的牵扯，拉得那般用力，连关节都隐隐泛着白。冰眸闪烁着炽热的情愫，失去一次的恐惧以及复得的喜悦混杂在一起，仍旧充斥着她的神经，有些甚至连她自己都分不清。心底满载着一个念头，今后就算是死，她也再不会留下他独自一人。

"那又怎样？我不在乎！"

"可是我在乎——"

红眸里填满了全是她的模样，被她的在意感动，几乎就要动摇了心志。喉咙这一次有点干涩，压抑着他理不清又道不明的情感，从牙齿的缝隙间吐出。顷刻似恍然顿悟的畅快，同时又似云烟散过无迹可循。

这繁华世间的爱恨情仇，都抵不过生死相交瞬息的真诚。下一秒，笑意自辰汐那张

苍白近乎透明的小脸上扩大。似是长久以来心底的那份不确定终于得到了答案,手指尖的执拗不过是为了这只字片语。她有点"卑鄙",不是吗?

　　笑如盛开的茉莉,伴随着从体内恣意释放的气息,包裹住两人一兽。摒除了抵抗寒毒的能力,用最后一点点能量,却换生死与共的心情,她要他平安无事。

　　唇带着血的甘甜,轻轻地蹭过他的。意识逐渐模糊,完美的顶级空间法术却在四周形成。这法术,她只见血阑催动过一次,不知道咒语,却自然而然地被她施展开去。

　　也许,冥冥中有人相助,或许真的是光音吧! 指引她来到这里,又帮助她逃离这里。

　　笑容残留着被血染红的唇瓣,意识消融。身体随着气息的流逝,越飘越轻,仿佛将要飞起来……

　　突地,感觉被人大力地抱紧。青洛用愤怒的声音在她耳畔嘶吼着,负载着焦虑与担心。她已然听不到他在说什么,幻变的景物迷蒙了双眼,湮没了翔玠愤愤的脸。双眼将要闭合的瞬间,她知道他们安全了。

　　至于以后会怎样……

　　再次睁眼的时刻,也许会掉入地狱吧! 那皆没有关系,青洛安全了。她这一次守护住了想要守护的……

　　如果,她有幸她还能活在这个世界,那么她祈愿远离纷争……

　　洛啊,你是否愿意放弃一切,随我浪迹天涯……

第七卷 彼岸

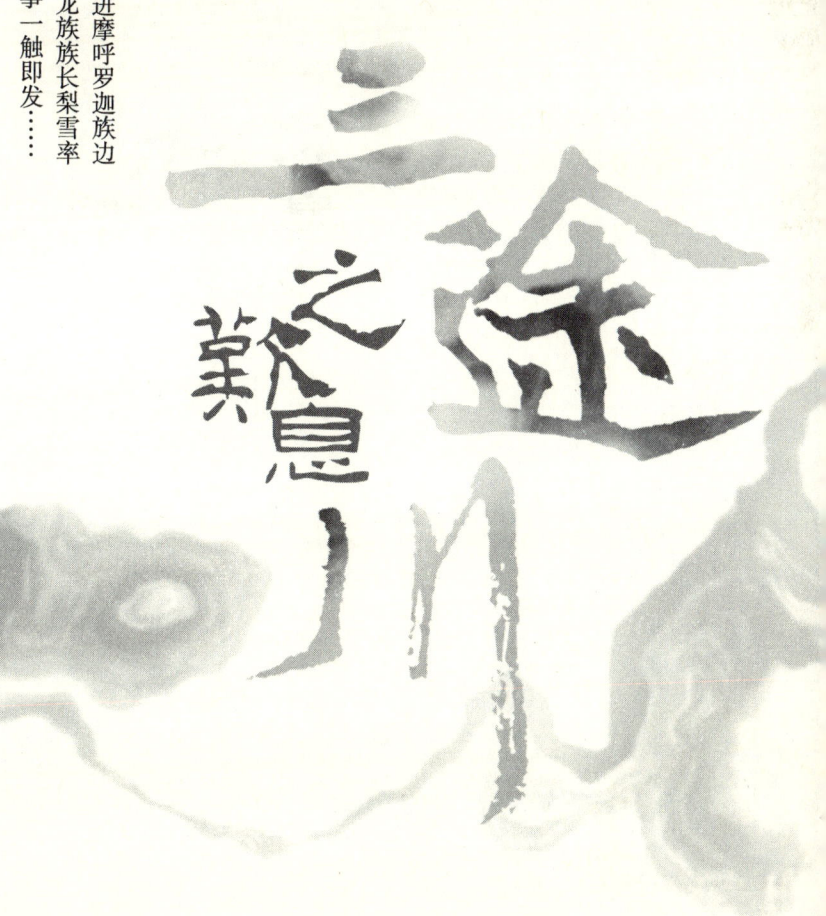

神族历685年,天族十五万大军压进摩呼罗迦族边疆,族长蓝煌请求龙族支援。同年冬,龙族族长梨雪率十万重兵亲临战场,三军僵持不下,战事一触即发……

三途川之嘆息

Santuchuan zhi Tanxi

No.1

　　乌云在黎明的前一刻,遮蔽了所有光的希望。

　　小雨淅沥,击打在江面上,划开了昏晕的圈,汇集成朵,惹得水面上雾气茫茫,放眼看不到百里内的景物。

　　鸿水江,跨越摩呼罗迦领土汇入龙族的大海。

　　近几年来,两族关系紧张,靠近入海口附近多有匪盗出没。到了入夜,人烟稀薄,就连具备武装的商船都很少有经过。最近几日又逢大雨,水面雾气缭绕,夜间自是没有船家愿意出船。

　　河面静悄悄的,唯有不时地扇动着翅膀的鸟儿,自鸣得意地主宰了河道。

　　一叶扁舟却在此时犹如利剑切开了江面,伴随着悠然、诡异的笛声,纷扰了四野水鸟的天堂,在雾气凝绕的水面上散开,飘荡至远方。

　　船头上,秉持竹笛的男子头戴斗笠,身上的衣料却非渔翁的蓑衣,而是上等的绮罗。硕大的斗笠遮住了脸,看不到模样。吹奏的乐曲蕴含化不开的浓情,呜咽带悲。令原本就冰冷的水面,更添几分寂寥的伤感。

　　船舱内隐隐透出的灯火,跟随水面的摇摆,忽明忽暗。船内的白猫这时被吵醒,自舱内爬了出来,伸了个懒腰,晃晃悠悠地来到男子身侧,肆无忌惮地趴下,有一下没一下地舔着爪子。男子没有动,任它倚靠,继续着他的吹奏。

　　忽而,舱内传来细微的响动,呢喃的梦呓。船头的猫儿竖起了长耳,立起身子,回首瞻望,笛声暂歇,顷刻的安静。

　　轻微的叹气自男子唇边溢出,伸手抚上猫儿如雪的绒毛,如往常一般,有一下没一下地搔着痒、安抚。猫儿却不为所动,玻璃般通透的琥珀晶亮,散发着兴奋的光芒,期待着望向内里的动静。

　　很久以后,终究失望,耷拉下脑袋,再次俯下,安静地听曲。

一切仿佛从未改变，江面上恢复了寂静，只有悠扬的笛声伴随着冷凝的冰雨，消失在视野中，不留半点痕迹……

梦，无止尽的噩梦，总是缠绕着辰汐。

梦里空旷的黑暗吞噬着她。脚下是源远流长的三途河，一样的黏稠却没有半点温度。干净亦如往昔……

干净？

她是用干净来形容它的吗？突然间困惑，那红艳如血的水面，她竟然会觉得干净，纯粹到没有丝毫的杂质。

这与印象中的感觉不符，秀眉聚拢。她仍然记得自己被唤来这个世界之际，那血水吞没身体时分的恐惧，温热、血腥、残酷，绝非干净。

可，梦里的三途河却有些不大一样。

置身于暗夜里，河水冲击肌肤的触觉竟然有如温床般令人怀念。夜，漆黑，脚下的河水却明亮如镜。

站在水里，回忆不起自己如何来到这里，也想不起该去哪里。

不知不觉间，她开始沿着水流的方向前行。心底涌冒出个念头，假如一直走下去，会是怎样？于是，她便走着，竟不知疲惫……

遥远的前方没有灯火，却似有股力量在拉扯着她，不停地朝前寻觅。

忽而诧异，走了这么久竟然没有看到摆渡人，那个毕恭毕敬对她行礼的无脸船夫去哪了？

这么想着，脚下顿住，抬眼搜寻起来。

身后乍闻笛声，如泣如诉，却又遥远。好奇地旋身观望，却见河面的源头有光点闪现。

她开始为去向彷徨，明知河水的尽头会是无尽的黑夜，却又质疑光的距离。一时间，立在河水里不知所措……

笛声仍旧在继续，执著地勾搭着她的注意。这乐曲很熟悉，却又想不起。

踌躇主宰着她的神经，辰汐懊恼地握拳，抓紧身上的白色衣裙。

白色？她一向偏爱蓝色才对，白色，那是冰封在湖底光音所穿的衣服。一不注意，发丝的颜色也越发地浅了，长长的银丝沿着胸线垂到腰际……

猛然间，她仿佛感觉像是变了一个人，分不清自己是辰汐还是光音。这种异样的感触令她本能性地抗拒：

走开——

她企图撕扯着长发，妄图驱赶身体中另外一个自我。可嗓子却发不出半点响声，手臂皆吃力地难以抬起，好似被人禁锢了手脚，难以挣脱。犹如被困在瓮里的兽，在一种不确定的环境中迷失，想要挣扎，却又不知所措。

这一回，不像上一次双子剑那般容易搞定。反而辰汐自己的脾气上来，到时无从发泄。明明能够感觉对方的存在，偏偏又找寻不到踪影。自己恍若傻子，立在水中歇斯底里。

好吧！你到底想怎样？

彼岸【第七卷】

她弃械投降，决计和谈，希望能够逼出这股力量。一个声音开始自内心深处言语：

【不要抗拒，请接受我——】

是光音吗？是吗？

【我就是你——】

畏惧的心底有如打翻的五味杂坛，说不出是什么滋味。身体所能承载的力量又在增加着，之前是多种兵器，现在竟然连人都跑了进来。

声音再次响起，似是对于她的判定有所异议：

【不，你错了。我不是兵器，它们也不是，我们都是你——】

哼，之前的双子剑也是你这般说辞。

她不屑地翻着白眼，它们一个一个都是如此，同样的言论，不过是为了与她争夺主导权。

【唉——】

叹息声传来，结束了对话。力量消失不见，她又可以活动了。

这时候，笛声又一次悠扬，带着点滴依恋的情感，从光源处传递进来。

是谁？吹得这般委婉，仿佛内心深处掩埋了太多情感，压抑得说不清又难以道明；又似无法整理出头绪的丝线，纠结在一起，牵动着她的心随之震荡，隐隐作痛。

对于笛声的好奇开始超越对三途河水的眷恋，辰汐掉转了身子，朝光源迈步。身后无明的牵扯仍在，却在脚下逐渐流逝。眼前的光圈越变越大，原本觉得是难以抵达的光明，瞬间变得简单起来。

当光芒取代了黑暗的瞬息，笑意浮现在唇角，这笛声，她明了了……

No.2

当辰汐自船舱里苏醒的时候，天际已经破晓，乌云退去，阳光主宰了世界，温暖的橙色丝线顺着窗户照映在面颊上，暖烘烘的。

她像是睡了好长好长的一觉，浑身疲乏，困顿不已。当唇边溢出满足的呻吟声时，一条湿漉漉的小舌头，开始对她的脸颊进攻起来，一时间口水攻城略地朝脖颈去时，被人及时地止住，拎起扔了出去。

忽闻猫儿的惨叫，睁眼对上一双充满血丝的紫眸。

"醒了？"

紫眸的主人青洛不敢确定地询问，疲劳过度令他看起来憔悴不已。那双闪烁着期待却又隐隐夹杂着恐慌的眼，死命地盯住辰汐，生怕一不留神，她会再次闭上眼睛一般。

"我……是不是睡了很久？"

喉咙处发出的声音干涩沙哑，宛如多年未经敲打的铜钟。想要撑起却又因浑身虚弱无力，跌了回去。

听到回话，青洛眉宇间宽慰，俨然松一口气，几天来一颗高悬的心总算放下。端起手边的水，喂她咽下。口气也变得轻松起来，说着气话：

"是，睡到我恨不得把你丢到鸿水江里去喂鱼。最近正好闹饥荒，我看鱼儿也颇难填饱肚子，正好捡个现成。"

"就我这几两肉怕不够给您那一干鱼虾塞牙缝的吧！"

水温润了喉咙，辰汐也舒服许多。习惯性地回嘴，亦如过往。前一时刻的紧张就这样化解在斗嘴当中，紫眸里的忧虑烟消云散，笑意浮现。面对辰汐婉约却又香甜的笑颜，虽然仍旧带着病态的苍白，却比什么都来得舒心，不由得迷幻了双眸，深陷其中。

被青洛的紫眸锁住的容颜，一时间红燥浮现于脸颊。那双眼，摄魂夺魄，令她的心跳快得几乎夺出胸腔。

清风撩起了鬓角的发丝，扫过娇小的鼻翼，在眼与唇边画出绮丽的弧度。令她难以看清他。懊恼地皱眉，才要拂开顽皮的长发，却被另一只大掌快了一步。温暖的触感贴拂过面颊的肌肤，灼烧温度隐隐传来，分不清是他的掌还是她的颊。

"头发……"

她的视线总算偏离了诱惑的源泉，眼光接触发丝的瞬息，困扰地皱眉。

长发已由银白变为最初的墨黑，身体中竟然感觉不到半点力量，就连守护心肺的大神宗卷的能量也一并消失。幡然忆起梦境中的情景，诧异浮现于眼底。由于抗拒新融入的能量，竟然连带着其他也一并掩埋、消散。

"哪里不舒服？"

辰汐呆滞的表情，引来青洛的局促，慌忙探寻脉象，试图运用内力探查她的身体状况。还未进入，输入她身体的能量就被反弹了回来。诧异挂上了俊颜，辰汐苦笑：

"看来，我又恢复到人的存在了……"

她将自己如何吸收上古兵器的能力详细描述给青洛听。

根据她的推断，最近一次的能量融合，由于她的抗拒，光音的那一部分吞噬了她身体内的其他气息，一并跟着消失。造成现在她一点气息都没能剩下。

"光音的能量？"青洛的英眉蹙起，团膝冥思，"如你所说，你先在池底看到的是光音的尸体，而后能量进入身体，尸体的幻象消失。紧跟着遇到翔玠，根据他的反应和之前对于上古神器的吸收能力，很有可能你遇见的不是光音，而是消失已久、翔玠一直想要得到的仲裁权杖——"

原以为光音留给她的不过是一池幻影，没想到是封印了的仲裁权杖。力量能够进入身体，她皆不奇怪了。至于自己是否是对方的转世，她不那么在意，别人说是便让他们去判定；而自己，她也只不过是辰汐。

翔玠要查仲裁权杖，她可连半个影子都掏不出来了。那暴君现在一定气得恨不能把她从人堆里揪出来，剐了痛快。只是这一举动，却无辜连累了青洛。

"看来，我不仅仅退回了人类状态，也成了全大陆通缉的对象了……"

沮丧流淌过黑眸。小船里的空气刹那低迷，辰汐抚摸豹猫的手指僵硬几许，缩成幼态的白雪绒球不甚满意地拱了拱，换了个姿势。

彼岸【第七卷】

"那又怎样？某个丫头好像从未脱离过血与纷争呢！没有了气息而已，你还有我——"笑意带着宠溺、安慰性的语气。青洛倾身贴近，手臂自背后搂紧她的腰身。"那个狂妄的、企图用小秘密要挟我的小丫头哪里去了？爪子这么快就被磨平了吗？"

他与她倚靠得如此近，近得她几乎能听到对方胸膛里的心跳，以及泄露自己内心的震动。暧昧的气息随波荡漾，浮现在小船上。坐在船沿边的女孩反射性地背部前倾，差一点滑下水里。好在，那双臂膀拥得这般用力，潮湿的呼吸自耳际传遍全身，守护的味道十足，令她心安且踏实。仿佛有他在，她不再畏惧这片大陆带给她的任何威胁。

"可是，我这副人类模样，太容易连累到你——"

她不想拖累任何人，尤其是他。那个讲交换条件的幼稚小丫头已不在。最初的无知被现实一次次地打磨棱角，如今光滑亦如美玉，坚韧亦如此。

"人类？"青洛笑得欷歔，"丫头，你是不是很久没有照过镜子了？如若你这副皮相还能称作是人类，怕是这片大陆上多数的女神都要自形惭秽了……"

江水清澈如镜，波光映出的女子，纯净的面颊带着点苍白的味道，眼眸如水，半开半阖间似如朝雾。一如既往的容颜却在眉宇间多添了几分妩媚，与倔犟微微抿起的唇相呼应交汇出氤氲的光圈。靡丽的星眸宛若夜空，时而璀璨炫目时而深邃难懂。黝黑的长发被风撩起，仿佛是划过水面的燕子，留下潋滟微波。

短短的几年间，那个什么都不懂的平凡人类女孩不见了，不知不觉间，长成一位星芒初绽的女神。

水里倒影的女孩是她，那张脸没有变，只是有些什么变得不一样了。原本以为是气息的作用改变了发与瞳的颜色，只是当一切恢复如初，心境与思想却如何也回归不了开始的单纯无知。

"有时无知也是一种美好不是么？至少她眼底的世界是干净的……"

她低声呢喃自语，流入身后的人儿耳中，调侃她的多愁感伤：

"是啊！一辈子只活在自我悲怜的世界当中，因为一点小伤小痛就闹自杀，的确纯净美好——"

被说破过往幼稚举动的辰汐，双颊染上绯红，不再言语，眼神放空，眺望远方。

破晓时分，天与水的接缝被朝霞染成静谧的紫，退尽了浮华，不染尘烟。辰汐抱着融雪窝在青洛怀里，悠悠地问：

"我们……要去哪里？"

"漂到哪里就去哪里——"

他随意地答。竹笛小心地收入腰间。有她相伴，江面的寂寥再难影响到他。去哪里又有谁在意……

Santuchuan zhi Tanxi

No.3

  鸿水江面气温适中,阳光散射在江水上,发出斑斓缤纷的色彩。小舟顺流而下,在商旅的港湾稍作歇息又继续前行。越往龙海方向,人烟越发稀少起来。原本这一带曾是繁荣几代人的肥沃疆土,现如今被战火吞蚀,几近荒凉。逃亡的流民逆水而上,纷纷奔往平静稍许的内陆。
  这却有利于辰汐与青洛的旅程。身旁来往皆是匆匆的商旅,一个个都是提心吊胆在做生意,没有人注意到这对俊美非凡的璧人。他们并不需要过多的掩饰,任由小船漂浮在水面上,走走停停,悠哉惬意。
  舱内的酒香浓郁,百无聊赖的辰汐昏昏欲睡。忽闻天空中鸟儿啼鸣,迷糊间怀里的豹猫电光一般跃起,眨眼间钳住了白鸽的咽喉。
  "死猫,你敢把信鸽咬死试试——"
  盛怒中的咒骂跟着自船头传来,一猫一人开始为鸽子进行新的一轮交战。
  舱内的女子抬了抬杏眼打了个哈欠,对这一切习以为常,凉凉地递来一句:
  "融雪不许把纸条吃了。"
  "鸽子也不许吃——"舱外自猫嘴里抢鸽子的男子,愤愤地回瞪她。辰汐只好回以"歉意"的微笑:
  "好吧,雪儿,今天放了那只倒霉的鸽子,明天它还是会飞回来的——"
  接到命令的豹猫依依不舍地松开了口,收纳了羽翼退回幼态,踱回主人怀里舔毛。
  猫嘴下获救的信鸽惊恐地在青洛手上扑腾,待他拆下信件后,迅速地掠上天空,摇摇欲坠地逃命去了。
  青洛怨怨的美目扫过没有半分负罪感的女子跟她的宠物,颇为无奈地打开纸卷。
  "又是血阑的?!这一回,翔玢要搜查哪里?夜叉族还是自己的腹地?你猜他什么时候会发现我们就在他眼皮底下晃悠呢?"
  天族大军挺入摩呼罗迦族,而他们的船一路沿着鸿水江穿行,整整跨越了摩呼罗迦的半壁山川,可以说是最接近翔玢的地段。只要他稍加动用人力,揪出他们是不成问题。可惜,天族的情报网络今天已被弑冢楼垄断,想要掩藏两个人完全不在话下。
  血阑的野心被掩饰得太好,掩埋在低垂的头颅下,以及连她都不曾怀疑的爱情幻影中。好在这些过往,对她来说已随风逝去,牵绊的线仍在,依旧在意,依旧想念,却也只是纠结,不疼不痒。
  好半晌,听不到看信的人儿半点回应,仰首却见几日来,青洛那旖旎的眉,难得地凝结。
  "怎么了?血阑那边有事?"
  辰汐诧异地起身,寻到跟前。

彼岸【第七卷】

"不是。"紫眸揽上别样的情愫,复杂地凝视她,"信是来自龙族王储梨雪——"

"哦?"秀眉微挑,等待下文。

青洛的声音片刻停顿,似有难言之隐。她却不急,睁着大眼睛无声地等待。他们之间没有隔阂,亦不需要欲言又止。

"她托付魅堂寻流光眼——"

"流光眼乃摩呼罗迦族的瑰宝,八大上古兵器之一。是翔玠这次攻打摩呼罗迦的理由。"黑瞳充满了困惑,"现如今弑冢楼已归属天族,委托魅堂去寻,这不是挑明了跟天族交恶。她傻了不成?!"

"不,这是梨雪的私人委托,直接交由血阑手上,没有族长的印记,也没有正式的铭文。"

"梨雪跟血阑的交情有好到这般吗?"

如若真有这般紧密的关系,弑冢楼危急时刻,血阑为何不投靠龙族这个后盾?!她更加弄不明白了。纤长的蝶影睫毛呼扇呼扇,等待解惑。

紫晶眼瞳深了几许,暗如幽湖,一字一句读给她听:

"吾梨雪,悉知友人辰汐现已脱困,甚觉安心几许。承蒙楼主对友人的照顾,梨雪感激不尽。现却仍有一事困扰,惶惶不能成眠。劳烦阁下助吾寻觅流光眼,此物涉及大陆的安危,皆不是为图吾一己之私。故人辰汐如若得悉,必不会袖手旁观,还望楼主成全——"

"她这分明是委托给我的任务——"

明晰的眼神流淌于玄色的瞳孔间,了然浮于字面上。龙族的情报网络定是已经获知血阑掩埋他们行踪的事情,一方面出于对辰汐的信任,一方面作为遮口费要挟对方接受她的条件。梨雪铺设了一场赌局,赌辰汐在血阑心目中的位置,赌她的良知。

"血阑真是直接啊!未作修饰直接把原本送了过来——"

青洛晃荡着手间的书信,颇为不屑地嘲弄。

"当然,这种烫手山芋扔给我们,自是比压下不处理的好。"

辰汐的语气冰冷,没有半点温度。她太了解血阑,他不会婉约地回绝,那对大家都没有好处。勉强接受对于他才刚建立起来的势力又是一种看不见的巨大威胁,他不会这么傻。推给她这个大闲人,将是保险又稳妥的方法。她辰汐是不会推拒的,因为压根找不到推拒的理由。何况她有恩必报,翔玠生日时,她还欠了梨雪一笔。

女子低垂的头看不到表情,唯有颤抖的睫毛隐隐地透露着心绪波动。青洛有些担心地触上她头顶的发丝:

"不喜欢的话,我们可以不去。就当信鸽给融雪吃了——"

"噗——"荒唐的借口惹得情绪低落的辰汐讶然失笑,"谁相信啊!鸽子你都给放回去了。毁灭证据为时已晚——"

一向孤傲的青洛在安慰人方面总不是很成功,笨拙得好似个大男孩,却又如孩童般可爱。

"那么,要去吗?"

"要，当然要。这个人情我一定要还——"

No.4

青色的凤尾花在烛火通明的大厅里恣意绽放，被一身红衣秉着酒壶的女子撩搔、摇曳几下，紧跟醉倒在酒香当中……

这里叫沉香阁，是摩呼罗迦族境内最热闹的酒楼。

沉香，顾名思义是卖酒的地方。不仅仅是摩呼罗迦族，更有各地的名窖。远至湿地夜叉族的美酒，近到水底的龙族佳酿，只要是名酒，就一定能在这里找到。

当然，沉香阁之所以生意兴隆，光有酒是不够的，还要有吸引宾客的手段——斗酒。注意，在沉香阁里，拼的不仅仅是谁喝得多，而是品味。能够品出酒的香味、产地、以及名号，才能算是优胜。尝得越多，舌头自会因酒精的作用变得麻木，失去能力。最后，还能清醒的那一位，才是最终的赢家。而输家，就要负担双人的酒钱，这可不是一笔小的开销。所以能够在沉香阁里斗酒的宾客，自当都是大富大贵之士。

不过，今日沉香阁倒是出了个有趣的打擂者，一位黑发墨眸、脸色苍白的小姑娘。清丽的一身蓝衣，怀抱一只胜雪白猫，笑眯眯的出现在擂台前。当她扬言要踢下轮坐了擂主宝座半年之久的城中首富的少公子倪琼时，人们都只当她在说笑。

一个时辰后，几巡浊酒下肚，擂主却已露微醺的醉意。反观少女眼睛通亮，粉白的双唇被佳酿醺出淡淡的红，脸色也好看许多，却似正在兴头。

酒桌上，倪琼的身子向前探去，试图给对方造就压迫感，好让她知难而退：

"哈哈，哪家的丫头好酒量—— 可这里不是小孩家玩耍的地方，天色不早，还是快快归家才好。斗酒的钱，小爷我就不跟你计较了……"

女孩抚摸猫儿的手指一顿，即刻笑了，眼睛眯成弯月：

"那怎么成？我要是就这么走了，回去着实要被家人笑话的！"

对方的面子这下有些挂不住，尴尬地咳嗽两声：

"呵！小姑娘毕竟岁数小，这样拼下去，再过上几个时辰，怕是你要被抬着出去了。小爷我可不知该往哪里送你，你看直接送到我府上可好？！可不要说小爷我欺负你……"

公子哥皮笑肉不笑，眼神缠绕上女孩白皙的脖颈，色心顿起。四周围得水泄不通的看客们也一阵喧沸，嚷嚷着起哄。女孩面不改色，正襟危坐，轻轻地抖了抖衣摆上的灰尘。声音宛如清泉，缓缓地从薄唇中吐出：

"富甲一方的权贵公子输给我一介体弱的女流确是面子有些过不去啊！不如，这酒钱还是我来吧！"

说着从兜里掏出一个沉甸甸的钱袋，随手扔给了掌柜，袋子的麻绳松了几分，露出里面金灿灿的一点。秉持算盘的男子愉悦地笑开了怀。想来那一包东西，支付这"二

彼岸【第七卷】

两"酒钱是绰绰有余的。

要是以前,这明晃晃一包东西待在这么样的小姑娘身上,定会招来探究的眼光。可如今摩呼罗迦族逢乱世,人流混杂。这里又是商业枢纽城市,当地的民众早就见怪不怪,略微惊异后,便安静了下来。只闻女孩的声音悠悠回荡:

"我看各地的佳品也品得七七八八了,再这样喝下去也没个意思,不如我们来玩点有趣的可好?"

倪琼撑开了纸扇,微醉的面容红了几许,眯眼笑着,扫过钱袋的眼神却变得犀利。摊手做了个请,但求下文。女孩放下了怀里的猫儿,摇手换来侍酒的女子,添了两个干净的酒杯,随意挑了桌上几样混入杯中:

"我们就来猜这酒杯里混了多少种。"

折扇轻点少女的手腕,眼神流露出色眯眯的光:

"等一下,这规矩还是事先说好为妙。姑娘来这里,既然不是为财,难不成专为了与在下品尝佳酿?"

放肆的笑声冲破酒楼的房顶,身子就要贴了上前去,折扇沿着少女纤细的手臂往上攀沿,企图撩起藕臂上的衣袖。

霍地,一只锋利的猫爪平空一闪,笑声变成惨叫。倪琼的手背上顷刻间多出几道深红的血痕。亏得他闪躲及时,否则这会儿怕是已经皮开肉绽了。而那少女怀里的猫儿此时却一副安然自得的模样,仿佛刚才制造的效果完全与它无关,唯有舔指肚的粉红小舌上隐隐透露的血光,暗示着方才的作案证据。

女孩笑容依旧,乌黑的瞳孔闪烁着夺目的光泽,对于刚刚对方的挑衅未放在眼里,不愠不怒,漫不经心地为猫儿的"恶习"道歉:

"我家猫儿过于顽皮,还请公子莫怪。我确实不为钱财而来,请公子喝酒,不过是想向公子讨一个消息——"

轻薄未成却被反咬一口的男子,狠狠地瞪了一眼女孩怀里的白猫。仔细瞻望之下,令他微愣。这猫儿虽色泽与普通白猫无差,模样却有异。面容哪里似一般家猫的模样,反而更像一只年幼的雪豹。身型虽小,猫身的肌肉组织却精壮灵活。窝在女子腿上,翻身、搔痒均已摆脱了野兽幼雏期的笨拙。团身之时,隐约背部凸显两撮绒毛,似是未成型的翅膀。

倪琼心中大惊。怕是这只猫不仅仅是宠物,反倒是一只处于拟态中的成年驱使兽。这般异类的宠物,不论是在摩呼罗迦族,还是在神界都数稀有。贪欲盖过了色心,主意打到了猫儿身上:

"好!如果我赢了,我就要你怀里的这只猫——"

少女没想到他会突然间相中怀里的猫儿,微微一愣。随即咯咯地笑了起来:

"公子果然是爽快之人。那么……融雪你只好牺牲一下咯——"

被当做奖品的猫儿似是听懂了一般,抖了抖绒毛,十分不情愿地撇了撇嘴,慵懒地爬上了桌子。

比赛正式拉开了序幕。

No.5

　　酒从三种混合剂量喝到了六种，仍未分出胜负。不愧是轮坐了擂主宝座半年之久的城中首富的少公子，虽已露醉态，却仍然能辨识出香味。对于熟悉的佳酿，未尝就已能闻出产地，令下首的看客叹慕。

　　女孩也不差，虽没有倪琼闻香辨识的能力，却也是见多识广。浅尝之下出处均能一一道来。几巡下来，实力相当。

　　一个时辰过去，倪琼逐渐失去了耐性，决定速战速决。扬手唤来老板，命人搬出了沉香阁的库存，挑出了十几种酒混入杯子递了过来。脸上难掩得意之色：

　　"姑娘果然好酒量，不如我们一杯定胜负如何？这杯里面共有十二种产自不同地方的醇酿，优劣不同，姑娘可有胆一试？"

　　女子微醺的脸儿犹似苹果，眼神迷离。伸手接过了杯子。贝齿轻启，粉嫩的舌尖触上甘酿。嘴角上扬出绮丽的弧度，依次道来：

　　"上味甘甜的分别是乾达婆族的碧落与华酌；酒味辛辣的乃夜叉族的琥珀以及流星；酒色成淡红夹杂暗光该是混了修罗的霞觞、凝脂跟沉焰；中味浓郁的自当是龙族的残丝与迦楼罗族的朝露；最后底味的回香是天族的醉影、波芳跟……"

　　女孩一顿，蹙起了柳眉。低垂的睫毛忽闪几下，幽然飞扬，双目晶亮地望向对面似笑非笑一脸算计的倪琼：

　　"倪公子真会跟我开玩笑，这杯子哪里有十二种，分明就是十一种。酒色呈淡红的确是混了霞觞、凝脂却没有沉焰，而其中的暗光是几滴浓度清淡的梅子酒，储藏之前就已混了清水，颜色跟味道均已变。被辛辣的琥珀与流星盖住，混在其中，也就只剩下难辨的一点底味了……"

　　话音一出，四下一片嘘声。片刻前还拥有十足胜算的倪琼被当众戳穿了伎俩，顷刻间掩去了笑容。正色看待眼前的小女孩：

　　"姑娘到底是何人，又是受何人所托，来换取怎样的消息？竟然花费这般大的手笔跟阵势。怕是在下很难启口，将会令姑娘失望了……"

　　说着合了折扇站起身来，警惕的目光转暗，阴森森地瞅她。

　　忽然间，沉香阁变了另一副模样。看客们见气氛不对，纷纷撤离。最后的人影消失在四周矗立起的家丁身后。百平米的沉香阁大厅，瞬间被城中首富的自卫军堵得水泄不通。

　　"女孩纤手轻点上桌沿，发出嗒嗒的声响，"公子干吗这般心急，这场比试还未结束呢！"

　　说着从袖口处掏出一小把酒壶，斟满了一杯，举高递到了对方面前：

　　"我这里只有一种酒，是特别为公子准备的。我是谁也与此酒有关，公子尝了便知。

彼岸【第七卷】

就不知公子是否有这个胆量了？"

少女玄色的眼瞳如夜空里的幽兰，散发着冰薄的暗香，盈盈地瞅着他。似有蛊惑的味道在空气中弥漫。冷汗挂上了倪琼的额角，眼神在酒杯与女子的脸上流连。接又不敢接。纤手却又没有半分要放下的意思。二人就这般僵持着。

"现在这里都是我的人，如若我想，你走不出去。而我，也没有必要告诉你，你想要知道的消息——"

男子的喉咙牵动，女孩笑容灿烂。

"既然我有胆量现在还站在这里，就自然有足够的把握从这里走出去。况且，公子不好奇我是谁么？放心，酒水里没毒。我想要的是消息，对于你的命没兴趣——"

本末倒置，明明该是备受威胁的人反而此刻未有半分惶恐，掌控沉香阁的倪琼却面容惨白。

酒在唇齿间滚入喉咙，苍白带着畏惧的面容立即变了颜色。富家公子的优雅尽失，倾身逼向少女，一把抓住了她的手腕，阴狠扭曲的面容狼狈不堪：

"说，是谁派你来的，天族还是龙族？！回去告诉你家主人，我摩呼罗迦族是不会投降的。不要来打我族瑰宝的主意——"

被扣住手腕的少女，吃疼地蹙眉，拉扯着企图抽离，对方却似被逼急发狠，一时间竟然难以脱身。

"放开——"

倪琼的爱国情结触动，他竟抓住她不肯放手，非要逼问出个所以来。女孩火气上涌，才要发作，趴在桌上假寐的猫儿一跃而起扑了上来，快她一步地将对方按倒。

原本小如猫咪的宠物瞬息间大如虎豹，身长一人有余。背部的凸起撑开，长有白色羽毛的翅膀一丈来宽。粗壮的臂按住挣扎着的男子，张开血盆大口，威慑性地发出呜呜的低鸣。把倪琼吓得血色全无，只差晕死过去。

突来的转变令四下的自卫军乱了阵脚，一时间不知是该冲上前去，还是该落跑。

"不可以吃——"

好在千钧一发之际，女孩的娇喝声制住了这只庞然巨兽。对于自家不怎么听话的宠物勾了勾手：

"回来——"

豹猫对于放弃眼看就要到嘴的食物十万分的不情愿，没有动，眼神流露出可怜兮兮的模样。

"不可以——"女孩喝斥道，"我警告你，你要是乱吃东西，小心我让洛给你喂一个月的草药——"

这话似乎非常管用，受到威胁的大猫总算心不甘情不愿地自倪琼身上挪了下来。临了，不甚惋惜地扭头望了望溜掉的"食物"，无奈地回到主人身边。

猫口脱险的富家公子惊魂未定，心有余悸地盯住一人一猫。一众人等均退到几米开外，亦不敢上前。

忽闻门口一阵花香，戴着半边面具的紫衫男子显现，幸灾乐祸的口气掺杂几分无奈：

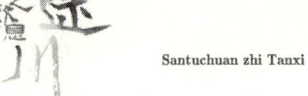

"未问出结果就先暴露了身份,丫头,任务失败了……"

少女的黑眸揽上懊恼,不甘心地狡辩:

"但是,至少我确定摩呼罗迦族的流光眼还没有被人抢走……"

听到敏感的领域,倪琼立马忘记了惧怕,提防地朝对方吼:

"你们到底是什么人?!为何要打流光眼的主意?!"

听到这话的少女朝着紫衫男子笑得宛如昙花般璀璨。注意力又拉回到了倪琼身上。

"原来公子没能猜出那杯酒是什么啊?!那么……你可要回答我问题哦……"

"那是……那是弑冢楼进贡给天族的贺寿贡品,碎梦——"

"哈,不算太笨嘛——"

少女贴近,一脸的狡黠。对方总算反应过来,惊讶地张大了嘴巴:

"你……你该不会是……他……弑冢楼的魍堂……"

"恭喜你,答对了——"素手拍了拍过度惊吓状态中倪琼僵硬的脸,"回去告诉你爹,我要跟他作笔交易,条件他开,而我只要流光眼——"

"不可能——"

一涉及到摩呼罗迦族的瑰宝,倪琼就变得怒意横冲起来。打掉了辰汐的手,大义凛然地挺直了腰板,朗声驳斥:

"我不管你是哪一方的,别想动我族的瑰宝。要打便打,我摩呼罗迦不是那胆小鼠辈,流光眼是我族的荣耀,是创世神承认我族的标志,谁都别想吞了它——"

"是么?可我刚刚收到消息,摩呼罗迦族族长蓝煌今早已投降于天族——"

青洛的话音对于倪琼来说宛如倾盆暴雨临头泼来,把他的热情熄了个彻底。遭受剧创的男子,难以置信地瞪大双眼:

"不……不会的……你……你胡说……"

对于藐视自己情报的人,青洛不给半点好脸色,冷冷地哼了一句,打击回去:

"你认为弑冢楼的情报网有出差的时候么?!"

黯然笼罩上辰汐的幽眸,她也是才刚听到的,失落滑过心口。

青洛看穿了她的想法,不忍地继续:

"不过,这是弑冢楼的内部消息,蓝煌还未公布于众——"

听懂了暗示的辰汐,晶瞳一亮。急速逼迫倪琼:

"听到了么?在没有得到官方消息以前,还有机会保住摩呼罗迦。"

"你凭什么?"

处在打击中的倪琼,根本不打算相信辰汐。

"就凭我非任何一股势力——"少女纯净的面容笼罩着淡淡的光,目光坚定,"天族要的是创世女神的神器,为此不惜毁灭任何一股势力;龙族新上任的族长梨雪,不为屠杀却是要巩固疆土。你摩呼罗迦身处夹缝,注定会有此劫。如果蓝煌降于梨雪,龙族的重兵必然压境,到时摩呼罗迦将会变成天族与龙族的战场;而投降翔玠,短期内也许可以苟且偷生,可谁能保证以后。天族与龙族的战争在所难免——"

倪琼对于辰汐的话嗤之以鼻,冷哼道:

彼岸【第七卷】

"难道流光眼交给你,我族就能保证平安了吗?"

"没错!流光眼可以转移翔玠的注意力。到时他要追杀的人就会是我,而不至于过河拆桥,毁掉没有利用价值的摩呼罗迦。天族大军不再挺进你族领地,龙族自然就会退兵——"

夕阳的光落在辰汐的黑发上,映出淡淡的金色晕辉。明明是柔弱娇小的躯体,透露着苍白病态的容颜,此刻却仿佛散发出无穷的能量,带给周遭的人希望。那双墨眼纯真得仿佛有种慑人的魔力,让人忍不住地想要去信任她。

"昨晚,族长派人送来密报,已从我爹那里调走了流光眼。"倪琼狠狠地咬了咬牙,一脸颓废的恨意,"早知道,早知道……"

乍闻讯息辰汐未流露太大的震动,基本她已经料到了十之八九。摩呼罗迦族的族长蓝煌是蓝琦的叔叔,当年弑兄篡位,她不对此人抱有太大的希望。

手安慰性地拍了拍倪琼,所谓千金难买早知道,他们还是来晚了一步。好在皇宫距离这里不算太远,如若快马加鞭或许还能来得及挽救。

No.6

"汐,醒醒……"

急促的呼唤声骚扰着梦乡中的人,甚觉不耐地嘟起了嘴,挥手企图赶走噪音。声音的主人却似没有半分放弃的意思,更加猛烈地呼唤着,并且开始摇晃她。

被晃醒的辰汐才要抗议地撤离牵制,恍然顿悟自己身在融雪的背部、青洛的怀里。而他们正要前往摩呼罗迦族的王宫。辰汐无奈,只得用眼神睨向扰人梦境的罪魁祸首,却让红眸里闪烁的焦躁与不安震荡得心悸。

已经不是第一次了。自上次出事以来,她昏迷了将近半个月之久。醒来后,除了气息全失之外,身体还有些病秧秧的。一开始有点不习惯,不过好在之前的十几年也是这般度过的,所以很快就适应了。虚弱的身体没有了气息保护,除了比较怕冷以外,其他倒没有异常,寒毒也未再发作。

青洛却没她这般乐观,似是留下了后遗症,总是在她熟睡之际将她摇醒,眼神中难掩的不安。但接触到她询问的目光时,却又避而不谈。

"洛,告诉我,你在担心什么?"

"没什么,看你舒服的样子,非常不爽而已——"

不诚实的家伙!明明忧虑她的健康状况,却又抵死不认。

两人再度陷入长时间的沉默,直到辰汐憋不住:

"那天真的是我施用空间术逃脱的吗?"

关于如何离开天族王宫的事情,她一点都记不得了。最后的印象只剩下失去了色彩的宅院以及脑海中的苍茫。

不提还好，她这么一问，青洛的脾气就上来了，语气不屑：

"没有把握施咒就不要逞能。顶级的空间术你能承受吗？现在弄得只剩下半条命，随便一个小卒都能够一刀砍了你——"

"是啊，是啊！师傅教训得是！徒儿我一定会勤加练习，绝不再做半瓶子不满的事情——"

知道他是关心自己，辰汐并不动气。唯唯诺诺地阻止他的唠叨。

知道她不想听，青洛也不再继续。只是宠溺地揉乱她头顶的黑发。暗自皱了皱眉，还没能习惯手掌间的黑色发丝。他还是偏爱银丝滑过指尖的触感，宛如泉水。可这些也只是个人想法，没有打算告诉对方。

"汐……"

"嗯？"

大掌在发间流走的感觉令辰汐舒服地又快睡着了，迷迷糊糊地听到青洛唤她，秀眉挑了挑，呢喃地答应。

"你真以为夺走流光眼，翔玠就会放过摩呼罗迦族么——"

他用的是肯定句。辰汐反倒不以为然：

"难道不是？翔玠吞并迦楼罗与紧那罗之时，目的都很明确。交出神器则不杀之。如若不是紧那罗秘密运走了神器，谎报丢失，翔玠也不可能一怒之下屠了半数城池。"

至少现在不仅仅是她一人有相同的想法，连龙族也是打着这般主意，重兵踏入摩呼罗迦不过是权宜之计，如若能避免战争，何乐而不为。

"事情或许没有想象中的这般单纯。如若我们夺走了流光眼，翔玠依然未能放过摩呼罗迦，那么与龙族一战将是早晚的事。"青洛的剑眉汇拢并不苟同，话音一转劝慰的语气包含后悔，"你现在半点自保能力都没有，本不应该答应梨雪走这一趟……"

女孩秀气的眉毛轻挑，一双杏眼晶亮，仿佛天空中的星芒扑朔迷离，无所畏惧：

"没事！有你跟融雪在，谁又能伤得了我！再说上次在翔玠的寿宴上，我的确也欠梨雪一份人情——"

反衬青洛的小心翼翼，辰汐却有恃无恐。如今对于她来说，只要青洛在身旁，不论去哪里都是安全的。信任早在以前便由不知不觉间建立。

辰汐不经意间的言语，猝然触动了青洛，红眸会聚上宠溺的温柔。

"等事情完结，打算去哪儿？"

"嗯？"

"我是说，你打算抱着流光眼去哪里？交给梨雪还是等着翔玠来玩'捉迷藏'呢？"

"或许私吞了也不一定——"

唇角扬起美妙的弧度，梨雪并非冲着流光眼而来，委托她取得不过是不想被翔玠抢先。而倚靠自己的吞食上古兵器的能力，也许能够激发出掩藏在体内的其他能量。

"不过……"猛地仰起脸，黑眸里映出青洛俊朗的模样，"之后，我们去浪迹天涯好不好？远离这些烽火，过真正自由自在的日子——"

"自由自在啊……"这世间，战火一天没有平息，哪里来的平静与自由。他与她这一

彼岸【第七卷】

路来所见所闻,皆令人黯然神伤。没有人知晓,天族的铁骑哪一天会踏破自己的家门。

青洛陡然一顿,他本想这样告诉她,可望着那张充满向往的幸福小脸,心脏猛然收缩,竟不忍打断继续做梦的人儿。

见青洛点头,辰汐笑得宛如盛开的茉莉,恣意又含蓄,用以掩饰内心的狂乱。明明在乎他的答案,却又问得如此云淡风轻。

她是喜欢他的,那么他是否有一点点喜欢她呢?

这段不算短的路程就在二人言语中度过,一转眼,他们已到达摩呼罗迦族的主城、王宫外沿。正准备下降当口却见城门外的树林里驻扎着万人以上的龙族军。

"难道梨雪已经获知了蓝煌暗降的消息,打算围堵摩呼罗迦城?!"

辰汐惊诧不已。青洛甚为了然地解释:

"龙族不逊于弑家楼的情报网,连你的行踪都能够获悉,何况是区区摩呼罗迦,龙族的附属部落,蓝煌叛变的消息定不会被怠慢。"

"那我们现在下不下去?"

"当然下去!"锋芒乍现于红眸里,露出邪魅的神采,"越是打得不可开交,东西也就越容易到手——"

No.7

入夜,宵禁令时分,乌云将月光吞食。高墙墨瓦的摩呼罗迦王宫在夜色里宛如幽闭的洞穴。寒澈的风自通道里刮来,呜呜作响。

青洛与辰汐着夜行服,轻巧地溜过宫殿的大门。摸索着找寻正殿的方向。

"为何要去正殿?那里守卫森严,被逮住的几率太高——"

跟在青洛身后的辰汐一脸迷惑,搞不懂擅长侦察的青洛为何作出这般奇怪的举动。

"那么你知道流光眼放在哪里吗?!"

青洛不耐地挑眉,查探周遭环境的同时回应身边的问题宝宝。

"不知道——"

她依旧迷惘,单纯地向他眨眼,等待答案。

领着她侧身躲过一队巡查兵士,转入墙角。青洛颇为无奈地暗自翻了翻白眼。有时他倒是挺想敲开辰汐的脑壳看看里面,何故时而精明时而迷糊。

"各族的议事地点都是极容易走漏情报的地方,唯有那里能够获知流光眼的下落。"

美目流转,豁然开朗:

"嗯……听起来蛮有道理……"

"谁?谁在那——"

正说着,走在最后的巡逻兵听到了响动,朝拐角方向踱来。此举引得远去的队伍停顿驻足,进入戒备状态。

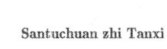

血腥之光滑过青洛的眼眸，杀意乍现，犹似狩猎的狮子等待猎物的靠近。恬静的城墙拐角一下子遍布压抑的恐怖。

忽闻一声猫叫，低低地自拐角处传来。跟着笑闹声一片：

"是只野猫，别疑神疑鬼的！"

直到巡逻兵的声音消失在远方，辰汐才大大松了口气。还好千钧一发时她掐了一下在肩上打盹的融雪的尾巴，挽救了十几条人命。转脸冲冷着脸瞪她的红眸，作了一个歉意的手势，打起十二分的精神面对任务。二人这才小心地翻过了正殿的围墙，溜边贴近议事堂侧面的死角的窗户。

"摩呼罗迦王，我想您有责任向我解释一下，您明日打算公布于众的消息——"

梨雪的嗓音清冷威严，暗含怒气，透过窗户传递出来。

"我听不明白，龙王陛下——"一个略显苍老、颇为强硬的声音阻断了梨雪，"作为一族的王，站在我族人的立场上，我没有必要公开任何机密性的决定。"

"您打算用神器去讨好企图侵略你的部族，这是一族的王者从民众的立场出发该做的决定吗？"

梨雪的声音隐忍着火焰，低迷的气压弥漫，自室内溢出。

"笑话！刚刚登上王位的奶娃娃，也想教我如何当王吗？"

屋内一阵拍案的响动，拔剑的声音，以及兵器撞击之声，之后片刻的沉静。想是摩呼罗迦王蓝煌沉不住气，如今即将倚靠天族撑腰迫不及待地与龙族翻脸，就连围堵了王城都无所畏惧，硬将对方的话顶了回去……

在门外偷听的辰汐蹙眉，蓝煌既然腰板挺直了跟梨雪耍横，是否意味着流光眼已经不在摩呼罗迦境内了？！那该如何是好，现在是快马加鞭地追呢？还是留守王宫搜索？

心思流转间，抬眼却见身旁的青洛，红眸里因内厅的言语面露鄙夷，她也就跟着耐下心来，探听下文。

短暂的寂静后，梨雪的声音变了，娇媚似水，淌过青石板的惬意，大局在握地慵懒：

"蓝煌啊，天王给你多少好处，让你愿意背叛自己的氏族？！你可知道，弑兄篡位的罪名你还未能抹去，出了这王宫有千万个想要取你的首级的烈士；明日附加上背弃部族之罪，我想你走不出自己的领地，就已被人碎尸万段了。想去天族过好日子？！真是痴人说梦——"

"放屁——"

蓝煌似被梨雪触到了软肋，暴跳如雷，苍老的声音隐隐地颤抖：

"蓝琊是被他那位推心置腹的好兄弟焚剑刺杀的，与我何干——"

"是啊！可是你又如此地偏巧，获悉自己的长兄被刺的同时拿到流光眼呢？！"

梨雪的两片薄唇淡如云霞，开阖间却揭起一片惊涛裂岸。

杀气隔着窗户爆愤而起，震碎了高墙碧瓦的流苏挂坠，冲破了柔韧的娟窗，朱红的木门应声碎裂，被内力的冲撞飞溅，击打在门外的守卫身上，连带着木屑与人一同飞出老远。

青洛迅速反应，搂住辰汐的腰身跃上了房顶安全地段，从高俯瞰。

彼岸 【第七卷】

一瞬间，风云乍变。飞絮的白，茫茫然飘落，随着梨雪手中扬起的长鞭舞动，断成数节，每一个节点幻化为一柄锋利的刀身，扫过四周蜂拥而至的摩呼罗迦族士兵。钢刀舔上身体，骨肉模糊。

平静的宫殿波涛惊浪，上百人的宫廷侍卫陆续压制而来，将梨雪以及两名随行武将围了个水泄不通。百名士卒顾忌王的性命以及梨雪手中的鳞刃，没有人愿意贴近一步。年迈的摩呼罗迦王窘迫惊恐地叮嘱四野，死亡的阴影笼罩着他，脆弱的脖颈怎能禁受住那明晃锋利的刀刃。

"你……你想干吗……这里是摩呼罗迦的地盘……"蓝煌的声音颤抖得开始结巴。

"那又怎样？"狂妄的龙女扬起高傲的头。鬓角处的龙纹印幻彩夺目，"倘若杀了你蓝煌能够平息一场纷争，我何乐不为。我梨雪进得来自然也就出得去。这等小事何须你来操心。你还是担心一下自己的人头为妙——"

梨雪傲然不群的姿态，神祇一般立在场中央。笑意不变，银白的眸子闪烁着嗜血的精芒，漠然地扫了一眼身旁搁置在蓝煌脖颈上的刀，轻易给周围带来惊悚感。

摩呼罗迦王意志濒临溃败，死亡的恐慌令蓝煌思绪混乱，带着哭腔：

"我换……我换，流光眼就在内殿的寝宫……只要你放了我，你要什么我都换……"

话音落，空地上的人儿没有动，冰瞳的余光里，两朵人影自屋顶上一掠而过，消失不见。梨雪蔷薇般的嘴角盛放醺然魅惑，泛起一抹了然的笑意。押着蓝煌朝寝宫方向挪动，面容上浮现出胜券在握的光芒。

No.8

摩呼罗迦王的寝宫一片漆黑，风吹得摇摆不定的灯笼发出啧啧的声响。

王被挟持，绝大多数的禁卫军都被调往正殿。寝宫此刻显得空荡荡的。来往的宫人也都不知去向。毫无人气的宫殿伫立在夜色中，宛如一只张开血盆大口的兽，等待着猎物自动送上嘴边。

辰汐与青洛一路顺畅。翻越过几道宫墙，抵达了蓝煌的寝宫。没有引起匆匆奔波的士卒注意。青洛拉着辰汐一路急奔，直到抵达目的地才放慢了脚步。

眼前寝宫的构造与大多数的建筑无异，没有太多花哨的陵园潭池，跨过正门沿着长廊转一个弯就直通内殿。驻足门口，反倒让人不太相信，这是一族族长的寝室。

愣神之际，耳畔传来青洛小心谨慎的叮嘱声：

"蓝煌那只老狐狸，能够轻易地道出地点，却绝非心甘情愿地把流光眼奉上，此处必有机关。"

抬眼，身旁的人雕塑般俊逸的脸上满是肃然，高挺的身姿立在她身前，守护意味十足。同时也为了抵挡她的鲁莽，拉起她的手朝中心的正厅而去。

没走几步，辰汐忽闻细微的呼唤声。低低的细语夹杂着模糊的片段画面，从遥远的夜空里传递过来，越过了耳膜，直抵她的脑海。仿佛是记忆中被遗忘的角落里，等待某个契机被开启一般，牵引着她朝声音而去。

手不知不觉间松开了，肩胛上的融雪被惊醒，蹿了下来冲着她发出呜呜的警告。辰汐却浑然不觉，意识仿佛被抽空一般，背离了青洛前行的方位，独自蹒跚着朝向侧殿走去。

听闻融雪的警告，青洛反射性地察觉手边的人已空。猛然旋身，俊朗的眉凝成川字，不解于突然擅自行动的少女。

"丫头——"

听到呼唤的辰汐彷徨不知措地回首，玄瞳放空没有灵魂般淡淡地朝他笑，伸出手指向偏殿的方位，用笃定的语气道：

"它在这边——"

银质面具后的红眸惊奇地打量她，眼前站立的女子似是一瞬间遗失了魂魄，任由莫名的力量牵引着，晃晃悠悠地朝前迈步。

青洛被她诡异的神情震慑，蹿上前去拉住了她的藕臂，摇晃。

"丫头，醒醒——"

辰汐只觉一阵眩目，短暂的晕厥过后，恍然地聚焦睇向握住她手臂的人：

"怎么了？"

她根本没有半点迷失的意识，青洛的眼光更加复杂，一时间竟不知该如何是好。不明所以的辰汐，对于红眸的凝视倍感疑惑：

"干吗这样看我？"

"你……"薄唇撇了撇，担忧地触碰她的脉搏，直到确定她无恙，才缓缓解释，"方才你指给我说流光眼在偏殿——"

"我？"

辰汐不可思议地看向他，她只是感觉自己刹那的失神，其他一概记不清了。

青洛有些着恼，拉着她往刚刚指示的侧殿踱去，嘴里嘀咕着这次任务之后该如何将她彻头彻尾地检查一遍，他可不想让辰汐败坏了他名满天下，使毒圣手——骆公子的称号。如若连身边的人都救不了，他干脆归隐算了。

侧殿的大门紧闭，敦实的铜闩上锈迹斑斑，泛着青白的光泽，隐隐透露着邪魅的气息。很久没有人清扫的老旧屋梁上杂草丛生，红木窗栏上的尘土如积雪般厚重。窗户纸不知被何物熏得发黑，不透光污浊的灰暗。房屋外也没有感觉到任何气息壁垒的痕迹，普通到很容易被人忽视的地步。

立在台阶旁的辰汐，望而却步地皱眉：

"这么不起眼的地方也能藏宝！"

收到疑虑的红眸半带嘲弄地笑：

"高调的重兵把守那才是明摆着告诉贼，这里有宝赶快来偷吧——"

"扑哧——"

笑意萌生在女孩病态的面颊上，粉嫩宛如蜜桃，平添稍许生气。

彼岸【第七卷】

不论是青洛的专业常识还是之前发生在辰汐身上的诡异事件，看似都表明他们是找对了地方。二人会意地对望一眼，尝试性地催动气息，破门而入。

冰层附着上铜闩，随着断裂的脆响，啪的一声分成两截。门在吱呀声中朝里打开。迎面伴随着腐朽的苔藓味道夹杂着沁人心脾的毒香扑面而来，二人迅速捂住口鼻倒退数步。

辰汐秀眉单挑，青洛自是一脸嘲弄，暗骂蓝煌那老贼机关设得有失水准。任何毒性的烟雾对于宝物来讲都存在一定程度的腐蚀作用，或多或少会有损伤。如若这里存放着摩呼落迦族大部分的珍宝，那么结果等不到贼来惦记，就已经焚化殆尽了。

扬手点亮了门外梁柱上的宫灯。昏黄泛着幽冥气息的烛火在灯笼里跳跃着诡异的舞蹈，随风规则性地摇摆着，一明一暗。敞开的大门带来的微风无法驱散全部的气味，乌烟瘴气的厅内朦胧辨不清事物。隐隐约约地感觉有东西自房梁上爬过，发出嘶嘶的响动。

辰汐一阵头皮发麻，不好的预感笼上心头。说话声音发怵：

"那个……我们真的要进去吗？"

青洛未答，结印施展了一个低阶风系法术，打散了空气中浓烈的气味。暗沉低迷的气息也跟着消退许多。室内的陈设逐渐显现出轮廓。

房屋不大，百平方米的样子，陈列着几十排书架，贴着墙自左朝右一字排开。书架上又分别由一个个小型格子隔开。粗略数来几乎有上千个。

望着一个个琳琅满目的陈列格，辰汐的小脸垮了下来：

"这么多，该怎么找？"

No.9

辰汐正困扰于室内千个干扰视线的陈列格，贴着她小腿的融雪受到刺激一般猛然变型。翅膀豁地张开，带来强劲的风力，朝天呼啸震动了天地。飙风卷起老旧的木门，摇摇欲坠地摆动，仿佛稍加用力便会在风中粉身碎骨一般。

辰汐还未来得及训斥突然间发飙的融雪，就已被退去烟雾后室内的壮观景象震慑住了。

暗灰的墙壁上面爬得满室的蟒蛇，腰身均有碗口大小，瞪着通透的琉璃绿眼，吐着鲜红的芯子，缓慢地朝地板上会聚。

挂上凄苦脸庞的女孩，畏惧地缩了缩脖子：

"我现在觉得毒香应该不是用来防贼的，而是拿来养育它们的。"

现如今，青洛的脸色也好不到哪里去。眼下除了繁杂的搜寻工作还要应付满室的蛇，着实令他头大。

"火攻？"

"不行！流光眼不知是何等质地，不知能否抗火。"

"冰系法术呢？"

"这不是普通的蛇，你好好看看它们的眼睛，这是未成年的摩呼罗迦族幼兽。虽然脆弱，却天生不畏惧冰水。"

辰汐简直一个头两个大：

"天呐！那怎么办？连融雪都不愿意进去，要怎么找流光眼啊？"

青洛不答，霎时陷入沉默。过了数秒，扳正少女的身子，一字一句地道：

"丫头，接下来你要听好——"

面具后的红眸闪烁出笃定的光亮，令辰汐的心脏一阵痉挛，不祥的预感流遍全身，开始反叛性地扭动身子，反手扣住那双环绕着她身子的手臂：

"不行！不管你说什么我都不答应——"

"我还没说呢，你怎么知道一定是坏事？"

青洛暗自感慨，他们都太了解彼此，一个动作就已经知晓对方要干什么。这样让他怎么与她分辩。

凝视他的黑眸陷入一种极度局促的心慌意乱里，从未出现过的担忧充斥着辰汐。现在站在青洛面前的她脆弱且无用。原以为离开了权力纷争的浪潮，没有了力量也无所谓，总有办法应付。可真正面对恐惧，却又无能为力。

青洛见她安静下来，不再执拗。试探性地道出自己的主意：

"一会儿我将施展空间术包裹住身体，在不惊动它们的前提下进去。幼态的摩呼罗迦视力极差，靠气味分辨同类。只要不发生大幅度的震动，惊扰到它们，是不会造成危险的。你与融雪留在外面等……"

"你以前见过流光眼吗？"

辰汐打断他的话，眼眸里的无奈难以平复，却又悲伤得无法抗衡于命运。

"没有——"

青洛老实地答。可目前只有这么一种可行的办法。两人都知道，逗留在室内的时间越久，对他来说越不利。先不说空气有限；蛇的敏锐度也非他所言的这般迟钝；何况不远处即将到来的禁卫军；每一样均有可能致命。

手抓住他衣袖，指甲深深地陷入肉里，她轻微地颤抖着。他竟似也未觉得疼痛，任由她抓着，发泄她的恐惧。

"上古的神器啊！如果你有听到我的祷告，请赐给我指引吧——"

这一刻，她多么希望那些遗失在梦境中的力量能够给她一点暗示，哪怕只是小小的一个讯息也好。如同之前多少次她接近上古神器时，出现在身边的那些莫名牵动一般。

人是何其可悲的动物，需要时莫名地渴望着，等无用了又弃之如敝屣。

叮——

清脆的水声滴答在心田上，影像飞絮一般飘落，自室内的某一处迎面扑了过来。

惊喜在面颊上扩大，玄瞳仿佛晨曦中的霞光。

她听到了，神器给予她的回应。

彼岸【第七卷】

"左手数起第十排,自上往下四行,右手第一个木盒——"

震撼划过心脏的空隙,刹那间她了然顿悟,暗夜里梦境的寓意。它们口里嚷嚷着强调,"它皆是她"。那些分散在各处的上古神器,好似自身体中剥离的物体,纷纷渴望归入本体的感觉。被她死命抵抗着的,不过是太过浓烈的情感,回归本体的思念强大到压迫了她的神经。太多的情绪,岁月的累积,造成了失衡。她抗拒着它们,而它们也抗拒着她……

身边环绕的手臂自指尖剥离,四维空间笼罩在青洛的周围。足尖谨慎地进入蛇群的领地,身影一点点消失在浓雾里。她的心似也跟着而去……

时间宛如淌过石洞上的清泉,一点一滴地悄然流走。女孩的手握紧成拳,既不希望流逝得太快,也不喜欢太过缓慢,矛盾地皱眉,蝶羽般轻盈的睫毛下一双美目穿过了层层的瘴气,紧锁内里的一举一动。

耳畔人声攒动由远及近,她的手也越握越紧,泛白的关节露出青色的静脉,身体因为紧张微微地颤抖着。宛如风中吹拂摇摆的落叶,稍一用力,便殒灭在枝头末梢。

终于,当千人禁卫军押着中心地段的梨雪一干众人抵达寝殿的时刻,青洛仍旧没有出来。

身后传来喧哗的骚动声,惊扰了门口徘徊的几条小蛇,提防地发出嘶嘶的鸣叫。愠怒闪现在少女苍白的脸庞上,单眉轻挑。身旁硕大的豹猫转脸龇起了牙,低频率的呜呜自宽厚的腹腔散发出来。警告味十足地提醒,下一个出声者将变成腹中的食料。

异兽的告诫起到了片刻的作用,四野一下子安静,静得能听到风吹动枪杆上羽毛的瑟瑟响动。

可惜,时间流逝得迟缓,巨兽的压迫感很快便从人的记忆中逝去。

被刀胁持的蓝煌从起初看到藏宝库的大门开敞时的心惊肉跳,后转移向守在门口的一人一兽,推测出偷盗者仍被困于内。他的心情立即变得亢奋起来,语气得意:

"进得容易出来难,里面的瘴气只够存活一炷香的时间。你的朋友怕是已经困了不止这么久了吧……"

"闭上嘴——"

没待他的乌鸦嘴唠叨完,梨雪扬手就是一个巴掌。背对她的辰汐,身体摇摇欲坠,带给她脆弱的不安。

"里面的蟒蛇听命于你吗?"

持续了长时间的沉默后,一直处于紧绷状态的女子缓缓地转身,面对剑弩相向的禁卫军。玄色的眸子寂静如夜,漆黑得看不到潮起云涌,穿过了层层的士卒,利器一般直抵蓝煌的内心,令他不由得打了一个冷战。难以相信这般弱小的女子何来的威慑力。

见他没有答话,她又问了一次,声音宛如击打在岩石上的浪花,冰冷却澄澈:

"里面的蟒蛇是不是听命于你?"

没有表情的容颜不怒自威,君临天下的霸气,逼迫着蓝煌畏缩地后仰,老实地答:

"不是!它们很早以前就在那里了,早在第一代族长执事时期。"

说到这儿,苍老的面部肌肤颤抖一下。似有什么不可告人的秘密接连在一起,话到嘴边又吞了回去，不打算再继续。

辰汐顿觉有异，这与之前他们在沉香阁打探的消息不符，倪琼称流光眼才从他父亲手里转到王宫。但依照身后收藏宝物的房屋来看，这里压根没有被近期移动过的痕迹。

"既然蟒蛇不曾听命于你，那么你是如何连番运送流光眼的？据闻，你应该才从倪首富那里取回流光眼。"

年迈的蓝煌面色一怔，被戳破秘密的窘迫浮现在布满褶皱的面颊上，别过头去，拒绝回答问题。可他却忘记自己现在是刀俎上的鱼肉，哪里允许吞吞吐吐地耍花样。脖颈上的刀很快贴上了他肥硕的油脂，自肌肤上划开了口子。痛感袭来，蓝煌赶忙讨饶：

"我说，我说——"忍着疼痛，狼狈地道出实情，"那是假的——"

"你打算用假的流光眼去应付天王！"

梨雪提高嗓音接口，这秘密对她的冲击不小，惊诧地瞪大双眼。

蓝煌哭丧着老脸，指着辰汐身后的房屋道：

"你以为我有能力解开历代族长都解不开的蛇阵吗？"

"它们不是你的同类吗？"

梨雪仍旧难以消化刚刚获知的消息，银色的美目流转，指着内里爬动的蟒蛇嘲讽地道。

"我们进化为人形，它们万年不变，只生存在瘴气里，那根本不是生物——"

蓝煌翻着白眼嘶吼，为自己的悲怆命运愤愤。他怎能不知要是天王发现了流光眼是假的，他将会有怎样的下场。可真的上古神器没有人见过，皆没有人能够从那扇门里活着走出来……

No.10

"没有人能从这里出来过么……"

辰汐的脸色惨白如纸，无论如何也不能接受这样的讯息。这等同于向她宣判了青洛的死刑。站立在门前的身子微颤，灰白的眼瞳丢失了灵魂，空洞没有聚焦，身体宛若置身于冰窟，指尖冰冷到僵硬，失去知觉。

人群里的梨雪悲哀地望向她，愧疚溢满了银色的眼眸，她多想穿越人群给她些安慰，可一切已于事无补。

青洛在辰汐心中的地位，明晰得只要一眼就能体会。那种枝蔓的存在感，渗透在辰汐此刻表达的每一个细微眼神里。而枝蔓生硬地撕开，宛如分离了灵魂的躯壳，颓败干枯。

下一秒，她根本不经大脑思考，转身踏了进去，反手闭合了大门。

"辰汐，不要——"

身后是梨雪震惊的呼唤，以及融雪撞上房门的嗥叫。

彼岸【第七卷】

她不相信大神创造了流光眼之后，劳神地又将它封锁在一个不可触碰的空间内。蛇，冰冷没有温度，带着潮湿的黏腻感在脚边穿行，沿着小腿跟手臂一路上爬。

她保持一个姿势不动，尽量让自己不去想游荡在左右的冷血动物，更或者它们压根不是动物。

害怕吗？怎能不怕！

风吹开瘴气时分的壮观景象仍然徘徊在脑海挥之不去，念及满室的墙壁上攀爬的都是蟒蛇，她连心脏都快要停止跳动了。

呼吸变得很轻很轻，足尖踏过地面尽量保持一种宁静的姿态，不发生大幅度的震荡。神奇的是，除了关门之际惊动到门口的小蛇以外，它们再没有任何攻击性的举动。辰汐的身体没有受到伤害，蛇群困住了她一会儿，见没有威胁又陆陆续续地溜走了。

她暗自松了口气，对于青洛的担心多过于对蛇的恐惧。接下来要屏住呼吸，找到青洛以前，尽量不要让瘴气过多地充满肺部。

辰汐脱去了脚下的鞋子，令双脚直接触碰到地面。这或许冒险一些，毕竟足底直接接触到冰冷的蛇身。但这里伸手不见五指，如果不靠触觉根本无法辨别到青洛。假如他要是受伤倒地，至少靠足尖的感觉，还是可以分辨得出布料跟蛇的。

一路摸索着缓慢地朝左边第一个书架所在的方向挪去。灰蒙蒙的瘴气触手犹如水雾，冰凉、潮湿。每一步都迈得小心谨慎，深怕踩踏到不明物体，直到伸展开的手指接触到木质书架时分，脚步才停歇了数秒。

接下来，朝右方挪动，第十排顿足。脚尖试探性地向周围触碰，除了冰冷滑腻的蛇什么也没有。

她困惑地皱眉。正常来说，青洛也会是按照这个顺序找到确切的架子。可是一路来，除了蛇滑溜溜的身体，她什么也没有碰触到。没有气息的她探查不出四周的情况，也无法感应到青洛，又不敢出声呼唤，心下一阵着急，手心里分不清是冰湿的瘴气还是冷汗。

找不到青洛，只好去探寻流光眼。织锦木盒触手与其他无异，只是织锦略微精细，却也因年代的久远表面毛燥干枯，碰触的刹那连带着灰尘一起剥落。

指尖扣上枢纽的瞬息，心脏跟着剧烈地收缩。仿佛扣住的是潘多拉的魔盒，开启时分，它将会释放出改变世界的事物。不知从何而来的兴奋与畏惧充斥着全身的血液，传递到指尖变为遏制不住的颤抖。

锦盒打开的刹那，水晶般扎眼的白光好似雪地上初晨时分的朝阳，点亮了整室的漆黑。霎时，瘴气不再，蛇群也无处寻踪。唯有手中的水晶球透澈空灵，散放着流光溢彩。似有极光流转于球体中，紫紫绕绕，飘飘荡荡；无形无体，似雾非雾。

迷幻璀璨的流光眼夺取了辰汐全部的视线，没有注意到身后逐渐靠近的威胁。当冰滑湿腻的寒冷贴着脊梁骨蹿上她的脑海时，一头几十米身长的巨蟒已经盯上了她这个猎物。如她腰身粗细的蛇身挤满了房间。张弛一双幽森的蓝眼审视着她。下一秒，在她来不及反应之前，闪电般吐出了红色的信子，就要将她似蝇虫般卷入腹腔。

辰汐像是吓住了，体温瞬间降至冰点，足尖僵硬难以动弹一步。生生愣在巨蟒的牙

缝底下,忘记了闪躲。

鲜红的血液滚烫,喷洒在她的脸颊上,却不是自己的。

千钧一发之际,一个身影挡住了它的袭击,冰刃割断了巨蟒的信子。可坚韧如刀般的红色信子却由惯性作用飞出,穿透了身前的胸膛。割断舌头的蟒痛得摇头摆尾,身体大力地冲撞上墙壁。墙壁却在此时起火,沿着它的鳞片灼烧,一路攀沿。转眼间辰汐的四周幻化为火的海洋。

她却无暇顾及,庇佑她的神猝然跌落在她怀里,猩红如焰的血沿着唇角滑落,溅了她满身。

No.11

"洛——"

泪涸湿了眼眶,疼痛咸涩。喉咙仿佛在此刻哑住,短短的音阶发得竟这般吃力。

流光眼散发出的银白色光环,包裹住身前的青洛。美得宛如罗兰绽放在霞光里,可光圈却托不住逝去的生命。

他又救了她一命,而他却再也不能给予她弥补的机会。

"拿到流光眼了?"

他躺在她怀里冲她笑着,翩然如蝶,生气却已不再。

"唔——"

困意来袭宛如身边的火势,洛却逐渐没有了力气。却不知哪里来的能量,他推拒着她,企图将她抽离焚烧的炽焰:

"拿着流光眼,我送你出去,快——"

"不!我哪儿也不去——"

辰汐却执拗得可以。

现在,她哪里还有心情去关照手上的流光眼。声音呜咽,搂住他肩膀的手不可遏止地颤抖,指甲陷入肉里,想要紧紧地抓住,却又备感无力。泪水不争气地滴答滚落,在青洛俊美似仙的面颊上开出澄清的花朵。

企图捂住他胸膛伤口的手掌已经逐渐溃败,血液似沙,源源不断。

挣不开她的藕臂,只得无奈地叹息。青洛的脸色苍白如纸,唇却被血水染得异样的红润。他开始诱哄,妄图唤醒她逃生的勇气:

"丫头,我有没有跟你说过,你笑起来很好看。现在,笑一个给我看好不好?"

笑?黑眸微怔,而后努力地扯动唇角,但却无论如何都做不出一个像样的笑脸。

"洛,对不起,不要丢下我好不好……"

她泣涕难以成言,祈求一个梦,却是他们都知道无法实现的可能。

"求你了,丫头,不要哭泣……我最受不了你哭了,弄得我满身脏兮兮的……"

彼岸【第七卷】

他妄图止住她的泪水,可笑话却一点都不好笑。扑面而来的咸湿更急更猛。

大掌伸展贴抚在她的脸颊,冰冷地几乎冻结她。她却生怕连这点温度都遗失,不舍地死死扒住不放手。

他对她来说,是如此特别的存在。哪怕穷其所有,终不愿失去。可如今,他的生命却在指尖滑脱,宛若勒不住缰绳的马儿,眼睁睁地看着他离她而去。

"洛,醒醒,不许睡……"

辰汐不间断地催促青洛,抗争死亡,却抵抗不了命运之轮的审判。掌自脸颊垂落,最后的气息消失在她纤长的脖颈处。

悲伤如潮水奔流,在血管里沸腾。悲怆地吼叫恍若小兽,自辰汐羸弱的身体里四溢,穿透了火海,直抵朗夜的碧空……

"啊——"

窒息的疼痛推挤着心脏与脉搏,悲伤也要抢占一席之地。胸腔难以承受巨大的创痛,压抑地嘶吼好似爆裂一般发自肺部,冲击着辰汐的大脑神经。

伤,似飙风撩起四野的火焰。莫名的能量积聚在辰汐身体里,骤然一瞬炸开。

火堆外,焦急徘徊的豹猫张开了硕大的羽翼,引领着风的方向,推挤着燃烧中覆灭殆尽的砖瓦,抛升飞向天际;又似流星般坠落。寝宫一时间火星流窜,困住了堆积在宫内的禁卫军。

场中央的梨雪怔然矗立,兴奋与怀念的光自银眸中转瞬即逝。庞大的能量体波及她身体的刹那,共鸣一般化身为银白色的巨龙,腾跃奔向天际。

一龙一豹发出喜悦的鸣叫,引得百里内的鸟儿齐喝。仿佛是迎接着某一位重要人物的降世,顷刻,高昂的奏鸣曲,穿透了众人的耳鼓。

流光眼在火热的能量里幻化成点滴的星尘。光彩四溢,一个个影像的残片灌入辰汐的额头。那封印了千万年的记忆,沉积在渺小的能量球体中,等待这引爆的瞬间……

漆黑无痕的狂野上,奔腾的三途河所孕育的女子,造就了尘世的繁华,赠予了世界生命。当明媚的色彩取代了唯一的灰黑之后,阴影同时产生。为了保护世界不被阴影吞噬,女子用河川将其划分为幽冥界与众生界,将阴影逼退封印入幽冥界。

当尘世归于平静,无尽的寿命只带来寂寥,孕育生命的乐趣已不能再取悦于她。创世者将能量分散成八宗兵器,自此坠入命运的轮回中……

而这一世,阴影打破了平衡,闯入众生界。而她自人间降世,回归于此,为了再次维系平衡而来……

No.12

银丝流淌过雕刻精致的水晶棺盖,纤长的手指沿着衣袖的走势在外围慢慢地画着圈。冰晶的眼眸掩藏在蝶羽般轻盈的睫毛下,低首难辨心绪。

水晶棺材内的男子一头红发分散在光洁如瓷的脸颊附近,竟有几缕淘气地浮在如莲藕般精致的锁骨附近,勾勒出煽动迷乱的气息。粉唇微动,凤眼却紧闭。等待着前来吻醒他的人,开启那眼底深泓般绚丽的春光。

抚摸棺木的女子有些气愤地皱了皱眉,口气冰冷地问向身后诚惶诚恐的随侍:

"她什么时候离去的?"

"回陛下,女神在这里待到天亮就离开了。"

"走前说了什么?"

"女神什么也没说,只是向您问好。"

"问好?"

梨雪的音阶高了八度,隐约透射出来的愤怒惊吓住了身后的随侍。

不远处倚墙站立的男子,立刻来到近前,扒开了她企图捏碎棺材的手指。安慰性地轻抚背部,神情亲昵无间。

窝在情人怀里的梨雪,愠怒地发泄脾气:

"展尘,她竟然连招呼都不跟我打就玩失踪——"

怀抱佳人的俊俏男子一脸的无奈:

"不气不气!女神不是有向你问好嘛!"

不提则已,一提她就更加火大:

"那是问好吗?那是要挟,让我按兵不动。把青洛的尸首丢给我,自己带着豹猫跑了。这让我如何跟天族决战?将她的宝贝磕了碰了,我可没有另一个天下第一美男赔给她!"

拍抚她后背的手明显一僵,朝棺材里扫射的眼神一瞬即逝的犀利。梨雪感觉到他的吃味,颇不以为然地朝他的肩膀捶去:

"干吗?那是尸体耶!我还不至于对尸体下手。再说还是一具有主儿的尸体!"

展尘的面颊上露出从容淡定的笑颜,方才犀利的眼神好似昙花。对于他来讲,平息怀里佳人的怒气,是富有挑战的活儿。转移她的注意力是他屡试不爽的手段。

不一会儿,门外传来讯息:

"启奏陛下,探子来报,女神朝天族方向而去,现已步入敌军领域——"

"她会不会……"

展尘对于此举颇为疑惑。梨雪的确是兴致盎然地挑眉:

"会不会了断战争我不知道,不过我倒是知道,有个人现在有麻烦了,而且还是颇大不小的麻烦——"

辰汐踏入天族驻扎的军营时,大部分的士兵均是一脸惊异。没想到被他们陛下通缉的人,竟公然大胆地出现在十万大军的营阵前。但见身旁的巨型猛兽,即刻进入备战状态。

兽中之王的豹猫一双眼瞳宛如明珠般通透晶莹,锋利的牙齿恣意地露出,浑厚的吼叫声传遍百里,引得远处深山里的狼群齐喝,百兽臣服。庞大的羽翅带来飙风,席卷了四周的干草垛,荒草飞絮混在滚滚的沙尘中,扑面袭来,震荡的木质围栏发出轰隆的鸣响。吓得守卫赶忙调集处于外围防御的驱使秃鹰。

上百头灰黑色的鸟儿却怎么也拉不上天空，趴倒在地面上不肯起来。任凭抽打，就是连动都不肯动一下。马匹的反应更加不及，前蹄慌乱地扒着土地，如临大敌。

百十柄弓箭上弦，穿过了层峦叠嶂的黄沙飙风，朝目标而去。却在十米的距离被屏障阻隔，折成数段，混在狂风之中粉身碎骨。

辰汐依旧的蓝装素裹，飘逸的银丝在风中飞舞，任凭晨光在发梢上洒下淡淡的氤氲。润泽的面颊，像温润的白玉，散发一圈无瑕的光华。冰蓝的眸子幽冷如湖水般沉静，不论是前方的飓风还是飓风后的上万士卒均对她起不到任何影响。

十指如兰，轻巧地触上豹猫赛雪的皮毛，眼眸迷离似雾，温柔地爱抚：

"好了，雪儿，我想那个人已经知道我们来了……"

风停歇，抛高的废墟干草轰然坠落。黄沙扫过大地，几柱不算稳定的木桩跟着断裂、残败。灰尘却似被赋予了生命，贴近蓝锦时分，安宁乖巧地平息。

尘沙后，一抹白甲戎装的男子缓缓地自黄沙中走来。清冷的冰瞳却未将注意力放在他身上，仰首瞥见天族的星月旗帜，压抑的墨黑刺目，令她不悦地皱眉。

"我讨厌你的品位——"

眼神停留在星月战旗上，待对方走近，缓缓地开口。

"这就是你在千万年轮回之后，最想要告诉我的吗？"

辉煌绚烂的金瞳闪烁着复杂的情感，悲喜交织着千万年的沉重思念，排山倒海般满溢，却在辰汐不经意的一句戏言中戛然而止。她是他致命的毒，如此轻易地左右着他的喜怒哀乐。

"不，我只是不太满意你将光音杀掉的事实——"

冰蓝总算将视线调整，如星辰般耀眼的光圈落在翔玠的身上，可那双美目里清冷如水，没有半点情感的波光。这一瞥，刺痛了他，也惹怒了他。不甘心在这万年的沉寂中，她竟然未对他拥有一丝丝的想念。

"既然是替身，就没有存在的必要。如果她不死，我要如何唤醒真身——"

涂抹以及隐瞒在她面前从无必要，他毫不愧疚，反而做得理所应当。

"你在毁灭我所创造的世界。"

冰瞳没有温度，孤立绝世的身影透射出王者的气焰。身后的太阳完全地升起，金光四射地包裹住她，无声地张扬着摄魂夺魄的美。

他媚眼如丝，唇边绽放邪魅的讽刺笑意：

"你创造了它，却也抛弃了它，如抛弃我一般。光与影不是同在的么，为何唯独在乎这片土地，却放弃了我——"

"我没有放弃你。我将幽冥界赐予你，你却置之不理，任凭鬼魅飞窜，流失在众生界。现在两界秩序混乱，你却在此贪恋权术……"

"贪恋权术——"翔玠怒极反笑，她不经意的残忍几欲撕裂他，眼底的绝望如破碎的霜月：

"你以为我真的在乎吗？我恨不得毁了这一切——"

"那样你也将烟消云散。你是光面的影,别忘了。"

两片薄唇开阖,幽幽地道。在她眼里,他的悲喜宛如不听话的孩童在闹脾气。

他缓慢地靠近,距离她仅有半步之遥。掌伸出拂开她额角处纷乱的发丝。盯住她的眼神流露出隐隐的脆弱,无遮无掩:

"那么,你比较在乎哪一样?"

最后的不甘透过眼眸传递出来,等待了千万年,只为了问她一句,她是否在乎。说出口后,竟没来由地紧张心悸,却又甘愿被她回绝,坠入万劫不复的深渊,何其矛盾。

一声叹息带着无可奈何的幽婉,出自辰汐柔弱的身体。她凝望着他,缄默不语。

翔玠的手指却似恋上了指尖柔滑的触感,自饱满的额头一路向下,精致的鼻,瑰丽的唇,弧度优美的下巴。想象着,不经意间的魅惑流转过冰蓝色的眼波,轻轻一挑,皆是一场劫难。

可惜,这一切从未属于过他。就算他拥有毁灭天地的本事,却没有能力摧毁创造了他的她。她将他克制得死死的,连同身心一并夺去,却不肯施舍半分的同情。

就算是诞生在光下的阴影又怎样;就算是统领了天族,几乎踏平众生界的战神又怎样;引不起湖底的涟漪,他便依然什么也不是……

No.13

"下一次轮回,我会令你思念我,哪怕是恨我……"

翔玠对辰汐如是说。

"当你没有学会爱之前,不应该夸下海口……"

她回答,袖手轻舞,抖出一颗碧光炫晶的球体。

望着无色无波的透明珠子,他朝她淡薄一笑,惊心动魄地粲然:

"乾达婆的锁魂珠。你的子民只闻其名,却不曾了解它的真正用途。它消逝了很久,我一直想要夺来销毁,却不知它的具体所在。"

辰汐莞尔,也许是巧合吧!这颗珠子是昨晚她在青洛身上发现的。要不是它,她也几欲遗忘了起死回生的本领。

内敛的笑意没能逃过翔玠的眼睛,嫉妒溢于言表:

"这笑容为了谁?因你而死的小子?!他已入轮回道,就算是你也带不回来。"

"一命抵一命——"

"你要用我的魂魄去换他的?"

他总算是明了了她取来锁魂珠的用意,震惊地瞠目。

她默认,冰冷的眼波淡然地望向他。眼前金灿的美目里创痛的悲凉,傲然的眉骨颓败般平展:

"为什么……"

彼岸【第七卷】

她竟如此不公。他耗尽千万年的思念只为了唤醒她,她却为了别人反而牺牲他。

无悲无喜的冰蓝亦如最初:

"你打破了众多生灵的命格,皆该受此劫难。"

这一次,她要将他放逐在轮回里,体会众生之苦。

"胡说!你分明是报复——"

翔玠愤恨地怒吼。

"我都不恨你,何来报复?"

她却不甚困惑。

无所谓的口气带来清晰彻骨的恨意,明知结果他却抑制不住杀气。一瞬间,翔玠将力量完全释放出来,誓死一搏。

天地蜕变,光被黑暗笼罩,掩埋在通天蔽日的血腥里。风中传递来幽谷深山后泥泞沼泽的湿气,迅速地汇集、弥散。

日头被妖异的红月取代,阴气瑟瑟,鬼魅横行。幽白没有实体的魂魄漫天游荡。穿梭在他身后的万人大军里,吞噬着生灵的性命。

暮凉的光闪过辰汐的眼眸,手指捻珠。

霎时,夺目的星辰自掌中的锁魂珠里绽放,睫羽扇动的刹那,前方哪里还有翔玠的身影。暗黑被光芒吞噬,血月也似从未出现一般,荡然无存。唯有玉掌中托起的珠子染上一抹黑丝,困在晶体中,挣扎徘徊。

"何必呢?明知没有胜算啊……"

粉唇溢出叹息声,呢喃言语。仿佛是为了回应她,黑丝挥动、跳跃,却又很快地没了气焰,静止不再动弹。

"小汐……"

恍惚中有人唤她。水漾冰眸轻抬,隔着惊惶未定的军营,熟悉的蓝影立于几米远宽拓的场中央,一双幽蓝的眼眸里盈满的震撼多过于惊喜。

起初,血阑皆不相信辰汐会出现在军营前。接到通报以为是戏言,毕竟营前灼热庞大的能量气息与印象里的辰汐贴不上半点边际。直到乍闻融雪绽放的兽王吼叫,才匆匆奔赴近前。

翔玠撩动天地的杀戮之气,引来大面积的亡魂,天众军营一下陷入困境,恐慌多过于抵抗,眨眼间损伤近半。血阑被几只幽魂困住了手脚,难以上前探明来者的真身。

待到乾坤扭转,熟悉的柔弱身影立于眼前,讶然溢于言表。

刚毅薄唇下吐出的名字,如此委婉带着不确定的慌张。

传递过来的目光却熟悉又陌生。眼前的人儿眉眼依旧,却以傲然不群的姿态,神祇一般降临于世,夺目得让人屏气凝神。冰蓝色的幻眸里再也找不到初遇时的单纯与美好。被淡漠的王者之气替代。纵然一瞬,他感觉已经失去了她。明明间隔站立的距离,却仿佛已经跨过了好几个世纪。那水瞳下的世界再也没有他的一席之地。

粉唇悠然,如百合般清香典雅:

"楼主来得正好,我有事所托……"

仅此一句,心坠落入谷底。搞不清眼前的人儿是辰汐还是别人。

深邃的碧湖下汹涌澎湃的情愫顷刻间被深埋,压制得太过迅速,以至于灼烧的刺痛感几乎撕裂了他的心脏。俊朗温润的面颊努力扯出半大不小的笑颜,连忙改了称呼:

"不敢,在下能如何为女神大人效劳?"

"呵,你还是唤我小汐,我比较习惯——"

明媚的笑容自辰汐的唇边洋溢,恍惚了血阑的视线。微怔抬眼,四目相交的刹那,穿越了红尘的诸般流离,时光仿佛逆转,岁月如逝水般倒流。她还是她,没有消失,只是在他羽翼下的女孩如今已长大,强到独当一面,远远超越了他的步伐。或许终其这一生,皆不会被他赶上了……

手中的折扇张开,了然汇入眼角,笑容里夹杂着淡淡的失意,一如既往的温柔:

"那么,你还是唤我阑,我比较不容易见外……"

"呵呵——"笑如烈焰般绝艳,眼底不经意间流露的风情楚楚动人,"好!我来向你借一样东西……"

"只要是小汐要求的,我定不会拒绝……"

从前不会,现在也不会。只是现在告诉她,是不是有些太晚了……

血阑眼底的寂寥难以隐藏,却依然优雅得淋漓尽致。辰汐明白,却已给予不了回应。他们的红线断了就断了,无法弥补。掉转视线避开浓烈的情感压迫,笑容被疏离掩埋:

"紧那罗族的紫晶玉笛可否借我一用?"

"这原本就是你的,何必跟我客气——"

她的口气太过淡漠,以至于冻伤了他的浓情。掏出紫笛的手微颤,本不该怨的,却又禁不住地黯然神伤。

拿到紫晶玉笛后,为了保证手中的锁魂珠不被翔玠挣脱,辰汐不打算作片刻停留。转身即将离去,方迈出步子,身后一只大掌却即刻拉住了她的手腕。

蓦然回首,疑惑地挑眉。但见血阑似欲言又止,似有难言之隐。

"怎么了?"

"就这样走了?"

愠怒乍现于蓝眸,不悦于她的不告而别。好歹相识一场,竟连一句话也不打算留下。冰瞳起初不解,血阑却死死扣住她的手腕,阻止她前行的步伐。

"群龙无首,你要抛下这几万大军去哪里?他们不是你的子民吗?难道你一点都不在意他们的死活?"

见她毫无解释的打算,无名之火更加旺盛。太过心急,未经思考地脱口而出。吐出却又开始暗自悔恨自己的愚钝。

冰眸一怔,温度瞬间降至冰点。不着痕迹地挣脱,拉了距离,淡漠地答:

"他们怎么会亡?!翔玠被我所杀,如今是多么好的篡权时刻。我想阑定是不会错过的,毕竟已经谋划了这么久,就等这个契机了,不是么?"

风落寞,吹过空旷的原野。身前的蓝衣少女已乘豹猫远去,唯有独立于军营门前的

彼岸【第七卷】

孤单身影,手中揣着她最后时刻交给他的族长印,失魂落魄地站立,还在眺望她离去的方向。

金灿灿的印牌此刻竟有千斤重,举在心口上却不似在手里,压得他几乎喘不过气。等了这么多年,就是为了这一刻,可心底洋溢不出半点期盼的喜悦。

几百年如梦,梦里的蓝衣少女亦真亦幻。他似已分辨不清。

如梦初醒之际,少女却不知所踪,眼底的失魂落魄,竟也无人愿意抚慰。

他,赢得了天下,却唯独输了她……

No.14

浓雾遮住了暗无天日的绿泽森林领空,阴霾潮湿的沼气低迷却又浓郁地会聚在三途河的沿岸旁。杳无人烟的绝境处,黑夜里的幽灵不时地探出头来,搜寻迷路的食物,发出戾人的呜咽声,即刻又隐去。

暗红色的河水源源不绝地流淌穿过森林,几滴拍溅上岸边的岩石,激起大串的殷红水花,遗落在泥泞的黑色黏土里消失不见。

幽婉悦耳的笛声朦朦胧胧自远处响起,唤醒了隐秘在树林间盘旋的亡魂。仿佛总算在毫无希望的日子里寻觅到了向导,纷纷会聚跟随而至。

一叶木舟闻声而至,悠悠晃晃地摇曳在三途河上。靠岸之际,摆渡的船家没有眉眼的惨白面容上露出欣喜的恭敬之色,谦卑地朝树林里笛声的方向行礼:

"小人在此恭候大人多时,不知大人想去何方?"

笛声暂歇,一抹蓝影自树林里隐现,手持紫晶玉笛,银发冰眸,肩膀处趴着一只慵懒的猫。清冷的女声客气地开口:

"轮回道,劳烦……"

悠扬沁心的笛声又起,桨拍打着血水,划出涟漪,船缓缓地朝前方移动。少女腰间的锁魂珠忽明忽暗,好似鬼域边的鬼火,散发着妖魅的光圈。身后紧随而至的斑斓游魂,快乐地飘来飘去,给幽森诡异的三途河,添上一道绮丽的风景……

船再次出现在三途河上的时候,已是第二日的中午,绿泽森林一天里难得的放晴。船中央,少女手中的横笛别在了腰际,掌中被锁魂珠取代。

日光透过树的缝隙在河流上洒下斑驳的影子。锁魂珠里的流光由墨黑变成紫红,安宁祥和地聚集在球体里。望向珠子的冰蓝揽上温柔的色彩。被少女感染,河面四周陡然退去了恐怖的幽森,瞬即,光秃的河滩旁长出了深绿色的灌木,暗红的血水自枝头冒出了芽儿,一朵朵艳丽妖娆的花,开得激滟夺目。顷刻间抹去了河岸的沧桑。

稀稀落落的孤魂闻香而至,沿着河道飞驰,亲昵地抚过花蕊。娇艳欲滴的花儿摇曳几下,又恢复了幽雅的姿态。魂魄欣喜于此,又去抚弄下一朵,渐渐地,白色的身影消失在三途河的对岸……

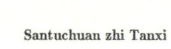

少女举起空闲的手,在空中画印,默念一声。
一道天然的屏障再次出现在河岸旁,沿着开得奢靡的彼岸花一路通向三途川的尽头。巨石嶙峋的山崖间,白丝凝绕,千千万万朵魂魄尾随游魂而去。直到最后一缕魂魄得以净化,少女高举的手臂才缓缓放下。
两界的壁垒再次完善,辰汐的面颊稍许苍白,额头隐现点滴的汗珠。胸腔间传来满足的叹息:
"这一次的结界不知可以维持多少万年……"
她呢喃低语,却非只说给自己听。无脸的摆渡人悠悠然地回身,依然恭敬面带笑意:
"大人都不知,我又如何知晓呢？不过我却知道,有了这开得满滩遍野的曼珠沙华,众生界的游魂定会少了许多吧……"
"是啊,这下我有勇气面对夜叉族的百姓了……"

No.15

龙族驻军,金顶主帐的门外。一抹白影在门前焦急地走来走去。银色的发丝在脑后被她甩出华美如锦的流线,频频地引来士兵惊艳的侧目。却经过倚靠木桩悠闲地咬着稻草,展尘的眼神威胁下,惶恐地低下头去。
"好了,你晃得我眼都晕了——"
终于无法接受她带给周遭的影响力,伸手轻带稳稳将佳人搂入怀中。半是诱哄半是安慰地道。
"可是,我担心啊！辰汐一回来就奔这儿来,都进去半个时辰了,怎么还不出来？！"
紧蹙的娥眉充分地表露了她的揪心,要不是碍于身份,她恨不能现在就揭开帘子冲进去,瞧个究竟。
"展凝不是在里面嘛！你怕什么！有哥在,她不会有事的。"
展凝与展尘双生兄弟是梨雪的左右大将,也同是梨雪的情人。
"话虽如此,可是她当真能起死回生么？据报,上午幽冥鬼界的封印已经修复。这么短时间,会不会……"
梨雪依然担心,封印结界令辰汐损耗过多,接下来又要勉强救人,她甚感不安。辰汐之于她是世交,同时又是这片土地的精神力量。如若信仰的神倒下了,她简直不敢想象后果如何。
"她是大神,她都不能办到的话,又有谁能？"
"大神也需要休息——"
她赌气地撇嘴,却不敢抬高音量干扰到里面,只得自己生闷气。暗自发誓,待到里面的人出来,她定要押着她先去恢复元气不可。
金顶营帐内,辰汐立于水晶棺材旁。棺材的盖子开启,置于背后的角落里。一名身

彼岸【第七卷】

着龙族戎装的将军倚在入口处,成守护的防御阵势。

接下来的法术皆不容易,哪怕之于辰汐也是如此。为了保持一个平稳的环境,必定需要有人在周围把持,确保不被干扰。这也是为何,辰汐恳请展凝进入的原因。

在这个世界上,一切生命都要经历正常的生长规律,即所谓的生老病死,神族也不例外。只不过相比于人类来说,他们更贴近于大神的存在,也因此寿命较长。

而今,辰汐将打破规律,破例挽救已死之人,对于她来讲皆是挑战。至于她也不知道会不会成功,正如不了解灵魂被迫注入身体后,会发生怎样的反应。

不过,这是唯一的办法,所以,她宁可孤注一掷。

指尖轻轻地沿着高挺的鼻翼滑到唇边,她万分期待着,那闭合的眼睑开启时分所展现的光芒。

也许是她太过寂寞,在悠远流长的生命长河里,厌倦了不生不死的形态。所以甘愿跳入轮回道,体验生命诞生时刻的惊喜,以及死亡瞬间的悲痛。可那悲殇太过撕心裂肺,刺伤了她的心灵。当最爱的人倒下时分,牵绊也跟着逝去。生命仿佛不再有意义,那些都是她无法承受的,为此,她不惜付出任何代价。

手腕转动,触上手中的锁魂珠,引出封印在其中的雾丝。紫红色的丝线,在她的掌心飘忽如蝶,却也乖巧如兔。指肚抚摸上没有实体的魂魄,唇边不自禁扬起笑意。青洛的灵魂如他的人一般,触手冰冷似雾,却又因那炫丽的颜色带来点滴的暖意。

接着腕部翻转,淡薄的能量包裹住紫红,灌入青洛的印堂。

魂魄如丝,一粒粒光点般细微的晶体连接着辰汐的掌与青洛的身,以极度缓慢的速度流入。但兴许是入注的能量太过稀薄,灵魂不能与身体重合,紫红不听话地又跃了出来,浮在空中。

她连续尝试了数次,均都以失败告终。紫红的能量体,一遍遍地被打入体内,又被身体排斥了出来。逐渐在盘旋往返间缩小,由最初散放的明亮深紫转变为温润的淡紫。

柳眉聚集成川,任凭能量多次在掌中消耗,皆不打算停止。掌控魂魄的手由于抬得过久,近乎麻痹,却顽固得不愿放弃。仿佛放弃了执念,等同于放弃了挽回青洛生命的机会一般。

最后,立在局外的人再也看不下去,一步跨上前去,自身后拉住了她企图落下去压迫紫光的手,止住了她无谓的行为。

"够了,你看不出再这样耗下去,你将耗尽气力,他的灵魂也将灰飞烟灭吗?"

被扣住手腕的人儿身影猛烈地一震,张开的手掌颓败般握紧。羸弱的身姿以极其缓慢的姿态转了过来。两片薄唇倔犟地抿起,落在阻止她行动的展凝身上,缄默不语。冰眸里几分绝望,几分悲凉,更多的是同归于尽的决心。

当她的头抬起时分,红肿的冰蓝水光涟涟,透射出的执著光芒震慑住了身后的展凝。她又怎会看不穿,只是希望越渐渺茫,她的信念也濒临崩溃。破灭的恐惧几欲摧毁她,让她想不出新的方法控制力度。

硬朗的男子被冰瞳里凛冽的坚定打动,语气放柔地开导:

"也许只是方法不对……"

比起寻觅方法，她看起来更加需要休息，劝慰的话到了嘴边，却又让展凝难以吐出。

深深吸入一口气，展凝的介入阻止了她愚蠢的执著，刚好令她能够冷静下来。他说得没错，这样下去，自己不但会气力殆尽，青洛的魂魄亦将灰飞烟灭。

方才白白流逝的气息均是壮年男子的能量。但没有人曾经救活过死人，所以皆没有人了解到底要损耗多少的能量才能维系住魂魄与身体。

但如果……

一个疯狂的念头衍生了出来，冰瞳闪过星芒。

改变了轮回，起死回生皆不受命理的控制，那么假如当真能够救活，他皆是另外一大神的存在。达到大神阶段，一个壮年男子的气息必定是不够的。

心思捻转，冰眸似是开窍一般豁然通透。拂去抓住她手腕的大掌，全神贯注于青洛身上。

身侧的展凝见她眉宇舒展，目光如炬，安心不少。固执的女子一旦专注将会很难劝阻，与其如此还不如任由她去。寻思后，退回了角落里。

气息之光这一次来自于辰汐的全身，银白的光圈由她身体内散出，包裹住青洛的灵魂一起注入身体。由于大幅度的能量倾巢而出压境而来，紫红的魂魄接触如玉般光洁的额头刹那，不再是细水连绵的光丝，霍地一瞬被逼入体内。辰汐不给它反跳的机会，气息不间断地持续性导入，调动青洛闭合状态的身体机能合作压制住魂魄。

逐渐地，斑斓的白光稳定地包围住两人，单向运输的光丝转变为循环运作的光圈，静静地在二人的周围流淌，仿佛是穿透窗户倾泻下的如水月光倒映在唯美画卷上，令人窒息的绝世芳华，潋滟生辉……

唯一目睹这瞬间的展凝，惊讶不已，不自觉地屏气，怕惊动了这幅瑰丽之作。

末了，细微的浮动总算规律性地出现在青洛的胸膛时，辰汐收手，光束的牵绊消失在二人周身。她依然不放心，待到手边的人逐渐恢复了温度，方才宽心。

转身冰瞳落在身后的男子身上，如若不是他的提醒，现在或许她将抱着青洛的尸体万念俱灰了。顶着疲乏过度的倦意道谢，声音缥缈似月影：

"多谢将军相助——"

当紧绷的神经松懈下来，辰汐才顿觉疲惫不堪，虚耗无度下的身体似拆卸开了一般，不再属于她了，头反而涨裂般沉重。欲要迈步走出营帐，手才离开支撑的棺木，紧跟着天旋地转，眼前漆黑一片，栽倒下去……

意识涣散的最后一刻，落入一双铁臂里。冰凉的海水味道淡淡地扫过鼻翼，随之彻底失去了知觉……

No.16

辰汐这一觉竟睡了有半个月之久。而对于这片大陆来说，半个月足以发生很多事情。

彼岸【第七卷】

夕阳如血,沿着船舱的窗栏一角照射进来,床铺上慵懒地打着哈欠的猫儿,抬起前爪揉了揉眼睛,掉转过头去继续它的美梦。

睡了饱饱的一顿懒觉的辰汐,美美地伸了个懒腰,捣搔起躺在身边一副甜蜜表情的猫儿。屋外,哨鸣声响起,船晃荡了几下,离开了岸边,朝海中央开进。海水咸湿的味道顺着打开的窗棂飘散进来,难得地令她感觉饿了。

门就在此时开了,身着戎装的梨雪带领着几个手持食盘的侍从蜂拥而至,狭小的船舱一下子热闹起来。

尝遍了满桌子的糕点,冰蓝的眼眸里会聚上满足的香甜笑意。心情极好地调侃:

"哈,难道有心电感应吗?你怎么知道我醒了并且非常的饿?"

冷哼出自桌子对角一身风尘仆仆的女子。看样子是才从战场上退下来,疲于奔波令她的心情差到了极点。与辰汐十四天的好眠形成鲜明对比。

"我可没某人这么好命,在这里睡大觉,不去管外面打得昏天黑地——"

"哦?有多昏天黑地?"

局势的紧张完全没有影响到辰汐喝茶的好心情,单眉挑起,一副看戏的表情。

梨雪额角的龙纹印隐隐地泛着异彩,对于辰汐的漠不关心,无可奈何。

谁让她曾在几万年前是她辰汐的坐骑呢?几个世纪以前的大陆混战,她就是这副模样,如今她又怎能企盼她有所好转?

"有消息要告诉你——"

"长话短说——"

"好!一个好消息,一个坏消息。你想先听哪个?"

"从好的开始吧!"

抿了口茶,辰汐身子微微后倾,但闻其详。

梨雪的银眸转暗,声音压低几许,肃然的表情一点都不像在叙述好消息:

"血阑篡权成功,摩呼罗迦族内乱爆发——"

辰汐斟茶的姿势未变,沉稳依旧。意料中的结果,不接话等待下文。

"蓝煌向天族求助,焚剑却在谈判桌前杀了蓝煌——"

正要抬起的手一怔,这倒是出乎意料的事件。辰汐的小动作尽收梨雪眼底,凤眼露出得意之色。

"那焚剑现在如何?魑堂由谁主事?"

"血阑命人扣押了焚剑,而魑堂嘛……"梨雪的声音拉长,停顿数秒,"由你的小宠物蛇——蓝琦掌管。"

"他不是我的宠物——"

白了对方一眼,不喜欢梨雪的说法。心思捻转的冰蓝同时闪过惊诧,不祥的预感笼罩在心田,蓝琦在魑堂的攀爬速度超越了她的预估,不免有些担忧。

梨雪不以为意,视她的不悦为空气。继续道:

"那么坏消息你还要不要听?"

以上已经不能算好消息了,接下来的恐怕更有过之。冰蓝退去了看戏的漠不关

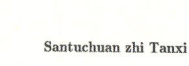

心,唇边的飘然洒脱不在。缄默地点头,让她继续。

幽暗的银眸突现隐忍的煞气,凤眼眯缝成线,延伸至眉角的龙纹血光氤氲。

"琅熠宣布要夺回他的王妃,大军踏入我国疆土边境。"

声音突兀地停顿,一瞬不眨地锁住辰汐。后者感觉到她目光里的深意,四目交会。心底咯噔一下,又佯装镇定地问:

"怎么了?"

樱红的唇撇了撇,淡然地瞥了她一眼:

"青洛走了。"

"走了啊……"

失望瞬即会聚冰瞳,却也并没有太多震惊。既然琅熠打着夺回王妃的口号而来,青洛自然不可能坐得住。他一旦遇上琅熠,就算是同生与共的情感也会被隐没在心底。青洛所信奉的扼腕之交,辰汐不苟同,却无可奈何。

"没关系,现在的他应该没有对手……"

笑容温婉,除去了希冀后的悲伤,蕴藏的千般情愫压抑在眼眸里,令人心碎的凄楚。

梨雪蹙眉一怔,起初不太明白她的寓意,恍然顿悟,猛地一跃而起:

"你……你是说,你分了一半的力量给青洛,他现在强到无人匹及——"

欣赏梨雪诧异表情的辰汐,嘴角微翘,略微点头表示赞同。

"你疯啦?"银眸瞪得硕大,无法从惊诧中恢复,"这样值得吗?这个男人爱不爱你,你都不知道,为他竟做到这般田地。你不怕他持有霸主的气息后去翻云覆雨,演变成另一个翔玠?"

"不怕!"

辰汐肯定地答。关于这点她有信心。如果青洛当真是这种人,就不会在琅熠出现时分消失无踪。他越是如此,她也越坚信青洛喜于避世的本性。

"那你现在……"

比起天地变色,梨雪更加担心辰汐的健康。失去了一半气息的她,能否维系身体。

"放心吧!没有什么大碍。只不过寿命要短一些而已……"

她现在顶多算是一般神祇,与梨雪的生命线无异。为此,她笑容明媚,如晨曦中的阳光:

"这个世界不再有救世主与大神,按照它正常的秩序运转。过久的安宁带来动荡的局势,而后征战,和平。这样不是很好吗?"

辰汐摊手耸肩,一副理所应当的模样,看在梨雪眼里却是不负责任地为自己开脱。愠怒地咬牙切齿:

"你……我真想给你那副笑脸一拳,也不知道那些男人为啥迷恋你这副笑容。反正我是看着碍眼得很!"

辰汐不恼,微微一笑化解了她的怒焰:

"接下来,你打算怎么办?驶回龙族王宫?"

任由他人叫嚣不是梨雪的作风,唯我独尊才是她的个性。辰汐这一问不过是想知

彼岸【第七卷】

道,下一步棋她打算如何走。

"那要看小汐你了!"

秀眉轻挑,笑得邪魅。

"我?"辰汐不甚明了。

"是啊!要看你帮着哪一方咯!否则我站错了阵营,到时可是干吃亏!"

梨雪瞥了她一眼,言语中略微虚假的委屈。辰汐扑哧一笑,无奈地摇头:

"梨子啊!你可是越来越腹黑了!怕我被别人拉下水,先来踢我一脚。"

梨雪缄默,不否认自己设计对方。

轻叹一声,辰汐自座椅上站起,踱到窗边。夕阳此刻已坠入地平线下,残存的橙红依依不舍地做最后的留恋。冰蓝的眼瞳跳过了大海,睇向海与天的连接:

"血阑要的是不再被歧视的地位;琅熠要的是与天族同等的土地,说到底无非不过是权势。当获得的越多,欲望膨胀得也就越大。对于他们来说是永不会有被满足的一天的。那么你呢,梨子,你要的是什么?"

突来的问题,问倒了梨雪,银眸愣怂。失神地坐在原地。

回过神来之时,船舱里已经不再有那抹蓝衣身影。风扬起了船上的帆,木质的船帆发出吱呀的响动声。惊扰了杆上的海鸟,抖动着翅膀跃上天际……

No.17

雨蹉跎,滴答啜泣震慑着漆黑的魔坻之夜。风狂呼咆哮,喧嚣着撩起骤雨拍打在帐篷上,每一下敲击都似最妖异的奏鸣曲,诱惑着生命的坠落。

闪电穿过夜空,画下鬼魅的光影。惊动了匍匐在岸滩上的海鸟,逃逸跃上天际,高亢哀鸣,诉说着内心深处的寂寥。

天族阵营,几名魑堂暗部游走在一顶不起眼的帐篷附近。暴雨的凄厉声覆盖住四周寂静角落里的动向,危机隐藏在浮草低垂的原野中。

一抹幽蓝魅影踏上了潮湿的沙滩,施用空间术隐去了身子朝营帐而来。只此呼吸的缝隙,疾风拂面,人已踏入了守卫森严的帐篷内。错身而过的警卫怔愣、互望,皆是一脸迷惘。随后,掉转了面容,将方才的动静判断为撩动雨水的风。

炉上的篝火缭绕,木材焚身时刻的淬涕声被鞭子抽打在肉体上的撕裂声掩埋。烤得滚烫的长鞭犀利地击打在血迹斑斑的背部,深刻的鞭痕犹可见骨。鞭尾的凹槽早已饮饱了血液,泼洒得地板以及帐幕内全是鲜血的记忆。

受刑的囚犯正是前些天嗜杀摩呼罗迦族蓝煌的焚剑。散乱的黑发遮挡住面颊,背部的衣衫残破不全。人因疼痛步入昏厥,神经麻痹。持鞭的手却似不知疲惫般,仍旧惯性地举高挥下。肌肉连抽搐都呆滞,唯有皮开肉绽时分炸裂的颤动。

隐没在角落里的辰汐被这弑血的一幕震撼,发怔地立在门口,诧异地合不拢嘴。

斜对着她的人儿，墨绿发丝挽高，由镶嵌着黑晶石的发带扎起。熟悉的少年身子长高了许多，现今已经比她略高出一个头。俨然一位衣袂飘飘的美少年。只是那双喜爱凝视着她的幽碧深潭已经寻不到半分的纯真，被仇殇的腐魂吞蚀。那个在风筝上画小鼻子的少年再也无处寻觅，陨落在纠缠着他的痛苦仇恨里，覆灭。

泪水再也禁不住自辰汐的眼夺眶而出，宛如月影下的落花，凋零在蓝锦衣裙间。

"谁——"

碎落的泪惊扰了敏锐的蛇，蓝琦碧瞳闪过杀意，长鞭跟进，朝门口挥来。未近娇影，却触及上外圈的空间壁垒，擦出焕彩的辉光。高度警觉神经绷紧，敌暗他明，这对于杀手来说极度不利。气息飞速腾蹿，朝火花的方位而去。

下一秒空间术退去，丽影乍现。轻袖浮影，寥寥挥洒，化开了袭击。

四目交会，梨花带泪的容颜冲撞上蓝琦的心脏，一瞬间杀意不再，思念的情愫如潮水般袭来。婉转莺啼的欢声笑语游荡在耳际，将他带回过往记忆深处。却又在接触到脸颊上的泪滴时分，戛然而止，由记忆里的天堂坠入现实的地狱。那双冰蓝的眸子里盈满了震惊以及失望的悲伤，宛如屋外的骤雨袭击向他的脊梁，寒彻入骨的悲怆。

"仇恨并不能带来救赎，迷失了心境，最终伤害的仍是自己……"

薄唇轻启，重复着她曾经劝导过的话，缓缓地朝他靠近。他宛如做错事的孩童，碧波深潭一闪而逝的潦倒，错开了视线。

这些他都记得，她说过的每一句。可他仍旧没能做到。他也同样记得她说，她永不厌弃他，不论发生什么，他变成什么模样也好。水袖轻纱里手腕处还烙印着他留下的誓言，可她的呢？那埋怨的眼神，灼烧了他的心。

粉白的素藕扣住了他掌握鞭子的腕，水漾冰蓝一瞬不眨：

"就算有弑兄的罪名，他也终究是你的师傅。"

"可这个畜生杀了我的父母——"

火焰闪烁，瞳光里隐忍的血腥，不顾压制的玉手，反射性地挥舞手腕，长鞭蹭过地板发出戾人的响声。

"可你这样报复他又跟畜生有何分别——"

怒火跳跃在冰瞳，嘶哑地冲他吼了回去。霎时，震慑住了对方，碧潭中错愣的哀伤，幻化成枯叶，经受不住创痛般摇摇欲坠。

泪如冰凉的珠串，晶莹凄美。滴答坠落在交织的手背上。仿佛是想要洗净他身心的仇恨，融入鞭子的藤条缝隙。

"对不起……小琦……对不起……我来晚了……对不起……"

少女的双臂张开，轻轻地拥住他的脖颈。银发间的清香包裹着他，因哭泣而颤抖的胸腔传递来深深的歉意。脆弱的娇躯却似有无限能量，带来温暖的气息，仿佛夏日里的月光点亮他心底的黑暗。

她不是真的想要冲他吼叫，只是他驰鞭那一刻的阴狠表情惊吓住了她。所以负面的情绪排山倒海般涌冒出来。恨的怨的却不是别人，唯有自己。一开始她就明晰他背负的仇恨，只怪自己没能守护他。

彼岸 [第七卷]

"月神为证——"她起誓，篡改了当初驱使兽的认主誓言，"不管你今后会怎样地偏离轨道，我都将不离不弃，还你一颗纯净的心——"

蓝琦是天空中的太阳，不该坠入地狱万劫不复。

No.18

当年，蓝煌篡位之时的疑点太多，以至于很难纠查出个头绪。也因此辰汐并不相信焚剑只是受到蓝煌的贿赂而杀了上一代摩呼罗迦王蓝琊。

这根本就说不通，依照这些年魑堂的行动方式，焚剑应该是个克于律己的人。因区区的几百万两黄金去杀自己的好友，皆不是符合逻辑的推测。

既然不为钱，如若是为名的话，这桩案件却仅是他自己唯一承认的。魑堂堂主暗杀的八族贵族定不止个位数，能够拿上台面的也非此一桩。为何他却偏巧就承认这一个。如果焚剑是爱夸耀自己的人，他应该早就成为世面上茶余饭后的精彩书段了。可不但没有，魑堂堂主行事极其低调，作案不留证据，官方通缉榜上仅仅只有摩呼罗迦族一张文书而已。

"不为财，不为名。难道是被威胁？"

"哼！天下第一剑，能受什么人威胁？"

辰汐百思不得其解。蓝琦嗤鼻冷哼。

"不管了，先弄醒他再说——"

辰汐命人放开了焚剑，在蓝琦不悦的目光注视下，唤来军医，寻到止血的药疗伤。动静不算太大，但辰汐的出现很快就引来了天族现在的统领——血阑。

本来打算交由军医诊治焚剑，却因血阑的出现，焚剑被天族的御医照看。原本围绕在军医身边监督情况的辰汐一下子没了事情。只好在血阑饱含深情的注视下退出了帐篷。

外面的风雨停歇，大地回归至一片寂静。天空中的狼牙月高悬，温暖的光芒为辰汐的银丝笼上淡黄的光圈。

"既然来了，为什么不告诉我。非要让传卫兵通报，令我成为最后一个知道你出现的人吗？"

幽旷的澈蓝蕴含着点滴哀怨的光芒，正因为背对着他的人儿看不见，他才能够借着月光表露得如此恣意。

质问的话音，令辰汐不知该如何答。原本就不知要以何等心态面对他，现在心境似乎更加纷乱复杂，只好选择缄默不语。

月光婆娑，时间在沉默中蹉跎，既然她不愿答，他便不再问。与她并肩站着，看月落日出的时刻。

粉红的华彩光照了九州的天地，幽婉的叹息声来自于前方的少女，难道他真的打算

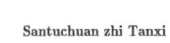

这样站立下去，直到下一个月落日出吗？转身回眸，嫣然一笑：

"陛下还有公务在身吧！陪我一晚也累了。回去休息吧！"

距离她半步远的身子没有动，也不接话。沉默地摇了摇头。深邃的眼瞳里全是心碎的片瓦。仿佛冰山裂缝的一角被撞了一下，顷刻间崩塌。

嘴边的笑意收回，小脸垮了下来：

"好吧！我投降了！不要这样看我好不好！求你，把之前我说的所有伤害你的话，统统忘了吧！"

温柔如玉的血阑给予她的悲伤曾经如此浓烈，如今望向她的那双美目却又这般令她揪心。爱已逝去，无法回应。就算他给的伤害曾经令她痛不欲生，她也并不想报复他。这样的人儿，要如何令她狠得下心呢！

"对不起阑，我并不想要伤害你，我为那些伤害你的气话向你道歉——"

幽蓝的眼瞳暗沉，悲怆非但没能抹去，反而累积深刻了几许。她竟连伤痛都不愿再给予他，这是否意味着，他在她的心上已经被抹去，就连旧伤疤也愈合得不留半点痕迹。

笑如雪莲，美得令人窒息，注视她的眼睛凝结上细碎的冰凌花：

"你没必要跟我道歉，如果我曾经亏欠过你，那些气话就当它相互抵消了吧！我只是希望我仍没有被你划出生命的轨迹。"

此刻，他多想像过去一样伸出手掌去揉乱那一头银丝，可又怕她畏缩地退却，那时的尴尬将会再一次刺痛他。指握紧成拳，极力克制的指甲深深地陷入肉里。过往的亲密如散去的云烟，缥缈似梦似幻，飞散在空中。

他已与她擦肩而过，纠缠不再，独留下他自己仍未释怀。

手边的折扇捻转，霍地一声打开，眼底的悲凉沉入幽蓝的深渊。这样的女子绝世独立，她不曾属于任何人，从前不是今后也不是。从前的他怎么如此糊涂，未看清那烟雨朦胧的银眸底闪烁的灵动。

算计的思量光芒划过眼底，迅速消失不留痕迹。脸上挂上一成不变的笑颜，缓缓地吐出一句令她震惊万分的消息：

"小汐，天族的王从来就只有一个，那便是你。难道你忘记了吗？"

辰汐被突来的话语怔住，傻傻地伫立在朝阳下发愣，一时半会儿实在难以消化血阑丢给她的炸弹。

他这是什么意思？血阑没有加冕天族族长？留待着等她？！

这太荒谬了！

"不对！我不是把族长令牌给你了吗？所以……"

"天族肩负着统领八族的使命，你怎能随随便便就委托他人。你置大陆的千万苍生于何地？！又可曾考虑过天族众人的感受，他们可曾接受一个全然不相干的人统领他们？！"

血阑打断她的话，如连珠炮般将她原本的打算轰炸了回去，着实好好教育了她一顿。未待她回神，继续交代道：

"这令牌我可以替你先保存着，但并不表示接下天族的担子。如今大陆混乱，还请

彼岸 【第七卷】

你快些回来接手，平息天下的战火。"

撂下话后不等辰汐回答，转身潇洒地合扇弹弹衣摆上的灰尘，扬长而去，留下一脸迷惘的女孩。

他曾经是多么期盼这个位置，她怎会不知，如今竟然大义凛然地告诉她，他不稀罕。血阑连希冀都不要了，难道只为了留住她？

待到辰汐回过味来，怎么斟酌怎么觉得就是个彻头彻尾的圈套。她被血阑设计了，之前琅熠、翔玠都曾用过，现在又换成血阑。只不过他们皆未有他高明。

得知她将力量均分给青洛，依照血阑对她的了解，必定能够猜出她的心思，撒手不管的打算。用天族的牵绊捆住她的手脚，这一着棋下得不但不给她回旋的余地，还扣下"天下苍生"的大帽子压死她，令她永世不得翻身。

"可恶的阑，我要收回刚才道歉的话！我恨死你啦——"

笑意浮现在远处血阑的侧脸上，恨也是一种强烈的情感，至少比之前的冷漠无视要好上许多不是么？

如果，心不曾留下，至少能够令他徘徊在她的左右，时常看到她。让他牺牲任何都是值得的，包括那曾经梦寐以求的位置……

No.19

辰汐在天族的军营停留了三天，待到第三日的傍晚，终于传来焚剑苏醒的消息。

于是匆匆赶往关押重犯的营帐，撩开帐帘就见早早就落座的蓝琦，与之一起的还有最近颇为忙碌的血阑。

蓝琦身侧的茶水已经续了不知第几次水，茶叶退去了碧绿的色泽，转变为黯沉的黄，茶水清澈无色。一时间辰汐忍不住怀疑，他是不是最近几日这里的常客。

血阑明显赶来得匆忙，眉宇间还挂着刚刚未处理完的政务，冥思发愣，直到看到她走近才抬眼，露出招牌式微笑。

辰汐朝他点头回以同等笑容，对于两人身边空出的位置未置可否。径直朝床边走去，探手去寻焚剑的脉络，确定伤势。

再见焚剑竟然是另外一副模样，大病未愈造成他面色苍白，原本精炬摄人的玄眸，宁静祥和，眉宇间流露出倦意的沧桑。像是瞬间老了很多，本该持刀握剑的手冰冷没有力度，任由辰汐翻转，秉持脉搏。

莹泽的冰瞳仔细打量这眼前的中年男子，心底盘旋不去的疑惑困扰着她。赫然回神之际，发现他也在凝望她，目光沉寂如夜，令人心绪宁静。

刹那间，恍然大悟，焚剑依然在保护着蓝琦，先不说小琦在魃堂是如何一路来平步青云的；单就他打量她的眼神，带着揣摩探测的光辉。谁人不知蓝琦最为亲密的人就是她辰汐，作为关心，焚剑势必会正视，兴许更加紧张也不一定……

笑容不自觉地挂上嘴角,甜美亦如三月初绽的桃花:

"堂主可是复姓摩呼罗迦?"

辰汐不按牌理出牌,没头没脑地冒出一句,令蓝琦与血阑都为之愕然。

"不是——"

焚剑倒是镇定自若,缓慢地开口。神情添了几分与她周旋的兴致。

"哦——"辰汐故作苦恼状,"那如何是好?摩呼罗迦的前代族长被你所杀,包括上上代也死于你手……"

声音拉长,余光瞟到蓝琦骤然阴霾的脸颊,而后又瞄了回来:

"既然你非摩呼罗迦的本亲,那么杀了族长对你也没有半点好处?这我要如何理解你的用意?该怎么定你的罪呢?"

冷哼自鼻翼处溢出,眼神流露出鄙夷之光:

"蓝煌这种人,想要他人头的人不下数万。我又何须拿出冠冕堂皇的理由敷衍你——"

嘴角微翘,冰瞳暗含笑意:

"唔——这倒也是!可我检查过你的账,皆没有较大面额的银两进账。我想堂主不至于以为凭借弑冢楼的能力,探查不出你总共有多少余款吧?!"

不为钱,不为财。她越发好奇他的动机。

焚剑缄默,若有所思的眼光睇向辰汐。女孩笑得真诚,不打算再与他绕圈圈:

"我很好奇你一连杀掉两代族长的动机。为此有个问题我也想请教你,堂主可曾见过摩呼罗迦族的瑰宝,流光眼?"

"流光眼被历届族长保管,我又如何会亲眼见到?"

"哦?可是我听说当年刺杀蓝琊之后,你曾带着流光眼潜逃,将其巨额卖给了摩呼罗迦的首富倪老板——"

这也就为何辰汐当初会到沉香阁去向倪琼打探流光眼下落的原因。

惊蛰闪过焚剑的眼角,蓦然一笑:

"女神大人既然得知此事,自然也就知晓那颗流光眼是假货。何必又来质问我?"

"可是,当年的蓝煌并不知道——"辰汐咄咄逼人,根本不打算放过他,"蓝煌蓄意谋反,掌控摩呼罗迦族大部分兵权,蓝琊迫不得已自杀,命你带走他唯一的王储。你将蓝琦暗中转移,却高调携带假流光眼潜逃,目的是为了引开蓝煌的注意力。等蓝琦被安全送往弑冢楼,你又将流光眼转手卖出。世人都只知道天下有流光眼,却没有人见过它。更甚至于,除了族长之外,没人知道流光眼根本带不出摩呼罗迦的王宫,因为它一直被封印在充满剧毒的蛇屋里……"

幽静的黑眸没有温度,斜睨了一眼蓝琦。后者明显有些坐不住了,倾身向前,被辰汐的言语震慑得难以动弹。焚剑的眼波又流转回来,声音宛如坠入海底的尘沙,不起半点波澜:

"女神大人的想象力实在丰富,只是在下既然已杀了蓝煌,为何不保蓝琦登上皇位?这点,您能解释吗?"

彼岸 【第七卷】

是试探抑或询问,辰汐并不在意。即便焚剑不承认自己的忍辱负重,她令蓝琦重新审视当初的目的却已达到了。

"因为你还没有足够的势力,确保万无一失——"冰蓝的眼眸里的星辰宛如黑夜苍穹里的希望之火,"与其如此,不如留他在你心腹众多的魑堂。焚剑,你敢说蓝琦能够坐稳魑堂,身后没有你的推波助澜?"

霍地,茶杯掉地的声音打断了话音,蓝琦愤然而起,难以置信地怒视辰汐,接着转身朝门口踱去。

"站住——"

身形被辰汐呵叱住,愠怒的气焰隐隐从颤抖的肩膀散漫开来,营帐内会聚起低迷的气压。

叹息声轻不可闻,银眸里的华彩好似萋萋幽草:

"小琦,也许你并不能接受,但这些是事实。虽然我已拿不出证据证明给你看,流光眼在一个月前已毁。可你必须相信,焚剑从未真正想要伤害你。"

"哼——"悲戚的冷哼出自背对她的僵硬少年,"自始至终,都是你在自说自话,人家可曾承认过?"

"没有,可是……"

焦急地要向他解释,却被焚剑突然冒出的话语打断:

"你何必劝他!就让他去吧!摩呼落迦族的王储?可笑,可笑!如此木讷的脑袋,枉费你父王的用心良苦……"

"不许你提我父王——"

杀戮之气浮现在蓝琦的眼眸里,箭步上前一把揪住焚剑的衣领,将他从床褥间提了起来。

"一个满手沾染着自己兄弟血的人,有什么资格提到他?又凭什么教育我?"

泪殇化作氤氲的雾气,自眼角间聚集,滴落。长久以来悲愤的感伤再也无须掩藏,伴随着恨又无从恨起的懦弱,宣泄了出来。

眼前的人,是良师又如严父。他无法定义他要用多么浓烈的恨意才能掩埋心底亲人的感觉。仇人不过是自己加诸在背负的枷锁上的疯狂执念。仿佛是人生的目标,唯有击败焚剑他才能得以卸下枷锁。可当他跪在自己面前的时候,目标瓦解碎成万千尘埃,一时间他竟无比的迷惘,痛彻心扉。

扬起的手,紧握的拳头,停在了那颗孤傲冷眼注视他的头颅边,却无论如何也没办法挥下。

"不成气候——"

尖锐的怒骂出自虚弱的焚剑,怒目而立的姿态宛若一位恨铁不成钢的父亲。

啪——

响亮的巴掌击打在少年麦色的肌肤上,浇灭了蓝琦的杀戮气焰,以及欲落不落的泪水。懦弱顷刻间被逼了回去。错愕的当口,又是一记勾拳,抓住脖领的手被迫松开,没有防备的蓝琦倒退了几步。没想到重伤中的焚剑力量仍旧不弱,击打在蓝琦身上的拳头,硬挺如昔。

挨了对方两击的蓝琦蓦然回神,方才的怒火可算找到了发泄渠道,冲上前去。一老一少就这样扭打了起来……

百年的误会冰逝在拳脚之间,化开了那句说不出口的道歉……

"要怎样才能释放焚剑?"

辰汐退到血阑的座椅附近,望着用拳头挥泄歉意的两人,询问。

悠然的笑意笼上俊朗的眉眼,卖着关子:

"这个……焚剑杀害摩呼罗迦族族长,该是死罪。但……如若要释放他,也不是不可能……"

秀眉单挑,辰汐的冰瞳散出诙谐的光。她又怎么不晓得他打的什么主意。不点破,顺着他的话说:

"依你之见,该当如何?"

折扇张开,温文儒雅:

"若焚剑的目的是为了摩呼罗迦族正统王储的继位,那么一切将顺理成章了……"

是呀!那势必要动用天族的势力,确保王位继承顺利。

焚剑就由罪人变成了功臣,既保住了命,还大功一件,的确是两全其美的方法。只不过唯一要面对的小麻烦将是她辰汐必须要接掌天族,如此才能挥动百万军师,作为有力后盾。

血阑这只狐狸,远远高她一筹啊!

精芒划过冰瞳,伏下身子,凑近血阑的耳边,亲昵犹如恋人:

"你早知道我躲不过对不对?所以你不强迫我,只等着我跳入自己设下的套?"

得意的笑浮现在他如玉的侧脸上,所答非所问:

"你我的恩怨注定解不开纠结的绳索!我的小汐长大了,懂得用心眼去看这个世界,不过还缺少点人情世故的精明——"

失去了一半大神力量的小汐是有人情味的,远比惊鸿一瞥瞬间的冷傲尊贵,更容易相处。现在的他接近过去古灵精怪的小丫头,也许那个她未曾消失,只是换了一种存在的方式。

"好!我坐便是,"贝齿轻咬粉唇,"不过我要你辅政——"

她相信血阑不会拒绝她的要求,至于这个位置她到底能够坐多久,那是以后的事情,到时再说吧!现在首要的问题是帮助蓝琦登上王位。

【第七卷】
彼岸

No.20

神族历687年,第三代族长辰汐继位,仪式由大预见师红零主持,在摩呼罗迦族与龙族接壤的边境完成。同年,蓝琦接任摩呼罗迦族族长一职,迦楼罗族被正式释放,归还领土。

夜未央,漆黑的朗空繁星坠落在潮汐交替的大海中,冰凉的海水击打在岩石壁垒间,飞溅的水花化作泡沫,风干在寂静的夜里。

辰汐赤脚站立在岩石上,任凭潮水的浇灌,打湿了裙摆。

每当寂静的夜里,总是特别思念某人。思绪仿佛难以勒紧缰绳的马儿,奔腾亦如潮水。他在哪里,她不用猜也知晓。只是脚步被牵绊,太多的事情困扰着她,心明明已经追随而去,身却怎么也鼓不起奔赴他身边的勇气。

沉浸在自我世界里的少女,没有留意到蓝琦的靠近。当温暖的大掌覆上她肩膀时分,身体奋然一震。蓦然回头,蹙眉少年的侧脸在面前放大。

"站在海边发什么愣?"

他不悦地询问,立在岩石上的娇弱身躯,恍惚的神情仿佛下一刻要被风带走了一般。这样的感觉令他心慌意乱。

报以温暖的微笑,辰汐答得简练:

"看海——"

知道她不愿说,便不逼她。反而自顾自说着其他:

"乾达婆族送来书信,恭喜你继位,并献上贺礼以及俸禄。"

"俸禄?"辰汐一怔,"天族一直都有收受贿赂的习惯?"

"不是贿赂是俸禄——"蓝琦脸上一片黑线,"自古天族与龙族分别统治三大部族,每年都会从中收取俸禄。就算是摩呼迦也要在年底向龙族上贡一定的财物——"

"取消!这不公平!有些部族衣食无忧,有些地方连温饱都没法解决,凭什么要向其他部族上贡……"

"这是政治——"

蓝琦凉凉地打断她。辰汐这副小脑袋里面永远只承载了善良与美好,压根不懂什么是弱肉强食。要不是拥有无人能够媲美的大神力量,以及血阑的辅政,恐怕很快天族就被其他虎视眈眈的弱小势力吞噬了。到时候,连八大部族都将被颠覆。

辰汐撇了撇嘴,这方面,他们都要比她有经验,以及判断能力,她的确没有发言权。

大掌拂去了缠绕上她脖颈的发丝,蓝琦问得不经意:

"如今你已经拥有天族、摩呼罗迦、迦楼罗以及乾达婆四股势力,接下来,有何打算?"

"八部已经平定其四,接下来的半数力量中,紧那罗族被翔玠灭门,不知是否有存

活。要派出人手去寻找才是。剩下,三股势力……"

冰眸眯起,话音一顿。夜叉族是最难搞定的,龙族梨雪意向不明,而修罗族相比之下温和许多,无玥自大战以来一直保持中立,期间曾因双子剑的关系与她有过交集,之后便失去了联络。看来她有必要亲自走一遭。

冥思间,远处墨蓝的大海深处传来船的鸣号。一艘挂着龙族标志的船缓缓地由远及近。

"在这等我——"

笑意捻转于冰蓝的眼眸,轻巧地向身边的蓝琦撂下一句。足尖点地,跃上了腾飞的融雪脊背。

将这瞬息的变化收入眼底的蓝琦,碧波中哀伤一闪即逝。辰汐已经不再需要他的保护,追随成为仅有的、他还可以为她所做的事情。

"嗨!你来得比我预想的要晚,不过恰巧赶在我离开前夕抵达——"

站在主杆风帆上的少女,蓝色的衣裙缥缈如尘,笑吟吟地朝下面仰起脸一副惊诧表情的梨雪打着招呼。

银眸闪烁着欣喜的光泽,鬓角的龙纹印隐隐透着水光。分不清是碧海里月夜中的倒影还是真有水珠自腮边滑落。

"喂!不用这么感动吧?!"

辰汐诧异,霍地一瞬自风帆上跃下。还没站稳就被一双藕臂拥入怀里,一瞬间呆住,竟然不知该作何反应。

扑上来的梨雪如泣如诉地控诉她的"罪行":

"你又不告而别!没听完我的回答就自己跑了。什么权利啊,欲望啊!你到底在表达什么,我不是说了,我梨雪就只跟你,其他人做天族的族长,我都不会承认。除了你!好,就算我设计你,是我不对,可是你也不能……你也不能……"

话音开始哽咽,语无伦次的表述无头无尾,说得辰汐一头雾水。最后总算明白她在为她突然离去而自责不已。

"好了,好了!不哭不哭!"轻轻地拍着伏在身上一把鼻涕一把泪的女孩,眼神开始四下搜索,找寻她两个不离左右的将军情人。

不知是故意还是凑巧,这会儿甲板上独有她二人。辰汐暗自叫苦,只得硬着头皮诱哄:

"如你所愿,天族族长现在是我,不会再有其他人。现在我要去稳定剩下的势力,你跟随吗?"

"当然——"

月夜般皎白的美目霍然晶亮,笑语嫣然,笃定地点头。眼角的泪痕已干,哪有半点忧虑的模样。

叹息发自辰汐的肺腑,她又中计了!

彼岸【第七卷】

No.21

　　梨雪乘坐的龙族舰艇在摩呼罗迦的境内稍作休整之后，载着辰汐朝修罗族领地跃进。随行的除了龙族的私人禁卫军以外，皆无其他。血阑被辰汐敕令掌管天族重兵，蓝琦被迫镇守才刚刚步入正轨的摩呼罗迦。

　　形单影只的龙战船装饰成游山玩水的富家商船，避过了驻扎在龙海西侧沿岸的夜叉兵众，驶入修罗族的境内。

　　一周以后，辰汐与梨雪踏入了修罗族的王宫。

　　她们二人得到了极其正式的接待。修罗王无玥欲以酒席宴请贵宾，却被辰汐回拒，理由是，夜叉族琅熠大军坐落于修罗跟龙族边境，稍有响动，自会引起不必要的麻烦。

　　辰汐力求低调迅捷地处理联盟一事，无玥敬谢不敏。相邀私下会面于王宫十里外的桃花苑中。

　　五色桃花沿着山麓而上。正逢花季，娇艳欲滴的花朵燎火般开得漫山遍野的斑斓，春光无限。山涧旁的小溪，花瓣飘零顺流而下，穿梭在幽蜿小路间，凸显绮丽的景象。

　　辰汐与梨雪两人未带兵卒，沿着道路攀越而上，朝花丛的中心迈进。一路时不时地被惬意的风景绊住，半个时辰的路程竟然爬了有两个时辰之久。

　　抵达顶峰时分，已近正午。凉亭里等待她们的除了修罗王以外还有一桌桃花宴。从精致的糕点到花瓣粥，两个女孩子笑得嫣然，犹胜花间的婀娜。

　　梨雪一边往嘴里送桃花糕，一边不忘恭维主人：

　　"修罗王，我一直以为你木讷老实，没想到竟然如此懂得讨女孩欢心——"

　　无玥的麦色肌肤暗暗染上星点绯红：

　　"龙王要是喜欢，带些走便是，何必这般挖苦我呢？"

　　"啊呀！我可是实话实说。不过前些年我也曾到访过修罗，可惜怎么都没有这等好福气！唉！跟着小汐，待遇果然不一般啊！"

　　话音间明显的酸味溢出，逗得辰汐哭笑不得，威胁道：

　　"吃都塞不住你的嘴，还惦记着拿走？！别梦了！就这么多，不吃可没有下顿！"

　　古灵精怪的女孩子赶忙闭嘴，专心与对方争抢盘中的美食，一顿午餐在和乐融融的气氛中结束。

　　杯中的酒三巡过后，梨雪唇角边的笑意敛去，冰冷取代了银眸中的柔美，语气没有温度：

　　"修罗王，我以为我们是为了同盟而来？"

　　"正是如此——"无玥面不改色。

　　"那这百花丛林间，为何隐藏了万人修罗军呢？"

　　质问的话音方落，隐没在暗处的大军立现，二十几名将军包围住凉亭，外圈由修罗

族的精卫队层层覆盖,一时间将她俩围了个水泄不通。

怒意乍现于梨雪的脸庞,龙纹印透射着寒光:

"这叫同盟吗?好歹你也拿出些诚意吧!"

无玥自座椅上站起,走出了凉亭,笑意不变,气定神闲:

"桃花宴可是在下亲自下厨准备的,难道还不够有诚意?"

梨雪怒意腾跃,一脸没法与之沟通的表情。既然说不通,打就打呗!怕你啊!想着,抽出了腰间的鳞刃,才要在空中甩出华丽的抛物线,骤然被辰汐握住了手腕。

冰瞳里沉寂无波,悠悠地望向她,示意地摇了摇头。梨雪的鳞刃徒然放下,立在辰汐的身后戒备。

包围圈里唯一仍泰然安坐的女子因这一闹,也站起身来,步出凉亭,与无玥对立。沉默不语,等待对方先行发话。

剑出鞘,悲喜两位双生子托起的剑身晶莹剔透,亦如冰刀般完美无瑕。黑色的雾丝顺着无玥的手臂贯穿而出,凝聚包裹住剑身。手腕旋转,指向了对方:

"来!我早就想试试看,光影两把双子剑,对决时发出的争鸣,到底是什么样子——"

墨瞳炯然有神,落在她身上的视线包含着期待。辰汐却暗自翻着白眼,自语呢喃:

"剑痴,果然就是剑痴。怎么都离不开他那把剑——"

既然如此,不如顺水推舟将剑还给他好了!

寻思之际,手腕微颤,气息会聚而成的双子剑立现,完美不输于实体剑身,寒光四溢的剑气化作天然壁垒,慢慢包裹住辰汐。庞大的能量卷起地上凋残的落花,飞絮漫天。

无玥瞬即眼眸乍亮,蕴藏已久对于力量的渴望,奔流游走于身体,血液也跟着沸腾。

辰汐脸颊处的笑意不灭,好心提醒:

"我很久没有动用它了,你可要小心咯——"

"来吧!废话少说——"

剑光的星芒在碧空中擦出炫目的火花,悲喜双剑的共鸣骤忽之间超越了耳朵的范畴,嘶哑呜咽伴随着喜悦的咆哮,席卷了四周五色的桃花。枝头含苞待放的花朵难以抵御极致的空间压迫,碎裂,化为灰烬。

立于争鸣范围里的众人将气息迅速飙升,用以抗衡刺耳的鸣响。气候稍显差的士卒,几秒内已露出惨白之色,喉咙腥甜泛出血光。

好在剑锋啃咬的凛冽速度来得快也去得快。辰汐手中的白光陨灭,脱离了主人,贯穿汇入冰晶实体剑身,黑白两股气焰交融,停歇。转眼间,归于平静……

桃花苑又恢复如初,唯有秉持着双子剑的无玥面颊上流露出欣喜的光。双子剑再一次融合,却不再有吞噬持剑主人的意图。

甜甜一笑挂上辰汐的嘴角,转开话题,仿佛刚才的打斗压根没有发生一般:

"谢谢陛下的桃花宴,很好吃——"

惊诧布上无玥的眼瞳:

"天王陛下不以为我在威胁您?"

"何以为威胁?"秀眉微皱,不为对方狂放的语气,而因不解的困惑,"陛下原本就是

彼岸 【第七卷】

打算要签署同盟条约的,您的初衷一直没有更改过,我为何要徒增烦恼!"

"哈哈——"

愉悦的大笑声来自无玥,黑瞳眯缝成线,有趣地继续:

"何以见得?"

"交手时刻,你的身上从未有过半分杀气——"

"这不足为据。"太过笼统了些,他好奇于她的敏锐,以及大胆。

"好吧!"辰汐耸了耸肩,"因为我帮你除掉了杀死你爱人的翔玠;顺便依照你想要的结果统一了天族,并且准备继续统一下去……"

她有太多的理由来证明无玥同盟的打算。这黑压压的一干将士,不过是他找来签署盟约的见证。依照修罗族的传统——胜者为尊,天族与修罗的同盟关系,就刚刚的那一击,她可十分的有信心。

满意的华彩汇于无玥刚毅的脸庞:

"辰汐,你长大好多——"

她报以淡然一笑,调侃回去:

"多谢夸奖,您一成不变的扑克脸也改善许多——"

No.22

与修罗签订和平盟约之后,辰汐没有再与梨雪同行,决定独自探入夜叉大军,收集情报,顺便搜寻青洛的下落。

梨雪哪里肯干,并不赞同她的决定。

"你自己去?你现在是天族的族长,哪有族长亲自跑到敌方军营去探查情报的?"

"放心吧!我可是大神,谁能动我分毫?"

梨雪不悦地蹙眉,她是大神没错,可是却是半个,那半个八成却在敌军的阵营。

"但是你把我赶回龙族,一旦天族与夜叉开战,我要如何支援你?"

"你不需要支援我,这场战役,天族的单方势力就足矣——"

她不想令其他几股势力一同卷入战争,这样既对夜叉不公,同时也更容易促使战火波及到整个大陆。那么,她之前为和平做的一切事情都将付诸东流。

梨雪无言以对,极不情愿地启航离开了修罗族海域。

辰汐晚她一天离去,临走由无玥亲自送至边境。

他们相交数载,彼此只见过两面,可却犹如亲人。辰汐从无玥的身上找寻到当年与血阕相处时的温馨;无玥却为辰汐身上保有的殷魅影子而亲近许多,可惜在彼此心中这两个人都是无法比拟的个体。

"汐,你的灵魂被人囚禁了吗?"

临走前,无玥的大掌疼惜地揉乱了她头顶的发丝,悠悠地问。

"嗯？"辰汐为他突兀的问话不明所以。

"你不快乐，就算执掌大陆的半壁疆土，但却看不到快乐。这副模样就像曾经被我囚困了百年的魅……"

苦涩自玄色眸子里一闪而逝。这样的辰汐，令他心痛不已。

辰汐粲然一笑，掩埋下冰瞳里的寂寥：

"你还记不记得，当初你跟我说，一个人的力量不足以平息这场战争。但是我做到了！"

"那是因为你是大神——"

"不，你错了——"辰汐摇头，"而是这场战争持续得太久，久到人们已然无力再拼杀个你死我活。只要欲望得以短暂的满足，他们宁愿安逸的生活。其实，我们都是极容易被讨好的，不是吗？"

"短暂性的啊——"无玥感慨地叹息，"下一次的风暴不知要出现在什么时候？"

"当安逸不能够满足他们的时候……"辰汐接话，"所以安逸与战争都是自己的选择，如同自由一般。'自由不是别人给与的。真正的自由不受时空与地域的限制，它是心灵的救赎。哪怕你身处地狱，也没人能够捆绑得住'，这也是你教我的！"

她引用他的话反过来安慰他，无玥对此报以了然的笑容：

"是！你的灵魂是自由的。希望捆住你手脚的人，也能够明白这个道理……"

No.23

当辰汐踏入夜叉族的军营时分，她便有强烈的感觉，感觉青洛的存在。仿佛是一种既定的、难以名状的心电感应徘徊在心头，也因此她原本打算悄无声息潜入的计划破灭，换成光明正大地从军营的正门走进去。

尖锐的长矛抵向她的心脏，上弦的箭包围住她的头顶。她听见身侧的融雪发出嗜血的低吼，辰汐唇角旁的笑意却由淡转浓，仿佛田野中浓郁初绽的玫瑰，从蕊释放出醉人的芬芳。

指安抚着豹猫的头顶，兽王般扬起高傲的头颅，慑人心魂的吼叫威力四射，令妨碍它前行的黑甲将士一阵恍惚的畏缩，就连高架木桩上的弓箭手也是慌乱异常，胆小的竟直接丢弃了手里的弓箭。

融雪很高兴自己制造的效果，扬扬得意地用湿润的鼻头蹭了蹭主人的手心，满足地变型，蹲上了辰汐的背。

犹见巨兽失去了威慑，包围圈内的军士皆是大大松了口气。闯入营区的敌人独剩下眼前看似羸弱的少女，弥漫在气息里的煞意不在，手间的兵器欲放不放。

长矛并没有妨碍到辰汐轻盈的步伐，只是减慢了她踏入的速度。不过这不影响她的心情，唇边的淡释未减，冰瞳越过了剑弩相向的士卒，朝后方搜寻。

彼岸【第七卷】

最初,是飘逸的红发,由一锭猫眼石扎起,几缕缭乱的碎发沿着白皙精致的面颊垂落至脖颈,画出飘逸的流线形。红眸发现了她,四目交会的刹那,那双火一般炙热的眼眸里盈满了她的影子,空气中思念的味道满溢。

温润如霞的笑容自唇角边扩散,冰蓝色的眼睑里莹莹的水汽。这一刻,她的眼眸里只容得下他一个人,前方阻隔的重重障碍都似被潜意识抹去。感激上苍,她一点都不悔恨耗费了半数的神力挽救了他的生命。似乎,看到他灵动的魂魄再次浮现之际,她退缩在心脏深处的所有感性都一跃而出,变得活灵活现了起来。

"小汐——"

当她还沉浸在红眸时分,一声突兀的呼唤打断了这美妙的时刻。

唇边的笑意因掉转了视线的火红而敛去,美目也跟着转向,朝声音的主人望去。

包围圈瞬间裂开一条缝隙,黑发玄眸的夜叉王,一身精甲戎装缓缓地走近,神采奕奕的脸上难掩的惊艳,眼中的狡黠赤裸裸地展现给对方:

"我的王妃,我还以为要在决战之际才能再次相见——"

余光瞟见属于她的火红淡然退缩的目光,冰瞳一瞬即逝的黯然,脸颊上的笑意再次洋溢,亦如寒冬里树梢上的雪梅,孤傲绝世,却没有半点温度:

"天族要是哪天与夜叉联姻,我想那需要两位数以上的长老重臣通过才可。这等戏言,我看夜叉王还是不要随随便便拿来开玩笑才好——"

"哈哈——"爽朗的笑声自琅熠的上下起伏的胸腔里飘散,"如若你辰汐不是以王妃的身份站在这里,那难道是以天族族长的身份?"

玄瞳里跳跃着杀气的血腥,眯缝起眼睛看向对面的少女。

"辰汐就只是辰汐——"

冰瞳淡定从容,不受胁迫。

琅熠走近她,伏下身去贴近耳语:

"小汐,你的胆子可是越来越大了。独自前来还从正门进入,你不怕我砍了你的脑袋送回天族那里?"

"你太高估自己的本事了。说大话也该掂量掂量自身的实力。"

辰汐讥讽地嘲笑,眼眸却在寻找消失在视线里的火红。

"噢?我倒觉得令你束手就擒,简直轻而易举。这不,你乖乖地自投罗网了不是?"

阴霾划过冰蓝,唇边溢出残酷的笑意:

"每个人都保有不为人知的秘密,秘密一旦被拆穿,亦如杀戮的风暴,尸骸遍野。琅熠,到那时,我倒是很想知道,青洛这张护身符,你还能够用多久?"

伏在身侧的男子明显一震,抬眼别有深意地凝视她几许。随后扬手招来卫兵:

"将王妃带到营帐内,扣押——"

滚圆的帐篷顶,彩绘的木棉布艺,以及篝火炉上倒挂着的夜叉族特有的燃火灯芯。一切仿佛又回到了过去。

记忆中,她曾经在夜叉族待了不算太短的光景。那时候的境况与现在也未有太大改变,琅熠仍旧是她眼底的杀戮疯子,而青洛被夹在他们中间左右为难。

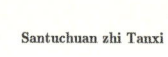

只是琅熠的贪得无厌并非有现在这般明显，而来来往往的夜叉部族也并未对她有如现在这般大不敬。

没错！他们似乎非常不喜欢她。不像周遭的其他八大部族一般，带着崇尚以及敬畏的神情。夜叉族的愤怒以及不甘愿通通赤裸裸地流露在眼神中，展现出来。仿佛是被神所遗弃的孩子，怀着悲怨的心态去看待怜悯他的神裔。

辰汐在这种诡异的氛围中匆匆完成了她的晚餐，没有太多心情去饮茶，揭开了营帐的帘子，打算出去透透气。

恰逢晚操过后交岗时间，琅熠在野练场前训话，辰汐好奇心顿起，隔着围栏朝内观望。

高耸的瞭望台上，箭手齐整待命。台下黑压压的铁甲安静肃杀地自前方十米远列队，夕阳的光辉在盔甲上泛着淡淡的红光。擦得锃亮的长矛上，红须飘荡，仿佛经过了血的洗礼后，犹如三途河旁开得妖娆的曼珠沙华。

琅熠立于高台之上，风扫起他眉宇间的发丝，伴随着身后猎猎鼓动的斗篷，神祇一般英姿飒爽。

玄眸满意地扫视台下的万人将士，朗声鼓舞：

"我们今天能够站在这里，对抗天族甚至于大陆上全部的种族，皆不代表我们背叛了神的旨意。失去了神的庇护不代表就一定会失败！没有试过怎会知晓。逃避才是失败，不敢面对才是失败……"

"想想你们家人，想想他们是如何因为大神的错误，而落入孤魂游鬼的肚腹。想想你们的家园，凭什么天族就占据了四季丰登，而我们夜叉却要连年饱受饥寒交迫……"

"拿起你们手中的武器，勇敢的将士们，为了你的家人，用你们的鲜血告诉他们，你们不是懦夫，你们努力过。族人看着你们的，他们为你们祈祷。大神总会站在正义的一方的……"

高亢的话语撩动着人心的导向，四野爆发出煞气漫天的应和声，平地如雷惊动了树梢上的鸟儿，嘶哑着长颈飞速蹿上了天空，消失不见。

没有人注意隐没在暗处的娇小身影，暗沉的光布上了紧蹙的眉头。

天众与夜叉这一仗，在所难免。苍生的劫难，已非她所能控制……

No.24

瓦盆中的火苗肆意燃烧，几点星尘流窜飞溅，撩搔着空气中的飞絮，化作黑烟幻灭，缥缈无处寻觅。

辰汐蹲坐在火堆旁，对着火盆发愣。

傍晚时分的画面仍然停留在心房上，难以挥去。她不懂部族之间的仇恨竟然能达到这等境界，那是几百年甚至千年累积的怨念，这样的夜叉族，她该如何令他们臣服，或

彼岸【第七卷】

许连讨好都如此不容易。

打,是她并不愿意看到的结果,可如今不实施武力,已经不能解决问题。今天她正面出现在夜叉族的军营,目的就是为了了解两族间的纷争,可否有缓解的趋势。可事实与想象背道而驰,她该如何让伤亡降到最低……

正在愣神,帘子被人从屋外撩开,青洛耀眼的红发映入眼帘。笑容乍现于辰汐的脸颊,眼睛眯缝成线。仿佛久别的朋友般,语义含蓄且内敛:

"嗨!好久不见——"

立于身前的高大男子隔着火堆站立,不肯往前半步。她从下往上仰望,背光的刚毅面颊隐没在阴影下,看不真切。辰汐只得失望地俯首,伤痛在眼底滑落。

"丫头——"

他轻声唤她,她却不打算抬头。执意与他杠上。青洛无奈地叹息,伏下了身子,令她端详个仔细。

灵动的眼神、柔媚的额角,冰蓝色的眼瞳里倒映出他的模样,这般专注填塞得满满的都是他。他却没来由地一阵悲伤,执起她的柔荑,缓慢地开口:

"丫头,随我离开这里好不好?"

"去哪儿?"柳眉困惑。

"去哪都好,只要远离纷争。我们去浪迹天涯——"

惨淡的笑意挂上辰汐的眼角,他不愿看到她跟琅熠拔剑相向,所以才作出这样的决定。

"呵!这样的决定是为了我,还是为了他呢?"

手中的温暖陡然失去,青洛霍然站起身来。兄弟与情人,决定让心软的青洛来做,的确困难重重。她不是逼迫,只是那也需另外一个人值得他这般付出。

僵持的气氛自营帐中弥漫,三人的矛盾在这几年的沉淀中并没有得以解决,反而有恶化的趋势。

帘子却在此时再一次被撩开,另一位当事人踱进了屋。

扑哧一笑,源自辰汐,望向入口处的冰眸却未有晕染半分喜悦之色:

"我还在猜测,夜叉王这一次偷听,到底能在营帐外憋多久?没想到,才数到十,您就自己进来了?"

"我的王妃与其他男子在我的营帐里独处,传出去可不太好听——"

琅熠的声音不高,却冰冷异常。玄瞳目不斜视,死死地咬住辰汐不放,挥泄他的怒气。

青洛的身子一怔,不发一语,掉转了身子,朝门口走去,决计离开这里。空气中的暧昧气息扰得他心绪不宁,竟有丝丝刺痛在心口挥之不去。

两人的反应惹怒了辰汐,一个咄咄逼人,另一个避之不及。琅熠眼底的扬扬得意落在冰蓝视线里甚为碍眼。一个箭步蹿上前去挡住了青洛的路。

冰蓝的眼瞳里炽热的火焰直勾勾锁住他,令他的黯然与绝望无处可逃。

"让开——"

孤傲的灵魂冰冷如寒冬,眼前的女子是他触手不及的梦。

"不让——"
倔犟的冰蓝不留给对方半点空隙,莲足仿佛就地生根,不退半步。
"再不让开,别怪我不客气——"
气息撩动了衣摆,隐隐地透出杀气。
血液冻结成冰,她不敢相信,他真的打算对她使用武力。怒火在体内叫嚣,银丝飞舞。
"为什么?我倾尽所有救你,你竟如此对我?"
那本该属于热情的火红色眸子残忍又冷酷:
"我皆没有求你挽救我的命,女神大人——"
最后四个字几乎是从牙缝里挤出。
胸腔仿佛被人生生刨开,心脏血淋淋地坠落在冰凉的地板上。他的自尊高高在上,而她的却轻而易举地被他践踏在脚下。他与她之间的鸿沟原来不仅仅是三人纠葛不清的情谊,还有他傲然不容侵犯的自尊。
侧身,撤步,绝望地让位。余光斜睨立于角落里看戏的琅熠,看向她的表情,仿佛是猎鹰锁住猎物的势在必得,徒然令她生厌。脸颊处冰冷咸湿的泪水殷红了眼眶,却同时洗涤了她因青洛纷乱不已的心境。
唇开阖,清冷如寒霜,悠悠地吐出一句。这一次成功地令掀帘的大掌停顿。辰汐的声音不大,幽幽似幻,却有足够强大的威慑力:
"不想知道抛弃你母妃的那个男人是谁吗?"

No.25

每个人都保有不为人知的秘密,秘密一旦被拆穿,亦如杀戮的风暴来袭,尸骸遍野。
"我们的故事要从朗焯说起,也就是琅熠的父亲。"
流光眼的记忆苍若犹新,辰汐的声音幽婉动听,斯若百灵:
"乾达婆族长寿诞,朗焯携妻前往贺寿,在宴席上对其长公主残颖一见钟情。奈何残颖乃乾达婆长公主即将继任正统,而朗焯又执掌一族的命脉。情急之下,朗焯使计邀残颖前往夜叉族小住,待到残颖归国却被发现珠胎暗结。"
"乾达婆族长也就是你外婆闻之大怒,举兵先行攻入夜叉族,背弃了和平条约。此时夜叉族诞生了王子琅熠,而同年残颖产下一子。夜叉兵败,乾达婆族长逼迫朗焯承认此事,你母妃却因'二女不能同侍一夫'为由不愿嫁给朗焯。"
"朗焯兵败,却也未能迎娶爱人。悔恨当初,决意立你为王储,而琅熠虽贵为长兄,却排行老二,与王位无缘。"
笑意如四月的春风,却未及眼底。冰眸似千年不化的寒冰,冷冷地瞥向琅熠:
"我说得对吗?二王子。你的母妃也就是朗焯唯一的原配,因妒生恨,企图刺杀她的丈夫,被朗焯打入冷宫。于是你便利用他唯一可的儿子报复他,篡夺了王位——"

彼岸【第七卷】

伤害环环相扣，没有人可以逃离这注定残破的局。

黝黑的玄瞳波涛暗涌，犹似泼洒在深夜里的墨汁，凝视辰汐的视线仿佛要将她生吞下腹。她总是柔弱无害，却又能轻易掌控他的情绪。本以为大局在握，却转眼间被她的薄唇敲击，揭开了百年前的伤疤，顷时，怒火焚身。

一瞬间，墨瞳里跳动着难抑的炙浪，琅熠有股想要捏死她的冲动。未经思考便付诸施行，一个箭步扣住了辰汐的手腕，紧跟着朝她的喉颈而去。

冰瞳一成不变，没有半分恐慌。不躲不避，就在威胁生命的大掌将要吻上她脖颈的时刻，另一只手轻巧一带将她带离了危险，护在身后。

身前的宽背保护欲十足地为她挡去致命的攻击，背对她的青洛反而错过了冰蓝里如释重负的狡黠。

千钧一发之际，她赌对了！

"这是真的吗？从相见最初你就知道这些——"

气息如燎原的火焰，沿着青洛的手臂攀爬，将他包裹在冰雾里。

墨瞳里的挣扎犹似脱离了水溪的鱼，恨意与亲情交织：

"我自出生便一无所有，你夺走了我的一切权利，却坐享其成。起初并非想要利用你，只是让你尝到痛失至亲的悲苦。可惜，到后来，我却并不想揭开秘密……"

隐瞒有时比谎言更令人痛彻心扉。

怒火被背叛的伤悲取代，气息自颓败中敛去，言语宛如天籁之音：

"你以为只有你是一无所有的么……"

望向他的红眸里由忿恨变得陌生，仿佛在看一个毫不相干之人。两代人的爱恨情仇，在那双璀璨的红宝石里，消失殆尽。

创痛惊扰了玄眸，琅熠脚底不稳一阵踉跄。没有等来预期中决一死战的杀戮之气，反而被平静无波的视线困惑。突然他发现自己根本不懂他，迷惘不知所措……

无语的陌生浇熄了火焰，琅熠转身离去，背影照现凄凉。

独剩下辰汐与青洛的帐篷，一瞬间寂静得可怕，压抑与忐忑徘徊在辰汐的心头挥之不去。最后终于鼓足了勇气：

"对不起……"

"对不起……"

异口同声，他也在向她道歉。

"如果方才我放弃的人不是你，是不是打算掩盖这个事实，直到被我亲自发现的一天……"

掌抚上粉颊，她总是试图用她"自以为是"的小小力量去保护他，窝心却又令人生气，最终演变成无可奈何的结局。

美眸先是一愣，即刻揽上不好意思的红润：

"唔！可惜我已经把全部秘密都招供了，下一次吵架，不知道该用什么挽救局面才好？"

青洛大掌揉开银白的前额碎发，眷恋的眼神带着痴迷，他果然还是拿她没有半点辙。

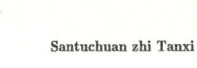

"洛,你爱我吗?"

冰蓝一瞬不眨,洋溢着期待的光亮。

"你说呢?"

笑意浮现在倾国倾城的面颊上,反问。

"唔……"辰汐困扰地蹙眉,眼神里投射出灵动的顽皮光泽,"没关系,反正我有很长很长的寿命等待你跟我说……"

"切——"黛眉上挑,一脸不屑,"我不会跑得远远地躲起来吗?"

"哈!我们有心电感应!谅你也逃不出我的手掌心。到时候我就囚禁你,把你锁在我身边……"

"臭美!谁愿意天天跟你这个小脏丫头泡在一起啊?!"

"丑男,你再说一次试试?谁脏了?"

"你呗!还能有谁从血腥的河床里蹦出来,还以为自己是个大美女……"

"我哪有——"

"哈哈……"

青洛爽朗的笑声洋溢在营帐里,抹去了心底的阴霾。

某年夏末,有个埋没在书堆的精灵让他惊鸿一瞥的耀眼;落入水中的邂逅却似出水芙蓉般炫目;顽皮的小动作惹得心弦微小的颤动……

这些他都不会承认的,打死也不会告诉她……

风掠过草原,带来泥土的清新芬芳。伴随着离别的哀愁,荡漾在高低起伏的绿草间。夜叉族的兵马停歇在不远处的草丛后,辰汐却视若无睹,眼底只有即将远行的青洛。

伸手抚了抚融雪的额头,心中似打翻的五味杂坛,脸颊上的笑容却不变。青洛实在看不下去,俯下身亲吻她的额头。担忧地问:

"这么舍不得,就跟我走,让他们自己打去——"

微微摇头,冰眸坚定不移:

"祸是我闯的,自当由我弥补。我答应你一旦战争结束,便去找你。"

"你确定不需要我陪?"他仍旧不放心。

"唔!他毕竟是你同父异母的哥哥,有你在,我不好下狠手……"

冰瞳慧黠宛如灵狐,迷蒙了他的眼。

从前那个寻求保护的女孩子转眼间,长大了。出尘绝世,美得旁若无人,悠然自得。不经意地抬手投足间,就能惹出一场灾祸。

这样的女子,确实不太让他放心。好在他的竞争者们深陷于追逐权利的旋涡中,当蓦然回首的娉婷笑语挽回了注意之时,他已捷足先登,占满她全部的心房,未曾留下半点余地。

吻,冰凉甜美,好似轻轻地落在唇边的蝶,恍惚间带来沉醉的酒香,迷蒙了双眼。悠然回神之际,那抹红发已乘豹猫远去。

旋身之际,笑容消逝在唇边,冰瞳掩去了迷离的爱恋,笼聚上冰霜。还有一场硬仗等待在高低起伏的青草后面……

彼岸 【第七卷】

No.26

种族间的仇怨到底能够有多深？

当震慑天地的喊杀声刺激得耳鼓嗡鸣；火焰与寒冰在天空中爆噬炸出飞絮漫天；战士们手中的长矛毫不留情地朝对方的头颅上挥下，一切的悲伤与怜悯都变得毫无意义。

箭矢在头顶滑翔，遮蔽了朗空中光照大陆的艳阳。黑衣祭司汇集，乌云掩埋了碧蓝的天幕，闪电穿破了厚重的云层，准确地袭击上天空中厮杀的飞禽驱使兽。肉体的焦煳味道刺激着四野杀红眼的军士，举刀狂啸，杀意漫天，天地已成炼狱。

狂风来袭，海潮在祭司手中撩高，压境而来。鸟群穿越了奔腾的海水，坠入万劫不复的深渊。鱼儿跃出水面，挣扎跳动，渴死在尘沙之上。

雨瓢泼，连天地都在悲泣。泥泞的尘土掩盖了战士的尸首，却无法阻断血流成河。

琅熠杀出一片血路，踏尸而来，一把长刀下再无生命的活力。嗜血的眼神闪烁着残暴的光辉，死死地锁住傲然立于天族军队里的娇躯丽影。

银丝在风中摇曳，滂沱的雨水并没有给她带来丝毫的影响。气壁骤然凝聚于身，排斥在外。一双冰冷的眸子穿过硝烟的迷雾，落在嗜血的战鬼身上。

风雨中黑发被血水贴抚在身，黑色的盔甲溅的全是敌人的血肉残骸。他仍嫌不够，手中的刀挥洒宛如死亡的炽焰，所到之处生灵涂炭。狂妄的笑意汇集在琅熠轻蔑的眼神里，化身为恶鬼，弑神的欲望令那双玄目狰狞，挑衅地冲着宛如神裔的女子伸出了刀尖，不满意至今为止她仍旧保持的纯净灵魂。

残酷的笑意挂上了辰汐如冰的美目，倏然一瞬，白丝凝聚，自周身扩散，轻而易举地结成大朵的冰层，箭矢般朝不知死活的挑衅者而去。冰雨来得太快太猛，覆盖面积广泛到他无从躲避。血终于源自自身，鲜红刺目，伴随着针扎般的疼痛，企图占领他的神经。

琅熠咬牙挺立，眉宇间的嚣张不减。

一波未平，一波又起。风烟中的火星瞬息有了导向，掩藏在冰刃之后，未给他留下建立防御的屏障，铺天盖地地点燃他的衣襟。就算是铜墙铁壁也难敌火的炽焰。身上的铁甲变得滚烫，灼伤了肌肤。他低咒一声，一把揪下，摔得老远。

银发少女此刻步入身前，银眸里的王者气息刺痛了他的眼。他们的力量存在天差地别，那副绝代的娇美容颜闪烁着等待效忠的悲怜。

可是他却心有不甘，刀引来纷飞的沙尘，连带着屈辱的怒火，朝辰汐劈下。

未及身，眼前却似幻象陨灭，少女不在，空旷一片。刀的气息砸空，流逝在泥泞的土地间，徒留深深一道鸿沟。

"出来——"爆噬的怒焰几欲冲破他理智，"胆小鬼，出来跟我打啊——"

少女的身姿再次显现，冰眸黯然：

"本就不敌，又何苦硬要逼我出手杀你！"

刀抓住了时机,再一次挥下,与辰汐手里的气剑相撞,白丝与黑雾啃咬,火光肆意飞窜。

　　黑眸笼上复杂的情愫,三分忿恨的杀意,三分缠绵悱恻的迷恋,三分不甘愿的愠怒,还有一分暧昧不清的悲怨。

　　光影交错,有人修来世的回眸一瞥……

　　江山如画,有人却愿为她摒弃天下……

　　血与纷争,恋慕化为齿间誓死契约……

　　生死与共,相思终究换了携手天涯……

　　而他,变成无尽的梦魇,什么也做不了,生命的印迹如此浅薄,片刻的短暂交集,却错了时间与空间,背离了初衷。

　　那么,好吧!他用这一世的眷顾,换来世,只求能够遗忘她……

　　叹息自耳边低不可闻,仿佛听到了他的祈愿,她缓缓地抬起了指,趁他猝不及防之时,落在了深锁的眉心……

后记

弑冢楼所在的山本无名,山脚下的村落也人丁稀少,可最近却因一酒庄扬名天下。

酒庄名——洛汐。自落成之际,原本渺小不可闻的村落一下子扩大成为了商业城市。短短十年间,商户叠加层出不穷。

也因此,无名山如今有了名字,因酒庄而兴旺,自当审时度势,取自酒庄之名。只不过,唯一遗憾的是,如今的弑冢楼已化作一堆黄土。自天族与夜叉族大战以后,弑冢楼人马就正式归入天族,楼主坐了天族第一把交椅,这里自是没有存在的必要。

不过,原本三不管地段的洛汐山却被划入了夜叉族领地。这里自然也就成了夜叉族最为重要的枢纽站。

当然,洛汐酒庄的扬名不仅仅在于此,而是十年一度的酒会。每逢十年将近,洛汐城人声鼎沸,热闹异常。酒庄却对外戒严,只招待特殊客人。十年难得一见的老板届时也会出现在酒庄,酒庄的酒牌自然会添上一种新酒。那可是全大陆都买不到的。

传说,这段时间有人曾在酒庄看到暗访的天族族长,也有人说曾遇见美若天仙却在鬓角处刻有龙纹的银发女子;更有人传说,这里是八大部族族长的议事堂,摩呼罗迦族的族长就时常徘徊于此。只是一切不过是传说,酒庄的酒价格便宜,又好喝,当然不会有人介意,每十年的闭门羹咯!

只是,近期比较奇怪,难得出巡的夜叉族族长突然出现在戒严状态中的洛汐酒庄门口。远远地站着发呆,仿佛遗失了什么,眼神迷惘。

接连数日,紧闭的门终于在傍晚时分打开一条缝隙,一位轻纱蓝影的女子手提酒壶从内晃出,举手投足风情万种。慢悠悠地靠近夜叉王,晃了晃手中的酒壶,笑靥如花地对着冰山打着招呼:

"嗨!有没有兴趣,进来喝一杯?"

(正传完)

殷魅传

三途川前传

倘若一切从不曾被原谅，那么请让罪孽随生命延续

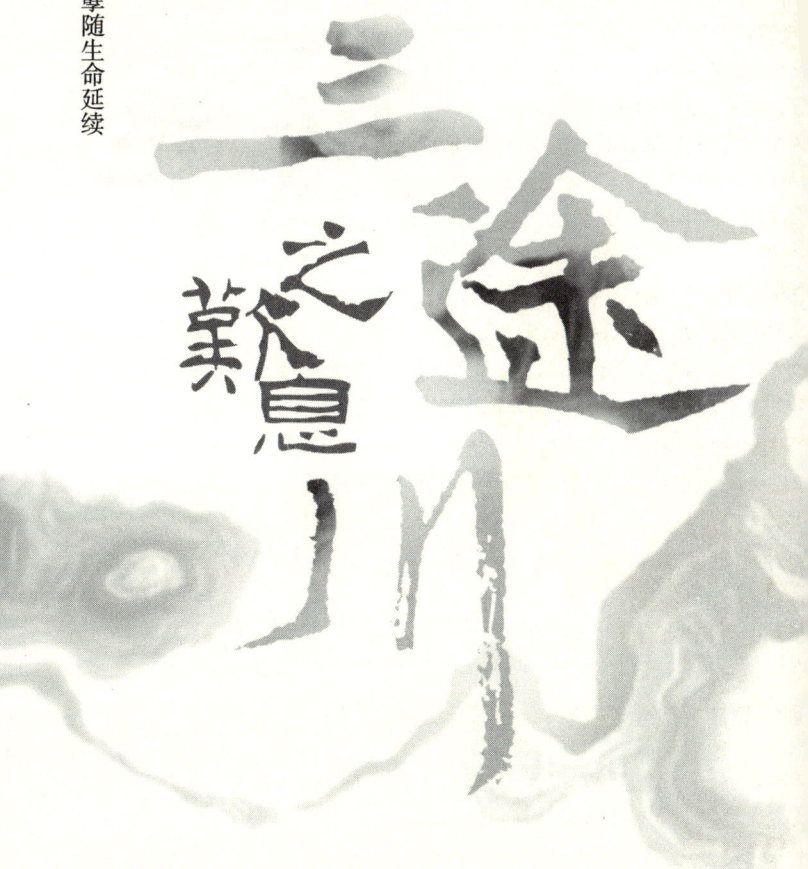

三途之叹息川

三途川之叹息

Santuchuan zhi Tanxi

No.1
"夜冥"

　　杀戮永无止境,悲凄震耳欲聋……
　　双眼染红,分不清是冲天的火光还是染血的战袍。刀在手中攥得紧实,一次次地挥下,斩到双掌麻木。灰黑色的盔甲痕迹斑斑,胸前的绳线早已断裂,猛地被撕扯下来甩得老远。
　　累赘——
　　他低咒一句,大口地喘着粗气,空气中弥漫着硝烟飞尘的残屑,混着甜腻迷人的血腥芬芳,疯狂地灌入口腔,肆虐着肺部,霸道得挤压出所剩无几的纯净,撕搅着窜动引来一阵咳嗽。
　　这漫天的火海,弑血的杀戮何时才算尽头。真要到覆灭,整个辉夜族适才甘心么……
　　心抽痛,不该啊!无情的杀场哪容得下半点多愁善感。
　　数十支利箭似闪电,飞速地撕裂他的衣襟,失去盔甲的保护,锋利的箭头丝毫未受到任何阻拦,嚣张地射入雄壮结实的肩膀,穿透肩胛骨,没入背部。血如夜空里妖艳的昙花,红润娇靥……
　　突来的痛楚,惹得他倒吸一口凉气。眼暴出,像是一只被惹怒的狮子,张开锋利的牙,狠绝地撕裂敌人的咽喉,宣告他不允动摇的王者气魄。刀舔噬着敌人的胸膛,不去理会肩胛处的震痛。
　　笑,放肆、跋扈、张狂……
　　辉夜族的王子怎能就这样倒下,身上的伤口又算得了什么,不过是蚊虫叮咬;这神殿长阶上的敌军又算得了什么,小猫两三只,哪里会是他的对手。从小到大,经历的战火还少吗,身上的疤痕不缺这一点。
　　大理石铺成的纯白阶梯延伸到天际,密密麻麻分布的敌人,手里的兵器散发着逼人的寒气,却不及他身上的肃杀来得震慑心魄。粗壮坚实的雕花圆柱,隔着那么远,他却

319

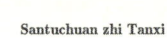

依然能分辨得出左手边第二棵柱子下面歪歪扭扭刻着的名字。

夜冥与夜姬——他与王姐。在那个开满鲜花的甜美季节里，偷偷攀爬上遍布蔓藤的墙壁，潜入金灿的神殿在石柱上刻下名字，只为那句传说……

传说恋人的名字浮现在神殿的大理石上时，将会厮守永恒，这辈子乃至下辈子，生生世世……

为了那句生生世世，他愿把不可能变成可能……

姐弟又怎样，他爱着她。早在很小的时候，那抹站在王宫门口等待他凯旋的丽影，植入他心很久很久。在这金砖碧瓦却残酷无情的帝王家，孤单如他对于突来的关爱，像是溺水的人手上仅存的救命稻草，深深地抓牢，坠入万劫不复……

为了她，他可以摒除一切阻碍。哪怕她未来的夫君将是辽阔土地上最有权势的王；哪怕用辉夜族十万精兵对抗敌人百万；哪怕她对他的爱仅仅只是亲情……

只要她说不愿意，那他自当拼了性命也要护她周全。

战火灼烧着他的双眼，火舌吞噬掉神殿周围的植物，爬满青藤的墙壁再也支撑不住，伴随着轰鸣坍塌陨灭。神殿之上纷飞旋舞的青丝幔帐，跳动着在风与火的交会点，飞蛾一般化成残骸星星点点……

他的心跟着纠结，火已经波及到了神殿，王姐与父王都在神殿里面。眉头汇集成川，懊恼得加速手上的动作。到底还要多远，这神殿没事建得那么高大做什么。以为高耸天际就当真会有神明保护么？讥讽地扬起唇角。那些荒谬可笑的祭天仪式压根多此一举。他从未相信过抬头三尺会有神明。假若当真存在，为何父王求的千秋万代会塌陷得这般快……

战场上靠的是力量，不是愚昧无知。没有粮草，没有精兵，再多的祈福也是枉然……

跨入神殿的那一刻，他简直不敢想象眼前的景象。宽广的殿堂上父王与祭司跪了一地，用一种几近颤抖的声音念着经文，本该神圣庄严的祷福语却在恐惧与惊吓中变了调子，反倒更像是地狱来的催命咒，沁入脾肺的战栗……

这时候他们竟然仍旧继续那无用的祷告，他嗤之以鼻地冷哼着。眼神转过一个一个低首的人群，搜索记忆中的娇颜，可是却让他失望地蹙眉。

没有？怎么会……

迈入殿堂，抬首，惊愕……

殿堂尽头的木桩上绑着一具娇小的身躯，衣袂飘舞，发低垂遮住了苍白的容颜却未掩住失去血色的双唇边晶莹的红，以及没入胸膛上寒光森凛的匕首……

愤怒的潮水淹没了他的理智，连带出绝望的、自胸腔深处传来的阵阵悲怆，响彻整个大殿，引得共鸣的厅堂摇摇微颤……

他的王姐，娇弱温柔的女孩，喜欢单纯地微笑，体贴入微的美丽人儿，被自己的亲生父亲拿来祭天。

记忆的绳索断裂，伤痛割开了心口，压迫得他难以呼吸。耳边呼啸的战鼓声、呼喊声突然间消逝殆尽。

只有她，只有他的王姐，殿堂木桩上的娇美丽颜才配拥有他全部的视线。可是为

三途川前传 殷魅传

何,紧闭的双眼不曾张开看看他;抿起的樱唇并没有扬起笑容;白衣素裹的身躯不从碍眼的黝黑木桩上下来,扑向他怀中寻求保护……

为什么她不等他啊……

他的刀抵住父王的脖颈,分不出是愤怒悲痛的颤抖,还是下不去手的战栗……

父王那张苍老皱褶的面容布满了绝望,头发比以往更加的灰白了。双眼没有焦距地穿透他,会聚在身后某一点,丝毫未觉眼前的持剑人儿是他的儿子。干涩的双唇上下嚅动,一遍一遍用碎细的腔调唠叨着,声音低微几乎不可闻:

"妖孽,妖孽……"

目光一凛,随着父王的视线回头,落在王姐的尸体上。悲伤笼罩在心头却掩藏不住汹涌的恨意。单纯的王姐竟然被自己的亲人说成妖孽,临死都没有清白。

刀再也没有犹豫,血喷洒而出,溅得他满身满脸……

疯了一般的笑声肆意,却似天下最悲哀的哭泣……

在神所庇佑的殿堂之上,他却是一个双手沾满了亲人鲜血的恶魔。悲凄的心呜咽着伴侣的逝去……

头一次,他迫切地希望神明真的存在。假若这一切不过是梦境,请让他赶快醒来。假若不是,请降罪吧!让他下地狱,让眼前的景象停止……

No.2 "殷魅"

我是神族——阿修罗部落的第十三代继承人。上任王退位得早,当我一百五十七岁的时候就被迫继位。你问我那是多大?嗯……大概人类寿命的初期吧!所以我还未来得及好好享受我的童年,就必须承载过重的政务,这让我很厌恶。

至今仍在后悔那一天怎会晒晕了头,去接受一个自称是王的家伙的挑战。当他拿出代表阿修罗王权的双子剑时,我承认自己是有那么一点跃跃欲试。

自古我族的王者都是由最骁勇善战的武士挑选出来的,所谓力量就代表一切。能被王相中并向我挑战该是我的荣幸才是。阿修罗族天生的好斗因子挑唆着我的神经。

男人的眼睛闪亮,语气淡然,像是在讨论天气一般随意:

"赢了我,剑就是你的了——"

多么漂亮的一把剑啊!雪白碧光的剑身如夏日午后的溪流冰凉寒澈,挥舞剑柄时似若明镜映照出敌人死亡瞬间的恐惧。剑柄金耀通透,雕刻着双子捧月,高举的纤细臂膀在尾端交握托起一轮椭圆形月光石,在晴空万里的午后散发出诡异的光芒。

七戒中,我犯了贪戒。

被那绮丽的光蛊惑,想也没想就答应了。后来回想,自己当初怎么都不带思考的。

对方可是王啊！我也顶多是个剑术上等的女贼，而且还算半个幼齿。

对上那双犀利深邃的眼睛，我知道他不是唬我，他是认真的，他当真并且非常有诚意地向我挑战。被王者正视的感觉的确不错。我得意地咧开嘴角，忽略他身后几十万将士投射来的藐视。

我的刀刃厮磨上双子剑的剑锋时，剑气肆意随剑身爆裂开来，却被我轻而易举地避开。嘴角挂着笑容，驯服它的欲望更加刺激着我的斗志。我是那种遇强则强的类型，尤其是遇到喜欢的事物时，更加热血沸腾。眼底难以掩饰征服的光芒，触动了对方，王笑得狂放。我们都像是找到了一个难得的对手，抛开身外之物痛快地打一场……

从正午到午夜，厮杀得难分难舍。我身上的衣服早已被剑气冲击得残破不堪勉强可以遮体。他也吃不到多少好处，很早就赤膊上阵。终于在我快筋疲力尽时，他把剑一扔，喘着粗气：

"不打了——"

"呃？还没分出胜负，怎么能不打？"

"我输了。"黑眸中狡黠的光一闪而过快得我难以抓住，"在生命精气上我输了。我处在生命的鼎盛时期与你的少年成长期相互抗衡却难分高下，自然是输了——"

多么合情合理的解释，就连身后的几十万精锐都换上崇敬的目光看着我，但我怎么觉得自己是被算计了呢！

像是被他下了套，寻到我恋物癖的弱点，顺藤摸瓜与我大干一场之后，硬塞给我老大一个包袱。就这样我莫名其妙地被剥夺了自由，换得了众人羡慕的王位，就为了一把"破剑"。而他，那个陷害我的家伙，高兴自得地搂着他的"宠侍"、阿修罗族最美丽的将军，逍遥快活去了……

而我被王位囚困，一晃竟是百年。

这天百无聊赖，我在王宫憋屈得难受，打算出门活动活动。仅带了个贴身随侍无玥，偷偷下界。其实我本是想自己行动的，可出门时却正巧撞上守在门口的无玥，我拗不过他那副固执又过分忠心的个性，很不幸地单独探险游历变成了主仆二人出行。

缘分的齿轮旋转，无可避免的就这样发生、相遇……

最初我只是觉得有趣，坐在神殿的大理石飞檐边缘，晃荡着双足无聊地看着下面上演的闹剧：

愚昧的人类妄图倚靠天众部族的庇佑获得战争的主导权，殊不知用自己的力量拿起兵器对抗入侵。可怜的王女被作为祭品钉死在祭台之上，没有人为之动容。一张张冷血麻木的脸孔，让我反胃。

"这就是人么？我以为人的情感至少要比我们神族来得丰富许多——"

我挑眉，无玥不温不火地回应：

"的确是。丰富到一定宽度，自然就会丧失本性。对于神族具约束力的七戒，在人类世界皆无不可。所以就这层面而言，无不是一件好事。"

无玥，无悦，这家伙就不能改一改说教的腔调么？

我无力地翻白眼，算了，他这毛病如同我的恋物癖一般，本性难移。

三途川前传 殷魅传

正当我认为没有观赏价值时，神殿的长阶脚下一抹身影吸引了我的注意。

第一眼，并非多么俊美的容颜，用狼狈来形容更加确切些。头盔早已不知去向，墨黑的长发失去了拘束凌乱纷飞。胸前的盔甲歪歪扭扭地挂在身上牵累着行动，最后失去了忍耐力一把拽开抛到一旁。箭雨随即落下镶嵌在染血的背脊，激怒了困兽，庆人的煞气自充血的双瞳里爆出，啃噬着四周的敌军，恍若降临人间的修罗。那隐隐从身体中释放的王者气概，连我都不自觉地敬畏正视。

就是那双不屈的眼，突然让我顿足，来了兴致再次坐下。没想到这一瞥就再难移开视线……

冰冷寞凉的眼扫过地上俯首的人群，藐视的黑眸里闪烁淡淡的、悲怜的光。那种近乎无可救药的怜悯及唾弃。

很好，那是一个王者，只崇尚力量、相信自己的眼神。我的嘴角弯弯勾起。

瞬的，黑眸停顿，愣怔。紧跟着搜寻着，疑惑、紧张、乃至慌乱。

他在怕，怕什么，一个连百万战军都无所畏惧的霸王，竟然惧怕么……

眼神越过茫茫人海落在尽头的木桩上。自信、狂妄、弑血刹那间被悲哀无望取代，几近决绝的伤。仿佛整个宇宙都塌陷般绝望。前一刻的王者气概突地被砸扁碾碎，随风而逝。站在我眼前的不过是个失去爱侣的苍狼，被掏空心肝的撕裂般吼叫。

莫名的情愫穿梭在我身体里，些许酸涩、酥软的疼痛，很奇特的味道。

下一秒，我做了一个决定。虽然在今后的岁月里，无数次地被无玥询问后不后悔，我总是抿嘴不答。后不后悔重要么，没有如果的，做了就已回不去了。就像我接受王位的那一刻，从未想过那时我要是没有碰到十二代阿修罗王，我没有死命地盯着双子剑，一切的一切会不会不一样呢……

No.3

"夜冥"

一束淡蓝色的光划过殿堂高悬的顶棚，落在王姐身上。时间像是突然间静止了，所有的声音都变得那般轻微、遥远、不可闻。幽幽的某种叫不上名的花香弥漫开来，愈来愈烈蔓延在殿堂之上。

咚、咚、咚——

鼓声么，还是心脏跳动的声音呢？他缓慢地转身，呼吸变得急促，期望的却又惧怕失望。天下真的有奇迹么……

神明是存在的他现在相信。至少这一刻他愿意相信他不是在做梦。绑在圆柱上面已经没有气息波动的人儿，在蓝光隐没的瞬间重生了。丝织锦缎下的酥胸轻微地上下起伏来。风撩开黑发，颀长的睫毛颤动，慢慢地张开……

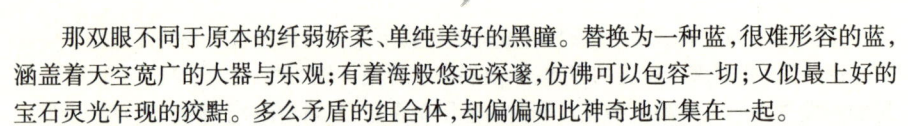

那双眼不同于原本的纤弱娇柔、单纯美好的黑瞳。替换为一种蓝，很难形容的蓝，涵盖着天空宽广的大器与乐观；有着海般悠远深邃，仿佛可以包容一切；又似最上好的宝石灵光乍现的狡黠。多么矛盾的组合体，却偏偏如此神奇地汇集在一起。

那是他的王姐吗？他不确定。身体是，但是灵魂……

碧光流转过水眸，唇角翘起娇美的弧度，恍若新生的精灵。纯洁无瑕的容颜又似王姐的温柔多情，欲语还休地锁住他，那耀眼的光华比天空任何一颗星辰都要夺目，让他再难移开视线。

突地柳眉微蹙，颔首。手腕一转，结实牢固的绳索被一股无名力量挣断，那么的轻而易举，对她来讲不过是信手拈来的玩具。

转瞬，衣衫飘飘人已到近前。她与他离得那么近，幽兰的香气几欲迷醉了他的感官。在这灯火通亮的殿堂里，雪白的肌肤接近透明，仿佛只有那温热的扑在他脸上的呼吸才能让他感觉她是真实的。

想到了什么，她挺翘的鼻子皱了皱，低首。那把夺命的匕首仍旧插在心脏上，胸口黑红的血渍刺目。厌恶的神情一霎，抬手握住刀柄，硬生生拔了出来，寒光冷凛的刀刃未带出一滴的鲜血。

他这才意识到眼前的一切是多么的不合乎逻辑，重生的她所带来的震撼与欣喜已抵挡不了这诡异的气氛。周围木讷呆滞的人群，恍若中了咒语傻愣愣盯着她，难以接受眼前的一幕。正主儿却浑然未觉，笑得妖娆：

"我喜欢你的眼睛——"

她说，水蓝的眼眸映出他的容颜，透着浓烈的渴望与愉悦。倾倒众生的笑容里蛊惑了他的心神，下一秒哪怕她让他立刻挖下来，他也心甘情愿。

似乎了解他的想法，水瞳在匕首与他之间游离，最后莞尔一笑，潇洒地甩开手中的兵器。

清脆的金属落地声震醒了梦境中的人群，对于未知力量与生俱来的恐惧爬满了祭司的眼。

"妖孽——"

不知是谁先喊出了第一声，紧接着此起彼伏的呼喊掺杂着诅咒的低语溢了开来。

收起笑容，水蓝色的冰瞳轻蔑地扫过四周，冷哼挂上嘴角不屑于解释。转回他身上时又再次笑语嫣然，开口却似戏谑：

"小心身后——"

刀砍在身体上的疼痛激发了他的怒气，也扯回了思绪。低咒自己的沉迷竟在沙场上分了精神。放下太多的疑虑他需要先解决手边的麻烦。

仿佛刚才流逝的精神与力量又再一次回到他的体内，舞动的刀锋没有丝毫的犹豫，身体中爆发的杀意挥洒得畅快淋漓。一切悲伤的、绝望的负面情绪都随之烟消云散。他虽不清楚那具柔弱的身体里蕴藏的灵魂到底还有几分是王姐的，但他却莫名地受到影响。

偶尔从厮杀的缝隙中回头，对上讥诮冷漠的眼神时，发现担心是多此一举。这一点让他安心,不去管她到底还是不是王姐,至少他不用再经历第二次失去爱侣的痛楚,这样也就够了吧!

No.4
"殷魅"

很有趣的表情。我微笑着。

从附着上这具身体,到降落在他面前时,那双幽冥墨黑的深潭瞬也不时地锁住我,给我全部的关注。这让我很高兴,那双眼睛盈满了我的模样,因此毫不犹豫地道出自己的想法:

"我喜欢你的眼睛。"

如战神般俊美冷酷的面容愣怔,有些呆傻。眼眸在我与匕首中徘徊,踌躇着什么,随即又似崇仰般落回我身上,下了很大的决心,坚定地注视我。像是愿意给我一切他能够给予的。

如果我说我要他的眼睛,他会不会愿意挖出来呢? 我恶意地想,不自觉地唇角上扬。

我哪有那么劣质。眼瞳的美丽不在于它的墨黑,而是涵射出这个人的全部灵魂。挖了它,等同于毁了宝贝。这一向不是我所崇尚的。玩具还是保持原状比较有意思。

潇洒地扔掉匕首,叮当脆响唤醒了安宁呆滞的人群。喊杀再次回响在大殿之上,不过这次掺杂了些许恶毒的咒骂是针对我的。

讥讽的笑柔和了我的唇部线条。愚蠢的人类,整天膜拜崇仰的神,难道就只有天众部族那帮阴险狡诈、只会揽功的小人而已吗?

杀戮在持续,我优哉地倚靠在角落里,淡漠地注视眼前的一切。那些妄图举刀冲上来的士兵总在未近身五米时,就被我的玩具砍成两段。我置身事外乐得逍遥自在。抬眼望向檐梁上一脸冷俊眉头深锁的无玥,回了一个灿烂的笑,反倒惹得后者满眼的不苟同。

"主上,你该知道扰乱人间秩序的后果。"

无玥的唇开阖,无声地控诉不满。

慵懒地翻个白眼,不过是场可有可无的小型战争而已。只要不干扰到大趋势,主神大人哪有那工夫搭理我。

风笛的声音突然出现在僵死的战局里,那双宛如夜空的玄色眸子精光闪耀,带着欣喜地望向我。

娇柔地回以微笑。看情形是救兵来了,这场战役差不多该结束了。我的玩具已经身负重伤,要是再不出手是否也太没有显示神威的场合了呢?

晶莹剔透的双子剑亮出,杀气跳跃沸腾在夜空里,寒气呈现纯白丝线形态,雾蒙蒙

地屡屡汇集、卷曲、附着上剑身。剑柄上妖冶的月牙石散发着噬血的哀鸣。

很久没有用它了,竟然这样饥渴了吗?今天看来不喂饱它,它会跟我闹脾气吧!

No.5

"夜冥"

辉夜族的进攻风笛催促着,鼓舞人心,救兵已经抵达城池。敌军见形势逆转,撤兵的信号紧跟着放出,且战且退,他一颗高悬的心总算放下了。

这一仗打得惊心动魄,恍若经历了一个轮回般痛苦。王姐钉死在木桩上的情景浮现脑中,冷不丁一身冷汗。差点以为他的世界摧毁崩塌,辉夜族的王朝就这样陨灭。

没有,还好没有。她死而复生了。活生生地站在他身后,接受他的保护。虽然冷漠与淡然取代了之前的羸弱,却让他安心踏实。

突然身后爆裂的噬血杀气惊扰到了前方厮杀拼搏的人儿。难以置信地回身。

怎么可能他的身后只有她啊?狭窄的死角不可能有突袭进去的敌军……

娇小的身躯怎能承载如此庞大的力量呢?他因她而迷惑。

杀意汹涌如海潮会聚推高,又重重地落下散开。神圣的殿堂突然间宛如地狱,而那张天神般的娇颜,依旧纯真甜美却又妖娆娇媚,仿佛是地狱来的魔女。怎样的矛盾体混合而成的一具身躯,风华绝代的丽人儿似神非神降临于世,带来的到底是祝福还是苦难……

笑淡然而从容,眼戏谑而无情,剑冰冷而戾人。挡在他身前站定,等待汇集更多的敌军。居高临下地俯视,眼神里的鄙夷激怒了退缩不前的武士。

剑如流光,挥下。瞬息,尸横遍野。百米之内再没有活着的人气。武士临死前恐惧的脸映在明镜通透的剑身上,惹得那剑欢愉地啼鸣,直到百米阶梯上再也没有一个活着的敌人。剑像是得到了满足般喜悦地呜咽,瞬间隐去。

她旋身,回归到甜美与纯真,笑靥如花,眼睛眯缝成月牙儿。仿佛刚才的屠杀本与她无关,满地的不是死尸而是艳丽的花丛,她是站在花丛中的精灵。

不,夜冥,那是幻象。他对自己说。是那相同的容颜迷惑了他的双眼,那根本不是精灵,而是血洗敌军的修罗……

双眉皱紧,声音低沉:

"你是谁?"

"我?"单眉轻挑,蓝眸里幽幽深远,"我是殷魅,你今后的主人。"

三途川前传 殷魅传

No.6 "殷魅"

双子剑难得满足地呜咽,收回它后我长长地吐出一口气。怕是很久没用了吧!挥舞时隐隐的振荡,差点让我控制不住力道毁灭整个殿堂,那样可就不好玩了。

回身之际,对上我所相中的黑眸,眼底的蛊惑与迷失已经不复存在,我笑容可掬,心底却由衷地赞叹:不愧是我的玩具,恢复得挺快啊!

眉头深锁,眼底有着警惕:

"你是谁?"他问。

"我?我是殷魅,你今后的主人——"

像是我说了老大一个笑话,他笑得张狂,虽然我并不觉得那有多么的可笑。不过也没激怒到我,征服是一个过程,我喜欢具有挑战性的事物,倘若太轻易到手,就失去了它本该具有的神秘与特别。

"我王姐她……"声音颤抖,眼底小小的期望,却被我狠狠地打击:

"如你所见,死了。转世投胎了吧——"

我说得淡然,不喜欢他眼底的懦弱与悲凉。那双眼该是霸气十足的。

"死了吗……"

他呢喃,风拂过长发遮住了眼看不真切,却能体会那浓烈的悲。

突然觉得附在这具身体上,似乎并不是一个好的决定。至少依他的表情判断,她与他的关系并不只是亲情那么单纯。

之后,他不再理会我,刚才的对话好似只是戏言。族人的大军也在下一时刻赶到,寻到老王的尸骸时,机灵的将领率先下跪高呼,辉夜族新王就这样诞生了。

纷乱的战事后,又有谁在乎那老到无力迈步的愚昧王到底是死在谁人的剑下呢?一个部族要的是全新的、能够带领他们扳回城池抵抗入侵的霸王,至于坐上王位的手段与过程自然可以忽略不计。

王的尸体从废墟中抬出来时,我注意到夜冥的眼底一闪而过的哀伤。还是会悲伤么,就算他杀了他的亲生女儿,就算他愚昧昏庸,但是始终是父亲吧!人类情感中值得回味的地方。

"公、公主……"

颤颤巍巍的声音在耳畔响起,终于有人注意到我了。

麻布衣衫,铜质盔甲,是个士兵呀!我微笑,蛊惑人心的眼光落在他身上。惹得后者双颊微醺。

"有事?"声音慵懒。

"您、您受伤了需要医治……"目光闪躲，像是看到了不该看的低下头去。

循着他眼神低头，这才发现我虽不是半裸，却也差不多了。薄纱衣裙质地柔软，被血染红以后完全贴服在胸前，冷风一吹惹得胸前的突起傲人挺立。

双颊顿时燥热，还未来得及反应，一双有力的臂膀占有性十足地揽我入怀。"滚——"

愤怒的闷吼从头顶上方传来，吓得那士兵溜得飞快，狼狈的样子惹得我嘴唇上扬，却突然又因抱着我的他而止住。压在我身上的重量越来越大，他几乎不是拥着我的，而是把身体倚靠在我身上。

"夜冥——"

我轻唤，眉头锁紧，他伤得有这么重了？

没有反应，身体在我怀里完全地放松下来，看来是彻底地晕过去了。

"还杵在那里干吗？"我对着立在一旁偷瞄却不敢上前的侍从吼叫，"还不去找太医——"

随从接到命令转身就要出去，却又被我唤了回来。

"站住，顺便给我拿件外袍。"

这个样子还真是尴尬。我头疼地拥住几欲下滑的高大身体。突然意识到四周一双双等待我指挥的眼。

好大一个麻烦，这家伙晕得还真是时候啊！这下烫手山药都转到我手里了。无力地暗自翻了翻白眼。殷魅啊！你真是刨坑让自己跳，才逃离了一个又遇到一个。

抬眼瞟到飞檐上的无玥，一贯没有表情的脸上挂着淡淡嘲讽的笑意。

这个没良心的，亏我那么疼他，出游都没有抛弃他，他竟然在这个节骨眼上置我于不顾。哼！

No.7

"夜冥"

迤逦的白色幔帐被风吹拂轻舞，空气中弥漫着药草的清香混合淡淡的某种叫不上名的花的甜味。床头边一碗温热的药仍在冒着热气。

他昏迷多久了？

最后的印象是她娇弱的身躯拥在怀里的切实感，那种满足的幸福让他彻底放松，这才感觉自己早已筋疲力尽，凭着意志挺立到救兵的到来。

剩下的残局呢？是她帮他解决的么……

昏暗幽黄的烛火跳动，照耀在不远处案几后熟悉的丽影上，晕开柔和的光，温润而委婉。有那么一瞬间他以为他的王姐又回来了，伏在案头悠闲地看书。

可是不是。桌几上堆得老高的不是书而是奏折，厚厚的左右两摞，一摞较为矮些，

三途川前传
殷魅传

一摞较高。桌台前的人儿感觉到了他的注视,抬眼回望,微笑。紧跟着又伏案添了几笔垒到高摞的那一堆里,起身来到床前。

"醒了?"笑眼儿弯弯,"军医已经做过治疗了。复原大概还需要一段时日。这期间奏折是我帮你批阅的,重要的我都作了标记。正想着你什么时候醒读给你听。毕竟是你的部族,很多东西我不是很了解,没有什么资格做抉择……"

她碎碎叨叨地解释着,他却听得惊讶:

"你懂王道?"

声音顿住,水眸定睛看向他,好一会儿又笑了,反问:

"我不该懂么?好像这具身体的主人是个公主来的吧——"

望向她的黑瞳复杂难懂:

"辉夜的女人是不参与权政的——"

"哦——"她的声音掺杂淡淡的遗憾,"在我的部族力量决定一切,只要够强谁都可以当王——"

奇特的女人。同样的容颜他却一点也不会拿她与王姐混淆。不光是那双天蓝的眸子,还有那身体里散发出的无尽能量,这样的女子又有谁会忽视得了呢!

"你是部族的王?"

"是啊!为了一把'破剑'我就被拐骗了——"

秀气的鼻子皱了皱,不太稀罕地撇撇嘴应声,模样甚是可爱。

他突然觉得有她陪伴其实也不错。失去王姐的痛苦并没有那么的钻心了。虽然会被安静温婉的她迷惑,却更多的带给他惊艳,让他很难离开眼。不管寄宿在身体的这具灵魂是什么,似乎并不讨厌反而有点喜欢。

想着他的手不自觉地伸了出去,抚上娇美的容颜。指端轻轻擦过蝶羽般微卷的睫毛,那绒绒的触感搔痒他的掌。水蓝如清泉流淌入他的心田,击打上岸边的岩石,擦出小点晶亮的水花,快速地又融进冰凉清透的泉水中。碧波的主人疑惑了,瞬也不瞬地盯着他。不甚明白地挑眉。

这女人不懂得他在调情么?英气的眉宇间放柔为眼前这美丽又迷茫的水眸。轻轻地伸出臂膀困住她揽入怀中。暗香浮动,她身上的香味是随这抹幽魂一起带来的么?朦胧中,怀里的容颜映出另一副模样,青蓝的缎带长发,不同于王姐的鹅蛋脸,那是一种几近孩童的面孔,大大的宝石晶亮的眼睛镶嵌在娃娃般巴掌大小的脸庞上,却又娇媚动人的灵秀,如她的灵魂般,矛盾的综合体……

"你原本是蓝色的发吗?"他问,声音沙哑。

"呃?"

她被他问愣了,傻乎乎地凝望。惊讶的脸蛋倒映在黑瞳里,他笑得开怀,很高兴她也有这样的一面。

Santuchuan zhi Tanxi

No.8

"殷魅"

墨黑幽深的眸子里盈满了我看不懂的情愫，那种微弱的却又浓烈的情感，迷惑了我。到底我是来诱拐玩具还是被我的玩具蛊惑了呢？我突然迷茫。

"你原本是蓝色的发吗？"

磁性的声音沙哑感性，微妙的空间磁场在我们之间扩散包裹。

他怎会知道我原本的模样？我睖睁。

随即那人儿又笑了，带着浅浅的得意与欣喜，像是发现了特别有趣的事物一般锁住我。空气变得稀薄，脑袋有些晕眩。我能听到剧烈的心脏震动，是我的还是他的呢？

刹那间，我有种想法，他难道爱着他的王姐吗，禁忌的爱恋。突来的感觉让我恐惧，那是很久没有的情绪波动了。

我或许真的来错了地方，他看到的人不是我，是他的王姐，而我则是被当成另外一个存活着，那玄色眼瞳里映出的不是我，是另外一个她，他的爱人。这一切是错误的，不可以继续下去。

像是了解我的想法，头顶传来轻声的叹息：

"你不会离开的对吗？"

浓浓的哀伤带着乞求，我全身僵硬。他知道？

"不管你是谁，请留下来好不好，为我留下来……不要像王姐一样消失不见……不要……"

他的声音几近呜咽。像是溺了水的人突地抓住了浮萍，死死地揪住不放手试图脱离困境。而我就成了那不幸的浮萍。虽然我不太满意这样的角色，但是心却柔软。让中意的玩具伤心毕竟不好对吗？自我麻醉地想，忽略瞬间划过心口的抽痛与窒息感。

轻轻地推开他，伸手抚上遮住俊脸的刘海，让那双漂亮的眼瞳与我相望：

"我叫殷魅，记住！"

一直以来，我从不对一个人（神）吐出我的名字两次。记不得我的人（神）已经死在了双子剑下，记得的自然敬我如王。而今天我却破例重复了一遍。我希望他记得，希望他看见这具身体时，喊的是我的名字。

"魅——"

唇轻启，低低的带着些许霸道的呢喃，仿佛是迷人心魄的咒语，有股异样的感觉划过心口，迷醉心神。像是一把无形的锁，扣住了彼此。那些错误的、后悔的念头瞬间灰飞湮灭。

错就错吧！我觉得值得就好！

三途川前传 殷魅传

No.9
"夜冥"

烦闷的军事会议,漫长而无聊。昏庸的老头们倚老卖老,试图左右他的决定。

"陛下,我辉夜族与烜煌族的战事本该可以避免。烜煌王只是年少气盛怨愤我族回绝了他们的提亲。烜煌部族的势力远远在我族之上,现在我们只是一时地保住了疆土。却并非我族的长久之策啊!"

愚蠢的降和对策仍在持续骚扰着他的神经。英气逼人的眼里投射不出任何的情感。心底却早已讥笑出声。什么年少气盛的烜煌王,一个十二岁继位、十八岁统一北面半壁疆土的王,仅仅只是为了怨恨来攻打一个部族么?到底是谁看不清事实啊!

余光扫过床畔,对面的女子神情漠然,蓝瞳里没有丝毫的温度,冷冷地注视下面跪了一地的群臣,一副事不关己的模样。既没有惊恐的忐忑也不曾流露半分的不耐。他禁不住钦佩她的沉稳淡定。他突然有种想了解她的冲动:

"王姐怎么看?"

水眸流转落在他身上,掂量着片刻的静默,然后又转开,泉水般的音色在寝宫里流淌:

"本宫以为一个十二岁继位、十八岁扩展出烜煌三倍疆土的王,是不会在意他娶了谁,而是在意这是一个多么充裕的借口去吞掉一个部族。"

流光闪烁过蓝瞳,像是刚出鞘的好剑,锋芒毕露的瞬间美得令人窒息:

"毁约的愤怒不过是一个借口,除去这个,烜煌可以找到上万种攻打的理由——"

"公主,您是我族最有权势的女性,该有作为一个统治者的自觉才是——"卑躬屈膝的老臣,话语却犀利。

她却不怒反笑:

"哦?您认为我在逃避责任么?"湖泊般深沉的水眸一凛,"不如这样吧!就请您把我绑了去烜煌王面前谢罪。倘若真如您所言交出本宫就能换得和平,如此大功一件,您不亲自上阵么?"

微抬的下颚,透着不屈与傲气。眼落在出言挑衅的臣子佝偻背上,隐约见那低垂的背部又低了半分。

他很满意他们的想法的一致性,却不动声色地插入话题,断开了僵持:

"王姐分析得不无道理,这几年我族与烜煌的冲突不下百起。现在才要把公主交出为时已晚,还是想想如何应对十万大军才是真——"

Santuchuan zhi Tanxi

No.10

"殷魅"

"王姐怎么看？"

黑亮的眸子一瞬不眨地凝望我，深邃如海闪着美妙的光辉，语气却是平稳，把心底的烦躁掩饰得很好。

此时的他需要一位抛砖引玉的人儿道出心中所想。偏巧那双眼选上了我。

倘若我是锋芒毕露的利器，相较他则是内敛含蓄的宝刀，在适当准确的时候，穿透人心，斩了个措手不及。一个王者该是这般的吧！总在适当的时候说适当的话，做该做的事情，永不会偏离轨道。反观我，虽然活得长久却不过仍是个任性的孩子。

夜冥的恢复速度很快。几天工夫已经可以下地。辉夜族的政务渐渐转交他手，虽然多数时候仍旧是我念给他听，但基本都是他在做决定，由我来执笔。

看得疲惫了我会抱怨他明明可以自己动手了，却非要转着老神子弯。他却笑，刮着我的鼻子宠幸地说喜欢我清冷的嗓音，以及偶尔捣蛋得把晦涩枯燥的公文读得情意绵绵。

我笑而不语，知道他是为了让我待在身边，明着是混淆敌人送去一个辉夜王柔弱的假象，暗里是希望待在他身旁断了那些"妖孽"的闲言碎语。坦然接受他的保护其实是不错的一种感觉，暖暖的温馨，仿佛一切都不用烦忧。因此人也开始懒散嗜睡。

也许是躯体的排斥现象，更或者我离开天上的时间真的有些过长，而造成的水土不服，我总是这样安慰自己。无视置放双子剑的右臂出现的淡青纹路，放下袖口掩饰怪异的图案；忽略在炎夏里却手脚冰凉的身体，窝在夜冥怀里获得温暖；愉悦地在没有血色的唇瓣涂上丹青，偷袭身边一脸严肃的思考公务的人儿……

我把一切都替自己解释得合乎情理，却在半月后的晴朗午后，见到了分开许久的无玥。

我懵懂初醒的眼被阳光晃得眯缝成线，倚在贵妃椅上的身子正了正。无玥熟悉的气息浮动在身侧，我笑得和煦。冷硬刻板的声音扬起，几日不见竟然有些想念他了。

"主上，您在人间的停留已快超出限额，还请主上早日回朝，几案上的公文已经累积成山了。"

光影的轮廓下那张扑克脸朦胧的不真实感，竟然格外的俊俏。

"无玥，你变漂亮了。"

我左顾而言他，却见冷硬俊朗的脸颊上一抹可疑的红霞。语气却已不似刚才的沉稳，反倒有些无奈：

"主上，您这是干预人间的秩序。何况这样的停留对您的身体是没有好处的。您这是在变相自杀……"

"玥，够了——"

我厉声呵斥，猛地坐起却引来一阵晕眩又无力地跌了回去，手臂却被他抓住，未来得及阻止，袖子就已被拉高，青色的图案在阳光下映出诡异的光彩，蔓延至肘部。

扑克脸瞬息风云变色，连敬语都忘了用：

"魅，闹够了跟我回去——"

抬手袭向我胸前就要打我出躯壳，却被我反手化解。怒火跳跃在我眼底，执拗地瞅他：

"无玥，我不想伤害你，别逼我出手。我的剑已经很久没有见血了，现在可是很乐意有人喂饱它的肚子——"

他不再动作，只是深深地凝视我。眼底多出了一丝难懂的情愫掺杂着淡淡的忧伤，最后轻轻地叹气，把我扶回椅子：

"这个男人竟有这么好么？"

闭上眼，错过了无玥眼底的悲：

"他是我新捡到的玩具——"

笑得随性。生命要是缺少了快乐，就算有上千年的寿命又有何意义。

无玥的手覆上我的额头，温暖的气流慢慢顺着触碰导入体内。赶走了些许不适的寒冷，我感激地微笑：

"谢谢——谢谢你耗费真气，救我这个活得浑浑噩噩的家伙。"

额头上的手颤抖，身边的光影一僵。无奈的语气却让人心纠结的痛：

"族里的事物我会帮你打点，你要是真感谢我就不要让那山高的奏章淹没我太久。玩够就赶快回来吧……"

回去么……可能不会了吧！我笑笑却没有开口。回廊处突来的呼唤打断了我们，睁眼时已落入一具强悍的臂弯里。抱得那么紧，勒得我脊骨生疼，声音中莫名的惶恐却阻断了推开他的手：

"别走……不要消失……"

我轻声地叹气，举高的手落下，抚上夜冥的宽背。声音却似安慰：

"我哪里也不去……"

漫天的花舞迷醉了双眼，光打在不远处的树荫下一具幻影身上。风撩起了墨衫，黑发飞扬盖住了眼睑，隐约抿着的嘴角却透着淡淡的哀伤，刺疼了心脏。

对不起，无玥，我是个懦夫。你的爱我回应不起——

Santuchuan zhi Tanxi

No.11
"夜冥"

烦琐的报告扰得他头疼难当,倒是听宫人私下议论最近来了个新厨子。心道偶尔给殷魅换换口味也是好的。最近她总是没什么精神,一天有大部分的时间都在打盹。

一想到那人儿思绪也跟着飞出,大臣后面的喋喋不休是半个字也未收到。草草了结了朝政,飞奔向后殿。沿路还不忘了交代宫人盼咐弄些新鲜的糕点送过来。

楼台回转,迎面的景象却让他惊艳驻足。

乱花纷飞的庭院里,芙蓉树下的贵妃椅,宽大的雪衣盖在娇小的身躯,几缕碎花从枝头掉落点缀上长衫,衬得粉白的脸颊透明虚幻,仿佛是画上的仙子逍遥自得地酣眠。

突地一束蓝光落在女孩的眉心,渐渐地遍布全身,淡淡的光包围住柔软的身躯,变得不真实起来。蓝光下的身躯被破茧而出的空灵感环绕,仿佛下一刻她即将随着光亮消失在温润的阳光下,眨眼间离开凡尘飞向天空。

恐惧划过他的内心,想也未想就飞身上前,狠狠地抱了个满怀。直到确定身下的娇躯传来丝丝抱怨的嗲斥,他才安心地放轻力道。

手触碰上粉颊,海蓝色的大眼睛带着点点的水雾,盈盈地瞅着他。

他们说她是妖孽,死而复生却换得了蓝眸。妖魔吗?他却笑。妖魔不是该缠绵软语,蛊惑众生才是。哪里像她空灵到无欲无求,除了嚷着要他的眼睛做玩具之外再也没有其他,对情事也近乎无知。有时他真的很恨她的淡然,相对他的慌乱每每总是让他觉得不平衡啊!

唇覆上娇艳欲滴的嫣红,淡淡的胭脂味道混合着水果的甜香,带给他别样的滋味。身下的娇躯一震,像是被吓住了,傻傻的不知该如何。他像是偷到甜点的孩童笑得狡黠。趁不备,舌探入口中与那丁香纠缠。缓慢地描绘细致囊壁的美妙,像是醉人的佳酿入腹的瞬间就已醉倒了心田,却又想要更多,由柔转烈,几近疯狂地舔噬掠取芬芳。

很久,终于情难自禁地放开了她,要不是理智及时地赶到在最热烈时候刹住了闸,他还真怕自己下一刻会在这躺椅上就要了她。

身下的人儿先是愣怔,不明所以地呆傻。细长浓密的睫毛如羽般扇动几下,像是想要极力搞清楚发生了什么,却又不得要领。粉嫩的小舌无意识地舔过滋润得甚好的朱红……

妖孽——

他现在肯定。这女人绝不是仙子。不经意的小动作就能直接地撕扯他的理智,而他根本难以抵御这极端的诱惑,呻吟一声再次俯下身去……

三途川前传 殷魅传

No.12

"殷魅"

　　吻，甜腻的芬芳，宛若芙蓉雨满眼的粉红天堂。我像是飘浮在空中的尘埃，跟随着阳光的旋律荡漾，晶莹剔透翻滚打圈映出五彩的模样，迷蒙了双眸，润湿了心脏……

　　这就是吻吗？我睒睁，一时间忘了挣脱。没有排斥的感觉，反而是喜欢的。我喜欢他这样吻我，仿佛被珍视的，宠爱般捧在手心的至宝。他的唇一点一点勾画着唇线，灵巧地探入口中与我厮磨。之后，又由浓转烈，如若风暴席卷而来，淹没了我所剩无几的思考能力，就连呼吸都忘记，肺中的气体在抽干，晕倒的下一秒，他终于放开。宛然清醒却让人意犹未尽……

　　我是不是爱上他了，爱上了我的玩具……

　　我迷惑，还是从开始我就不曾把他当做一个玩具，企图捕捉的真的是那对神采奕奕的眼睛，还是孤傲的内心……

　　无数个夜晚望着那张掩盖了张狂与霸道的睡颜，我都会笑得很温馨。原来不单单是那双眼睛，而是他的全部都在吸引我啊！也许这就是为何我从未想过要夺下那晶石眼瞳，而是选择留在他身边。

　　一个月来，双子剑的反噬随着我的力量的消退，越来越严重。紫青的印记已从肘部爬满了右臂。看情形完整地吞噬掉我应该也是半月光景吧！还好袖子够长包裹得严严实实，加上略施技巧地避过冥夜的置疑。

　　在这炎热的夏季里，我却快要冻结成冰。半梦半醒间，窝在他怀里吸取温暖，抚开为我凝成川字的剑眉，嘴上问得淡然从容：

　　"夜，我们这样算不算乱伦？按理我该是你姐姐吧……"

　　"说什么傻话，你是魅啊！"暗黑的瞳孔收缩，浮现淡淡的怒气，"谁在你耳边嚼舌根？"

　　我笑着摇头，眼眯缝成线，掩盖自己的心。天知道我有多在乎，我在试探，试图说服自己他看到的是我，想抱着的也是我，那个蓝瞳的精灵，而非他的心底深处却不敢去爱的女人。

　　事实却又伤人，恰是因为是我，因为我取代了她的灵魂，才给了他拥抱的机会，借以抚平那颗狂肆不安、压抑许久的心灵。

　　温热的大掌覆上我的脸庞，冰寒的温度却让他为之一僵。触碰搓揉着，却又叹气：

　　"魅，明明是炎夏啊，为何你冷得不似存活？之前不是这样的，一个月前并非如此的。难道……"

　　玄色晶石的眼眸睁大哀伤恐惧地凝视，颤抖着双唇却又不敢吐出。那模样出现在

335

他身上突兀得可以,却叫人甚是心疼。我的手抚上俊颜,笑得温柔目光坚定:
"我这不还好好的在你眼前么?不会有事的,相信我。只是长久离开故土,不适应而已……"

浓眉蹙紧,并不相信我的说辞,探究的眼神暗示着那颗脑袋瓜里依旧装满了疑问。我的唇随即落下,诱惑着除去他的不安与惶恐。

心被爱涨得满溢,像是掉进自己编织的童话世界,再也不愿醒来。上千年的寿命换得瞬息的永远,质疑的竟非恒久而是那双漂亮眼瞳里映出的影子,是我还是她。

夜,你的心里可有我的模样么……

No.13

"夜冥"

殷魅的状况越来越不好,整日的嗜睡,让他甚为挂心。冻结成冰的体温,严重干扰着他面临几十万大军攻入部族的判断能力。

那娇躯现在几乎寸步不离地跟在他身边,就连最高军事会议的大厅里也有一副铺着上好白裘皮的躺椅。

苍白的脸颊毫无血色,唇瓣被丹红掩盖住病态的惨淡,怕他察觉质问右臂缠绕着层层的绷带……却不知这些举动更加引起他的留意。他曾试图褪去绷带,却被藕臂上妖冶的紫青色图案震住。密密的交叠从手背处蔓延直冲躯干。仿佛是妖娆的蓝色蔓藤,一点点地攀爬扩张直逼心脏。

每当他鼓起勇气去询问,她却总用各种讨好的伎俩糊弄过去。那些她极力掩盖住的真相隐隐地让他不安,却又怕摊开来道明时,反倒更加体现他的无力。心底一直有个声音警告他,问出来——问出来才能解决问题啊!也许知道真相,她将离开,这也必须是他承受的,毕竟那是为了她好。而他现在所做的一切都是在困住她,杀了她……

突来的念头惹得他一震,他是在谋杀她么?用极具温情包含爱意的手法变相摧毁她的灵魂……

不,怎么可能!他为这可怕的想法恼怒。拳头猛力地砸向桌面震得四周的器皿颤悠地碰撞,同时也吓到了下面低首争论决策的臣子们。反倒是躺椅上的人儿迷糊地抬首瞟了他一眼,又继续无视地步入梦乡。

主和派上了年纪的老臣,为刚才的震怒惊吓得一身冷汗,趴在地上连声高喊赎罪,声音颤悠着:

"老臣方才的建议的确有待考量,还请吾王赎罪……"

建议?他刚才的注意力哪里是在会议上面,全部被藤椅上的小人儿夺去,偏那正主儿却睡得安然。烦躁地挥挥手,唤起地上的老骨头。

三途川前传

殷魅传

烜煌部族五十万精兵已经攻入半把辉夜领地,预计半月之内绝对有能力抵达王城。战事一触即发,可区区八万辉夜士卒如何应对。倘若部族单是外患还好,可父王多年荒废朝政,造成辉夜族内部腐败严重,国库空虚。再有多么富饶的土壤都养不活这些贪婪的嘴脸。

夜冥的眉宇深锁,无力感驱使充斥着心脏。深沉的目光落在躺椅的白裘娇躯上,一贯英气逼人的双目却被愁云取代,暗光闪烁难掩风云万变的心思流动。指甲陷入手掌中,殷红一片却不抵内心的酸楚。

真的只有这么一步棋可走了么……

No.14

"殷魅"

接连几天的阴雨绵绵,终于有了放晴的迹象。乌云过后晴空透亮清澈,阳光洒在湖泊上映出点点晶亮,恍如星辰陨落点缀了满池的碧水幽潭,一派非真实的梦幻仙境。

困顿乏力的身子骨有了舒展的机会,披了件长衫爬上了湖泊边的假山。乱石层叠,这个位置刚巧是湖泊的死角,从岩石外部看不到内里,正前方的湖泊后是高耸的宫墙。宁静采光又好,充分满足了我晒太阳的愉悦心情,又不会被来往的宫人打扰。我为这个小小的私人领地暗自得意。

夜冥这会儿该是在大殿跟那帮老古董讨论几天后的决战,肯定没有工夫寻找我。这两天他更加的忙碌了,基本上除了三餐都见不到人影。饭也是拨拉几口就消失踪迹。当然也可能是我嗜睡的缘故,加上下雨他也不再强迫把我押在身边,所以我们见面的机会几乎少之又少。不然我哪有这么美妙的清闲时光。

清风拂过柳枝摇曳,点滴在湖面的水波荡漾,迎面而来的温暖微风扰乱了发丝飞扬,我笑得轻盈:

"玥,好久不见——"

背后传来熟悉的气息,丝丝的温暖流入体内,不用回头我也知道是谁。可久闻的叨念声却没有随之而至。疑惑地转头却对上无玥寒霜一般冷凝的视线,笑僵在我脸上,仿佛是做错事的孩子被捕到,胆怯地暗自吐吐舌头。他那是什么表情啊!恨不能把我切割入腹一般。

我讨好地谄媚:

"辛苦了无玥将军,我阿修罗族在您的统领下一定和平安稳千秋万代……"

"你还记得自己是阿修罗族的吗?"

冷嘲热讽的轻哼打断了吹嘘,无玥眉宇间的阴沉恍若暴风雨来临前的黑暗。冷空气带来的沉重压迫感自我身边的人儿扩散开来。而如今的我却难以抵御寒气逼入心

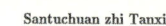

肺，痛苦地揪住心田，大口地呼气试图舒缓。

叹息声自头顶上方传来，一个旋身被他带离岩石落在平稳的地面。漂亮的眼瞳里有着不容置疑的坚定，语气却似乞求：

"跟我回去——"

我笑着摇头，没有错过他眼底一闪即逝的伤痛与苦涩。

"魅，你难道真的想拿自己的命喂食双子剑么？你该知道离开了神族大陆，双子剑的嗜血能力是以前的百倍。你的气息还剩多少？原来的一半？"

我笑得无力，一半？他太高估我了。之前操控双子剑就不曾有百分百的驯服。得了这个机会这把妖剑哪里肯放过我，现在怕是还剩下三成气息就已经不错了。

无玥料得我的想法，眼神变得急迫，难掩担心的俊颜映在我的瞳孔里。一咬牙狠狠地道：

"不管了，今天你就算跟我拔剑我也要拉你回去——"

说着就要袭身上前，我却避开退出了他的钳制，目光暗沉：

"我不走……"

我知道他担心，我也知道他是为我好，但是有些事是注定的。就像注定了我会辜负他一片真情，就像我决不会在这个关键时刻离开夜冥。

"对不起，无玥……自从打定注意留下来，我就没有想过要走，隐瞒你这么久，对不起……"我真心地向他道歉，嘴角扬起苦涩的笑，"其实你比我更适合做王不是么？王位本就该是你的。你的剑术远远在我之上，假若不是我的出现，第十二代阿修罗王是要将双子剑传给你的吧！这个位置被我抢占了这么久，你都没有一句怨言，依旧帮我坐稳挡去所有可能出现的危机，我真的很感激你。谢谢——"

说着抖出双子剑，出鞘的剑身寒气摄人，惹得我一阵寒战。咬紧牙关挥剑递向他，语气慎重一字一顿：

"我第十三代阿修罗王殷魅，以我阿修罗族永世的血脉为誓，将我族王权的责任授予眼前这个人，主神为证，他将带领我族享有富饶以及安宁……"

阿修罗族的第一勇士，左部辅政大将军，不论是气息还是掌控权势的能力哪一点我都不及。这一切本该就是他的，而如今我只是归还他应得的而已，这个我占据了一百多年的位置。

啪——

剑被他挥掌打落，还来不及错愕，他的人已到身前。濒临爆发的怒气盈满了眼底，揪住我的肩膀摇晃着咆哮：

"殷魅，你这个笨蛋！脑袋里面究竟都装了什么？把双子剑传给我，你以为这样我就会原谅你？不会！我告诉你，想也别想！你以为我稀罕那把破剑么！你这是什么意思，怜悯我？现在才觉得亏欠我是不是晚了一点！你早就知道了是不是？从开始你就知道是计策。十二代王挑你比武又很隐晦地输给你，凭你的聪明才智怎么会不怀疑！"

怒火跳跃的眼底，咬碎了银牙，伤痛揪心：

"是！那一切都是我设的局，为了困住你这个飘移不定的鬼精灵。要是没有这把剑,你会去比武么?要是没有部族的责任你会愿意留在我身边吗?权势,双子剑,原来我竟不敌一把剑的魅力。哈哈——"

狂妄的笑声里带着无望的哭泣味道,有如利器割破了他的心脏,就连我的也跟着纠结疼痛。无力地垂首,却只剩毫无意义的"对不起"。

"对不起,玥……"

"不要跟我道歉,事到如今你知道你自己在说什么吗……一句道歉就能一笔勾销……开什么玩笑!"

我的举动刺伤了他的自尊,交托不起的爱却像是在伤口上撒盐。胸腔里尖锐的刺痛骚扰着无玥的神经,高傲的灵魂再也不似之前的云淡风轻。眼神冷肆没有感情地望向我,语气阴冷至极:

"你爱那个人类。"

没有怀疑的肯定句,却让我浑身颤抖,惊恐地抬眼。

他要对夜冥下手?

这模样却又像是再次刺伤了他,我清晰地听到心碎裂的声音。他讥讽地扬起笑颜,却似冬季的霜雪:

"干吗?担心我会杀了他?不会,他不配!不用经我手他也大限将近——"

夜他会死吗?

漫山蹈海的恐惧笼罩在我的心扉,整个人像是慌了手脚,无措地睁大眼睛:

"你说什么——"

No.15

"殷魅"

"区区一个人类,怎配脏了我的剑。不用我下手他也大限将近——"

无玥的话震得我耳膜轰鸣一阵晕眩,脚下一软,跌坐在地上。他单眉上挑,疑惑的目光流连在我脸上,很快像是领悟到什么,惊愕地俯身质问:

"你连这个都算不出了么?气息还剩多少?五成还是三成?"

讽刺的语气试图打击我,发泄他的伤痛。我苦笑着承受,沉默不语。

纤长的手掌怜爱地抚上我的脸庞,妖艳的丹凤眼眯缝成线,蛊惑人心的唇瓣吐出的话却带着浓烈的恨意划伤我的心:

"我单纯的魅儿啊!那个男人值得你这样对他么?用千年的寿命换一次的璀璨夺目,真是不会算账的小东西呵……"

无玥朦胧的幻影靠得我那么近,淡淡的气息浮动在我面颊上,引得寒意彻骨。我抬头迎向他的怒气,不服输地硬挺直腰背。

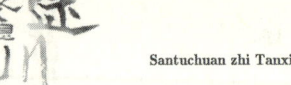

"好,很好!保持这个模样,最好永远别变——"

他的眼里含着伤痛,却倔犟地硬要逞口舌之快。恨不能把他的伤口转嫁于我,点燃炽热的怒焰一起同归于尽。

放开手,起身拾起了双子剑收入体内。无玥回身冲我一笑,有如倾城般绝艳:

"想不想知道你的男人最近为何没有带着你去议事?"

心中的弦颤动,本能地抗拒,却没有丝毫的力度。残忍的话语撕裂我的心脏,这一次果真是同归于尽啊——

"八万对五十万,只有神才可能扭转败局。我的魅儿——"

戏谑的语气穿过层层纷舞的桃花残骸,消失在百年老树的阴影下。

抬眼搜寻,那抹幻影早已不见踪迹,只留下跪在地上双目空洞的我。

神吗?对于这些平凡的物种而言,原来我也算是神啊!价值果然可观……

"哈哈——"

像是听到了个百年难得的笑话,愉悦的笑声自我的胸腔里爆发,张扬地散播开来。过大的力量震得心肺难以负荷的疼痛,我却浑然不理。发泄一般喧嚣着,引来宫人的瞩目,却没有一个敢于上前。惊慌的目光里带着鄙夷,怕是以为我疯了。我反倒为此乐得更加剧烈。

过了很久,久到我再也无力宣泄,颓然地倒在地上。干燥痛痒的喉咙控诉着我的虐待,引得咳嗽连连。身后有双温暖的手搭上我的背,轻柔地为我顺气,哀伤地叹息:

"魅,不要再笑了好不好?你这是在惩罚自己,还是在惩罚我啊——"

擦去眼底的水雾,我撕扯着嘴角,回首朝夜冥挤出一个不算太坏的笑颜:

"没事,突然想到一个很好笑的笑话,所以就笑了……"

No.16

"夜冥"

决战在即,内部臣子间的结党纷争时时点燃他的神经,外部的敌人锋芒在背。一切的条件都不利于辉夜族,他却依然想要放手一搏。但是每每深夜徘徊在她的房门口,却又矛盾。

这一战关乎到辉夜族的生死存亡,关乎到十几万部族人命。他不会交出她,烜煌王也不会罢休。那么他的王朝,他的部族呢?八万对五十万,再怎么一次次地鼓舞低潮的士气,他也了解单靠冷枪硬剑,他们是不会有胜算的。除非有奇迹……

除非她愿意伸出援手……

见识过她的力量,他明白那样霸气十足、杀伤力惊人的剑不可能是凡物。如同她的人谜一般出现在他生命里,点亮一束光。他很想小心呵护,怕微弱的烛火油干灯熄,却形势迫人。

　　别无选择，把她拉扯进来的确不是明智的举动。他能够想象她悲伤的水蓝色眼睛盈满的失望，无声的埋怨。为此他可能失去她，但对等的没有她他将会失去十几万部族人的生命。孰轻孰重他怎会掂量不清，可话到嘴旁却又生硬地吞了回去。

　　他不忍心伤害她，不忍心让那泉水般清透的人儿变成没有血肉的杀神。

　　可是她却笑得撕裂心肺，竟比满脸的泪痕还要让他揪心。那清冷没有喜气的笑里面掺杂着太多的悲伤与愤怒，几乎灼烧他的耳膜，让他难以抵御她所带来的震撼力。原本建立好的狠绝那一瞬间彻底崩溃。

　　"辉夜将会全军覆没——"

　　她说，眼波没有温度，却有不容置疑的肯定。

　　他的嘴角狂肆地扯动，五十万又怎样，他夜冥兵来将挡。只要怀里娇弱的身躯不会受到丝毫的伤害，让他搏上什么他都愿意。可为何那双蓝色眼瞳反而空旷没有焦距，穿透他却依然在笑：

　　"我会帮你——"

　　那么的理所应当，没有半句埋怨。反而加剧了他的内疚，映在笑眼儿里的俊颜现在的表情像是被人狠狠地挥了一拳，难看地抽动着。抚上细致肩胛间手捏紧，忘了收住力道，眼看着青紫一片。

　　"战场上是不收留女人的，我的王姐——"

　　他叫她王姐。两个月来头一次他用错误的名字诱导她，掩盖自己被拆穿面目的难堪，以及深深的愧疚情绪。

　　清澈的眸子落在他身上，波澜起伏，却是绝望的伤。他比谁都懂，打击她意志的绝佳方法。克制住自己想要拥她在怀的冲动，用力地推开瘦弱无骨的肩膀。提声命令：

　　"来人，公主累了，扶她回房休息。没有我的命令不许踏出房门半步——"

　　他要囚禁她。绝了她深陷囹圄的念头，恨他也好，怨他也罢，这些他都已不在乎。

　　夜冥，真的不在乎么？那为何要转过身不去看她含恨的眼。他呢喃自语，嘲笑着自己。却错过了旋身时分，背后蓝眸中复杂的光凝聚……

No.17
"夜冥"

  战事吃紧，前线送来的均非捷报。辉夜接连不断地败退，士气低迷。高墙壁垒的窗门后是昼夜灯火通明的议事堂。紧闭的房门来去匆匆的信报侍从一张张阴霾紧绷的脸孔，更加衬托出形势的紧迫。压抑的气氛传递到每一个角落里。所有人都在猜测，却没有一点信息从议事堂透露出来。确切的说没人敢走进气压暗沉的殿堂半步，来往行事的宫人就连呼吸都压得极低，深怕主上释放的杀意波及到自己。

  三天以后，随着内里轰隆的一声巨响木桌被震碎，沉闷的气氛难堪重负，堆积到极点最后冲破了薄膜四散开来。夜冥的怒嚎直冲云霄充斥在金碧辉煌的宫殿之上。阅历尚浅的宫人端举食点盒的手一阵晃悠，浓郁的菜汁顺着边缝几滴落在了托盘上面，吓得来人斜眼瞟向身边上了年纪的前辈。一贯严厉的老宫人这一次却并未追究，这让他大大地松了口气，刚想呼出叹息，却有人已经早他一步，却似忧心与无奈：

  "这一次怕是我辉夜的劫数啊——"

  老宫人惋惜地转头看向新入宫没多久的年轻人，尚在豆蔻年华的孩子一副似懂非懂地瞅着他不明所以。老人再一次地感叹，也许不明白会比较幸福吧！

  不远处的宫门在封闭许久后被猛力地踹开，夜冥身披精甲戎装飞旋而过，打翻了伫立在门边宫人手里的食盒，无视于扑通跪地连连赎罪的声响，风速地踱出大殿。现在的他哪里还顾及那扬了满地的晚饭。辉夜族将会做最后一博，成败与否尚未定数，天命又如何，五十万精兵又怎样，他照打回去。

  身影穿过层层门栏，跪了一地的大臣与兵士紧随其后，浩浩荡荡地朝宫殿大门而去。穿过满眼桃花的侧廊，他突地驻足，侧脸仰望。粉艳漫天的尽头紧合着的宫门里，是他心上的那个人儿，这会儿该是睡下了。

  闭眼，是那张灵动依然的蓝眸以及甜美的笑语嫣然。一瞬间连日来的点点滴滴流淌过心田，冲得满脸满身的粉色世界，他竟还能感觉到空气中淡薄清爽的香味，是她所特有的。而这些早已取代了失去王姐的绝望悲痛，在他的心上种下情种，开花之际熏得微醺，迷醉了双眼。

  他爱上她了，就在他的世界即将坍塌的时分，突然意识到自己的心意算不算有些晚了。"我爱你"他怕是没有机会说出口了吧！而他连句再见都没能说出口，她又会不会怨他呢？

  翻江倒海的思绪涌动，却不能抵抗身后试探性的催促声。再次起步，没有丝毫的犹豫头也不回穿过长廊，把那纷飞的桃花园远远地抛之脑后。也因此，他永不会知道，桃花尽头隔着一道雕花门栏，苍白到毫无血色的肌肤上，两行清泪断线成珠……

三途川前传 殷魅传

No.18

"殷魅"

夕阳透过锦布的窗帘映照在我脸颊上面,暖烘烘的感觉干燥了潮湿的心境。隔着一道门栏我知道他就在这百丈桃花的那一头。心底有个念头企盼着,希望他在最后时分打开这毫无威慑力的门槛,也推开彼此间那道屏障。可是他没有,最终什么也没有做,大踏步地走远,抛下我奔赴没有胜算的战场。

这个笨蛋,知道了结局为何还要挺身前往?

冰冷的手指颤抖着触上门栏,睁大了双眼盯住手背上淡淡浮动的青色血脉,竟也会逼得我眼泪流淌。

也许他推开了门拥住我表现得难分难舍,我是否就不会如此的心伤呢?这样我也会离开得理所应当。

可是为何,明明已经打算推我上浪尖却在最后时分打住了。

夜,你这副模样让我怎么忍心弃你于不顾,看你死于杀场。面对结局我竟再不能如最初般,安坐在神殿逍遥自在地观赏……

泪水泅湿的唇角带笑。逆转人间的运程将会受到怎样的处罚没有神知道,因为从未有神以身试法,我却突然想体验一下了……

苍天的槐木绿林幽静向山麓深处延伸而去。湿润的土地上布满了新生的菌类和出来觅食的爬虫。九转回廊的尽头是漫天的五色碧桃,嫣红、品红、浅粉、纯白、碧绿沿着盘山小路徐徐铺开,消失在云雾缭绕的山涧。浓密的桃株向缓坡延伸,连成一片,仿佛无数五色丝线织成的毯。

抬足踏上这美丽的画卷,几个起落朝桃花深处看不到边界的云雾里寻去,我知道在那天海碧桃的深处有我想要找的人儿。他一直都在,如记忆中的模样背手立在萧瑟却并不冷寂的庭院的门口,像他的人一般散发着淡淡的温情。

无玥一袭玄衫,赤足站在青石板上,散垂而下的乌丝随意用金环扣在脑后,风儿轻抚过面颊,几缕发丝顽皮舞动在高挺的鼻翼处,遮住了凤眼却有别样风情。

有那么一瞬我们相对无语,两相对望。仿佛天地间没有什么烦恼可能触碰到彼此,混乱这一山涧的美好。

可是梦境总是会醒……

"我来借剑——"我微笑,淡定地凝望。

无玥墨黑的眉微蹙,随即又化开。嘴角浮上淡薄的笑意,眼底的光却看不真切:

"我一直在等……有时我会希望你永远不会再出现,那样你也许会活得久一点,在人间的某个角落等待生命逝去;有时我又迫切地想要见到你,却不是来向我求剑……"

无玥的手指纤长白皙,温热的触感与我冰寒一般的面颊形成强烈反差。虎口处常年握剑的硬茧摩擦着我的肌肤,痒痒的。眼神专注地锁住我,深邃却又悲伤:

"你懂对不对?魅,你一直都懂,只是装傻。百年来我们形影相随,我的爱你怎会不明白……"他嘴角苦涩的笑纠结着我的心脏,"也对,我不过是你的影子,有谁会爱上自己的影子呢?就算陪伴了你百年……"

"玥,对不起……"声音很轻,怕触碰到他的伤口。

脸颊的手绝望地垂落,俯首。发丝盖住了眼睛,想要隐藏悲伤却被抿起的嘴角出卖。风吹拂,苍白近乎透明的肌肤上面竟然有可疑的水汽晶亮。

他……在哭吗……

我怕自己看错,惊讶地上前想要抬起他的头,手却被猛烈地挥开。掌悬在半空不知所措。

剑出寒光剔透,在无玥的掌中喜悦地鸣叫,像是生来就是一体般融洽的气焰汇合。未靠近,我就因那阵阵的雾丝寒意伤到,逼迫连退几步,意志催促着我迈步上前却又力不从心。

连身都不能近,我要如何带走它啊……

血。嫣红。却不是我的。

我震惊地注视着他的掌,源源涌冒的血滴落在双子剑的剑身上,引得躁动的剑慢慢安静下来收回了叫嚣狂放的煞气。

"你……"喉咙卡住般发不出声音。

他在喂食自己的剑,为什么?

剑气稳定,混着血液一道符咒画上剑身。

"这符咒只能暂时压制住剑气,凭你现在的内息应该还能够应付。拿去吧!最多坚持两个时辰……"嘴角含着苦笑,执起我的手塞过剑柄,"恐怕用不了那么久,人类战局扭转后天罚就会降临……"

"谢谢——"我的声音哽咽,为了压制下双子剑的剑气他竟用自己血喂食它,"你真的不必为我做到这个地步,真的不用……"

伤痛笼上无玥的双眸,却笑得苦涩:

"你我之间何必说谢……"

轻轻的,手在我腰上收紧拥我入怀。发丝落在肩上一阵痒。脸庞贴服着我的,柔滑的触感却有温热的湿润。我未动任他抱着,我们都知道这将是最后的温情。这一去,或许我会灰飞烟灭……

"魅,不去好不好?"带着泣泣的哭音乞求。

我不语,回抱他。我什么都不能给他,就只剩下这个拥抱了吧……

"玥,你给予我的好我会记得,哪怕真的消失了,我也会记得……"

猛地他大力地推开我,双眸寻求最后的希望:

"假如有来生,许给我好不好……"

不敢去看他眼底的灼热,我低垂下头:

三途川前传 殷魅传

"我不会有来世……"
"我是说假如——"他嘶吼,奋力的。
伴随着我一点一点退出他温暖的怀抱,深沉的幽眸被绝望笼罩。手臂无力地垂落……
我没有说出的话,他已经明了。
对不起,玥。我的来生已经许给了夜啊……
如果我仍拥有来世的话……

No.19

"夜冥"

手里的剑沉重,挥洒间却并不若以往般自如。那些纷飞的硝烟血雨,让夜冥厌倦,却又无法逃离。高亢震耳欲聋的呐喊声仿佛是魔咒,阵阵催促人心,震撼地鼓动。

这些曾经他引以为傲的场景,从有记忆起就已烙下印记、融入骨血,宛如生命中不可缺少的部分。从不曾试图深思喜厌与否,更或者从斩杀第一个人开始就忘记了喜厌,不管愿与不愿这些都是命运,他生命中不可逃开的。

而如今一切均在改变,从关押殷魅的那一刻,他不再追求唯一的胜负;不再为了利益不择手段。眼底心底承载的全是她,原来人心可以大到载负百川,也能小到只够容纳下一人。他却为这样的转变欣喜,那些朦胧不明、摇摆不定的因素统统被他抛诸于脑后。她就如同存在这个世界的甜蜜牵绊,是生存下去的力量,也是舍命挥刀的负担。

血浓重刺鼻,饿狼般的敌军一波波地压上,兵力弱小的辉夜族又怎会是对手。像是为了验证预言的结局一般,百万的雄狮戏耍着惊惶恐惧的猎物,钳住虎口的致命地段,看着弱小生命做最后的垂死挣扎,开心不已。

辉夜的军队经过一个上午的争斗伤亡惨重,被敌人团团围住,所剩无几的百人士卒也是多半伤势严峻。

黑压压的包围层外面,夜冥也只能看到远处山头上紫金色的大旗下烜煌部族的首领坐拥天下的王者气焰。他夜冥输了。输的不是个人能力,而是输给了天时与地利。这些都是他无能为力的事情。

也许他并非所处乱世,辉夜王朝也非但是盈满而亏的月,结局会不会不一样……
可惜,夜冥的名字刻在大理石板上的时候,不是开国的王而是落魄潦倒的英雄。他永不会体验大旗飘扬下笑看天下的豪迈,因本就没有如果。

狮子的利牙再次锃亮,张开的口扫过猎物,血流成河。同胞在他眼前倒下,突然涌上哀伤,一切已成定局,他没有扭转乾坤的本事,心中除了绝望却又踏实。

真好,他的魅不在这里。那抹蓝影现在在做什么,享受着甜蜜的梦境,还是已经回

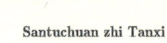

到了另一个世界。她的伤不知道怎么样了。不过没有关系了,不会再有他的霸道拘束住她,她会很快好起来吧……

等她康复了,她会不会记得他呢?她的玩具……

呵呵!他仍旧记得第一次见面那天,她带着绝对的蛮横口气,像个女王般宣誓着她的所有权。这些都是他永不会忘记的。虽然她要依靠王姐的身体才能存在,他却再也未曾混淆过。

带着最终的叹息,挥舞着手中的刀。很快,这一切即将结束。下一世,如果可以他愿转世去她的世界,手可以触碰到真实的她。那冰蓝若丝的长发不再是虚无缥缈的幻影,他要感触它们穿过掌中的柔滑。哪怕只是奢望,他做梦也会笑开颜吧!

想着眼不禁闭合,手里的刀有些难以挥动了,就让它歇息一下吧!左前方弓箭飞来直奔心脏,他却唇角上扬,平淡地接受。

快些来吧,让这一切结束,他赶着去她的世界啊……

羽箭穿行的刹那,鼻翼处熟悉的花香飘散于杀场,混合在浓烈的血腥恶臭里面,他却出奇灵敏地分辨出。震惊地睁眼,反射性地打掉了飞速射的箭抬首朝包围圈外层眺望。

剑通透若冰、寒澈若雪,压倒性地屠杀骚动的人群。伴随着幽冥蓝光闪烁,剑身吸食鲜血后发出欢腾的鸣叫。原本阵容整齐的烜煌士兵,一瞬间被突然降至的危机颠覆,乱了阵脚。

这样宛如死神降临的气势他只见过一次,只一次却足以渗入心海。

蓝色的身影梦幻般提着唯一实体物的双子剑,立在他的面前。足足矮他一个头的身子娇小玲珑,像个未发育完全的娃娃。碧空一般的发丝贴服在脖颈处,与手臂蔓延而上的青紫色图案交汇,平添了几许妖娆。水色眼睑处浮现的淡淡的笑容,用一种甜腻到死人的声音道:

"夜,抱歉,我来晚了——"

此时,夜冥心脏像是被一双无名的手死命地揪扯着抽痛,连呼吸都变得不再顺畅。

"为什么要来?"

眉纠结,他临走的决绝、刻意的漠视瞬间因她的出现都变得不再有意义。之前做了那么多就是为了保护她,却被她轻易地粉碎。

这一次,他连仅有的奢望都不存在。她会死在这里,他有预感。就算不是被那把诡异的剑吞噬,那结果也并非他们所能承受的。

天蓝的幻影娇躯立在风中。巴掌大小的娃娃脸粉白柔嫩,带着些许稚气的顽皮。笑眼眯缝成线,含情脉脉地凝视他。讨好似的容颜却无法压抑他不断上蹿的怒火,不带丝毫温柔地吼了回去:

"你是呆了还是傻了,为什么要出现在这儿?"转念,他领悟般震惊得睁大双眼,"你早就盘算好了是不是?不管我是否想要利用你,你都打算出现?"

"是,不管你说与不说,我都会来——"

想也未想地回应他。如此的理所应当。泉水般清澈的眼瞳里倒映出他难以置信的双眼,转瞬间盈满上感动。

三途川前传
殷魅传

"魅,你是个笨蛋……"声音哑哑的哽咽,仿佛被汹涌澎湃的情感卡住说不出话来。
"是啊,我是——"

嘴角小巧的酒窝浮现,鬼精灵似地挑眉娇笑,"可是这个笨蛋爱你。所以你这辈子难以甩掉我了——"

带着盈盈的期望吐出爱语,仿佛他们即将面临的不是生死战场。

水蓝的眼瞳里灵光的闪动,出口的话语温暖着他的胸膛。他好想张开双臂拥她入怀,狠狠地抱紧她。用只有她听到的声音咬着她的耳垂说,哪怕下一刻死去,他也知足。

可是伸出去的掌穿过了她光斑晶莹的身躯,他和她注定触碰不到彼此。虽然靠得那么近,却连拥抱都是奢望。

手悬在了空中,失神愣松。下一秒,撕裂般的痛感瞬间滑过背脊,灼烧他的身体,穿透……

血殷红,随着突兀地出现在胸膛上的金丝箭缓缓地扩散开来,很快染红了战袍,也映红了魅宝蓝色的双眼……

刀插入地下撑住站不稳的身体,力量迅速地流失,下一刻膝盖再抵抗无力,跪坐。魅的哭声在耳畔缭绕,绝望到悲怆。

情急之下,蓝影晃动藕臂伸出试图上前搀扶他,却穿过,呆滞地停顿……

如同他伸出手想要去拉住崩溃边缘的她,却擦身而过……

这一刻他们都像是不曾记得了,现实却又残酷地提醒。身体交错的瞬间,有些事情注定不曾改变。那么结局呢……

没有交会的掌,紧跟着女子的悲怆,难以阻断的屠杀,如期降至……

No.20

"殷魅"

剑气如星,灼伤了我的眼。夜胸口的血渍弥漫,妖冶眩目。呆愣于那一瞬间的美。脸颊上滑落的冰冷是泪吗?我不知道,也不愿承认。手中的双子剑喧嚣般颤抖,悲伤漫溢……

夜,求你,不要倒下……

我已经来了,为什么结局仍旧会是这样……

穿透他胸膛的巨大箭羽宛如张开喙嘴的鸟儿放肆扬着头,嘲笑着我的无能为力。瞬间我欲上前,却在触碰交会的刹那间愣松。我之于他,仍旧是幻影泡沫……

是愚弄,或者是惩罚,为何近在咫尺,我们却又似永不能碰触彼此的平行线……

染血的金丝线缠绕着的箭身让我的心纠结、连呼吸都变得吃力困难。普天下还有谁敢如此狂妄,用细微的装饰暗示自己称王的野心。

眼睁睁看着夜失去支撑的身体颓然倒下，胸前的血液越开越艳。我几乎不能遏制愤怒。那一刻，什么天罚早已被我抛诸脑后。手里的双子剑像是感应到杀戮的气焰兴奋地欢腾。身体此刻已不是我的，不过是它的奴役，催动着满足它饮食鲜血的欲望。

穿过层层人海，我直抵那金紫大旗下的王者。没有人可以阻拦我。

双子剑扣上他脖颈的时刻，烜煌王眼底一闪而过的无措，完整地被我收入。

慌乱、恐惧由四周的护卫军中扩散，惊恐上前挥刀砍下，却转为未触及分毫的呆滞，无形却又真实……

没人知道下一刻他们尊贵的王颈项上的脑袋会不会搬家，其实就连我自己也不清楚。仅存不多的理智，让我的剑在此刻抵住了喉结，而非近身的瞬息就举剑挥下。但是汹涌澎湃的怒火肆虐着触动我的神经末梢，腾跃鸣叫的双子剑极力地催促我，像是已经等待不及。奇特的是握剑的手却出奇的平稳，未有丝毫的晃动。

"你不会杀我——"

声音低沉，处变不惊地陈述，眼底起初的慌乱早已不知所踪，宛如从未出现过。没有太多的情绪波动，镇定磁性的语气中，有安定人心的力量，轻易抚平躁动不安让身边乱了阵脚的近卫军镇定下来。这般气势足以震慑天下。要是在任何其他场合，我不会想做他的敌人。只可惜是他选错了敌手……

望向他手握的弓，我的眼瞳暗沉。命运像是专门设置好的局，等待人们一步步往里跳，你越挣扎反而如深陷泥潭，越陷越深。这一箭不论换了谁，结局都不会难以预料的不堪，但却偏偏是他——人界百年难得的王者。

注定了的啊！注定那致命的一箭源自他手，也没有悬念一般我将挥下我的剑，等待如期降至的天罚。

"为什么还要放箭呢？"我的眼迷蒙，声音变得空灵飘无，"给他一条生路不好吗，假使你愿意慈悲，没有什么会改变啊……你仍旧可以统领天下……"

我的声音细微却又清楚，一颗颗宛如流水拂过岸边的石子击打出水花。

话音一滞，故作懵然惊觉睁大眼睛，蓝色的瞳孔里承满了烜煌王稍显苍白的脸，"啊……我是否泄露了天机……"剑又近了几寸，神情从惊讶转为怜悯，"没人愿意这样的对不对，我也不想杀你，至少在这之前我从未打算把剑架在你的脖子上。我修罗族不欺负不同等级的弱者。可是你真的该死——"

最后几个字吐得咬牙切齿，不管那一箭是否射中了夜的要害，我都有将眼前的人生吞下腹的决心。烜煌王那张脸上总算有了畏惧的表情，声音也显得不再自信满满：

"那……那位大人说的……辉夜族倘若不能全灭，将后患无穷……"

大人？！

对于突来的讯息，不禁手里一顿。统领天下的烜煌王还需要听命他人吗？我的眉头蹙紧，事情似乎并不单纯。

"他是谁？"

"我……我不知道……"

猛然增加的手劲，在颈项上留下一道血痕。脆弱不堪一击的脖颈，在铮铮鼓动的双

三途川前传 殷魅传

子剑下像是悲凉可怜的玩物。我挑眉不语，对于他的答案很不满意。

"那位大人不愿透露姓名。我只知道他四周包围的光环与你不同。是金色的……"

金色光环？八大部族里面只有天众部族的力量是金色光环。我困惑，天众自从族长光音统领以来安宁稳定。光音虽然手持掌控八大部族的仲裁权杖却没有野心，坚持维持部族间的平衡。有能力左右人界运事的也只有各族持有大神神器的族长。

可会是她吗？她为何要突然干预人界？再说这种超出权力范围的行事风格，诡异得让我困惑。扰乱三界的举动，就算是天众的族长也难逃大神的惩罚啊……

还是说另有其人？

"你说的那位大人是否手持水晶权杖？"我焦急地追问。

"是……"

后面的话还未出口，烜煌王的眼却颓然张大，穿过我朝向我身后……

一只骨节分明的手掌无声无息地包裹住我握剑的手，巨大的力量让我一时难以挣脱。剑虽在我手却已不受掌握，向前轻轻地递了几分。很小的移动，速度却奇快，未来得及反应，剑锋已切断了烜煌王的咽喉。

震惊还未平息，男性的气息已从紧贴的背部传来，巨大的压力如海浪猛然打下席卷整个战场，一瞬间已不再是之前雄狮挥舞、胜券在握的烜煌天下。金雨风暴横扫大地，顷刻尸横遍野……

四周突然间安静下来，我竟能闻到自己浓重的呼喘。想要开口却被禁锢。精实有力的掌扣住我的脖颈，力道刚好卡断了张口欲出的疑问。再用力怕是我的脖子也要跟着断掉。

来人很强，远远在我之上。就算是处在鼎盛时期的我，怕也不会是对手。更何况就我现在而言，力量已不足之前的三成。

感觉身后的人儿俯下身来，温热的呼吸抚在脖颈处。带着湿意的唇舔过我的耳垂。恶心的战栗顺着血脉一路攀爬，惹得我皱眉。

"他太吵了，所以我让他早点去冥界了。你乖，安静地听我说。我就让你的头颅在你漂亮的脖子上待得久些。好不好？"

螳螂捕蝉黄雀在后。刚才我还在胁迫他人，现在却已是案板上的肉。突然有种好笑的无力感。唇角伴随心情不自觉地上翘。

"想问问题是吗？"声音没有温度的调侃，却用一种柔情蜜意的腔调吐出。

吃力地点头，卡在脖子上面的手阻断了我过大的晃动。

"乖女孩，给你一次机会——"

像是钳住猎物命脉的豹，松开了牙齿，却又不给对方逃脱的机会，享受着弱者垂死挣扎却又徒劳放弃的快感。

"你究竟是谁？"

"呵呵——"悦耳的笑声伴随身后上下震动的胸腔扩大，却没有半分的愉悦感，带着丝丝的战栗侵蚀我的神经，"无名小卒而已，修罗族的十三代族长肯定不会记得我的名字。"

我快速地搜寻着可能的人选，老实说天族的人我并不是很熟悉。我统治的时期，族长光音正好是闭关，我这个人本来就不喜外交，除非必要很少与其他七族往来。一时间怎样也辨别不出来人。

身后的声音转换成雀跃：

"不过，从今后可就不一定了。我将会让整个三界永世难忘。你这么听话，我就第一个告诉你好了。我——翔玠，天族第二代族长，将统一八大部族——"

好狂妄的口气。我差点笑出声来，可惜太过禁锢的喉咙让我呼吸困难。剧烈的咳嗽代替了笑声，变了味道自我的胸腔爆发：

"凭你？！就算你有能力杀了我，修罗族也不会怎样。想用我挑起两族战争，你的如意算盘打错了。你挥不动只属于修罗的双子剑，而我也不再是现任族长……"

"怎样？现在是不是觉得有点不太划算了？一会儿光音的仲裁之杖挥下时可别说我没提醒你。看在你帮我改变运事的份上，我也做回好人……"

"哈哈！你好可爱，我真有点不忍心杀你呢！"阻断我的话，刚刚开始打迂回战术的我被后面的话音彻底震惊：

"小傻瓜，你以为光音还会来吗……"

什么意思？！我有点反应不及。

"你篡权谋位……"

我几乎是难以置信，先不说天族向来安逸，权力分配完善，再者被杀的是光音啊，力量几乎接近大神级别。让我相信这样的人儿突然被杀，除非太阳从西边升起，万物平衡紊乱……

也许万物平衡当真紊乱了吧！当我看到无玥一身戎装地出现在我眼前时，我真的开始相信，身后的这个疯子不是在忽悠我。

"放开她——"

熟悉的怒喝传来，不是面前眉宇成川的无玥，却是——

夜冥满身的血，胸膛处的黑衣处一柄箭羽穿堂而过环扣住命门，湿意几乎扩散了大半个前襟。他现在半只脚已经踏入了鬼门，箭一拔出唯一的气力也会跟随着散去。他却仍提剑绕到我面前，挥剑开来。

明知道是徒劳，明知道对方是幻影。却还是执著地一刀一刀砍下……

落空，又再次举起，又一次的落空……到最后眼前开始涣散，只剩下意志支撑。

"愚蠢——"

身后的翔玠嗤鼻唾弃，不知是夜不要命的打法动摇了身后的人，还是厌恶似的刻意回避，他竟动容得退后一步。

望着夜，心脏不可遏制地疼痛，泪在眼眶里翻滚再也禁不住满载溢出。

夜，我知道他是个笨蛋。笨笨地想要守护，傻傻地用他认为是对的方式爱着我……

"夜，够了……"

嗓音哽咽，不是因为扣住我脖颈的手。

翔玠情绪有了新的波动，细微却因紧密贴合的身体幅度轻易泄露出来。倦了毫无意义的抵抗,握剑的手臂肌肉绷紧。剑执在我手却非我掌控。

杀意拉回我伤痛的理智,想也未想,未经思考空闲的手仿佛有自我意识一般,单手结印——解印术。

我听见无玥惊恐的叫喊声,看见他绝望的脸消失在视线中;感觉身后的翔玠瞬息震惊地松开了牵制;眼前双子剑的白丝雾气缠绕包裹住我,冰冷却未让我有丝毫的畏惧。

我知道自己在一点点被吞噬,恍若风化,身体慢慢地融入白丝当中,成为它的颗粒,我却未有太多的情绪,反而理所应当地欣然接受。预料之中的结局,没有质疑的发生。

这一刻,眼前的冥夜却从未有过的真实。他之于我总算不再是不同的平面。那些身外的纷争,我管它作甚,哪里有眼前这双漆黑的眼瞳来得让我欢喜,亮闪如星映照着我的笑颜。

伸出手,温柔的碰触。这一次,没有穿过,再也不会穿过了……

"魅,为何我无法触碰到你……你到底是什么……"

"呵呵——笨夜,我是神啊……"

"神?"

"是啊……我们是不同物种,不相同的存在体。如同猫与狗的差别。呵呵,这个比喻还真是恰当呢!"

"魅,这一点都不好笑,好不?"

"好吧!这并不好笑——"

"魅,我想同你在一起,只是同你……触摸到你,真实的你。不是朦胧虚幻的蓝色光影……"

"夜,对不起,我不该出现在你的生命里。也许当初没有我搅乱世界的纷争,你早就能够顺利地转世……呵呵,下一世,你会是神族也不一定……"

"转世为神吗……听起来很不错,我们将会是相同的存在体。可是我又到哪里去寻找你……"

"是啊!没有交集的线条,就算同为一个空间也不意味着会相遇。能遇见你真好,夜——"

"魅,后不后悔?"

"那你呢?我可爱的王,也许你会随我灰飞湮灭……"

"化成尘埃我们将永不分离。我乐意之至,我的女神……"

No.21

"无玥"

初遇殷魅是在十二代修罗王的生辰庆典上。

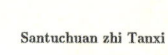

远远的大理石祭台脚下,娇小的女孩手捧锦盒尾随弑冢楼楼主——血阑上前献礼。不同于一般贵族女子的烦琐华丽装扮,天蓝色的长发随意扎成马尾,没有多余的装饰。上身雪色腰襦,下着水色长裙,只在裙角处开出一朵暗紫色罗兰,内敛的张扬被衣裙衬托无疑。

优雅地近身上前,步伐轻盈无声。一路踏来,衣裙在朱红色的地毯上面滑过艳丽的霓虹。在下首站定,随血阑行礼,起身。抬头之际,蔚蓝的眼瞳宛如碧空般清澈,平静地扫过众人,包括高座上的修罗王,神情从容淡定,不属于她年龄的沉稳自那小小的身体里散发。

那会儿,我接任修罗族左翼大将军已有数载。在修罗族的军营里面摸爬滚打百年,弑冢楼自然不会陌生。

此楼建立者是现任楼主的父辈,不过一代的光景却足以与八大部族的势力并驾齐驱。严格来说,并不隶属于哪一个部族,更或者也不存在既定势力,它是自成体系的,无所谓范围,囊括的是整个天界。之所以这般迅速地崛起而没有遭到任何部族的打压与剿灭,不仅仅在于变幻莫测的力量,重要的是它对于八大部族来说是不可或缺的。

每个部族都会需要祭司,而闻名天界的预见师——红零就出自于弑冢楼。当然除了祭司以外,弑冢楼还分别存在其他三种力量:暗杀、偷窃以及侦查。服务于整个天界,渗入各大部族内部体系。

殷魅,则是这一代较有名气的女贼,初次相见,未成年的孩童模样让人很难与她背后显赫的事迹相联系。血阑公开身份的时候,从四周鄙夷的眼神中读出的怀疑弱化了她的实力,也许这就是为何让人对她放松防备的原因吧!

但在我眼里她不是神出鬼没的飞贼,而是个百转灵动的美丽女子。夺目耀眼的紫罗兰,足以压过群芳的娇艳,嚣张地绽放。

不过一眼,却是万年——

为了这朵灿烂的紫罗兰我竟甘愿付出我的所有——

从那双清澈如海的眸子扫过王手中的双子剑的时刻,她笑了,淡薄浅浅的酒窝浮现;而后我看见王竟也在笑,那目光暗沉、别有深意,却是朝向我的。

顷刻间有种被窥视内心的感觉,冷不丁一个机灵。为自己刚才不自觉的沉迷皱了皱眉头。

像是预计好了一般,隔天再次相遇却是在王的寝宫。

我带兵闯入的时候,右翼将军恋尘的剑正指向她的脖颈处。遮挡面颊的黑纱不知滑落在了何处,魅反倒毫无畏惧,笑得痞痞的。眼神在王与恋尘衣衫半解的身上徘徊,最后肆无忌惮地对恋尘评头论足:

"不愧是修罗族第一美人,好漂亮啊!做将军真可惜。是吧,陛下?"

结尾还不忘找个呼应。完全不在乎抵上她头颅的剑因调侃轻微地晃动几下。反倒是我,为这个鲁莽的丫头,心里七上八下。

狂放的笑声自王的胸腔发出:"尘,手上小心点哦,这么有趣的小脑袋,我可不希望她太早搬家。"随手裹了件长衫,半身的重量倚靠在恋尘身上,话里带话。

三途川前传

殷魅传

没有任何悬念，魅被押入了大牢。罪名：刺杀一族之王。

血阑收到消息之时，笑得处变不惊。当夜消失在寝室里。守门的卫兵整夜并未看到有人出入，可以说血阑就这样在戒备森严的修罗宫殿里平空消失。谜一般，没有留下半句辩解，也未陈述申辩，不敬的态度像是对我族藐视。气煞了长老重臣，反倒是当事人吾王陛下没多大的计较，沉心等待。像是极其有耐心的渔夫，撒开手中的网等待上钩的鱼。只是打算网住的又是谁？

我的双脚站在王的面前，用平生引以为傲的赫赫战功来请求与王一战的时候，却瞥见上位者饶有兴致的微笑。

心中咯噔一下，心想完了，渔夫收网了。

蛊惑众生的唇角浮显绮丽的弧度：

"无玥，我以朋友的身份将修罗族万年的安宁托付予你，你可愿意接受？"

不是一个王者的命令，而是绵绵的温情的枷锁，话音间交付的沉重，以及信任让我感动：

"我无玥愿用性命起誓守护这片土地的平静——"

"呵呵，很好。那么现在去把那女孩带来吧！告诉她，我愿向她挑战，假如她赢了，这把剑就是她的了——"

"王——您怎么能……"

我大惊失色，没有预示的，王就打算退位了！这重磅轮击惊得我难以负荷。

"唔？怎么……你不想救她吗？"

被拆穿心事的窘困，低首沉默。

"呵呵，无玥，我修罗族的碧波冰瞳是掩埋不住内心涌蹿的渴望的。你爱上她了对吗？那美丽眼睛里跳跃的浓烈炙热，对双子剑的执念真是让人迷醉啊……可是，你这个木瓜脑袋确定打算辅佐她当政吗？那小小身体蕴藏的自由灵魂不是简简单单就能困住的……除非相恋，否则你将会做一辈子她的影子，就算是这样……你也不在乎吗……"

"陛下，您对恋尘将军的爱不也可用这半壁江山交换吗？"我听见自己如是说，"爱不是等价的，只要我认为值得——"

王绛蓝色的眼瞳里闪烁着盎然的光亮：

"那么，我的将军，请把你甘愿为之付出所有的姑娘带来吧——"

魅的剑术出乎我预料的好，可以说修罗王并非刻意谦让，战斗的兴致被挑起来从晌午开始一直持续到天黑。早已演习好的戏码"逼迫"她就范。

我承认这样的手段的确并不光彩。望着那张手握双子剑还未搞明白状况的脸，我有些愧疚地想。

百年的时光对于从前的我也许很是漫长，但如今有她相陪似乎一切都变得有趣新奇。刚刚成年却仍保有童稚心思的女孩子，每每那些神奇怪异的想法，总能直接挑战百官们脆弱的神经。沉闷的日子变得愉快，就算我必须承担她身后繁重琐碎的"烂摊子"我也能够心甘如饴。

直到那一次的错误……

353

的确是个错误,是我过度纵容的后果。当我意识到危机时,一切已经不能挽回。

王说得一点没错,修罗族碧海的眸子是难以掩盖赤裸的渴望的,特别是——爱。

当魅以人类女子的身体出现在我面前的那一刻,我知道我将会彻底地失去她……

心中的警钟长鸣,而我却又无能为力。什么也做不了。眼睁睁地看着她从我手指缝间滑过……

她从不需要别人的守护。那么恣意渴望自由的灵魂,却甘愿折断羽翼受到一个人类的庇护。这个傻姑娘啊!看不清的怕是只有她自己吧!她爱上的真的是那漆黑的眼瞳,还是眼瞳的主人呢……

而我却从未拥有过她,那双碧海幽蓝中一点点爱的痕迹都没有……

看着她慢慢毁灭自己,我的心脏痛到失去力气。

紫青色的噬骨剑气已经蔓延上她半个胳膊,她却笑得淡然。我的心失控般绝望。从未有过的无力感附着在身体中,就连轻抚她额头的手都在颤抖……

多少次想要上前打出那副执拗的灵魂,强迫她随我离开。可是我却下不去手,比起她的离开,其实我更怕她恨我……

我怎会不知,修罗族的儿女付出一定会是全部。就像我,给出去了却只能看着那爱恋俱增,没有停歇的力量……

也许我能做到的也只剩下成全,至少这样仍保留几分渺小的希望,希望她记住我……

拥紧她,紧得仿佛用足了全身的力气。

最后一次,这是最后一次我能够紧紧地抱住她,心爱的魅真实地存在我的环抱中。

"假如有来生,许给我好不好……"

凝望那双欲语还休的眼,为难地扬起头定睛看我。我笑得凄婉,这答案早就知晓了啊……

就算有来世,你仍旧会给他的。而我依然、也只能是站在你背后,等你回眸的那个影子而已……

桃花深处的熟悉背影,慢慢地远去变成一小点然后消失不见。

我后悔了!突然间好后悔——

我怎么那么笨,为什么不去阻止她,就算恨我又怎样,她却仍旧能够活着啊!活着恨我,至少要比灰飞湮灭强上百倍——

提脚就要追,却被突来的信鸽绊住:

"天众部族内部叛乱,侍官翔玠篡权,族长光音猝死——"

猝死?!怎么可能——

光音的力量几乎接近大神,千百年来各大部族再怎么改朝换代,天众也不会有所变动。一方面是因为光音持有仲裁之杖几乎是被大神直接授予生杀大权。另一方面光音压制住了天界八族的暗涛汹涌,维持三界的平衡。

而今,光音死。意味着今后再也不是桌子底下打架那么简单的事了。形势所迫我不得不反身回修罗族巩固防御。

三途川前传

殷魅传

心中一个声音叫嚣着：

魅，一定要坚持住。挺到我来啊——

可是……

可是为何你明明看到我啊——

为何要解开加持在双子剑上的封印，为何你不相信我有能力救你……

有那么一瞬间，我真的很恨你。或许是该试着开始恨你，这也就不会痛到连泪水都滑落不出——

悲到极至反而无泪……

光明亮，碎成点点通透的晶体。你在我眼底仿佛是多彩的水晶泡沫，颗颗缥缈虚幻。感激地冲我微笑，唇形蠕动说着什么。我却完全听不到。

该死的你，为什么——

那娇艳的唇语，我懂。但我真恨我自己懂：

"玥，请求你活着——"

可恶的你，哪只眼睛看见我要轻生了。

我只是……我只是想要去杀了那个毁灭天界平衡的叛徒而已。虽然我知道我没有丝毫胜算……

魅，有时你的了然当真让我无所适从啊……

你所期盼的吧……死在剑下，而不是在仲裁权杖手中灰飞湮灭……

你的来世会是什么样子，我突然开始期待了。仍旧会追随你爱着的他吧……

那么请允许我远远地看着你吧。就算是你要求我活下来的那一点点小小回报……

不管下一世是人还是神，我都会找到你的。看着你走向幸福……

（前传完）